50 Lieblingsbücher zum Vorlesen und Selberlesen | **David Almond** – Zeit des Mondes • **Vita Andersen** – Petruschkas Lackschuhe • **Kirsten Boie** – Mit Jakob wurde alles anders • **Robert Bolt** – Der kleine dicke Ritter • **Zoran Drvenkar** – touch the flame • **Michael Ende** – Der satanarchäolügenialkohöllische Wunschpunsch • **Willi Fährmann** – Der lange Weg des Lukas B. • **Cornelia Funke** – Potilla • **John Reynolds Gardiner** – Steinadler • **David Grossman** – Zickzackkind • **Josef Guggenmos** – Was denkt die Maus am Donnerstag? • **Peter Hacks** – Liebkind im Vogelnest • **Peter Härtling** – Das war der Hirbel • **Christoph Hein** – Das Wildpferd unterm Kachelofen • **Sigrid Heuck** – Saids Geschichte • **W. und H. Hohlbein** – Drachenfeuer • **Janosch** – Lari Fari Mogelzahn • **Tove Jansson** – Die Mumins. Eine drollige Gesellschaft • **Diana Wynne Jones** – Zauberstreit in Caprona • **Erich Kästner** – Pünktchen und Anton • **Klaus Kordon** – Die roten Matrosen • **Irina Korschunow** – Die Wawuschels mit den grünen Haaren • **James Krüss** – Mein Urgroßvater und ich • **Guus Kuijer** – Wir alle für immer zusammen • **Marjaleena Lembcke** – Als die Steine noch Vögel waren • **Gunnel Linde** – Wie eine Hecke voll Himbeeren • **Astrid Lindgren** – Kalle Blomquist Meisterdetektiv • **Hugh Lofting** – Doktor Dolittle und seine Tiere • **Paul Maar** – Der tätowierte Hund • **Patricia MacLachlan** – Schere, Stein, Papier • **Henning Mankell** – Der Hund, der unterwegs zu einem Stern war • **Tilde Michels** – Kleiner König Kalle Wirsch • **A. A. Milne** – Pu der Bär • **Christine Nöstlinger** – Konrad oder Das Kind aus der Konservenbüchse • **Sheila Och** – Das Salz der Erde und das dumme Schaf • **Gudrun Pausewang** – Die Wolke • **Benno Pludra** – Das Herz des Piraten • **Mirjam Pressler** – Wenn das Glück kommt, muss man ihm einen Stuhl hinstellen • **Jan Procházka** – David und der Weihnachtskarpfen • **Bjarne Reuter** – So einen wie mich kann man nicht von den Bäumen pflücken, sagt Buster • **Jutta Richter** – Der Hund mit dem gelben Herzen • **Rafik Schami** – Eine Hand voller Sterne • **Hermann Schulz** – Auf dem Strom • **Jerry Spinelli** – Taubenjagd • **Andreas Steinhöfel** – Die Mitte der Welt • **Karlijn Stoffels** – Mojsche und Rejsele • **Annika Thor** – Eine Insel im Meer • **Uwe Timm** – Der Schatz auf Pagensand • **Pamela L. Travers** – Mary Poppins • **Mats Wahl** – Winterbucht **| Ausgewählt von der Kinder- und Jugendbuchredaktion der Süddeutschen Zeitung | 2005 – 2006**

Willi Fährmann

Der lange Weg des Lukas B.

Dieses Buch gehört

Willi Fährmann

Der lange Weg des Lukas B.

Süddeutsche Zeitung Junge Bibliothek

Bibliografische Information Der Deutschen Bibliothek
Die Deutsche Bibliothek verzeichnet diese Publikation in der
Deutschen Nationalbibliografie;
detaillierte bibliografische Daten sind im Internet über
http.//dnb.ddb.de abrufbar.

Lizenzausgabe der Süddeutschen Zeitung GmbH, München
für die Süddeutsche Zeitung **Junge Bibliothek** 2005

Titelillustration: Karel Franta
Umschlaggestaltung und Layout: Eberhard Wolf
Projektleitung: Dirk Rumberg
Produktmanagement: Gabriella Hoffmann, Sabine Sternagel
Redaktion: Roswitha Budeus-Budde, Hilde Elisabeth Menzel
Satz: vmi, Manfred Zech
Druck und Bindearbeiten: Ebner & Spiegel, Ulm
Printed in Germany
ISBN 3-86615-104-7

Die Hechte werden bald beißen“, sagte der alte Mann. Sein Wort lockte die Männer aus den warmen Häusern. Noch vor Sonnenaufgang luden sie sich die Geräte auf die Schultern und zogen los. Unter ihren Stiefeln knirschte der Schnee. Das erste Licht stand kalt zwischen den Fichtenspitzen. Wenn sich die frühe Sonne groß und rotfarben über den Waldsaum schob und sich ihr Bild in dem blinden Spiegel des Sees abmalte, hatten die Manner bereits mit schweren Beilen Löcher in die dicke Eisdecke geschlagen und sie legten ihre Schnüre aus. Weit über den See gestreut, hockten sie da, regungslos, schwarze Gestalten, die Köpfe tief in die Pelze geduckt, Katzen vor Mauslöchern. Später füllten sie aus den Säcken Kohle in kleine Eisenkäfige und zündeten Feuer an. Es war, als habe die Sonne helle Glutfunken über den See geworfen. Den Plan für die Käfige hatte der alte Mann, als er noch jung war, mit einem Stift auf einen breiten Holzspan gezeichnet. Der Schmied hatte nach diesem Plan, kopfschüttelnd über den neumodischen Kram, aus dünnen Eisenstangen geschmiedet, was der alte Mann sich ausgedacht hatte. Heute schüttelte kein Schmied in der ganzen Gegend mehr seinen Kopf darüber. Die Feuerkäfige hatten sich weit verbreitet und es gab kaum einen Eisfischer an den Seen, der ohne ein solches Holzkohlengitter zum Fange auszog.

„Die Glut lockt die Fische an“, mutmaßten viele. Sicherer jedoch und wohlig für jeden war die Wärme, die das gefangene Feuer ausströmte, und angenehm war es, dass sich die Männer ein paar Fische über der Glut rösten konnten. Würziger Bratgeruch wehte dann über das Eis und die Reifkristalle in den Schnurrbärten der Männer tauten ab, wenn sie sich die heißen Fischstücke in den Mund schoben.

In diesem Jahr blieb der große Fang lange aus.

„Er wird alt“, spotteten die Männer, aber der alte Mann hörte darüber hinweg.

Bevor sie schließlich heimgingen, warfen sie die wenigen Fischchen, die ihnen während der langen Stunden an den Haken gegangen waren, zornig auf das Eis. „Lieber gar nichts als so was“, riefen sie verächtlich und spuckten auf die handlangen Weißfische, die doch nur Spott im Dorfe herausfordern würden. Lieber kamen sie mit leeren Händen.

Der alte Mann fürchtete keinen Spott und kein hämisches Lachen, wenn er nach Hause kam. Seine Frau kannte die unberechenbaren Launen der Fische, denen jeder Fischer ausgeliefert ist. Sie wusste, dass der alte Mann mit den Fischen große Geduld hatte und sich nicht entmutigen ließ. Auch an diesem Tag waren die anderen Männer längst auf dem Heimweg, als er endlich dem Jungen das Zeichen gab die Schnüre einzurollen.

Der alte Mann schritt von Eisloch zu Eisloch und sammelte die kleinen Fischchen, spülte sie sorgsam ab und steckte sie in einen engmaschigen Netzsack. Als er die letzten Löcher erreichte, zog sich schon ein faltiges, sprödes Eishäutchen über das Wasser.

„Wird kalt heute Nacht, Luke“, sagte er zu dem Jungen.

„Warum sammelst du die Mistfische, die die anderen weggeworfen haben?“, fragte der Junge und er schämte sich für den alten Mann.

„Man muss sie nehmen, wie sie kommen“, antwortete der alte Mann und stapfte los. Stumm und trotzig ging der Junge hinter ihm her. Er wusste noch nicht, warum der alte Mann jeden Pfennig zweimal umdrehte, und ahnte nicht, dass er die Fische mitnahm, um am Abendessen zu sparen.

Aber der alte Mann wusste, dass ein zusammengesuchtes Abendessen wieder ein paar Groschen von der Schuldenlast abtrug, Schulden, die ihm sein Sohn auf den Buckel geladen hatte, Schulden, die den alten Mann zu Boden drücken wollten. Von all dem wusste der Junge noch nichts.

„Bald musst du ihm alles sagen“, dachte der alte Mann, als er später beim Abendessen bemerkte, wie der Junge die gebratenen Fischchen verächtlich beiseite schob und auf einem Kanten trockenen Brotes herumkaute.

Der alte Mann hatte es immer wieder aufgeschoben, dem Jungen alles zu sagen. Er sah, dass der Junge stolz war, und er war nicht sicher, ob er stark genug sein würde alles zu wissen. Der alte Mann wollte, dass der Junge seinen freien Blick behielt und die Augen nicht niederschlug, wenn er alles gehört hatte. Der älteste Sohn des Mannes war der Vater des Jungen und es war dem alten Mann selbst schwer gefallen, den Blicken derer standzuhalten, die alles wussten.

Seit gestern gingen sie nun allein zum See, der alte Mann und der Junge. „Heute hat er nicht einmal Köderfische mitgebracht“, spotteten die Männer, als der alte Mann mit dem Jungen in der Abenddämmerung des ersten Tages zurückkam.

Der alte Mann erwiderte kein Wort und ging in sein Haus. Die Männer versuchten den Jungen auszuhorchen.

„Gar nichts gefangen?“, fragten sie.

„Nein“, antwortete der Junge einsilbig.

„Nicht mal ’nen Köderfisch gefangen?“

Der Junge zögerte, antwortete aber dann: „Nein, wir haben heute nichts gefangen.“

Da lachten die Männer und schüttelten ihre Köpfe über den alten Mann. „Seit der Karl weg ist“, sagten sie leise, „seitdem ist mit dem Bienmann nichts mehr los.“

Doch der Junge hörte das nicht. Er hatte sich daran gewöhnt, dass hinter seinem Rücken getuschelt wurde, seit sein Vater fortgegangen war.

Der Junge dachte daran, dass der alte Mann der listigste und erfahrenste Eisfischer im ganzen Dorfe war. Tagelang hatte er mit den Männern auf dem Eis gesessen und sich wie sie mit den mageren Köderfischen begnügt, die der Zufall ihm an den Haken spießte. Aber an dem Tage, als sie zum ersten Mal den See für sich allein hatten, hackte der alte Mann das Eis hinter der Landzunge unter einem trockenen Erlengebüsch auf. Schon dachte der Junge, der alte Mann sei nun wirklich verrückt geworden und wolle dicht unter dem Ufer sein Glück versuchen, da sah er, wie er unter die Eisdecke griff, einen dort verborgenen Strick fasste und einen großen, gelöcherten Holzkasten hervorzog. Der Junge packte zu, denn der Kasten war schwer. Endlich hatten sie ihn auf das Eis gehoben. Der Kasten hatte einen verriegelten Deckel. Den öffnete der alte Mann und sagte: „Schau hinein, Luke." Der Junge spähte in den Kasten. Das Wasser schoss durch die Löcher auf das Eis. Bald sah der Junge, dass es in dem Kasten von Fischen wimmelte.

„Köderfische! Karauschen!", jubelte der Junge und umarmte den alten Mann so heftig, dass dieser schwankte.

„Karauschen sind die besten, Luke", sagte der alte Mann. „Sie haben ein zähes Leben."

Sie griffen einige etwa viertelpfündige Fische heraus, steckten sie in den Netzsack und versenkten den Kasten wieder unter dem Erlengebüsch. Mit den Fischen zogen sie zu dem Eisloch des alten Mannes und der Junge half ihm beim Ködern der Schnüre.

„Wenn du willst, Luke", sagte der alte Mann, „dann mach dir auch eine Schnur fertig."

Der Junge schlug, nicht weit von dem alten Mann entfernt, ein Loch ins Eis und senkte seine Schnur hinein. Sie warteten den ganzen Tag, aber sie fingen nichts.

„Morgen", sagte der alte Mann, als der Junge ihn am Nachmittag fragte, ob die Hechte aus dem See weggeschwommen seien. „Morgen fangen wir Fische. Ich spüre es in den Knochen. Das Wetter wird bald umschlagen. Wenn es anderes Wetter gibt, dann werden die Fische beißen."

Was der alte Mann vorausgesagt hatte, traf ein. Gegen elf Uhr am nächsten Morgen hatte er schon vier schöne Barsche und zwei Hechte gefangen, jeder Hecht an die fünf Pfund schwer. Dem Jungen waren zwei Barsche an den Haken gegangen. Einmal war ein mächtiger Ruck durch seine Schnur gefahren, aber er war aufgeregt gewesen und hatte zu schnell den Arm mit der Schnur hochgerissen. Da ließ der Fisch den Köder fahren. Geduldig erklärte ihm der alte Mann, was er falsch gemacht hatte. „Komm ganz leise zu mir und schau“, sagte er, „bei mir hat einer gebissen.“ Der Junge band seine Schnur an einen Stecken und legte den quer über das Eisloch. Dann schlich er zu dem alten Mann hinüber. Der hielt die Schnur ganz locker zwischen Daumen und Zeigefinger und der Junge sah, wie die fein geknüpften Pferdehaare gleichmäßig ins Wasser glitten.

„Ein Barsch“, sagte der alte Mann. Die Schnur hing eine Weile still und locker im Wasser.

„Schlag an“, sagte der Junge. „Er wird dir sonst abgehen.“

„Wart es ab, Luke. Er schmeckt gerade die Karausche. Wenn er sie fest gefasst hat und jetzt noch einmal loszieht, dann schlage ich an.“

Es dauerte ein, zwei Minuten und der Junge dachte schon, der Fisch sei längst mit der Beute davon, da straffte sich die Schnur wieder und glitt weiter ins Wasser hinein. Der alte Mann saß in der Hocke, jeden Muskel gespannt. Zwei Meter Schnur ließ er noch weggleiten, dann schnellte er hoch und riss sie empor. Mit ruhigen Zügen holte er den Fang ein. Der Junge sah im Wasser des Eislochs die goldene Bauchseite des Fisches aufschimmern, schob den Käscher unter die Beute und hob sie aufs Eis.

„Ein herrlicher Barsch“, jubelte er. „Und schwerer als die anderen ist er auch.“

Der alte Mann säuberte den Fisch und sagte: „Ich vertrete mir ein bisschen die Beine, Luke. Später bringe ich neue Köderfische mit. Sieh zu, dass du etwas fängst. Wo ein Barsch ist, da sind auch mehrere.“

Er ging über das Eis dem Ufer zu.

Der Junge kehrte zu seinem Eisloch zurück und löste die Schnur von dem Stock. Seine Mutter hatte ihm dicke Wollhandschuhe gestrickt. Nach seiner Anweisung fehlten die Spitzen des Daumens und des Zeigefingers. „Ich habe dann mehr Gefühl für die Angelschnur“, hatte der Junge gesagt. Er hielt die Pferdehaare ganz lose zwischen den Fingern. In großen Schlingen sorgfältig ausgebreitet, lag das Ende der Schnur auf dem Eis. Wenn der Junge am Eisloch saß, dann hatte in seinem Kopf kein anderer Gedanke Platz als der an den Fisch, nicht einmal der an Lisa Warich. Er nahm kaum wahr, was um ihn herum geschah, sah nur den Wasserspiegel und sein Gerät. So entging ihm auch ein leises, ungewöhnliches Zucken nicht, das fremd durch die Schnur zitterte. Er wagte kaum zu atmen. Das war nicht die Bewegung der geköderten Karausche. War es ein Fisch? Ein großer Fisch vielleicht? Doch nicht das geringste Zupfzeichen deutete in den nächsten Minuten an, dass ein Fisch angebissen hatte.

Vielleicht hat sich nur die Karausche wild bewegt, dachte der Junge. Aber dann glitt ihm die Schnur schnell durch die Hand und er wusste, das war ein Anbiss.

Es dauerte lange, bis die Schnur für einen Augenblick zur Ruhe kam. Dann wurde sie weiter von der unsichtbaren Kraft ins Wasser gezogen, schnell und ohne Zuckeln. Besorgt sah der Junge, wie Schlaufe um Schlaufe der Schnur ablief und es bis zu ihrem Ende nur noch wenige Meter waren.

Er reißt mir die ganze Leine weg, dachte der Junge. Ich muss bald anschlagen. Er drehte die Schnur zweimal um seinen Handschuh und schleuderte seinen Arm so hoch er konnte. Es war ihm, als habe er den Haken auf dem Grunde des Sees in einen Baumstamm gerammt.

„Großvater“, schrie der Junge. Doch von dem alten Mann war weit und breit nichts zu sehen. Er war hinter der Landzunge verschwunden.

Die Schnur straffte sich. Die Wassertropfen zerstoben zu kleinen Perlen und sprühten von den Pferdehaaren. Wie eine Bogensaite spannte sich die Schnur. Es kam dem Jungen wie eine Ewigkeit vor, wie er dort stand, die Beine weit gespreizt, unfähig die Schnur auch nur zehn Zentimeter herauszuziehen, ohne sie zu zerreißen. Am anderen Ende der Schnur rührte sich nichts. Hatte sich der Haken irgendwo auf dem Grunde des Sees festgespießt? Es dauerte eine Weile, bis der Junge aus der Ungewissheit befreit wurde. Die Schnur wurde mit einem Male schlaff und er konnte sie Zug um Zug einholen. Er achtete darauf, dass sie in großen Schleifen auf das Eis fiel, und das war gut so; denn plötzlich zog der Fisch wieder davon und es brannten dem Jungen die Finger von der hindurchschießenden Schnur. Er vermochte den Fisch nicht zu halten. Da wusste der Junge, dass er einen großen Fisch am Haken hatte. Alle Aufregung fiel von ihm ab und das Zittern in seinen Knien verebbte. Er war jetzt froh, dass der alte Mann nicht in der Nähe war. Mit kühlem Kopf tat er, was er schon hundertmal im Halbschlaf und in Träumen getan hatte. Er kämpfte mit dem Fisch, zog die Leine ein, wenn sie schlaff wurde, gab geschmeidig nach, wenn der Fisch zerrte, achtete darauf, dass die Schnur der Eiskante fernblieb und sich an den scharfen Bruchstellen nicht durchscheuern konnte, schob mit dem Fuß den großen Käscher näher heran, fühlte, als der Fisch sich eine Weile ruhig gegen seine Kraft stemmte, mit der Hand nach dem Messer im Gürtel, spähte nach dem Beil, das er benutzen wollte, wenn es ein ganz großer Fang war. Allmählich spürte er, wie der Fisch ermattete. Seine Züge wurden kürzer, die Pausen länger. Schließlich holte der Junge Armlänge um Armlänge die Schnur ein und es war ihm, als ob der Fisch mit einem Male alle Kraft verloren hätte. Nur das Gewicht spürte der Junge in den Armen.

Er machte große Augen, als er den Fisch dicht unter die Oberfläche des Wassers gezogen hatte. Noch niemals zuvor hatte der Junge einen so gewaltigen Hecht gesehen. Er legte die Schnur auf das Eis und trat mit seinem Stiefel darauf. Die weiße Bauchseite nach oben gekehrt, schwebte der Fisch im schwarzen Kreisrund des Eisloches. Der Junge fasste den Käscher fest mit beiden Händen und stülpte den Netzsack über den Kopf des Fisches. Ein letzter, harter Schlag des Schwanzes peitschte das Wasser und warf den Jungen beinahe in sein eigenes Eisloch. Er glitt aus, gewann aber wieder festen Fuß, zerrte den Fisch heraus und schleifte ihn weit auf das Eis, griff nach dem Beil und schlug die Schneide durch das Netz hindurch dem Fisch hinter dem Kopf ins Rückgrat.

Die durchgeschlagenen Maschen ließen den Käschersack zerfallen. Frei lag der Hecht, das Beil im Genick, den Weidenring des Käschers rund um den Leib.

„Was für ein Fisch", sagte der alte Mann. Der Junge fuhr herum. Er wusste nicht, wie lange der alte Mann schon in seiner Nähe gestanden und ihm zugeschaut hatte. Er stürzte auf ihn zu und verbarg sein Gesicht im Pelz des alten Mannes.

„Du hast ganz allein einen riesigen Fisch gefangen", sagte der alte Mann. Er klopfte mit seiner Hand immer wieder leicht auf den Rücken des Jungen. Er ist ein Mann, dachte er. Morgen will ich ihm alles erzählen.

Nach so einem Fang erscheint dir jeder andere Fisch wie ein Nichts", sagte der alte Mann. Sie packten ihre Geräte zusammen, obwohl die Sonne noch hoch über den Fichten stand. „Du trägst deinen Fisch selbst", sagte der alte Mann und lud sich zu seinem eigenen Angelzeug die Sachen des Jungen auf den Rücken. Der Junge schüttelte den Kohlenstaub aus dem Sack, in dem er die Holzkohle hergetragen hatte, breitete sich das Tuch über Schulter und Rücken und der alte Mann half ihm den Fisch so darauf zu legen, dass er nicht herunterrutschen konnte. „Greif ihm nicht ins Maul", mahnte er. „Du weißt, so ein alter Bursche hat dort Rasiermesser statt der Zähne."

Das hatte der Junge längst gespürt; denn als er dem Fisch einen Strick durch die Kiemen gezogen hatte, war er mit seiner Hand an die scharfen Hornzacken geraten und aus den Kratzern quer über dem Handrücken quoll immer noch das Blut. Er hatte die Hand schnell in seinem Handschuh versteckt.

Das freie Ufer des Sees hatten sie bald hinter sich gelassen und gingen durch die Wälder. Sie schritten hintereinander, der alte Mann voraus und der Junge in seiner Spur. Der Schnee lag in diesem Jahr nur wenig über einen halben Meter hoch und der Pfad war von den vielen Männerfüßen, die in den Tagen vorher zum See gelaufen waren, festgetreten. Unter dem Gewicht des Fisches begann der Junge trotz des scharfen Frostes zu schwitzen und er schnürte sich den Pelz am Halse auf. Aber er spürte keine Müdigkeit. Der Wald lichtete sich. Sie erreichten die Straße, die vom Dorfe zur Kreisstadt führt. Sie konnten jetzt nebeneinander gehen. Die Pferdeschlitten hatten den Schnee festgefahren. Waren die Schritte des Jungen, wenn er in den letzten Tagen die eingesammelten Köderfischchen zu tragen hatte, langsamer geworden, je näher sie dem Dorfe kamen, so schienen ihm heute neue Kräfte zu wachsen, als er in der Ferne die lang gestreckte Doppelzeile brauner Holzhäuser ausmachen konnte. Am Eingang des Dorfes verbreiterte sich die Straße. Zu beiden Seiten waren die Wohnhäuser aufgereiht. Die Giebel zeigten zur Straße hin. Sie mussten an der Schule vorbei und an der Kirche und durch das ganze Dorf; denn das Haus des alten Mannes lag am Ende der Straße. Es war, wenn man von der Kirche absah, das größte Haus im Ort und bei weitem das schönste. Der alte Mann hatte es selbst geplant und gezimmert. Überhaupt hatte er die meisten Häuser im Dorfe aufgerichtet, zuerst mit seinem Vater und seinen Brüdern, später mit Gesellen und Arbeitern. Seine Häuser waren solide gebaut und aus dicken, sauber geschlagenen Balken fest gefügt, alle dunkelbraun gebeizt und mit dichten, spitzen Dächern versehen. Die Holzhäuser hatten nach und nach die drei Dutzend Lehmhütten verdrängt, die ursprünglich im Dorf gestanden hatten. Das Haus des alten Mannes ragte hervor, hatte mit Brettern kunstvoll vertäfelte Giebel, ein ausgebautes Dachgeschoss, größere Fenster mit klaren Scheiben und eine aus reich verzierten Balken zusammengefügte Laube vor der Haustür.

Nachrichten laufen schneller als Menschen. So kam es, dass die Mutter des Jungen und seine Großmutter ihnen schon im Hofe entgegeneilten, die schwarzen Wolltücher flüchtig um Schultern und Leib geschlagen.

Anna und Katinka, die beiden jüngsten Töchter des alten Mannes, kaum älter als der Junge, hatten nicht einmal Zeit gefunden ihre Pelze überzuwerfen. Sie standen in der Kälte und zitterten und bestaunten den Fisch. Der Junge ließ ihn von der Schulter gleiten und hängte ihn an den eisernen Haken, der in den Pfosten der Laube geschlagen war.

Nachbarn liefen im Hof zusammen.

„Was für ein prächtiger Fisch!"

„Einen größeren Hecht habe ich nie gesehen."

„In das Maul passt ein Männerkopf glatt hinein."

Sie klopften dem alten Mann auf den Rücken und ihre Augen funkelten, als ob sie selbst den Fisch an der Leine gehabt hätten. „Lasst die Waage holen", rief Lenski, einer der Männer, die all die Tage vergebens mit aufs Eis gelaufen waren. „Wir wollen sehen, ob er schwerer ist als der Hecht, den Gustav Krohl vor Jahren aus dem See gezogen hat."

„Ja, wir wollen die Waage holen", stimmte der alte Mann zu.

Anna und Katinka liefen ins Haus. „Aber zieht euch den Pelz an und auch die Stiefel", schrie die Mutter ihnen nach.

Die Lammfellmäntel übergehängt, kamen sie wenig später wieder in den Hof. Anna trug die große Waage, zwei mächtige Messingschalen an einem Doppelarm. Katinka hielt das Brett mit den Gewichten.

Der alte Mann hängte die Waage an den Querbalken über dem Laubeneingang. Ganz genau über der Marke, die das Gleichgewicht anzeigte, pendelte sich die Zunge ein. Er packte den Fisch und legte ihn vorsichtig auf die eine Schale. Weit hing der Schwanz über den Rand und auch der gewaltige Kopf des Fisches fand keinen Platz in dem Schalenrund. Tief sank die Last. Der Arm, an dem die andere Waagschale hing, schlug bis unter den Balken. Der alte Mann legte die Gewichte hinein, zuerst das Fünfkilostück, dann das Dreikilogewicht, auch das von zwei Kilo und schließlich die beiden Einkilosteine. Aber noch hob sich die Schale mit dem Fisch nicht.

„Ich hole die Küchengewichte aus dem Haus, Vater“, sagte die Mutter des Jungen. Der alte Mann musste noch einige kleinere Gewichte auflegen, bis endlich der Waagenarm zu zittern begann und sich ins Gleichgewicht hob.

Der Junge hatte jeden Stein mitgezählt und rief: „28 Pfund und ein halbes wiegt mein Fisch. Er ist mehr als drei Pfund schwerer als der von Gustav Krohl.“

Die Männer lachten und Lenski fragte den alten Mann: „Was meint der Angeber, Friedrich Bienmann, wenn er sagt ‚mein Fisch‘?“

„Nun“, antwortete der alte Mann, „es ist sein Fisch.“

Die Männer wollten ihn nicht verstehen und Lenski fragte ihn wieder: „Du hast dem Jungen diesen großen Fisch geschenkt?“

„Nein. Er hat den Fisch gefangen. Ganz allein hat er den Hecht aus dem See gezogen. Ich habe nicht einmal gesehen, wie er es geschafft hat. Ich war fortgegangen und kam erst zurück, als er ihn aufs Eis stieß.“

Einen Augenblick verschlug es den Männern die Sprache. Dann aber bildete sich ein Halbkreis um den Jungen. Sie hatten tausend Fragen und merkten gar nicht, dass der alte Mann den Fisch ins Haus trug und die Frauen die Waage wieder an ihren Platz in der Stube hängten.

„Kommt herein“, lud der alte Mann die Nachbarn ein. „Drinnen ist es warm.“ Bald hatten sie ihre Pelze im Flur auf die Haken gehängt, die Stiefel ausgezogen und ihre Pelzmützen ins Genick geschoben. Sie saßen auf der Bank am Kachelofen, der von der Stirnwand des großen Zimmers weit in den Raum hineingebaut war und eine wohlige Wärme ausströmte. Der Junge musste immer wieder ausführlich berichten, wie der Fisch gebissen und gekämpft und wie er ihn schließlich aus dem Loch herausgezogen und mit dem Beil erschlagen hatte. Immer mehr Menschen kamen. Der Fisch war auf den langen Tisch gelegt worden. Die Gäste, die später kamen, betasteten ihn, hoben seine Kiefer voneinander, und als der Fisch steif zu werden begann, klemmten sie ihm ein Holzscheit zwischen die Zähne, damit die Höhle des gewaltigen und mit vielen hundert Hornzacken ausgestatteten Rachens bewundert werden konnte.

Auch der Lehrer trat in die Stube. Er war ein lang aufgeschossener, hellblonder Mann von etwa 25 Jahren.

„Ein ungewöhnlich großer Hecht", lobte er. „Was macht ihr damit?"

„Was macht man schon mit einem Hecht? Die Bienmanns werden ihn kochen und essen", antwortete Grumbach, ein junger Zimmergeselle. „Mir läuft bei dem Gedanken an den Fisch das Wasser im Munde zusammen."

„Du hast's nötig", rief Hugo Labus und tätschelte mit der flachen Hand Grumbachs beträchtlichen Bauch.

„Ist nur Winterspeck", verteidigte Grumbach gutmütig seine Leibesfülle.

„Friedrich Bienmann", sagte der Lehrer und wandte sich dem alten Mann zu, „was halten Sie davon, wenn Sie den Kopf des Fisches der Schule schenken?"

„Müssen die Lehrer schon Fischköpfe kochen? Zahlt man ihnen so wenig Gehalt?", rief Lenski und alle lachten.

„Nein", sagte der Lehrer. „Ich will den Kopf nicht essen, sondern präparieren. Ich weiß, wie man das macht. Die Kinder können noch jahrelang den Fisch sehen, den der Lukas gefangen hat."

„Was meinst du selber dazu, Luke?", fragte der Großvater.

„Was soll ich dazu sagen?", antwortete der Junge unbestimmt.

„Ich rate dir, verschenke den Kopf nicht."

„Und warum, wenn ich Sie fragen darf, Friedrich Bienmann, soll der Junge den Fischkopf nicht an die Schule verschenken? Sie sind doch sonst immer dafür, wenn es um eine gute Schule geht."

„Schon, schon, Herr Lehrer, aber wissen Sie, wenn der Hechtkopf erst an der Wand hängt, dann ist es aus mit dem Fisch. Kein Zentimeterchen wird der Hecht dann noch wachsen in den nächsten Jahren. Jeder kann genau sehen, wie groß er gewesen ist, und jeder wird wissen, dass er 28 Pfund gewogen hat und ein halbes dazu."

„Er wird nicht mehr wachsen? Friedrich Bienmann, haben Sie je einen Fisch gesehen, der tot auf dem Tisch gelegen hat und doch noch gewachsen ist?"

„Aber ja", sagte der alte Mann. „Denkt an den Karpfen, Männer, den Pilar vor zehn Jahren gefangen hat. Moos hatte der auf dem Rücken und talergroße Schuppen. Jedes Jahr ist der Fisch ein Stückchen gewachsen. Und wenn die Leute im Dorf heute von Pilars Karpfen erzählen, dann ist er schwer wie ein Seehund und seine Schuppen sind groß wie Untertassen gewesen. Und solch ein Fisch", er zeigte mit der ausgestreckten Hand auf den Hecht, „solch ein Fisch ist das auch. Dem Karpfen und dem Hecht geht es wie den Königen. Je länger sie tot sind, umso größer werden sie."

Nun versuchte der Lehrer den Hecht kleiner zu machen. Er erzählte davon, dass in jener Gegend, aus der er stammte, weit weg von Ostpreußen, am Niederrhein, die Fischer Salme fingen von 50 und mehr Pfund Gewicht, ja, dass noch in dem Jahre, als er weggegangen war, ein Stör ins Netz gegangen sei, der an die 90 Pfund auf die Waage gebracht habe.

„Wie lange sind Sie schon weg?", fragte ihn der alte Mann.

„Sie wissen es doch. Seit drei Jahren bin ich hier Lehrer."

„Für drei Jahre ist Ihr Stör aber ganz schön gewachsen", lachte der alte Mann. „Sie sehen, wie es mit den toten Fischen geht."

„Ich habe ihm kein Pfund dazugegeben", verteidigte sich der Lehrer. „Wenn einer von euch mal an den Niederrhein kommen sollte, dann fragt doch danach. Jeder kann euch bestätigen, dass die Salme und die Störe so schwer und noch schwerer sein können, wenn sie den Rhein hinaufziehen."

„Warum sind Sie dann hergekommen, wenn es in Ihrer Heimat so große Fische gibt, wenn Sie in einem Steinhaus gewohnt haben und wenn Ihr Dom so groß ist, dass mehr als tausend Leute in den Bänken sitzen können?", fragte Lenski hämisch. „Was waren das für Sünden, die Sie aus dem Paradies vertrieben haben?"

Der Lehrer verstummte. Schließlich sagte er: „Kinder gibt es überall. Lehrer werden überall gebraucht." Dann zog er sich den Pelz über und ging hinaus.

„Irgendetwas steckt dahinter, dass er hier Lehrer ist", vermutete Lenski. „Warum kommt solch ein Mensch sonst zu uns in den Osten, in ein Dorf an der Grenze?"

Inzwischen hatten die Frauen auf dem großen Herd am anderen Ende der Stube aus den Barschen und den kleineren Hechten eine Fischsuppe gekocht.

Jeder probierte davon und Lenski sagte: „Solltest deine Alte mitnehmen, Meister, wenn wir im Sommer auf den Bau gehen. Oder doch wenigstens deine Schwiegertochter, die Marie. Dann bekäme der ganze Trupp gutes Essen zwischen die Rippen und nicht immer nur den Fraß, den die Lehrlinge kochen."

„Ein fetter Ochse arbeitet nicht gern", wehrte der alte Mann ab. „Und außerdem, weiß der Kuckuck, ob wir im Frühjahr überhaupt losziehen. Die Zeiten sind schlecht. Die Ernte war mager. Wer kann sich in solchen Tagen schon ein Haus bauen lassen? Jedenfalls habe ich noch nicht einen einzigen Auftrag."

„Wir müssten in die Staaten gehen", sagte Gerhard Warich, ein kleiner Mann, dessen blasses Gesicht beinahe ganz unter der Pelzmütze verschwand. „Mein Bruder Bruno hat mir geschrieben. Gute Zeiten sind dort für Zimmerleute. Sie hatten Krieg dort. Viele Häuser sind abgebrannt. Da haben Zimmerleute alle Hände voll zu tun."

„Dem Krieg folgt der Hunger, Gerhard Warich. Das weiß doch jeder. Was sollen wir in einem Land, in dem der Krieg erst gerade zu Ende ist?", sagte der alte Mann.

„In Amerika ist alles anders", ereiferte sich Warich. „Mein

Bruder Bruno schreibt, ich könnte mir keine Vorstellung davon machen, wie reich das Land ist. Fruchtbare Erde, so weit das Auge schauen kann. Laubwälder, herrliche Stämme, Bauholz, so viel du nur willst. Und du kannst es einfach schlagen, brauchst niemand zu fragen. Der Wald ist für alle da. Wir sollten es wagen. Wir sind doch die beste Zimmerkolonne weit und breit.“

„Ich würde vielleicht gehen, für ein, zwei Jahre“, meinte Lenski. „Ich würde gehen, wenn der Friedrich Bienmann mitgeht.“

„Was sind wir ohne dich, Friedrich Bienmann?“, sagte Lenski. „Du hast die Konstruktionen im Kopf. Du reißt die Balken an und machst die Pläne. Weißt du noch, wie du die Kirche in Leschinen gebaut hast? Keiner hat geglaubt, dass du den Turm je aufrichten könntest, als das Gewirr der Balken da auf dem Bauplatz ausgebreitet lag, behauen und gekerbt. Und dann, als auch das letzte Holz fertig war, haben wir den Turm zusammengebaut. Nicht ein Holz hat nachgeschlagen werden müssen. Gepasst hat alles auf den Zentimeter. Und als wir nachher das Lot von der Galerie herabgelassen haben, da stand der Turm wie eine Eins.“

„Ja, ja, so war das“, bestätigten die Männer. „Wir würden schon rübergehen, wenn du, Friedrich Bienmann, mit uns gingst.“

Doch der alte Mann antwortete nicht. Er dachte, dass er all seine Zimmermannskünste seinem Sohne Karl hatte zeigen wollen. Und der hatte einen hellen Kopf und kapierte schnell. Aber es war anders gekommen. Karl war verschwunden. Und er musste nun auch noch die Sorgen für seine Schwiegertochter und den Jungen tragen. Er schaute auf die junge Frau, die klein und zart am Feuer stand und doch Willenskraft und Zähigkeit genug besaß den großen schweren Eisentopf ganz allein vom Herd zu nehmen.

Er hat eine solche Frau nicht verdient, dachte der alte Mann. Ich hätte den Mund halten sollen. Aber ich habe das Unglück selbst herbeigeredet. Er hob seine Suppentasse vom Boden und rief: „Marie, schenk mir noch von der Fischsuppe ein."

Seine Schwiegertochter kam und füllte seine Tasse.

„Kannst stolz sein auf deinen Luke. Er ist fast schon ein Mann."

Sie blieben an diesem Abend noch lange beieinander. Lenski hatte eine Flasche Kartoffelschnaps spendiert. Sie erzählten von großen Fischen, von den Wölfen, die in diesem Winter noch nicht gekommen waren, vor allem aber von Amerika, und es schien ihnen ein Land voller Wunder zu sein, in dem ein geschickter Zimmermann das Gold auf der Straße finden konnte. Es ging schon auf Mitternacht zu, als Mathilde, eine Tochter des alten Mannes, die an die zwanzig war und tagsüber auf dem Gutshof arbeitete, nach Hause kam.

„So spät heute?", fragte der alte Mann.

„Sie hatten ein Fest drüben. Der Baron ist gekommen. Er will dich morgen um zehn sprechen, Vater." Sie schaute sich in der Stube um. „War der Lehrer nicht da?", fragte sie.

„Hast ein Auge auf den Lehrer geworfen, wie?", versuchte Lenski sie zu necken.

Aber sie ging nicht darauf ein. „Ich bin müde, ich gehe ins Bett. Wir können morgen zusammen zum Gut gehen, Vater. Ich muss auch um zehn Uhr dort sein."

„Ist gut." Der alte Mann versank ins Grübeln. In zwei Jahren hatte er nicht mehr als 325 Taler zurückzahlen können von der Schuld seines Sohnes. Der Baron schickte nach ihm. Er hatte nur 180 Taler in den letzten drei Monaten zusammengekratzt. Für 2000 Taler hatte er damals für seinen Sohn Karl gebürgt. Was sollte nur werden, wenn er dem Baron wieder nicht genug zurückzahlen konnte? Ein anderer Herr hätte ihm wahrscheinlich schon Haus und Hof und Geschäft unter den Hammer gebracht. Aber die Geduld des Barons hatte auch ihre Grenzen. Schon im Sommer hatte er viel von seiner Freundlichkeit verloren, als der alte Mann nur 150 Taler auf den Tisch zählen konnte. „Die Zeiten sind schlecht, Bienmann, ich weiß es“, hatte er gesagt. „Aber für mich sind sie nicht besser als für dich. Denke daran und sieh zu, wie du das Geld zusammenbekommst.“

„Ja, Herr“, hatte er geantwortet und es war ihm schwer gefallen, die Augen nicht niederzuschlagen.

„Schluss jetzt“, brummte er und stand auf. „Es ist genug gefeiert für 28 Pfund Fisch. Geht nach Hause, Leute.“

Der Junge war eingeschlafen und schreckte von dem Gepolter der Füße und vom Stühlerücken auf.

„Eins wollte ich noch fragen, Luke“, sagte Lenski, „hat der Fisch tatsächlich auf ein mickriges Rotauge angebissen?“

„Nein“, antwortete der Junge schlaftrunken. „Eine Karausche habe ich ihm an den Haken gesteckt, eine fette Karausche.“

Der alte Mann lachte. „Du bist ein raffinierter Mann, Lenski. Hast es aus dem Jungen herausgelockt. Aber ich will euch allen sagen, wo ihr die Karauschen findet. Ich habe sie in einem Fischkasten unter dem Eis verborgen. An der Landzunge haben wir heute Morgen das Loch geschlagen. Nehmt von den Köderfischen, das heißt, wenn ihr überhaupt noch zum Fischen geht.“

„Und ob wir zum Fischen gehen“, sagte Lenski. „Und danke für die Köderfische.“

Der alte Mann hatte in der Nacht kaum ein Auge zugetan. Unruhig wälzte er sich in dem breiten Bett von einer Seite auf die andere, vorsichtig, damit er seine Frau nicht aufweckte. Sie schliefen allein in der kleinen Stube. Das Haus war groß geworden, seit die ältesten Kinder fort waren. Karl hatte sich davongemacht und kein Mensch konnte sagen, wohin. Weit weg im Elsass wohnte seine Tochter Paula. Sie wollte unbedingt einen Zollbeamten heiraten, der wenige Monate nach der Hochzeit versetzt worden war. Und Martin, sein zweiter Sohn? Gegen seinen väterlichen Rat war er in den Westen an die Ruhr gezogen und hatte dort Arbeit gefunden. Früher hatte der alte Mann keine schlaflosen Nächte gekannt.

„Du schläfst wie ein Klotz“, hatte Hedwig, seine Frau, gesagt. Aber seit sein Ältester, der Karl, herangewachsen war, gab es viele Gründe für schlaflose Stunden. In solchen Nächten machte sich der alte Mann Vorwürfe. Tausend Gedanken quälten ihn. Vielleicht, so sagte er sich, wäre alles anders gekommen, wenn er Martin in die Zimmermannslehre genommen hätte und nicht den Karl. Aber es sah alles so vernünftig aus. Martin nach Ortelsburg in die Schmiedelehre, Karl sollte Zimmermann werden. Sie würden gemeinsam das Geschäft vergrößern. Martin ist ein guter Handwerker geworden. Aber Karl hätte doch wohl besser auf die Kunstschule nach Königsberg gepasst. Schon als Junge hatte er den Zimmermannsstift lieber zum Malen in die Hand genommen statt nach der Säge oder der Axt zu greifen. Niemals hatte er gerade Linien von Schwellen und Balken, Pfosten und Pfetten gezeichnet. Immer waren ihm unter der Hand höchst nutzlose Bilder entstanden, Bilder von Vögeln und Pflanzen, von Pferden und Kühen. Das alles mochte in den Kindertagen noch hingehen. Aber als Karl aus der Schule kam und mit dem alten Mann und mit der Zimmerkolonne als jüngster Stift loszog, da wurde es schlimm. Was hätte er alles lernen können von dem alten Mann, der als der beste Zimmermeister in der ganzen Gegend bekannt war und der schon gleich nach dem Tode seines Vaters voll Respekt „der alte Mann“ genannt wurde, obwohl er damals erst knapp über vierzig gewesen war. Was hätte sein Sohn alles lernen können!

Stattdessen ging der Lehrling Karl dem Holz aus dem Wege. Tausend Ausreden und Vorwände fielen ihm ein, um sich von der Baustelle wegzustehlen. Meist fand ihn der alte Mann dann in der Hütte der Zimmerleute sitzen, den Stift in der Hand. Oft genug bekritzelte er das teure Zeichenpapier. Vielleicht, dachte der alte Mann, vielleicht bin ich damals zu nachsichtig gewesen.

Aber es hatte ihn fasziniert, wenn er sah, wie der Junge malte. Da skizzierte er den Altgesellen hoch oben auf dem aufgebockten Eichenstamm, die große Säge mit beiden Händen gefasst, und unter dem Baume stand der Lehrling, mit Sägmehl bestäubt, und riss das Sägeblatt herab. Nicht irgendwelche Gestalten wuchsen da auf dem Papier, sondern jeder konnte auf den ersten Blick den hageren Lenski und den dicklichen Grumbach erkennen. Später hatte er den Jungen härter angefasst. Als sie den Kirchturm von Leschinen aufgerichtet hatten und den letzten Sparren einfügten, war das ein großer Augenblick für die Zimmerleute.

Der Junge aber war nicht zu finden. Er hockte im Kirchenschiff mit Stift und Papier vor einem Seitenaltar und malte den heiligen Laurentius nach. Da hatte sich der alte Mann vergessen, achtete nicht auf den Kirchenraum, sondern zerriss das Blatt und gab dem Sohn eine Ohrfeige. Damals war Karl für viele Stunden in die Wälder gerannt und erst in die Hütte zurückgekrochen, als es schon stockfinster geworden war. Dem alten Mann hatte die Ohrfeige Leid getan. Aber er verschloss seinen Mund. Er hatte Angst, dass aus dem Jungen niemals ein Zimmermann werden würde, wenn er immer nur brotlose Kindereien im Kopfe habe.

Bei den Gesellen war Karl beliebt. Er war stets heiter und liebenswürdig. Als Lehrling im ersten Lehrjahr hatte er für die Gesellen zu kochen. Und das konnte Karl wie kein Lehrjunge zuvor. Abends, wenn sie noch bei trübem Licht in der Hütte saßen, gab er nicht eher Ruhe, bis sie ihn beim Kartenspiel mitmachen ließen. Er war einer der wenigen, die beim Spiel kein Lehrgeld bezahlen mussten, denn er spielte gut und meistens war das Glück auf seiner Seite.

Tausendmal hatte der alte Mann sich ausgemalt, wie es geworden wäre, wenn Karl auf dem vorgezeichneten Weg vorwärts gegangen wäre. Aber er wusste, dass jedes „Wenn“ und „Aber“ zu spät kam. Karl war verschwunden und der alte Mann saß da mit den Schulden seines Sohnes, Schulden, die genau 2000 Taler betrugen. 2000 Taler waren für das Zimmergeschäft selbst in guten Jahren eine große Summe. Aber es war wie verhext. Seit Karl weg war, hatte ihn das Glück verlassen. Die Kartoffelfäule und drei verregnete Getreideernten hintereinander hatten die Leute arm gemacht. Vom Gut kamen nur kleine Aufträge. Die ausstehenden Gelder waren nicht einzutreiben. Was sollte er dem Baron am Morgen sagen, wenn er wieder einmal die vereinbarten 500 Taler nicht zurückzahlen konnte? Vielleicht sollte ich doch mein Glück in den Staaten versuchen, dachte der alte Mann.

Fast die Hälfte aller Männer im Dorf trug stolz den goldenen Ring im rechten Ohr, das Zeichen der Zimmerleute, und alle hatten das Handwerk bei ihm oder bei seinem Vater gelernt. Jeden Sommer zogen sie auf den Bau, manchmal bis weit nach Russisch-Polen hinein. Aber durfte er die Kolonne für zwei Jahre oder länger aus dem Dorf in eine unbekannte, gefährliche Ferne führen? Es fielen ihm auch die Frauen ein, die dann ohne Männer auf Jahre allein wirtschaften mussten, und er schob diesen Gedanken gleich wieder von sich. Gegen Morgen sank er in einen flachen Schlaf. Niemand brauchte ihn zu wecken. Als Marie in der Küche zu hantieren begann, stand er auf, versorgte die beiden Pferde, die Kuh, die Schweine, rasierte sich sorgfältig und nahm seinen schwarzen Rock aus dem Schrank. Er öffnete das Schlafzimmerfenster und hängte den Anzug an die Luft. Der Geruch des Mottenpulvers war ihm widerlich.

Zum Frühstück gab es wie immer trockenes Brot, Milch und ein Stück Speck.

„Nimmst du mich wirklich mit zum Gutshof?“, fragte der Junge. „Versprochen ist versprochen, Luke“, stimmte der alte Mann zu. Mathilde ermahnte ihn eifrig: „Willst du nicht üben, wie man sich im Gutshaus benimmt?“

„Wie soll ich mich benehmen?“

„Nun, du machst es wie die Knechte vom Gut, wenn der Baron aus der Stadt kommt. Du klopfst leise an die Tür. Wenn dann drinnen der Baron ‚Herein‘ schreit, dann öffnest du langsam die Tür, gehst auf ihn zu, ohne dich im Zimmer umzuschauen, verneigst dich und wartest, bis er dich anspricht."

„Ist das alles?"

„Nun, wenn du seine Hand erwischst, dann musst du die küssen", neckte ihn Mathilde.

„Macht man das wirklich so?"

„Alle Leute vom Gut tun das."

Ärgerlich fuhr der alte Mann dazwischen: „Ich habe noch niemals einem Menschen die Hand geküsst. Sage nur deutlich und laut ‚Guten Morgen, Herr Baron' und alles andere wird sich dann finden."

„Und wenn er mir die Hand gibt?"

„Dann fasse nur kräftig zu und schüttle sie."

Jedenfalls beschloss der Junge sich die Hand sauber zu bürsten; denn immer noch fanden sich winzige Fischschuppen vom vergangenen Tag, die fest auf der Haut klebten.

„Wo ist eigentlich mein Fisch, Mutter?", fragte er.

„Ich habe ihn in der Nacht in den Frost gehängt", antwortete sie. „In der Kälte hält er sich am längsten."

„Richtig, der Fisch", sagte der alte Mann. „Was machen wir mit dem Fisch?"

„Wir könnten ihn für Sonntag spicken und braten", sagte die Großmutter.

„Und wenn wir ihn im Gut verkaufen würden? Ich denke, dass sie uns wenigstens zwei Taler zahlen für solch ein Prachtexemplar."

„Alles willst du zu Geld machen, Friedrich Bienmann. Ich kenne dich kaum wieder."

„Alles will ich nicht zu Geld machen, Hedwig. Dieses Haus nicht und nicht das Geschäft. Aber ob es uns je gelingt, dies alles zu behalten, das weiß der Himmel."

„Lass den Himmel, Friedrich Bienmann. Die Zeiten, in denen die Sterntaler vom Himmel gefallen sind, die sind längst vorbei. 2000 Taler, Friedrich, die solltest du schon schaffen.

Die hast du in guten Jahren in einem einzigen Sommer verdient."

„Die guten Jahre sind dahin, Hedwig. Ich bin nun wirklich ein alter Mann geworden und die Zeiten sind schlecht."

„Ein alter Mann bist du mit deinen 57 Jahren?" Die Großmutter lachte bitter auf. „Dein Vater hat mit 70 noch auf dem Dachfirst gestanden und den Richtkranz aufgehängt. Was ist bloß aus dir geworden, Friedrich? Du glaubst vielleicht, der Karl hat dir das Mark aus den Knochen gesogen. Schau deine Schwiegertochter an. Marie hätte allen Grund den Kopf hängen zu lassen. Eine junge Frau ist sie und sitzt allein hier, ohne Mann. Aber sie rackert und schuftet von früh bis spät und keiner von uns hat sie je klagen hören. Hör auf dich selbst zu bemitleiden, Friedrich. Nicht überall sind die Zeiten schlecht."

„Was willst du von mir, Frau?", sagte der alte Mann verdrießlich. „Soll ich etwa nach Amerika gehen und dort mein Glück versuchen?"

„Ja, das sollst du."

Einen Augenblick schwiegen alle verblüfft.

„Du willst wirklich, dass ich ...", stammelte der alte Mann.

„Du kannst Vater doch nicht wegschicken", sagte Mathilde.

„Du glaubst, Frau, ihr könntet ohne mich, ohne Mann, zwei Jahre oder länger hier fertig werden mit Haus und Hof?" Der alte Mann beugte sich über den Tisch und starrte seine Frau an, als habe er sie schon lange nicht mehr gesehen.

„Ja, Friedrich. Marie ist mir eine gute Tochter. Mathilde ist im Gut versorgt. Unsere Mädchen gehen mir hier zur Hand. Und schließlich kommt der Junge auch im Frühjahr aus der Schule."

„Ein starkes Weib, wer wird es finden?", schrie der alte Mann. „Wenn ich auch nur einen einzigen glücklichen Griff im Leben tat, dann war es der, mit dem ich dich packte. Es war ein Glückstag für mich, an dem ich zu euch aufs Gut kam und dich fragte, ob du mich heiraten willst."

Er sprang auf, umfasste seine Frau von hinten und küsste sie. „Wir werden dem Baron den Fisch nicht verkaufen“, rief er übermütig. „Wir werden ihm den Fisch schenken. Was sagst du dazu, Luke, mein Enkel?“

„Mir ist es gleich, was mit dem Fisch geschieht, Großvater. Ich habe ihn ja gefangen. Mehr will ich nicht von ihm.“

„Warum willst du ihn verschenken, Vater?“, fragte Mathilde. „Der Baron hat genug Geld. Er kann dafür bezahlen.“

„Ich will, dass der Baron zufrieden lacht. Dann werde ich ihn fragen, ob er etwas dagegen hat, wenn ich ihm die Schulden in goldenen Dollars bezahle.“

„Musst du ihn fragen, wenn du übers Meer fahren willst, Großvater?“

„Eigentlich nicht. Aber weißt du, Luke, Schulden können einen Mann fesseln. Er soll mir versprechen, dass er zwei Jahre lang das Haus und den Hof nicht anrührt. Und die 180 Taler, die ich ihm heute zurückzahlen wollte, die muss er mir auch noch lassen, damit die Überfahrt bezahlt werden kann.“

„Du hast dich also entschlossen nach drüben zu gehen?“

„Ja, Frau, was bleibt mir anderes übrig, wenn du mich aus dem Hause jagst?“, lachte der alte Mann und er war fröhlich wie seit Wochen schon nicht mehr.

„Weißt du eigentlich, dass dir trotz all deiner Jahre noch kein einziger Zahn fehlt?“, fragte die Großmutter.

„Warum sagst du das?“

„Zeig dem Baron die Zähne, Friedrich Bienmann. Zeig ihm, dass du die Zähne noch aufeinander beißen kannst.“

Er zog sich die schwarze Tuchjacke über. Sie stammte von seinem Hochzeitsanzug. Nie hatte er Gelegenheit gehabt Fett anzusetzen. Die Jacke spannte sich nur in den Schultern ein wenig. Seine Frau half ihm in den Pelz.

Er rief nach Mathilde und dem Jungen, doch die hatten den Fisch bereits vom Ast geschnitten, an den er in der Nacht gehängt worden war. Er war steif gefroren. Sie legten ihn auf ein sauberes Tuch, packten die Enden und trugen den Fisch zwischen sich. Mathilde war nicht größer als der Junge, den sie oft im Scherz „Neffe“ nannte, was er mit einem spöttischen „Tante“ quittierte. Wenn sie ihn gar zu sehr ärgerte, rief er ihr auch „Rotkohl“ nach. Aber das konnte er nur aus sicherer Entfernung wagen, denn Mathilde hatte gelernt sich zu verteidigen, wenn sie einer wegen ihrer flammroten Haare neckte.

Als sie sich verabschiedeten, flüsterte die Mutter dem Jungen zu: „Achte auf das Bild, wenn du in das Zimmer des Barons kommst.“

Es war eine reichliche halbe Stunde Weg bis zum Gutshof. Vom Herrenhaus her bimmelte die Glockenuhr halb zehn, als sie in die lange, schnurgerade Birkenallee einbogen, die genau auf die Freitreppe des Gutshauses zuführte.

„Viel Glück“, sagte Mathilde und betrat durch den Nebeneingang den Wirtschaftsflügel des Herrenhauses. Der Junge trug den Fisch allein die Treppenstufen hinauf.

Sie öffneten die große Flügeltür. Ein helles Glockenspiel schlug an. Eine ältere Magd im schwarzen Kleid und weißer Schürze schaute in die Halle. „Ach, Bienmann, Sie sind’s. Guten Morgen. Gehen Sie nur hinauf, Sie kennen sich ja aus. Der gnädige Herr ist in seinem Büro. Er erwartet Sie heute.“

„Guten Morgen, Nelly“, erwiderte der alte Mann den Gruß. „Siehst so feierlich aus, heute.“

„Na, wenn schon der Herr Baron im Haus ist.“

Der alte Mann ging über die schön geschwungene Holztreppe ins Obergeschoss.

„Du, Lukas, kommst besser mit in die Küche“, sagte Nelly, als sie sah, dass der Junge dem alten Mann folgte.

„Nein, Nelly, Luke geht mit mir. Er hat ein Geschenk für den Herrn Baron.“

„Man riecht’s“, knurrte Nelly und rümpfte die Nase. „Nimm wenigstens die Mütze vom Schädel, Jungchen.“

Der alte Mann klopfte an eine der vielen Türen, die vom langen Flur aus in die Zimmer führten.

„Herein!“, schallte es von drinnen.

Der alte Mann öffnete die Tür und ließ dem Jungen den Vortritt. Ein grobschlächtiger Riese mit einem schlohweißen Schnurrbart und rotem Gesicht saß hinter einem Schreibtisch, der über und über mit Papieren bedeckt war.

„Aha, der Zimmermeister“, rief der Baron. „Und wenn er schon das Geld nicht bringen kann, dann bringt er wenigstens seinen Sohn.“

„Mein Enkel ist er, nicht mein Sohn. Der Junge ist von meinem Karl.“

„Soso.“ Der Baron schien einen Augenblick verlegen.

Da schritt der Junge auf ihn zu, ohne sich im Zimmer umzusehen zwar, aber auch ohne den Rücken zu beugen, und sagte laut: „Ich habe, Herr Baron, den stärksten Hecht gefangen, der seit Menschengedenken aus unseren Seen gezogen worden ist. Ich möchte Ihnen, Herr Baron, den Fisch schenken.“ Dabei legte er den Fisch auf den Boden vor den Schreibtisch und zog das Tuch glatt, in dem er ihn hergetragen hatte. Der Baron schob den Stuhl zurück, kam um den Schreibtisch herum und schaute sich den Fisch an.

„Kolossales Biest“, sagte er. „Ob der noch zu genießen ist?“

„Er muss gut gespickt werden“, meinte der alte Mann.

Der Baron ging auf ihn zu und reichte ihm die Hand. „Guten Morgen, Friedrich Bienmann.“

Er küsst ihm die Hand nicht, dachte der Junge. Der Baron schien das auch nicht zu erwarten. Vielmehr bot er dem alten Mann einen Stuhl vor einem runden Kirschholztischchen an und setzte sich selbst so dazu, dass er den Fisch genau betrachten konnte. Er ließ sich von dem Jungen berichten, wie er den Fisch gefangen habe. Der Junge tat das, knapp und mit klarer, lauter Stimme. „Ich möchte auch lieber mit der Angel los oder auf die Jagd. Aber der Papierkram bringt einen noch um.“ Er zeigte auf den Schreibtisch.

„Lukas Bienmann, Enkel des Friedrich Bienmann, komm zu mir.“ Der Junge trat nahe an ihn heran. „Du sollst nicht sagen, der Baron von Knabig sei ein alter Knausersack. Hier, ich schenke dir ein Goldstück. Zehn Mark mit dem Bild des Königs. Und der Deibel soll dich holen, wenn du es nicht sorgfältig aufhebst."

„Danke, Herr Baron."

„Und nun zu Ihnen, Meister Bienmann. Ich kann mir Ihren Spruch schon denken. Es war ein nasser Herbst. Der Sommer hat auch nicht viel eingebracht. Sie können nicht alles zahlen, was Sie mir schuldig sind."

„So ist es, Herr Baron", bestätigte der alte Mann. „Genau gesagt wollte ich Ihnen nicht einmal die 180 Taler zahlen, die ich bei mir habe."

„Nicht einmal 180 Taler? Wie soll ich das verstehen?" Der Baron erhob sich schroff, ging mit wuchtigen Schritten zu seinem Schreibtisch, zog eine Schublade auf und holte einen dünnen, breiten Holzspan hervor.

„Kennen Sie diesen Ihren Schuldschein, Friedrich Bienmann?"

Der alte Mann nickte.

„Sie schulden mir, Mann, noch 1525 Taler. Woher, sagen Sie mir, woher soll das Geld kommen, wenn ich nicht Ihr Haus und Ihren Hof in Zahlung nehme?"

„Aus Amerika", antwortete der alte Mann.

„Aus Amerika?" Der Baron setzte sich wieder an den Tisch. „Amerika. Gar kein übler Gedanke. Wollen Sie unter die Goldgräber gehen?"

„Zimmerleute werden in Amerika gesucht. Ich nehme meine Kolonne mit und fahre für zwei Jahre in die Staaten."

„Amerika. Das mag gehen, Meister Bienmann. Ich bin einverstanden. Aber eins müssen Sie wissen, wenn Sie mir nach zwei Jahren die Taler nicht auf den Tisch des Hauses legen, dann muss Ihr Hof dran glauben."

„Die Dollars", sagte der alte Mann.

„Wie?"

„Na, Dollars werd' ich Ihnen zahlen, keine Taler."

„Gold ist Gold“, brummte der Baron, schritt durch das Zimmer, riss die Tür auf und schrie in das Treppenhaus: „Nelly! Komm herauf und schaff den verdammten Fisch in die Küche. Der teuerste Fisch, den ich je bekommen habe. Und er stinkt.“

Nelly brachte die Mamsell aus der Küche mit. Die tippte mit dem Finger auf den Hecht und schaute sich die Fischaugen an. „Wie können Sie, Herr Baron, sagen, das Tierchen stinkt? Es ist ein hervorragender Fisch. Ich werde ihn spicken, Herr Baron, mit angeräuchertem Speck. Ein Festbraten wird das.“

„Schon gut. Schaff das Monstrum endlich fort.“ Er öffnete ein Glasschränkchen, holte eine Flasche und zwei Gläser heraus, sagte „Trinken wir auf Amerika, Meister Bienmann“ und goss die Gläser randvoll.

Während die Männer tranken, schaute sich der Junge im Zimmer um. Es hingen viele gewichtige Gemälde an den Wänden. Auf dunklem Hintergrund waren die Halbgestalten der Vorfahren des von Knabig dargestellt und blickten ernst ins Leere. Das Bild, das sein Vater gemalt hatte, erkannte der Junge auf den ersten Blick. In glühenden Farben war ein Hornist dargestellt, der wohl das Signal „Jagd aus“ blies, denn viele Stücke Wild, Hasen, Tauben und Rebhühner lagen ausgestreckt am Boden. Der Baron sah, dass der Junge das Bild anstarrte, seufzte und sagte: „Es ist eine Schande mit dem Karl. Er ist der größte Filou, der mir je über den Weg gelaufen ist.“

Sie ließen das Herrenhaus hinter sich, schritten durch die Allee und bogen in die Landstraße ein. Dem Jungen ging das Bild nicht aus dem Kopf, das der Baron hinter seinem Schreibtisch an der Wand hängen hatte. Er hatte das Gemälde gelobt. Aber was meinte er, als er sagte „Dein Vater, das ist der größte Filou, der mir je über den Weg gelaufen ist“?

„Was ist mit meinem Vater?“, fragte er schließlich den alten Mann.

„Ich will dir heute alles von deinem Vater erzählen, Luke. Du weißt ja, er kann gut malen. Er ist überhaupt ein geschickter Mann. Aber er und ich, wir haben nicht zusammengepasst. Alles ist schief gegangen, was ich mit ihm angefangen habe. Ich nahm ihn in die Lehre. Was ein Zimmermeister können muss, das hätte er von mir lernen können. Es wurde nichts Gutes daraus. Er konnte das frische Holz nicht riechen. Ich habe es im Guten versucht und mit Strenge. Vielleicht zu sehr mit Strenge. Er ist mir zwischen den Händen weggeschlüpft. Ich habe ihn, als es nicht gehen wollte mit der Lehre, zu einem anderen Zimmermeister nach Allenstein geschickt. Ich habe mir gedacht: Vielleicht ist es nicht richtig, wenn der Vater zugleich der Lehrmeister ist. Nach einem halben Jahr, mitten im Winter, ist Karl von Allenstein zu Fuß zu uns zurückgelaufen. Das sind 70 Kilometer. Er war mager geworden und sah abgerissen aus. Kein Zeugnis hat er mitgebracht, keine Erklärung. Sogar sein Werkzeug hat er in der Stadt zurückgelassen. Aber eine Mappe voller Bilder und seine Pinsel und Farben in einem Sack, die hat er mitgeschleppt. Ein alter Maler habe ihm viel beigebracht, hat er gesagt. Ich bin dann nach Allenstein geritten und habe mich für meinen Sohn bei dem Meister entschuldigt. Bevor ich mir das Werkzeug aufgepackt habe, hat der Meister mir gesagt: ‚Das Lehrgeld, Friedrich Bienmann, das du mir gezahlt hast, das ist für dich ja nun verfallen. Denn dein Karl hatte keinen Grund ohne ein Wort wegzugehen. Aber der Rat, den ich dir gebe, der ist das Geld wohl wert. Aus deinem Jungen, Friedrich Bienmann, wird nie ein Zimmermann. Der hat was Größeres in den Händen. Aus dem kann ein Maler werden. Schick ihn nach Königsberg in die Malschule.‘ Er ist dem Karl nicht böse gewesen, obwohl er auf der Baustelle viel Ärger mit ihm gehabt hat. Ich habe nicht auf ihn gehört. Schließlich hatte ich ganz andere Pläne mit Karl und dachte nicht daran, ihn nach Königsberg zu den Farbklecksern zu schicken.

Karl ist dann mit mir auf den Bau gezogen und hat getan,

was ich ihm gesagt habe. Wenn er aber einen Balken aus dem Stamm schlagen sollte, dann musste Lenski oder ein anderer Geselle hinterher die Scharten aushauen. Nicht mal die große Säge konnte er gerade herunterziehen, wenn's ans Bretterschneiden ging, und es gab nie eine glatte Schnittfläche. Schließlich murrten die Gesellen und wollten ihn nicht unter dem Stamm an der Säge dulden. Im Sommer blieb er oft tagelang fort. Sein Malzeug nahm er mit. Wenn er dann wieder da war und schlief, habe ich mir heimlich angesehen, was er gemalt hat, und ich habe zugestehen müssen, es waren Bilder, die mir gefielen. Zugleich aber wurde meine Angst um Karl immer größer. Was sollte aus ihm werden? Ich kenne keinen, der durch Malen sein Brot verdienen kann. Als Karl dann 18 Jahre alt wurde, da hatten wir einen schweren Streit. Danach schien es mit seinem Drang zu malen nachzulassen. Er begann in Wirtshäusern herumzusitzen, ging oft nach Ortelsburg hinüber, verkaufte ab und zu ein Bild und machte auf den Kirchweihfesten den Scherenschneider. Die Leute mussten sich fünf Minuten still vor ihn hinsetzen und schon hatte er aus schwarzem Papier ihr Profil geschnitten. Fünf Groschen kostete so ein Bild. Obwohl er diesen hohen Preis verlangte, lief sein Geschäft an solchen Tagen gut. Abends im Wirtshaus spielte er dann Karten. Der Einsatz war so hoch, dass viele Mitspieler rote Köpfe bekamen. Manchmal verlor Karl in einer halben Stunde, was er den ganzen Tag über verdient hatte, aber meistens hat er den Leuten das Geld abgenommen. Mit der Zeit ist er immer häufiger betrunken nach Hause gekommen. Einmal hat unser Hund jämmerlich gejault. Ich habe nachgesehen, was da los war. Karl lag zwanzig Meter von unserem Haus entfernt wie tot im Schnee. Großmutter und ich haben den schweren Kerl ins Haus getragen, ich habe ihm die Glieder mit Schnee abgerieben, damit wieder Leben hineinkam. Ich sah ihn schon im Suff enden, sein Leben vergeudet, verspielt. Der Ärger stieg in mir auf, wenn er mir nur unter die Augen kam.

Da lernte er deine Mutter kennen. Sie arbeitete in der Küche auf einem Gut bei Lindenort. Du hättest sie als Mädchen sehen sollen, goldgelbes Haar, ein fein geschnittenes Gesicht, zierlich und klein. Sie reichte deinem Vater gerade bis an die Schulter."

Der alte Mann unterbrach sich. Es schien, als ob er den Jungen für eine Weile vergessen hätte.

„Na, sieh sie dir an, Luke, deine Mutter ist eine schöne Frau."

Der Junge wurde verlegen. Der alte Mann kümmerte sich nicht darum und fuhr fort: „Dein Vater war wie ausgewechselt. Er malte wie ein Verrückter. Der fahrende Händler Nathan hat ihm kleinere Bilder abgekauft und ist sie auf seinen Rundreisen gut losgeworden. Damals ist Karl mit seinen Bildern auch aufs Gut gegangen und hat sie dem Baron gezeigt. Du hast heute gesehen, dass er leicht zu begeistern ist. Er war von Karls Malerei angetan und hat das Bild, das er über dem Schreibtisch hängen hat, für 15 Taler gekauft. Alle anderen Bilder hat er im Herrenhaus behalten. Er wollte sie seinen Freunden zeigen, wenn sie zur großen Herbstjagd kamen. Damals hat Karl gut verdient. Sein Saufen und Spielen gab er beinahe ganz auf. Ich begann weniger mit meinem Schicksal zu hadern und ab und zu gefiel mir der Gedanke einen Maler zum Sohn zu haben. ‚Bist doch ein richtiger Kerl', sagte ich ihm, als er mir ein Bild zeigte, auf dem unser Haus zu sehen war. Er hat sich über mein Lob mehr gefreut, sagte Großmutter, als über alle verkauften Bilder zusammen.

Zwei Jahre ist er der Marie, deiner Mutter, nachgelaufen. Aber die Steinwalds wollten so einem Luftikus ihre Marie nicht geben. Sie war erst siebzehn und der alte Steinwald meinte, das wachse sich schon noch aus.

‚Wenn ich erst mündig bin', hat die Marie dann zu mir gesagt, ‚dann heirate ich den Karl, ganz gleich, was sie bei uns zu Hause dazu sagen.'

Ich hatte mich bei der Gutsherrin, bei der Marie im Dienst

stand, nach ihr erkundigt. Die Frau lobte das Mädchen und sagte, was die Marie anfasse, das gelinge ihr auch. Und wenn der alte Steinwald denke, sie würde von dem Karl ablassen, dann habe er sich so geirrt wie Jonas seinerzeit im Fischbauch, als er glaubte, er könne sich vor Gott verstecken. Was die Marie erst einmal in die Hand nehme, das lasse sie nicht mehr los.

Das hast du übrigens von ihr geerbt, Luke", lachte der alte Mann.

„Wie meinst du das?"

„Ich denke an gestern, an den Fisch. So manchem ausgewachsenen Mann wäre der Schreck in die Glieder gefahren und er hätte bei solch einem Anbiss den Fisch verloren. Aber du hast ihn sicher aufs Eis gebracht.

Genau das habe ich von der Marie erhofft, nämlich, dass sie deinen Vater aufs sichere Eis bringt. An ihr, Junge, kannst es ruhig glauben, hat es nicht gelegen, dass dem Karl das Eis unter den Füßen eingebrochen ist. Ich habe die Heiratspläne von Karl gefördert, wie ich nur konnte. Ich wusste genau, wenn aus dem Jungen noch ein ordentlicher Mann werden konnte, dann schaffte das die Marie. Mit ihren kleinen Händen konnte sie ihn vielleicht leiten.

Damals habe ich in Friedrichshoff einen neuen Dachstuhl auf die Kirche gesetzt. Ich habe den Pfarrer gefragt, ob er die Kirche nicht frisch ausmalen lassen wollte. Denn unter dem alten, schadhaften Dach hatte der Anstrich sehr gelitten. Das wollte der Pfarrer wohl. Vierzehn Tage später hat der Karl ihm eine ganze Mappe voller Skizzen und Entwürfe vorgelegt und der Pfarrer hat ihm den Auftrag gegeben.

Wir haben ein Fest gefeiert. Denk dir, der alte Steinwald ist gekommen, hat seine Frau mitgebracht und hat gemeint, jetzt, wo die Kirche ihren Segen dazugegeben habe, scheine die Malerei von Karl ja Hand und Fuß zu haben. Er jedenfalls werde nicht länger im Wege stehen, wenn die Marie den Karl heiraten wolle. Und ob die Marie wollte. Vier Wochen später schon war in Lindenort die Verlobung. Hätte ich nur alles dabei belassen. Aber dann hörte ich die verdammte Nachricht, dass in Leschinen der Kaufmann gestorben war. Ein Mann in den besten Jahren. Wurde von einem tollwütigen Hund gebissen und war nach ein paar Wochen tot. Der Laden stand zum Verkauf. Es war ein gutes Geschäft gleich der Kirche gegenüber, eine Schankstube gehörte auch dazu. Weil man bei einem solchen Haus die Lage mitbezahlen muss, verlangte die Witwe 3800 Taler für Anwesen, Gebäude und Inventar. Ich dachte mir, das sei genau das Richtige für Marie und Karl. Mit dem alten Steinwald habe ich es beredet. Die jungen Leute waren Feuer und Flamme, besonders die Marie. ‚Ich werde das Geschäft schon leiten', sagte sie. ‚Der Karl kann dann an seinen Bildern malen, so lange er will.'

Es sah alles gut aus. Aber die 3800 Taler waren nicht zur Hand. Rund 500 Taler hatte der Karl auf die hohe Kante gelegt, seit er hinter der Marie her war. 1000 wollte ich vorschießen. Der alte Steinwald blieb zugeknöpft. Seine Marie habe eine gute Aussteuer zu erwarten, und damit basta. Dabei blieb es. Schließlich habe ich es geschafft, das Geld zusammenzukratzen. Ich hatte von meiner Mutter ein paar kostbare Schmuckstücke geerbt, die sie aus dem Herzbergschen Elternhaus mitgebracht hatte. 200 Taler hat mir ein Goldschmied in Königsberg dafür ausgezahlt. 100 hatte die Marie gespart. Die restliche Summe von 2000 Talern hat Karl von dem Baron geliehen bekommen.

‚Wenn dein Vater, der Friedrich Bienmann, für dich bürgt'. Das war die Bedingung, die der Baron stellte. Nicht mehr wie recht, denke ich.

Karl kam mit dieser Nachricht zu mir auf die Baustelle. Wir arbeiteten damals weit in Russisch-Polen, waren von Dorf zu Dorf gezogen und hatten überall Aufträge bekommen. Wie der Karl es geschafft hat, zu Fuß die 150 km von Liebenberg bis zur Baustelle in drei Tagen zu laufen, das kann ich mir heute noch nicht erklären. Ich habe mit dem breiten Handbeil einen hauchdünnen Span von einem Buchenklotz abgeschlagen, darauf gespuckt und mit einem Blaustift die Bürgschaft geschrieben. Vierzehn Tage später war der Karl Eigentümer. Der Laden und die Schankstube gehörten ihm. Es wurde geheiratet. Alles gelang, wie ich es erhofft hatte. Du wurdest geboren. Deine Mutter hatte es schwer mit dir. Schließlich bist du wie der römische Caesar auf die Welt gekommen."

„Was heißt denn das?", wollte der Junge wissen.

„Der Arzt aus Ortelsburg musste geholt werden. Er hat dich aus dem Leib der Mutter herausgeschnitten. Sie hat drei Wochen lang auf den Tod gelegen. Dann hat sie sich wieder in den Laden geschleppt. Es hat lange gedauert, bis sie wieder gesund geworden ist. Kinder allerdings konnte sie keine mehr bekommen.

Die 2000 Taler übrigens drückten den Karl nicht. Der Baron hatte verlangt, dass sie nach zehn Jahren wieder zurückzuzahlen seien, und statt der Zinsen hat er sich ausbedungen, dass Karl ihm in jedem Jahr ein Ölbild auf Leinwand ins Haus liefere.

Je näher aber dieses zehnte Jahr kam, umso unruhiger wurde Karl. Er hatte zwar hin und wieder gemalt und auch ein paar Bilder verkauft. Aber häufiger als vor der Staffelei stand er hinter der Theke in der Schankstube. Er war kein übler Wirt und konnte die Gäste gut unterhalten. Der Wirt schien den Maler allmählich aus Karl herauszusaugen.

Wann er eigentlich das Trinken und Spielen wieder angefangen hat, weiß ich nicht genau. Es muss da irgendeine geheimnisvolle Sache in Russisch-Polen gewesen sein, bei der er sogar seinen Zimmermannsring aus dem Ohr verloren hat. Die Marie hat lange verheimlicht, wie es mit ihm stand.

Schließlich waren die zehn Jahre herum. Als Karl sich nicht rührte, hat der Verwalter des Barons die 2000 Taler angemahnt. Daraufhin ist Karl ins Herrenhaus gegangen und hat den Baron angefleht und um Aufschub gebeten. Schließlich hat der zugestimmt, allerdings wollte er sich nicht länger als ein Jahr gedulden. Diesmal wollte er aber die Zinsen in Mark und Pfennig haben. Zehn Bilder von Karl seien ihm genug. Außerdem habe er den Eindruck, dass Karl die letzten Bilder mit gar zu leichter Hand auf die Leinwand gepinselt habe.

Ernsthaft hat Karl in diesem Jahr nicht versucht die Summe, die er dem Baron schuldete, zusammenzusparen. Mit den paar Bilderchen, die Nathan ihm immer wieder abluchste, war das jedenfalls nicht zu schaffen. Ich habe ihm Vorhaltungen gemacht, als er das Angebot ausschlug im Rathaus in Ortelsburg ein Bild auf die Wand des Sitzungssaales zu malen. Marie hatte oft verweinte Augen. Der alte Steinwald lief mit düsterem Gesicht herum und sagte, ihn solle das alles nicht mehr kümmern. Überdies habe er es immer schon geahnt, dass der Karl ein Leichtfuß sei. Vier Wochen vor dem Zahlungstermin kamen Gäste aus der Allensteiner Gegend in die Schankstube von Leschinen. Es hatte sich herumgesprochen, dass dort mit hohen Einsätzen gepokert wurde.

In dieser Nacht hat mein Sohn Karl, dein Vater, Geld, Laden und Schankwirtschaft verspielt. Ganz zum Schluss, die Gäste waren wegen des großen Gewinns schon übermütig, hat Karl mit leiser Stimme gesagt: ‚Ich habe gehört, dass ein Bauer aus Insterburg um seine eigene Frau gespielt hat. Marie hat mir immer Glück gebracht. Ich will ein letztes Spiel wagen. Ihr setzt Laden, Haus und Schankstube, ich setze meine Frau dagegen.‘

Die Spieler, wohl weil ihnen schon unheimlich war wegen ihres hohen Gewinns, wären das Haus ganz gern wieder losgeworden und hätten sich mit dem gewonnenen Geld begnügt. Sie willigten ein, machten aber zur Bedingung, dass dies nun wirklich das allerletzte Spiel sein sollte.

Karl schrieb den Schuldschein, den einer der Spieler ihm, mehr im Scherz, diktierte. ‚Wer diesen Schein besitzt, dem soll die Marie Bienmann aus Leschinen gehören, mit Haut und Haar, Laden und Schankstube.‘ Feierlich setzten die Halunken ihre Unterschrift darunter. Ganz zuletzt schrieb mit zittriger Hand der Karl seinen Namen. Die Fremden strengten sich nicht besonders an das Spiel zu gewinnen. Aber sie hatten vom Teufel sehr gute Karten zwischen die Finger gesteckt bekommen. Karten, mit denen kein Mensch ein Spiel verlieren kann. Es verlor also Karl. Er hat ganz bedächtig seinen Hut vom Haken genommen und ist fortgegangen. Wir haben überall nach ihm geforscht. Der alte Steinwald hat gesagt, wir würden ihn schon noch finden. Er habe sich bestimmt aufgehängt."

„Glaubst du auch, Großvater, dass er sich umgebracht hat?"

„Luke, wer die Pflanzen, die Tiere, die Menschen, unsere Landschaft hier mit solchen Augen sehen kann wie dein Vater, der bringt sich nicht um. Der hat die Welt viel zu lieb, um sich aus ihr fortzustehlen."

„Aber wo kann er sein?"

Der alte Mann zuckte die Achseln.

„Das Ende der Geschichte war, die Spieler haben den Schuldschein für Laden und Schankstube am Amtsgericht vorgezeigt. Ihr kamt dann zu uns. Der leichte Holzspan jedoch, den ich als Bürge unterschrieben habe, der liegt mir nun wie eine Zentnerlast auf den Schultern."

Beide schwiegen eine Weile. Der alte Mann sah das starre, blasse Gesicht des Jungen. Behutsam wollte er ihn trösten und sagte: „Ich glaube nicht, Luke, dass dein Vater ein ganz und gar schlechter Mensch ist. Er ist ein leichtes Blut. Ich weiß heute, dass ich viel falsch gemacht habe mit ihm. Du kannst einen Menschen nicht wie einen Pfeil auf die Bogensehne legen und ihn in ein bestimmtes Ziel schießen. Jeder muss selbst seinen Weg finden. Aber so ist es oft, hinterher ist selbst der Dummkopf schlau."

„Wo kann er nur stecken?", bohrte der Junge wieder.

„Es gibt viele Vermutungen. Paris ist eine goldene Stadt für Maler. Rom hat Maleraugen, die nach Farben hungern, stets angezogen. Vielleicht hat auch Amerika ihn gelockt? Wer kann schon wissen, welchen Weg der Elch nimmt, der in die Sümpfe flieht, mein Junge."

„Wenn er zurückkommt, werde ich ihm vor die Füße spucken, Großvater. Er hat uns im Stich gelassen. Ich will ihn nicht mehr sehen.“ Der Junge versuchte nun nicht mehr seine Tränen zurückzuhalten.

„Bist du nicht sehr hart mit ihm, Luke?“

„Die Männer, Großvater, an die er alles verspielt hat, kenne ich. Ich werde ihre Gesichter nie mehr vergessen. Damals habe ich nur nicht verstanden, warum sie über uns Gewalt hatten. Sie kamen ins Haus, kurz bevor wir zu euch nach Liebenberg zogen. ‚Alles gehört uns‘, sagte der eine und legte Urkunden auf den Schanktisch. Mutter ließ eben in einer Pfanne Speck aus. Das Fett dampfte über dem Feuer. Sie zog die Pfanne an den Rand des Herdes, kam zu den Männern an den Schanktisch und las die Schriftstücke sorgfältig. Ich verkroch mich hinter dem Kachelofen. ‚Nächste Woche werden wir ausziehen aus diesem Haus‘, sagte sie. ‚Was bleibt uns anderes übrig?‘

‚Schön und gut‘, stimmte einer der Spieler zu. Er war ein großer, blonder Mann, dem eine Locke tief in die Stirn hing. ‚Aber was machen wir mit unserem schönsten Gewinn? Was machen wir mit dir, Frau?‘“

„Er wollte sich mit deiner Mutter einen bösen Spaß machen, Luke.“

„Jedenfalls reichte er Mutter den Schein. Die las auch den, lief dann zum Feuer und warf ihn in die Flammen. Heute erst weiß ich, was auf dem Papier gestanden hat. Die Männer sprangen auf. Zumindest der Blonde war wütend und ging auf Mutter zu. Die fauchte ihn an: ‚Habt ihr es nicht in der Schule gelernt, ihr feinen Herren, dass der Freiherr vom Stein schon vor mehr als 50 Jahren die Bauern frei gemacht hat?‘

Die Männer stutzten.

Mutter fuhr fort: ‚Mit dem Martinitag hörte alle Gutsuntertänigkeit in unseren sämtlichen Staaten auf. So steht’s geschrieben. Seit dem Martinitag 1810 gibt es nur noch freie Leute. Habt ihr das vergessen, ihr sauberen Herrchen?‘

‚Hast in der Schule gut aufgepasst, Frau. Aber Spielschulden sind Ehrenschulden. Hast du das nicht auch gelernt?'

‚Eure Ehre ist nicht meine Ehre.' Mutter packte den Pfannenstiel mit beiden Händen und hob die Pfanne, in der das Fett dampfte, vom Feuer. ‚Ich zähle bis drei. Wenn ihr dann diese Schankstube nicht verlassen habt, dann gieße ich euch das siedende Fett über den Leib.'

Meine Angst war wie weggeblasen. Ich kroch hinter dem Kachelofen hervor und zählte laut: ‚Eins, zwei ...', aber drei brauchte ich nicht mehr zu rufen. Die Schankstube war leer. Wie konnte ich damals wissen, was die Männer wollten? Aber jetzt weiß ich es. Nie werde ich vergessen, was Vater uns angetan hat. Wenn sie ihn irgendwo an einem Baum aufgehängt finden, Großvater, ich schwöre dir, keine Träne werde ich ihm nachweinen."

„Schluss jetzt, Luke", sagte der alte Mann, „bist doch noch ein Kindskopf, der mit der Wirklichkeit nicht fertig wird."

„Das bin ich nicht", schrie der Junge und rannte voraus.

Spät am Nachmittag zog der alte Jude Nathan seinen Schlitten ins Dorf und zwei struppige, rötlich-weiße Hunde halfen ihm dabei. Der Jude besuchte die Dörfer rundum zweimal im Jahr. Im Winter brachte er Hornknöpfe und Seidenbänder, Kämme aus Schildpatt und bunte Borten und allerlei Kram mit. Er hielt vor jedem Haus seinen Schlitten an. Die Frauen suchten lange in seinen Schätzen, aber in diesem Jahr kauften sie wenig. Das Geld war knapp. Auch bei den Bienmanns, wo er in fetteren Zeiten stets gute Geschäfte gemacht hatte, suchte die Großmutter nur drei Hirschhornknöpfe für die Jacke des alten Mannes heraus und selbst um deren Preis feilschte sie lange mit Nathan.

„Kommst weit herum", sagte Marie zu ihm.

„Ja, sicher, Frauchen. Kein Vergnügen bei der Kälte."

Der Junge merkte, dass es der Mutter schwer fiel weiterzusprechen. Erst als die Großmutter aus der Stube ging und die Schnapsflasche holen wollte, fragte sie ihn leise: „Hast nichts gesehen, nichts gehört von meinem Mann, dem Karl?" Einen Augenblick zögerte Nathan. Dann aber schüttelte er den Kopf.

„Nein, Frauchen, ich hab' nichts gesehen, nichts gehört von ihm." Marie senkte die Augen. Der Händler wollte ihr etwas zum Trost sagen, aber es fiel ihm nichts Rechtes ein. „Weißt, Frauchen", sagte er schließlich, „hab' mich nach ihm umgehört zwischen Gumbinnen und Königsberg. Schon weil die Bilderchen vom Karl ein Geschäftchen waren, ein gutes. Hab' verkauft ein Dutzend oder mehr und könnt' verkaufen noch ein Dutzend, wenn ich sie hätt'. Aber hat der Erdboden ihn verschluckt. Na ja, wird ihn vielleicht irgendwann wieder ausspucken, Frauchen."

Marie erinnerte sich, dass Karl dem Händler gelegentlich ein paar postkartengroße Bilder verkauft hatte, die dieser mit seinen anderen Waren angeboten hatte.

„Hast nicht noch so ein kleines Bild, das der Karl gemacht hat?"

Wieder zögerte der Händler. „Willst es kaufen?", fragte er.

„Kaufen kann ich's nicht. Nur anschauen möcht ich's."

„Ist lange her, dass ich das letzte verkauft hab', Frauchen", antwortete Nathan unbestimmt.

Die Großmutter trat wieder in die Stube. Sie schüttete den Schnaps in ein Gläschen und sagte: „In diesem Jahr kaufen die Bienmanns nichts mehr, Nathan."

„Ich weiß, ich weiß. Das Geld sitzt fest in diesem Winter. Die Leute tun so, als wären sie arm wie Bettler."

„Sind sie das nicht?", fragte die Großmutter. „Alle drehen den Pfennig zweimal um, bevor sie ihn ausgeben. Nur der Luke da, der ist ein reicher Mann. Ein Krösus ist er."

„So?" Der Händler schaute den Jungen aufmerksam an. „Hast etwa ausgegraben einen Goldschatz?"

„Nein. Der Baron hat mir für meinen Hecht ein Goldstück gegeben."

„Hab's schon gehört, dass du einen Fisch gefangen hast, einen riesigen.“ Der Händler trank seinen Schnaps und verabschiedete sich. „Im Sommer komm’ ich wieder.“

Der Junge folgte ihm vor das Haus. „Willst eine Schnalle kaufen, eine bunte oder eine Haarspange für blonde Zöpfe?“

Woher weiß er, dass Warichs Lisa blonde Zöpfe hat, dachte der Junge. „Ich brauche so was nicht“, wehrte er ab.

„Ich habe vielleicht doch etwas, was du gern möchtest besitzen, Benjamin. Nirgendwo sonst kannst du das erwerben.“ Er winkte den Jungen an seinen Schlitten heran, kramte in einem Segeltuchsack, rief den Hunden ein Wort zu, dass sie kuschten, und zeigte dem Jungen ein kleines, ovales Silbermedaillon.

„Na, was ist damit?“, fragte der Junge.

„Aufmachen, aufmachen!“, ermunterte Nathan ihn. Der Junge öffnete das Medaillon. Die kleinen Innenovale waren mit winzigen Bildern ausgelegt. Das linke stellte den Kirchplatz und das Haus in Leschinen dar und rechts schwamm ein Segelschiff mit drei Masten. Der Junge erkannte sofort, dass diese Bilder sein Vater gemalt hatte.

„Woher hast du sie?“

„Nu ja, woher wird Nathan haben solche Schätze? Hab’ ich das schöne Stück einem Seemann abgekauft für teures Geld. Mag sein in Danzig, mag sein in Königsberg. Willst du nicht kaufen die Bilderchen, die kleinen? Ich lass’ sie dir billig, weil du mir Leid tust, du Bürschchen.“

„Ich habe nur das Goldstück, zehn Mark“, sagte der Junge. „Reicht dir das?“

„Zehn Mark, Jungchen? Ich bin ein geplagter Mann. Aber werd’ ich mich versündigen an so einem kleinen Kerl? Gib mir den Goldfuchs und du sollst haben das silberne Juwel und weg ist weg.“

Der Junge überlegte einen Augenblick, ob er das Goldstück wohl hergeben dürfe. Da sagte der alte Nathan: „Jungchen, gebe ich dir dazu eine geflochtene Schnur aus Leder. Kannst dir daran das Medaillon um den Hals hängen. Wirst es dann niemals verlieren.“

„Gold scheint bei den Männern in unserer Familie in der Tasche zu glühen“, sagte die Mutter, als Tage später nach dem Geschenk des Barons gefragt wurde und der Junge zeigte, was er dafür von Nathan gekauft hatte.

Der Junge sah, dass die Mutter ihm nicht böse war, denn sie schaute das Medaillon lange an und strich ganz behutsam mit dem Finger darüber.

Dem alten Mann schien das Blut schneller durch die Adern zu fließen. Noch an eben diesem Tage, als er auf dem Gut gewesen war, rief er gegen Abend die Männer zu sich ins Haus, die im letzten Sommer mit ihm auf dem Bau gearbeitet hatten. Alle folgten seiner Einladung. Mehr als zwanzig Zimmerleute und Holzarbeiter saßen schließlich in der großen Stube. Der jüngste, Andreas Schicks, war gerade 16 Jahre alt und Döblin hatte die 70 schon überschritten.

Der alte Mann berichtete ihnen, er habe sich entschlossen im Frühjahr loszuziehen, über das Meer zu fahren und in Amerika nach Arbeit zu suchen. Spätestens nach zwei Jahren wolle er wieder in Liebenberg sein. Wer sich mutig und stark genug fühle und wen die Frau fortlasse, der soll mit ihm ziehen. Das war nun keineswegs ein ausgefeilter Plan. Einige in der Runde hatten nicht einmal eine genauere Vorstellung davon, wo die Neue Welt eigentlich zu suchen sei. Mathilde bot sich an den Lehrer zu holen. Der wisse wahrscheinlich viel von Amerika.

„Der Junge kann ins Lehrerhaus laufen“, stimmte der alte Mann zu. Doch Mathilde hatte sich bereits das Wolltuch um die Schultern geschlagen.

„Nein, nein, ich gehe schon“, sagte sie und schlug die Tür hinter sich zu.

„Er hat’s ihr angetan“, lachte Lenski.

„Unsinn. Dazu ist Mathilde viel zu klug. Sie wird sich doch

nicht in einen vergaffen, der immer auf dem Sprung stehen muss." Das waren die ersten Worte, die ein junger, kräftiger Bursche an diesem Abend sprach.

„Was meinst du damit, Franek Priskoweit, wenn du sagst, der Lehrer muss auf dem Sprung stehen?", fragte Großmutter misstrauisch.

„Na ja. Ich habe erzählen hören, er sei ein Politischer, ein Königshasser. Dort, wo er herkommt, hätten sie ihn auf der Liste stehen. Deshalb habe er sich hier in die Wälder verkrochen."

„Wer hat dir das gesagt, Franek Priskoweit?", hakte der alte Mann nach.

„Es wird eben erzählt."

„Wenn du nichts Genaues weißt, dann halte den Mund", tadelte der alte Mann den jungen Zimmermann.

„Bist sicher selbst auf die rote Mathilde scharf, Franek, wie?", versuchte Lenski mehr aus ihm herauszubekommen.

Aber der alte Mann beendete die Neckereien: „Hört auf mit dem Unsinn. Es gibt noch viel zu bereden."

Der Lehrer kam und hatte eine Landkarte mitgebracht. Sie suchten Nordamerika. Der alte Mann rechnete nach dem angegebenen Maßstab die Entfernung im Kopfe aus und die Männer staunten über das weite Land.

„Sie sind in eine gute Schule gegangen, Meister Bienmann", sagte der Lehrer voll Anerkennung. „Ich wünschte mir, meine Schüler könnten so rechnen wie Sie."

Der alte Mann lachte.

„Für die Schule, Piet van Heiden, für die Schule hatte ich nicht viel Zeit. Meine Familie kam vor mehr als fünfzig Jahren in dieses Dorf, damals, als Napoleon nach Russland zog. Eigentlich wollte mein Vater weiter bis Moskau. Wir sind hier hängen geblieben. Eine Schule gab es zwar und ein Korporal von des Königs Soldaten war der Lehrer. Er hatte in der Schlacht bei Jena und Auerstätt mitgekämpft und dabei seinen rechten Arm verloren. Aber, ich sage euch, mit dem linken hat er das Abc in die Kinder hineingeprügelt.

Bei mir hat er es allerdings nur einmal versucht. Mein Vater hat die kleine Axt geschultert, ist in den jämmerlichen Schuppen gegangen, der damals das Schulhaus war, und hat gesagt: ‚Den Friedrich prügelst du nicht mehr, Soldat. Wenn von meinen Kindern eins den Buckel voll haben muss, dann mache ich das selber.'

Der Korporal besaß einen gewaltigen, strohblonden Schnurrbart. Die Kinder schauten zuerst auf diese Zierde des Mannes, wenn sie morgens in die Schule kamen. Stachen die Schnurrbartspitzen waagrecht weit über die roten Korporalswangen hinaus in die Luft, dann war der Lehrer guter Laune und die Kinder hatten nicht viel von ihm zu befürchten. Wenn er die Spitzen jedoch hoch gezwirbelt trug, dann standen die Zeichen auf Sturm und der Haselnussstock tanzte über Rücken und Köpfe.

‚Willst du einem königlich-preußischen Korporal drohen, Zimmermann?', hat der Lehrer meinem Vater empört geantwortet, sich mit der Schulter an den Türpfosten gestützt und an einer Schnurrbartspitze gedreht. ‚Damit du es weißt, Zimmermann, die Kugeln auf dem Schlachtfeld sind mir um die Ohren geflogen. Zehn Jahre habe ich den Rock des Königs getragen. Der König lässt seine Soldaten verprügeln, wenn sie nicht parieren. Der Kapitän prügelt widerspenstige Matrosen und ich werde, solange mir mein Schnurrbart nicht ausfällt, die faulen Schüler prügeln, wenn es Not tut, verstehst du? Der Anfang aller Weisheit ist die Furcht des Herrn.'

‚Lass die Bibelsprüche aus dem Spiel, Lehrer!', hat mein Vater geantwortet. ‚Sie klingen aus deinem Mund wie des Teufels Gebetbuch.'

Der Lehrer lehnte den Kopf gegen den Türpfosten. Sein Schnurrbart zitterte vor Ärger. ‚Wenn du dich nicht auf der Stelle fortmachst, Martin Bienmann, dann kriegst auch du meinen Knüppel zu spüren.'

Mein Vater machte eine gedankenschnelle Bewegung. Die Axt sauste in kurzem Bogen durch die Luft und die Schneide fuhr dicht neben dem Kopf des Korporals in den Türpfosten. Wie von einem Rasiermesser abgeschnitten, sank der ganze Korporalstolz dahin und die schön geschwungene Schnurrbartspitze fiel auf die Schwelle. Der Korporal wurde vor Schreck zuerst leichenblass, dann schoss ihm das Blut vor Wut in den Kopf.

‚Das wirst du mir büßen, Zimmermann', hat er ganz heiser geflüstert und niemand hätte es für möglich gehalten, dass seine Polterstimme jemals so leise zu wispern im Stande war.

Mein Vater ist nach Hause gekommen und hat sich lange mit meiner Mutter in der Stube eingeschlossen und beraten. Meine Mutter brauchte von dem Tage an nicht mehr mit hinaus aufs Feld. Außerdem nahm sie kurze Zeit später ein masurisches Mädchen in Dienst. An den langen Winterabenden hat sie uns Kindern dann Lesen, Schreiben und Rechnen beigebracht. Den Rest habe ich von meinem Vater auf dem Bau gelernt. Eine Schule jedenfalls habe ich nicht mehr von innen gesehen."

„Konnte Ihre Mutter denn lesen und schreiben?", fragte der Lehrer.

„Und ob sie das konnte. Sie war eine geborene von Herzberg und hat ihre Kindertage in einem Herrenhaus im Hannoverschen verbracht. Eine englische Kinderfrau und ein Hauslehrer haben sie unterrichtet."

„Ihre Mutter war eine von Herzberg?"

„Ja", sagte der alte Mann und man merkte, dass er stolz auf die adelige Herkunft seiner Mutter war. „Aber das ist eine andere Geschichte, die uns weit von Amerika wegführt."

„Ja, Friedrich Bienmann, lass die alten Geschichten heute. Wir haben wichtigere Dinge im Kopf", sagte Lenski. Die anderen Männer, die auch ihre Gedanken statt in die Vergangenheit lieber in die Zukunft richten wollten, nickten zustimmend.

„Wie ist eine Adelige dazu gekommen, einen Zimmermann zu heiraten", grübelte der Lehrer und dachte an den Grafen von Hundskuhlen, der in seiner Heimat seinen einzigen Sohn aus dem Hause gejagt hatte, als der nicht davon ablassen wollte, eine Bürgerliche zu heiraten. Aber bald war auch der Lehrer wieder mitten in den Gesprächen und wurde befragt nach Häfen und Schiffen, Preisen für die Überfahrt und nach tausend Dingen, so, als ob ein Lehrer alles wissen müsse.

„Ihr tut gerade, als wäre ich schon in Amerika gewesen", wehrte er ab. „Ich kann euch nur sagen, dass die Dampfschiffe viel schneller sind als die Segler, dass die Überfahrt auf einem Segelschiff aber wahrscheinlich billiger sein wird. Bremerhaven und Hamburg sind die Plätze, von denen aus die Schiffe regelmäßig nach Amerika fahren."

„Nicht von Königsberg aus und nicht von Danzig?", fragte Lenski erstaunt.

„Mein Bruder Bruno ist von Danzig aus gesegelt", sagte Warich.

„Mag sein, dass von dort aus das eine oder andere Schiff nach drüben segelt", gab der Lehrer zu, „aber eine regelmäßige Linie gibt es von den Ostseehäfen nicht nach Nordamerika."

„Wie teuer wird so eine Fahrt wohl sein, Herr Lehrer?", bohrte Lenski.

Der Lehrer zuckte die Schultern.

„Lass den Gerhard Warich die Briefe holen, die Briefe, die sein Bruder Bruno aus Amerika geschrieben hat. Vielleicht werden wir dann mehr erfahren", schlug Franek vor.

„Geh und hol die Briefe, Luke", stimmte Warich zu. Der Junge rannte los und dachte: Hoffentlich öffnet mir die Lisa. Er musste hart gegen die Tür des Nachbarhauses schlagen, ehe sich drinnen etwas rührte. Endlich fragte eine Frauenstimme: „Wer ist da? Ich schlafe längst. Wecke die Kinderchen nicht auf!"

„Ich bin's, Frau Warich, der Luke. Ihr Mann schickt mich. Ich soll die Briefe vom Bruno Warich holen, die Briefe aus Amerika."

Nach einer Weile öffnete sich die Tür einen Spalt und die Frau reichte ein dünnes Päckchen Briefe heraus.

„Sie spinnen mal wieder, die Männer", knurrte sie und schloss die Tür.

„Nein, Frau Warich", rief der Junge ihr zu. „Wir fahren in die Staaten."

Es fiel ihm erst später auf, dass er *wir* gesagt hatte. *Wir fahren in die Staaten.* Seit er von Nathan das Bild gekauft hatte, wusste er, dass er alles daransetzen würde mit den Männern loszuziehen. In Königsberg oder in Danzig hatte Nathan das Medaillon aufgetrieben. Ein Seemann hatte es ihm angeboten. Königsberg und Danzig, das waren Städte an der Küste. Wer in eine Hafenstadt geht, dachte der Junge, der will nicht nach Rom und auch nicht nach Paris. Wer ein Segelschiff malt, der will vielleicht nach Amerika.

Die vier Briefe, die Bruno Warich in den drei Jahren geschrieben hatte, seit er weggegangen war, berichteten gar nichts von der Fahrt, außer dass er im ersten kurz erwähnte, er habe sich in Danzig eingeschifft und sei gut über den großen Teich gekommen. Die anderen Briefe schilderten das neue Land, die herrliche Stadt St. Louis und malten in rosigen Farben aus, welche Möglichkeiten einen tüchtigen Handwerker in den Staaten erwarteten.

„Einer von uns müsste nach Danzig fahren", schlug Lenski vor.

„Er kann sich an Ort und Stelle erkundigen, ob noch ein Schiff von dort aus hinüberfährt."

„Das erledige ich am besten selbst", sagte der alte Mann. „Ich werde den Schlitten nehmen. Das Wetter scheint sich zu halten. Anfang nächster Woche breche ich auf."

„Denk an deine Büchse, Friedrich Bienmann. Die Wölfe werden bald kommen", mahnte Lenski.

„Hast Recht. Ich habe mich schon gefragt, wo sie in diesem Winter bleiben."

„Würden Sie einen Begleiter mitnehmen?", fragte der Lehrer. „Ich habe in Danzig etwas zu erledigen."

„Ich denke, Piet van Heiden, die Schule soll am Montag wieder beginnen?"

„Das stimmt schon. Aber ich muss dringend nach Danzig

und werde den Pfarrer bitten, dass er mir ein paar Tage Urlaub gibt."

„Unser Pfarrer ist alt und milde. Er ist, Piet van Heiden, eine nachsichtige Schulaufsicht für Sie."

„Das ist er. Sonst wäre ich auch wohl kaum hier", murmelte der Lehrer.

„Kann ich auch mitfahren, Großvater? Ich war noch nie in der großen Stadt", bat der Junge.

Der alte Mann schaute ihn an und antwortete: „Kann nicht schaden, Luke, wenn du ein Stück von der Welt siehst. Vielleicht lernst du mehr davon als in der Schule. Ich werde es mit deiner Mutter überlegen. Mit Pferden kannst du ja umgehen."

Die Mutter nickte ihm vom anderen Ende der Stube her zu. Die Frauen hatten ihre Stühle dicht um den Herd gestellt. Der Junge ging zu seiner Mutter hinüber und hockte sich neben sie. Während die Gespräche der Männer am Kachelofen von Amerika auf die Alltagssorgen überwechselten, blinzelte der Junge, den Kopf an die Schulter der Mutter gelehnt, schläfrig in die allmählich dunkler werdende Glut, die durch die Ritzen der Herdplatte schimmerte. Die Mutter kraulte ihm die kurz geschorenen Haare. Er lächelte ihr zu. Großvater hat Recht, dachte er, sie ist wirklich schön. Er betrachtete sie lange. Ihr Haar, zu einem dichten Knoten geflochten, schimmerte gelb und um die wasserblauen Augen zogen sich feine Fältchen. Die Nase, schmal und gerade, sprang keck hervor. Das Kinn hatte eine kleine Kerbe. Er strich mit dem Finger darüber. „Die hab' ich von dir geerbt", sagte der Junge.

Sie schaute ihn erstaunt an, lachte dann und antwortete leise: „Hoffentlich nicht nur das Kinn."

Der Lehrer löste sich aus der Männergruppe und fragte Mathilde, wie ihr die Arbeit auf dem Gut gefalle. Sie erzählte ihm halblaut, dass der Verwalter sie immer häufiger aus der Küche fortrufe, sehr zum Ärger der Mamsell. Sie müsse ihm mehr und mehr im Büro helfen.

„Seine Augen werden allmählich schwächer. Ich lese ihm vor, was in der Post steht, schreibe nach seiner Anweisung die Antwortbriefe und trage in das Hauptbuch ein, dass ein Knecht im Jahr dreißig Taler Lohn bekommt und ein Zimmermann in elf Stunden zweieinhalb Silbermark verdient."

„Du hast schon als Kind eine Schrift gehabt wie gestochen, so schön", sagte die Großmutter. „Aber vielleicht hat die Mamsell Recht, Tochter, und es ist besser, du hältst dich an die Kochtöpfe statt deine Nase in die Bücher zu stecken."

„Ich meine, Mutter, ich höre Nelly reden. Sie mault mit dem Verwalter und sagt, er soll sich lieber einen Mann für die Arbeiten im Büro nehmen. Es würde sich für ein junges Mädchen nicht schicken, die Männerarbeit im Büro zu tun. Die Frauen gehörten aufs Feld oder in die Küche."

Der Lehrer lachte und sagte: „Sie hat keine Ahnung, was Frauen alles tun können. Sie sollte mal in den Westen gehen. Dort machen die Frauen ganz andere Arbeiten. Ein Mädchen will sogar auf die Universität und dort Medizin studieren."

„Verkehrte Welt", knurrte die Großmutter.

„Aber mir gefällt es über den Geschäftsbüchern", antwortete Mathilde. „Ich staune immer mehr, wie viel auf so einem großen Gut zu bedenken und zu schreiben ist. Neulich haben wir sogar einen Brief aus dem Königreich Sachsen bekommen. Es war eine Bestellung von fünf Fässern Schnaps aus unserer Brennerei."

„Das meiste, was bei euch gebrannt wird, saufen die Männer und Frauen hier selbst", sagte der Lehrer bissig.

„Lassen Sie ihnen den Schnaps. Jeder hat seine Sorgen und braucht einen Tröster", sagte die Großmutter.

„Der Schnaps betäubt nur den Kummer, Frau Bienmann." Der Lehrer wurde eifrig. „Es muss sich viel ändern, wenn der Kummer der kleinen Leute aufhören soll. Warum haben die Bauern hier so wenig eigenes Land? Die Bauernbefreiung liegt über fünfzig Jahre zurück. Aber gibt es hier wirklich freie Leute? Hat sie der Baron nicht alle in der Hand, alle, die in seinen drei Dörfern wohnen?"

„Was schimpfen Sie, Herr Lehrer, auf unsere Freiheit?“, sagte Marie. „Heute kann jeder glauben, was er will. Kein Gutsherr redet ihm hinein und nicht mal der König. Jeder kann gehen, wohin er möchte. Sie sehen, der Baron kann die jungen Leute nicht halten, die ins Ruhrgebiet ziehen, um dort ihr Glück zu versuchen. Keiner muss auf dem Gut anfragen, wenn er heiraten will, und wen er sich aussucht, das ist seine eigene Sache. Keine Jungfrau braucht mehr vor der Heirat aufs Gut, damit der Herr ausprobiert, ob sie für die Ehe taugt. Niemand wird gezwungen, hat er keine Schulden beim Baron, auf dem Gut zu arbeiten, wenn er nicht will. Frei sind wir, frei wie die Vögel.“ Marie hatte ziemlich laut gesprochen. Am Kachelofen waren die Gespräche verstummt. Die Männer lauschten herüber. Der Junge schreckte aus seinem Halbschlaf auf. Er sah die roten Flecken am Hals der Mutter, die sie immer bekam, wenn sie sich erregte.

„Die Menschen sind keine Vögel, Frau Marie, und die Freiheit des Menschen ist eine andere als die der Vögel. Die Vögel fliegen fort, wer weiß, was sie treibt. Die Bauern aber hocken hier, buckeln vor dem Herrn und bearbeiten das Land des reichen Mannes, so lange sie denken können. Sie sind hier zu Hause. Und was besitzen sie? Hier rund um das Dorf die sandigen Äcker, die sumpfigen Wiesen, die Krüppelwälder auf Russisch-Polen zu, die gehören den Bauern. Zum Leben zu wenig, zum Sterben zu viel. Die fetten Weiden, die schweren Böden, der Hochwald, die Jagd, wem gehört das alles? Dem Baron. Das muss sich ändern, wenn sich die Freiheit entfalten soll.“

Die Männer lachten, standen auf und griffen nach ihren Pelzen. „Hast Recht, Franek“, kicherte Lenski, „ist ein Revoluzzer, ein Politischer, der Lehrer.“

Sie stapften hinaus. Durch die Tür wehte der Wind die Kälte bis zum Herd. Der Lehrer blieb stumm sitzen.

„Ihre Heimat liegt näher bei Frankreich, Piet“, sagte der alte Mann zu ihm. „Ihr habt am Rhein die Französische

Revolution gespürt. Aber Sie kennen auch das Ende. Alles ist erstickt in Blut und Elend. Hochgespült wurde schließlich Napoleon. Ich sehe die Elendsgestalten manchmal noch im Traum, die sich aus Russland bis in unsere Gegend geschleppt hatten. Nein, Lehrer, die Revolution und das, was folgt, säuft zu viel Blut. Es muss auch anders gehen mit der Gerechtigkeit."

„Aber es geht zu langsam, Friedrich Bienmann, wenn es überhaupt geht", sagte der Lehrer bitter. Er wartete nicht auf eine Antwort und ging aus dem Haus. Mathilde folgte ihm.

Der Junge sagte Gute Nacht und verschwand in der winzigen Kammer neben der Stube. Er hätte in dem größeren Zimmer bei seiner Mutter schlafen können, als sie vor zwei Jahren hergezogen waren. Aber er hatte die kleine Kammer für sich haben wollen. Er war gern mit seinen Träumen allein. Nur wenn die Angstträume kamen, wenn sein Vater vor ihm weglief mit langen Schritten und er ihm nicht zu folgen vermochte, weil er Bleischuhe an den Füßen hatte, wenn er aufwachte, schweißnass und mit einem Schrei, dann war er froh, wenn die Mutter an sein Bett kam und ihm die Hand auf die Stirn legte.

Das Fenster stand einen Spaltbreit offen. Er wollte es schließen, bemerkte aber Mathilde und den Lehrer, die, keine zwei Schritte von ihm entfernt, dicht beisammenstanden und miteinander tuschelten. Er lauschte, überrascht, dass es irgendjemanden gab, dem der Rotkohl gefallen konnte. In Leschinen hatten sie gesagt, seine Tante hätte Glück, dass sie nicht ein paar hundert Jahre früher geboren worden sei. Damals hätten sie mit denen, die rote Pfannen auf dem Dach hatten, kurzen Prozess gemacht und sie auf dem Scheiterhaufen verbrannt.

„Es ist eine Frage der Zeit, Mathilde, bis sie mich hier aufspüren", flüsterte der Lehrer. „Die Polizei in Preußen wird die Suche nicht aufgeben. Noch hält der Pfarrer die Hand über mir. Aber er ist ein sehr alter Mann und seine Hand wird zittrig."

„Wenn du nach Amerika willst, dann fahre ich mit.“

„Du stellst dir das alles zu einfach vor.“

„Und wie stellst du dir das vor, Piet? Soll ich hier sitzen und darauf warten, bis es dir gefällt zurückzukommen? Wenn du überhaupt in Amerika noch an Liebenberg denkst.“

„Sage so etwas nicht, Mathilde.“

„Doch sage ich das. Du wirst es mir auch nicht ausreden. Ich fahre mit, wenn du losziehst.“

„Warten wir ab, was ich in Danzig erfahre“, wollte der Lehrer sie besänftigen.

„Warten, warten. Ich soll immer nur warten.“

Mathilde drehte sich von Piet weg und lief ins Haus. Leise schloss der Junge das Fenster und kroch ins Bett. Durch die Holzwand führte der steinerne Abzug des Kachelofens. Die Wärme tat dem Jungen gut. Er schlief schnell ein. In dieser Nacht kamen die Angstträume nicht. Sie wurden verdrängt vom Traumbild des blonden Mädchens aus der Nachbarschaft, das ein Gänseblümchen im Haar trug und ihm zulächelte.

Der Junge war mit den Nachbarskindern zum Schlittschuhlaufen gewesen. Er hatte mehrmals absichtlich Warichs Lisa mit der Schulter berührt. Lange waren sie dicht nebeneinander über den glatten Spiegel geglitten. Schließlich begannen die anderen sie zu hänseln, allen voran die Zwillinge Anna und Katinka.

„Wenn ihr zu Hause davon redet“, hatte der Junge gedroht, „dann werde ich den Schweinen die Läuse von den Rücken schaben und sie euch ins Bett stecken.“

„Einfälle hat der“, kreischte Katinka. „Und das Schlimmste ist, der Luke bringt so was wirklich fertig.“

Die Zwillinge schüttelten sich.

Er hatte Holz für den Kachelofen gehackt, mit dem Schnitzmesser ein Gesicht aus einem Wurzelstock geschnitten, hatte am Sonntag in der Messe gezählt, dass der alte Pfarrer während der Predigt 34-mal „meine lieben Christenmenschen" gesagt hatte, hatte hinter der Hand zu Lisa Warich hinübergeschaut. Aber selbst das Mädchen konnte den einen Gedanken aus seinem Kopf nicht verdrängen: Wir fahren mit dem Schlitten zur Küste, nach Danzig. Am Tage vor der Abreise hatte es eine Überraschung gegeben. Mathilde wollte mit in die Stadt fahren. Der Baron war in sein Stadthaus zurückgekehrt und hatte wichtige Papiere im Gutshaus vergessen.

„Die können wir doch mitnehmen", hatte der alte Mann angeboten.

Mathilde hatte gereizt geantwortet: „Willst du mir die Fahrt nach Danzig nicht gönnen, Vater?"

Da hatte er nur noch vor sich hin gebrummt und auf den Verwalter geschimpft, der wohl zu viele Leute auf dem Gut in Dienst habe. Der Junge richtete am Nachmittag den Schlitten her. Zwei Personen passten auf den Bock, zwei konnten dahinter auf der Bank sitzen. Der Schlitten wurde mit Schaffellen ausgelegt. Der alte Mann fettete das Geschirr mit Tran und Anna und Katinka polierten die Silberglöckchen, bis man sich darin spiegeln konnte. Marie packte eine große Tasche mit Reiseproviant, vor allem angeräucherten Speck und Brot und hart gekochte Eier.

„Vergiss die Äxte nicht, Luke", mahnte der alte Mann. „Steck vier davon unter die Bänke. Eine kleinere für Mathilde. Meine Büchse werde ich auch mitnehmen. Sicher kommen die Wölfe bald." Der Junge suchte im Werkzeugschuppen Äxte mit scharfen Schneiden und verstaute sie unter der Schlittenbank.

„Jetzt könnt ihr kommen, ihr Wölfe", sagte er laut und versuchte die Angst wegzureden, die ihm den Rücken heraufkroch. In der Nacht trieb der Wind Pulverschnee aus den Wolken, aber am Morgen spannte sich der Himmel wieder klar und blau über die weite Lichtung. Leichter Dunst hing in den Wäldern. Der Schlitten glitt fast lautlos über die Straße. Die Hufe der Pferde klangen wie in Watte gepackt. Es war die erste Spur, die an diesem Morgen in den Schnee geschnitten wurde. Die beiden leichten, braunen Pferde kannten den Weg. Sie liefen im Trab und der Junge hatte Mühe ihren Übermut zu zügeln. Über Ortelsburg hinaus war der Junge erst ein einziges Mal gekommen. Sein Vater hatte ihn damals vor sich auf dem Pferde mit nach Allenstein genommen. Er wollte dort einen alten Malerfreund besuchen und ihn um Rat fragen. Aber der Junge hatte nur eine unklare Erinnerung an die Stadt, eine Erinnerung an Türme und Kirchen. Sie fuhren den ganzen Tag. In einer Wirtschaft am Wege hatten sie sich eine kleine Pause gegönnt, etwas Warmes getrunken und von ihrem Proviant gegessen.

Es wurde schon dämmrig, als sich die Mauern von Allenstein zeigten. Hier fuhren viele Schlitten auf den Straßen. Der alte Mann setzte sich selbst auf den Bock, denn die Pferde waren jung und temperamentvoll und der Stadtlärm machte sie wild. Gleich hinter dem Stadttor bogen sie in eine schmale Gasse ein und fanden eine billige Herberge. Der alte Mann war zunächst allein in das Haus gegangen.

„Hier können wir bleiben“, sagte er, „ein Zimmer ist für die Männer da. Mathilde kann zu der Magd in die Kammer gehen.“

„Ist es ein sauberes Haus?“, fragte Mathilde und betrachtete misstrauisch das alte Gemäuer.

„Jedenfalls haben sie hier keine Wanzen und auch die Pferde finden einen warmen Stall.“

„Woher weißt du, Großvater, dass sie keine Wanzen haben? Wanzen beißen doch nur nachts.“

„Riechen kann man die Wanzen, Luke. Sie verbreiten einen ganz dünnen, säuerlichen Geruch. Aber dazu braucht man eine gute Nase und die Erfahrung von mindestens 10 000 Wanzenstichen.“

„Groß genug ist deine Nase ja, Vater“, lachte Mathilde. Sie fuhren den Schlitten in den Hof. Die Pferde wurden von einem Knecht versorgt.

Die niedrige Gaststube hätte für viele Menschen Platz geboten. Lediglich vier Männer saßen um einen runden Tisch unter einer Petroleumlampe und spielten Karten. Ganz in der Ecke der Stube hockte noch ein Gast. Er rückte weiter in den Schatten, als er die Ankömmlinge bemerkte. Der Junge erkannte den Juden an den rötlich-weißen Hunden, die vor dem Tisch lagen und nur träge blinzelten, als die Tür sich öffnete.

„Nathan sitzt da", machte er den alten Mann aufmerksam. Sie gingen zu dem Händler hinüber. Der alte Mann reichte ihm die Hand und fragte: „Die Reise schon beendet, Nathan?"

„Lohnt sich nicht in diesem Jahr. Ich bin seit gestern zurück. Schlechte Zeiten für Nathan." Dabei sah er aus, als ob er sich am liebsten aus dem Staube gemacht hätte.

Sie setzten sich zu Nathan an den Tisch. Die Hunde knurrten und krochen unter die Bank.

Die Wirtin kam und fragte, ob sie beim Abendessen mithalten wollten, es gäbe Kraut, frisches durchwachsenes Schweinefleisch, alles mit Kartoffeln durcheinander gekocht.

„Haben Sie für mich Kraut und Kartoffeln ohne Fleisch?", fragte Nathan.

„Habe ich. Ich weiß doch, dass Sie ein Jude sind, der kein Schweinefleisch essen soll", antwortete die Frau.

„Und wenn ich mir erlauben darf", fuhr Nathan fort, „möchte ich für diese Menschen aus dem schönen Dörfchen Liebenberg bestellen ein Gläschen Rotspon."

Der alte Mann sagte: „Das darfst du dir erlauben, Nathan. Ich verspreche dir dafür, nicht auf den Preis für ein gewisses silbernes Medaillon zu sprechen zu kommen."

Der Händler lachte befreit, sagte aber doch: „War gar nicht so wenig, was der Matrose mir hat abgenommen dafür in der großen Stadt Danzig."

Danzig also und nicht Königsberg, dachte der Junge. Er war müde und wäre nach dem fetten Essen fast auf der Bank eingeschlafen. Aber er wehrte aus einem anderen Grunde ab, als der Lehrer ihn fragte, ob er nicht mit Mathilde und ihm auf ein Stündchen in die Stadt wolle. Es gäbe einen schönen Markt anzusehen mit herrlichen Bürgerhäusern. Mathilde konnte ihre Freude über die Absage des Jungen kaum verbergen. Der Junge aber wollte auf eine gute Gelegenheit warten den Händler allein zu sprechen. Diese Gelegenheit kam. Kaum hatten der Lehrer und Mathilde das Haus verlassen, da wollte der alte Mann prüfen, ob der Knecht die Pferde gut versorgt hatte.

„Sie müssen uns noch weit ziehen“, sagte er.

Der Junge nahm allen Mut zusammen und fragte den Händler: „Nathan, es ist sehr wichtig für mich. Sage mir, was war das für ein Matrose, dem du das Bild abgekauft hast?“ Der Jude schaute unter herabgesunkenen, schweren Lidern den Jungen lange an. „Ich weiß, Benjamin, wie dir ist ums Herz. Wenn man muss fort aus seinem Haus, aus dem Zimmer wird hinausgejagt, wo man gelernt hat die ersten tapsigen Schrittchen. Zweimal, Benjamin, haben sie getrieben den Juden Nathan aus Haus und Stadt. Ich weiß, ich weiß. Aber ich kann dir sagen fast nichts, weil ich nicht habe Bedeutung beigemessen dem Handel, dem kleinen.“

„Wenn du mir wenigstens den Namen des Matrosen sagen kannst oder sein Schiff kennst?“

„Nein, nein, Benjamin. Aber wart. Wenn ich mich besinne genau, dann hatte er auf der Hand tätowiert eine Nixe, ein Weib, ein nackiges, mit einem Schwanz von Schuppen. Und wenn er bewegte die Finger, dann sah es aus, als wenn sich rührte der Fischschwanz, der schuppige.“

„Weiter“, drängte der Junge.

„Nichts weiter, Benjamin. Mach dir nicht Hoffnung, nicht große. Hat fast jeder Matrose in Danzig bemalt seine Haut.“

„Wann hast du das Medaillon gekauft, Nathan?“

„Ist noch nicht sehr lange her, Jungchen. Hab’ ich gleich gesehen, ist etwas, was gemalt hat der Karl, dein Vater. Hab’ ich vor Jahren gemacht so manches Geschäftchen mit den Bildern, den kleinen. Schade, Benjamin, dass er ist verschwunden. Hätte verkaufen können noch so manches Bildchen."

Der alte Mann kehrte wieder in die Gaststube zurück. „Wird wieder kalt heute Nacht", sagte er und bestellte für Nathan und für sich selbst einen Grog. Der Junge wollte ins Bett. Die Wirtin trug ihm ein Windlicht voran und führte ihn über eine steile, knarrende Holztreppe in das Obergeschoss des Hauses. In der Kammer standen zwei breite Betten. In dem einen schnaufte und schnarchte ein Mann. Zuerst dachte der Junge, der Lehrer sei schon in die Federn gekrochen, aber dann fiel sein Blick auf hohe, schmutzige Lederstiefel, die vor dem Bett auf dem Boden lagen. Solche Stiefel besaß der Lehrer nicht. Er schaute die Frau unsicher an.

„Ist ein Fuhrmann aus dem Polnischen", sagte die Frau. „Er ist eine redliche Haut. Brauchst dich vor ihm nicht zu graulen. Er hat ein bisschen viel getrunken. Willst du zu ihm ins angewärmte Bett oder lieber in das andere?"

Der Junge zeigte auf das andere Bett. Die Frau wartete geduldig mit dem Licht, bis er sich die Oberkleider abgestreift hatte, und drückte ihm das schwere Oberbett fest in den Rücken. „Das hält gut warm", sagte sie. „Daunen aus Masuren lassen keine Kälte durch."

Mit ihr verschwand das Licht. Der halbe Mond ließ die vereisten Scheiben des kleinen Fensters glitzern. Der Fuhrmann machte mehr Lärm als die lange Brettersäge bei den Zimmerleuten und der Baum, an dem er unentwegt sägte, schien eine knorrige Eiche zu sein. Der Junge schlief endlich darüber ein und merkte kaum, dass der alte Mann zu ihm ins Bett schlüpfte.

Der Lehrer wirkte am nächsten Morgen ziemlich unausgeschlafen, aber er beschwerte sich nicht. Wie hätte der Fuhrmann, ein mittelgroßer Kerl von über zwei Zentnern Gewicht, ihm auch genügend Platz in dem Bett einräumen können?

Die Pferde griffen frisch aus und ließen sich durch das Hügelland, durch das sie den Schlitten ziehen mussten, nicht aus ihrem zügigen Trab bringen.

Es war eigenartig, dass der Lehrer die Wölfe als Erster hörte. Er war wegen der schlechten Nacht in eine Ecke des Schlittens gekrochen und hatte sich den Pelz über den Kopf gezogen. Plötzlich schob er das Schaffell hastig zurück, sprang auf und flüsterte: „Da! Hört ihr's?"

Das ferne, lang gezogene Heulen kannte der Junge aus den vergangenen Wintern. Aber es ist etwas anderes, ob die Wölfe um das Dorf herumstreifen und die Türen verriegelt sind oder ob man ihnen im offenen Schlitten begegnet. „Sie sind noch weit", sagte der alte Mann. „Aber halten wir zur Sicherheit die Büchse bereit." Er holte die Waffe aus dem Futteral und lud sie. Der Lehrer wühlte in seinem Reisesack und zog eine langläufige Pistole heraus.

„Können Sie denn mit so was umgehen?", zweifelte Mathilde.

„Der alte Fritz hat zwar gesagt, dass die Niederrheiner nicht zu Soldaten taugen, aber er und seine Nachfolger haben sie doch in ihre Heere geholt", lachte der Lehrer. „Dort habe ich gelernt, wie man mit der Pistole schießen muss. Ich habe nie gedacht, dass das wirklich mal von Vorteil sein könnte."

„Sie reden immer so daher, Piet van Heiden", sagte der alte Mann, „als ob Sie nicht viel vom König und seinen Soldaten halten. Das Militär hat doch viel Gutes. Das junge Volk lernt wenigstens Ordnung und sieht ein Stück von der Welt."

„Ordnung, Friedrich Bienmann, ist etwas anderes, als Kleider sorgfältig auffalten können und in Reih und Glied zu lernen ein Nichts zu sein."

„Und was ist Ihrer Meinung nach Ordnung, junger Mann?"

„Ordnung, das ist, wenn ich niemals die kleinen Dinge über die größeren stelle. Wenn ich das schaffe, dann weiß ich, was Ordnung ist."

„Zum Beispiel?"

„Zum Beispiel nicht Geld über die Menschen, wie es bei den Arbeitern auf den Gütern und in den Fabriken so oft geschieht."

„Weiter."

„Sie wissen, dass ich aus Xanten stamme. Dort hat schon vor vielen hundert Jahren ein Mann den Gehorsam, den der römische Kaiser verlangte, nicht höher gestellt als sein Gewissen. Dafür wurde er getötet. Aber das Grab ist von den Menschen nicht vergessen worden. Unser Viktordom ist sein Grabstein."

„Lange her", spottete der alte Mann.

„Darf ich heute Ruhe über Gerechtigkeit setzen oder den König von Preußen über das eigene Denken?", fragte der Lehrer scharf.

„Sie sind einer von denen, Piet van Heiden, die darüber jammern, dass die Revolution von 1848 im Sande verlaufen ist, wie?"

„Ich jammere nicht darüber, Friedrich Bienmann, ich will helfen, dass das Volk zu seinem Recht kommt."

„Rebellen leben nicht lange", sagte der alte Mann. „Sie können es am heiligen Viktor ja sehen." Er deutete mit dem Büchsenlauf zum Walde hinüber, der sich jenseits eines breiten Schneefeldes hinzog.

„Da sind sie", rief der Junge und trieb die Pferde zu schnellerem Lauf.

In langer Reihe zogen die grauen Schatten dahin, viel zu weit noch für einen Büchsenschuss. Allmählich schob sich der Wald dichter an die Straße heran. Die Wölfe schienen sich Zeit lassen zu wollen. Sie rannten in gleicher Höhe mit dem Schlitten am Waldrand entlang und kamen dem Verlaufe des Waldsaumes entsprechend nur langsam näher. Die Straße führte durch einen Hohlweg.

Der alte Mann nahm seine Büchse hoch. „Fahr zu, Luke", rief er. „Der Hohlweg nimmt uns die Sicht. Wenn sie von oben kommen, wird es gefährlich."

„Nimm das, Mathilde", sagte der Lehrer und zerrte unter der Sitzbank eine Axt hervor.

„Nehmen Sie auch die anderen heraus", befahl der alte Mann.

Der Hohlweg zog sich lang hin. Als sie endlich wieder freie Sicht hatten, war der Wald nur noch vierzig Schritt entfernt. Sie konnten das Rudel jetzt deutlich erkennen. Rund zwanzig Tiere liefen in langer Reihe daher.

„Halt an“, sagte der alte Mann.

Der Junge hatte Mühe die Pferde zum Stehen zu bringen. Die Wölfe äugten zwar zu ihnen herüber, aber sie verhielten ihren Lauf nicht. Gespannt verfolgten die Schlitteninsassen, wie das Rudel weit vor ihnen die Straße überquerte und in einer Waldschneise verschwand.

Der Junge ließ den Pferden freien Lauf.

„Warum hast du nicht einem eins aufs Fell gebrannt, Großvater?“, fragte er und war erleichtert und enttäuscht zugleich.

„Was macht ein mutiger Hund, wenn du ihn mit Steinen bewirfst?“, fragte der alte Mann zurück. „Wird er sich nicht auf dich stürzen?“

„Warum mögen sie nicht angegriffen haben?“ Der Lehrer entlud seine Pistole.

„Sie finden noch krankes Wild. Sie sind gerade erst aus Russisch-Polen gekommen. Aber wenn der Winter lange dauert, treibt sie der Hunger dazu, auch die Menschen anzugehen.“

„Wie bei den Webern“, sagte der Lehrer.

„Was meinen Sie?“, forschte Mathilde.

„Es gab 1828 in Krefeld, wo mein Vater geboren ist, einen Seidenweberaufstand. Mein Vater ist damals als 18-Jähriger mit auf die Straße gezogen und die ganze Familie auch.“

„Sie meinen, das war eine Art Revolution?“

„Das wohl nicht. Es war der Hunger, genau wie bei den Wölfen. Der hat die Leute wild gemacht. Bei uns hat die ganze Familie, auch die kleineren Geschwister des Vaters, an den Webstühlen gearbeitet. Die Webstühle gehörten dem Faktor, dem Fabrikbesitzer. Der ließ auch die Seidenfäden bringen und teilte den Lohn zu. In den zwanziger Jahren war der Preis für die Seide niedrig. Ein Faktor wollte den anderen unterbieten.

Trotz eines langen Arbeitstages von zwölf oder mehr Stunden reichte es nicht einmal, um den Hunger zu stillen. Endlich gingen die Weber auf die Straße."

„Was geschah mit ihnen? Was erreichten sie?"

„Sie riefen nach dem gerechten König, dem Vater des Volkes, und wollten von ihm, dass er für einen gerechten Lohn eintrete. Die Antwort des Königs waren die Düsseldorfer Husaren. Er ließ sie ausrücken. Mit dem blanken Säbel haben sie die Weber durch die Straßen gejagt. Das war die Gerechtigkeit des Königs."

„Und wie ist Ihr Vater davongekommen?"

„Er ist nicht schnell genug gelaufen. Sie haben ihn ins Gefängnis gebracht. In unserem Hause wurde von der Polizei alles durchwühlt. Sie suchten nach Waffen und Flugschriften. Sie fanden nur leere Töpfe. Meinen Vater haben sie nach drei Wochen laufen lassen. Er hat sich geweigert zum Faktor zu gehen und ihn um Arbeit zu bitten. Er ist aus Krefeld weggegangen. Er hatte sehr geschickte Hände. In Xanten ist er untergeschlüpft. Ein Drucker hat ihn als Arbeiter eingestellt."

Mathilde wollte noch tausend Dinge von dem Lehrer wissen, doch er verstummte mehr und mehr und zog sich schließlich den Pelz wieder über beide Ohren. Sie fuhren bis in die Nacht hinein und fanden in einer Dorfschänke Quartier. In der Gaststube auf einer Strohschütte schliefen sie. Die Pelze aus dem Schlitten dienten als Zudecke. Am Nachmittag des folgenden Tages erreichten sie Danzig. Als der Junge die hohen, schwarzen Steinhäuser sah, das Gewirr der Straßen, die gewaltigen Kirchen, die Kanäle, die Brücken, die tausend Masten der Schiffe, die vielen Menschen, die jagenden Schlitten, da wurde ihm ganz wirr im Kopf.

„Wie soll ich hier einen tätowierten Matrosen finden, der eine Nixe auf dem Handrücken hat?", fragte er sich mutlos.

Mehrmals mussten sie den Schlitten anhalten und um Auskunft bitten, bis sie endlich vor dem prächtigen Haus des Barons von Knabig standen. Ein großes, aus Eisen geschmiedetes Tor führte in einen geräumigen Hof. Sie bekamen zwar den Baron an diesem Tage nicht vor die Augen, aber er ließ ihnen ausrichten, sie könnten die Pferde bei ihm einstellen. Im Kutscherhaus sei Platz genug. Dort könnten die Männer für einige Nächte logieren. Mathilde werde bei den Mägden schlafen können.

Der Kutscher war zunächst nicht sehr begeistert von dieser unerwarteten Einquartierung. „Das Volk vom Land bringt Flöhe ins Haus“, knurrte er.

„Dagegen weiß ich ein Mittel“, tröstete ihn der alte Mann, zog eine Flasche Schnaps aus dem Reisegepäck und schenkte dem Kutscher ein Wasserglas voll ein. Der roch daran und sein Gesicht wurde freundlicher. In einem langen Zug stürzte er den Schnaps durch die Kehle und schüttelte sich wohlig.

„Donnerwetter! Ihr braut bei euch einen Schnaps, der brennt noch, wenn er schon im Magen ist. Hast Recht, alter Mann, dabei können sich die Flöhe nicht halten.“

Er wurde beim zweiten Glas gesprächig und nach dem dritten versprach er, dass er die Fremden am folgenden Tag schon zu den richtigen Schifffahrtskontoren bringen wolle. „Ob aber ein Schiff nach Amerika fährt, das weiß ich nicht“, sagte er.

„Ich möchte das Meer sehen“, sagte der Junge.

„Ist noch ein ganzes Stück zu laufen“, warnte ihn der Kutscher.

Mathilde bot sich an mit dem Jungen zu gehen. Sie ließen sich den Weg genau beschreiben und standen schließlich am Strand. Der Junge sprach kein einziges Wort. Er schaute auf die graue, unendliche Wasserfläche, die mit tausend weißen Schaummützen übersät war. Der Wind pfiff ihnen ins Gesicht. Mathilde hatte ihr Kopftuch losgebunden und die roten Haare wehten. Sie stieß den Jungen schließlich an und sagte: „Luke, wir müssen gehen.“

Sie rannten fast den ganzen Weg zurück.

Der alte Mann kehrte am Mittag des nächsten Tages erschöpft in das Kutscherhäuschen zurück. Er hatte verschiedene Schifffahrtskontore aufgesucht.

Er musste lange laufen, bis er einen Amerikasegler gefunden hatte. Der niedrigste Preis, den man ihm für eine Überfahrt im Zwischendeck genannt hatte, betrug 38 Taler.

„38 Taler“, sagte er, „die werden von den meisten meiner Leute nur schwer aufzubringen sein. Außerdem können wir nicht wie Bettler in die Staaten kommen. Wir brauchen für die ersten Wochen Geld, damit wir dort nicht vor die Hunde gehen. Aber woher nehmen und nicht stehlen?“

Mathilde hatte aus dem Herrenhaus das Mittagessen herübergetragen.

„Mit einem schönen Gruß der Frau Baronin.“

Der alte Mann stocherte unlustig in seinem Teller herum.

„Mehr war nicht zu erfahren?“, fragte der Junge.

„Doch, einiges mehr schon. Das Schiff, mit dem wir segeln können, heißt ‚Neptun von Danzig‘. Soll eine Bark sein, die unter einem guten Kapitän seit Jahren als einziges Schiff von Danzig aus die Amerikaroute befährt. Im Hafen können wir es morgen besichtigen.“

„Darf ich auch mit auf das Schiff, Vater?“, bat Mathilde. „Ich möchte gern wissen, wie ein Segler von innen aussieht.“

„Von mir aus kannst du mitgehen. Aber wo steckt der Lehrer? Hat er sich noch nicht wieder sehen lassen?“

„Nein. Er ist zu Freunden gegangen. Wir sollen nicht vor morgen früh mit ihm rechnen.“

Der alte Mann legte sich auf die Bank und versuchte ein wenig zu schlafen. Durch das Fenster drang der Lärm der Straße und störte ihn. Mathilde wollte ihre Hilfe in der Küche des Herrenhauses anbieten und lief hinüber.

Der Junge hatte am Morgen die Pferde versorgt und auf Geheiß des Kutschers die Ställe ausgemistet. Jetzt wollte er sich ein wenig auf der Straße umsehen. Er traute sich jedoch nur so weit weg, dass er das Haus nicht aus den Augen verlor.

Später schlug der alte Mann ihm vor: „Gehen wir, Luke, und sehen uns in der Stadt ein wenig um."

Dem Jungen war nach einer Stunde der Kopf ganz taub. Diese vielen Geschäfte! Aus den Kneipen drang schon am hellen Nachmittag der Lärm. Herrliche Schlittengespanne jagten durch die Straßen, einige davon vierspännig. Die Frauen waren keineswegs einheitlich gekleidet, wie er das aus Liebenberg kannte. Zwar hatten sich viele auch hier dunkle Wolltücher bis tief ins Gesicht gezogen, aber es gab auch andere mit farbigen Hauben oder Hüten auf dem Kopf und in langen Pelzmänteln, mit Stiefeln aus feinem rotem oder braunem Leder an den Füßen und bunten Seidentüchern um den Hals. Auf dem Pferdemarkt war nur wenig Betrieb. Der alte Mann schaute einigen Gäulen ins Maul, prüfte ihr Alter an den Zähnen, betastete die Sehnen an den Beinen und erkundigte sich nach den Preisen.

„Nicht schlecht", sagte er mehrmals. Da sprach ihn ein Mann mit einer braunen Fuchskappe auf dem Kopf an und sagte: „Herrchen, kaufen Sie in Danzig niemals Pferde am Nachmittag. Lauter Klepper zu dieser Zeit hier auf dem Markt. Kommen Sie morgens um acht. Dann werden Sie herrliche Pferdchen bewundern können."

„Nun", erwiderte der alte Mann, „ich will nur schauen. Im Frühsommer werde ich kommen und Trakehner verkaufen."

„Ich wünsche Ihnen dabei Glück", sagte der Mann.

„Welche Pferde willst du verkaufen, Großvater?"

„Unsere eigenen, Luke. Wir werden sonst nie das Geld zusammenbekommen, das wir für Amerika brauchen."

„Was machen aber die Frauen, wenn sie keine Pferde mehr haben?"

„Die Äcker, die uns gehören, haben leichte Böden. Wenn sich zwei Menschen ins Geschirr spannen, dann können sie den Pflug durch die sandige Erde ziehen. Großmutter kennt das aus ihren Kindertagen. Erst haben damals die Franzosen unsere Pferde genommen und sind damit auf Nimmerwiedersehen nach Russland gezogen. Dann hat der König Männer und Pferde für seinen Krieg gegen Napoleon gebraucht. Als endlich der Frieden kam, da kosteten die Pferde so viel Geld, dass es sogar für das Gut über lange Jahre hin billiger war, Menschen vor den Pflug zu spannen."

Dem Jungen fiel das große Bild ein, das in der Schule an der Wand hing. Es zeigte den Marschall Blücher auf einem feurigen Ross, wie er die preußischen Truppen bei der Stadt Kaub über den Rhein führte. Viele Pferde waren auf diesem Bild zu sehen. Nie hatte sich der Junge die Frage gestellt, wo diese Pferde herkamen. Er dachte, man müsste eigentlich ein Bild hinter dieses Bild malen, das die Menschen mit krummen Rücken vor den Pflügen zeigte.

Sein Vater würde so etwas malen können, wenn er es ihm sagte. Vielleicht war sein Vater doch nach Amerika gefahren. Vielleicht hatte er einen ähnlichen Plan wie Großvater. Vielleicht wollte er dort das Geld verdienen, das er dem Baron schuldete. Aber warum war er ohne ein Wort weggegangen? Ohne ein einziges Wort!

„Ein Lehrling, der würde eine Menge von dir lernen können, nicht wahr?"

„Du meinst, ein Junge, der das Zimmerhandwerk von der Pike auf erlernen will?"

„Ja."

„Wenn ich in Liebenberg bliebe, dann könnte er in wenigen Jahren alles lernen, was ein Zimmermann braucht. Aber ich mache ja eine lange Reise. Und auf einer solchen Fahrt kann man kein junges Gemüse gebrauchen."

„Aber wer soll für euch kochen?"

„Wenn wir auf größere Fahrten gehen, Junge, dann haben wir immer gesehen, dass wir eine Frau einstellen, die für die Männer das Essen kocht. Das werden wir in Amerika auch tun."

„Kochen könnte die Mutter mir beibringen, bis du losfährst, Großvater."

„Wozu willst du kochen können?"

„Kannst du nicht mich als Lehrling mit nach Amerika nehmen?"

Der alte Mann zögerte mit der Antwort. Schließlich sagte er: „Ich dachte, Luke, du interessierst dich für alles andere mehr als für die Zimmerei?"

„Ich will nach Amerika und möchte sehr gerne von dir lernen, Großvater, wie man Häuser baut."

Dem alten Mann wurde heiß vor Freude. Zugleich aber fiel ihm ein, dass er dem Vater des Jungen auch alles hatte beibringen wollen, was ein Zimmermeister können muss. Er schüttelte zweifelnd den Kopf. „Das muss ich mir gründlich überlegen. Außerdem hat ja deine Mutter auch wohl ein Wörtchen mitzureden."

Der Junge wusste, dass der alte Mann oft von der Mutter redete, wenn er selber schon für einen Plan gewonnen war. Der alte Mann würde ihn bestimmt mitnehmen. Mit einem Segelschiff würde er über den Atlantik fahren. Auf dem einzigen Schiff, das von Danzig aus nach Nordamerika segelte. Er brannte darauf, das Schiff zu sehen, und konnte den nächsten Tag kaum erwarten.

Erst gegen Morgen war der Lehrer zurückgekommen. Er schien überhaupt nicht müde zu sein, sondern war lebhaft und gesprächig. Im Stehen trank er seinen Kaffee und kaute das Stück Weißbrot, das Mathilde ihm reichte. Er drängte darauf, früh zum Hafen aufzubrechen.

Den Hafen zu finden, das war nicht schwer. Nach fast zwei Stunden hatten sie aber die „Neptun von Danzig" immer noch nicht ausgemacht. Der alte Mann sprach einen Schiffer an, der auf einer umgestürzten Holzkiste saß, seine Pfeife rauchte und auf das Wasser starrte. „Wo, Herrchen, finden wir die ‚Neptun von Danzig', die Bark, die nach Amerika segelt?"

Der Seemann klopfte bedächtig seine Pfeife aus und antwortete schließlich: „Nicht hier. Hier ist der Schiffssterbeplatz. Immer mehr schöne Segler sind dabei zu sterben. Es geht ihnen wie den Elefanten. Wenn sie den Tod in den Knochen spüren, dann machen sie sich auf und suchen ihren Sterbeplatz. Die Dampfschiffe", er drohte mit der Faust zu einer fernen Mole hinüber, „die Dampfschiffe, die bringen die christliche Seefahrt um." Er schaute den Lehrer an. „Richtig, Mann, dass ihr auf einer Bark nach Amerika wollt. Die ‚Neptun' liegt keine fünfhundert Schritt von hier." Er zeigte den Kai entlang. „Und grüßen Sie den kleinen Jessen von mir. Ist ein tüchtiger Schiffer. Er gibt die Amerikaroute nicht auf. Sagen Sie ihm, Käpten Roolfink lässt ihn grüßen."

Sie fanden das Schiff und ließen sich hinüberrudern. Noch ehe sie an Bord geklettert waren, rief ein Matrose vom Schiff herab: „Sie wollen zu Kapitän Jessen, nicht wahr? Ich werde ihn holen."

Über die Strickleiter gelangten sie auf das Deck. Ein schlanker Mann kam aus der Kajüte und begrüßte sie. Der Junge hatte sich einen Kapitän ganz anders vorgestellt, auf jeden Fall größer, kräftiger, nicht so glatt rasiert. „Ich habe Sie erwartet", sagte der Kapitän. „Die Reederei hat Sie bereits angemeldet. Dass allerdings eine Dame mit an Bord kommt, das hat man mir nicht gesagt." Er machte eine kleine Verbeugung vor Mathilde. „Und so eine hübsche dazu", fuhr er fort, als er sah, dass sie verlegen wurde. „Ich werde Ihnen das Schiff zeigen."

Der Kapitän führte sie zunächst in die Kajüten. Die waren eng, aber komfortabel eingerichtet.

„Etwa zwanzig Kajütenpassagiere können wir aufnehmen. Sie speisen während der Überfahrt mit den Schiffsoffizieren."

Über eine steile Stiege ging es in den Bauch des Schiffes hinab. Durch die Deckluke fiel nur wenig Licht in einen großen, dämmrigen Raum, in dem der alte Mann kaum aufrecht stehen konnte.

„Das Zwischendeck, Platz für 160 Passagiere." Der Kapitän wies mit dem Finger auf die Kojen, die sich doppelstöckig und breit an den Wänden rundum entlangzogen. „Je Koje vier Personen."

„Das wird ein Gedränge geben", brummte der alte Mann.

Der Kapitän las ihm das Unbehagen aus dem Gesicht. „Missliche Umstände, in der Tat“, gab er zu. „Besonders für die Damen. Aber 38 Taler sind kein Preis, der Luxus zulässt.“

„Frauen fahren keine mit uns“, erklärte der alte Mann. „Wir werden 16 Männer sein, eine ganze Kolonne von Zimmerleuten. Lauter zuverlässige Leute.“

„16 Leute. Nun, Meister Bienmann, ich könnte Ihnen ein Angebot machen. Legen Sie für jeden Passagier sieben Taler dazu und Sie reisen bequemer. Kommen Sie mit.“

Er stieg behände die Stiege wieder hinauf aufs Deck und öffnete weiter hinten im Schiff die Luke zu einer anderen Treppe. „Das Steerage fasst genau 16 Passagiere. Es ist ein abgeschlossener Raum unter Deck mit einem eigenen Zugang.“

Das, was der Kapitän das Steerage nannte, glich dem Zwischendeck fatal. Aber immerhin waren die Zweierkojen eine Verbesserung und vor allen Dingen schien dem alten Mann die Abtrennung vom riesigen Zwischendeck angenehm zu sein. Er kam mit dem Kapitän überein, dass er das gesamte Steerage buchen wolle.

„Machen Sie im Kontor eine Anzahlung, Meister Bienmann, damit wir wissen, dass Sie auch wiederkommen. Mitte August geht es dann los.“

„Sagten Sie Mitte August, Kapitän?“, fragte der alte Mann überrascht.

„Ja. Die ‚Neptun von Danzig‘ wird am 12. August mit dem Abendwind nach Amerika auslaufen, wenn alles gut geht.“

„Ach“, sagte der alte Mann enttäuscht, „wir dachten, es könnte bereits in zwei Monaten, spätestens aber im Mai losgehen.“

„Nicht von Danzig aus, Meister Bienmann. Die ‚Neptun‘ segelt im März und sie segelt im August.“

„Und was ist mit der Passage im März?“

„Die ist längst ausgebucht. Der Zug der Vögel aus dem Osten, der über den großen Teich will, der lässt nicht nach. Seien Sie froh, dass für August das Steerage frei ist. Vor zehn Jahren, da waren die Plätze noch begehrter. Sie hätten sich damals viel früher anmelden müssen. Hunderttausende wollten in den fünfziger Jahren über den großen Teich."

„Zumindest haben wir Zeit die Reise gründlich vorzubereiten, Großvater", sagte der Junge.

„So ist es", bestätigte der Kapitän. „Etwa zwei Monate sind wir auf dem Wasser. Und wenn der Wind es so will, auch länger."

Der alte Mann hatte gesehen, was er sehen wollte.

Aber Mathilde hatte tausend Fragen an den Kapitän. Der führte sie durch alle Winkel und Ecken des Schiffes bis tief in die Laderäume hinein. Er zeigte vorn die Mannschaftsquartiere, achtern den Steuerplatz, die Rettungsboote.

„Haben Sie die Boote schon einmal gebraucht, Kapitän Jessen?", fragte Mathilde.

„Die braucht jeder ehrenhafte Kapitän nur einmal im Leben", antwortete der Kapitän. „Kein Schiffsoffizier verlässt sein Schiff, wenn noch ein Hoffnungsschimmer auf Rettung besteht. Dennoch, vor zwei Jahren ist das Rettungsboot einmal benützt worden." Er lachte und schlug die Plane zurück, die das Boot abdeckte. „Ein blinder Passagier hatte sich darunter verkrochen."

Mathilde war begeistert von der kleinen Küche, lobte die zweckmäßige Einrichtung und die Sauberkeit und sagte: „Ich hätte gar nicht gedacht, dass eine Männerwirtschaft so ordentlich aussehen könnte. Wenn ich an den Fraß denke, den die Lehrlinge den Männern auf dem Bau oft kochen, dann wird's mir übel."

„Das würde Jonas, unseren Smutje, freuen, wenn er es hörte", sagte der Kapitän und er wurde nicht müde alles zu zeigen und zu erklären. Nur die Kapitänskajüte blieb verschlossen.

Der Lehrer bekannte schließlich: „Jetzt weiß ich erst, was es heißt, wenn man sagt, ein Kapitän sei mit seinem Schiff verheiratet."

Mittag war schon lange vorüber, als sie sich wieder an Land bringen ließen.

„Schade, mein Fräulein", sagte der Kapitän beim Abschied, „schade, dass Sie nicht mit uns um die Welt segeln. Man findet selten beim weiblichen Geschlecht ein so ausgeprägtes Interesse an Schiffen."

Dem stimmte der alte Mann zu und spottete: „Es muss Liebe auf den ersten Blick gewesen sein, Kapitän. Zuvor jedenfalls haben wir nie etwas von Mathildes Zuneigung zur christlichen Seefahrt bemerken können. Ich glaube, sie kann nicht einmal schwimmen."

„Das kann kein echter Seemann, mein Fräulein", tröstete der Kapitän das Mädchen. Als er den ungläubigen Blick des Jungen sah, erklärte er: „Schwimmen verlängert nur die Qualen. Wen der Ozean haben will, den schluckt er auf jeden Fall."

Am Kai trennte sich der Lehrer von den Bienmanns und versprach: „Morgen bin ich pünktlich um acht Uhr zur Abfahrt im Kutscherhaus. Ich gehe zu meinen Freunden."

„Was mögen das für Freunde sein, die sich in der Nacht treffen?", murrte der alte Mann. „Ihre Beratungen scheinen das Tageslicht zu scheuen."

„Piet tut nichts, was nicht richtig ist", verteidigte Mathilde den Lehrer.

„Piet? Piet? Ist es schon so weit, dass du zu dem Lehrer Piet sagen kannst?"

Doch Mathilde hob ihre Nase ein Stückchen höher in den Wind und antwortete nicht.

Der Lehrer kam früher zurück, als er angekündigt hatte. Gehetzt, blass und mit einer blutigen Strieme quer über dem Handrücken saß er bereits am Tisch, als die anderen am frühen Morgen aufstanden. Er drängte darauf fortzukommen. Alle spürten eine unbestimmte Gefahr. Es gab einen eiligen Aufbruch. Der Kutscher, der im Stall arbeitete, wunderte sich über die Überstürzung. „Brennt es in Liebenberg?", spottete er.

„Wir haben einen weiten Weg. Sagen Sie dem Baron unseren Dank."

Gegen acht Uhr hatten sie Danzig schon hinter sich gelassen. Der Lehrer schaute sich wiederholt um. Er atmete erst erleichtert auf, als die Türme der Stadt in der Ferne gänzlich verblasst waren.

„Was ist mit Ihnen, Piet van Heiden?", fragte der alte Mann.

„Ich glaube, Sie müssen uns einiges erklären."

„Das ist leichter gesagt als getan", druckste der Lehrer herum. „Sie sind, Friedrich Bienmann, ein königstreuer Mann. Wenn Sie 1848 nach Berlin gezogen wären, dann sicher nicht, um den König zu zwingen die Demokratie zuzulassen."

„Nach dem 18. März 1848 wäre ich tatsächlich mit vielen Ostpreußen gemeinsam nach Berlin gezogen, um dem König gegen die Revolutionäre beizustehen. Friedrich Wilhelm IV. war zu nachgiebig. Er hatte dem Militär längst den Rückzug aus Berlin befohlen. Aber seit diesem Tag, Piet van Heiden, sind fast 20 Jahre vergangen. Die Bienmanns sind im Stande dazuzulernen. Heute sehe ich manches anders. Es könnte ja bei uns so sein wie in England. Der König und ein gewähltes Parlament, das wäre doch eine Lösung."

„Vor allem eine Wahl, jeder eine Stimme, geheim und frei. Und das Recht für die Arbeiter sich zu vereinigen. Dafür treten meine Freunde und ich ein. Und wegen dieser Ideen werden wir bespitzelt."

„Erzählen Sie mehr, Piet van Heiden. Vielleicht kann ich Ihnen nicht in allem zustimmen. Aber schweigen kann ich gewiss."

„Geschichten, die dem ganzen Leben eine Richtung geben, sind meist nicht kurz. Deshalb muss ich bei meinem Vater anfangen. Der hatte damals nach den Krefelder Weberunruhen in Xanten Arbeit gefunden und geheiratet. Ich war das fünfte Kind meiner Eltern, der erste Junge. Von Kindsbeinen an hat mich mein Vater mit in die Druckerei genommen. Ich mochte den Geruch der Farben, staunte über den Zauber der schwarzen Kunst, schaute gebannt den Setzern zu und bewunderte die ersten Abzüge der Texte und Bilder. Als ich mit gut sechs Jahren in die Schule kam, waren mir die Buchstaben längst vertraut. Das Lesen bereitete mir keinerlei Schwierigkeiten mehr. Der Lehrer war klug genug mich nicht in das Glied zu pressen, in dem die anderen Schüler im Gleichschritt vorwärts kamen. Während sich ihr Buchstabenhaus allmählich zu füllen begann, durfte ich mit einem Buchstabenkasten Wörter und Sätze legen und die Ergebnisse vorlesen. Für unseren Lehrer stand schon früh fest, dass ich das Zeug zu einem Pfarrer hätte oder doch wenigstens Lehrer werden könnte. Für einen Pfarrer hatte ich als Halbwüchsiger wohl zu viel wirre Gedanken im Kopf. Ich las damals alles, was mir unter die Augen kam. Eingeschlagen hat es bei mir, als ich in der Druckerei eines Tages die Predigten des Bischofs Ketteler las, die er 1848 in Mainz gehalten hat. Mit einem Male wurde mir klar, dass das tausendfache Unrecht, das den Arbeitern widerfuhr, keine von Gott gesandte und unabwendbare Plage ist. Mein Vater bestärkte mich in dieser Ansicht. Oft erzählte er mir von den Webern und ihrem harten Leben, von den wachsenden Industriestädten an der Ruhr und von dem Elend vieler Menschen dort. Schon als Seminarist besuchte ich Arbeiterversammlungen, half bei Gründungen von Arbeitervereinen, druckte mit meinem Vater oft Nächte hindurch Flugschriften, die auf die tausend Ungerechtigkeiten hinwiesen und Abhilfe forderten. Zwar waren bereits seit 1840 in Preußen die Vereinigungen der Arbeiter verboten, aber nicht immer wurde ganz streng darauf geachtet, besonders wenn die Kirche ihre Hand über diese Vereine hielt. ‚Die Kirche wird die Arbeiter wohl vor allem dazu anhalten, fleißig und ehrlich zu sein, und wird sie zur Zufriedenheit und Ruhe mahnen', dachte des Königs Polizei wohl zu Recht. Ich wurde auf den Tag genau 19 Jahre alt, als in Berlin die Auflösung aller ‚Arbeiterverbrüderungen', wie sie sich dort nannten, beschlossen wurde. In den folgenden Monaten verschärfte die Polizei die Überwachung. Ich wurde junger Lehrer in der Nähe unserer Stadt und dachte nicht daran, unseren Kampf aufzugeben, nur weil der Wind aus Berlin schärfer wehte. Ein Kaplan war mein bester Gefährte in diesen Jahren. Er kannte Ketteler persönlich und war ein glühender Anhänger des Bischofs von Mainz. ‚Wenn Ketteler doch unter den Bischöfen nicht so allein stünde', klagte er oft. Seinem schwarzen Rock gelang es nur mit Mühe, mich aus dem Gefängnis herauszuholen, als mich die Polizei eines Nachts mit einer Tasche voller Flugblätter erwischt hatte. Sein Einsatz hat ihm viele Streitereien mit dem Propst von Xanten eingebracht, der Ruhe und Ordnung mehr schätzte als so ein junger Heißsporn.

‚Du musst weg von hier!', hat mir der Kaplan geraten. ‚Hier bist du bekannt wie ein bunter Hund. Du weißt, wie die Preußen zu den Katholiken am Niederrhein stehen. Der Propst befürchtet, sie warten nur darauf, uns bei illegaler Tätigkeit zu erwischen. Ich werde mich kaum noch für dich einsetzen können. Ich meine es gut mit dir. Suche dir eine Stelle in einer Großstadt.'

Ich folgte seinem Rat und bewarb mich um eine Stelle im Industriegebiet. In der Stadt kam ich in eine größere Schule. Vorsichtiger wollte ich in Zukunft sein, nahm ich mir vor. Aber wie kann man vorsichtig sein, wenn man sieht, wie schon kleine Kinder jeden Tag arbeiten müssen, ja sogar in die Bergwerke einfahren. Kinder, die eigentlich in die Schule gehörten, hatten einen langen Arbeitstag. Vor allem den Zuwanderern blieb, wenn sie überleben wollten, kaum etwas anderes übrig als die Kinder für ein paar Pfennige zur Arbeit zu schicken. Die Eltern waren froh darüber, wenn nur alle eine Stelle bekamen, damit der Hunger nicht in das Haus einkehren konnte. Viele Wohnungen waren schnell gebaut worden, schlecht und teuer. Es gab zu wenig Ärzte, denn die Städte zogen jeden Tag neue Menschen an. Wenn der Vater krank wurde, war die Not groß. Solche Zustände wollte ich nicht hinnehmen. Ich begann wieder den Arbeitern klarzumachen, dass sich das alles nur ändern könne, wenn sie sich zusammenschließen würden. Das ging auch ziemlich lange gut, denn in einer großen Stadt kann man sich leichter verbergen als auf dem Lande, wo einer den anderen kennt. Erst als ich mit einer Hand voll Eisenhüttenarbeitern einen Streik anzetteln wollte, stand ich wieder auf der schwarzen Liste. Ich musste Hals über Kopf fliehen. Noch einmal hat mir der Kaplan aus Xanten geholfen und mir ein Empfehlungsschreiben gegeben. So, sehen Sie, Friedrich Bienmann, bin ich nach Liebenberg gekommen, in ein Dorf an der Grenze von Preußen und Russisch-Polen, wo sich Fuchs und Has Gute Nacht sagen und wo die Straße im Heidesand verläuft."

„Und wieder nahmen Sie sich vor vorsichtiger zu sein", sagte der alte Mann. „Und dann sahen Sie, dass auch hier die Welt, so wie Sie sie sich ausmalen, nicht in Ordnung ist."

„Sie sagen es, Friedrich Bienmann. Viele Bauern sind ganz und gar abhängig von den Gutsherren. Der von Knabig hat zwar auch gern, wenn die Leute seiner Dörfer vor ihm buckeln und nach seiner Hand haschen, um sie zu küssen, aber er lässt sie wenigstens nicht hungern, fördert sogar die Schulen, zahlt pünktlich den vereinbarten Lohn. Irgendwie fühlt er sich wie ein Vater über seine Bauern. Nur käme er nicht auf den Gedanken die Bauern zu fragen, ob sie überhaupt seine Kinder sein wollen. Sie wissen selbst, dass es auch andere Gutsherren gibt als den Baron, bis hin zu denen, die in Berlin ein Leben in Saus und Braus führen und ihre Güter nur dann sehen, wenn sie gelegentlich zur Jagd kommen. Sie setzen einen Verwalter ein. Die Leute sind ihnen nur dann wichtig, wenn das Geld nicht fließt, wie sie sich das dachten."

„Sie müssen noch von Danzig erzählen, Herr Lehrer", erinnerte ihn der Junge.

„Ja, das sollte ich. Ich habe in den letzten Nächten Gleichgesinnte in dem Haus eines Freundes getroffen. Wir wollen, dass es in Preußen so kommt, wie es seit 1861 im Königreich Sachsen ist. Dort dürfen sich seitdem die Arbeiter zu Vereinen zusammenschließen."

„Die Sozis."

„Ja. Aber fragt der, der hungert, den, der ihm helfen will, ob er eine rote Kappe trägt oder eine schwarze?"

„Warum sind Sie denn heute Morgen mit langer Zunge angehetzt gekommen?", fragte Mathilde.

„Die Polizei hatte das Haus umstellt. Ich konnte über die Mauer in einen Nachbargarten klettern. Zwar schürfte ich mir an einer scharfen Mauerkante die Hand auf, aber ich entkam."

„Und Ihre Freunde?"

„Ich weiß es nicht. Die Polizei kam völlig überraschend. Ich nehme an, jemand hat die Versammlung verraten."

„Na, dann zurück ans Ende der Welt", rief der alte Mann, „dahin, wo die Straßen aufhören. Los, Luke, treib die Pferde an."

Der Junge rief laut: „Hüha", und dabei überschlug sich seine Stimme.

„Er kommt in den Stimmbruch, habt ihr's gehört! Unser Luke wird allmählich ein Mann."

„Was heißt hier allmählich, Rotkohl?", flüsterte der Junge leise, aber Mathilde hatte ihn doch verstanden und trat nach ihm.

Der Winter war drei Wochen früher vorüber als in den Jahren zuvor. Es begann, anhaltend zu regnen. Ein flauer Wind trieb immer neue Wolken vom Meer herüber. Es tropfte, triefte, floss. Der Sandboden, der im Herbst sogar Fluten von Regen begierig aufsaugte, war unter der oberen Schicht noch festgefroren. Die Straßen und Höfe verwandelten sich in Schlammlöcher, über die Äcker und Wiesen breiteten sich riesige Wasserlachen. In diesen Wochen verkrochen sich die Leute in ihre Häuser und beschäftigten sich mit kleinen Arbeiten: Das Lederzeug der Zugtiere wurde ausgeflickt und gefettet, die letzte Wolle versponnen, Holzlöffel geschnitzt, Körbe aus Weidenzweigen geflochten, Daunen gerissen, Netze gestrickt, Ackergeräte instand gesetzt, hundert Kleinigkeiten im Hause repariert. Aber endlich war alles getan und die Menschen warteten ungeduldig auf trockene, wärmere Tage.

In diesem Jahr war der alte Mann von Haus zu Haus gegangen. Er hatte mit den Männern und Frauen besprochen, wie es mit der Amerikafahrt werden sollte. Längst nicht alle Zimmerleute, die zunächst Feuer und Flamme für den Plan gewesen waren, wollten nun auch wirklich mitziehen. Gründe, im Dorfe zu bleiben, fanden sich viele. Manche verwiesen darauf, dass sie die Passage von 45 Talern nie und nimmer würden aufbringen können. Andere hatten Schulden und fürchteten, dass die Gläubiger die Abwesenheit der Männer nützen könnten und den Frauen die Häuser über dem Kopf versteigern würden. In einigen Familien glaubten die Frauen, sie würden ihre Männer nie wieder sehen, und hatten mit Tränen und Bitten erreicht, dass diese schließlich versprachen in Liebenberg zu bleiben. Der Zimmerpolier Zattric war zu guter Letzt auch noch abgesprungen. Seine Frau sagte: „Hast du je gehört, Friedrich Bienmann, dass einer, der die Luft der Neuen Welt geschnuppert hat, hierher zurückkehrt?"

„Was sagst du selbst dazu?", schrie der alte Mann und starrte den Polier an. Der zuckte die Achseln und blickte in die Stubenecke. Der alte Mann ärgerte sich, denn Peter Zattric war auf dem Bau nicht leicht zu ersetzen.

„Sollst sehen", sagte die Großmutter später, „er wartet nur darauf, dass du fortgehst. Er wird dann ein eigenes Zimmergeschäft aufmachen."

Schließlich sagten zwölf Männer fest zu. Sieben davon waren ledige, jüngere Burschen, darunter Franek Priskoweit, der dicke Grumbach, Gustav Bandilla und Wilhelm Slawik, die nur auf eine Gelegenheit gewartet hatten den Sandstaub des Dorfes von den Füßen zu schütteln. Aber auch Lenski, Hugo Labus und Gerhard Warich waren bei ihrem Wort geblieben. Der alte Döblin hatte sich lange nicht festlegen wollen. Dann war ihm am Neujahrstag die Frau gestorben. Wenige Tage später entschloss er sich und sagte: „Ich ziehe mit, Friedrich Bienmann, wenn du mich willst."

„Du bist im 70. Jahr, Döblin. Aber ich kenne keinen Zimmermann, der ein zuverlässigeres Augenmaß hat und mit der Axt so genau zuschlagen kann wie du. Wenn du die 45 Taler aufbringen kannst, dann komm mit."

„Ich werde mein Haus verkaufen. Ist doch zu groß für mich allein. Und ich habe auch niemand, der es übernehmen will. Wenn ich mit dir in zwei Jahren zurückkomme, dann baue ich mir eine kleine Hütte. Das reicht für einen alten Mann."

„Du wirst der Reichste unter uns sein, Döblin, wenn du dein Haus verkaufst. Vielleicht kannst du dem Schicks Andreas das Geld für die Passage vorstrecken. Er ist erst 16 Jahre alt und seine Eltern bringen das Geld nicht zusammen."

„Werd's mir überlegen", antwortete Döblin.

„Wir brauchen dann nur noch einen, damit wir die 16 Plätze im Steerage voll belegen. Wäre schade, wenn wir eine Überfahrt nicht nützen können. Bezahlen müssen wir sie so und so."

Der alte Mann hatte mit jedem aus der Kolonne ausführlich besprochen, welche Werkzeuge mitzunehmen seien. Er hatte Zeichnungen von Holzkisten für das Werkzeug gemacht. Jeder hatte nach seinem Plan die Kisten anzufertigen. Mit einem festen Deckel waren sie zu verschließen. Bevor jedoch die Kisten zugenagelt werden durften, prüften Lenski und er jede Schneide auf Scharten, jeden Eschenholzstiel suchten sie auf Sprünge ab, jede Säge musste geschärft und geschränkt, jeder Bohrer gespitzt sein.

„Wer weiß, ob es drüben gutes Werkzeug gibt. Wir dürfen dort keine Zeit vergeuden mit Dingen, die wir schon hier erledigen können", sagte der alte Mann und er ließ nicht nach zu prüfen und zu mahnen, bis endlich die letzte Kiste, verschlossen und mit ledernen Tragschlaufen versehen, für den Abtransport bereitstand.

Die Frauen hatten mit dem Trockenobst in diesem Winter geknausert. Sie sparten es auf und nähten es in kleine Leinenbeutel ein, damit ihre Männer auf dem Schiff etwas zu beißen hatten. Auch scharf geräuchertes Fleisch und zwiegebackene Brotstücke, in Würfel geschnitten, dazu grobes Mehl in kleinen Säckchen und Schmalz in irdenen Töpfen gehörten zu dem, was als Reiseproviant vorbereitet wurde.

Gemurrt hatten einige Männer, als ihnen zugemutet wurde, sie sollten zwei Abende in der Woche die Schulbank drücken, der sie doch längst entwachsen waren. Der alte Pfarrer war in jüngeren Jahren zur See gefahren und glaubte, er könne genug Englisch, um es den Amerikafahrern beizubringen. Der alte Mann hatte sogar dem Gustav Krohl und dem Arbeiter Pilar gedroht, er werde sie nicht mitnehmen, wenn sie nicht die fremde Sprache lernen wollten. Der Lehrer und einige junge Mädchen baten den Pfarrer, bei dieser Schule der Erwachsenen mitmachen zu dürfen. Mathilde zeigte eine besondere Gabe die fremde Sprache zu lernen.

„Wie schade, dass du kein Junge bist, Mathilde", bedauerte der Pfarrer. „Ich hätte dir das Lateinische beigebracht, die Königin der Sprachen, und du hättest wie ich Pfarrer werden können."

„Wer weiß, wem das lieb ist, dass ich ein Mädchen bin", lachte Mathilde und blinzelte dem Lehrer zu.

Es war ein kurioses Englisch, an das der alte Pfarrer sich erinnerte und das er weitergab. Er hatte zu seiner Zeit auf dem Schiff in englischer Sprache predigen müssen. Aus der Bibel, vor allem aus dem Alten Testament, stammte denn auch sein Wortschatz und biblische Geschichten bildeten den Hintergrund seiner Lektionen. Mit „Gott segne euch" begann jede Stunde und dann stellte er Fragen nach Moses und den Propheten und ließ Vokabeln einüben wie Paradies und Wüste und Engel und Schlange und Sünde und Tod. Schließlich konnte selbst der ziemlich mundfaule dicke Grumbach die Zehn Gebote fließend auf Englisch daherschnattern und Mathilde hatte kaum noch Schwierigkeiten von Adam bis zu den Makkabäern.

In diesem begrenzten Bereich entwickelte der Pfarrer einen großen Eifer, und wenn er nach vollen zwei Stunden am Abend seinen Unterricht mit dem Wort schloss: „Ihr Völker aller Zungen, lobet den Herrn", dann antworteten die Männer erleichtert aufatmend: „Dank sei Gott, halleluja."

Diese Worte sprach sogar Gustav Krohl fehlerfrei aus, weil er sie jedes Mal rief, sobald er einen Schnaps gekippt hatte.

So vergingen die Wochen. Der Frühling warf seinen grünen Mantel über die Erde und die Männer begannen die Äcker zu bestellen. Das erste Heu wurde in die Scheunen gebracht. Da zogen für ein paar Tage die Zigeuner mit ihren Wagen durch die Wälder rund um das Dorf.

Sie versuchten, wie in jedem Jahr, zu handeln. Doch nie zuvor hatten sie so gute Geschäfte gemacht wie in diesem Frühjahr vor der großen Fahrt. In vielen Familien wurde verkauft, was nur eben zu entbehren war, damit das Geld für die Überfahrt und noch ein erster Zehrpfennig für das neue Land zusammenkamen.

Vierzehn Tage vor dem Aufbruch kam Döblin und zählte dem alten Mann die Taler für sich und den jungen Andreas auf den Tisch.

„Ich werde dir drüben von seinem Lohn alles zurückzahlen", versprach der alte Mann. „Alle haben sie jetzt bezahlt. Die sechzehnte Passage werde ich wohl aus meiner eigenen Tasche dazulegen müssen."

„Vielleicht findest du in Danzig einen Passagier, dem an einer schnellen Einschiffung liegt", sagte Döblin. „Als ich gestern in Ortelsburg beim Notar den Vertrag für den Verkauf meines Hauses unterschrieben habe, da habe ich gehört, dass sie nach Politischen suchen. Vielleicht findest du einen, der schnell hinüberwill."

„Mag sein", antwortete der alte Mann. „Was waren das für Leute, die sie suchten?"

„Sie haben mich gefragt, ob hier bei uns im Dorf in den letzten Monaten Fremde aufgetaucht sind, die aufrührerische Reden gehalten haben. Aber bis zu uns, da kommt ja keiner. Das habe ich ihnen ja auch geantwortet."

„Anderes wollten sie nicht wissen?"

„Doch. Ob von uns irgendeiner auffällig oft in die Stadt fahre oder gar jemand nach Königsberg oder Danzig gereist sei. Ich habe ihnen gesagt, dass bei uns niemand Zeit und Geld hat zum Vergnügen zu reisen und dass du der Letzte gewesen bist, der im Winter nach Danzig gefahren ist."

„Hast du auch den Lehrer erwähnt?"

„Ja, das habe ich. Sollte ich das nicht?"

„Doch. Er war ja mit. Warum solltest du nicht bei der Wahrheit bleiben. Liebenberg ist kein Pflaster für Rebellen."

Döblin ging, aber den alten Mann ließ der Gedanke nicht los, dass sie doch hinter dem Lehrer her sein könnten. Als Piet van Heiden am Abend auf einen Sprung ins Haus kam, berichtete der alte Mann ihm, was Döblin zu erzählen gewusst hatte. Wenig später kam Mathilde atemlos aus dem Gut gerannt.

„Hast du schon mit Vater geredet, Piet?", fragte sie.

„Was gibt es zu reden?", fragte der alte Mann.

„Wir haben gedacht, Friedrich Bienmann, die Mathilde und ich, wir sollten im nächsten Jahr heiraten. Und weil Sie ja dann in Amerika sind ...", stotterte der Lehrer.

„Ich habe nichts gegen Sie, Piet van Heiden. Aber führen Sie nicht ein zu gefährliches Leben für einen Ehemann?"

„Was meinst du damit, Vater?"

Der alte Mann erzählte noch einmal, was sie Döblin in Ortelsburg auf dem Amt gefragt hatten.

„Im Schlosse haben sie auch schon wissen wollen, ob du ein Aufrührer bist, Piet", sagte Mathilde ängstlich.

„Das ist es ja, was mich so unentschlossen macht", murmelte der Lehrer bitter. „Wenn sie mich aufstöbern, dann fragen sie nicht lange nach Schuld und Vergehen. Dann steckt mich der König in eine finstere Kasematte und vorbei ist es mit der Hochzeit."

Der alte Mann trat auf Piet van Heiden zu und sagte: „Wenn die Mathilde Sie trotzdem will, dann soll es mir recht sein. Mir ist ein Feuerkopf lieber als ein Trottel in der Zipfelmütze."

„Danke", antwortete der Lehrer.

Am Abend gingen sie zu ihrer letzten Englischstunde in die Schule. Der Pfarrer hatte für jeden eine Art Abschlussprüfung mit je fünf Fragen vorbereitet. Es gab heiße Köpfe. Als Grumbach auf die Frage „Was dachte sich Jonas im Bauch des Walfisches?" nur dumm schaute und schließlich in leidlichem Englisch antwortete: „I do not know what Jonas thought. I think that he thought: By the devil, it is very dark in the fish", schüttelte der Pfarrer missbilligend den Kopf und seine Miene wurde auch nicht freundlicher, als Andreas Schicks stockend von sich gab, dass er an Adams Stelle die Eva verprügelt hätte statt in den verbotenen Apfel zu beißen. Wütend wurde er und er stieß einen kräftigen englischen Seemannsfluch aus, als Gustav Bandilla sich nicht davon abbringen ließ zu behaupten, dass bei der Hochzeit zu Kana so viel Wein da gewesen sei, dass alle stockbesoffen gewesen sein mussten.

Mathilde vermochte ihn schließlich zu versöhnen, als sie die lange Josefsgeschichte in großen Zügen fehlerfrei wiedergab.

„Dank sei Gott, halleluja", klang es froh und erleichtert und Grumbach begnügte sich nicht damit und fügte noch zweimal laut und aus vollem Herzen hinzu: „Halleluja, halleluja."

Der Pfarrer lud den Lehrer und die drei Bienmanns später zu sich in sein Pfarrhaus ein. Er holte eine Flasche Wein aus dem Keller und seine Haushälterin stellte hochstielige Gläser auf den Tisch.

Unvermittelt fragte der Pfarrer: „Kennen Sie Carl Schurz, Herr Lehrer?"

„Ich habe von ihm gehört", antwortete der Lehrer vorsichtig.

„Carl Schurz ist 1852 auf abenteuerlichem Weg nach Amerika geflohen. Im Krieg war er drüben General und soll jetzt ein

Berater des Präsidenten der Vereinigten Staaten sein", fügte der Pfarrer hinzu und schaute den Lehrer aufmerksam an.

„Er ist verfolgt worden, weil er ein Demokrat war", sagte der Lehrer.

„So ist es", bestätigte der Pfarrer. „Ich bringe die Rede auf ihn, weil ich nicht weiß, Piet van Heiden, wie lange Sie hier noch sicher sind. Ich habe einen Wink aus der Umgebung des Bischofs bekommen, dass sie einen Lehrer aus dem Rheinischen aufs Korn genommen haben. In Danzig soll er in diesem Winter an einer Verschwörung teilgenommen haben."

Der Lehrer sprang auf. „Ist das eine Verschwörung", rief er, „wenn meine Freunde und ich mit einem Abgeordneten des Landtags überlegt haben, wie wir das Gesetz zu Fall bringen, das den Arbeitern verbietet sich zusammenzuschließen?"

„So jedenfalls liest sich das in Berlin: Aufrührer seien das, die den Arbeitern wirre Ideen in die Köpfe pflanzen."

„Ich spüre es", sagte der Lehrer leise und setzte sich wieder an den Tisch, „bald jagen sie mich wieder. Dabei bin ich schon bis an das andere Ende des Landes geflohen. Wohin soll ich denn gehen?"

„Wir haben noch einen Platz im Steerage frei", sagte der alte Mann. „Wenn der Wald erst brennt, dann heißt es laufen."

„Allein bleibe ich hier nicht zurück", sagte Mathilde bestimmt. „Wenn der Piet nach drüben geht, dann fahre ich mit."

„Wir haben nur einen einzigen Platz frei", wies der alte Mann sie zurecht.

„Ich werde trotzdem mitfahren."

Der Pfarrer schmunzelte und sagte: „So also steht es um euch. Wo du hingehst, da will auch ich hingehen."

„Weiß der Kuckuck, was mit meinen Töchtern los ist", schimpfte der alte Mann, aber an seinen Lachfältchen um die Augen war zu erkennen, dass es mit seinem Schimpfen nicht ernst gemeint war. „Die eine heiratet einen Zöllner und geht in den Westen. Die andere vergafft sich in einen Lehrer, dem die

Fußsohlen jucken. Als ob es in ganz Ostpreußen keinen anständigen Zimmermann gäbe, der im heiratsfähigen Alter ist."

„Hast ja noch Anna und Katinka, Großvater", warf der Junge ein.

„Vielleicht nimmt der Kapitän mich als Köchin", sagte Mathilde halb im Spaß.

„Smutje heißt der Koch an Bord, Mathilde. Und angeheuert werden niemals Frauen", belehrte sie der Pfarrer. „Du siehst, was du alles verpasst hast, als du ein Mädchen geworden bist. Pfarrer kannst du nicht werden und Smutje auch nicht."

In den nächsten Tagen stimmte der alte Mann zu, dass Mathilde wenigstens mit nach Danzig fahren durfte. Sie wollte versuchen einen Platz auf der Bark zu bekommen. Wenn nicht, dann war es immer noch möglich, mit einem der Gespanne nach Liebenberg zurückzufahren.

Am Tag vor dem Abschied aus Liebenberg kamen zwei berittene Gendarmen und fragten den Pfarrer nach dem Lehrer Piet van Heiden. Der erschrak, aber er brauchte nicht lange nach einer Antwort zu suchen.

„Ich glaube, der ist seit längerer Zeit nach Russisch-Polen hinüber. Er hat dort etwas zu suchen."

„Verdammte Sauerei, mistige", maulte der eine Gendarm. „Hat dieser revolutionäre Satansbock, der vermaledeite, doch schon Lunte gerochen."

„Verzeihung, Herr Gendarm", mahnte der Pfarrer, „das Fluchen ist nicht nützlich für einen Christenmenschen."

„Sind Sie schon einmal dreißig Kilometer für die Katz geritten, Herr Pfarrer?"

„Bin ich. Und nicht nur einmal. Liegt doch vor sechs Wochen, oder sieben, der Johann Szamczek im Sterben, weit drüben auf Leschinen zu. Ich höre davon und reite gleich los. Denn er ist ein Sünder und will vielleicht noch in seiner letzten Minute dem Teufel von der Schüppe springen. Ich komme endlich an, mitten in der Nacht. Und was sagt die Frau mir, als ich in die Stube trete? Denken Sie, Hochwürden, sagt sie, vor drei Minuten hat er noch geatmet. Ich hab' den Hufschlag gehört drüben im Wald. Da hab' ich zu ihm gesagt, Johann, hab' ich gesagt, es möcht vielleicht der Pfarrer sein wegen deiner schwarzen Seele. Denken Sie, hochwürdiger Herr, da hat er den Kopf auf die Seite gedreht und tut keinen Mucks mehr. Tot ist er, mausetot."

„Und was haben Sie da gesagt, Herr Pfarrer?"

„Nun was soll ich da gesagt haben?", antwortete der Pfarrer verlegen.

„Hab' ich gesagt: Unerforschlich sind die Wege des Herrn." Allmählich wurde es dem Pfarrer unter der Soutane ziemlich heiß, sei es, weil die Gendarmen keine Anstalten machten zurückzureiten, sei es, weil er in weniger als fünf Minuten zweimal an der Wahrheit vorbeigesprochen hatte. Denn bevor er bei dem Szamczek auf den Bibelspruch gekommen war, hatte er ein ziemlich kräftiges „Aas, verdammtes" losgelassen. Und der Einfall, der Lehrer sei in Russisch-Polen, stimmte auch nicht. Piet van Heiden wollte Pfifferlinge suchen. Richtig war, dass es in den Wäldern jenseits der Grenze mehr von den Pilzen zu finden gab als rund um das Dorf. Ob er so weit gelaufen war?

Die Gendarmen sahen sich inzwischen von Kindern umlagert, tranken, ohne von den Pferden zu steigen, schnell den Schnaps, den die Haushälterin des Pfarrers herbeitrug, auch einen zweiten, einen dritten schließlich, ritten dann aber wieder unverrichteter Dinge in Richtung Ortelsburg zurück, nicht ohne den Pfarrer zu mahnen sofort Nachricht zu geben, falls der Lehrer sich einfallen lasse wieder nach Liebenberg zurückzukehren.

Der Pfarrer schickte als Boten den kleinen Jungen von Warich, als er glaubte, der Lehrer müsse aus den Wäldern zurück und wieder zu Hause sein. Mit einem Korb voller Pfifferlinge brachte der Junge die Antwort: „Der Lehrer lässt danken und er sagt, er wird es machen wie die Apostel vor dem Pfingstfest."

„Und, Jungchen, kennst du deine Bibel? Wie haben es die Apostel vor Pfingsten gemacht?"

„Versteckt haben sie sich, Herr Pfarrer, und die Türen und Fenster haben sie verrammelt."

„Gut, Jungchen. Kennst deine Bibel gut. He, Katrin", rief er seiner Haushälterin in der Küche zu, „gib dem Jungchen ein Zuckerstück. Er hat es redlich verdient."

Wer eigentlich im Dorfe als Erster auf den Gedanken verfallen war, sie sollten zum Abschied ein großes Fest feiern, daran wusste sich später niemand mehr recht zu erinnern. Der Tag war heiß. Die Frauen brieten und brutzelten. Vom Gut her waren zwei Hammel geschickt worden, die über dem offenen Feuer gebraten werden sollten. Die Männer stellten am Nachmittag aus rohen Bohlen und Brettern mitten auf der Dorfstraße lange Tische auf und zimmerten Bänke zusammen.

Die Sonne senkte sich rot und groß über die Baumwipfel. Kein Lüftchen rührte sich. Über den Sträuchern waberten müde die Mückenwolken. Schwalben segelten durch die Lüfte und wurden, als die Dämmerung sich allmählich über das Dorf breitete, von Fledermäusen abgelöst. Die Hammel drehten sich am Spieß über der Glut.

Frisches Bier war gebraut worden und knusprige Brote lagen auf den Tischen. Keiner, der laufen konnte, war in den Häusern zurückgeblieben. Das ganze Dorf wollte feiern. Der Warich spielte auf seiner Geige und Franek zupfte den Bass dazu. Gelegentlich nahm der Lehrer seine Trompete und gesellte sich zu den Musikanten. Die jüngeren Leute versuchten ein Tänzchen. Aber es gab kein Festgeschrei und nur selten klang ein lautes Lachen auf. Niemand sprang auf die Bank und erzählte eine lustige Geschichte.

Der Junge saß direkt neben Warichs Lisa und tastete nach ihrer Hand. „Ich werde an dich denken, wenn ich in Amerika bin", flüsterte er ihr zu und seine Stimme klang heiser.

„Ach, das sagst du nur so", widersprach sie. „Aus den Augen, aus dem Sinn!"

„Ganz bestimmt werde ich an dich denken“, versprach er.

Andreas Schicks begann zu singen. Sie rückten dicht zusammen. Schwermütige, masurische Lieder klangen auf, Wechselgesänge zwischen Frauen und Männern. In den Melodien spiegelten sich an diesem Abend die Empfindungen der Menschen und düstere Ahnungen fanden in den Texten von Abschied, Trauer und Verlassenheit ihren Ausdruck. „Zogen einst fünf wilde Schwäne ...“

„Hört her, ihr Männer“, versuchte Lenski mit lauter Stimme die schweren Gedanken zu vertreiben, „hört her! Was sind schon zwei Jahre im Leben eines Menschen? Die Zeit fliegt dahin. Nach 24 Monaten werden wir, goldene Dollars in der Tasche, wieder zurück sein. Das wollen wir versprechen!“

„Ja“, rief Warichs Frau, „versprecht, dass ihr zurückkommt! Versprecht es auf Ehre und Gewissen!“

Die Männer sammelten sich um den Tisch. Der alte Mann legte seine Hand auf das Holz und alle schlugen ihre Rechte auf die seine und sagten: „In zwei Jahren, in zwei Jahren sind wir zurück. Unser Wort darauf!“

„Wer’s glaubt“, murmelte Zattric, „wer’s glaubt.“

Der Morgenstern funkelte schon und die Kleider wurden feucht vom Tau, als die Bewohner des Dorfes für eine kurze Ruhestunde in die Häuser gingen.

Früh klirrten die Ketten an den Pferdegeschirren. In weniger als einer Stunde waren die vier Gespanne bepackt, die Männer schwangen sich in die Wagen und riefen „Adieu!“ Vor der Kirche stand der alte Pfarrer. Mit beiden Händen hielt er die Monstranz und schlug ein großes Kreuz über die Männer. Der alte Mann, der neben dem Jungen auf dem Bock des ersten Gespannes saß, gab diesem ein Zeichen. Die Pferde standen still. Laut begann der alte Mann den 23. Psalm zu beten: „Der Herr ist mein Hirt, wen sollte ich fürchten ...“

Dann ließ er anfahren.

Der Junge sah seine Mutter am Straßenrand stehen, seine Großmutter, Anna und Katinka. Lisa Warich winkte ihm zu.

„Los, lauft, ihr Braunen!“, schrie er den Pferden zu und klatschte ihnen die Zügel auf die Rücken. Erschreckt legten die Pferde sich ins Zeug und rannten im Halbgalopp los. Nicht einmal am Rande des Waldes schaute der Junge sich um, um einen letzten Blick auf die braunen Häuser von Liebenberg zu werfen.

Sie machten nur kurze Pausen und fuhren bis in den Abend hinein. Die Nacht blieb lau und sie schliefen unter freiem Himmel. Mathilde, die ihren Willen durchgesetzt hatte, baute sich ein Lager zwischen den Kisten auf dem Wagen. Sie war entschlossen alles daranzusetzen eine Passage auf der Bark zu bekommen. Der Verwalter hatte ihr zum Abschied den Lohn für das ganze Jahr zugesteckt. Mathilde hoffte, dass sie wenigstens noch einen der teuren Kajütenplätze würde buchen können.

Die letzte Nacht rasteten sie etwa zehn Kilometer vor Danzig. Das Schiff sollte mit dem Abendwind des folgenden Tages aussegeln. Die Liebenberger fuhren schon in der Morgendämmerung auf die Stadt zu. Der alte Mann wollte in Ruhe das Gepäck verstauen. Außerdem hatte er vor sein eigenes Gespann auf dem Pferdemarkt zu verkaufen.

Zu früher Stunde erreichten sie das Stadttor. Nur die Bauern waren schon auf den Beinen und trugen ihre Waren zum Markte.

Die „Neptun von Danzig“ hatte dicht am Kai festgemacht. Der alte Mann hoffte, sie seien in der Morgenstunde die ersten Passagiere, die an Bord wollten. Er staunte nicht schlecht, als er das geschäftige Treiben am Hafen sah. Männer schleppten Kisten, Frauen und Kinder brachten ihre Habseligkeiten auf das Schiff. Einige besaßen nur ein Bündel, andere schienen ihren ganzen Hausrat mitnehmen zu wollen. An dicken Seilen schwebten Lasten und senkten sich in die Laderäume der Bark, die sich unter dem Zwischendeck befanden. Matrosen trugen in einem Verschlag zwei lebendige Schweine auf die

„Neptun". Ein Glatzkopf, offenbar der Smutje, begutachtete die Tiere und ließ sie in einen Raum unter Deck bringen.

„Gut, Vater, dass du das Steerage ganz gebucht hast", sagte Mathilde. „Im Zwischendeck muss es mit so vielen Menschen ja fürchterlich zugehen."

Tatsächlich schallte Gekeife und Geschrei, Lachen und Lärmen bis weit auf den Kai hinauf.

„Soll ich mit dem Kapitän reden, Mathilde, ob er für dich einen Platz freihat?", bot Piet van Heiden an.

„Das werde ich selbst besser können", sagte Mathilde zuversichtlich. „Er war doch im Winter sehr nett zu mir."

Der Kapitän jedoch war nicht aufzufinden. Der erste Steuermann gab, kurz angebunden, Auskunft. „Der Herr Kapitän ist im Kontor. Aber machen Sie sich keine Hoffnung auf eine Passage. Die ‚Neptun' ist bis auf das letzte Mauseloch voll gestopft mit Menschen."

Der alte Mann ließ zunächst sein Gespann entladen. Er zeigte Lenski das Steerage und erklärte ihm, wo er die Kisten unterbringen solle und welchen Platz die Leute zugeteilt bekämen. Am Nachmittag sollten die anderen Gespanne wieder nach Liebenberg zurückfahren. Er wolle seine Pferde auf dem Markt verkaufen. Mit dem Jungen fuhr er dorthin. Es war so, wie man ihnen im Winter gesagt hatte. Auf dem Markt herrschte ein reger Betrieb. Die jungen Braunen von Bienmanns gingen willig im Geschirr und waren gut gepflegt. Bald scharte sich eine Gruppe Schaulustiger um das Gespann. Auch ein Pferdehändler zeigte Interesse. Der alte Mann machte jedoch zunächst einen Rundgang über den Markt, schaute aufmerksam die Tiere an und fragte, wie viel sie kosten sollten. Schließlich nannte er dem Händler für sein Gespann einen mittleren Preis.

Der witterte ein gutes Geschäft und versuchte zu feilschen. Zehn Taler weniger, als der alte Mann verlangt hatte, wollte er bar bezahlen. Herausfordernd streckte er ihm seine Hand zum Zuschlag entgegen. Der alte Mann jedoch sagte: „Sie wissen, dass mein Angebot günstig ist. Es hat seinen Grund, dass ich die Pferde so billig weggeben will. Ich muss sie schnell verkaufen. Aber verschleudern werde ich sie nicht."

„Und wenn ich nun, Väterchen, ein paar Stündchen warte, wird es dir dann nicht sehr recht sein, wenn du überhaupt noch etwas für deine Pferdchen bekommst?"

Der alte Mann antwortete: „Du bist nicht der einzige Händler hier auf dem Markt. Lass heute das lange Handeln. Ich weiß, dass ein kurzes Geschäft kein interessantes Geschäft ist. Ich habe vor zwei Jahren mit einem Zigeuner drei Tage um ein Pferd gehandelt, bevor ich es kaufte. Heute bin ich in Eile. Aber mache dir deswegen keine Hoffnungen. Bevor ich die Pferde für einen betrügerischen Preis abgebe, fährt meine Tochter mit dem Gespann in unser Dorf Liebenberg zurück."

Der Händler spürte, dass ein leichter Gewinn nicht zu erzielen war, und wollte sich wenigstens das solide Geschäft nicht entgehen lassen.

„Gut", willigte er ein. „Ich zahle die Summe, die du verlangst, und gebe dir zehn Taler dazu. Aber den Wagen und das Geschirr, das musst du obendrauf legen."

Da schlug der alte Mann ein, kassierte das Geld, tätschelte die Pferde noch einmal und ging dann mit dem Jungen zum Hafen zurück.

Inzwischen stand der Kapitän selbst an Deck. Er begrüßte den alten Mann kurz.

„Für Ihre Tochter, Meister Bienmann, da ist kein Platz mehr an Bord. Leider." Er zog bedauernd die Schultern hoch. „Ich hätte die hübsche Frau gern näher kennen gelernt."

„Ich habe ihr das gleich gesagt", antwortete der alte Mann. „Es ist schade, weil sie den Lehrer drüben heiraten wollte. Wo stecken die beiden denn?"

Der Junge schaute sich nach Mathilde um. Die saß mit verheulten Augen mit dem Lehrer auf einer Kiste im Steerage. Piet schaute auch ratlos drein. „Wir müssten ein anderes Schiff von Bremerhaven oder Hamburg aus nehmen", sagte er gerade, als der Junge eintrat. „Und wenn sie dich fangen?“, jammerte Mathilde. „Nein, nein, du fährst auf jeden Fall mit der ‚Neptun‘. Mir fällt bestimmt noch etwas ein. Vielleicht komme ich später nach, vielleicht warte ich auf dich und du kommst zurück, wenn Gras über das Treffen in Danzig gewachsen ist.“

„Sie werden an Deck gesucht, Herr Lehrer“, sagte der Junge. Mathilde rührte sich nicht von der Kiste. Als der Lehrer hinausgegangen war, schaute sie den Jungen lange an. Schließlich sagte sie leise: „Auf dich kann man sich felsenfest verlassen, Luke, sagt mein Vater immer, oder?“

„Weißt du doch, Rotkopf.“

Sie nahm einen verschlossenen Brief aus ihrer Rocktasche und legte ihn neben sich auf die Kiste. „Wirst du mir versprechen diesen Brief erst zu öffnen, wenn ihr die Küsten von England einen vollen Tag hinter euch gelassen habt?“

„Warum?“

„Frage nicht, antworte. Versprichst du es?“

„Wenn du es willst.“

„Lege die Hand auf den Brief, Luke, und sprich: Ich schwöre es bei der Gesundheit meiner Mutter.“

„Was soll das? Warum machst du es so feierlich?“

„Sprich das, Luke. Es ist für mich sehr wichtig.“

Der Junge legte die Hand auf den Brief und sagte leise und schnell: „Bei der Gesundheit meiner Mutter, ich schwöre es.“

„Steck den Brief jetzt weg. Zeige ihn niemand, auch nicht Großvater oder Piet.“

„Geschworen ist geschworen.“

Mathilde schien erleichtert zu sein. Der alte Mann stieg ins Steerage hinab, schaute seine Tochter an und versuchte sie zu trösten.

„Ich werde auf den Piet aufpassen wie ein Hund auf seinen Knochen, Tochter. Und wenn ich ihn an den Haaren nach Liebenberg schleifen muss, ich werde ihn dir zurückbringen.“

Piet rief lachend vom Steerageeingang her: „Das wird nicht

nötig sein, Friedrich Bienmann. Sie wissen es ja, was ich mir in den Kopf gesetzt habe, das kriegt nicht einmal die Polizei des Königs wieder heraus."

Am Nachmittag tobte ein heftiges Gewitter über Stadt und Hafen. Alle Passagiere flohen unter Deck. So plötzlich, wie Regen und Wind gekommen waren, zogen sie auch wieder davon. Aber mit Blitz und Donner war auch Mathilde verschwunden. Piet suchte sie auf dem Schiff und am Hafen. Er fand sie nicht. Überall fragte er nach ihr, doch keiner hatte sie nach dem Gewitter gesehen.

„Wo mag sie geblieben sein?", fragte er den alten Mann. „Hat eine Windbö sie vielleicht übcr Bord gespült?"

„Ausgeschlossen", antwortete der alte Mann bestimmt. „Mathilde lässt sich von einem Wind nicht umwerfen, Piet."

„Außerdem hat sie in den letzten Wochen das Schwimmen gelernt und kann es besser als ich", fügte der Junge hinzu.

„Ich kenne meine Tochter", sagte der alte Mann. „Sie liebt keinen langen Abschied. Sie wird mit den drei Fuhrwerken nach Liebenberg zurückgefahren sein."

„Ohne Auf Wiedersehen zu sagen?"

„Hat sie nicht den ganzen Tag auf ihre Weise ‚Auf Wiedersehen' gesagt?", fragte der alte Mann.

Einen Augenblick erwog der Junge, ob er Piet nicht von dem Brief erzählen sollte, aber er verwarf diesen Gedanken sofort. „Geschworen ist geschworen", murmelte er.

Später kam der Lehrer zu ihm und sagte: „Ins Wasser ist sie jedenfalls nicht gefallen, Luke. Sie hat nämlich ihr zwiegebackenes Brot, ihr Trockenobst, einen Topf Sauerkraut und sogar die große Blechflasche mit Tee wieder mitgenommen."

„Das hätte sie nun wirklich da unten im Hafenwasser nicht gebraucht", sagte der Junge.

„Für die Rückfahrt wird sie die Verpflegung wohl nötig haben", überlegte der Lehrer halblaut. „Aber seltsam kommt es mir doch vor."

Der Abendwind sprang auf. Ein kleines Dampfschiff nahm

die „Neptun“ ins Schlepptau und bugsierte sie aus dem Hafen. Schwarze Qualmwolken quollen aus dem Schornstein und wehten vor den Schiffen her. Die Passagiere winkten zum Kai zurück. Die Matrosen standen inzwischen an den Tauen und in den Masten. Der Dampfer löste die Schlepptrosse und tutete zum Abschied. Die Segel entfalteten sich, das Focksegel, das Großsegel, die Klüver, schließlich die Marssegel und die Besansegel. Die „Neptun von Danzig“ hatte alle Lappen aufgezogen und segelte der sinkenden Sonne entgegen. Das Meer lag ruhig. Die Menschen standen immer noch an der Reling. Kaum einer sprach ein Wort. Sie schauten auf die Stadt, die allmählich in Dunst und Dämmerung verschwand.

Der alte Mann und der Junge hatten sich ganz vorn an den Bug gestellt und sahen zu, wie die Sonne rot und groß am fernen Horizont auf das Wasser tippte, eintauchte und allmählich versank. Eine Kette weißer Schwäne zog seewärts. Ihre grellen Schreie waren deutlich zu hören.

Bevor es stockdunkel wurde, legten sich die Zimmerleute im Steerage in ihre Kojen. Der Junge hatte genügend Platz. Der alte Mann lag ruhig neben ihm. Der Junge konnte mit der Hand die Deckplanken berühren. In der Koje unter ihm lag Gustav Bandilla neben Hugo Labus und gegenüber hatten oben Andreas Schicks und Otto Sahm und unten der alte Döblin und Wilhelm Slawik ihren Platz. Wilhelm war so lang, dass er nicht ausgestreckt in der Koje liegen konnte.

Aus dem Zwischendeck schallte Lärm. Eine Harmonika spielte und Geschrei und Lachen klangen auf. Das sanfte Wiegen des Schiffes und das eintönige Knarren des Holzes taten schließlich doch ihre Wirkung. Der Schlaf senkte sich über die Männer im Steerage.

In aller Frühe schreckte der Junge auf. Die Schritte vieler Füße hörte er über sich. Vorsichtig kletterte er über den alten Mann hinweg und stieg an Deck. Matrosen zogen die Segel auf, die sie mit Einbruch der Dunkelheit gerefft hatten. Ein frischer Wind wehte und die Bark machte gute Fahrt. Der Junge stellte sich eine Weile in den Windschatten der Aufbauten des Achterdecks und staunte, wie sicher die Seeleute auf die Signale aus der Pfeife des Bootsmanns hin mit Tauen und Segeln hantierten. Er schlenderte aufs Vorschiff.

Der Himmel im Osten begann sich rosa zu färben.

„Was suchst du denn schon an Deck in aller Herrgottsfrühe?“, schnauzte ein glatzköpfiger Mann. Der Junge erkannte den Smutje, der am Tage zuvor die Schweine in Empfang genommen hatte. Er saß auf der obersten Stufe der Treppe, die in die Kombüse hinabführte. „Ist dir der Mief im Schiffsbauch zu stark geworden?“

„Ich konnte nicht mehr schlafen“, antwortete der Junge.

„Hast du einen Namen?“

„Ich heiße Lukas Bienmann. Alle Leute rufen mich Luke.“

„Dir geht's wie mir, Luke. Ich mache jetzt schon die 33. Fahrt über die Meere. Aber in den ersten drei Nächten finde ich kaum ein Auge voll Schlaf. Wenn sie die Segel morgens um vier aufziehen, bin ich jedes Mal hellwach. Dabei brauche ich erst eine Stunde später aufzustehen.“

„Sie sind doch der Koch, nicht wahr?“

„Schön, Luke, dass du mich Koch nennst. Ich heiße übrigens Jonas. Sagtest du, dass du Bienmann heißt?“

„Ja, Luke Bienmann.“

„Kommt mir irgendwie bekannt vor, der Name.“

„Mein Großvater hat das Steerage gebucht. Der heißt Friedrich Bienmann.“

„Ja. Davon habe ich gehört. Zimmerleute seid ihr und wollt drüben das große Geld machen.“

„Mein Großvater ist der beste Zimmermeister weit und breit“, prahlte der Junge.

„Das glaube ich dir aufs Wort“, spottete der Koch und zeigte mit dem Arm rund über das Meer. Der Junge lachte.

„Bienmann heißt du also. Seltener Name. Ich kann mich nicht genau besinnen, aber irgendwann ist mir schon einmal ein Bienmann begegnet.“

„Sie meinen, Sie kennen außer Großvater und mir noch einen Bienmann?“, fragte der Junge gespannt.

„Möglich ist’s.“

Ein schriller Pfiff ertönte. Ein Offizier polterte ins Mannschaftslogis und brüllte: „Rise, rise, ihr lahmen Kerle. Raus mit euch aus den Kojen.“

„Warum macht er ein solches Getöse?“, fragte Luke.

„Das gehört auf dem Schiff dazu. Um fünf Uhr wird jeder vom zweiten Steuermann aus dem Schlaf gescheucht. Wenn er es leiser versuchte, würde keiner aufstehen.“ Der Smutje erhob sich und sagte: „Ich muss jetzt an meine Töpfe. Um sechs gibt es Frühstück. Hast du Lust mir zur Hand zu gehen?“

„Ja“, antwortete der Junge eifrig. „Ich kann schon ganz gut kochen. Ich bin nämlich der Lehrling bei meinem Großvater und der jüngste Lehrling muss kochen können.“

„Na, von mir kannst du vielleicht noch etwas abgucken.“

Wenn sie sich vorsichtig bewegten, konnten sie zu zweit in der Kombüse arbeiten. „Zuerst machen wir das Frühstück für die Kajütengäste“, sagte Jonas. Mit einem riesigen Messer schnitt er ein Weißbrot in dünne Scheiben, drückte Butter in Butterschälchen und ordnete Wurst und Käse auf Platten.

„Dem Ochsen, der da drischt, darf man das Maul nicht verbinden“, sagte er und reichte dem Jungen die Brotkanten und Wurstenden. Der ließ sich nicht zweimal auffordern und langte zu. Ab und zu spießte Jonas einen Würfel Brot oder ein Stückchen Käse auf seine Messerspitze und stillte damit seinen Hunger. In zwei großen Kesseln wurde Wasser erhitzt. In einem davon kochte Jonas Kaffee. Mit der Schöpfkelle füllte er zwei große Blechkannen voll mit dem pechschwarzen Gebräu. „Für die Offiziere und Kajütengäste“, erklärte er. Dann schüttete er aus dem Kessel mit klarem Wasser so viel in den Kaffeekessel hinein, dass dieser wieder randvoll wurde. „Dieser herrliche Kaffee ist für die anderen Passagiere.“

Luke half beim Austeilen des dünnen Getränkes. Etwas

Schiffszwieback und je eine Schöpfkelle Kaffee bekam jeder Passagier zugeteilt. Die Kajütengäste und die Offiziere wurden von zwei Stewards bedient.

Jonas schwenkte den Kaffeekessel mit Meerwasser aus. In einem Eimer, an den ein langer Strick gebunden war, holte er das Wasser aus der See. „Willst du es auch mal versuchen?", fragte er den Jungen. Der nahm den Strick in die linke Hand und warf den Eimer, wie er es bei Jonas gesehen hatte, über die Reling. Aber der Eimer fiel mit dem Boden auf das Wasser und füllte sich zunächst nicht. Erst eine größere Welle riss ihn mit einem Ruck fort. Der Strick wurde ein Stück durch seine Hände gerissen. Die Handflächen brannten, aber er ließ ihn nicht los, sondern hievte den Eimer an Bord. „Nur halb voll", sagte er. Jonas antwortete: „Ihn voll herauszubekommen ist schwierig. Es gibt kaum einen, der es beim ersten Male so gut schafft wie du." Dem Jungen schmerzten die Hände.

Der Strick hatte ein wenig Haut weggeschürft.

„Steck die Hände in das Salzwasser, Luke", riet Jonas. „Das tut zwar weh, aber das Meer heilt."

Der Junge folgte dem Rat. Er konnte nur schwer einen Schrei unterdrücken, so biss das Salz in den Schürfwunden. Der Smutje nickte anerkennend.

„Können Sie sich wirklich nicht erinnern, Jonas, wo Sie den Namen Bienmann schon gehört haben?" Der Junge schaute den Koch so gespannt an, dass dieser aufmerksam wurde.

„Suchst du etwa einen, der auf diesen Namen hört?"

„Ja."

„Meinst du, er sei vor euch nach Amerika gesegelt?"

„Das weiß ich nicht. Aber es könnte vielleicht sein."

Der Koch pfiff durch die Zähne. Er legte die Stirn bis hoch in die Glatze hinein in Falten und sagte: „Außer der ‚Neptun' segelt kein Schiff von Danzig aus über den Teich. Wenn mich nicht alles täuscht, haben wir schon mal einen Bienmann an Bord gehabt. Das mag aber schon zwei Jahre oder länger her sein. Hat nur für eine Fahrt angeheuert. Wir haben ihn ‚Charly‘ gerufen. Aber ob er wirklich Bienmann geheißen hat, das weiß ich nicht mehr genau.“

„Weiter“, drängte der Junge ihn.

„Nichts weiter. Mehr weiß ich wirklich nicht. Du kannst ja den Segelmacher fragen. Mit Hendrik hat Charly öfter zusammengehockt und Hendrik hat ein gutes Gedächtnis für Namen.“

Der Junge kletterte ins Steerage zurück.

Der alte Mann brummte: „Na, es passt dir wohl besser, den Koch zu spielen als den Zimmermann?“

„Willst du an Deck ein Haus bauen, Großvater?“, versuchte der Junge einen Scherz. Aber damit kam er bei dem alten Mann heute schlecht an. „Es gibt für uns genug zu tun“, sagte er.

So war es auch. Der alte Mann ließ eine Werkzeugkiste so in das Steerage schieben, dass sie einen Tisch bildete. Andere Kisten wurden als Bänke rund um den Tisch gerückt. Dicke Klötze nagelten die Männer so auf dem Boden fest, dass sich nichts mehr verschieben ließ. Die Beutel mit Vorräten wurden an der einen Wand des Steerages, an der keine Kojen aufgeschlagen waren, an Bindfäden unter die Decke gehängt. Jeder Mann bekam an dieser Wand einen Platz zugeteilt, an dem er sein Geschirr und seinen Beutel unterbringen konnte. Was die Männer sonst noch besaßen, sollten sie fest an ihre Koje binden.

„Nichts darf in diesem Raum umherrutschen, wenn der Boden des Schiffes einmal schief steht“, sagte der alte Mann.

„Segelt doch ganz ruhig, der Kahn“, maulte Andreas Schicks, der sich den ersten Tag an Bord wohl anders vorgestellt hatte.

„Denke dran, Grünschnabel, dass wir länger als zwei Monate hier leben müssen“, wies Lenski ihn zurecht. „Du wirst schon erleben, wie das ist, wenn der Sturm das Schiff beutelt.“

„Schicks denkt nie an morgen“, sagte Franek.

Der Junge hatte alle Hände voll zu tun. Er musste den Gesellen das Werkzeug anreichen, er hatte für alle nach dem Essen das Geschirr auszuspülen, er schrubbte das Steerage mit Meerwasser und wischte es trocken.

Andreas Schicks genoss es, dass er nicht mehr der jüngste Lehrling war. Jetzt nahm der Junge die unterste Sprosse des Zimmerhandwerks ein. Andreas stand schon höher und konnte nach unten treten. Als er das jedoch zu wörtlich nahm und einen Wassereimer absichtlich umstieß, schlug ihm der Junge voll Wut das nasse Wischtuch um die Beine, sodass Andreas ausrutschte und sich in die Pfütze setzte. Bevor er sich auf den Jungen stürzen konnte, kam Lenski die Treppe herab und Schicks begnügte sich damit, dem Jungen mit der Faust zu drohen. Erst gegen Abend hatte der Junge Zeit den Segelmacher zu suchen. Aber der zweite Steuermann, ein schwarzhaariger junger Offizier, fing ihn ab, als er gerade auf das Achterdeck schlüpfen wollte, weil er dort die Segelkammer vermutete.

„Wo kämen wir denn hin", schnauzte er, „wenn sich alle Passagiere dort herumlümmeln dürften. Achtern haben die Kajütengäste ihren Platz."

Seinem Großvater wollte der Junge zunächst nichts davon erzählen, dass es vor Jahren an Bord einen Mann gegeben hatte, der Charly und vielleicht auch noch Bienmann hieß.

An diesem Abend war es früh still im Zwischendeck. Doch den Jungen ließen die Gedanken an seinen Vater nicht los und er fand lange keinen Schlaf.

Vier Tage waren sie bereits auf See, sie hatten die dänische Insel Bornholm passiert, die schwedische Küste war im Osten aufgetaucht und sie segelten dicht unter dem Horn von Skagen aus der Ostsee in die Nordsee. Das Wetter war anhaltend sonnig. Die Passagiere verbrachten den größten Teil des Tages auf dem Vorderdeck und waren guter Dinge. Der alte Mann hatte den Zimmerleuten angekündigt, dass er selbst den Englischunterricht fortsetzen wolle, damit nicht alles wieder verlernt werde. Jeden Morgen nach dem Frühstück wiederholte er eine Stunde lang, was der Pfarrer ihnen beigebracht hatte. Weil aus dem Steerage die frommen Sprüche heraufklangen und zahlreiche mit „O my Lord“ und „Halleluja“ geschmückt waren, glaubten die Matrosen und Passagiere, es handle sich um ein ausgedehntes Morgengebet. So kamen die Zimmerleute in den Ruf sehr fromme Männer zu sein.

Der Kapitän ließ am Nachmittag ausrufen, dass die „Neptun“ mit dem 58. Breitengrad den nördlichsten Punkt der Reise erreicht habe. Wenig später entdeckte der Junge endlich den Segelmacher. Er war ein hohlwangiger Mann. Die Augen erschienen groß in dem hageren Gesicht und wurden von dünnen, schattigen Lidern halb bedeckt. Vornübergebeugt im Schatten des Focksegels saß er und nähte Schlaufen an ein schweres Segel. Die linke Hand wurde von dem steifen Tuch bedeckt und mit der rechten stach er die große Nähnadel langsam ein und zog das dicke Garn nach jedem Stich fest an. Schon diese Bewegung schien ihn anzustrengen. Unvermittelt schüttelte ihn ein trockener Husten. Dabei lief ihm eine Tränenspur über das Gesicht. Er machte sich jedoch nicht die Mühe sie abzuwischen.

Der Junge schaute ihm bei seiner Arbeit zu. Die Hand war langfingrig und knochig. Obwohl jeder Stich sicher geführt wurde, schien sie ohne Kraft. Blau und dick lagen die Adern auf Hand und Arm. Schließlich schnitt der Segelmacher das Garn ab und verknotete das Ende. Dabei sah der Junge zum ersten Mal die linke Hand des Mannes. Ein Schreck durchzuckte ihn bis in die Fußspitzen. Auf dem Handrücken des Segelmachers befand sich die Blaustich-Tätowierung, die Nathan ihm beschrieben hatte, eine Frau mit einem Fischschwanz. Bei jeder Bewegung der Finger schien die Nixe sich zu rühren und den Schuppenschwanz leicht hin und her zu schlagen. Der Junge zerrte unter seinem Hemd das Medaillon hervor und streifte es über den Kopf. Er öffnete es hastig und hielt es dem

Segelmacher unter die Augen. Der ließ das Tuch sinken und schaute den Jungen an.

„Schöne Bilder“, sagte der zögernd. „Warum zeigst du mir die Miniaturen?“

„Ich habe sie von dem jüdischen Händler Nathan gekauft“, antwortete der Junge aufgeregt. „Kennen Sie das Medaillon nicht?“

„Ein Medaillon wie tausend andere“, wich der Segelmacher aus. „Schöne Miniaturen, nicht wahr?“

„Nathan hieß der Händler“, wiederholte der Junge.

„Jaja, die Juden handeln manchmal mit Schmuck.“

„Er hat es von einem Matrosen in Danzig bekommen.“

Der Segelmacher antwortete nicht.

„Der Matrose hatte auf der Hand eine Tätowierung, eine Nixe.“

„So wie diese hier?“, fragte der Segelmacher und hob seine linke Hand.

„Ja, so wie die, die Sie auf der Hand haben.“

„Ich kenne viele Seeleute, die sich tätowieren lassen. Nixen auf der Hand sind nicht gerade selten. Aber so einen feinen Blaustich wie den auf meiner Hand, den findest du kaum einmal. In Hongkong habe ich mir die Nixe vor über zwanzig Jahren von einem Meister tätowieren lassen.“

„Haben Sie Nathan das Medaillon verkauft?“

Der Segelmacher schob seine Arbeit zur Seite und schaute den Jungen aus müden Augen an. „Was forschst du mich aus, Söhnchen? Du hast ein Medaillon. Schön. Ein Jude hat's dir verkauft. Schön. Hast du ihm eine Geschichte mitbezahlt? Hat er dir gesagt, das Ding wird dir Geschichten erzählen?“

„Ich möchte wissen, ob Charly die Bilder gemalt hat.“

„Was weißt du schon von Charly?“, seufzte der Segelmacher. Ein neuer Hustenanfall überfiel ihn. Als er nach einer Weile wieder ruhiger zu atmen vermochte, nahm er das Medaillon in die Hand, rieb sich das Wasser aus den Augen, betrachtete es genau, zuckte die Schultern und gab es dem Jungen zurück.

Er begann ein Ende des Garns in das Öhr der groben Nadel einzufädeln.

„Erzählen Sie mir von Charly, bitte."

„Ich kann dir nichts erzählen, Junge. Mein Mund ist ausgedörrt. Wenn das Wetter gut bleibt, wirst du mich immer hier unter der Fock finden. Bringe mir etwas Scharfes für meinen trockenen Hals. Das schmiert die Kehle und lockert die Stimmbänder. Vielleicht fallen mir dann Geschichten ein. Vielleicht auch Geschichten von Charly."

„Hieß er wirklich Bienmann?", forschte der Junge.

„Rein gar nichts fällt mir ein, wenn mir die Kehle kratzt", erwiderte der Segelmacher mürrisch. Sosehr der Junge auch in ihn zu dringen versuchte, er ließ nichts aus sich herauslocken. Schlaufe um Schlaufe nähte er fest und tat, als höre er den Jungen gar nicht.

Schließlich steckte er die große Nadel in ein mit Fett gefülltes Kuhhorn, rollte das Garn ein und erhob sich ächzend. Er musste sich am Holz des Fockmastes festhalten.

„Hilf mir das Tuch in die Segelkammer zu schaffen, Junge. Ich werde dir dann etwas von Charly zeigen."

Die Segeltuchrolle war schwer. Der Junge lud sie sich auf den Rücken. Die Vorderluke stand offen. Der Segelmacher stieg hinunter ins Schiff. An der Kombüse vorbei ging er dem Jungen voran in die vorderste Kammer des Schiffes. Nur wenig Licht drang durch die geöffnete Luke bis hierhin und die Augen des Jungen gewöhnten sich nur allmählich an die tiefen Schatten. Es roch nach Tau und Teer. Ballen zusammengerollter Segel lagen ordentlich aufgestapelt an den Wänden. In einer Ecke war eine Koje aus Holz aufgeschlagen.

„Schlafen Sie hier?"

„Ja, der Kapitän hat es erlaubt. Die Mannschaft würde sich auch beschweren, wenn ich bei ihr schliefe. Ich huste nachts zu häufig."

Er zeigte dem Jungen, wohin er das Tuch legen sollte.

„Sie wollten mir etwas von Charly zeigen."

„Ja, Junge. Da, schau, es steht hinter der Tür."

Der Junge hatte sich an das schwache Licht gewöhnt. Er erblickte hinter der Tür einen gewaltigen, halb gekrümmten Balken, der mit einem Beil roh behauen war.

„Was ist das?"

„Schau lange genug hin, dann wirst du es erkennen."

Tatsächlich sah der Balken so aus, als ob aus dem oberen Teil die Umrisse eines riesigen Männerkopfes herausgehauen worden wären.

„Eine Figur?"

„Nicht schlecht, Junge. Charly hat damit begonnen, für das Schiff eine Galionsfigur aus diesem Eichenbalken zu schlagen. Ein Neptun sollte das werden, wie die Meere keinen schöneren tragen. Der Kapitän war ganz versessen darauf. Wenn Charly mit dem Beil in der Hand auf dem Achterdeck vor dem Balken stand und beschrieb, wie er sich das fertige Werk dachte, mit einer Krone aus Seesternen im Haar und im Bart winzige Muscheln und Fischchen, einen goldenen Dreizack in der Faust und eine Seeschlange darauf gespießt, Junge, ich sage dir, dann leuchteten Charlys Augen mit denen des Kapitäns um die Wette. ‚Charly, wenn Sie das schaffen', sagte der Kapitän, ‚dann zahle ich Ihnen die vierfache Heuer.'"

„Und warum steht die Figur jetzt hier in der dunklen Ecke? Hat Charly es nicht geschafft?"

„Junge, du bist wie ein Polyp. Wenn man dir eine Kleinigkeit erzählt, dann beginnst du einen ganz auszusaugen. Einen Satz von Charly wollte ich dir sagen. Hast mich zum Reden gebracht. Aber ohne Rum oder Schnaps werde ich jetzt stumm wie ein Fisch. So wahr ich Hendrik Majolle heiße."

Er hustete kurz, unterdrückte aber den Anfall, legte sich vorsichtig auf seine Koje und schloss die Augen. Schwarz und dünn bedeckten die zittrigen Lider die Augäpfel. Der Atem pfiff dem Segelmacher durch die Nase. Der Junge schlich sich hinaus. Als er an der Kombüse vorbeikam, winkte der Smutje Jonas ihn herein.

„Na, konnte er sich erinnern?“, fragte er neugierig.

„Ich glaube, er weiß von Charly eine ganze Menge. Aber er hat mir nur die roh gehauene Galionsfigur gezeigt, die Charly gemacht hat.“

„Richtig. Das war damals ein großer Ärger. Wir waren weit vom Kurs abgekommen und landeten in Charleston an der Ostküste. Wir waren froh überhaupt einen Hafen zu finden. Erst hatten wir hinter Madeira drei Wochen lang in der Flaute gelegen, dann trieben uns Stürme, wohin wir nicht wollten. In den Fässern war kein Tropfen Trinkwasser mehr. Es blieb ein Rest von madigem Schiffszwieback. Die Passagiere, die doch eigentlich nach New Orleans wollten, fielen dem Kapitän um den Hals, als er die ‚Neptun‘ in den Hafen von Charleston einschleppen ließ. Nur knapp die Hälfte der Leute wagte noch einmal einen Fuß auf die Planken zu setzen, um nach New Orleans weiterzusegeln. Dem Kapitän war das recht. So konnte er für ein paar Dollar Passage noch zwei Dutzend Carpetbagger an Bord nehmen, die auf dem schnellsten Weg in den Süden wollten –“

„Carpetbagger? Was sind das für Leute?“

„Es sind Aasgeier. Sie tragen ihren ganzen Besitz in einer Tasche bei sich, wenn sie in den Süden ziehen. Dort spielen sie sich dann als die großen Sieger über die Südstaaten auf und hoffen nach ein paar Jahren als gemachte Leute in den Norden zurückzukehren.

Eine Woche später jedenfalls liefen wir aus Charleston aus. Das Wetter hätte nicht besser sein können. Wir umsegelten in flotter Reise Florida und lagen bald vor New Orleans. In dieser Zeit hat Charly täglich drei Stunden an der Figur gearbeitet. Er durfte aus dem Mannschaftslogis in eine der frei gewordenen Kajüten ziehen. Der Kapitän hat ihn eingeladen mit den Offizieren und den Kajütenpassagieren zu speisen. Die Besatzung hat es ihm übel genommen, dass er nun zum Achterdeck gehörte, und niemand mehr hat mit ihm ein Wort gewechselt. Nur in die Segelkammer ist Charly ab und zu gekommen und hat mit Hendrik stundenlang geredet.“

„Aber was ist mit der Figur geworden?“

„Charly hat versprochen, er wollte sie auf der Rückreise fertig machen. Aber es hat für ihn keine Rückreise gegeben. Er hat auf die hohe Heuer verzichtet und ist ganz einfach an Land geblieben. Der Kapitän hat die ganze Mannschaft durch alle Kneipen von New Orleans gejagt, um ihn zu suchen und schanghaien. Vergebens. Charly blieb verschwunden. Da hat der Kapitän den Balken in die Segelkammer schaffen lassen und hat geschimpft, dass es über das ganze Schiff schallte. ‚Charly ist der größte Halunke, den die Weltmeere je getragen haben‘, hat er gebrüllt. ‚Du, Hendrik, hast es ja besonders gut mit ihm gekonnt. Soll der im Balken versteckte Neptun in deiner Kammer liegen, bis der Holzwurm ihn frisst.‘“

„Ist der Segelmacher krank, Jonas?“, fragte der Junge.

„Du hörst ja, dass er sich die Lunge aus dem Leib hustet. Es ist schon seit Jahren schlimm mit ihm. Aber er näht Segel, wie du sie lange suchen kannst.“

„Er will Schnaps von mir.“

„So ist er. Ganz wild ist er auf alles, was nach Branntwein riecht. In den Häfen versäuft er die gesamte Heuer. Dann kriecht er in seine Koje und lässt sich tagelang nicht sehen.“

„Duldet das der Kapitän?“

„Der Segelmacher ist schon mit dem Vater von Jessen zur See gefahren. Als Jessen dann mit 29 Jahren diese Bark kaufte, ist Hendrik mit ihm auf das Schiff gekommen. Damals soll er an Bord noch nicht getrunken haben. Er will wohl seinen Husten kaputtsaufen.“

„Ich glaube, er säuft sich eher selber ins Grab.“

„Mag wohl sein. Aber ich kann dir sagen, wenn du ihm Rum besorgst, dann wird er dir alles erzählen, was er von Charly weiß, und vielleicht noch mehr. Der Schnaps weckt Geschichten in ihm, die noch niemand gehört hat.“

„Wahre Geschichten, Jonas?“

„Wenn du damit meinst, ob die Geschichten wirklich passiert sind, dann muss ich sagen, nein. Aber irgendwie steckt in ihnen immer ein Stück Wahrheit. Rumgeschichten eben."

„Woher, Jonas, soll ich Rum bekommen?"

„Zur Not tut es auch Schnaps, Luke. Und Schnaps findest du im Zwischendeck und sicher auch im Steerage genug."

An diesem Abend noch versuchte der Junge Schnaps aufzutreiben, aber jeder, den er im Steerage darauf ansprach, lachte ihn nur aus.

„Lass dir erst mal so viele Haare am Kinn wachsen, dass du dich rasieren kannst", schrie Andreas Schicks. „Nur wer einen Bart hat, den haut der Schnaps nicht um."

„Hast ja selbst nur Karnickelhaare unter der Nase", entgegnete der Junge und verkroch sich in seiner Koje.

Er dachte an seine Mutter, an ihre schönen blonden Haare, und wenn er die Augen schloss, konnte er ganz deutlich andere blonde Haare sehen und ein Gesicht, ein Gesicht, das sich immer häufiger in die Minute vor dem Einschlafen drängte, und das Gesicht gehörte der Lisa Warich. Später tauchten andere Gesichter auf, böse Gesichter. Andreas Schicks fuchtelte mit einem Messer herum und ganz verschwommen tauchte sein Vater auf und lief und lief.

Der Junge klammerte sich dann an seinen Großvater. Der legte ihm die Hand auf die Schulter und flüsterte ihm zu: „Schon gut, Luke, ich bleibe ja bei dir."

Am nächsten Tag, dem 17. August, hatte der Junge Geburtstag. Er wurde 14 Jahre alt. Viel Aufhebens wurde von einem solchen Ereignis bei den Zimmerleuten gewöhnlich nicht gemacht. Der Junge selbst hatte am Morgen zunächst gar nicht daran gedacht. Als er aufwachte, fiel ihm zwar auf, dass außer ihm niemand mehr im Steerage war, aber er nahm an, er hätte das Aufstehen verschlafen. Er fasste unter den Strohsack und tastete nach Mathildes Brief. Dann lief er an Deck, um sich wie jeden Morgen in dem Bottich zu waschen, den die Männer einmal am Tag mit frischem Meerwasser füllten. Er glaubte, dass die Zimmerleute schon bei der Kaffeeausgabe waren, denn auf dem hinteren Teil des Decks konnte er niemand von der Kolonne entdecken.

Kaum hatte er sich jedoch über den Bottichrand gebeugt, da sprang auf einmal Andreas Schicks, ohne dass der Junge ihn bemerkte, hinter der Großluke hervor, umschlang ihn von hinten und hielt ihn fest.

Alle Männer aus dem Steerage kamen dazu, bildeten eine Doppelreihe und fassten sich zu je zwei an den Händen. Schicks hob den Jungen zuerst empor und warf ihn dann auf die Arme der Männer. Die schrien: „Der Luke lebe hoch! Hoch! Hoch!" Und bei jedem Hoch schleuderten sie ihn empor, fingen ihn mit ihren Armen wieder auf und warfen ihn erneut in die Luft.

„Hört auf!", schrie der Junge atemlos. „Ich bin doch keine Möwe."

Schicks aber feuerte die Zimmerleute immer mehr an: „Höher! Höher! Höher!"

Der Junge hörte auf zu schreien und achtete darauf, dass er nicht mit dem Gesicht gegen die Arme der Männer schlug. Schließlich legten sie ihn auf die Deckplanken. Sie stellten sich rund um ihn. Der Lehrer hielt eine kleine Ansprache, aber der Junge war so verwirrt, dass er kaum ein Wort davon verstand.

Dann trat der alte Mann einen Schritt vor und sagte: „Luke, ich habe dir versprochen, dass du bei uns Lehrling sein kannst. Heute, an deinem 14. Geburtstag, nehmen wir dich zur Probe in unser Handwerk auf. Halte die Augen offen. Von jedem Mann aus der Kolonne kannst du etwas lernen. Sieh zu, dass du ein guter Geselle wirst und vielleicht sogar ein tüchtiger Meister." Andreas Schicks reichte dem alten Mann ein langes, dünnes Holzscheit und schnappte zusammen mit Franek wieder den Jungen. Sie beugten ihm den Rücken, obwohl er wild um sich schlug. Der alte Mann langte mit dem Scheit dreimal kräftig zu und rief dabei:

„Den Ritter schlägt man mit dem Schwert,
damit er mutig kämpft.
Der Zimmerlehrling spürt die Gert',
damit sein Übermut sich dämpft."

„Jetzt wird er getauft!", brüllte Andreas Schicks. Sie zwangen den Jungen in den Waschbottich und drückten ihn dreimal völlig unter Wasser. Der Junge schluckte die salzige Brühe, kam hoch, spuckte, sprang schließlich heraus und schüttelte sich. Er biss die Zähne zusammen und heulte nicht. Er wusste es, jetzt gehörte er wirklich ganz dazu, jetzt war er einer von Bienmanns Kolonne.

Auf dem Vorderschiff schrillte ein Pfiff. Der Smutje trug mit einem Matrosen den Kaffee aus der Kombüse. Da ließen die Zimmerleute von dem Jungen ab, holten im Steerage ihre Blechtassen und stellten sich in die Reihe. Der Junge zog die nasse Hose aus und hängte sie zum Trocknen auf. Er streifte seine Tuchhose über, die er sonst nur an Sonntagen trug. Erst als er sah, dass der Smutje weißes Brot austeilte, merkte er, dass an diesem Tag wirklich Sonntag war.

Nach dem Frühstück wurde das Steerage aufgeräumt. Der alte Mann rief die Leute zusammen und kündigte an, dass man an diesem Tag einen Gottesdienst abhalten wolle. Zwar sei kein Priester an Bord und eine Messe könne nicht gefeiert werden, aber der Sonntag sollte sich doch von den anderen Tagen der Woche unterscheiden. Eine Frau aus dem Zwischendeck fragte, ob sie auch zu dem Gottesdienst kommen könne. Der alte Mann hatte nichts dagegen. Sie kam und mit ihr so viele Passagiere, dass das Steerage sie gar nicht alle zu fassen vermochte. Viele standen auf der Treppe und vor der Achterluke.

Der Lehrer stimmte das Lied „Nun danket alle Gott" an und der Gesang aus vielen Kehlen schallte weit über das Meer. Der alte Mann las ein Stück aus der Bibel vor. Er hatte einen Abschnitt aus der Apostelgeschichte gewählt, in dem der Apostel Paulus die Mühsale seiner Reisen schildert. Der Junge staunte nicht schlecht und mit ihm haben wohl die meisten Liebenberger Zimmerleute sich gewundert, als nach der Lesung Lenski vortrat und sagte, er könne zwar keine richtige Predigt halten, aber ihm seien doch ein paar Sätze in den Sinn gekommen, die er allen mitteilen möchte. Das tat er dann kurz und bündig. Der heilige Paulus sei, wie man gehört habe und auch wohl schon längst wisse, oft auf Reisen gewesen. Das sei sicher mit mancherlei Beschwerden verbunden gewesen. Er sehe die Fahrt mit der „Neptun von Danzig“ genauso. „Man hat mir versichert“, sagte er, „wir fahren nach Amerika. Ich habe Amerika selbst nicht gesehen. Ihr habt Amerika auch nicht gesehen. Aber wir glauben denen, die uns gesagt haben, dass es Amerika wirklich gibt. So ist es auch mit Jesus. Hab' ich ihn gesehen? Habt ihr ihn gesehen? Aber wir glauben denen, die gesagt haben, dass er lebt. Unsere Fahrt wird uns sicher noch mancherlei Gefahren bringen. Vielleicht geraten wir in Stürme oder widrige Winde treiben uns auf Umwegen ans Ziel. Alle hoffen wir darauf, dass wir eines Tages ankommen. So stelle ich mir das auch mit dem Reich Gottes vor. Wir segeln durch unser Leben, wir haben von Zeugen gehört, dass es nach unserem Tode eine neue Küste gibt. Uns ist versichert worden, dass Jesus Gottes Sohn ist. Dass wir den ewigen Tod nicht sterben müssen, sondern ein rundes, volles Leben ohne Ende haben. Dass wir das gelobte Land sehen werden und Gott mitten unter uns ist. Vielleicht gibt es auch auf unserer Erdenfahrt Stürme, Finsternisse, Umwege, Dunkelheiten. Das macht uns Angst. Manchmal möchten wir uns am liebsten verkriechen. Aber einmal werden wir am Ziel sein. Darauf freue ich mich.“

Eine Weile blieb es sehr still. Lenski war kein Spinner. Mit seinen vierzig Jahren konnte ihn auch niemand für einen jugendlichen Schwärmer halten. Er hatte unbefangen geredet. Seine schwarzen Haare waren ihm in die Stirn gerutscht, das sonst oft ein wenig verkniffene Gesicht war ein einziges Lächeln gewesen. Jeder hatte gespürt: Der Lenski glaubt, was er sagt. Selbst wenn Lenski wie der alte Pfarrer in Liebenberg „ihr lieben Christenmenschen“ oder Ähnliches gesagt hätte, der Junge wäre gar nicht auf den Gedanken gekommen irgendetwas zu zählen, so gespannt hatte er zugehört. In die Stille hinein begann ein Kind zu weinen. Der alte Mann sprach das „Vaterunser“ und alle fielen ein. Dann stimmte der Lehrer das Schlusslied an: „Wer nur den lieben Gott lässt walten ...“

Keiner machte nach dem Lied Anstalten das Steerage zu verlassen. Der Lehrer sagte schließlich etwas verlegen: „Der Gottesdienst ist zu Ende.“

Da machten die Leute die Treppe frei und gingen an Deck. „Schön war das“, sagte die Frau, die den alten Mann gefragt hatte, ob sie auch zum Gottesdienst kommen dürfe. „Ist das ein Prediger?“, fragte sie und deutete auf Lenski.

„Ich glaube schon“, schmunzelte der alte Mann. „Aber bis heute hat es niemand von uns gewusst. Wir kannten ihn nur als geschickten Zimmermann.“

„Es ist mit ihm so, wie's mit dem alten Moses war“, sagte Döblin. „Kann nicht reden, hat er gesagt, und drücken wollte er sich. Aber am Bartzipfel hat ihn der Herr erwischt, gezaust hat er ihn und gesagt: ‚Stoj! Dämlack‘, hat er gesagt, ‚hab' ich dich gerufen mit deinem Namen, werd' ich dir die Zunge schon bewegen!‘“

„Sind wohl noch mehr Prediger bei euch“, lachte die Frau. „So einen Gottesdienst müsst ihr jeden Sonntag machen. Im Zwischendeck ist ein wüstes Volk mit viel schlimmen Reden.“ Später folgte der alte Mann dem Jungen, der auf dem Vorschiff nach dem Segelmacher Ausschau hielt. „Ich freue mich, dass du jetzt in der Zimmerzunft zur Probe aufgenommen worden bist und mein Lehrling sein kannst“, sagte er. „Du wirst es leichter haben als mancher andere Lehrling, weil du unter Zimmerleuten groß geworden bist. Die Werkzeuge kennst du und hast oft genug schon als Kind Säge, Axt und Bohrer in der Hand gehabt.“

„Das Holz kenne ich auch, Großvater.“

„Das Holz, Junge, wirst du ein Leben lang nicht ganz und gar kennen. Ist was Lebendiges. Wird dich immer überraschen, quillt, schrumpft, splittert, verdreht sich und oft genug geschieht das, wenn du es am wenigsten erwartest."

„Ich denke, Eiche ist Eiche und hart dazu und Linde bleibt Linde und lässt sich leicht schneiden."

„Das weiß jeder Bauer vom Holz, Luke. Aber du, du sollst es besser kennen lernen. Ich habe ein Geburtstagsgeschenk für dich." Er zog aus seiner Tasche ein Messer, drückte auf einen Knopf am roten Messerheft und eine schmale, blitzende Klinge schnappte auf und blitzte in der Sonne.

„Das soll mein Messer sein?"

„Ja, Luke. Ist aus gutem Schwedenstahl. Ich gebe es dir, damit du dem Holz auf die Spur kommst. Ich warne dich, Luke, richte das Messer nie im Zorn gegen einen Menschen."

„Wie kann ich mit dem Messer das Holz kennen lernen?", wunderte sich der Junge.

Der alte Mann nahm aus der Seitentasche seiner Jacke ein Brettstück, etwa einen Fuß lang und einen Zoll dick. Die Maserung des Brettes lief gleichmäßig. Kein Astholz war darin. Mit einem Ansatz spaltete der alte Mann von dem Brett einen Span ab, der etwa auch einen Zoll breit war. So entstand ein Vierkanthölzchen.

„Mach es so wie ich", sagte er. „Spalte dieses Brett zu lauter kleinen Balken. Ab morgen werde ich dir zeigen, wie solche Balken zusammengefügt werden."

„Du meinst, wir bauen ein richtiges, kleines Haus?"

„Ob wir das bis New Orleans schaffen, weiß ich nicht. Aber die wichtigsten Holzverbindungen wirst du ganz sicher kennen lernen."

Der Junge ließ die Klinge springen. Er konnte sich in dem blanken Metall spiegeln. „Herrlich, Großvater", rief er und fiel dem alten Mann um den Hals.

„Na, na", wehrte der ab. „Ich hatte noch nie einen Lehrling, der mir einen Kuss geben wollte."

Aus der Vorderluke stieg der Segelmacher heraus und setzte sich auf seinen Platz unter die Fock.

„Wird bald vorbei sein, das schöne Wetter", prophezeite er.

„Ich spüre auch schon das Reißen in allen Knochen", bestätigte der alte Mann. „Das ist ein sicheres Zeichen für Regenwetter."

„Ein Schnaps zur Vorbeugung könnte eigentlich nicht schaden, mein Junge. Wie steht es, hast du schon etwas für mich aufgetrieben?"

„Der Junge hat Geburtstag heute", sagte der alte Mann. „Er könnte Ihnen wirklich einen Schnaps ausgeben."

„Woher soll ich Schnaps nehmen, Großvater?", fragte der Junge. „Du könntest ja einmal einen gewissen Zimmermeister Bienmann fragen", schlug der alte Mann vor. „Der soll nämlich eine Medizinkiste mitgenommen haben. In jedem Medizinschrank befindet sich auch Alkohol zum Einreiben und in besonderen Fällen auch für die innere Anwendung."

„Wirst du mir denn etwas davon abgeben?"

„Nicht für dich, Lausepelz. Aber wenn ich mir den Segelmacher anschaue, dann scheint hier ein besonderer Fall vorzuliegen. Komm mit mir und spendiere ihm einen kräftigen Schluck zu Ehren deines Geburtstages."

„Man soll über Schnaps nicht zu viel reden", mahnte der Segelmacher. „Lauf schnell, Junge. Ich spüre, wie mir das Wasser im Munde zusammenläuft."

„Mir scheint", sagte der alte Mann, als sie ins Steerage hinabstiegen, „der Segelmacher braucht einen Arzt dringender als Schnaps. Sein Husten gefällt mir nicht."

Aus einem Tonkrug schüttete er dem Jungen eine Blechtasse halb voll. Der Junge trug den Schnaps vorsichtig zum Vorschiff. Hendrik erhob sich, schnüffelte genießerisch, trank in kleinen, hastigen Schlucken, hustete, trank, hustete. Die letzten Tropfen wischte er mit dem Finger aus der Tasse und leckte ihn ab. Dann reichte er dem Jungen das Gefäß zurück. Seine Augen begannen zu glänzen. Die Haut sah weniger matt und welk aus. Seine Bewegungen wurden lebhafter, kraftvoller.

„Ein Becher Lebenssaft, Junge. Das tut gut. Dieser Trunk ist die Antwort auf eine Frage nach Charly wohl wert. Aber frage schnell. Bald wird mein Hals wieder ausgedörrt und rissig sein.“ Der Junge überlegte nicht lange und stieß hastig hervor: „Was weißt du über Charly?“, und es fiel ihm gar nicht auf, dass er das vertraute *Du* ausgesprochen hatte.

Der Segelmacher lachte auf. „Du fragst nicht sehr genau, Junge. Was soll ich dir auf diese Frage antworten?“

„Wie er wirklich heißt, ob er die Bilder in dem Medaillon gemalt hat, wann er mit diesem Schiff gefahren ist, warum er nach Amerika wollte –“

„Halt, halt. Das sind viele Fragen. Unsere Absprache war, ein Becher Schnaps, eine Antwort auf eine Frage. Und die hast du längst gestellt. Also, was weiß ich über Charly?“

Der Segelmacher hockte sich auf das Deck nieder, dachte eine Weile nach und begann dann: „Ich will dir erzählen, wie Charly einmal um ein Haar erstochen und über Bord geworfen worden ist. Das war, als wir in einer endlosen Flaute am Wendekreis des Krebses lagen. Den Tag über hatte der Kapitän uns ans Rudern gekriegt. Die beiden Jollen wurden vor die ‚Neptun‘ gespannt. Wir sollten sie in das Gebiet der Passatwinde schleppen. Da hieß es pullen. Du merkst kaum, dass die Bark sich bewegt. Auf jeden Fall scheint dir der Schweiß schneller zu fließen, als das Schiff vorwärts kommt. ‚Wir müssen raus aus der Flaute‘, hatte der Kapitän gesagt. Wir wussten, dass das nötig war. Das Trinkwasser begann knapp und faulig zu werden. Wenn wir nicht selbst verfaulen wollten, mussten wir uns eben mit dem Rudern plagen. Am Abend saßen bei der Großluke vier Matrosen und spielten Karten. Charly schlenderte an ihnen vorbei. ‚Komm, Charly, mach ein Spielchen mit uns‘, rief Big Ben, ein großmäuliger Ire mit einer Säufernase. ‚Ich spiele nicht‘, antwortete Charly mürrisch. ‚Hast wohl Angst, du Süßwassermatrose?‘, neckte ihn einer aus der Runde. ‚Der hält die Karten für ’n Teufelswerk‘, fügte Big Ben hinzu. Er fasste Charly am Hemdenzipfel, zog ihn heran und forderte ihn heraus: ‚Spiel mit, wenn du kein Feigling bist.‘

‚Ein Feigling?‘

Charly riss sich los, griff nach den vier Karten, die Big Ben in der Hand hielt, rannte damit an die Reling und warf sie über Bord. Du wirst es nicht glauben, sie schwammen noch eine Weile auf den Wellen, dann sprangen schwarze Fische, schnappten danach und zogen die Karten auf den Meeresgrund.

Die Matrosen beugten sich über die Reling, starrten den Karten nach und gingen dann auf Charly los.

Big Ben hatte ein Messer in der Faust. Aber Charly machte gar keine Anstalten sich zu wehren, obwohl er größer war als die Kartenspieler und auch einen breiten Brustkorb und starke Arme hatte. Sie schlugen auf ihn ein.

Ich rannte auf das Achterdeck, klopfte an die Tür der Kapitänskajüte und rief: ‚Sie erschlagen Charly, den neuen Mann. Kommen Sie schnell, Sir!‘ Der Kapitän stürzte an Deck und brüllte: ‚Sofort aufhören!‘

Die Matrosen duckten sich. Charly lag ausgestreckt auf den Planken und rührte sich nicht. Aus einem Schnitt im Gesicht sickerte Blut.

‚Er hat unsere Spielkarten absichtlich in den Ozean geworfen‘, versuchte sich Big Ben zu rechtfertigen und steckte sein Messer wieder in den Gürtel. Ein anderer Matrose hielt den Rest des Kartenspiels zum Beweis in die Höhe.

‚Gib mir das Spiel‘, befahl der Kapitän. Big Ben rief aufgeregt: ‚Vier Karten hielt ich in der Hand. Er hat sie mir weggerissen. Ganz ohne Grund hat er sie fortgeworfen.‘

‚Wegen Benutzung des Messers bekommt der Vollmatrose Ben McMahon drei Schläge mit dem Tau über den Rücken‘, sagte der Kapitän. ‚Wenn Charly binnen einer Woche das Kartenspiel nicht ersetzt, dann wird ihm das Tau zehnmal übergezogen. Außerdem zahle ich die Kosten für ein neues Spiel in

New Orleans von seiner Heuer. Bewahren Sie, Hendrik, die Karten solange auf.‘

Ich schleppte Charly mit Jonas’ Hilfe in die Segelkammer. Die Schnittwunde war nicht tief, zog sich aber vom Ohr bis ans Kinn über die ganze linke Gesichtshälfte. Ich verband Charlys Wunde, kühlte die Beulen und strich ihm die Schürfungen mit Olivenöl ein, das Jonas mir gegeben hatte. Charly kam bald wieder zu sich. Ich sagte ihm, was der Kapitän angeordnet hatte. Bereits am nächsten Tag saß Charly wieder in der Jolle an der Ruderpinne. Später an Bord der ‚Neptun‘ hat er sich angesehen, wie Big Ben drei Schläge aufgebrummt bekam und ihm die Haut auf dem Rücken aufplatzte. Wortlos ist er in die Segelkammer gegangen, hat sein Malzeug ausgepackt, aus einem Stück Karton Spielkarten geschnitten und hat zu malen angefangen. Eigenartige Karten sind das geworden.

Auf der ersten konntest du sehen, wie der Kreuzbube sich mit einem Strick an einem Baum erhängte. Spielkarten fielen ihm aus der Hand und zerstreuten sich auf dem Boden. Die zweite zeigte die Karodame, eine zierliche, blonde Frau, die sehr traurig aussah. Sie wendete ihr Gesicht von einem Kartenspiel ab. Vögel mit langen Krallen umflatterten sie und trugen Spielkarten in ihren Schnäbeln. Auch einen Pikkönig malte er. Es war ein finsterer, strenger Mann. Statt in den Händen ein Zepter zu halten, zerbrach er einen Malerpinsel. Er hatte eine herrliche Krone auf dem Haupte. Aber was ich sehr verwunderlich fand, war, dass er einen goldenen Ohrring im Ohrläppchen trug, gerade wie eure Zimmerleute. ‚Was soll das alles, Charly?‘, fragte ich ihn. ‚Das sind zwar ganz schöne Bilder, aber im Spiel sind solche Karten doch nicht zu gebrauchen. Jeder kennt sie sofort heraus.‘ Er zeigte mir zunächst stumm die vierte Karte. Es war die Herzzehn. In jedem der zehn Herzen saß ein Kartenspieler, winzig klein, mit dem bloßen Auge kaum zu erkennen. Unten auf der Karte tat sich eine Flammenhölle auf und schwarze Ungeheuer richteten ihren Dreizack gegen die Spieler, als ob sie nur darauf lauerten, sie aufzuspießen.

‚Das Spielen hat schon manchen Menschen ins Unglück gestürzt', murmelte er. Mehr war aus ihm nicht herauszubekommen. Ich habe die neuen Karten zusammen mit dem Rest des Spiels zum Kapitän gebracht. Der hat sich die Bilder angesehen und hat mich dann verblüfft gefragt: ‚Wer hat das gemalt?'

‚Charly', habe ich geantwortet.

Der Kapitän hat aus seinem Schrank ein fast neues Kartenspiel geholt, hat es mir in die Hand gedrückt und gesagt: ‚Gib das dem Matrosen Ben McMahon. Charly soll sofort zu mir aufs Achterdeck kommen.'

Zwei Stunden lang ist Charly bei ihm gewesen. Von dem Tage an brauchte er nur noch den halben Dienst zu tun. Die andere Zeit verbrachte er mit seinem Malzeug auf dem Achterdeck. Tja, Junge, das war eine lange Antwort auf eine kurze Frage."

Die Wirkung des Alkohols schien nachzulassen. Hendriks Züge wurden schlaffer. „Ich muss jetzt schlafen", sagte er, raffte sich auf und verschwand unter Deck.

Der Junge blieb nachdenklich zurück. „Maler also war Charly gewiss", seufzte der Junge. „Aber dieser Charly rührte keine Karten an. Wenn es stimmt, was Hendrik erzählt hat."

Er stand auf.

„Ich glaube, ich muss noch viel Schnaps besorgen, bevor ich alles über Charly weiß. Beim nächsten Mal werde ich mir meine Frage auf jeden Fall besser überlegen."

Der Junge hatte gar nicht bemerkt, dass Piet van Heiden zu ihm getreten war. Er schrak zusammen, als der Lehrer ihn ansprach.

„Scheinst ja gut Freund mit dem Segelmacher zu sein?"

„Er kann viel erzählen."

„Du hast rote Backen. Er hat dir sicher ein greuliches Seemannsgarn vorgesponnen."

„Nein. Er erzählt Geschichten vom Leben auf dem Schiff. Was meinen Sie, Herr Lehrer, steckt im Kartenspiel der Teufel?"

„Wer redet solchen Unsinn?"

„Charly hat gesagt, die Karten bringen Menschen ins Unglück."

„Wer ist Charly?"

„Ist ein Freund von Hendrik, dem Segelmacher."

„Charly irrt sich, glaube ich. Kannst du dir vorstellen, dass der Pfarrer, dein Großvater, der Verwalter vom Gut und ich uns ins Unglück spielen, wenn wir ab und zu ein Spielchen dreschen? Oder dass der Teufel dabeisitzt, wenn der alte Döblin mit dem dicken Grumbach und Hugo Labus spielt?"

„Nein, aber ..."

„Es ist wahrscheinlich genau andersherum, Luke. Wenn einer unglücklich ist, dann spielt er vielleicht aus Verzweiflung. Alles ist ihm dann gleichgültig. Er würde auch übers brüchige Eis laufen oder tollkühn von einer Klippe ins Meer springen. Aber ist das Eis vom Teufel oder sind die Klippen ein Teufelsding?"

„Nein."

„Kein Aber?"

„Nein. Kein Aber."

„Wenn ich an Mathilde denke, dann wird mir so, dass ich Karten spielen möchte, und alles wäre mir dann gleich", sagte der Lehrer leise. „Je weiter wir von Danzig fort sind, desto eigenartiger kommt mir ihr schnelles Verschwinden vor. Sag, hat sie dir nicht irgendeinen Wink gegeben?"

Der Junge wurde rot. „Ich kann Ihnen nichts sagen, Herr Lehrer. Unsere Mathilde ist manchmal ziemlich sonderbar."

„Wie meinst du das?"

Der Junge antwortete nicht und schüttelte nur den Kopf. Er ging ins Steerage, legte sich in die Koje und fingerte nach dem Brief.

„Morgen werden wir, wenn der Wind so günstig bleibt, die Küste von England sehen", hatte Jonas gesagt.

Wenn England hinter uns liegt, dann kann ich dem Lehrer vielleicht mehr sagen, dachte der Junge.

Obwohl das Reißen in den Gliedern des alten Mannes nicht nachließ und diesem untrüglichen Zeichen in Liebenberg längst ein Unwetter gefolgt wäre, blieb die See zunächst nur leicht gekraust wie ein Streuselkuchen. Eine stete Brise trieb die „Neptun von Danzig" immer weiter nach Westen. Die steilen Kreidefelsen der englischen Kanalküste schimmerten im frühen Morgenlicht rosafarben und die Luft war so klar, dass die roten Dächer von Dover genau auszumachen waren. Eigentlich hätten Mannschaft und Passagiere an Bord zufrieden sein müssen. Aber da gab es eine geheimnisvolle Sache, die Ärger und Aufregung verursachte. Jonas, der Smutje, stürzte mit einem bis in die Glatze hinein roten Gesicht aus der Kombüse und redete aufgeregt auf den ersten Steuermann ein. Das tat er nicht gerade leise. Die Neuigkeit sprach sich schnell vom Achterdeck bis zum Vorschiff herum. In der Kombüse war eingebrochen worden. Nicht, dass bedeutende Dinge entwendet worden wären. Es fehlte lediglich ein Brot, allerdings eins von den Weißbroten, die nur den Offizieren und den Kajütengästen zugedacht waren. Ein paar Liter Kaffee waren ebenfalls verschwunden. Das wusste der Smutje genau, denn er hatte den Kaffee von der besseren Sorte in einer Kanne zurückgelassen, falls am Abend in der Offiziersmesse danach gefragt werden sollte. Nicht das, was gestohlen worden war, verdross Jonas, sondern dass gestohlen worden war. Er sah in dem Diebstahl einen persönlichen Angriff auf seine Kochkünste. Broblow, der erste Offizier, witterte Ansätze einer Meuterei, rief die Wachen zusammen und wies sie unwirsch an in Zukunft gefälligst die Augen besser offen zu halten. Dann machte er dem Kapitän Meldung. Der rief die Passagiere und die Mannschaft zusammen, informierte sie über den Vorfall und sagte, dass jeder verpflichtet sei den Dieb zu melden, wenn er auf irgendeine Weise davon Kenntnis erhalte, wer der Täter gewesen sei. Ein solches räuberisches Verhalten könne die Ordnung auf dem Schiff gefährden. Die Verpflegung an Bord sei reichlich bemessen. Dennoch könne die Versorgung der Passagiere nicht garantiert werden, wenn sich jemand an dem vergreife, was ihm nicht zustehe. Es gelte, den Anfängen zu wehren. Deshalb setze er eine Belohnung von fünf Dollar aus für den, der den Dieb benenne. Niemand meldete sich.

Der Kapitän rief die Offiziere in der Offiziersmesse zusammen und verfügte, sie hätten in Zukunft besonders sorgfältig ihre Pistolen zu überprüfen und sie stets im Gürtel bei sich zu tragen.

„Es könnte Gesindel unter den Leuten sein", sagte er.

Im Zwischendeck beäugten sich die Passagiere gegenseitig und forschten nach Krumen von weißem Brot, das ja an Werktagen nur auf dem Achterdeck ausgeteilt wurde und im Massenquartier der Passagiere in der dritten Klasse ein sicherer Hinweis auf den Dieb gewesen wäre.

Nirgendwo fand sich jedoch eine Spur des Einbrechers. Die Menschen begannen, wenn man von Jonas einmal absah, bereits wieder von anderen Dingen zu reden.

Am nächsten Vormittag half der Junge dem Smutje und schälte Kartoffeln für die Bohnensuppe, die für die Kajütenpassagiere bestimmt war. Jonas selber zerschnitt scharf gesalzenes Fleisch und warf die Stücke in den großen Kessel, in dem die Bohnen schon seit einer Stunde weich kochten. Er schmetterte das letzte Fleischstück aus dem Pökelfass auf den Holzbock. „Das wird ein Süppchen", sagte er vor sich hin und griff nach dem Wetzstein, um die Klinge seines Messers darüber zu ziehen. Der Stein steckte in einem Futteral an der Wand. Als er ihn herauszog, fiel ein blankes Geldstück auf den Boden der Kombüse. Jonas griff danach, legte die Münze auf die flache Hand und hielt sie ins Licht.

„Ein Taler. Ein preußischer Taler." Er schaute den Jungen misstrauisch an und fragte: „Hast du etwa ...?" Aber dann besann er sich und sagte, bevor noch der Junge richtig verstand, was er gemeint hatte: „Unsinn. Wie solltest du an so viel Geld kommen. Kannst ja nicht einmal Schnaps für den Segelmacher kaufen."

Er warf das Geldstück in die Luft, fing es geschickt wieder auf und sagte: „Zerschneide du das Fleisch. Wirf es in den Kessel. Ich werde den Fund melden."

Wieder wandte er sich an den ersten Steuermann.

„Sonderbar, sonderbar", murmelte Broblow. „Wir werden noch viel Ärger kriegen auf dieser Reise. Durchgreifen müsste man, mit eisernem Besen kehren."

Er brachte den Taler zum Kapitän, doch der konnte sich keinen Reim darauf machen. Er schloss den Fund vorläufig in die eiserne Schiffskasse und murmelte: „Eigenartiger Dieb, der das bezahlt, was er stiehlt."

Dem Steuermann war der Gedanke, dass es einen Zusammenhang zwischen dem Dieb und dem Geldstück geben konnte, bis zu dieser Zeit noch gar nicht gekommen. Er schien mit einem Male einen bestimmten Verdacht zu schöpfen und hatte es eilig, aus der Kapitänskajüte hinauszukommen. „Geh wieder an deine Töpfe", befahl er dem Smutje. „Der Kapitän hat das Geld verschlossen."

„Und wenn sich kein rechtmäßiger Besitzer meldet, gehört der Taler dann nicht dem Finder?", fragte Jonas.

„Sprich den Kapitän darauf in New Orleans an. Vielleicht wird er dir den Taler zu deiner Heuer dazulegen."

Der Smutje kehrte in die Kombüse zurück.

Dem Jungen war inzwischen auch eingefallen, dass der Brotdieb die Münze zurückgelassen haben könnte. Der Koch brummte nur vor sich hin und antwortete auf die Bemerkung des Jungen: „Warum dann die Geheimniskrämerei? Für einen Silbertaler hätte er nicht nur Brot und Kaffee bekommen können, sondern auch noch eine Flasche Rum dazu."

Die Suppe brodelte, warf Blasen und ihr würziger Duft wehte über das Schiff. Der Koch schöpfte mit der hölzernen Kelle eine Probe, schlürfte, zerdrückte eine der weißen Bohnen, schmatzte zufrieden und ließ auch den Jungen kosten. „Die werde ich den Männern kochen, wenn wir erst in den Staaten auf dem Bau sind", sagte der Junge.

Ihm fiel der Brief ein, den Mathilde ihm gegeben hatte. „Wann werden wir die englische Küste hinter uns haben?“, fragte er.

„Kann nicht mehr lange dauern“, antwortete der Koch. „Wirst es wahrscheinlich bald merken. Im Golf von Biskaya ist es vorbei mit der ruhigen See. Zu dieser Jahreszeit wird dort unsere ‚Neptun‘ ganz schön geschüttelt. Deshalb nimm dir einen Schlag von der Suppe und iss vorher noch einmal kräftig. Wenn du nichts im Magen hast, macht dich die See mit Sicherheit krank. Übrigens, wenn die ‚Neptun‘ mal schaukelt und dir übel wird, hänge den Kopf, so weit du kannst, nach unten. Dann ist es am besten zu ertragen.“ Er schöpfte dem Jungen einen Blechnapf bis an den Rand voll. „Aber lass dich nicht von dem Pack im Zwischendeck sehen. Es gibt sonst böses Blut. Schließlich hast du keine Kajütenpassage bezahlt.“ Er schöpfte noch einen Napf voll mit Suppe und achtete darauf, dass er ein paar Fleischstücke erwischte. „Am besten trägst du Hendrik die Suppe hinüber. Ihm geht es heute nicht gut.“

„Mache ich“, antwortete der Junge und ging an dem Treppenaufgang, der zur Vorderluke führte, vorbei in die Segelkammer. An das leichte Wiegen des Schiffes hatte er sich bereits gewöhnt, sein Schritt war breitbeinig, sicher geworden und er verschüttete nichts von der Suppe.

Hendrik Majolle lag flach auf dem Rücken. Seine Nase stach weiß aus dem eingefallenen Gesicht heraus und die Lippen hatten sich bläulich verfärbt. Sie pressten bei jedem Atemzug die Luft zu einem Pfeifton.

„Hendrik!“, rief der Junge ihn leise an. „Hendrik, der Koch schickt mich mit der Suppe.“

Der Segelmacher schlug die Augen auf, winkte zunächst, ohne zu dem Jungen hinzusehen, unwillig ab, richtete sich aber dann doch auf. „Dort hängt der Löffel“, sagte er und zeigte zur Wand. Dicht neben dem noch halb im Balken verborgenen Neptun hatte der Segelmacher seine Sachen an einigen Nägeln aufgehängt, den ledernen Werkzeugbeutel, einen ledernen Nähhandschuh, den er allerdings nie benutzte, das Fetthorn mit den Nadeln, den Seesack, die Blechtasse und eben den Holzlöffel.

Der Junge reichte ihm Schüssel und Löffel. Der Segelmacher schnüffelte an der Suppe und aß ein wenig davon. Es sah aus, als müsse er sich einige Bissen hineinzwingen. Längst hatte der Junge seine Schüssel leer gekratzt, als der Segelmacher endlich den Rest zur Seite stellte und den Löffel abwischte.

„Charly war ein Schlappschwanz", stieß er unvermittelt hervor.

„Wieso?", fragte der Junge empört. „Er war groß und konnte einen Zweizentnersack, ohne abzusetzen, in die Mehlkammer tragen."

„Du scheinst Charly ja zu kennen, besser zu kennen als ich", spottete der Segelmacher. „Aber du hast richtig geraten, harte Muskeln hatte er und starke Knochen auch. Aber innen, weißt du, innen, da war er ein Schlappschwanz. Hat sich sein ganzes Leben nicht auf eigene Füße stellen können, brauchte immer irgendeinen, der ihn stützte. Dabei, und das war das größte Elend, sah er das selber ganz klar. ‚Ich möchte endlich einmal der Charly sein', hat er mir mal gesagt, ‚und nicht immer der Sohn eines angesehenen Mannes.' Aber als er schließlich versuchte sein eigenes Leben zu leben, war es vielleicht schon zu spät für ihn."

„Wen meinte er damit, als er von dem angesehenen Manne sprach, der sein Vater war?"

„Das weiß ich nicht genau. Darüber hat er nie ausführlich gesprochen. Aber ich nehme an, sein Vater war eine Art König oder so was."

„König? Sagtest du König?", fragte der Junge und er begann zu zweifeln, ob der Segelmacher noch klar bei Verstand war. Vielleicht redet er im Fieber, dachte er.

„Na, du weißt doch, wie es bei einem König ist. Er befiehlt und alle müssen ihm gehorchen. Wenn der Vater König ist und er hat einen Sohn, dann wird der auch König, ganz gleich, ob er will oder nicht."

„Daran habe ich noch nie gedacht", gestand der Junge.

„Noch viel schlimmer kann es einem Königssohn ergehen. Er muss lernen, was ein König können muss, er muss wahrscheinlich sogar die Frau heiraten, die man für ihn als Königin aussucht. Er muss, er muss, er muss. Was er selber will, danach wird er nicht gefragt. Noch nie habe ich zum Beispiel gehört, dass aus einem Königssohn ein Segelmacher geworden ist."

„Und du nimmst an, Charly war ein Königssohn?"

„Na, ob gerade ein wirklicher Königssohn, das weiß ich nicht. Aber so ähnlich wie ein Königssohn, so muss es ihm wohl ergangen sein. Sein Vater hat für ihn gedacht, hat nicht lange danach gefragt, ob Charly vielleicht selber Pläne hat. Er hat den Sohn wie ein Segel in seiner Takelage eingebaut. Möglicherweise hat er sogar Charlys Heiratspläne geschmiedet. Aber niemand kann ungestraft den Kurs eines anderen Menschen völlig bestimmen. Es gibt irgendetwas, selbst im gewöhnlichsten Menschen, das ihn treibt er selbst zu sein."

„War Charly denn verheiratet? Hatte er Kinder?", forschte der Junge. Aber zu einer Antwort kam es nicht. Auf dem Deck stampften eilig Füße über die Planken, Geschrei erschallte, die Trillerpfeife des ersten Steuermanns schrillte anhaltend.

Der Segelmacher richtete sich auf, lauschte und befahl schließlich dem Jungen schroff: „Hilf mir, schnell! Ich muss an Deck."

Der Junge stützte den Mann. Die Kombüse stand leer, die Tür war nicht verschlossen. Der Segelmacher kletterte vor dem Jungen den schmalen Aufgang zur Vorderluke empor. Der Junge folgte dicht hinter ihm.

An Deck war es still geworden. Der Junge sah zwei Menschengruppen, die sich gegenüberstanden. Die Matrosen hatten sich auf dem Achterdeck versammelt. Der Steuermann hielt seine Pistole in der Hand und blickte zornig auf die Passagiere aus dem Steerage, die sich dort, wo das Rettungsboot festgezurrt war, zusammendrängten. Ganz vorn standen der Lehrer und der alte Mann, Schulter an Schulter. Der alte Mann hielt mit beiden Händen sein Beil fest gepackt und der Lehrer hatte eine schwere Ruderpinne zum Schlag bereit hoch über seinen Kopf erhoben. Mitten unter den Zimmerleuten erkannte der Junge einen roten, zerzausten Haarschopf.

„Mathilde!“, schrie er und wollte auf die Gruppe zurennen. Der Segelmacher aber fasste ihn fest am Rock und hielt ihn zurück. Der Kapitän trat aus seiner Kajüte. Auch er trug die Pistole in der Hand.

„Was geht hier vor?“, fragte er mit vor Erregung hoher Stimme.

„Ein blinder Passagier“, rief der erste Steuermann. „Ich entdeckte das rote Weibsbild im Rettungsboot unter der Plane. Ich befahl dem Maat sie aufs Achterdeck zu schaffen. Da ist dieser lange, blonde Mann dazwischengesprungen, der jetzt das Ruder in den Händen hält, und hat den Maat mit der Faust niedergeschlagen. Dann, noch ehe wir eingreifen konnten, hat er die Horde aus dem Steerage zusammengeschrien. Sie wollen mich nicht mehr an das Weibsbild heranlassen.“

Inzwischen drängten sich auch die Zwischendeckpassagiere an Deck.

Sie wollten sich das unerwartete Schauspiel nicht entgehen lassen, hielten aber wegen der drohenden Pistolen einen Abstand zwischen sich und den zum Kampfe bereiten Gruppen und blieben auf dem Vorschiff.

Zaudernd wiegte der Kapitän die Pistole in der Hand.

Der Segelmacher trat neben ihn, fasste ihn leicht am Ärmel und sagte so leise, dass nur der Kapitän und der Junge ihn verstehen konnten: „Gewalt zeugt Gewalt, Kapitän. Denken Sie daran.“

Erst schien es, als wollte der Kapitän die Hand des Segelmachers abstreifen. Aber dann blickte er ihn kurz an, lächelte und sagte: „Danke, Hendrik.“

Er steckte die Pistole in den Gürtel, sodass alle es sehen konnten, und schritt ruhig auf die Zimmerleute zu.

„Was sagen Sie dazu, Meister Bienmann?"

Der alte Mann wunderte sich über den Mut des kleinen Kapitäns, ließ das Beil sinken und antwortete: „Der Maat hat meine Tochter getreten und sie an den Haaren zu Ihnen auf das Achterdeck schleifen wollen."

„Sie meinen, der blinde Passagier ist Ihre Tochter?"

„So ist es."

Der Kapitän trat jetzt nahe an die Männer heran. Der Kreis öffnete sich und Mathilde stand dem Kapitän auf wenige Schritte entfernt gegenüber. Sie bot ein Bild des Jammers, die roten Haare waren stumpf und verfilzt, das Gesicht leichenblass, schwarze Schattenringe unter den Augen, das Kleid beschmutzt und zerknittert.

„Wir kennen uns bereits, nicht wahr?", fragte der Kapitän spöttisch. „Wollten Sie nicht eine Kajüte für die Überfahrt buchen?"

„Ich wollte vor allem mit Piet, meinem Verlobten, auf Biegen und Brechen nach Amerika", stieß Mathilde hervor.

„Und weil es sich nicht biegen ließ, haben Sie es mit dem Brechen versucht", sagte der Kapitän scharf. Er wandte sich an den alten Mann. „Das Gesetz hat Ihre Tochter gebrochen. Ich habe Sie für einen ehrlichen Menschen gehalten, Meister Bienmann. Dabei zeigt es sich, dass Sie mit einem blinden Passagier unter einer Decke stecken."

Der alte Mann fasste sein Beil fester und die Haut über den Knöcheln spannte sich.

„Ich habe von den Plänen meiner Tochter nichts gewusst. Keiner von uns hat gewusst, dass sie an Bord ist."

„Auch dieser Mann nicht?", fragte der Kapitän und wies auf den Lehrer.

„Sorgen habe ich mir genug gemacht, weil Mathilde in Danzig so plötzlich verschwunden ist", antwortete Piet. „Gewusst hat keiner etwas, ich auch nicht."

„Das glaube, wer will“, sagte der Kapitän erbittert.

Da trat der Junge ein paar Schritte auf den Kapitän zu und sagte: „Es stimmt, Herr. Mir hat die Mathilde in Danzig einen Brief gegeben.“

„Du also hast dich mit ihr verschworen. Steckst mit deiner Schwester unter einer Decke. Vermutlich hast du auch für sie dem Smutje das Brot gestohlen.“

„Ich habe nichts gestohlen. Geschworen hab’ ich, ja. Schwören hab’ ich ihr müssen bei der Gesundheit meiner Mutter, dass ich den Brief erst herausgebe, wenn wir England hinter uns gelassen haben.“

„Wir haben England hinter uns gelassen“, sagte der Kapitän. Sein Gesicht wurde etwas freundlicher. „Geh und hol den Brief.“

Schneller war der Junge nie zuvor ins Steerage gekommen und wieder an Deck gelangt. Der Kapitän streckte fordernd die Hand nach dem Brief aus, doch der Junge reichte ihn dem Lehrer. Der riss den Umschlag auf und las.

„Geben Sie mir das Schriftstück“, herrschte der Kapitän ihn an.

„Es ist ein persönlicher Brief“, widersprach der Lehrer.

„Wie reden Sie mit dem Kapitän, Mann?“, schrie der erste Steuermann.

„Es steht darin“, fuhr der Lehrer fort, „dass ich in das Rettungsboot schauen soll, wenn Luke mir den Brief gegeben hat.“

Dann las er vor: „Du wirst dort suchen, was du nicht findest, und finden, was du dort nicht suchst.“

„Orakelsprüche“, sagte der Kapitän abfällig. „Auf jeden Fall muss der blinde Passagier seiner Strafe zugeführt werden.“

Der Kreis um Mathilde schloss sich wieder und sie verschwand ganz hinter dem dicken Grumbach. Einen Augenblick schien die gewaltsame Auseinandersetzung nicht zu vermeiden zu sein. Der erste Steuermann spannte den Hahn seiner Pistole.

Da rief der Segelmacher: „Seht, im Westen zieht es herauf!“ Der Kapitän stieg die Stufen zum Achterdeck hinauf. Er fuhr den Steuermann an: „Stecken Sie endlich die Pistole weg, Broblow.“ Dann rief er laut über das Schiff: „Die christliche Seefahrt hat Gesetze. Blinde Passagiere werden danach behandelt. Sind Sie bereit, Mathilde Bienmann, sich einer Verhandlung ohne Widerstand zu stellen und das Urteil anzunehmen?“ Der Lehrer griff wieder nach der Ruderpinne, aber Mathilde trat vor und antwortete: „Ja, dazu bin ich bereit.“

Pechschwarz und schnell schob sich die Wolkenwand über den Blauhimmel.

„Wenn wir das Wetter hinter uns haben“, sagte der Kapitän, „dann soll die Verhandlung sein.“

„Bis dahin gehört das Weibsbild eingesperrt“, rief der erste Steuermann.

Der Kapitän wandte sich an den alten Mann. „Bürgen Sie dafür, dass sie zur Verfügung steht?“

„Es ist wohl mein Schicksal, für meine Kinder bürgen zu müssen“, sagte der alte Mann. „Ich bürge.“

„Macht das Schiff klar für den Sturm“, rief der Kapitän.

Der Steuermann schrie: „Passagiere unter Deck! Die Luken dicht! Alle beweglichen Dinge festzurren! Auf geht’s zum Wellentanz.“

Nach einem kurzen Gedränge, Gepfeife, Geschrei lag das Schiff ruhig. Die Segel wurden gerefft. Von den Royalsegeln über die Bramsegel bis zu den Marssegeln, alles, was von den Wellen über Bord geschwemmt werden konnte, lag fest vertäut. Auf dem Meer wurde es still. Ganz leise leckte die Dünung gegen die Bordwand. Der Wind hielt den Atem an.

Die Besatzung starrte auf die düstere Wolkenwand, die den Himmel schon halb überdeckt hatte und deren hell leuchtender gelber Rand hoch über den Masten stand.

Die Passagiere hockten ängstlich in ihren Kojen. Einige murmelten Gebete. Plötzlich quiekten die Schweine schrill und anhaltend. Es war, als ob sie sich vor der Gefahr fürchteten, die auf das Schiff zutrieb.

Mit einem Schlag brach das Unwetter los. Der Schiffskörper wurde emporgeschleudert, niedergedrückt, auf die Seite geworfen. Wellenberge brachen sich, überschütteten das Deck, Wassermassen des Meeres mischten sich mit vom Sturm gepeitschten Regenfahnen, aufheulten die Lüfte, zerrten an den Trossen, rüttelten an den Masten, das Klüversegel barst laut wie ein Kanonenschuss, die Fetzen knallten wie tausend wild geschwungene Peitschen.

Zu viert hielten die Männer auf dem Achterdeck das Steuerruder. Die Matrosen standen an ihren Plätzen, hatten sich festgeklammert, festgebunden. Sie hielten die Messer und Beile griffbereit, warteten darauf, dass Neptun mit harter Faust einen Mast zerschmetterte, standen bereit die Seile zu kappen, um den Rumpf des Schiffes vor dem gebrochenen Mast zu bewahren, wenn er, einem Rammbock gleich, an die Seile gefesselt, gegen die Bordwand stieß und das Schiff in die Tiefe zu bohren versuchte.

Am Kompass auf dem Achterschiff stand der Kapitän. Er hielt sich an der Stange fest. Es gab nichts zu befehlen. Die Mannschaft hatte das Salz aller Weltmeere auf den Lippen geschmeckt. Jedermann wusste, wo sein Platz war. Dieses Auf-der-Lauer-Liegen, diese Zeit des Wartens, des Ausgeliefertseins an den Aufruhr der Lüfte und der Wasser, das war es, was der Kapitän am meisten fürchtete. In solchen Augenblicken erfuhr er immer aufs Neue, was es heißt, Angst zu haben. Fast sehnte er herbei, dass irgendetwas auf dem Schiff sich losriss, dass ein Holz eingedrückt wurde, ein Tau hart umherschlug. Dann konnte er etwas tun, konnte Befehle geben, entscheiden, zupacken, das Schicksal wenigstens an einem Zipfel selber in die Hand nehmen. Aber dieses verdammte Abwarten, nichts tun können, das machte ihn fertig.

Wenn es heute gut geht, schoss es dem Kapitän durch den Kopf, wenn wir heute heil herauskommen, dann will ich es mit dem Rotschopf nicht so genau nehmen und wenn er tausendmal ein blinder Passagier ist.

Wenn es heute gut geht, dachte Mathilde, dann will ich nie mehr einem anderen Mann schöne Augen machen und nur noch den Piet kennen.

Wenn es heute gut geht, dachte Piet, ich versprech' es, dann rühre ich die Mathilde nicht an, bis wir wirklich verheiratet sind.

„Wenn es heute gut geht", flüsterte der Junge, „dann will ich nie mehr von meinem Vater denken, dass er ein Schuft ist."

„So ein verdammter Mist", sagte Grumbach, „wenn das nur gut geht."

Über zwanzig Stunden schon wütete der Sturm. Es war im Steerage nicht daran zu denken, die Luke auch nur einen Spaltbreit zu öffnen, denn die Wellen überspülten ein ums andere Mal das Deck. Die Seekrankheit hatte fast alle Passagiere niedergeworfen. Mit Gustav Bandilla hatte es angefangen.

Zuerst hatten die Männer noch versucht sich zu den Kübeln zu schleppen, die der alte Mann bereitgestellt hatte. Aber bald schon lagen die vor Stunden noch so starken Kerle völlig ermattet und zu sterben bereit in ihren Kojen, unfähig sich von der Stelle zu rühren. Ein fürchterlicher Gestank breitete sich aus. Wessen Magen sich nicht vom Schlingern, Stoßen und Stampfen des Schiffes umdrehen ließ, bei dem schaffte es die stickige Luft.

Jetzt priesen sich die glücklich, die zuerst gemurrt hatten, weil sie die oberen Kojen zugewiesen bekommen hatten.

Der alte Mann hatte sich ganz dicht an die Bordwand gedrückt. So reichte die Koje und konnte außer dem Jungen auch noch Mathilde aufnehmen. Lange hatte sich der Junge gegen den Stein im Magen und den Kloß im Halse gewehrt, aber schließlich ergab er sich in sein Schicksal.

„Wäre ich doch nie aus Liebenberg fortgegangen", jammerte er immer wieder.

Mathilde und Andreas Schicks waren die Einzigen im Steerage, denen die See nichts anhaben konnte. Wenn Mathilde sich im trüben Licht der drei Sturmlaternen umschaute, fragte sie sich allerdings, ob es ein Vorteil sei, nicht in einer halben Ohnmacht alles über sich ergehen zu lassen.

Sie versuchte wenigstens die obere Koje sauber zu halten, wischte mit einem feuchten Tuch den Schweiß von den Stirnen, drängte die Männer in ihre Kojen zurück, wenn das Schiff sich heftig neigte und die willenlosen Körper herauszurollen drohten, sprang zur Hilfe, wenn einer dem Ersticken nahe war, tröstete Hugo Labus, der allen Ernstes bat, sie möge seine Frau und die Kinder grüßen, wenn es mit ihm zu Ende gehe.

„Hilf mir doch, Andreas", hatte sie mehrmals gebeten. Andreas Schicks aber wollte nichts hören und nichts sehen. Er hatte sich zur Wand gedreht und schien zu schlafen.

Dem Jungen fiel der Rat des Smutjes ein. Er hängte seinen Kopf über den Kojenrand tief nach unten.

„Du wirst stürzen", rief Mathilde erschreckt und versuchte ihn wieder neben den alten Mann zu drücken.

„Lass mich. Ich habe mich mit dem Gürtel an dem Pfosten festgebunden. Der Koch sagte, so geht es besser."

Tatsächlich fühlte er sich bald nicht mehr ganz so schlapp und der Würgegriff um Hals und Brust lockerte sich ein wenig.

Die Nacht war fast vorüber, als der Lehrer plötzlich aufsprang und aus seiner Koje taumelte. Er erreichte die Treppe und stemmte sich gegen die Luke.

„Ich will raus hier!", krächzte er heiser. „Ich will nicht in diesem Stinkloch verfaulen. Ich will den Himmel sehen, wenn ich schon sterben muss."

Mathilde versuchte ihn von der Treppe herunterzuziehen. „Andreas", rief sie, „hilf mir, Andreas! Ich schaffe es nicht. Er ist zu stark für mich."

Aber Andreas rührte sich nicht.

Der Junge raffte sich auf, wankte zur Treppe und hängte sich an den Gürtel des Lehrers.

Vielleicht wäre seine Hilfe nicht mehr nötig gewesen, denn Piet klappte zusammen. Seine Kraft verließ ihn, bevor er noch die Luke hochstemmen konnte. Er fiel von der Treppe, schlug hart mit dem Kopf gegen die unterste Stufe und lag regungslos auf dem Boden. Aus einer Platzwunde am Haaransatz quoll Blut und rann ihm über die Stirn. Der Junge schleppte sich zur Koje zurück, rüttelte den alten Mann und schrie: „Großvater! Verband! Wir brauchen Verbandszeug!"

Schwerfällig drehte der alte Mann den Kopf und stierte den Jungen aus glasigen Augen an.

„Der Lehrer hat sich den Kopf aufgeschlagen. Verband, Großvater, bitte."

Der alte Mann gab sich alle Mühe zu verstehen, was der Junge von ihm wollte. Er richtete sich halb auf, suchte in seiner Tasche nach einem Schlüssel, zog den Schlüsselbund hervor, sank kraftlos zurück und flüsterte: „In der Kiste an der Wand dort."

Der Junge nahm ihm den Schlüsselbund aus der Hand, suchte den passenden Schlüssel, fand schließlich den, der sich im Schloss drehen ließ, und riss das Verbandszeug aus der Kiste.

Mathilde hatte Piets Kopf in ihren Schoß gelegt und achtete nicht darauf, dass das Blut ihr Kleid besudelte.

„Halt ihm den Kopf hoch, Luke", sagte sie. Geschickt legte sie den Verband an. „Wir wollen ihn in seine Koje schleppen."

Sie schaute den Jungen an. Der nickte. Gemeinsam versuchten sie Piet vom Boden zu heben. Doch der schlaffe Körper war zu schwer für sie. In diesem Augenblick legte sich das Schiff stark auf die Seite. Mathilde rutschte, auf den Knien liegend, bis an die Wand des Steerages und Piets Körper mit ihr.

„Mir wird wieder schlecht", murmelte der Junge.

„Ist gut, Luke", sagte Mathilde. „Ich lege seinen Kopf in meinen Schoß."

Der Junge zog sich in die Koje hinauf. Als er später zu Mathilde hinüberschaute, sah er, dass sie eingeschlafen war. Ihr Kopf war tief vornübergesunken und der Widerschein des matten Lichtes ließ ihr Haar kupfern aufglühen.

Es kam dem Jungen so vor, als ob das Schiff sich nicht mehr ganz so heftig bewegte. Im Zwischendeck begann laut und anhaltend ein Kind zu schreien. Als der Sturm so unvermittelt losgebrochen war, hatte es dort gepoltert und geklirrt. Allerlei Gerät, Kasten und Kisten schienen im Raum umhergerutscht zu sein. Schrille Schreie und laut gesprochene Gebete hatten sich gemischt mit wüsten Liedern und Verwünschungen. Erst nach Stunden war es ruhiger geworden. Eine Frauenstimme redete tröstend auf das Kind ein.

Vielleicht hat es sich verletzt, dachte der Junge. Er war stolz auf seinen Großvater, der so streng darauf geachtet hatte, dass im Steerage alles seefest gemacht worden war. Der Junge fiel in einen flachen Schlaf. Stunden später wurde er wach und zitterte vor Kälte. Die Luke war ein wenig geöffnet worden. Kühle, frische Luft strömte in den Raum. Das Schiff wurde nicht mehr wild hin und her geschleudert. Es legte sich zwar immer wieder auf die Seite, aber in seinen Lauf schien wieder Richtung gekommen zu sein.

Andreas Schicks stand auf der Treppe.

„Wie steht es?“, fragte der Junge.

Andreas Schicks gähnte und reckte sich: „Immer noch raue See. Aber sie haben das Großsegel wieder hochgezogen.“

Mathilde hatte Piet auf irgendeine Weise doch in die Koje bekommen. Einige Männer hoben ihre Köpfe.

„Schweinerei, verdammte“, schimpfte Warich, als er sich im Steerage umschaute.

„Fluche nicht, Warich. Lass uns lieber etwas gegen die Schweinerei tun“, sagte Mathilde. Sie brachte es fertig, dass die Männer, die halbwegs wieder auf den Beinen stehen konnten, die Kojen säuberten, den Kranken die verdreckten Kleider vom Leibe zogen und ihnen frische überstreiften, die Kübel leerten und das Steerage schließlich mit nassen Tüchern auswischten. Der alte Mann aber lag noch kraftlos in seiner Koje. Mathilde hatte ihm ein frisches Wollhemd angezogen. Dankbar streichelte er ihre Hand.

„Ab morgen musst du den Englischunterricht übernehmen", sagte der alte Mann zu ihr.

„Wenn mich der Kapitän nicht einsperrt, dann tu ich das gern, halleluja", antwortete Mathilde und lachte.

„Kaffee mit Rum!", schallte der Ruf des Smutjes vom Vorschiff her. Nur sechs Zimmerleute ließen sich an Deck locken. „Nimm die Kanne, Warich. Heißer Kaffee mit Rum wird den Kranken gut tun", sagte Mathilde.

Der Junge nahm zwei Becher mit. Die Wolken hingen tief und jagten nach Norden. Es regnete nicht mehr. Außer dem Koch, dem ersten Steuermann und zwei Matrosen am Steuerruder war niemand von der Mannschaft zu sehen.

„Wo sind die Matrosen, Jonas?", fragte der Junge.

„Die waren einen Tag und eine Nacht ununterbrochen auf den Beinen. Sie haben ihren Rum schon bekommen. Man müsste sie schnarchen hören. Die kleine Wache schafft es jetzt auch."

„War das ein großer Sturm, Jonas?"

„Sagen wir, es war einer von der wilderen Sorte. Aber du siehst es ja, die ‚Neptun' hat ihn ganz brav überstanden." Er tätschelte das Holz des Mastes. „Außerdem habe ich geschlafen. Ganz genau weiß ich es nicht." Nach einer Weile fuhr er fort: „Hoffentlich können wir den Himmel bald wieder sehen, die Sonne, die Sterne, damit wir wissen, wohin das Wetter uns getrieben hat."

„Gib mir reichlich Rum", bettelte der Junge. „Ich will zu Hendrik. Er soll mir von Charly erzählen."

Der Koch tat ihm den Gefallen und schüttete nur wenig Kaffee in die Tassen und einen guten Schuss Rum dazu. Der Junge hielt die Tassen in einer Hand, die andere brauchte er, um sich abzustützen, wenn ihm der Boden unter den Füßen zu schräg wurde. Er stieg die Treppe zum Vorschiff hinab. Er tastete sich an der Kombüse vorbei und fand die Tür zur Segelkammer.

Auch bei Hendrik war eine Sturmlaterne angezündet. Er saß aufrecht auf seiner Matratze und las in einem zerfledderten Buch. Die Nickelbrille war ihm vorn auf die Nase gerutscht. „Na, wieder lebendig?“, fragte er den Jungen und steckte das Buch unter sein Lager.

„So halb“, antwortete der Junge. „Und wie hast du den Sturm überstanden?“

„Mir geht es heute gut“, sagte der Segelmacher.

Der Rum, dachte der Junge. Der Rum hat ihm das Blut durch die Adern gejagt. „Ich habe hier etwas für dich“, sagte er und hob die Tassen.

„Ich rieche es, Junge. Was für ein wundervoller Duft ist das doch. Man schnuppert die Zuckerinseln, hört das Rauschen der Zuckerrohrfelder am Mississippi, sieht Palmen, Musik erklingt.“

„Ich sehe nichts und höre nichts“, lachte der Junge.

„Sehen ist etwas, Luke, das muss man mühsam lernen. Es gibt viele, die bleiben ein ganzes Leben lang blind.“

„Willst du?“, fragte der Junge und reichte ihm die beiden Becher hin.

„Gar nicht übel“, schmunzelte Hendrik. „Ein Becher, eine Antwort auf eine Frage.“

„Ich habe zwei Becher, Hendrik.“

„Einen Becher wirst du selber austrinken. Die letzten Seeteufel in deinem Bauch müssen vertrieben werden. Da liegt ein Kanten trockenes Brot. Iss und trink. Dann kommt wieder ein bisschen Farbe in dein Gesicht.“

„Ich würde den Kaffee lieber gegen eine Antwort tauschen“, wandte der Junge ein.

„Schluss damit. Wir trinken beide. Dann kannst du fragen.“

Sie schlürften den heißen Kaffee in kleinen Schlucken und kauten trockenes Brot.

Der Junge spürte den Rum in den Magen rinnen. Ihm wurde warm. Der Kopf wurde leicht und der letzte Hauch von Übelkeit verschwand.

„Hat Charly auch gern getrunken?“, fragte dann der Junge ungeduldig.

„Ich sage dir, Luke, du kennst Charly nicht. Wenn er Alkohol auch nur ansah, wurde er wütend. Wart mal, da fällt mir eine Geschichte ein. Wir hatten damals einen Moses, der besaß so ungefähr deine mickrige Figur. Schwarze Haare wie du hatte er auch. Er war ein ziemlicher Tollpatsch. Einmal sollte er für den ersten Steuermann das Glas aus der Kajüte holen. Da ist er über die letzte Stufe vom Achterdeck gestolpert und hat das Glas auf die Planken fallen lassen. Am Rand hatte die Metallfassung eine kleine Delle, sonst fehlte dem Fernrohr nichts. Du hättest den Ersten hören sollen. Er tobte.

‚Los, in den Großmast mit dir, Dreckskerl‘, brüllte er den Moses an. ‚Und trau dich nicht wieder an Deck, bevor du die oberste Rah geküsst hast.‘“

„Die oberste Stange am Segel?“, fragte der Junge.

„Und von oben sieht die Stange noch viel höher aus“, lachte Hendrik. „Nun ist es für einen Matrosen kein großes Kunststück, da hinaufzuklettern, zumal das Wetter ruhig war und das Schiff vor dem Wind lag. Aber Jesse, so hieß das Bürschchen, stand die nackte Angst ins Gesicht geschrieben. Erst als der Steuermann ein Tauende in der Faust schwang, lief er auf den Mast zu.

‚Immer nach oben schauen, Jesse‘, rief ich ihm leise zu, als er an mir vorbeirannte. ‚Niemals nach unten, hörst du?‘

Ohne anzuhalten, stieg Jesse in die Takelage empor, erreichte die Topp, zog sich an der Stange hoch und berührte die Rah mit dem Mund.

‚Bravo!‘, schrie Charly ganz laut und die Mannschaft, die sich neugierig auf dem Achterdeck versammelt hatte, stimmte in den Beifall ein.

‚Donnerwetter‘, sagte der Steuermann anerkennend, ‚das

hätte ich der verdammten Kröte gar nicht zugetraut. Dieser Sandsack auf Beinen hat doch mehr Mumm in den Knochen, als ich dachte.‘

‚Komm runter, Jesse‘, schrie Charly. Alle merkten, was ich schon lange wusste, nämlich, dass Charly irgendetwas für den Jungen übrig hatte. ‚Was kümmert dich der Moses?‘, sprach ihn Big Ben an. ‚Sorgst dich ja um ihn wie eine leibliche Tante. Oder bist du etwa schwul und suchst einen Strichjungen?‘

Es sah aus, als ob Charly ihm eins aufs Schandmaul schlagen wollte. Aber da tönte vom Großmast her ein lang gezogenes Heulen, als hätte irgendjemand einen jungen Hund auf den Schwanz getreten.“

„Was war denn mit Charly und dem Moses?“, fragte der Junge.

„Das habe ich später Charly auch gefragt. Da hat er mich wütend angekläfft und gesagt, ob ich auch von ihm denke, dass er etwas mit dem Jungen habe. Ich habe mich entschuldigt und geantwortet, dass ich die Frage nicht böse gemeint hätte, aber irgendetwas müsse ihm an dem Moses doch gefallen. ‚Er gleicht jemandem, den ich sehr, sehr gern hatte‘, sagte Charly leise.“

„Hatte oder habe?“, unterbrach ihn der Junge. – „Was bitte?“

„Sagte er ‚er gleicht jemandem, den ich sehr gern hatte‘ oder sagte er ‚er gleicht jemandem, den ich sehr gern habe‘“, wiederholte der Junge.

„Was weiß ich? Vielleicht sagte er auch ‚den ich sehr gern habe‘. Aber du verlangst für einen Kaffee mit Rum verdammt viel. So viel, dass ich bald die Geschichte vergesse, die ich dir eigentlich erzählen wollte. Wie war das noch? Richtig, der Moses hing oben in den Seilen und heulte wie ein junger Seehund. Als er den Beifall der Matrosen gehört hatte, dachte er nicht mehr an meine Warnung. Er schaute hinunter auf das Deck. Der Schreck fuhr ihm in die Glieder, denn von oben sieht das Schiff verdammt schmal und klein aus. Er klammerte sich verzweifelt an der Rah fest. Die Mannschaft freute sich daran, ihn zittern zu sehen. Sie verspotteten ihn, schrien ihm dummes Zeug hinauf. Er solle springen, riefen sie, sie würden ihn schon auffangen, den Klabautermann solle er anrufen. Big Ben fragte, ob er kein Land sehen könne, und der Tölpel antwortete ihm sogar, nein, er sehe nur Wasser. Der Steuermann lachte, dass ihm die Tränen die Stumpfnase entlangliefen, und sein sonst so teigblasses Gesicht lief rosig an. Das ging so vielleicht eine halbe Stunde oder länger. Jesse wimmerte nur noch und es war abzusehen, dass der Wind ihn irgendwann herunterblasen würde. Da sprang mit einem Male Charly zum Großmast, nahm ein Tauende, kletterte ruhig hinauf, band sich den Jungen, der das willenlos mit sich geschehen ließ, auf dem Rücken fest und trug ihn herab. Du hörtest das Tauwerk in den Ringen knirschen, so still war es auf dem Achterdeck geworden. Alle waren gespannt, was der Steuermann mit Charly machen würde.

‚Charly', schrie Broblow, als der gerade seine Last losgebunden und auf Deck niedergelegt hatte, ‚Charly, komm her!'

Charly trat ruhig heran und stellte sich vor ihn hin.

‚Hier bin ich, Sir.'

‚Wer, zum Teufel, hat dir gesagt, dass du das Würstchen da herabschleppen sollst?'

‚Das, was den Menschen in mir ausmacht, Sir', hat Charly ganz ruhig geantwortet.

‚Den Menschen?', brüllte der Steuermann. ‚Den Menschen! Er sagt, er sei ein Mensch, Männer, habt ihr das gehört?'

Er griff in die Seitentasche und holte eine flache Silberflasche heraus. ‚Mein Tröster', sagte er zu der Flasche. Er trug sie immer mit gutem Rum wohl gefüllt dicht über seinem Herzen. Also, diese Flasche holte er heraus, drehte den Verschluss ab, der zugleich ein ziemlich großes Trinkgefäß darstellte, schüttete es mit ruhiger Hand randvoll und zur Überraschung der ganzen Mannschaft reichte er Charly den Rum hinüber und sagte: ‚Trink auf den Menschen in uns.'

‚Ich trinke nicht, Sir.'

‚Nicht mit mir? Nicht mit dem ersten Steuermann auf der ‚Neptun von Danzig'? Nicht mit dem, der nichts hat, was den Menschen in ihm ausmacht?', fragte der Steuermann und von Frage zu Frage wurde seine Stimme lauter und drohender.

‚Ich trinke mit niemandem, Sir.'

Der Steuermann schüttete Charly den ganzen guten Rum ins Gesicht. ‚Dann riech ihn wenigstens', sagte er und stand lauernd, auf einen Angriff von Charly gefasst. Charly zuckte zusammen, eine steile Falte sprang von der Nasenwurzel in die Stirn. Er rührte sich nicht, ja, er wischte sich den Rum nicht einmal aus den Augen. ‚Kann ich gehen, Sir?', fragte er.

‚Ja, geh, Mensch, geh mir aus den Augen', brüllte der Steuermann und starrte Charly nach."

„Charly ist ein Schlappschwanz", sagte der Junge.

„Du bist ein Dummkopf, Luke. Zum ersten Mal hatte ich Charly als ganzen Kerl gesehen. Ich weiß nicht, ob er eingesehen hatte, dass Gewalt immer nur noch mehr Gewalt hervorbringt. Jedenfalls hatte er dem Steuermann eine Lehre erteilt, die für ihn härter war als jeder Schlag. Charly hatte sich selbst bezwungen. Luke, das solltest du dir für dein Leben lang merken, nicht zu schlagen, das erfordert meistens mehr Kraft von einem Mann als die Fäuste fliegen zu lassen."

„War das die Antwort auf meine Frage?", fragte der Junge etwas enttäuscht. Er hätte am liebsten gehört, dass Charly ganz gerne ins Glas schaute. Der, den er meinte, der hatte nie in den Schnaps gespuckt.

„Das ist noch nicht die ganze Antwort", sagte der Segelmacher. „Als Charly ins Mannschaftslogis kam, wollten die Matrosen ihn feiern. Big Ben, sonst nie gut auf Charly zu sprechen, zauberte eine Flasche guten roten Whisky hervor und sagte: ‚Du hast es ihm heute gegeben, dem Steuermann, dem Bluthund. Trink mit uns, Charly. Wir wollen auf dein Wohl anstoßen.'

‚Ich trinke nicht', antwortete Charly.

‚Du trinkst nicht? Trinkst nicht mit uns?' Charly schüttelte den Kopf.

‚Kennt ihr einen, der noch hochnäsiger ist als der Steuermann?‘, fragte Big Ben leise.

Charly wandte sich wortlos ab und wollte an Deck zurück. ‚Ist ihm nicht gut genug mit uns zu saufen‘, schrie einer der Matrosen. ‚Bringen wir's ihm bei‘, rief Big Ben. ‚Schütten wir ihm den Whisky in den Hals!‘

Sie packten Charly, noch bevor er die Treppe erreicht hatte. Er schlug wild um sich. Drei Matrosen liefen noch Tage später mit einem verschwollenen Gesicht herum. Aber schließlich drückten sie ihn doch mit dem Rücken gegen den Boden, knieten sich auf seine Arme und Beine und Big Ben setzte sich mit seinem vollen Gewicht auf Charlys Brust. Rob umklammerte fest seinen Kopf. Big Ben hielt in der einen Hand die geöffnete Flasche und mit der anderen würgte er Charly, bis dieser endlich seinen Mund auftat und nach Luft schnappte. Big Ben schüttete ihm den Whisky in den Hals, würgte ihn wieder und schüttete.

‚Viel zu schade für dich, der herrliche Whisky‘, raunzte Big Ben, als sie endlich von Charly abließen."

„Und du, Hendrik, wo warst du, als das passierte?"

„Ich habe alles mit eigenen Augen angesehen."

„Warum hast du Charly nicht geholfen?"

„Ich habe ihm geholfen. Ich schleppte ihn in die Segelkammer, steckte ihm den Finger in den Hals und sorgte so dafür, dass er das Zeug wieder loswurde."

„Ich meine, warum hast du nicht dazwischengeschlagen, Hendrik?"

„Ich schlage nie dazwischen, Luke", sagte der Segelmacher.

„Du meinst, du lässt dir alles gefallen? Es ist dir gleich, was mit deinen Freunden geschieht?"

„Niemals Gewalt", sagte der Segelmacher leise.

„Hätten wir also Mathilde ruhig in den Klauen des Bootsmaats lassen sollen? Hätten wir ruhig dabeistehen sollen, als sie das Mädchen vor den Kapitän schleppen wollten?"

„Der Kapitän ist kein übler Mann“, sagte der Segelmacher. „Er wird sicher für deine Schwester einen guten Ausweg finden.“

„Sie ist meine Tante.“

„Richtig, sie ist deine Tante“, sagte der Segelmacher und zog das Buch wieder unter der Matratze hervor.

„Was geschieht mit blinden Passagieren?“, fragte der Junge.

„Was weiß ich? Arbeiten müssen sie auf jeden Fall und sich ihr Brot an Bord verdienen. Früher wurden sie gekielholt.“

„Meinst du, er macht das mit Mathilde? Meinst du, das lässt mein Großvater zu? Steht dabei, das Beil ruhig in der Hand, und sieht zu, wie sie seine Tochter umbringen wollen?“

„Was dein Großvater macht, weiß ich nicht, Junge. Vielleicht gelingt es ihm, den Kapitän ohne Beil zu besiegen.“

Finden Sie nicht, Kapitän“, sagte der erste Steuermann, „dass es gefährlich werden kann, wenn Sie ein gerechtes Urteil fällen wollen und die ganze, wilde Zimmermannshorde steht dabei?“

„Ich sehe nicht, wo Ihre Bedenken liegen, Broblow“, antwortete der Kapitän.

„Nun, stellen Sie sich vor, dem Alten passt es nicht, was Sie für Recht befinden. Er braucht nur mit dem kleinen Finger zu winken und schon haben wir eine verdammte Meuterei an Bord.“

„Sie sehen zu schwarz, Broblow. Der Zimmermeister Bienmann ist ein kluger Mensch. Jedes Gericht tagt an Bord öffentlich. Muss sich das Recht hinter verschlossenen Türen verstecken?“

Der Steuermann presste die Lippen zusammen. Sein Gesicht drückte deutlich aus, dass er in dieser Sache anderer Meinung war. Der Kapitän trommelte mit den Fingern auf die Schreibtischplatte und schwieg nachdenklich.

„Andererseits ...“, fuhr er schließlich fort, aber er schien unentschlossen und führte den Satz nicht zu Ende. „Wir könnten die Waffen an die Besatzung ausgeben“, sagte er nach einer Weile.

„Eine Handwerkergruppe, die in den Staaten arbeiten will, wird in ihrem Gepäck sicher auch etwas anderes als Pfeil und Bogen mit an Bord gebracht haben“, gab der Steuermann zu bedenken.

„Sie mögen Recht haben“, sagte der Kapitän besorgt. „Ich könnte die Verhandlung hier in der Kapitänskajüte führen. Das ist der beste Grund nur wenige Zuhörer zuzulassen, etwa die Verwandten der Frau.“

„Das ist ein Ausweg, Kapitän.“

„Steuermann, sorgen Sie dafür, dass die Leute Bescheid bekommen. Heute Nachmittag pünktlich um vier soll das Gericht beginnen.“

„Ja, Sir.“

„Ziemlich weit vom Kurs abgekommen, Broblow, wie?“, wechselte der Kapitän das Thema.

„So ist es, Sir. Wir befinden uns weit nördlich der Azoren.“

Der Kapitän rollte eine Seekarte auseinander und beschwerte die Ecken mit seinen Pfeifen und dem Aschenbecher. Der Steuermann tippte mit dem kleinen Finger auf die Inselgruppe und legte dann die weiße, fleischige Hand auf die Karte.

„Was schlagen Sie vor, Broblow?“

„Entweder müssen wir nach Südosten zurück und auf Madeira zu, so, wie wir es ursprünglich vorhatten, oder wir wagen den Südkurs und schleichen uns östlich an den Azoren vorbei. Wenn wir Glück haben, erwischen wir den Passat.“

„Und wenn nicht, liegen wir wochenlang in der Flaute“, brummte der Kapitän vor sich hin.

„Wir könnten dann versuchen eine der Inseln anzulaufen, um Wasser und Proviant zu ergänzen.“

„Zum Kuckuck also mit Madeira“, sagte der Kapitän entschlossen. „Wir hatten schon Pech genug auf dieser Reise. Sturm und Wasser haben uns vom Kurs getrieben, ein blinder Passagier an Bord, das Klüversegel zerfetzt. Lassen Sie alle Lappen hochziehen, Broblow."

„Ist bereits geschehen, Sir."

„Bringen Sie die ‚Neptun' auf Südkurs."

„Ja, Sir. Sonst noch etwas?"

„Nein, Broblow. Schicken Sie mir den Segelmacher in die Kajüte."

Im Weggehen zog der Steuermann unwillig die Augenbrauen hoch. Ihm passte es nicht, dass der Kapitän mit einem Mann der Mannschaft so vertraut war. Als er jedoch den Kapitän einmal vorsichtig darauf angesprochen hatte und ganz allgemein während einer Mahlzeit erwähnte, dass es der Autorität nicht gut tue, wenn sich ein Offizier zu sehr mit Leuten aus der Mannschaft verbrüdere, da hatte ihm der Kapitän eine Abfuhr erteilt und spitz geantwortet: „Autorität, die man sich nicht aus der Nähe ansehen darf, die kann nicht viel wert sein."

Leise schloss der Steuermann die Kajütentür. Bald schrillte die Pfeife des Bootsmanns. Das Schiff drehte auf Südkurs. Tüchtiger Mann, dachte der Kapitän. Richtig warm werden kann ich aber mit ihm nicht.

Es klopfte.

„Herein!"

Der Segelmacher öffnete die Tür und trat in die Kajüte. Er hielt die Mütze in der Hand.

„Sie ließen mich rufen, Sir?"

„Ja, Hendrik. Das Wetter hat dir Arbeit gebracht, nicht wahr?"

„Das Klüversegel ist nicht mehr zu flicken, Sir. Der Sturm hat's ziemlich zerfetzt."

„War das nicht zu verhindern, Hendrik?"

„Der Sturm kam schnell, Sir. Aber wir haben genügend Tuch an Bord, um Ersatz zu schaffen."

„Na ja. Aber deshalb ließ ich dich nicht rufen, Hendrik. Ich habe bemerkt, dass du dich mit den Zimmerleuten abgibst."

„Ist richtig, Sir."

„Setz dich endlich auf den Stuhl, Hendrik. Immer diese Förmlichkeiten. Ich habe nicht vergessen, dass ich oft als Kind auf deinem Schoß gesessen habe."

„Damals waren Sie noch nicht Kapitän, Sir."

Hendrik setzte sich.

„Was hältst du von der Zimmerkolonne?"

„Anständige Leute, glaube ich", antwortete Hendrik. „Ich bin sicher, dass sie nichts von der versteckten Frau wussten."

„Courage hat das Mädchen", sagte der Kapitän. „Schade, dass sie mit dem Lehrer verlobt ist."

„Verlobt ist nicht verheiratet, wenn ich mir diese Bemerkung erlauben darf, Sir", antwortete der Segelmacher.

„Na, na, Alter", lachte der Kapitän, „willst mich wohl immer noch unter die Haube bringen, wie?"

„Mit 34 Jahren, Sir ..."

„Hast Recht, Hendrik. Aber es scheint so, als ob ich ganz und gar mit der ‚Neptun' verheiratet bin."

„Ein gewisser Neptun, Sir, ist mir in diesen Tagen oft durch den Kopf gegangen."

„Neptun?"

„In der Segelkammer steht doch noch die halbfertige Galionsfigur."

„Erinnere mich nicht an den Luftikus Charly! Es ist schon fast ein Wunder, dass er mir wenigstens das Bild da fertig gemalt hat."

Der Kapitän stand auf und schaute auf ein Gemälde, das hinter seinem Tisch an der Wand hing und eine Winterlandschaft zeigte. Auf einem eisglatten See, der von zerzausten, weiß gepuderten Kiefern gesäumt war, tummelten sich viele Menschen, liefen Schlittschuh, zogen Schlitten hinter sich her, schoben Scheiben über die Eisfläche und glitten über eine Eisbahn.

„Schade um den Kerl", sagte der Kapitän. „Der hatte das Zeug zu einem wirklichen Maler in sich."

„Ich dachte oft in diesen Tagen an die Galionsfigur, Sir", wiederholte Hendrik beharrlich.

„Und was ist bei diesem Nachdenken herausgekommen?"

„Ich sah, wie der Zimmermeister Bienmann mit seinem Beil umgehen kann. Vielleicht ist er der Mann, der die Figur ganz aus dem Holz heraushauen kann."

„Der Zimmermeister?"

„Ja, Sir. Sozusagen als Preis für die Passage seiner Tochter."

Verblüfft schaute der Kapitän den Segelmacher an. Dann sagte er: „Bist schlau wie ein alter Fuchs, Hendrik. Aber meinst du, das Mädchen soll ganz ohne Strafe davonkommen?"

„Das geht wohl nicht, Sir. Aber mir fällt das Nähen auf dieser Reise schwer. Ich könnte zwei geschickte Hände gebrauchen, wenn das Klüversegel fertig werden soll."

„Zwanzig Tage Zwangsarbeit bis New Orleans, das hört sich nicht schlecht an, wie?", brummte der Kapitän und schien den Vorschlag gar nicht so übel zu finden.

„Sie kämen darum herum, Sir, eine Frau schlagen zu lassen."

„Wer denkt denn an das Tau", sagte der Kapitän unwirsch.

„Nun, Sir, Sie sagten mir auf der letzten Reise, dass die Angst vor dem Tau allein in der Lage ist die Mannschaft zu zähmen."

„Wie willst du sonst diesen Kreaturen beikommen?"

„Sie kennen meine Meinung, Sir. Der Mensch ist kein Tier."

„Das hilft auch nicht weiter. Was soll man anfangen mit solch rohen und ungebildeten Männern? Wie sie zu Verstand bringen, wenn die Lust zum Aufruhr in ihren Augen glimmt?"

„Niemand wird roh geboren, Sir. Und wenn ein Mensch nicht schreiben kann, nicht lesen, ist das seine Schuld?"

„Lass gut sein, Hendrik. Als Segelmacher kannst du es dir vielleicht leisten, ein Lamm zu sein. Ein Kapitän, der wäre als Lamm ein Schaf. Abschlachten würden sie mich, bevor wir die Mississippimündung sehen."

„Sonderbar, Sir", sagte Hendrik. „Die Angst vor der Mannschaft treibt Sie dazu zu schlagen. Die Angst vor dem Kapitän hält die Mannschaft in Schach und macht die Männer wütend. Die Angst der Menschen vor den Menschen, das ist 'ne Art Teufel, der jedem hier im Nacken sitzt."

„Du kommst in Fahrt, Hendrik", spottete der Kapitän. „Es dauert nicht mehr lange und du machst aus der ‚Neptun' ein Sklavenschiff und aus mir einen Schlägerkapitän. Dabei weißt du gut, dass es auf diesem Schiff menschlicher zugeht als auf den meisten Pötten zwischen Danzig und Shanghai."

„Ja, Sir." Hendrik starrte vor sich auf den Boden.

„Aber dir ist's nicht gut genug, Alter, wie?"

„Gift, Sir, ist Gift. Es bleibt sich gleich, ob man nur einen Schluck trinkt oder gleich die ganze Flasche leert."

„Richtig, Hendrik, mit Schluck und Flasche kennst du dich ja aus", sagte der Kapitän bitter. „Niemals Gewalt! Wie oft hast du mir das vor Jahren in die Kinderohren geblasen. Und was ist daraus geworden? Die Welt, die ist nicht so, wie du sie aus der Segelkammer sehen willst. Niemals Gewalt, das führt auf kurzem Weg ins Chaos."

„Sir, ich brachte, wenn Sie sich erinnern, mal vor Jahren einem Pudel ohne Strafe bei durch einen Feuerreif zu springen. Vier Monate hab' ich gebraucht, bis er, ohne sich zu ducken, den Sprung gewagt hat. Mit Menschen dauert's sicher länger. Ist ein Weg von tausend kleinen Schritten. Denken Sie daran, kein Kampf, kein Blut zwischen Matrosen und Zimmerleuten vor dem Sturm, als sie sich gegenüberstanden, die Hände an den Waffen. Vielleicht kein Blut, wenn bald der blinde Passagier verurteilt wird. Das, Kapitän, sind solche Schritte auf dem weiten Weg." Der Kapitän lief unablässig hin und her, als wollte er immer aufs Neue die Kajüte ausmessen.

„Du jagst einem Traum nach, Hendrik. Lass es gut sein für heute."

„Gibt es sonst noch etwas, Sir?"

„Nein, Hendrik. Was macht der Husten?"

„Ist etwas besser, Sir. Kann ich jetzt gehen?"

„Ja, Hendrik, geh."

Als der Segelmacher an der Kombüse vorbeikam, sah er den Jungen bei Jonas sitzen. Der Smutje rief: „Heute geht's dem Rotschopf an den Kragen, Hendrik. Schon gehört?"

„Ja, Jonas."

„Ich hab' dem Luke erzählt, dass die Mathilde wohl die Galionsfigur ersetzen muss und vorne auf den Klüverbaum gebunden wird und dort für ein paar Stunden, jedes Mal wenn eine Welle kommt, das Salzwasser schmecken kann."

„Jage dem Jungen keinen Schrecken ein, Jonas."

„Wieso, Hendrik? Meinst du, der Kapitän lässt fünfe gerade sein? Früher ist ein blinder Passagier am Kielholen nicht vorbeigekommen."

„Wie geht das genau?", fragte der Junge ängstlich.

„Ein Tau wird unter dem Schiffsrumpf durchgezogen und mit dem einen Ende an die Steuerbordrah geknüpft. Dem Verurteilten binden die Matrosen aus dem Ballast des Schiffes einen dicken Stein an die Beine."

„Einen Stein?"

„Ja. Der soll den Körper in die Tiefe ziehen. Dann wird das andere Ende des Taus dem Schuldigen fest um den Leib geschlungen und von der Backbordrah stößt ihn der Bootsmaat in das Meer. Der Stein zieht ihn hinunter. Wenn der Körper tief genug gesunken ist und nicht mehr am Schiffsrumpf entlangschleifen kann, hieven ihn die Matrosen an Steuerbord wieder herauf und er hat das Schiff von unten gesehen."

„Und?"

„Wenn die Strafe nur ‚einmal kielholen' hieß, dann kam der blinde Passagier mit dem Leben meist davon."

„Und sonst?"

„Wenn es bei schweren Verbrechen öfter ging, dann schluckte er zu viel Wasser und ertrank. Oder es schnappten ihn die Haie."

„Und das soll Mathilde aushalten?" Dem Jungen war alle Farbe aus dem Gesicht gewichen.

„Lass den Smutje schwätzen, Junge", versuchte der Segelmacher ihn zu beruhigen. „Bei Mord oder Totschlag mag das Urteil so aussehen, aber doch nicht bei einer erschlichenen Passage. Schon gar nicht, wenn der blinde Passagier eine Frau ist. Außerdem ist unser Kapitän kein brutaler Mann."

„Der Steuermann wird's ihm schon einflüstern, Hendrik. Er sieht aus wie ein Pausbackenengel und ist doch der böse Geist an Bord", nuschelte Jonas und schaute ängstlich zur Kombüsentür hinaus, ob nicht das Ohr des Steuermanns in der Nähe sei. „Schwätz bei den Zimmerleuten nicht weiter, Luke, was der Smutje dir erzählt hat", rief der Segelmacher. „Sie werden sonst versuchen die Frau dem Gericht zu entziehen. Und das ist Meuterei, die selbst der friedlichste Kapitän nicht dulden kann."

„Ist gut", stimmte der Junge zu.

Als er wieder im Steerage war, hielt er sich an das, was der Segelmacher ihm geraten hatte. So kam es, dass sich kurz vor vier der alte Mann, der Lehrer und Mathilde ohne große Angst auf den Weg in die Kapitänskajüte machten. Dem Jungen allerdings waren die Hände schweißnass vor Aufregung. Der Kapitän saß hinter seinem Tisch. Der erste und der zweite Steuermann hatten ihre Plätze an den Kopfenden des Tisches. Zwei Matrosen, mit Flinten bewaffnet, standen hinter dem Kapitän mit dem Rücken an die Wand gelehnt, und zwei weitere, einer davon der Segelmacher, hatten sich zu beiden Seiten der Tür postiert. Auf dem Tisch lag eine dicke, geschlossene Bibel und ein etwas dünneres Buch, auf dem in Goldbuchstaben *Das Seerecht* aufgeprägt war.

„Ich eröffne die Verhandlung", begann der Kapitän. Er blickte Mathilde lange an. Diese Mathilde schien eine ganz andere Frau zu sein als die, die der Bootsmann vor ein paar Tagen aus dem Boot gezerrt hatte. Ihr rotes Haar war gewaschen und die Kräusellocken hatten sich durch den Zopf kaum bändigen lassen. Die vor Erregung geröteten Wangen, die Sommersprossen auf der Nase, die vollen, leicht geöffneten Lippen, die glänzenden Augen: Jeder sah, Mathilde war schön.

„Beginnen Sie, Steuermannsmaat.“ Der zweite Steuermann fasste kurz zusammen, dass der Bootsmann die Mathilde Bienmann, Tochter des Zimmermeisters Bienmann, im Beiboot verborgen, gefunden habe. Dass darüber hinaus die Zimmerleute bei ihrer Festnahme Widerstand geleistet hätten. Er wollte allerdings nicht verschweigen, dass der Bootsmann in der ersten Aufregung und Empörung wohl außer Acht gelassen hatte, dass es sich bei dem blinden Passagier um eine Frau gehandelt habe, und nicht gerade sanft mit ihr umgesprungen sei.

„Versuchte Meuterei“, sagte der erste Steuermann scharf. Seine großen Fäuste hatte er auf die Tischplatte gelegt.

Der Kapitän brachte ihn mit einer unwilligen Handbewegung zum Schweigen. „Was sagen Sie dazu?“, fragte der Kapitän das Mädchen.

„So war es“, antwortete Mathilde kurz.

„Aber keine Meuterei!“, fiel der Lehrer ein. „Wir haben den Bootsmann in Notwehr –“

„Schweigen Sie!“, herrschte der Kapitän ihn an. Er schaute eine Weile vor sich auf die Tischplatte und sagte: „Von Meuterei soll hier nicht die Rede sein. Aber wohin kämen wir, wenn jeder sein Beil schwingt, wenn er glaubt, ihm sei Unrecht geschehen? Gibt es nicht auf jedem Schiff einen Kapitän? Konnten Sie sich nicht bei mir beschweren, Meister Bienmann? Haben wir kein Recht auf See?“ Er tippte mit dem Finger auf das Buch.

„Ja, Herr Kapitän“, antwortete der alte Mann. „Aber manchmal schießt das Blut in unseren Kopf und macht das Denken schwer. Das ist kein Wunder, denk’ ich, wenn ein Mädchen an den Haaren übers Deck geschleift wird.“

„Mag sein. Das mag Verschiedenes erklären. Doch sind Sie deshalb nicht schon frei von Schuld.“

Der alte Mann senkte den Kopf.

„Man sagt von Ihnen, Meister Bienmann, dass Sie mit dem Beil sehr geschickt sind.“

„Das sagt man, Herr Kapitän.“

„Würden Sie eine halb fertige Galionsfigur vollenden können?“

„Hab’ so was noch nie gemacht, Herr Kapitän. Aber versuchen könnt ich’s.“

„Gut. Was sagen Sie zu der Strafe, wenn ferner Ihre Männer, Meister Bienmann, als Schiffszimmerleute arbeiten sollen und all die Schäden ausbessern müssen, die der Sturm angerichtet hat?“

Der alte Mann antwortete: „Ob Strafe oder nicht, Herr Kapitän, Arbeit kann auch die lange Zeit vertreiben. Doch sagen Sie es ganz genau, wie lange soll die Arbeit dauern?“

„Zehn Tage je eine Wache, das sind für jeden insgesamt vierzig Stunden. Dazu Ihre Arbeit an der Figur.“

Der alte Mann nickte.

Der Kapitän erhob sich und die Offiziere mit ihm. Er verkündete das Urteil und legte die Hand auf *Das Seerecht:* „Die Kolonne des Zimmermeisters Friedrich Bienmann wird für schuldig befunden die Gefangensetzung eines blinden Passagiers mit Gewalt verhindert zu haben. Sie wird dazu verurteilt, je Mann vierzig Stunden Zimmermannsarbeiten nach Anweisung des Kapitäns abzuleisten. Ferner versucht der Zimmermeister die Galionsfigur fertig zu stellen. Nehmen Sie das Urteil an?“

„Ja“, sagte der alte Mann.

Sie setzten sich wieder.

„Und nun zu dem blinden Passagier.“ Der Kapitän lächelte Mathilde an. „Ist Ihnen auch das Blut in den Kopf geschossen und hat den Verstand getrübt, als Sie in Danzig in das Beiboot stiegen und sich dort versteckten?“

Mathildes Gesicht färbte sich rot und sie blickte Hilfe suchend auf Piet.

„Herr Kapitän“, sagte der und diesmal ließ ihn der Kapitän gewähren, „Sie wissen, dass wir die Passage zahlen wollten. Dazu sind wir auch jetzt bereit. Die Umstände haben einen geregelten Lauf der Dinge verhindert.“

„Ich nehme zur Kenntnis, dass Sie bereit und in der Lage sind die Passage zu bezahlen. Aber es bleibt bei der Heimlichkeit und es bleibt der Einbruch in die Kombüse."

„Ich habe einen preußischen Taler für Kaffee und Brot dort hingelegt", sagte Mathilde.

„Stimmt", gab der Kapitän zu. „Aber Einbruch bleibt Einbruch."

Eine Weile schwiegen sie. Der alte Mann sagte schließlich: „Das, was wir Liebe nennen, Herr Kapitän, hat meine Tochter auf das Schiff getrieben. Es war nicht richtig, das wissen wir auch. Aber wir bitten Sie das bei dem Urteil zu bedenken."

Der Kapitän schlug *Das Seerecht* auf, blätterte darin herum, allerdings ohne zu lesen. Schließlich sagte er spöttisch: „Nichts von Liebe finde ich in diesem Buch."

„Buchstaben können töten", warf der Lehrer ein. „Recht ist mehr, als Gesetze fassen können."

„Ich bin nicht Ihrer Meinung", sagte der Kapitän. „Wer das Gesetz verlässt, der öffnet der Willkür Tür und Tor."

Er stand auf.

„Lassen Sie uns zur Beratung allein. Warten Sie an Deck." Die Matrosen befolgten den Befehl. Der alte Mann, Mathilde und der Lehrer drängten sich ebenfalls zur Tür. Der Junge aber starrte gebannt auf die Wand der Kapitänskajüte. Dort, wo gerade noch die Matrosen gestanden hatten, hing ein Bild. „Das ist unser See!", rief der Junge erregt. „Woher ist das Bild?"

Niemand hörte auf ihn.

„Raus mit dir, aber schnell!", sagte ein Matrose und schob ihn durch die Tür.

Draußen hatten sich die Zimmerleute versammelt. Auch viele Zwischendeckpassagiere warteten neugierig auf das Urteil. Der Junge lehnte sich an die Wand der Kapitänskajüte. Laute Stimmen drangen durch das Holz und wiederholt konnte er den tiefen Bass des ersten Steuermanns heraushören, doch verstehen konnte er kein Wort. Er stand neben dem Segelmacher, der nun mit den anderen Matrosen die Tür von außen bewachte.

„Hast du das Bild gesehen, das hinter dem Kapitän an der Wand hängt?“, fragte der Junge.

„Ich kenne die Winterlandschaft gut“, antwortete der Segelmacher.

„Hat das Charly gemalt?“

„Wie kommst du darauf?“

„Der See, der kommt mir irgendwie bekannt vor. Könnt' fast bei uns zu Hause sein.“

Der Segelmacher antwortete nicht.

„Nun sag schon, ist's von Charly?“

„Du weißt doch, Quälgeist, eine Antwort gibt es in dieser Sache nur, wenn mir ein Gläschen Rum die Zunge lockert.“

Es dauerte fast eine halbe Stunde, bis der Kapitän und die Steuerleute aus der Kajüte traten. Der erste Offizier war blass und seine Augen funkelten dunkel vor Erregung. Der Kapitän jedoch schien kühl und beherrscht.

An Deck wurde es so still, dass man das Tauwerk arbeiten hörte. Der Kapitän sprach mit ruhiger Stimme: „Mathilde Bienmann ist für schuldig befunden sich als blinder Passagier an Bord eingeschlichen zu haben. Sie hat ferner, wie sie selbst gesteht, in der Kombüse Brot und Kaffee entwendet. Allerdings hat sie die Nahrungsmittel reichlich mit einem Taler bezahlt. Es ergeht das Urteil: 1. Der preußische Silbertaler wird einbehalten und verbleibt in der Schiffskasse. 2. Die Passage von 43 Talern ist unverzüglich zu bezahlen. 3. Mathilde Bienmann leistet bis zur Ankunft in New Orleans Maatsdienste und geht vor allem dem Segelmacher zur Hand, wenn er das neue Klüversegel fertigt. Ich frage Sie, Mathilde Bienmann, nehmen Sie das Urteil an?“

Mathilde blickte kurz zu Piet hinüber, schaute dann den Kapitän an und sagte: „Ja, Herr Kapitän, ich nehme das Urteil an.“

„Die Verhandlung ist beendet“, schloss der Kapitän.

Die Stille war mit einem Male gebrochen. Die Pfeife des Bootsmanns schrillte, die Passagiere, die Matrosen, alle beredeten das milde Urteil. Viele waren enttäuscht, dass ihnen das Schauspiel einer strengen Bestrafung entgangen war. Manche sagten unverhohlen, dass der Kapitän sich von der Schönheit des Mädchens habe beeinflussen lassen.

Der Segelmacher aber legte dem Jungen die Hand auf die Schulter und sagte: „Es ist ein kleiner Schritt auf dem richtigen Wege." Er drehte sich um und stieg die Treppe zur Segelkammer hinab. Bevor er jedoch ganz im Schiffsbauch verschwunden war, rief er dem Jungen noch zu: „Zur Feier des Tages, Luke, will ich dir eine Antwort geben, die du nicht zu bezahlen brauchst. Das Bild ist von Charly."

Dann war er verschwunden.

Sechs Tage dauerte bereits die mühsame Fahrt. Zu viel und zu wenig Wind, jeder lernte die alte Seemannsklage auf dieser Fahrt verstehen. Der kleinste Lufthauch wurde von den weit aufgespannten Segeln aufgefangen. Dennoch kam die „Neptun" nur langsam voran. Am Abend schrie der Maat aus dem Mast: „Land, Land im Westen!"

Die schräg einfallenden Strahlen der Abendsonne färbten das Meer golden und rot und über dem glitzernden Spiegel schienen fern am Horizont taubenblau die Berge der Azoren zu schweben. Das Licht schwand mehr und mehr. Ganz sachte wurde der Wind stärker. Die Segel wölbten sich und fielen nicht mehr schlapp und kraftlos am Holz herab. Der allmählich anschwellende Luftstrom drückte die „Neptun" kaum merklich ein wenig auf die Seite und drängte sie vorwärts.

Die Mannschaft und die Passagiere standen an Deck und schauten wie gebannt auf die fernen Inseln. Erst als der Steuermann seinen Donnerbass erschallen ließ und: „Der Passat! Der Passat!" schrie, dabei vor Freude seinen brummigen Ernst vergaß, die Mütze vom Kopf riss und sie hoch in den Wind hielt, da jubelten die Matrosen auf und stampften auf die Deckplanken. Die Passagiere ließen sich von ihnen anstecken, ohne recht zu wissen, was dieser Wind für das Schiff bedeutete.

Der Kapitän war aus der Kajüte getreten, stand am Schanzwerk des Achterdecks und breitete weit die Arme aus, als wollte er die Luft auffangen. Jonas trat von hinten an ihn heran und fragte leise: „Rum für die Mannschaft, Sir?"

Der Kapitän drehte sich um und sagte feierlich: „Wir haben es geschafft, Mann. Wir haben den Passat erwischt. Ja, das ist eine Tasse Rum für jeden Kerl in der Mannschaft wert."

Doch Jonas eilte mit dieser Botschaft nicht davon, sondern blieb stehen und drehte unschlüssig seine Mütze in den Händen.

„Was ist, Jonas? Hast du mich nicht verstanden? Ich sagte: ‚Rum für die ganze Mannschaft.'"

„Aye, aye, Sir. Aber wie steht es mit den Zimmerleuten? Gehören die auch dazu?"

Der Kapitän lachte, schaute auf das frische Holz, mit dem die Kolonne das Schanzwerk auf dem Achterschiff sorgfältig erneuert hatte, sah in der Nähe des Großmastes die groben Umrisse der Galionsfigur in der Dämmerung und entschied: „Wenn der Wettergott nicht kleinlich mit uns verfährt, warum sollten wir ihm nachstehen? Wer an Bord mit uns arbeitet, der soll auch mit uns trinken. Also auch eine Portion von unserem guten Zeug für Meister Bienmann und seine Leute."

Der Rum plätscherte in den Blechtassen. Je nach dem Temperament der Männer wurde er nicht alt und rann in einer einzigen feurigen Spur durch die Kehle oder aber er wurde in winzigen, genießerischen Schlucken den ganzen Abend über geschlürft. Lieder klangen auf. Zwischen Großmast und Besanmast stellten sich die Matrosen in einen Kreis, Schulter an Schulter, sangen das Lied von den Islandfischern und tanzten mit bedächtigen, kraftvollen Schritten dazu, schwenkten ihre Arme, als holten sie ein übervolles Netz vom Meeresgrund, stampften, wiegten sich, drehten sich im Kreise.

Die Zimmerleute wollten ihnen nicht nachstehen. Die Musikinstrumente wurden herausgeholt. Warisch fidelte wild und der dicke Grumbach ahmte mit aufgeplusterten Backen den Klang einer Klarinette nach. Bald klangen fröhliche Melodien weit über das Meer. Das Holz des Decks bebte unter den wilden Schritten der tanzenden Männer. Alle Passagiere standen bald im Kreis und klatschten und schauten zu, wie Hugo Labus, obwohl er doch schon über vierzig war, in der Hocke tanzte und die Beine wie ein Russe abwechselnd nach vorn schleuderte und sich dabei noch schnell zu drehen versuchte.

Allmählich wurden die Menschen ruhiger. Kleine Gruppen saßen im warmen Abendwind. Einige Paare tanzten ruhig nach den Klängen einer Mundharmonika, andere summten vor sich hin, sangen, redeten miteinander, Kinder saßen still und mit weit geöffneten Augen auf den Schößen ihrer Mütter, Männer hatten den Arm um die Schultern ihrer Frauen gelegt, Pfeifen wurden entzündet.

Das Deck war an diesem Abend eine Insel des Friedens, die, von einer Reling umschlossen, unaufhaltsam einem noch fernen Kontinent im Westen zutrieb.

Der Junge hatte Mathilde den Rum abgeluchst, als er sah, wie sie beim ersten kleinen Schlückchen eine krause Nase zog und husten musste. Auch der alte Mann hatte ihm mehr als die Hälfte seiner Portion geschenkt. Vorsichtig füllte der Junge den Rum in eine klare Flasche und drückte den Korken fest ein. „Flüssige Geschichten“, lachte er, „Geschichten über Charly.“

„Wer ist eigentlich dieser Charly, der dich so interessiert?“, fragte ihn der alte Mann.

„Der Segelmacher ist nicht sehr gesprächig, wenn ich nach Charly frage“, wich der Junge aus. „Kann sein, ich kenne diesen Mann, aber ich bin nicht sicher. Bei den Geschichten des Segelmachers weiß ich nie ganz genau, was wirklich geschehen ist und was er dazugesponnen hat.“

„Seemannsgarn eben", sagte der alte Mann.

„Hoffentlich mehr, viel mehr als nur Seemannsgarn", murmelte der Junge vor sich hin.

Mathilde und der Lehrer hatten sich vorn zu dem Segelmacher unter das Klüversegel gesetzt. Der Junge, der sich lange über den Bug gebeugt hatte, um zuzusehen, wie der Kiel des Schiffes das Meer zerschnitt und weiße Gischtfurchen aufpflügte, war schließlich müde geworden. Als er sah, dass der Kapitän das Achterdeck verließ, zu dem Segelmacher hinüberging und sich mit dem Rücken gegen die weit geöffnete Vorderluke lehnte, trat er auch zu der Gruppe.

„Na", redete der Kapitän den Segelmacher an, „wie macht sich die neue Hilfe, Hendrik?"

„Sie hält sich ganz gut, Sir."

„Sehen Sie sich meine Hände an", lachte Mathilde. Der Kapitän fasste ihre Hände und hielt sie sich dicht unter die Augen.

Lass ihre Hände los und tu ihr nicht so schön, dachte der Lehrer eifersüchtig.

Tatsächlich schien der Kapitän jeden einzelnen Einstich, den die Nadel in der Haut hinterlassen hatte, prüfen zu wollen. „Sie haben kleine, schöne Hände, Mathilde", sagte er.

Sie entzog sie ihm heftig.

„Zerstochen und geschunden sind sie", schimpfte sie. „Das Segeltuch ist nicht aus Samt und Seide, das Garn ist rauh und die Nadel gleicht einer Schusterahle."

„Strafe muss sein", neckte der Junge sie.

„Ich würde lieber für Sie, Kapitän, einen schönen blauen Umhang aus feinem Tuch nähen mit goldenen Tressen darauf, statt mit dem widerborstigen, steifen Segeltuch zu kämpfen", sagte Mathilde.

„Könnten Sie denn so etwas?", ging der Kapitän auf ihr scherzhaftes Angebot ein.

„Nähen hat mir meine Mutter schon beigebracht, als ich noch in der Schule war."

„Noch lieber würde sie in Ihrem Logbuch herumkratzen",

sagte der Junge. „Sie hat die schönste Handschrift im ganzen Dorf."

„Sie kann so viel", sagte der Kapitän, „dass ich sie besser zu einer mehrjährigen Zwangsarbeit auf der ‚Neptun' verurteilt hätte, wie?"

„Ich hätte Mathilde befreit. Ihr Schiff hätte ich in Brand gesteckt und Sie, Kapitän, in Ihre Kajüte eingeschlossen", entgegnete der Lehrer und legte den Arm um Mathilde.

„Sie sind ja ein Revolutionär", sagte der Kapitän.

„Deshalb musste er aus Ostpreußen fliehen", rief der Junge. „Sie waren schon hinter ihm her."

„Ich bin kein Revolutionär", antwortete der Lehrer. „Ich trete für die Gerechtigkeit auf andere Weise ein."

„Ich glaube", sagte der Kapitän und wandte sich an Hendrik, „ich glaube, du hast einen gefunden, der ein offenes Ohr für deine Ansichten hat." Aber der Segelmacher ging darauf nicht ein.

„Wie steht es mit eurer Arbeit, Luke", sprach der Kapitän den Jungen an, „wird dein Großvater die Galionsfigur fertig bekommen?"

„Mein Großvater kann nach dem bloßen Augenmaß mit dem Beil einen Zapfen aus dem Balken schlagen, der auf den Millimeter genau passt. Er hat schon Wetten damit gewonnen."

„Mag sein, Luke. Aber er scheint mir an den Neptun eher zaghaft heranzugehen."

„Ein Zapfen ist etwas anderes als eine Figur", sagte der Lehrer. „Ich muss Ihre Meinung bestätigen, Kapitän. Ich habe dem alten Bienmann zugeschaut. Die Späne fliegen nur so, wenn ein grobes Stück abzuschlagen ist. Aber wenn es darum geht, etwa die Nase oder den Mund aus dem Klotz herauszuschneiden, dann wird sein Zuschlag unsicher."

„Er gibt sich viel Mühe", sagte Mathilde leise.

„Ich glaube nicht, dass ihm solche Arbeit liegt", sagte der Lehrer. „Was er messen kann, das macht ihm keine Mühe. Die geraden Linien, die Konstruktionen, das ist sein Element."

„Warten wir es ab“, tröstete sich der Kapitän. „Vielleicht schafft er es doch. Er ist ja erst ein paar Tage bei der Arbeit.“

„Ein Charly ist er jedenfalls nicht“, bemerkte der Segelmacher. „Dem machten gerade die groben Späne die größte Mühe. Ging es erst an die Feinheiten, dann war ihm keine Arbeit zu viel. Wenn ich daran denke, wie er den Dreizack des Neptun herausgearbeitet hat! Es sah aus, als ob er das Holz mit seinem Messer streichelte. Die Muscheln, das Seepferdchen, das Kleinzeug der Fische, das alles trat unter seinen Schnitten aus dem Holz hervor. Du konntest dabei stehen bleiben und das Getier wachsen sehen.“

„Er hätte mit dem Kleinzeug nicht so viel Zeit vertrödeln sollen“, knurrte der Kapitän. „Vielleicht hätte er dann die Figur bis New Orleans fertig bekommen.“ Man sah ihm an, dass er sich jetzt noch über Charlys Flucht ärgerte.

„Wer war eigentlich dieser Charly?“, fragte Mathilde. „Der Luke spinnt nur noch von diesem Mann.“

Der Segelmacher grinste und zwinkerte dem Jungen zu. „Ein Luftikus war er, ein ausgefuchster Filou“, ereiferte sich der Kapitän. „Aber immerhin hat er mir wenigstens ein paar Bilder gemalt, auf die ich stolz bin.“

„Mein ältester Bruder konnte auch sehr schön malen“, sagte Mathilde.

„Sie sagen, er konnte malen? Ist er tot?“

„Er ist verschwunden, Kapitän.“ Mathilde schaute auf den Jungen und verstummte.

„Einfach weggelaufen ist er“, fuhr der Lehrer fort. „Hat seine Frau und den Jungen sitzen lassen und ist ganz einfach auf und davon. Vielleicht hat ihn die Neue Welt gelockt.“

„Warum? Kein Mensch läuft ohne Grund davon.“

„Mein Vater war ein wenig streng mit ihm“, versuchte Mathilde zu erklären.

„Ein wenig streng?“ Der Lehrer lachte. „Wenn ich es richtig sehe, dann haben Vater und Sohn ganz und gar nicht zueinander gepasst. Der alte Mann hat ihn nicht loslassen können.

Karls größter Fehler war es, dass er nicht schon fortgelaufen ist, als er fünfzehn war. Ich hätte dem Alten das Werkzeug vor die Füße geworfen und auf die Zimmerei gepfiffen."

„Rede nicht so von Vater", fuhr Mathilde ihn an. „Er hat es gut gemeint mit Karl."

„Gut gemeint", spottete Piet. „Er brauchte einen Erben für sein Geschäft. Das war's nach meiner Meinung. Nie wäre es ihm in den Sinn gekommen, den Sohn zu fragen, was der selbst will. Es ist mit ihm genauso wie mit dem König von Preußen und seinem Volk. Solange alle nach seiner Pfeife tanzen, ist er ein guter und freundlicher Mann. Aber geht ihm irgendetwas gegen den Strich, dann ist's aus und vorbei mit der Väterlichkeit. Ab in die Festung. Beuge den Rücken oder ich breche ihn dir."

Mathilde stand abrupt auf. „So sollst du von meinem Vater nicht reden, Piet." Sie ging fort.

Einen Augenblick schien es, als ob Piet ihr nacheilen wollte. Aber dann besann er sich und blieb trotzig sitzen.

„Interessant, was Sie da von Ihrem König sagen", knüpfte der Kapitän das Gespräch wieder an. „Sie wissen, dass ich Däne bin. Ihr König hat uns 1864 den Krieg ins Land getragen und die Dänen auf den Düppeler Schanzen zusammengeschlagen. Ich habe eine gewisse Sympathie für Leute, die den König von Preußen mit einer Revolution wegfegen wollen."

„Ich bin kein Revolutionär", widersprach der Lehrer. „Ich habe mich den Leuten immer fern gehalten, die ihr Recht mit Kugeln und Blei erkämpfen wollten. Ein Parlament muss her, ein Parlament, das mehr Rechte hat und mehr Recht schafft."

Der Kapitän lachte laut. „Siehst du, Hendrik, du hast einen Bundesgenossen an Bord. Und zugleich kannst du an diesem Träumer ablesen, wohin der friedliche Weg führt, den du mir anrätst. Aus dem Lande haben sie ihn verjagt. Der König von Preußen aber und sein feiner Herr Bismarck, die werden immer stärker. Österreich haben sie 1866 bei Königsgrätz besiegt. Bald sind andere Länder an der Reihe. Und alles mit Pulver und Blei und nicht mit schönen Reden."

„Ideen, Kapitän, kann niemand erschießen", antwortete Piet. „Ich musste fliehen, ja. Aber ich habe vielen Leuten weitergesagt, was ich denke und was ich von anderen gehört habe vom Recht des Menschen. Die Idee breitet sich aus, dass alle Menschen frei geboren sind und alle gleiche Rechte haben."

„Na", spottete der Kapitän, „dann kommen Sie ja gerade zur rechten Zeit in die Staaten. Die Neger sind seit einiger Zeit solche angeblich freien Menschen. Sie werden schon selber sehen, wohin das führt. Gute Nacht."

Er kehrte auf das Achterdeck zurück.

Der Mond war inzwischen aufgegangen. An Deck saßen nur noch wenige Passagiere. Piet hockte noch eine Weile, in Gedanken versunken, auf den Planken. Dann ging auch er.

„Erzähle mir von Charly", bat der Junge den Segelmacher. Als dieser stumm blieb, zog er die Flasche mit Rum unter dem Hemd hervor und reichte sie dem Mann hinüber. Der stellte sie vor sich auf den Boden und hielt sie mit den Füßen fest.

Er schaute lange auf den Jungen, dessen Gesicht im Mondlicht blass und schmal erschien.

„Ich nehme an, Luke, du willst herausbekommen, ob Charly dein Vater gewesen ist. Ich weiß es nicht."

„Wenn ich an das Bild in der Kajüte denke, Hendrik ...", sagte der Junge. Er schwieg eine Weile und fuhr dann fort: „Aber du behauptest, dass Charly keine Karten spielte, dass er wütend wurde, wenn er nur Schnaps roch. Mein Vater spielte gern und spuckte nicht in ein Glas."

„So ist es", bestätigte der Segelmacher. „Charly war nicht so. Er trank nicht, er spielte nicht. Ich erzählte dir ja davon. Er hatte eben andere Fehler."

„Was für Fehler waren das, Hendrik?"

„Was für Fehler! Was für Fehler! Er hasste zum Beispiel seinen Vater und hätte ihn am liebsten umgebracht."

„Warum?", fragte der Junge. „Warum hasste er seinen Vater? Hat er nicht für die Familie gesorgt? Hat er seinen Sohn im Stich gelassen?"

„Nein, nein. Der Fall lag bei Charly und seinem Vater wohl etwas anders. Da ist zum Beispiel die schlimme Geschichte von Charlys Geburtstag. Als Charly 18 Jahre alt wurde, da war er gerade mit seinem Vater auf einer längeren Reise. Ich nehme an, sie waren Händler oder etwas Ähnliches. Jedenfalls dachte Charly den ganzen Tag an seinen Geburtstag. Und weil sein Vater von vielem redete, nur nicht vom Geburtstag seines Sohnes, da dachte Charly, sein eigener Vater hätte diesen Tag vergessen. Charly war verletzlich und viel zu stolz den Vater daran zu erinnern. Gegen Abend kehrten sie in einem Dorfgasthaus ein. Sie fanden einen freien Tisch neben der Theke. Der Vater bestellte ein gutes Essen und roten Wein. Charly war müde und enttäuscht. Sicher, er hatte oft Streit mit dem Vater. Aber nie hätte er gedacht, dass der den 18. Geburtstag seines ältesten Sohnes vergessen könnte.

Die Mahlzeit verlief schweigsam. Nach dem Essen wischte sich der Vater mit dem Handrücken den Mund ab, nahm den Löffel in die Hand und schlug ihn wiederholt gegen den Tellerrand. Die Unterhaltung im Schankraum verstummte.

‚Meine Damen und Herren', sagte der Vater feierlich und das klang ungewohnt, ja lachhaft, weil in der ganzen Stube kein einziges weibliches Wesen unter den Gästen war.

Der Vater erhob sich.

‚Meine Damen und Herren', wiederholte er. ‚Mein Sohn, der hier neben mir am Tisch sitzt, hat heute einen ganz besonderen Tag.'

Charly schoss das Blut ins Gesicht. Also doch! Er hatte doch daran gedacht.

‚Sage den Leuten, was heute für ein Tag ist, mein Sohn', befahl ihm der Vater.

Charly stand ebenfalls auf und sagte leise und verlegen: ‚Ich habe Geburtstag. Ich werde heute 18.'

‚Wir gratulieren! Herzlichen Glückwunsch!', riefen einige von den nächstgelegenen Tischen, die ihn verstanden hatten. ‚Geburtstag hat der junge Mann. 18 wird er', antworteten sie auf die Fragen der Männer, die nicht mitgekriegt hatten, worum es ging.

‚Ich lade Sie alle zu einem Glas Bier und zu einem Kornschnaps ein. Trinken Sie auf das Wohl meines Sohnes.'

‚Bravo', riefen die Leute. Der Wirt füllte flink die Gläser und trug sie auf die Tische. Als alle die Getränke vor sich stehen hatten, erhob sich der Vater noch einmal. Er zog eine kleine goldene Uhr aus seiner Westentasche, hielt sie am ausgestreckten Arm vor sich hin und ließ sie an der Kette baumeln.

‚Es ist Brauch in unserer Familie', sagte er, ‚dass der älteste Sohn an seinem 18. Geburtstag diese goldene Uhr von seinem Vater geschenkt bekommt. Ich habe sie getragen, seit ich 18 geworden bin. Halte sie in Ehren, gib Acht auf sie, damit du sie einmal weitergeben kannst, wenn du selbst einen Sohn haben wirst.'

‚Bravo', riefen die Gäste wieder und tranken dem Jungen zu. Die Überraschung machte Charly stumm. Weil er keine Weste trug und auch weil er sich von dem Anblick des schönen Geschenks nicht losreißen konnte, legte er die Uhr behutsam vor sich auf die Tischplatte. Jedes Mal, wenn sein Blick sie streifte, fuhr ihm die Freude ins Herz.

Es muss alles anders werden zwischen mir und Vater, nahm er sich fest vor. *Alles muss anders werden.*

Es war ein langer Tag gewesen, erst auf der Baustelle, dann der Weg. Irgendwann an diesem Abend hat ihn dann die Müdigkeit übermannt. Der Kopf sank Charly auf die Tischplatte und er schlief für ein paar Minuten ein.

Lautes Lachen schreckte ihn auf. Er suchte die Uhr. Sie lag nicht mehr auf dem Tisch.

‚Vater, wo ist die Uhr geblieben?', fragte er erschrocken und war mit einem Male hellwach.

‚Wirst sie in die Tasche gesteckt haben, Jungchen', antwortete der Vater. Charly durchsuchte alle seine Taschen mit fliegenden Fingern. ‚Sie ist nicht da', sagte er verzweifelt.

‚Die Uhr ist nicht da?' Der Vater sah ihn erstaunt an. Dann zuckte er die Achseln. Charly suchte unter dem Tisch, unter der Bank, ließ seine Augen durch die Gaststube schweifen, aber niemand schien ihn zu beachten.

‚Ich war eben einen Augenblick draußen', sagte der Vater und dämpfte seine Stimme. ‚Ich sah den schwarzhaarigen Mann dort am Ecktisch von unserem Tisch weggehen. Ich dachte, du hättest mit ihm geredet.'

‚Ob er die Uhr genommen hat und einen Scherz mit mir machen will?', fragte Charly. Er stand entschlossen auf und ging zu dem Tisch hinüber.

‚Verzeihung', redete er den Mann an, ‚haben Sie vielleicht aus Versehen meine Uhr mitgenommen, als Sie eben an unserem Tisch waren?'

Der Mann schaute Charly empört an und schrie: ‚Deine Uhr soll ich genommen haben? Willst du mich einen Dieb nennen?'

Die Männer in der Gaststube lachten und schlugen sich vor Vergnügen auf die Schenkel.

‚Nein, nein', stotterte Charly. ‚Ich dachte, Sie machen vielleicht einen Scherz.'

‚Gut', beruhigte sich der Mann. ‚Bestell mir ein Bier und einen Schnaps und ich will, weil du heute Geburtstag hast, die Frechheit vergessen.'

Charly gab dem Wirt ein Zeichen und der brachte die Getränke. Der Mann winkte Charly dicht zu sich heran und sagte leise zu ihm: ‚Siehst du den Dickwanst dort? Das ist der Bierkutscher. Frag den, der kann dir sicher mehr erzählen.'

‚Ja', sagte Charly.

Er lief in seiner Not zu dem Bierkutscher und sagte: ‚Verzeihung, ich hatte meine goldene Uhr dort auf den Tisch gelegt.'

‚Ja?', sagte der Bierkutscher. ‚Schön leichtsinnig, das.'

‚Haben Sie vielleicht ...?', fragte Charly

‚Da hört sich doch alles auf', brüllte der Bierkutscher und griff nach der Peitsche, die hinter ihm an der Wand lehnte. ‚Willst wohl das ganze Wirtshaus hier verdächtigen, wie?'

‚Nein, nein', stammelte Charly. Ohne dass Weiteres dazu gesagt wurde, brachte der Wirt dem Bierkutscher ein Bier und einen Schnaps.

‚Auf deine Kosten?', fragte der Bierkutscher. Charly nickte. Der Bierkutscher zeigte sich schnell besänftigt.

‚Da, schau', sagte er. ‚Da bei dem Tisch gleich neben der Tür, da sitzt ein Jud'. Frag den. Der weiß möglicherweise mehr.'

Tatsächlich hatte dicht bei der Tür ein junger, etwa 25-jähriger Jude Platz genommen. Als Charly, den Tränen nahe, auf ihn zutrat, da sprang er auf und rief: ‚Schämen sollten Sie sich. Was treiben Sie mit dem Jungen für ein schändliches Spiel. Was sind Sie nur für ein Vater, ein böser.'

Charlys Vater war aufgesprungen. Zornesröte färbte sein Gesicht. Er schüttelte drohend die Faust. Der Jude warf ein Geldstück auf die Tischplatte und drückte sich durch die Tür davon.

‚Saujud', verdammter', rief der Bierkutscher. ‚Den ganzen Spaß hat er uns verdorben, der Spielverderber.'

Charly kehrte verwirrt an seinen Platz zurück. Der Vater zog die Uhr aus der Tasche und schob sie auf den Tisch. ‚Habe ich dir nicht gesagt, dass du darauf aufpassen sollst wie auf deinen Augapfel?', knurrte er.

‚Du hattest sie weggenommen?', fragte Charly.

‚Aufpassen solltest du darauf! Aufpassen!' Drohend stand der Vater vor dem Jungen. Sie starrten sich an. Dem Jungen verschwamm das Gesicht des Vaters in seinen Tränen. Schließlich wandte er sich ab. Er ließ die Uhr liegen.

‚Aus dem wird nie ein Mann', rief der Vater ihm nach. ‚Herr Wirt, noch eine Runde für die Gäste.'" Hendrik verstummte.

„Das hat Charly dir wirklich erzählt?"

„Wort für Wort", beteuerte der Segelmacher. „Er hat mir die Uhr gezeigt! Er habe sie nur genommen, weil seine Mutter ihn darum gebeten habe und sie sogar auf die Knie gefallen sei vor ihm. Genauso hat er es erzählt. Dann ist Charly plötzlich aufgesprungen. Die Augen haben wild gefunkelt. Er hat sein Messer herausgerissen und es dreimal hintereinander tief in das Holz des Fockmastes gestoßen. Du kannst die Einstiche noch erkennen, wenn du sie suchst.

‚Ich bringe ihn um!', hat er dabei gerufen. ‚Ich bringe ihn eigenhändig um.'"

Der Junge saß zusammengekauert. Schließlich fragte ihn der Segelmacher: „Was meinst du, Junge, war das dein Vater?"

„Ich glaube nicht, Hendrik", antwortete der Junge leise. „Ich gehe jetzt ins Steerage. Gute Nacht."

Der Segelmacher zog den Korken aus der Flasche und nahm einen langen Schluck. Dann legte auch er sich schlafen.

Mehrmals war der Junge aufgewacht. In der Lukenöffnung stand schwarz die Nacht. Er wusste nicht, wie spät es war, drehte sich auf die andere Seite und tauchte in kurze, wilde Träume. Großvater schwebte in einem eigenartig wiegenden Gang heran und reichte ihm mit weißen Händen eine kleine goldene Uhr. Die war von großem Gewicht und zog ihn beinahe zu Boden. In der Ferne sah er seinen Vater wie durch blaue Tabakswolken. Vater winkte ihm zu. Der Junge versuchte ihn zu erreichen, wollte laufen, rennen, aber die Uhr lastete wie ein Bleiklotz auf seiner Brust und lähmte seine Beine und seinen Willen. Von hinten näherten sich dem Jungen tapsige, schwere Schritte, Hände griffen nach ihm. „Vater!", schrie er verzweifelt. „Vater!" Er schreckte aus dem Schlaf, fuhr hoch, mit dem Kopf stieß er gegen die Deckplanken. Der Schmerz weckte ihn vollends. Sein Hemd klebte auf der schweißnassen Haut.

Schritte polterten tatsächlich. Zwölf Matrosen stampften wie jeden Morgen über die Planken und stiegen in die Masten. Pünktlich um vier Uhr zogen sie alle Segel auf.

Der Junge ließ sich vorsichtig aus der Koje gleiten, streifte seine Hose über und schlich zur Luke. Die stand halb geöffnet, weil es in den Nächten drückend und schwül blieb, seit sie die Azoren hinter sich gelassen hatten.

Er benetzte im Mund seinen Zeigefinger und hielt ihn hoch in die Luft. An der Windseite spürte er die Abkühlung. Wie seit Tagen schon blies der Passat aus Nordost.

Eine junge Frau kletterte aus dem Zwischendeck herauf.

Sie trug einen Säugling auf dem Arm. Der wimmerte leise vor sich hin. Keine Milch, dachte der Junge. Nur Zwieback mit Wasser. Für die kleinen Kinder ist die Überfahrt schlimm.

Die Frau redete auf den zweiten Steuermann ein.

Luke ging zu ihnen hinüber.

„Machen Sie sich keine großen Sorgen“, tröstete der Steuermann die Frau. „Es ist wahrscheinlich die Krätze. Kommt bei jeder Überfahrt im Zwischendeck vor.“

„Aber was soll ich tun?“, fragte die Frau. „Mein Kind scheuert sich die Haut blutig.“

„Ich lasse später frisches Meerwasser in einen Bottich füllen“, sagte der zweite Steuermann. „Baden Sie das Kind in der Frühe und am Abend darin. Dann wird der Juckreiz bald nachlassen.“

„Es haben unter Deck viele Kinder diese Krankheit“, sagte die Frau. „Sagen Sie den Frauen, dass sie die Kranken fleißig baden sollen. Die Kinder werden weinen, weil das Salz in den Wundstellen beißt. Aber das Salzwasser reinigt auch und heilt.“

An diesem Vormittag kamen die Zimmerleute nicht dazu, an Deck ein Pfeifchen zu rauchen. Gemeinsam mit den Matrosen hängten sie schmale, hohe Trichter aus steifem Segeltuch auf und verstärkten sie mit Bambusringen. Sie glichen riesigen Füllhörnern. Diese Windsäcke fingen jeden Luftstrom auf und leiteten ihn in die Kajüten, ins Steerage und ins Zwischendeck. Der Windhauch milderte die Glut der stickigen Luft unter Deck ein wenig. Doch jeder, der eben kriechen konnte, kam an Deck und suchte sich im Schatten der Segel und Luken ein Plätzchen. Über das Achterdeck ließ der Kapitän ein großes Sonnensegel spannen, damit die Kajütengäste bequem im Schatten verweilen konnten. Gegen Mittag wurde es so heiß, dass das Pech in den Fugen zwischen den Planken weich zu werden begann.

Die Zimmerleute hatten sich auf dem Deck ausgestreckt oder saßen, mit dem Rücken gegen Mast und Luke gelehnt, und dösten vor sich hin. Der Lehrer versuchte dem Jungen zu erklären, dass sie in diesen Stunden den Wendekreis des Krebses überquerten. Er hatte mit Holzkohle in groben Umrissen den Atlantik auf eine Planke gezeichnet, die Küsten Afrikas und Europas im Osten und Amerikas Gestade im Westen.

„Genau am 21. Juni“, sagte er, „hat die Erde sich so gedreht, dass die Sonne bei uns im Norden den höchsten Stand erreicht. Sie steht dann senkrecht über dem Wendekreis des Krebses.“

„Sommer und lange Tage bei uns zu Hause“, sagte der Junge.

Franek Priskoweit mischte sich träge ein: „Ich meine, unser alter Lehrer hat damals gesagt, dass die Erde sich in 24 Stunden einmal dreht?“

„Stimmt auch“, sagte der Lehrer. „Aber außer bei diesen täglichen Drehungen pendelt sie einmal im Jahr hin und her.“

„Kapier’ ich nicht“, brummte Franek und ließ sich zurücksinken. „Na, so“, rief der Junge eifrig, sprang auf, drehte sich im Kreise und schwankte dabei hin und her.

„Als ob die Erde besoffen wäre“, lachte Franek Priskoweit.

„Gar nicht so schlecht, wie du das vortanzt“, lobte der Lehrer. „Nur neigt sich die Erde ganz, ganz langsam.“

„Klar“, antwortete der Junge. „Sie wendet sich allmählich und die Sonne steht schließlich senkrecht über dem südlichen Wendekreis.“

„Genau.“

„Dann ist es bei uns Winter.“

„Alles klar, Luke.“

„Heute haben wir den 8. September. Wir segeln der Sonne nach. Sie wandert vor uns her bis zum Jahresende. Jetzt werden die Tage in Liebenberg wieder kürzer."

„So ungefähr", stimmte der Lehrer zu.

„Wieso nur ungefähr?", fragte Franek Priskoweit.

Er saß hinter dem Jungen träg im Schatten, hatte nur halb zugehört und öffnete bei der Frage nicht einmal die Augen.

„Nicht die Sonne wandert weiter", antwortete der Lehrer und wurde ungeduldig. „Die nördliche Erdhälfte wendet sich ab. Die Sonne steht, wo sie steht."

„Aha."

„Verstanden?"

„Was gibt es da zu verstehen?", fragte Franek geringschätzig. „Dass es Sommer gibt und Winter und dass das Licht nach dem 21. Juni in Liebenberg jeden Tag einen Hahnenschrei früher weggeht, das haben wir im Dorf immer schon gewusst."

„Aber warum das so ist, warum!", rief der Lehrer.

„Na, weil es allmählich Herbst wird", sagte Franek. Der Lehrer gab es auf.

„Statt über Sonne, Krebse und Wendekreise zu reden", sagte Franek Priskoweit, „sollten Sie mal lieber ein wachsames Auge auf Mathilde halten."

„Wieso?", lachte der Lehrer. „Rechnest du dir immer noch eine Chance aus?"

„Ich will ja nichts gesagt haben, Piet van Heiden, aber die Mathilde hält sich oft in der Kajüte beim Kapitän auf, nicht?"

„Halte dein ungewaschenes Maul", fuhr der Lehrer ihn an. „Willst ihr vielleicht etwas anhängen, wie? Bist nur wütend, weil du nicht bei ihr landen konntest."

„Gut", antwortete Franek, „ich mache den Mund zu, aber Sie, Sie halten Ihre Augen besser auf, wenn Ihnen keine Hörner wachsen sollen."

Der Lehrer sprang auf und lief zornig zum Vorschiff.

„Nicht so schnell", rief Warich ihm nach, „sonst trifft Sie bei der Hitze noch der Schlag."

Der alte Mann hockte unter einem Sonnensegel und starrte auf das Stück Balken, aus dem die Neptunsfigur geschlagen werden sollte.

„Weiß der Kuckuck", knurrte er, „es ist doch eine andere Sache, ob man einen Kirchturm auf dem Schnürboden in seinen Einzelteilen aufreißt und aus dem Holz schneidet oder ob es sich um eine Galionsfigur handelt. Ich glaube fast, mit mir ergeht's dem Kapitän nicht besser als mit seinem Charly. In New Orleans hat er immer noch eine nicht einmal halb fertige Riesenpuppe an Deck stehen. Und keiner wird ihr ansehen können, dass ein Neptun draus hervorspringen sollte."

„Sie schlagen doch kräftig an dem Baum herum, Meister Bienmann, glatte, dünne Späne fliegen nur so", sagte der Lehrer.

„Viel zu dünn sind die Späne, Piet van Heiden. Aber so gewinne ich Zeit."

„Zeit? Wozu wollen Sie Zeit gewinnen?"

„Na, um mich darum herumzudrücken, dem verborgenen Neptun zu nahe auf die Haut zu rücken."

„Haben Sie, Meister Bienmann, schon gesehen, was der Luke mit dem Holz macht, aus dem er die Modellbalken schneiden soll?"

„Was soll er schon damit machen? Ich sehe mir seine Arbeit ja jeden Tag an. Zapfen und Zargen schafft er schon ganz ordentlich. Bis wir in den Staaten Langholz unter Säge und Beil haben, hab' ich ihm die wichtigsten Verbindungen beigebracht."

„Zeigt er sich anstellig?"

„Na ja. Für einen Lehrling macht er seine Sache gut. Wenn es so weitergeht, kann er seine Probezeit bald beenden und wir können ihm den Ohrring geben. Aber sagen Sie ihm das nicht. Er wird sonst übermütig."

„Sie wissen also nicht, was er mit den kleinen Balken macht, wenn Sie sie kontrolliert und für gut befunden haben?"

„Ich hoffe, er legt sie sich unter sein Kopfkissen, damit ihm die Schnitte in Fleisch und Blut übergehen."

„Luke!“, rief der Lehrer laut über das Deck.

Der Junge schlenderte heran.

„Was gibt’s?“, fragte er.

„Zeige deinem Großvater die Balken, die du geschnitzt hast.“

Der Junge wurde rot.

„Na, mach schon“, sagte der Lehrer. Unschlüssig stand der Junge mit finsterem Gesicht da.

„Ich möcht’ die Hölzer sehen, Luke, lauf und hol sie her“, befahl der alte Mann.

Der Junge stieg ins Steerage hinab und kam nach einer Weile mit einem kleinen Bündel von Balkennachbildungen wieder heraus. Etwas ängstlich reichte er die Holzstücke dem alten Mann. Das waren nun nicht mehr die Balken, deren genau zugeschnittene Verbindungen an den Enden der alte Mann die ganzen Tage über mit scharfen Augen angeschaut und begutachtet hatte, sondern es zeigte sich an jeweils einer Längsseite der Balken eine hauchzarte Reliefschnitzerei. Der alte Mann schaute sich das lange an. Eine Fülle von Tierpaaren war kunstvoll eingeritzt, die schwerfälligen Elefanten, die zierlichen Rehe, das schnäbelnde Taubenpaar, die spielenden Jungfüchse, Hirsch und Hirschkuh, Hahn und Henne.

„Was soll das?“, fragte der alte Mann barsch.

Der Junge schluckte. Dann stieß er hervor: „Ich wollte aus den kleinen Balken eine Arche Noah bauen. Alle Tiere sollten –“

„Schnickschnack“, maulte der alte Mann. „Du scheinst viel überflüssige Zeit zu haben.“

„Ich mach’s, wenn die anderen in der Sonne liegen“, verteidigte sich der Junge.

„Wer ein Zimmermeister werden will, der muss immer mehr tun als die, die da herumfaulenzen. Wohin soll so was führen?“

Der alte Mann wollte gerade „brotlose Künste“ sagen, da fiel ihm ein, wie oft er mit seinem Sohn Karl ähnlich geredet hatte. Er erschrak und verstummte.

„Vielleicht führt das zum Neptun", sagte der Lehrer nach einer Weile. Verständnislos schaute der alte Mann ihn an.

„Na, vielleicht sollten Sie den Luke zur Arbeit an der Galionsfigur heranziehen. Er könnte Ihnen bei der Schnitzerei zur Hand gehen."

„Der Luke soll lernen ein guter Zimmermann zu werden und seine Zeit nicht verschwenden mit so was."

Er gab dem Jungen die Hölzer zurück und stapfte ärgerlich bis an die Reling.

„Das hätte ich Ihnen vorher sagen können", sagte der Junge, zuckte die Achseln und trug die Hölzer ins Steerage zurück. Der Lehrer stellte sich neben den alten Mann. Über den Wasserspiegel segelten Schwärme von fliegenden Fischen. Zehn, fünfzehn Meter weit schnellten sie sich durch die Luft, ehe sie wieder in das Meer eintauchten. „Was treibt sie ihr Element zu verlassen?", sprach der Lehrer wie zu sich selbst. „Niemand weiß es. Aber wer wird ihnen deshalb die Segelflossen abschneiden, weil sie in der Luft nichts zu suchen haben?"

„Was wollen Sie damit sagen?", fragte der alte Mann.

„Irgendeine Sehnsucht scheint in diesen Fischen lebendig zu sein, eine Sehnsucht ihr Element zu verlassen, wie ein Vogel zu fliegen, ein kleines Stückchen wenigstens. So stelle ich mir das auch bei Ihrem Sohn vor, Meister Bienmann. Aber Sie haben ihm die Flügel gestutzt, wieder und wieder. Bis er es schließlich nicht mehr ausgehalten hat und seiner Sehnsucht folgte."

„Was wissen Sie von meinem Sohn Karl?", wies der alte Mann ihn schroff zurück. Er wandte sich ab und starrte auf das Meer.

„Nicht viel weiß ich von ihm", gab der Lehrer zu. „Aber ich sehe, wie Sie dem Jungen die Flügel zu stutzen beginnen."

„Lassen Sie mich in Ruhe, Piet. Ich bin müde vom vielen Grübeln, wie das mit Karl alles gekommen ist. Aber Sie machen es sich mit Ihrer Antwort zu leicht, wenn Sie mir, dem ältesten Esel, die schwersten Säcke auf den Buckel laden."

„Lassen Sie den Jungen wenigstens in seinen freien Stunden

mit an der Neptunsfigur schnitzen“, drängte der Lehrer. „Die Zimmerei braucht ja deswegen nicht zu kurz zu kommen.“

„Bei einem jungen Baum musst du die Äste abschneiden, die keine gute Frucht versprechen. Wildwuchs“, versuchte der alte Mann sich zu rechtfertigen.

„Vielleicht gibt es außer bei der Zimmerei auch noch anderswo gute Früchte?“, sagte der Lehrer leise.

Der alte Mann ließ ihn stehen und ging ins Steerage. In der Koje lag der Junge mit verschlossenem Gesicht.

„Was gibt's?“, fragte der alte Mann.

„Wütend bin ich auf den Lehrer.“

„Du auch?“, fragte der alte Mann. „Warum bist du wütend auf ihn? Er hat sich für dich eingesetzt. Jedenfalls so, wie er's versteht und von der Zimmerei hat er keine Ahnung.“

„Ich wollte dir die Arche schenken, wenn sie fertig ist. Nun ist alles verdorben.“

„Ich würde mich sehr über das Geschenk freuen“, sagte der alte Mann. „Die Verbindungen für solch eine Arche sind nämlich ziemlich schwierig.“

Er schwieg eine Weile und fuhr dann fort: „Die Schnitzereien gelingen dir gut, Junge, wie machst du das nur? Wer hat dir das gezeigt?“

Der Junge lachte und antwortete: „Gezeigt, Großvater? Niemand hat's mir gezeigt. Die Tiere habe ich alle im Kopf. Soll ich dir vormachen, wie es geht?“

„Nein“, wehrte der alte Mann ab. „Nicht heute. Vielleicht ein andermal. Außerdem willst du mich mit dem Geschenk überraschen.“

Wieder verstummte er und schien angestrengt nachzudenken. „Was meinst du“, fragte er schließlich, „würde es dir Spaß machen, mir bei dem Neptun da draußen zu helfen? Er will und will nicht aus dem Baumstamm heraussteigen. Vielleicht müssen wir zu zweit darangehen?“

„Meinst du das wirklich, Großvater?“

„Ja, Luke, ich meine das wirklich. Aber ich will es dir gleich sagen, Luke, Bürschchen, die Schnitzerei mag gut und schön sein. Wie bei den fliegenden Fischen. Aber die Zimmerei, Junge, die Zimmerei mit ihren Bohlen und Balken, das ist das Wasser, in dem du schwimmen musst."

„Wie bitte?", fragte der Junge verdutzt. Hatte die Hitze die Gedanken des alten Mannes verwirrt?

„Ach, lassen wir das!", murrte der alte Mann. „Der Lehrer macht mich mit seinem Geschwätz noch ganz verrückt." Er nahm die Hölzer des Jungen noch einmal eins nach dem anderen in die Hand und betrachtete sie.

„Trug mein Vater eigentlich genauso einen goldenen Ring im Ohr wie du?", fragte der Junge.

„Selbstverständlich. Immerhin war er ein Zimmermann. Als er mit Ach und Krach die Probezeit bestanden hatte, da habe ich ihm selbst mit einem ausgeglühten Nagel das Loch in das Ohrläppchen gestoßen. Der Goldschmied aus Ortelsburg hat schon geschwitzt, wenn wir Zimmerleute ihn riefen. Es ist gar nicht so einfach, einen Ring ganz dicht am Ohr so fest zu schmieden, dass man die Naht nicht mehr sehen kann."

„Außer den Zimmerleuten haben nur die Zigeuner manchmal solche Ringe im Ohr", sagte der Junge.

„Nun, von den Zigeunern liegt uns Zimmerleuten schon etwas im Blut. Was bin ich schon mit meiner Kolonne in der Welt herumzigeunert. Von einer Baustelle zur anderen bin ich mit meinen Leuten gezogen, oft viele hundert preußische Meilen von zu Hause weg."

„Aber wir haben ein Dorf, ein Haus, wohin wir immer wieder zurückkehren."

„Stimmt, Junge. Aber das ist mehr ein Zufall gewesen, dass die Bienmanns sich endlich in Liebenberg festsetzten."

„Ein Zufall? Erzähl doch mal, Großvater."

„Tja, Jungchen, mein Vater hat mir die Geschichte oft und oft erzählt und ich wundere mich selbst, dass ich sie so lange in mir vergraben habe. Die Bienmannsfamilie stammt nämlich aus dem Moselgebiet. Da sind so um 1800 die Franzosen in das Land eingefallen. Die Bienmanns hatten vorher oft für Klöster und Kirchen gearbeitet. Aber Napoleon hat 1803 die Kirchen bettelarm gemacht und ihnen kurzerhand jeglichen Besitz weggenommen. Die Priester und Mönche konnten keine Arbeiten mehr vergeben, ja, sie mussten selber sehen, wo sie blieben.

Das gefiel meinem Großvater nicht. Er hatte sein Misstrauen zu laut und an den falschen Orten hinausposaunt. Den Napoleon hat er einen Bluthund genannt. Das blieb den Franzosen nicht lange verborgen.

Jedenfalls hat mein Großvater mitten in einer Nacht die ganze Familie zusammengerufen. Mein Vater Martin, damals 21 Jahre alt, war Großvaters ältester Sohn. Außer ihm gab es noch drei jüngere Söhne, Paul, Konrad und den siebenjährigen Knaben Johannes. Meine Großmutter saß mit verheulten Augen auf der Bank hinter dem Tisch.

‚Wir packen unsere Pferdewagen', sagte mein Großvater. ‚Napoleon, unser großer Befreier, will mir an den Kragen. Ich hab's gesteckt bekommen. Haus und Anwesen, ja, die ganze Zimmerei, alles soll beschlagnahmt werden. Mich wollen sie vor Gericht stellen. Aber ich habe ihm einen Strich durch die Rechnung gemacht. Ich habe das Haus und das Geschäft heute Nacht verkauft. Den Notar, den Napoleon selbst eingesetzt hat, haben wir aus dem Bett getrommelt und den Vertrag rechtskräftig gemacht. In seinen eigenen Gesetzen hab' ich den Franzosen gefangen.'

‚Und was wird aus dir, aus uns?', fragte Martin.

‚Wir packen und ziehen davon. Noch heute Nacht.'

‚Wohin sollen wir gehen?', fragte Johannes.

‚Weit werden wir gehen, Kind', antwortete mein Großvater. ‚Sehr weit. Denn eins weiß ich sicher: Der Rhein hält den Franzosenkaiser nicht auf. So einer gibt sich nicht zufrieden mit dem, was er hat. Er will die Welt regieren. Deshalb ziehen wir weit nach Osten. Russland ist ein gastfreundliches Land. Es gibt in Russland viele Deutsche. Wir Bienmanns verstehen unser Handwerk. Wir ziehen nach Osten.‘

Und so geschah es. Mit Sack und Pack fuhren sie in ebendieser Nacht noch los und verließen die kleine Stadt. Als sie für ein paar Monate im Hannoverschen arbeiteten, fand mein Vater ein Mädchen, das ihn wohl heiraten wollte. Aber ihre Familie setzte alles daran, diese Hochzeit zu verhindern. Welcher Baron aus einem alten hannoverschen Geschlecht hätte wohl die Tochter an einen durchreisenden Zimmermann verheiraten wollen. Das junge Fräulein von Herzberg dachte aber anders. Es fand sich ein Dorfpfarrer, der sie heimlich traute. Niemals hat meine Mutter in späteren Jahren gejammert aus dem Herrenhaus fortgelaufen zu sein. Sie hatten sich sehr lieb, meine Eltern. Meine Mutter zog also mit nach Osten. Aber das ging viel langsamer vor sich, als mein Großvater es sich zunächst vorgestellt hatte. Wenn sich Arbeit fand, bezog die Familie ein Haus und blieb oft Monate an einem Ort. Im Pommerschen verbrachten die Bienmanns vier Jahre. Dort wurde ich geboren. Napoleons Soldaten haben uns auf unserem Weg nach Osten dann überholt.

1812 stießen die Heere des Franzosenkaisers weit nach Russland hinein. Der Winter kam früh und überraschte die Soldaten und auch unsere Familie. In Liebenberg, dem winzigen Nest, mietete mein Großvater ein leer stehendes, ehemaliges Gasthaus. Das Beste in der Bruchbude war ein riesiger Kachelofen. Der strahlte eine wohlige Wärme aus und hielt uns die eisige Kälte vom Leib.

Die Dorfbewohner waren freundlich zu uns. Arbeit gab es genug für Zimmerleute. Unsere Geschichte in Liebenberg fing damit an, dass Großvater, ohne von jemand einen Auftrag erhalten zu haben, den morschen Balken des Ziehbrunnens auswechselte. Es war dies der einzige Brunnen im Dorf. Mit dem Balken hatte es eine besondere Bewandtnis. Im Winter fand sich regelmäßig mit dem ersten Schnee ein Schwarm Wildtauben ein. Zu anderen Jahreszeiten sind das scheue Vögel, die klug den Nachstellungen der Jäger auszuweichen wissen. Nicht der scharfe Frost trieb sie in das Dorf, sondern der Durst war es wohl, der sie an den Brunnen lockte. Die Liebenberger nannten die Vögel zu dieser Zeit *unsere* Tauben, stellten ihnen mehrmals am Tage in einer flachen Holzschale Wasser zurecht und streuten gelegentlich ein paar Körner. Keiner der Dorfbewohner wäre auf den Gedanken verfallen die Not der Tiere auszunutzen und auf sie zu schießen. Das änderte sich, sobald im Frühjahr der Schnee wegtaute. Tauben zu jagen gehörte dann zu den geheimen Vergnügen vor allem der jungen Burschen im Dorf, ein Vergnügen, von dem der Jagdaufseher vom Knabigschen Gut nicht begeistert war, weil der Baron von Knabig allein das Jagdrecht besaß.

Der mächtige Balken des Ziehbrunnens war der Platz, den die Tauben besonders liebten. Aufgereiht saßen sie dort mit aufgeplustertem Gefieder. Einige wurden im Laufe des Winters so zutraulich, dass sie nicht einmal aufflogen, wenn ein Mädchen kam, ihr Joch mit den beiden Eimern von den Schultern hob, gemächlich das längere Ende der Balkenwippe herunterzog, den Eimer an der langen Kette in den Brunnenschacht senkte und schließlich das Wasser heraufzog.

Großvater hatte einen gewaltigen Balken aus einem dicken Stamm glatt herausgeschlagen. Am hinteren Ende hatte er die volle Breite des Baumes ausgenutzt und eine Vertiefung in das Holz hineingehauen. Eine ganze Woche lang arbeitete er an dieser Mulde in dem Balken. Dann hatte er ein kleines Wunderwerk geschaffen. Quer über die Balkenhöhlung lief eine hölzerne Achse und daran wieder war eine flache Blechschale so kunstvoll befestigt, dass sie sich immer genau in die Waage stellte, wie man den Ziehbalken auch hob oder senkte.

Unter dem Balkenende verankerte er einen schweren Stein. Tagelang wog er den Baum aus, bohrte dann geschickt das Loch für die Hauptachse, auf der die Wippe sich wiegen sollte, und baute schließlich den brüchigen, alten Balken aus seiner Halterung. Die Tauben flatterten aufgeregt auf, zogen in großen Kreisen hoch über dem Dorf und ließen sich schließlich auf den Dachfirsten der umliegenden Hütten nieder.

Von fünf Männern wurde der neue Balken in die Halterung gehoben und die Achse eingeführt und verschraubt. Der Ziehbalken lag so im Gewicht, dass das Ende mit dem Stein und der Wasserschale sich ganz sanft herunterneigte. Kette und Eimer wurden befestigt. Großvater rief mich, den fünfjährigen Enkel, beim Namen. Ich war damals ein schmächtiges Kerlchen. Er befahl mir: ‚Friedrich, zieh einen Eimer Wasser aus dem Brunnen!‘

Bei dem alten Brunnen hatten die Frauen schon kräftig zulangen müssen, wenn sie den schweren Eimer ans Licht holten. Der neue Balken jedoch war so ausgewogen, dass ich das Wasser mit meiner kleinen Kinderkraft ohne jede Anstrengung emporbringen konnte. Die Dorfbewohner klatschten Beifall. Mit dem ersten Wasser füllte Großvater die Taubenschale am Balkenende. Noch einmal musste ich Wasser aus dem Brunnen ziehen. Die Dorfbewohner drängten sich heran und wunderten sich. Kein Tropfen aus der Trinkschale wurde verschüttet. Sie wiegte sich leicht in ihrer Achse und hielt sich waagerecht, wie man den Balken auch bewegte. Alle im Dorf erkannten, dass sie einen Brunnen hatten, wie es weit und breit keinen zweiten mehr gab. Die Tochter des Dorfschulzen, die schöne Hannah, zog den nächsten Wassereimer hoch.

‚Mit dem kleinen Finger ist das zu schaffen‘, rief sie und sie strahlte dabei meinen Onkel Johannes an, dass jeder im Dorf es merken konnte, wie sehr die beiden sich gefielen. Onkel Johannes war damals zwanzig Jahre alt, ein hübscher Bursche, breit in den Schultern und mit einem offenen, fröhlichen Gesicht.

Die Leute standen noch in der Kälte und bewunderten das Werk, stampften mit den Stiefeln den Schnee und schlugen die Arme, damit sie nicht froren, da erhob sich von allen Dächern zugleich der Taubenschwarm, wie auf einen geheimen Befehl, und umkreiste mehrmals den neuen Balken. Die Leute traten ein paar Schritte zurück. Die Tauben ließen sich zunächst auf dem hoch in den Himmel ragenden längeren Balkenende nieder, an dem der Eimer sich im Winde wiegte, hüpften dann aber Stückchen um Stückchen der Trinkschale zu. Schließlich setzten sich gleich fünf an den Rand der Schale, senkten und hoben die Köpfchen und schluckten das frische Wasser.

Sie hatten den neuen Balken angenommen. Die Dorfbewohner wollten den Tauben nicht nachstehen. Von diesem Tage an begegneten sie unserer Familie so, als ob wir schon Jahre unter ihnen gelebt hätten. Als nun mein Onkel Johannes sich mit der schönen Hannah verlobte, da war das ein Fest für das ganze Dorf. Uns ging es in diesem Winter nicht schlecht. Der Baron von Knabig auf dem Gut hatte bald heraus, dass mein Großvater ein geschickter Handwerker war. Es gab Arbeit genug.

Aber dann kam mit einem preußischen Reiter aus dem Osten die Nachricht, Napoleons Heer sei in Eis und Schnee zerschlagen worden. Die Russen hätten zunächst ihr wunderschönes Moskau angezündet. Die prächtigen Holzpaläste, die stolzen Kirchen und die vielen tausend Holzhütten wären in einem mörderischen Feuer in Schutt und Asche gesunken. Die Franzosen, die geglaubt hatten, sie hätten mit der Hauptstadt auch das ganze Land erobert, mussten mitten im Winter zurückfliehen, wenn sie nicht Hungers sterben wollten.

An der Beresina sei es Ende November dann zu einer erbitterten Schlacht gekommen. Das Eiswasser des Flusses habe sich rot gefärbt vom Blut der Russen und Franzosen. Napoleon selbst sei bei Nacht und Nebel mit wenigen Vertrauten in einem Schlitten geflohen und habe seine Soldaten schmählich im Stich gelassen.

‚Der feige Hund‘, sagte mein Großvater.

In den folgenden Tagen verschwanden einige junge Männer aus dem Dorf. Es lief das Gerücht, dass sie mit dem jungen Baron losgezogen seien und zum preußischen Landsturm wollten. General Yorck sei dabei, ein preußisches Volksheer zu sammeln. Er wolle Napoleon den Rest geben und ihn endgültig aus dem Lande verjagen. Zunächst aber war von Yorck wenig zu spüren. Stattdessen zogen immer wieder versprengte Franzosen durch Liebenberg, forderten Brot und Futter für die Pferde und die Dörfler gaben von dem, was sie hatten, denn die geschlagenen Soldaten waren jämmerlich anzusehen und die Säbel saßen ihnen locker in der Scheide. Von den fast 600 000 Reitern und Fußtruppen, die im Juni 1812, noch singend und frisch, ausgezogen waren, kehrten nur wenige zurück, zerschunden, todmüde, fiebrig, verkrustetes, schwarzes Blut in nachlässig geschlungenen Verbänden.

‚Das ist das wahre böse Gesicht des Krieges', sagte Großvater bitter.

Mitte Dezember, gegen Abend, trabte ein Trupp von etwa dreißig französischen Reitern in das Dorf. An der Spitze ritt ein junger Leutnant. Er fragte nach dem Schulzen und bat darum, dass seine Leute Quartier für die Nacht bekämen. Für Essen und Trinken wolle er bezahlen. So höflich hatten Soldaten schon lange nicht mehr mit uns geredet. Die meisten befahlen, drohten, schimpften. Der Leutnant, sein Trompeter, ein Knabe fast, und sechs Mann wohnten in unserem Haus. Mutter hatte den Leuten in der ehemaligen Gaststube ein Strohlager gerichtet. Der Leutnant bekam die Kammer meiner Eltern.

Am nächsten Morgen in aller Frühe ließ der Leutnant zum Sammeln blasen. Die Pferde wurden am Brunnen getränkt. Aber zum Aufsitzen kamen die Reiter nicht. Die Tiere begannen unruhig zu werden, stampften aufgeregt, keilten schließlich aus und versuchten auszubrechen. Schaum trat ihnen vor das Maul, sie zuckten in Krämpfen und verendeten elendiglich. Auch ein Soldat, der nur einen kleinen Schluck von dem Wasser getrunken hatte, wand sich vor Schmerzen und wurde in unser Haus getragen. ‚Das Wasser ist vergiftet worden.' Großvater sprach aus, was alle dachten. Der Leutnant stand fassungslos und blass bei seinen Soldaten.

Er rief auf Französisch ein paar Befehle. Die Soldaten schwärmten aus, jeweils zu dritt, und trieben alle Dorfbewohner am Brunnen zusammen. Der Verwalter des Gutes, der gerade mit den beiden Töchtern des Barons im Schlitten ins Dorf gekommen war, wurde mit den Baronessen ohne viel Federlesens ebenfalls zum Brunnen getrieben.

‚Wer hat den Brunnen vergiftet?', rief der Leutnant.

Keiner meldete sich. Der Dorfschulze wollte etwas erklären, aber der Leutnant zog seine Pistole und sagte laut: ‚Nichts will ich hören. Nur der, der den Brunnen vergiftet hat, der soll sich melden.'

Wieder war es um den Brunnen herum so still, als ob kein Mensch da gewesen wäre. Nur das Gurren der Tauben war zu hören.

‚Wenn sich der Täter nicht findet, werde ich Geiseln auswählen und erschießen lassen', drohte der Leutnant.

Stumm standen alle und starrten vor sich in den zertretenen Schnee. Da ließ der Leutnant jeden zehnten Dorfbewohner auszählen. An den Bienmanns ging das Los vorüber. Aber 27 Personen, Frauen und Männer, junge und alte traf die Zehnerzahl. Die Geiseln wurden von den Soldaten vor dem Brunnen zusammengetrieben. Die schöne Hannah war dabei und eins der Knabig-Mädchen.

‚Ich warne Sie zum letzten Male', sagte der Leutnant in die Stille hinein. ‚Wenn sich der Täter nicht meldet, muss ich diese Leute füsilieren lassen.'

Mit weiten Schreckensaugen standen die Menschen. Schon befahl der Leutnant seinen Soldaten ihre Gewehre zu laden, da trat mein Onkel Johannes vor, riss sich die Fellmütze von seinem blonden Kraushaar, warf sich vor dem Leutnant auf die Knie und sagte leise: ‚Ich war es, der das Gift in den Brunnen warf.'

‚Na, also', nickte der Leutnant und gab den Soldaten einen Wink, die Geiseln freizulassen.

Die schöne Hannah schrie auf, mein Großvater redete auf

den Leutnant ein und bot ihm an ihm all die Pferde zu ersetzen, aber es nützte nichts. Johannes wurde mit dem Rücken zum Brunnen mitten auf die breite Dorfstraße gestellt. Die Kommandos ertönten. Die Soldaten hoben die Gewehre. Ich sah, dass der kleine Trompeter seinen Flintenlauf ziemlich hoch in die Luft hielt. Die Schüsse krachten.

Onkel Johannes reckte sich empor, sackte zusammen. Der schmutzige Schnee färbte sich von seinem hellen Blut. Die Tauben waren erschreckt aufgeflattert. Eine schoss hoch in die Luft, breitete weit ihre Flügel aus, torkelte, sank nieder, fiel schwer auf die Brust des erschossenen Onkels, getroffen von der Kugel des jungen Trompeters.

Die Soldaten nahmen die letzten Pferde aus dem Dorfe mit sich und zogen davon.

Jedermann im Dorf wusste, dass Johannes nicht der war, den der Leutnant wirklich gesucht hatte, und dass es die Liebe zu Hannah gewesen war, die ihm den frühen Tod gebracht hatte. Der Baron von Knabig schenkte meinem Großvater ein ansehnliches Stück Land und die Dörfler boten unserer Familie das Haus zu Eigen an, das wir gemietet hatten. So blieb unsere Familie in Liebenberg. Den Franzosen aber, der das Giftwasser getrunken hatte und der in unser Haus getragen worden war, den hat meine Großmutter gesund gepflegt. Als später die Preußen nach versprengten Soldaten des Franzosenkaisers suchten, da hat sie ihn versteckt und keiner aus dem Dorf hat ihn verraten, obgleich es längst nicht allen recht war, dass einer der ‚Franzmänner' so gut davonkommen sollte. ‚Ein unschuldig Getöteter ist genug', sagte meine Großmutter. ‚Was kann er schon dafür, dass sein Kaiser Krieg macht. Es sind immer nur die kleinen Leute, die für den Krieg bezahlen und sterben müssen.'

Eigentlich hieß der französische Soldat Pierre. Aber meine Großmutter hat ihn das ganze Jahr, in dem er bei uns geblieben ist, Jean gerufen, obwohl er schmal und schwarzhaarig war und in nichts meinem Onkel Johannes glich.

Oft bin ich an der Hand meiner Großmutter in den folgenden Jahren zum Kirchhof gegangen. Großvater hatte ein mannshohes Kreuz auf das Grab seines Sohnes gestellt. Der Grabhügel war in der warmen Jahreszeit stets mit Blumen überhäuft und selbst jetzt, nach über 50 Jahren, tragen die alten Leute noch ihre Sträuße auf das Grab meines Onkels Johannes.

Das kleine Dorf aber, Jungchen, hat für eine Zimmermannsfamilie auf die Dauer nicht genug Arbeit gehabt. Deshalb mussten wir Männer immer wieder in der ganzen Gegend umherziehen, den ganzen Sommer über. Wir suchten und fanden Arbeit und kehrten erst mit den Tauben vom Brunnen wieder in das Dorf zurück."

„Wie die Zigeuner", sagte der Junge.

„Wie die Zigeuner", bestätigte der alte Mann.

Der Junge lag noch lange wach. Er hörte den Lärm aus dem Zwischendeck. Männerstimmen schimpften. Kinder wimmerten. Junge Burschen grölten wüste Lieder. Eine Auswanderergruppe betete laut. Grelles Frauenlachen klang immer wieder auf.

„Die Hitze macht sie verrückt dort unten", sagte Mathilde, „für die Kinder ist es die Hölle."

Der alte Mann und der Junge arbeiteten schon tagelang an der Galionsfigur. Es sah aus, als ob sie in ihrem ganzen Leben nichts anderes zu tun gehabt hätten als miteinander Figuren aus dem Holz zu schlagen. Der alte Mann führte sein Beil wieder sicher und seine Schläge waren voller Kraft. Der Junge beschrieb mit Gesten und Worten, wie er sich Neptun vorstellte. Wenn er dem alten Mann voll Eifer die Haltung des Kopfes erläuterte, die Stellung der Arme oder den Platz für den Dreizack andeutete, dann war es dem Alten, als ob er für Augenblicke den lebendigen Neptun durch das Holz schimmern sehe. Bald ließen grobe Umrisse die endgültige Form des zukünftigen Werkes erahnen.

„Schluss für heute“, sagte der alte Mann. Der Schweiß rann ihm über den Rücken. Er legte sein Werkzeug zusammen und ging auf das Vorderdeck. „Ich mache weiter“, rief ihm der Junge nach. Mit Stemmeisen und Holzklöpfel arbeitete er die feineren Strukturen aus und ganz zuletzt gab er mit dem Messer, das der alte Mann ihm geschenkt hatte, den einzelnen Teilen den letzten Schliff. Das Gesicht des Meeresgottes war am Tage zuvor schon fertig geworden. Die gewölbte Stirn wurde von einer tiefen, senkrechten Falte über der Nasenwurzel gespalten, die weit geöffneten Augen wirkten lebendig, weil der Junge in die Augäpfel auf Anraten des Lehrers an Stelle der Pupillen tiefe Löcher in das Holz gebohrt hatte. Die Nasenflügel blähten sich über einem breiten, halb geöffneten Mund.

„Wie eine wirkliche Götterstatue“, lobte der Lehrer.

Der zweizipflige Bart hielt den Jungen lange auf, weil er voller Energie und Einfälle allerlei Meeresgetier zwischen den Haaren hervorzauberte: schuppige Fischchen, Schnecken mit gedrechselten Gehäusen, Muscheln, fünfzackige Seesterne und Meerpferdchen. Der Junge arbeitete wie besessen. Er hatte in den ersten Tagen die Zähne zusammenbeißen müssen, denn große Blasen waren ihm in der rechten Handfläche aufgeplatzt und die wunde Haut brannte wie Feuer. Aber allmählich begannen sich rissige Schwielen zu bilden. Der Schmerz wurde erträglich und verschwand schließlich ganz. Gelegentlich verkrampften sich die Muskeln der Finger, doch er massierte sie dann eine Weile in der heißen Sonne, bis er das Messer wieder fassen konnte.

Gegen Abend kam der Kapitän, schritt mehrmals rund um die Figur und sagte: „Jawohl! Genau so! Genau so habe ich mir den Kopf vorgestellt. Prächtig!“ Er tippte dem Jungen mit zwei Fingern leicht auf die Schulter und wiederholte: „Prächtig.“

Dann winkte er einen Matrosen heran und befahl ihm: „Hole mir Jonas aus der Kombüse.“

Der Smutje kletterte an Deck und näherte sich ein wenig brummig. „Sie ließen mich rufen, Sir?“

„Ja. Dieser Junge darf sich heute Abend eine Sonderration zu essen wünschen, ein schönes Stück Braten, ein weißes Brot oder einen Apfel aus meinen Vorräten."

Der Junge dachte an das eintönige Essen, das es Tag für Tag gab, Bohnen mit stark gesalzenem Rindfleisch, Rindfleisch mit Bohnen, schwarzes, schweres Brot und ab und zu eine wässrige Mehlsuppe. Ein Apfel wäre für den Jungen etwas Herrliches gewesen. Er sagte aber: „Am liebsten wäre mir eine Portion Rum, Sir."

Der Kapitän traute seinen Ohren nicht und fragte: „Sagtest du etwa Rum, mein Sohn?"

„Ja, Sir. Ich brauche notig Rum. Nicht für mich. Ich will ihn eintauschen."

„Was bekommt man denn auf diesem Schiff für eine Tasse Rum?"

„Ich gebe Rum und bekomme Geschichten, Geschichten über Charly."

„Den Rest kann ich mir denken", sagte der Kapitän. „Hendrik ist dein Tauschpartner, nicht wahr?"

Der Junge nickte.

„Er säuft sich zu Tode", murmelte der Kapitän und fuhr dann lauter fort: „Ich hoffe nur, Junge, der alte Segelmacher spinnt dir nicht ein zu tolles Seemannsgarn."

„Bestimmt nicht", versicherte der Junge eifrig. „Hendriks Geschichten über Charly sind wahr."

„Na, da bin ich nicht so sicher. Ich höre ihm zwar gerne zu, aber ich hüte mich seine Geschichten für wahr zu halten."

„Die Geschichten, die er mir erzählt, sind wirklich geschehen", beharrte der Junge, aber ganz überzeugt schien er nicht mehr zu sein.

„Na, dann zu. Jonas, der Junge hat sich eine Tasse Rum verdient. Schenk ihm aus, wenn er sie verlangt."

„Aye, aye, Sir. Sollte sich aber lieber Trinkwasser wünschen", brummte der Smutje.

„Das Wasser wird allmählich knapp, Jonas, wie?"

„Knapp und faulig, Sir."

„Kommen wir nicht mit dem Rest aus, der in den Fässern ist?"

„Wenn der Wind noch ein paar Tage hart weht und wir weiter so schnell durch die Karibische See segeln, Sir, dann mag's gerade noch langen."

„Wir haben auf dieser Reise schon viel Zeit verloren, Jonas. Wir werden keinen Hafen mehr anlaufen. Wir lassen es darauf ankommen."

„Wie Sie meinen, Sir."

Die Sonne sank. Der Junge packte das Werkzeug in die Kiste, holte den Reiserbesen, fegte die Späne zusammen und warf sie ins Meer. Fische sprangen danach. Der alte Mann trat neben den Jungen an die Reling.

„Wenn du weiter so arbeitest, Luke, dann kriegt der Kapitän doch noch seinen Neptun, bevor das Schiff in New Orleans vor Anker geht", sagte er.

„Charly hat es versprochen", antwortete der Junge. „Und Spaß macht es mir auch." Er rieb seine Handflächen über das Holz der Reling.

Dem alten Mann fiel das auf und er sagte: „Was heilt, das juckt."

„Es sind nicht die Blasen", widersprach der Junge. „Die spüre ich schon seit gestern nicht mehr. Zwischen den Fingern juckt's mich."

„Zeig her", sagte der alte Mann und schaute sich die Hände des Jungen aufmerksam an.

„Lass mich auch deine Füße sehen."

Der Junge schlüpfte aus den Pantinen und stellte einen Fuß auf die Reling.

„Spürst du es da auch, Luke?"

„Ja. Jetzt, wo du mich fragst, könnte ich mich unter den Armen kratzen und es zwickt am ganzen Körper."

„Kein Zweifel, Luke, du hast die Krätze."

Der Junge erschrak.

„Schlimm?", fragte er.

„Wenn wir nichts dagegen tun, kann die Krätze wie ein Ausschlag die ganze Haut mit eiternden Schwären überziehen."

„Ich werde in den Bottich steigen und im Meerwasser baden", sagte der Junge. „Das hat der Bootsmann der Frau geraten."

„Mach das", stimmte der alte Mann zu. „Aber dann komm ins Steerage."

Der Junge tauchte in dem Bottich für einen Augenblick ganz unter und quirlte das Wasser lange mit den Händen. An den entzündeten Stellen biss das Salz. Jetzt wusste der Junge, warum die kleinen Kinder aus dem Zwischendeck so schrecklich schrien, wenn die Frauen sie früh am Morgen in das Wasser tauchten. Er trocknete sich mit seinem Hemd ab, zog sich die Hose über und folgte dem alten Mann unter Deck.

Auf der Tischkiste stand die Lampe. Der Docht war hochgedreht worden und sie leuchtete hell. Der alte Mann hatte aus dem Medizinvorrat den Topf mit Gänseschmalz und ein gelbgrünes Pulver hervorgeholt.

„Das Fett ist flüssig geworden. Kein Wunder bei diesen Temperaturen", sagte er.

Der Junge schaute ihm zu, wie er das Pulver und das glitschige Schmalz geschickt zu einer Salbe vermischte. „Schwefelpulver", erklärte der alte Mann, „Schwefelpulver und Gänsefett, das ist die beste Salbe gegen die Krätze. In drei Tagen spürst du nichts mehr."

Er rieb den Jungen damit ein und bedeckte besonders die Haut zwischen den Fingern und Zehen mit einer dicken Salbenschicht.

„Im Zwischendeck jammern die Kinder", sagte der Junge. „Die haben auch diese Krankheit."

„Sind es viele?"

„Die Frauen baden jeden Morgen sieben oder acht im Salzwasser. Hast du sie nicht schreien hören?"

„Nein. Gegen Morgen, wenn es etwas kühler wird, schlafe ich fest."

„Hilft diese Salbe auch kleinen Kindern?“, fragte der Junge nach einer Weile.

„Schweineschmalz hilft jedem, der die Krätze hat.“

Der alte Mann mischte mehr Salbe, drückte sie in einen Blechtopf und fragte: „Willst du mit ins Zwischendeck gehen?“

Das ließ sich der Junge nicht zweimal sagen. Er hatte während der sechswöchigen Fahrt das Zwischendeck noch nicht zu betreten gewagt, obwohl ihn das düstere Loch mit seinem Geschrei, mit den lauten Streitereien, dem gelegentlichen Gesang, den Gebeten und Flüchen schon lange neugierig gemacht hatte. Aber es lag eine unsichtbare Schranke zwischen den Kajütenpassagieren, den Zimmerleuten im Steerage und den Menschen im Zwischendeck. Keine Gruppe betrat den Bereich der anderen. Nur wenn Lenski an den Sonntagen die Bibelworte auslegte, wenn sie gemeinsam sangen und beteten, dann schien für eine Stunde die Trennung überwunden zu sein. Am letzten Sonntag waren sogar einige Damen aus den Kajüten ins Steerage hinabgestiegen. Zuerst hatten sie sich ein wenig geziert, als der alte Mann ihnen Kisten als Sitzplätze anbot. Aber dann hatte Lenski sie mit seiner einfachen Predigt so beeindruckt, dass sie den ungewöhnlichen Ort für eine Weile vergaßen und sich einfangen ließen von dem, was sie hörten. Später, als das Schlusslied verklungen war, hörte der Junge, wie zwei sich zuflüsterten: „Der Geist weht, wo er will.“

„Wie schade, dass sein Wehen mit so schlechter Luft verbunden ist“, kicherte eine und presste sich ein Seidentuch gegen Mund und Nase.

Der alte Mann nahm die Sturmlaterne und schritt dem Jungen voran. Durch die Großluke kletterten sie in das Zwischendeck hinab. Die verschiedenen Gruppen der Auswanderer hatten sich mit Tüchern und Laken notdürftig ihren kleinen Bereich abgeteilt. Lampen tupften trübe Lichtinseln in die Finsternis. Dicht beieinander lagen und hockten die Menschen.

Obwohl durch die Segeltuchtrichter versucht wurde Wind unter Deck zu drücken, war die Luft stickig und schwer. Es roch scharf nach Schweiß und Urin. Aus einem Winkel drang das Stöhnen einer Frau durch den ganzen Raum.

„Was habt ihr hier zu schaffen?“, fuhr ein Bursche den alten Mann an. „Habt ihr euch verlaufen?“

„Ich hörte, dass einige Kinder die Krätze haben.“

„Was geht euch unsere Krätze an?“, sagte der Bursche grob. „Schert euch fort und geht zu den feinen Pinkeln.“

„Lass den Mann in Frieden, Schreihals“, wies eine dicke Alte den Burschen zurecht. Sie schien sich im Zwischendeck einen gewissen Respekt verschafft zu haben. Der Junge hatte das schon während der Gottesdienste bemerkt.

„Blöde Vettel“, knurrte der Bursche, aber er gab Ruhe.

„Was wollen Sie?“, fragte die Alte.

„Ich habe eine Salbe gemischt. Die hilft gegen die Krätze.“

Der alte Mann reichte ihr den Salbentopf. Sie schnüffelte daran.

„Schwefel. Hab’ ich Recht?“

„Ja. Das Rezept ist noch von meiner Mutter. Schwefel und Gänseschmalz.“

„Haben wir bei uns in Polen auch gemacht.“

Sie erhob sich schwerfällig, verschwand in einer dunklen Höhle, wohin der Schein der Lampe nicht reichte, und kehrte nach einer Weile mit einem etwa 14-jährigen, mageren Mädchen zurück, das ein kleines Kind auf dem Arm trug.

„Helfen Sie diesem Wurm, wenn Sie können“, sagte die Alte.

„Schläft deine Mutter schon?“, fragte der alte Mann das Mädchen.

„Schläft ist gut“, lachte die Alte. Mit ihren schwarzen Zahnlücken sah sie im Dämmerlicht boshaft aus. „Sie können sie hören. Sie liegt dort hinten und stöhnt und schreit seit Stunden. Kann ihr Kind nicht zur Welt bringen. Ist gerade, als ob es sich weigert, auf diesem schwimmenden Sarg geboren zu werden.“

Der alte Mann sagte dem Mädchen, sie solle das Kind ins Licht halten. Zwischen den Fingern hatte sich der Kleine die Haut blutig gekratzt. Der alte Mann strich vorsichtig alle geröteten und wunden Stellen mit der Salbe ein. Zwei andere Frauen brachten ihre Kinder. Die anderen weigerten sich ihre Kleinen von fremden Händen begrapschen zu lassen, wie sie sagten. Der Zimmermann gab der Alten den Topf mit der Salbe.

„Wenn Sie an drei Abenden die Kinder damit behandeln", sagte er, „dann trocknet die Krätze ein."

„Sollen wir sie nicht mehr im Meerwasser baden?"

„Doch", antwortete der alte Mann. „Morgens baden, abends salben."

Die Frau, die in den Wehen lag, schrie schrill und anhaltend. Das Tuch, das vor ihre Koje gehängt worden war, wurde weggeschoben. Der Junge sah die Frau. Der Schweiß rann ihr über das Gesicht, die Haare hingen strähnig und nass um ihren Kopf, die Augen hatte sie weit aufgerissen. Ihre Hände verkrampften sich um das Holz ihres Lagers. Der Schrei erstarb.

„Endlich", rief eine Mamsell, die ihr beistand, und hob an dünnen Beinchen ein blutverschmiertes, schleimiges Kind ins Licht. „Binde die Nabelschnur ab", befahl sie einer anderen Frau, die hinter dem Vorhang stand und den Blicken des Jungen verborgen blieb. Ein dünner, heller Kinderschrei zitterte durch das Zwischendeck. Selbst die Gruppe lärmender Kartenspieler in der hinteren Ecke wurde still.

„Es ist ein Mädchen", sagte die Frau, die das winzige Kind hielt. „Bringt endlich das heiße Wasser!"

Der Vorhang wurde hastig zugezogen. Der Junge stand wie betäubt. „Komm, Luke", sagte der alte Mann, nahm den Jungen bei der Hand und zog ihn an Deck. „So ist das, wenn ein Mensch zur Welt kommt."

„Immer?"

„Manchmal geht es schneller, manchmal ist es schwieriger. Du weißt ja, mit dir war es besonders schlimm. Wenn nicht der Arzt zu deiner Mutter gekommen wäre, ihr hättet beide sterben müssen. War ein tüchtiger Arzt. Kein Weg war ihm zu weit, obwohl er damals schon weit über 70 war. Karl sollte ihn holen, weil die Hebamme sagte, sie wisse auch nicht mehr weiter. Er hat den Kutschwagen angespannt und die Pferde beinahe zu Schanden gehetzt. Mitten in der Nacht hat er die Glocke am Haus des Arztes fast abgerissen. Es war ein stürmisches, nasses Wetter. Aber der Doktor hat sich gleich angezogen, seine Tasche gepackt und ist noch gerade rechtzeitig gekommen. Du kennst ja die Geschichte."

„Ja, Großvater."

„War ein guter Arzt, der alte Dr. Stommer. Hat auch mal den Karl gesund gemacht, als keiner mehr einen Pfifferling für ihn gegeben hätte."

„Meinen Vater?"

„Ja. Nur der Karl war damals selber noch ein kleiner Junge. Fünf mag er gewesen sein oder höchstens sechs. Jedenfalls ein Kind noch. Und ging noch nicht zur Schule, damals. Erst sah es aus, als ob der Karl stark erkältet wäre. Großmutter hatte ihn ins Bett gesteckt und einen heißen Ziegelstein mit dazu. Er sollte die Krankheit ausschwitzen. Aber das Kind schwitzte nicht. Selbst der Lindenblütentee trieb keinen Tropfen Schweiß hervor. Stattdessen begann Karl zu husten, tief aus der Brust, und lag mit feuerrotem Kopf zwischen den Kissen. ‚Er hat hohes Fieber!', sagte deine Großmutter. ‚Der Arzt muss her, sonst stirbt er uns unter den Händen.'

Nun hatten wir in Liebenberg in jenem Jahr einen schlimmen Winter hinter uns. Es hatte so mächtig geschneit, dass der Schnee beinahe unsere Häuser begraben hatte. Dann kam ganz plötzlich ein Witterungsumschwung. Tauwetter setzte ein. Innerhalb weniger Tage lag unser Dorf wie mitten in einem Sumpf. Es war kein Denken daran, mit dem Wagen nach Ortelsburg zu fahren und den Arzt zu holen. Selbst das Reiten war nicht möglich. Jedes Pferd hätte sich die Knochen gebrochen.

Wir warteten noch einen Tag. Großmutter machte kalte Wadenwickel, um das Fieber hinunterzudrücken. Gegen Abend wurde es mit Karl so schlimm, dass wir dachten, der Junge müsse ersticken. Da habe ich das Kind in meine Schaffelljacke gehüllt, sodass nur noch Mund und Nase frei blieben, und habe meinem Bruder gesagt, er solle mir den Jungen fest auf den Rücken binden.

‚Du bringst ihn vollends um', hat mein Bruder geantwortet und sich geweigert zu tun, was ich wollte. Deine Großmutter, Luke, begriff, dass der Weg nach Ortelsburg eine letzte kleine Hoffnung bedeutete dem Karl das Leben zu retten. Sie selbst hat mir die leichte Last des Jungen aufgebunden. Es hat Stunden gedauert, bis ich mich durch die Morastwüste hindurchgekämpft hatte und in der Stadt ankam. Der Schlamm reichte mir oft bis an die Hüfte. Ich habe den ganzen Weg über zu Gott geschrien und Lieder vor mich hin geleiert. Er solle mir den Jungen nicht nehmen, habe ich gerufen. Geschworen habe ich, dass ich alles tun wolle, um aus ihm einen guten Menschen zu machen und einen tüchtigen Zimmermann. Als ich schließlich bei Dr. Stommer ankam, bin ich auf der Schwelle vor Erschöpfung in die Knie gebrochen. Sie haben mich ins Haus geschleift, auf einen Strohsack gelegt und mit Decken zugedeckt. Wach geworden bin ich erst, als die Frau des Arztes mich am nächsten Morgen an der Schulter rüttelte. ‚Ihr Junge hat es vielleicht geschafft' waren die Worte, mit denen sie mich begrüßte.

Der Arzt hat mir später erzählt, dass das Kind in Schweiß gebadet gewesen sei, als sie es aus dem Pelz geschält hätten. Vielleicht habe die dicke Jacke, das Schütteln und die Wärme meines Rückens bewirkt, was Bett und Wärmestein und Lindenblütentee nicht geschafft haben. Jedenfalls sei das Kind über den Berg. Karl konnte im Hause des Arztes bleiben, denn an einen Rücktransport war bei diesem Wetter nicht zu denken. Fast zwei Wochen hat er noch im Bett gelegen, aber es ging ihm von Tag zu Tag besser. Damals übrigens hat er zum ersten Male Stifte und Papier in die Hände bekommen. Als ich Karl mit dem Wagen abholte, hat er mir zuerst seine Bilder gezeigt. Ich sah nur Kindergekritzel, aber die Frau des Arztes hat gesagt, der Junge habe eine erstaunliche Begabung. Ich muss wohl dumm dreingeschaut haben. Sie zog ein Blatt aus dem Päckchen heraus und reichte es mir. Mit einiger Fantasie erkannte ich ein grünes Pferd und zuckte die Schultern. ‚Ein Ross', sagte sie. ‚Ein richtiges Ross hat er gemalt und ist noch nicht einmal in der Schule.' Ich war stolz auf Karl, wie ein Vater eben stolz ist, wenn sein Sohn von den richtigen Leuten gelobt wird. Damals ahnte ich noch nicht, dass das Malen wie eine Dornenhecke zwischen mir und Karl aufwachsen würde, eine Dornenhecke, an der wir uns blutig rissen, jedes Mal wenn wir zueinander wollten."

„Haben Sie eigentlich nie daran gedacht, dass Ihr Wunsch, aus Karl einen Zimmermann zu machen, auch eine solche Hecke gewesen sein kann?", fragte der Lehrer, der sich in den Schatten der Großluke gestellt hatte.

Der alte Mann und der Junge schauten sich um.

„Handwerk hat goldenen Boden", erwiderte der alte Mann, kurz angebunden, und ging ins Steerage.

„Haben Sie es gehört?", sagte der Junge. „Er hat meinem Vater das Leben gerettet. Er hat ihn auf seinem Rücken durch den Sumpf getragen."

„Er hat ihm das Leben geschenkt, er hat ihn aufgezogen, er hat ihn gerettet. Aber, Luke, er hat ihn nicht mehr loslassen können. Sein ganzes Leben hat er Angst gehabt um seinen Sohn, Angst wie damals auf dem Weg durch den Morast. Er hat ihn sich auf den Rücken gebunden und davon ist Karl niemals ganz losgekommen."

Der Junge dachte eine Weile darüber nach, ob es stimmen konnte, dass auch der alte Mann Angst hatte. Wenn das so war, dann hatte er jedenfalls gut gelernt seine Angst zu verbergen.

„Ob ich meinen Vater wohl in Amerika wieder finde?", fragte der Junge leise.

„Luke, Amerika ist ein weites Land. Und wer weiß genau, ob dein Vater nach Amerika gegangen ist."

„Vielleicht werde ich es bald wissen", sagte der Junge. „Ich bekomme eine Tasse Rum vom Kapitän. Bald werde ich es sicher wissen."

Der Lehrer schüttelte zweifelnd den Kopf und warnte den Jungen: „Der Segelmacher ist ein kranker und spinniger Mann. Ich glaube, du darfst nicht alles auf die Goldwaage legen, was er dir erzählt. Für Rum würde er dir sogar weismachen, dass Charly ein Sohn des Königs von Preußen ist."

„Sie machen immer alles kaputt", sagte der Junge erschrocken und rannte auf das Vorschiff.

Dreizehn Grad nördlicher Breite, der südlichste Punkt der Reise war erreicht. Drei Tage später glitten an Steuerbord die blauen Schatten der Berge von Guadeloupe vorüber, das erste Land, seit die „Neptun" vor fast drei Wochen die Azoren hinter sich gelassen hatte. Das Schiff segelte in die Karibische See. Schon tagelang blies der Wind stark und gleichmäßig. Die Galionsfigur war fertig. Aber der Junge fand immer noch Stellen, die es zu glätten und zu schleifen galt. Die Zimmerleute bereiteten alles vor, damit der Gott der Meere vorn am Bug unter dem Spriet verankert werden konnte. Sie wollten das schwere Gewicht an Trossen über eine Rolle allmählich hinunterlassen. Jeder aus der Kolonne vertraute darauf, dass die vom alten Mann ausgetüftelte Befestigung durch Bolzen, Federn und Nuten keine Schwierigkeiten bereiten würde. Wenn der Meister sagte „es passt", dann konnten sie sich darauf verlassen. Der alte Mann hatte sich, in einer Lederschlinge sitzend, mehrmals am Bugspriet abseilen lassen. Er wollte das Kielholz vermessen, den spitzen Winkel des Bugs aufnehmen und die Abweichung von der Senkrechten ausloten. Das war in dem schwankenden Sitz eine harte Arbeit gewesen. Zwar tauchte das Schiff bei der steten Fahrt die Nase nicht mehr wild ins Meer, doch oft genug war der alte Mann für Augenblicke in einer Wolke von Gischt verschwunden und gelegentlich leckten die Wellenkämme bis zu ihm herauf. Wenn er endlich nach Stunden das Zeichen gab ihn wieder an Bord zu hieven war er jedes Mal bis auf die Haut durchnässt.

„Jetzt weiß ich, was es heißt, wenn ein Mann an den Klüverbaum gebunden wird", lachte er dann. Aber es schien ihm nichts auszumachen. Er konnte messen und berechnen und war in seinem Element. Als er schließlich die Galionsfigur an ihrer Rückseite einkerbte, gab es kein Zaudern bei seinen Beilhieben.

Zweimal hatte er dem Wind und den Wellen laut ein wildes Lied entgegengeschrien.

„Er singt wieder", sagte Lenski. „Seit ihm der Karl weggelaufen ist, hat er bei der Arbeit nicht mehr gesungen." Mehrmals hatten sie die Figur mit Leinöl getränkt und das Eichenholz hatte eine warme, braune Farbe angenommen.

„Du hast gute Arbeit geleistet, Luke", sagte der alte Mann. „Sehr gute Arbeit. Ich hätte mich nicht getraut dem alten Neptun den Bart zu schneiden. Man braucht dabei viel Gefühl in den Fingerspitzen und wenig Berechnung. Das ist nichts für mich. Eines dürfen wir nicht vergessen, bevor wir den Wassergott an seinem feuchten Thron befestigen, wir müssen unser Zunftzeichen ins Holz schlagen."

Der Junge hatte dem Zeichenschlagen nie besondere Beachtung geschenkt. Er wusste, dass jedes Haus, das der alte Mann gebaut, jede ausgeklügelte Holzverbindung sein Zeichen trug.

Es war der sechseckige Umriss einer Bienenwabe, die einen spitz nach unten zulaufenden Keil einschloss. Mit acht Beilhieben schlug der alte Mann dieses Zeichen zu unterschiedlichsten Zeiten und an den verschiedensten Orten so gleichmäßig, dass ein Ei dem anderen nicht ähnlicher sehen konnte.

„Hatte Vater eigentlich auch ein Zeichen?“

„Natürlich, Luke. Jeder aus unserer Zunft hat eins. Kannst du dich nicht daran erinnern?“

„Nein, Großvater. Ich habe Vater selten mit dem Beil in der Hand gesehen.“

„Stimmt“, bestätigte der alte Mann. „Zu dieser Zeit war er mehr ein Maler und Wirt. Die Bienmannwabe hat er sich gewählt und auch den Keil. Aber er hat von unten einen Keil dagegengesetzt. Als ich ihn fragte, was das zu bedeuten habe, hat er mir gezeigt, dass man aus den ineinander steckenden Keilen ein M für Maler leicht herauslesen konnte.“

Der Junge begann das Zeichen seines Vaters mit dem Messer nachzuritzen, aber der alte Mann schlug ihm das Holzstück aus der Hand.

„Nie darfst du das Zeichen eines anderen nachahmen, Luke. Das bringt Unglück. Es ist schlimmer, als wenn du eine Unterschrift fälschst. Kein Zimmermann würde es dir jemals verzeihen, wenn du ein anderes Zeichen schlägst als dein eigenes.“

„Was soll ich denn für eins wählen, Großvater?“

„Das musst du selber wissen. Nur die Wabe, die solltest du verwenden. Die zeigt zwischen Moskau und Berlin, dass du zu den Bienmanns gehörst.“

„Ich werde es mir überlegen, Großvater.“

„Viel Zeit zum Überlegen hast du nicht mehr, Junge. Wenn das Wetter ruhig bleibt, dann werden wir morgen die Galionsfigur am Schiffsbug anbringen.“

„Der Segelmacher sagt, die Luft riecht nach Sturm.“

„Dann rate ich dir unseren Neptun zur Vorsicht an den Großmast zu fesseln, Luke. Sonst steigt er noch im letzten Augenblick zu den Fischen ins Meer hinab.“

Der Junge tat, was der alte Mann ihm gesagt hatte, und begann die Galionsfigur an den Großmast zu binden. Der Segelmacher schaute ihm zu und zeigte ihm einen Knoten, der sich immer fester ziehen musste, je mehr Neptun an ihm zerren würde. Später setzten sie sich auf ihren Platz unter die Stagfock. Der Junge drehte sich so, dass er die Figur stets im Auge behalten konnte.

„Wird der letzte schöne Abend vorläufig sein", sagte der Segelmacher voraus. „Ich spür' das raue Wetter in der Brust."

Er hustete lange und hart. Als der Anfall vorüber war, schloss er erschöpft die Augen und lehnte sich gegen den Fockmast. Seine Nasenflügel flatterten, wenn er Atemluft einsog.

„Ich denke mir ein Zunftzeichen aus", sagte der Junge. „Man kann auf der ganzen Welt die Arbeit eines Zimmermanns an seinem Zeichen erkennen. Das Zeichen von Großvater ist ein Sechseck mit einem Keil. Haben die Segelmacher auch eins?"

„Nein, Luke. Die Steinmetzen haben eins, hab' ich mal gehört. Den Segelmacher erkennt man an seinen Stichen."

„Und die Maler, Hendrik, haben die Maler kein Zeichen?"

„Doch, Luke, die Maler haben, glaub' ich, auch eins. Nehmen meistens die Anfangsbuchstaben von ihrem Namen und schreiben sie auf ihre Bilder."

Hastig zog der Junge das Medaillon unter seinem Hemd hervor und öffnete es. Genau schaute er die Bilder an.

„Kein Zeichen", sagte er enttäuscht.

„Manche schreiben ihr Zeichen auf die Rückseite der Bilder", sagte der Segelmacher.

Vorsichtig löste der Junge den Silberdraht, der die dünnen Glasscheiben über den Bildern festhielt, und hob mit der Spitze seines Messers das winzige Gemälde behutsam heraus.

„Da!", rief er. „Sieh dir das an, Hendrik! Das ist das Zeichen meines Vaters!"

Hendrik öffnete die Augen einen Spalt und schaute sich das Zeichen an. „Keil in Keil im Sechseck", murmelte er. „Manchmal erzählen Zeichen ganze Geschichten."

„Wie meinst du das?“

„Ineinander verkeilt, so war das doch mit deinem Vater und deinem Großvater. Jedenfalls wenn es stimmt, was du mir erzählt hast und was ich vom Lehrer weiß.“

Der Junge hörte nur halb hin. Er war ganz gefangen von einem Einfall, der ihm das Blut in den Kopf schießen ließ. Er wusste jetzt, wie er herausbekommen konnte, ob Charly und sein Vater ein und dieselbe Person waren. Schließlich fragte er leise und scheinbar beiläufig: „Hatte Charly auch ein Zeichen?“

Der Segelmacher zuckte die Achseln.

„Wie soll ich das wissen? Als Charly seine Bilder malte, da hatte ihn der Kapitän längst aufs Achterschiff geholt.“

„Aber die Spielkartenbilder, Hendrik, die hast du doch in der Hand gehabt.“

„Keine Ahnung, Luke, ob sie ein Zeichen trugen. Vielleicht hat er eins darauf geschrieben, vielleicht nicht. Ist ja auch lange her.“

„Ich müsste ganz einfach nachschauen“, sagte der Junge.

„Du meinst, der Kapitän lässt einen Naseweis wie dich an seinen geliebten Bildern rumfummeln, wie? Vielleicht erlaubt er dir sogar, dass du ein Bild aus dem Rahmen nimmst, wie? Junge, da kennst du unsern Käpten schlecht. Er wirft dich aus der Kajüte, noch ehe du mit beiden Füßen drinstehst. Die Kapitänskajüte, Junge, das ist so etwas wie das Allerheiligste an Bord.“

„Mathilde kommt jeden Tag hinein“, erwiderte der Junge.

„Viel zu oft“, brummte der Segelmacher. „Sie näht kaum noch an dem neuen Segel. Immer heißt es, der Kapitän braucht mich. Gestern hat sie geprahlt, dass sie nach seinem Diktat sogar ins Logbuch schreiben darf.“

„Sie hat eine schöne Schrift und eine leichte Hand“, sagte Luke.

„Hoffentlich hält sie damit wirklich nur den Federhalter“, sagte der Segelmacher verdrossen.

Der Junge schnitzte mit seinem Messer Rillen in ein Brett. Nach mehreren Versuchen zeigte er dem Segelmacher das Ergebnis.

In das Wabensechseck hatte er ein Y geritzt, dessen senkrechter Balken aber ganz durchgezogen war.

„Sieht gut aus“, sagte der Segelmacher. „Irgendwie kommt mir das Zeichen in dem Sechseck bekannt vor.“

„Ist ein altes Zeichen“, erklärte der Junge.

„Und was bedeutet es?“

„Ich habe es vergessen. Aber der Lehrer hat es uns gesagt. ‚Neues Leben‘ oder etwas Ähnliches soll es bedeuten. Ich werde ihn später fragen.“

„Sieht ungefähr aus wie der Riss im Ohrläppchen von Charly“, erinnerte sich der Segelmacher.

„Ein Riss im Ohrläppchen?“

„Ja, deshalb nannten wir ihn auch manchmal ‚Schlitzohr‘.“

„Und wie ist der Riss in das Ohrläppchen gekommen?“

„Er hat es mir mal erzählt, Junge. Aber ich kann mich nicht genau darauf besinnen. Meine Zunge kommt mir schon rissig vor, so trocken ist sie. Und du willst doch sicher nicht, dass sie ganz und gar eintrocknet, oder?“

„Ich habe noch eine Tasse Schnaps von Jonas zu bekommen, Hendrik.“

„Schnaps auf der Zunge, Junge, das tut gut. Macht sie geschmeidig, weißt du. Und vielleicht löst der Schnaps auch das Schloss vor der Erinnerungskiste in meinem Kopf. Hol den Schnaps und wir werden sehen.“

Der Junge rannte in die Kombüse, aber dort war Jonas nicht. Er suchte ihn bei der Mannschaft, im Steerage, wagte sich sogar ins Zwischendeck. Aber dort flog ihm schon auf der Treppe ein Stiefel entgegen. Er konnte Jonas nicht finden.

„Wo mag der Koch stecken?“, fragte er den Segelmacher.

„Ich habe ihm gesagt, dass ein Sturm kommt. Verdammt. Er liegt bestimmt im Lagerraum zwischen den Vorräten und hat sich ins Land der schönen Träume begeben."

„Du meinst, er schläft?"

„Nachgeholfen hat er dem Schlaf, Junge."

„Nachgeholfen?"

„Ja. Er ist lange auf einem Chinaklipper gefahren. Hat von den Chinesen viel gelernt. Das Kochen zum Beispiel. Aber leider auch viel mehr als das. Manchmal ist er ein richtiger Giftmischer. Vor dem Sturm ist er nicht anzusprechen. Er flüchtet sich mit seiner Angst in den Schlaf. Nicht einmal der erste Steuermann kann ihn daraus wachrütteln."

„Dann ist's heute nichts mit dem Rum", sagte der Junge.

„Na, Geschichten werden auch nicht schlechter, wenn ich sie ein anderes Mal erzähle."

Der Junge versuchte ihn zu bedrängen, doch von Charly zu erzählen, weil der Rum ihm ja versprochen sei. Aber Hendrik begann wieder zu husten, winkte mit der Hand ab und stieg in die Segelkammer hinunter.

Das Brett mit dem Entwurf für sein Zeichen in der Hand, machte sich der Junge auf die Suche nach dem Lehrer. Er fand Mathilde und ihn an der Achterluke. Sie hockten stumm nebeneinander. Es war zu spüren, dass sie Streit gehabt hatten.

Der Junge reichte dem Lehrer das Holz. Der schaute nur kurz darauf und sagte: „Was soll ich damit?"

„Das ist mein Zimmermannszeichen."

„Aha. Das Lebenszeichen. Gar nicht schlecht."

„Das Sechseck, die Bienenwabe, haben alle Bienmanns gewählt."

„Passt gut zu dem Namen. Passt auch zu den Bienmannsfrauen. Honig und Giftstachel."

„Mein Vater hatte auch ein Zeichen."

„Klar. Hat ja auch das Zimmerhandwerk gelernt."

„Er hat das Zeichen auf seine Bilder gemalt."

„Ah, ja?"

„Wenn ich wüsste, ob hinten auf den Bildern, die der Kapitän von Charly hat, auch das Zeichen steht ..."

„Spinn doch nicht Luke", herrschte Mathilde ihn an. „Wie soll mein Bruder Karl ausgerechnet auf dieses Schiff kommen?"

„Nun, von Danzig aus fährt nur noch ein einziger Segler nach Amerika", warf der Lehrer ein. „Wenn er wirklich in die Staaten gewollt hat, dann ist es schon möglich, dass er mit der ‚Neptun' gesegelt ist."

„Das fehlt auch noch, dass du dem Jungen Flöhe ins Ohr setzt. Luke sollte lieber rechtzeitig lernen, dass er ohne seinen Vater durchs Leben kommt."

„Und ohne seinen Großvater", sagte der Lehrer spitz.

„Lass meinen Vater aus dem Spiel. Hacke nicht immer auf ihm herum." Mathilde sprang zornig auf.

Der Junge hielt sie am Arm fest und bat: „Kannst du nicht mir zuliebe, Mathilde, auf den Bildern nach dem Zeichen sehen? Du bist doch fast jeden Tag in der Kajüte bei dem Kapitän."

„Fang du auch noch an zu stänkern", schimpfte Mathilde und ihre Augen funkelten. „Ich werde nichts dergleichen für dich tun. Frage doch selbst den Kapitän, wenn es so dringend ist, du neugieriger Ziegenbock."

Sie riss sich los und lief davon.

„Rotkohl!", schrie er ihr nach.

„Solltest ihn wirklich selbst fragen", riet der Lehrer. „Nach Sonnenuntergang hat er eine ruhige Zeit. Vielleicht erlaubt er dir die Bilder anzuschauen."

Die zwei Stunden am Spätnachmittag vergingen dem Jungen nur langsam. Der Wind blies nicht mehr so gleichmäßig, sondern warf einige ruppige Böen in die Segel. Die Bootsmannspfeife jagte die Matrosen in die Takelage. Hoch oben standen sie in den Tauen und arbeiteten. Eine Hand für das Schiff, eine Hand für den Mann. Und wehe, sie hielten sich nicht mit einer Hand an der Stange fest. Sie lägen bald zerschmettert an Deck. Wehe aber auch, sie arbeiteten mit der freien Hand nicht geschickt. Der Steuermann würde es ihnen schon beibringen. Vortopp und Marssegel wurden gerefft.

Obwohl das Schiff noch ruhig vor dem Wind lag, fühlte der alte Mann sich nicht gut. Er warf nur einen matten Blick auf das Zeichen des Jungen und nickte zustimmend.

Endlich schlug der erste Steuermann die Zeit an. Die Sonne stand schon tief, färbte tausend kleine Schäfchenwolken rosig und tauchte den Horizont in ein zartes, klares Grün. Der Junge ging auf das Achterschiff. Das Herz schlug ihm im Halse. Er wollte den Kapitän sehr höflich bitten ihm die Bilder zu zeigen, die Charly gemalt hatte, und er wollte ihm gestehen, was er suchte. Er klopfte leise an die Tür der Kapitänskajüte. Es war ihm, als hörte er von drinnen einen Zuruf. Er öffnete die Tür und trat ein.

Der Kapitän hatte den Stuhl hinter dem Schreibtisch zurückgeschoben und drehte dem Jungen den Rücken zu. Mathilde stand dicht neben ihm. Sie hatte ihren Arm um seinen Hals gelegt. Sie sah den Jungen und fuhr zurück. Röte flutete ihr vom Hals her über das ganze Gesicht bis in die Stirn hinein.

Mit einem Ruck schob der Kapitän seinen Sessel herum.

„Kannst du nicht anklopfen, du Flegel?“, fragte der scharf.

„Ich habe –“

„Hinaus mit dir. Klopfe gefälligst laut und deutlich, wenn du etwas von mir willst.“

Der Junge blieb verwirrt stehen. Er verstand einen Augenblick lang nicht, was die Augen ihm gezeigt hatten.

„Raus und klopfen!“, rief der Kapitän jetzt laut und herrisch.

Der Junge schlug die Tür hinter sich zu. Er klopfte jedoch nicht, sondern stieg die drei Stufen zum Deck hinauf, rannte ins Steerage und verkroch sich in seiner Koje.

Später kam Mathilde herab. Sie tat, als ob nichts vorgefallen wäre. Er starrte sie an. Sie trat nahe an ihn heran und flüsterte: „Ich werde dir, wenn du brav bist, vielleicht den Gefallen tun und mir die Bilder genau anschauen."

Er drehte ihr den Rücken zu.

In dieser Nacht zog der Sturm herauf. Er kam ganz anders als der, der sie in der Biskaya mit plötzlicher Wucht erfasst und weit nach Norden getrieben hatte. Dieser meldete sich durch zahlreiche, immer stärker werdende Böen an, wuchs, als sie auf der Höhe von Jamaica waren, zu großer Gewalt an und beutelte sie drei Tage lang. Viele an Bord wurden seekrank. Den Jungen jedoch packte die Seekrankheit diesmal nicht.

Langsam, wie das Unwetter gekommen war, flaute es auch wieder ab. Die Matrosen zogen nach und nach die Segel hoch. Die „Neptun" machte mit dem Sturm eine schnelle Fahrt. Oft saß der Junge mit dem Lehrer an Deck. Sie hatten einen geschützten Platz im Windschatten der Neptunsfigur gefunden.

„Was werden Sie, Herr Lehrer, in den Staaten anfangen?", fragte der Junge.

„Ich weiß es noch nicht genau, Luke. Dein Großvater hat ein festes Ziel. Die Zimmerleute wollen zwei Jahre bleiben und dann zurückkehren. Die Menschen im Zwischendeck haben ihre Träume von einer guten Zukunft in der Neuen Welt. Ich aber wäre am liebsten in der Alten geblieben. Ich wollte helfen, dass die Menschen in unserem Land größere Freiheiten bekommen, dass mehr Gerechtigkeit herrscht, gleiche Rechte für alle. Aber du weißt es ja, der König hat mir seine Gendarmen auf den Hals gehetzt."

„Ziehen Sie doch mit uns."

„Das werde ich für den Anfang auch machen. Vielleicht finde ich irgendwo in dem Land eine Stelle als Lehrer. Schließlich sind in den Jahren seit der Revolution von 1848 fast zwei Millionen Deutsche nach Amerika ausgewandert. Die müssen ja irgendwo geblieben sein."

„Werden Sie für immer bleiben?"

„Für immer? Das weiß ich nicht. Es kann ja sein, dass sich in Preußen die Verhältnisse ändern. Vielleicht dürfen sich die Arbeiter bald zusammenschließen wie in Sachsen. Vielleicht haben irgendwann alle Bürger bei der Wahl die gleiche Stimme. Vielleicht kann ich eines Tages zurück, ohne dass sie mich hinter Schloss und Riegel bringen wollen."

„Was wird aus Mathilde?"

„Wie meinst du das, Luke?"

„Sie sollten sie bald heiraten."

„Wie kann ich sie heiraten? Ich habe keinen festen Boden unter den Füßen. Aber warum fragst du danach?"

„Nur so", antwortete der Junge.

Ob alle Frauen so sind?, dachte er. Ob Lisa Warich so was auch machen würde?

Das Unglück kam unerwartet. Schon glaubten die Passagiere, dass der Sturm sich mit ein paar kräftigen Windstößen endgültig verabschiedet hatte, da brauste für nicht einmal eine einzige Minute von Kuba her eine gewaltige Bö heran, die die „Neptun von Danzig" voll traf. Das Schiff wurde stark auf die Seite gedrückt. Im Zwischendeck polterte es. Dumpf schlug irgendetwas gegen die Bordwand, Geschrei und Gekreisch mischten sich mit dem kurzen Aufheulen des Windes, Stille dann und nur noch das Stöhnen der Taue.

Der Junge war fest in die Nische zwischen Großmast und Neptunsfigur gepresst worden und hatte sich an den Seilen festgeklammert. Er hörte den Steuermann laut und bestimmt die Befehle geben. Die Pfeife des Bootsmanns schrillte die Kommandos. Dann war alles vorüber. Das Schiff richtete sich zögernd auf, ein kräftiger Wind blies, aber Gefahr ging nicht mehr von ihm aus.

Der Kapitän stürzte an Deck. Der Junge sah für einen Augenblick durch die geöffnete Tür Mathilde in der Kajüte stehen.

„Alles klar, Steuermann?", fragte der Kapitän.

„Aye, aye, Sir. Ich habe den Wind gerochen und nur die halben Lappen aufziehen lassen."

„Gut, Broblow. So ein Stoß kann ein Schiff auf den Grund bohren. Der Karibik ist nicht zu trauen."

„Jetzt wird's vorüber sein, Sir. Bald können wir zum Kap Antonio hinüberwinken. Das nächste Land, das wir sehen, werden die Staaten sein."

„Ja, Broblow. Nützen wir den Wind. Hoch die Segel!"

Aber bevor die Matrosen in die Masten klettern konnten, trugen Männer aus dem Zwischendeck zwei in Decken gehüllte Körper heraus und legten sie vor dem Kapitän auf die Planken.

„Eine Kiste hat sich losgerissen", sagte einer von denen, die die Last an Deck geschleppt hatten. „Sie waren gleich tot."

„Nein!", schrie eine junge Frau, ein Mädchen fast noch. „Sie sind nicht tot! Sie dürfen nicht tot sein! Sehen Sie nach, Kapitän." Sie wollte sich über die Gestalten stürzen, doch zwei starke Burschen hielten sie fest.

Der Kapitän beugte sich nieder und schlug die Decken zurück. Die Kiste hatte die Glieder der beiden zerschlagen. Der Kapitän drückte ihnen die Lider über die starren Augen. Die junge Frau sank in sich zusammen.

„Ich habe es ihm gesagt", jammerte sie leise. „Ich habe es ihm tausendmal gesagt, dass er bleiben soll. Aber er wollte nicht auf mich hören."

Sie ließ sich von den Burschen ins Zwischendeck zurückführen. Die alte Frau, die eine Art Sprecherin der Zwischendeckpassagiere geworden war, trat an den Kapitän heran und sagte: „Sie war mit dem einen noch nicht einmal ein halbes Jahr verheiratet. Das andere ist ihr Bruder. Sie ist jetzt ganz allein auf diesem verdammten Schiff. Was soll aus ihr werden?"

„Die Bestattung ist um drei Uhr", antwortete der Kapitän abweisend und wandte sich ab.

„Bereiten Sie sich auf drei Tote vor", sagte die alte Frau bitter. Er drehte sich zu ihr. „Hat die Kiste noch einen Dritten erschlagen?"

„Nicht die Kiste", antwortete die Alte. „Der Säugling, vor ein paar Tagen geboren, ist vor einer Stunde gestorben."

„War das Kind krank?", fragte der Kapitän.

Die Frau lachte auf.

„Krank? Krank sind wir im Zwischendeck alle irgendwie. Aber während die Herrschaften in den Kajüten weißes Brot und Äpfel speisen und Zwiebeln kauen gegen den Skorbut, hat dieses Kind nichts bekommen außer Zwieback, muffigen Zwieback, aufgebröselt in stinkendem Wasser. Wir mussten dem Koch noch dankbar sein, dass er wenigstens das Wasser abgekocht hat und uns eine Hand voll Zucker zusteckte. Aber, sagen Sie selbst, Kapitän, kann ein Kind davon leben?"

„Also um drei", sagte der Kapitän.

Der Segelmacher schnitt aus den Resten des zerfetzten Segels lange Bahnen zurecht und nähte die beiden Toten darin ein. Der alte Mann half ihm dabei. Aus dem Ballast des Schiffes wurden schwere Steine mit in die Leichensäcke gesteckt. Noch ehe er mit dieser Arbeit fertig war, brachte die Alte das kleine Mädchen.

„Kaum gelebt, schon gestorben", murmelte sie. Dann redete sie den alten Mann an und sagte: „Kann der Zimmermann nicht die Leichenpredigt halten? Er hat so etwas, was einem die Augen öffnet für Dinge, die man immer schon gesehen hat, aber niemals zuvor richtig erkannte."

„Ich werde Lenski fragen", versprach der alte Mann.

In den folgenden Stunden reifte der Plan des Jungen. Der Kapitän würde sicher nicht nur für einige Minuten aus der Kajüte fort sein, wenn die Toten ins Meer gestoßen wurden. Wenn es überhaupt eine Chance für ihn gab sich unbemerkt in der Kajüte umsehen zu können, dann musste das in dieser Zeit geschehen.

Lange vor drei Uhr schon versammelten sich alle Passagiere an Deck. Die Männer hatten sich ihre dunklen Jacken übergezogen und die Frauen trugen schwarze Kleider. Der Kapitän und die Schiffsoffiziere kamen vom Achterdeck und auch die Kajütenpassagiere betraten das Vorschiff, auf dem die Toten auf rohen Brettern aufgebahrt lagen.

Ein Choral klang auf, als der Junge sich fortstahl. Unbemerkt gelangte er in die Kapitänskajüte. Mit fliegenden Händen durchwühlte er den Schreibtisch und den Wandschrank nach Bildern, aber er fand keine.

Dann versuchte er das Bild hinter dem Schreibtisch von der Wand zu nehmen. Das gelang zunächst nicht. Der Rahmen schien fest mit der Wand verbunden zu sein. Erst als der Junge die Klinge seines Messers zwischen Rahmen und Wand schob, vermochte er das Bild zu fassen, es hochzuheben und die Ösen von den Haken zu lösen.

Der Rahmen war aus Eichenholz und hatte ein beträchtliches Gewicht. Rundum war die hölzerne Rückwand des Bildes mit Leinenstreifen verklebt. Der Junge zauderte einen Augenblick, trennte dann aber mit einem raschen Schnitt den Streifen der Länge nach auf und konnte das dünne Holz der Rückwand zurückbiegen und die Malerleinwand sehen. Er hielt das Bild so, dass das Licht des Kajütenfensters in die Spalte hineinschien.

Da sah er es genau. Groß und deutlich war die Sechseckwabe mit den beiden Keilen aufgemalt. Und zu allem Überfluss hatte Charly auch noch die Anfangsbuchstaben seines Namens K und B und die Jahreszahl 1865 dazugeschrieben.

„Lukas!“

Dem Jungen rutschte vor Schreck das Bild aus den Händen. Mathilde hob es auf und sagte voll mühsam unterdrücktem Zorn: „Ich habe es mir fast gedacht, als ich dich wegschleichen sah. Du machst nichts als Ärger. Weißt du, dass der Kapitän dich bestrafen kann?“

„Ich habe es gewusst“, sagte der Junge. „Ich habe es gewusst. Mein Vater war hier an Bord. Charly war mein Vater.“

„Du träumst, Luke. Wie willst du das wissen?“

Er nahm ihr das Bild aus der Hand, bog die Rückwand zurück und sagte: „Da, sieh selbst!"

Sie erkannte das Zeichen. „Bist du sicher?", fragte sie leise.

„Du siehst es."

„Geh jetzt, Luke", drängte sie ihn. „Die Totenfeier ist fast zu Ende. Ich will versuchen das Bild wieder an die Wand zu kriegen, bevor er kommt."

Der Junge verließ die Kajüte. Die Bretter lagen blank an Deck. Das Meer hatte die Toten aufgenommen. Der Junge konnte seine Gedanken nicht auf den Schluss von Lenskis Predigt lenken und auch das Vaterunser, das der Kapitän anstimmte, sprachen nur seine Lippen mit.

Ich habe die Spur. Ich habe die Spur. Etwas anderes hatte in seinem Kopf keinen Raum. Erst als die Menschen auseinander strömten, kam auch Mathilde zurück.

„Ich habe es nicht geschafft, das Bild aufzuhängen", tuschelte sie ihm zu. „Ich bin gespannt, was daraus wird."

Dann redete sie auf den alten Mann und auf Piet ein und sagte zu dem Jungen: „Erzähle du ihnen, was du herausgefunden hast. Sie wollen es mir nicht glauben."

Das Vorschiff lag verlassen. Der Junge berichtete, wie ihm zum ersten Male der Verdacht gekommen sei, dass sein Vater von Danzig aus vor ihnen auf diesem Schiff nach Amerika gesegelt sei, und wie sich dieser Verdacht immer mehr bestätigt habe.

Der alte Mann senkte den Kopf, schwieg lange und sagte schließlich: „Gebe Gott, dass er noch lebt."

„Wir werden ihn suchen", sagte der Junge.

„Amerika ist groß", gab der Lehrer skeptisch zu bedenken. „Eine Stecknadel im Heuhaufen ist sicher leichter zu finden als ein einzelner Mann in einem großen Land."

Der alte Mann sagte: „Schweigt zunächst alle über das, was Luke entdeckt hat. Ich muss mir gründlich überlegen, was wir tun können."

„Dem Segelmacher möchte ich es schon erzählen“, sagte der Junge.

„Tu’s, wenn du meinst. Aber sag auch ihm, dass er darüber schweigen soll.“

„Ja“, versprach der Junge.

Bevor er jedoch in die Segelkammer ging, holte er sich beim Smutje den Rum, der ihm zustand.

„Gib ihm nur das Feuerwasser“, sagte Jonas und schüttete die Tasse randvoll. „Ist keine leichte Arbeit für Hendrik, die Toten ins Segeltuch zu nähen.“

„Ich habe schon auf dich gewartet“, begrüßte der Segelmacher den Jungen. „Mir ist wieder eingefallen, wie das mit Charlys Narbe im Ohrläppchen war.“

„Ich habe den Rum.“

„Gut. Gib ihn mir, damit ich daran schnuppern kann.“

Er schnüffelte genüsslich an der Tasse, nahm einen winzigen Schluck und begann eifrig zu erzählen:

„Das war nämlich so. Wir hatten damals einen Hund an Bord. Das war so eine Marotte von dem zweiten Steuermann, der damals auf der ‚Neptun‘ angeheuert hatte. War ein scharfes Biest und ließ niemanden näher als zwei Schritt an sich herankommen. Der Steuermann hatte dem Köter einen winzigen, goldenen Ring durchs Ohr gezogen. Sozusagen als Preis. Der Hund muss einmal einen Kampf gegen einen mächtigen Köter gewonnen haben. Der Steuermann hatte eine hohe Summe auf seinen Hund gewettet und viel Geld gewonnen. Aus Dankbarkeit hat er ihm dann den Goldring verpasst. Ob’s dem Hund angenehm war, das weiß ich nicht. Aber der Steuermann war unheimlich stolz darauf. Überhaupt behandelte er das Tier besser als seine Leute. War ein launischer Mann und schikanierte die Matrosen bis aufs Blut. Eines Tages, es war genau am Geburtstag des zweiten Steuermanns und er hatte nicht einmal ein Fässchen Rum gestiftet, da haben die Matrosen Wetten auf den Hund abgeschlossen. Aber diesmal ging es darum, wer sich traute dem Tier den Ring aus dem Ohr zu schneiden. Jeder Matrose wollte dem, der das schaffte, einen Silberdollar von der Heuer geben. Aber die Männer hatten die Wette ohne den Hund gemacht. Der Einzige, der wirklich nahe an den Hund herankam, das war ein junger Bootsmaat. Der hatte sich um den rechten Arm einen dicken Sack gewickelt und mit einem Lederriemen fest verschnürt. Er hoffte, dass der Hund sich darin verbeißen werde.

Stattdessen sprang ihn das Tier an und hat ihn beinahe zu Boden geworfen. Der Maat suchte sein Heil in der Flucht, machte es wie die Katzen, wenn sie vor einem Hund fliehen, und kletterte behände auf eine Jakobsleiter. Aber er war nicht schnell genug. Der Hund trug als Siegeszeichen einen beträchtlichen Fetzen der Bootsmaatshose auf seinen Platz. Und weil ein Hund ja ein Fleischfresser ist, hat er auch den Hintern des Maats nicht ganz verschont. Jedenfalls konnte der Maat immer noch nicht richtig sitzen, als unser Schiff Tage später in der Mississippimündung vor Anker ging.

Eines Tages, wir hatten gerade den großen Sturm hinter uns und der zweite Steuermann war nach 48 Stunden Schwerstarbeit wie ein Toter in seine Koje gekrochen, da ist Charly auf den Hund zugegangen, ohne zu zaudern, hielt seinen Blick fest auf das Tier gerichtet und hat leise und beschwörend auf das Biest eingeredet. Die Matrosen, die noch an Deck waren, vergaßen ihre Müdigkeit und rechneten jeden Augenblick damit, dass der Hund sich auf Charly stürzen würde, zumal sein Knurren tief aus der Kehle kam und das Nackenfell sich sträubte.

Aber Charly zeigte keine Furcht, beugte sich zu dem Tier nieder und versuchte gar nicht ihm schönzutun. Er ergriff das Schlappohr des Hundes, bog den Ring auf und drehte dann dem Hund den Rücken zu. Ich glaube, das Tier war froh, dass ihn jemand von dem lästigen Ring befreit hatte. Jedenfalls begann der Hund in der folgenden Zeit mit dem Schwanze zu schlagen, wenn Charly nur in die Nähe kam.

Der Mannschaft war Charly unheimlich und die Leute gingen ihm noch mehr aus dem Weg. Den Dollar aber hat jeder in New Orleans bezahlt. Vielleicht war dieses Geld Charlys Startkapital in der Neuen Welt. Aber ihren Spaß hatte die Mannschaft doch noch, als am nächsten Tag der zweite Steuermann das Deck nach dem Ring absuchte und laut verkündete, dass der, der den goldenen Ring finde und zurückgebe, von ihm einen preußischen Taler erhalte. Eine Stunde später hat er bei Charly den Ring ausgelöst."

„Aber was hat das mit Charlys Narbe zu tun?", fragte der Junge.

„Sei nicht ungeduldig."

Der Segelmacher stärkte sich durch ein weiteres Schlückchen aus der Tasse.

„Als Charly nämlich an ebendiesem Abend in meine Segelkammer trat, da habe ich ihn gleich gefragt, warum er den Ring denn so behutsam aufgebogen hatte.

Da hat er mir erzählt, dass er auch einmal einen Goldring im Ohr getragen habe. Damals sei er jung verheiratet gewesen. Er habe davon gehört, dass im Polnischen eine Zimmermannsgruppe ihren Polier durch einen Unfall verloren habe. ‚Da habe ich mich aufgemacht', hat er gesagt. ‚Ich habe mein Werkzeug zusammengepackt und bin dorthin gegangen. Ich wollte damals zeigen, dass ich das Geld zusammenbekomme."

„Was für Geld?", forschte der Junge gespannt.

„Weiß ich nicht, Luke. Ist für diese Geschichte auch gleichgültig. Jedenfalls hat er mir erzählt, wie er zu der Kolonne gekommen ist. Die Hälfte der Balken für ein Wohnhaus hätte schon parat gelegen. Aber niemand von den Männern hätte das Holz auf dem Schnürboden aufreißen können.

‚Das ist die Arbeit des Meisters', hat Charly gesagt. ‚Ich habe mich angeboten und sie haben nicht lange gefragt, was ich konnte. Gefreut haben sie sich, dass ihnen jemand aus der Patsche helfen wollte. Ich habe es damals genauso gemacht, wie ich es bei meinem Vater oft gesehen hatte', hat Charly gesagt,

‚und es sah auch alles sehr gut aus. Aber dann kam der Tag, an dem das Haus aufgerichtet werden sollte. Und es stellte sich heraus, dass die Ständer zu kurz waren und nicht genau bis unter die Firstpfette reichten, dass auch die Gehrung für die Sparren nicht stimmte und dass schließlich nach zwölf Stunden Schweiß und vergeblicher Mühe die Balken alle wieder heruntergehoben werden mussten'.

‚Was, du willst ein Zimmerpolier sein?', hat der Altgeselle gerufen und einen langen polnischen Fluch vom Stapel gelassen. Drohend haben die Männer um ihn herumgestanden und manchem hat das Beil in den Händen gejuckt. Der Altgeselle, hat Charly erzählt, sei nahe an ihn herangetreten und habe ihm mit einem Griff den Ring aus dem Ohr gerissen. ‚In den Staub hat er ihn geworfen. Mir vor die Füße', hat Charly gesagt. ‚Ich habe ihn nicht aufgehoben, habe mich auch nicht gewehrt. Still habe ich mein Werkzeug gepackt und bin davongegangen, und wer jemals gespürt hat, wie das ist, wenn einem ein Ring aus dem Ohr gerissen wird', hat Charly gesagt, ‚der macht das nicht, nicht mal bei einem Hund!' Damals habe sich Charly geschworen niemals mehr ein Zimmermann zu sein", beendete der Segelmacher seine Geschichte.

„Also war er doch ein Zimmermann, dein Charly?"

„Muss wohl so sein, mein Junge."

„Er hatte eine Narbe im Ohr, dein Charly. Und auf die Bilder hat er sein Zeichen gemalt. Auch auf das Bild des Kapitäns. Dein Charly ist mein Vater."

„Wenn du es sagst, Luke."

Der Segelmacher nahm den letzten Schluck aus der Tasse.

„Aber er hat die Karten nicht angefasst, dein Charly. Hat nicht getrunken. Das vor allem hat mich in Zweifel gebracht."

„Ist eine andere Geschichte. Luke. Aber heute nicht mehr. Ich bin müde. Geh jetzt."

„Sag mir noch, ob du das Medaillon an den Händler Nathan verkauft hast, Hendrik."

„Muss wohl so gewesen sein, Junge. Ich weiß nur noch, dass ich in Danzig einen schrecklichen Durst hatte. Ich hätte damals alles verkauft für 'ne volle Flasche. Vielleicht hab' ich's verkauft ... Vielleicht auch an den Jud'. Aber genauer kann ich's dir nicht sagen. Wenn's mir einfällt, Junge, werd' ich's dir erzählen."

Das Gepolter der Matrosen, die um vier Uhr die Segel aufzogen, weckte den Jungen wie an jedem Morgen. Mathilde lag bereits wach.

„Du musst es tun, Mathilde", forderte der Junge.

„Es hat mit dem Bild schon genug Verdruss gegeben, Luke. Der Kapitän fand zwar eine Erklärung dafür, dass das Bild am Boden lag. Er glaubt, dass es durch den harten Windstoß, der das Schiff geschüttelt hat, heruntergefallen ist. Aber auf den glatten Schnitt durch den Leinenstreifen kann er sich keinen Reim machen. Er ist misstrauisch geworden."

„Ist mir gleich, Mathilde. Es steht vielleicht etwas von Vater im Logbuch. Was macht es schon aus, wenn du darin blätterst und danach suchst?"

„Es macht mir viel aus. Ich will keinen Streit mit dem Kapitän."

„Meinst du, er heiratet dich?"

Mathilde steckte den Kopf unter die Decke und lachte. „Vielleicht möchte er's tun. Aber du vergisst, ich bin immer noch mit Piet verlobt."

„Ich werde Piet sagen, was ich gesehen habe."

„Untersteh dich, Bursche!" Mathilde hatte vor Schreck etwas lauter gesprochen.

Warich rief unwillig: „Gebt Ruhe, ihr da. Es ist noch keine fünf Uhr und ihr quatscht schon herum. Wie soll man da schlafen können?"

Der Junge flüsterte: „Wenn du nicht nachschaust, dann sag' ich's ihm."

„Erpresser!“, fauchte Mathilde. Sie drehte ihm den Rücken zu, aber einschlafen konnten beide nicht mehr.

Genau um fünf Uhr schallte das Geschrei des ersten Steuermanns aus dem Mannschaftslogis herüber. Er weckte die Mannschaft morgens fast immer mit einem Spruch.

„Rise, rise, seid keine Fürsten.
Fangt endlich an das Deck zu bürsten.
Rise, rise.“

Acht Matrosen begannen mit ihrer Rein-Schiff-Arbeit, schrubbten das Deck und putzten die Messingbeschläge der Türen und Luken.

Gegen sechs Uhr stand der Junge leise auf. Der harte Wind, der drei Tage lang die „Neptun“ durch den Golf von Mexiko gejagt hatte, war merklich abgeflaut. Es wehte nur eine leichte Brise. Die Wellen schlugen längst nicht mehr so ruppig gegen die Bordwand und hatten ihre Schaumkronen abgesetzt. Ein klarer Morgen zog herauf. Der Himmel war durchsichtig und glasig blau. Am Horizont lagen ein paar dunkle Wolkenstriche, die an ihrer Unterseite von den ersten Sonnenstrahlen glutrot angeleuchtet wurden. Die Matrosen hatten das Deck verlassen. Nur der Rudergänger stand am Steuerrad und neben ihm der erste Steuermann.

Der Junge fuhr mit dem Finger den Konturen seines Neptuns nach. Immer wieder war das Holz in den letzten Tagen mit Öl getränkt worden. Es fühlte sich kühl an. Schon kam die Figur dem Jungen fremd vor.

„Heute wirst du einen besseren Platz erhalten“, sagte der Junge. „Vorn am Bug kannst du Ausschau halten und das Schiff um verborgene Klippen herumsteuern. Die Seeungeheuer musst du vertreiben, die neunarmigen Kraken, die riesige Seeschlange, den Mörderwal. Heute wirst du deinen Platz bekommen.“

Broblow war unbemerkt hinter den Jungen getreten und redete ihn an: „Hätte ich euch nicht zugetraut, Junge. Eure Leute haben die alte ‚Neptun von Danzig' ganz schön herausgeputzt. Und solch eine Galionsfigur wie diesen Wassergott musst du lange suchen zwischen Shanghai und Kopenhagen. Es fehlt nur die Farbe. Sie macht den Neptun erst richtig schön."

„Ja, Sir. Der Kapitän will ihn in Danzig bemalen lassen. Die Krone soll mit echtem Blattgold belegt werden und die Spitzen des Dreizacks auch."

„Jetzt könnten wir das Schlitzohr, den Charly, den verdammten Farbkleckser, gut gebrauchen. Der hätte das schon hingekriegt."

„Der Charly ist mein Vater", entschlüpfte es dem Jungen.

„Was du nicht sagst, Bürschchen", staunte der Steuermann und schaute den Jungen zweifelnd an. „Ist wohl als Vorauskommando für eure Kolonne in die Staaten gesegelt, wie?"

„Wir wissen nicht, wohin er gegangen ist."

„So, daher weht der Wind. Na, uns hat er ja auch an der Nase herumgeführt. In New Orleans ist er mir nichts, dir nichts verschwunden. Ich habe es geahnt und habe den Käpten gewarnt. Aber der hat angenommen, ich wollte dem Charly was, weil ich mal einen Streit mit ihm hatte. Hat mir doch der Charly einen Moses aus dem Mast geholt, den ich hinaufgeschickt hatte, um ihm die Hammelbeine lang zu ziehen. Verdammt, ich war so wütend, dass ich drauf und dran war, Charly mit 'ner Pistolenkugel den Weg zurück aufs Deck zu zeigen. Deshalb dachte der Käpten, ich sehe schwarz. Dabei hab' ich mit eigenen Ohren gehört, wie er dem Segelmacher gesagt hat, er wolle den Mississippi aufwärts und bis nach St. Louis. Dort kenne er Leute aus seiner Heimat."

„Vielleicht wollte er den Bruno Warich in St. Louis aufsuchen."

„Namen hat er nicht genannt, Junge. Aber frag den Segelmacher. Der muss es genauer wissen."

Das Deck belebte sich. Der alte Mann schüttete sich Meerwasser aus dem Bottich über den Körper und rief: „Komm,

Luke, trockne mir den Rücken ab." Der Junge rieb, bis die Haut sich rötete. „Nach dem Frühstück geht es los", sagte der alte Mann. Lenski brachte eine Rolle am Bugspriet an. Döblin baute mit Grumbach ein Stück des Schanzwerkes aus, damit der Neptun nicht angehoben zu werden brauchte, und Warich, Andreas Schicks und Franek Priskoweit halfen dem alten Mann die Figur vorsichtig auf ein Brett zu kippen, das auf kurzen Holzrollen ruhte. Leicht und langsam schoben sie das schwere Gewicht auf das Vorschiff, wobei Andreas und der Junge stets die Rollen, die am Ende des Brettes frei wurden, vorn wieder unter das Brett legten. Dann wurde Neptun in Schlaufen und Seile gelegt. Alle Zimmerleute fassten die Stricke. Einige blieben an Deck, Wilhelm Slawik und Hugo Labus saßen auf dem Bugspriet und Franek hatte sich sogar auf den Klüverbaum hinausgewagt, sich aber vorsichtshalber dort festgebunden. Sie wollten die Figur mit den Seilen außenbords in der Schwebe halten und sie langsam absenken, bis sie senkrecht unter der Rolle hing und der Bugspriet sie trug. Ganz vorsichtig schoben die Männer das Brett mit dem darauf liegenden Neptun durch die Lücke im Schanzwerk über die Bordkante hinaus, hoben das hintere Ende des Brettes an, bis die Figur zu gleiten begann. Zugleich zogen die Seilschaften ihre Taue straff. Ganz allmählich glitt der Neptun tiefer. Es gab einen Ruck, als er sich endgültig vom Brett löste, aber die Taue hielten das Gewicht. Der Meeresgott wiegte sich frei in den Seilen. Der alte Mann dirigierte seine Leute mit Handzeichen und kurzen Zurufen. Alles ging in großer Ruhe vor sich. Bald schwebte die schwere Last am Seil unter der Rolle.

Der alte Mann stieg in die Lederschlaufe, hängte sich einen Beutel mit Holznägeln um und nahm sein Breitbeil in die Hand. Doch bevor er sich abseilte, sagte er: „Luke, komm du auch herunter. Vergiss dein Messer nicht. Du kannst mir zur Hand gehen und musst dein Zeichen noch einritzen."

Der Junge ließ sich von Döblin das Seil um den Leib knoten. Mathilde half dabei. Der Junge zischelte ihr zu: „Denk an das Logbuch. Jetzt ist die Gelegenheit günstig. Weißt ja, was sonst passiert."

„Das Meer soll dich verschlucken, du Läusebock", verwünschte Mathilde ihn.

„Rotkohl!", fauchte der Junge.

Döblin und Grumbach hielten das Seil und der Junge seilte sich ab, die Füße breitbeinig gegen die Bordwand gestemmt. Das war nicht so schwierig, wie er befürchtet hatte. Doch jedes Mal, wenn das Schiff den Bug tiefer ins Meer tauchte und Wasserberge rasend schnell heraufstiegen, war es dem Jungen, als würde sein Magen hochgedrückt.

„Kommen lassen", rief der alte Mann und zeigte Lenski, der das Kommando an der Rolle hatte, mit den Händen genau das Stück an, das Neptun niedersinken sollte.

Ein langes Tau wurde herabgereicht. Der alte Mann legte es von vorn um die Figur und warf die Enden nach oben. Die Zimmerleute zogen die Schlaufe an. Allmählich rückte die Figur nahe an den Bug heran. Die breite, etwas konische Fuge, die der alte Mann in den Rücken der Figur geschlagen hatte, fügte sich genau in das von ihm vorbereitete Stück des Bugholzes. Neptun glitt hinein. Fest verkeilte der alte Mann die Figur. Die Bohrlöcher des Bugholzes und die der Figur saßen auf den Millimeter genau übereinander.

„Da, Luke, schlage du die letzten Bolzen ein."

Der Junge trieb die Holznägel mit der Stumpfseite des Beils ein, bis sie am anderen Ende der Löcher herausragten.

„Haltetaue einziehen!", befahl der alte Mann. Die Figur war in den Schiffsbug eingepasst, als ob sie daraus hervorgewachsen wäre. Während die Matrosen und Passagiere Bravo schrien, schlug der alte Mann mit acht Beilhieben sein Zeichen in den Fuß der Figur. Der Junge ritzte an der anderen Seite sein Zeichen mit tiefen Kerben in das Holz. Der alte Mann schwang sich zu ihm hinüber und wollte sich ansehen, wie das Mal des Jungen im Holze aussah. Einen Augenblick verfinsterte sich sein Gesicht. Der Junge hatte neben seine Schnitte im Sechseck das Zeichen seines Vaters geritzt.

„Na ja", sagte der alte Mann, „er war ja der Erste, der an der Figur gearbeitet hat." Dann rief er: „Hochziehen!"

Die Zimmerleute hievten die beiden an Bord, aber gleich darauf packten sie den Jungen, schleppten ihn zum Großmast und pressten an der Stelle, wo noch vor zwei Stunden Neptun gestanden hatte, seinen Kopf seitlich an einen Holzblock. Franek hielt ihn mit seinen großen Händen fest. Der alte Mann trug ein feines, stricknadeldünnes Röhrchen herbei, dessen Ende blau ausgeglüht war. Er zog das Ohrläppchen des Jungen auf den Block und hieb mit einem kleinen Holzscheit einmal fest zu, sodass das Röhrchen durch das Ohrläppchen in den Holzklotz eindrang. Der Junge spürte einen scharfen, kurzen Schmerz. Der alte Mann zog das Röhrchen heraus, führte einen knapp aufgebogenen, kleinen Goldring durch das Ohrloch und drückte den Ring zusammen. Franek ließ den Jungen frei. „Ich beglückwünsche den neuen Zimmermann in unseren Reihen", rief der alte Mann. Alle ließen ihn hochleben. Es tropfte Blut aus der Stichwunde auf die Schulter des Jungen, aber er bemerkte es nicht. Er war glücklich, dass er den Ring der Zimmerleute tragen durfte.

Auch der Kapitän gratulierte. Dann stellte er sich auf die Stufen des Achterdecks und hielt eine kleine Ansprache: „Ich bin sehr stolz darauf, dass die ‚Neptun von Danzig', nachdem sie schon über dreißig Jahre die Weltmeere pflügt, solch eine Verjüngungskur durchgemacht hat. Alle beschädigten und angenagten Holzteile sind ausgewechselt und erneuert worden. Vor allem aber freue ich mich darüber, dass mein Schiff eine Galionsfigur bekommen hat. Jetzt kann jeder es schon aus der Ferne sehen, dass dieses Schiff die ‚Neptun von Danzig' heißt. So betrachtet, kann ein blinder Passagier", er suchte mit seinem Blick Mathilde, „kann ein blinder Passagier für ein Schiff gelegentlich sogar ein Glücksfall sein. Ich lade die Mannschaft und die Zimmerleute für später zu einem guten

Schluck Rum ein. Wir wollen den letzten Abend an Bord gemeinsam feiern."

Der alte Mann, Mathilde und der Junge wurden überdies aufgefordert gemeinsam mit den Offizieren und Kajütenpassagieren in der Messe zu essen.

Mathilde machte ein bedrücktes Gesicht, als der Junge sie allein erwischte.

„Er hat es bemerkt. Genau wie ich es befürchtet habe, er hat es bemerkt", sagte sie. „Er hat mich kalt und traurig angesehen. ‚Nicht, dass du etwas über deinen Bruder Charly wissen willst, ist schlimm', hat er gesagt, ‚aber dass du es mir nicht vorher anvertraut hast, das ist schlimm.' Dann hat er das Logbuch aufgeschlagen und voll Spott gesagt: ‚Und für ein paar Sätze so viele Heimlichkeiten.' Ich wollte nicht mehr lesen, was darin stand, so schämte ich mich. Da hat er's mir vorgelesen.

‚Haben einen gewissen Charly angeheuert. Ist ein begabter Mann und wird dem Schiff endlich eine Galionsfigur schnitzen. Ist aber auch ein Zugvogel, den ich wohl nicht lange halten kann.' Dann blätterte er weiter und fuhr fort: ‚Heute ist Charly B. nicht an Bord zurückgekehrt. Die Galionsfigur ist nicht einmal zu einem Viertel fertig. Ich hatte mit diesem Burschen nicht viel Glück.'"

„Wird er mit dir mehr Glück haben?", fragte der Junge.

„Was weiß ich?", sagte sie mehr zu sich selber. „Er ist ein guter Mann und sehr lieb. Aber er hat einen anderen Geruch, kommt aus einem Haus, in dem sie Kindermädchen hatten, einen Kutscher, eine Mamsell. Was soll ich ihm sagen?"

„Gegensätze ziehen sich an, hat Großmutter gesagt. Und einen Kapitän zum Onkel, das wäre gar nicht so schlecht."

Es war, als ob sich Mathilde erst jetzt wieder an den Jungen erinnerte. „Grünschnabel", schimpfte sie.

„Rotkohl." Das war die Münze, mit der er ihr's immer zurückzahlen konnte.

Die Einladung zum Abendessen machte es möglich, dass der Junge noch am letzten Tag der Reise die Offiziersmesse sehen konnte. Der Raum war mit Mahagonimöbeln ausgestattet. In silbernen Leuchtern brannten Wachskerzen.

Der Kapitän bat die Gäste an seinen Tisch. Bevor die Speisen aufgetragen wurden, klopfte er mit einer Gabel auf den Tellerrand und erhob sich. An die sechzig Tage seien sie gemeinsam über den Atlantik gesegelt, sagte er. Nicht immer sei die Reise ohne Schwierigkeiten verlaufen. Aber schließlich komme das Schiff schöner in New Orleans an, als es in Danzig ausgesegelt sei. Er hebe sein Glas und trinke auf die Stunde, in der er die Zimmerleute zur Buße für ihren Widerstand hätte verurteilen können. Dem alten Manne, den Zimmerleuten und den Passagieren wünsche er, dass die Neue Welt ihnen ihre Hoffnungen erfülle. Er trank allen Gästen zu. Als er sah, dass der Junge nur sein Glas hob, aber nicht daraus trank, da fragte er: „Sparst du immer noch den Alkohol für Geschichten auf?"

Der Junge nickte. Der Kapitän winkte den Steward heran und flüsterte ihm etwas zu. Der nickte, ließ sich vom Kapitän einen Schlüssel geben und kam kurz darauf mit einer Flasche in der Hand zurück.

„Für dich", sagte der Kapitän. „Aber lass dir zum Schluss von Hendrik noch eine sehr gute Geschichte erzählen, denn dies ist ein sehr alter Whisky. Ich habe ihn schon einige Jahre lang an Bord gelagert. Eigentlich ist er viel zu schade für den alten Gauner in der Segelkammer. Aber ich hänge an Hendrik. Er fuhr schon auf dem Schiff meines Vaters und war ein gefürchtetes Raubein. Keine Schlägerei an Bord, in die Hendrik nicht verwickelt gewesen ist. Aber es gab auch keinen Segelmacher weit und breit, der so gute Arbeit leistete wie dieser Kerl. Und dann ist nach einer handfesten Auseinandersetzung im Hafen von Rio ein Maat nicht mehr aufgestanden. Er hatte sich mit Hendrik eingelassen, war handgreiflich geworden und hatte sein Messer gezogen. Hendrik hat ihn mit einem Kantholz niedergeschlagen. Es war Notwehr und Hendrik konnte unbehelligt an Bord zurückgehen. Aber es ist ihm unter die Haut gegangen, dass er einen jungen Menschen mit einem Schlag vom Leben zum Tod gebracht hat. Er hat zu grübeln angefangen, hat meinen Vater gebeten allein in der Segelkammer leben zu dürfen, hat alles gelesen, was ihm unter die Augen kam, und sich Bücher von meinem Vater und von den Passagieren ausgeliehen. Stundenlang hat er sich mit meinem Vater unterhalten. Immer mehr ist er zu einem Sonderling geworden. Er hat seit diesem Streit vor über dreißig Jahren nie mehr versucht seine Fäuste zu gebrauchen, hat sich nicht verteidigt, selbst wenn ihm die Matrosen übel mitspielten. Oft haben sie ihn den ‚sanften' Hendrik genannt. Er ist überzeugt davon, dass jede Gewalt vom Teufel ist."

„Ihr Fleisch wird kalt", mahnte der erste Steuermann den Kapitän. Der aß, war jedoch mit seinen Gedanken weit weg.

„Aber das Saufen, das kann er nicht lassen", sagte der alte Mann.

„Er hat früher an Bord niemals getrunken. In den Häfen allerdings hat er den größten Teil seiner Heuer in Branntwein umgesetzt. In der Segelkammer trinkt er erst, seit er diesen furchtbaren Husten hat."

Sie schwiegen eine Weile. Dann versuchte der Kapitän ein Gespräch in Gang zu bringen, erzählte von New Orleans, von anderen Hafenstädten, aber seine Gäste blieben einsilbig. Der Junge fühlte sich von den Passagieren beobachtet. Seine Mühe, Messer und Gabel so zu gebrauchen, wie er es bei den Offizieren sah, verdarb ihm den Geschmack an den Speisen.

„Gehen wir an Deck", schlug der Kapitän schließlich vor. Dort war der Rum schon ausgeteilt worden. Ein Teil der Passagiere hatte sich bereits in den Kojen verkrochen. Die anderen redeten von dem neuen Land, das sie am nächsten Tag erreichen würden, und die Ungewissheit, wie es die Einwanderer aufnehmen würde, war selbst bei den jungen Männern zu spüren, die sich vorher großspurig gegeben hatten und Glück und Reichtum schon in der Tasche zu haben schienen. Mathilde setzte sich dicht neben den Kapitän. Sie hatten nur Augen füreinander. Von einer Verstimmung war nichts zu bemerken. Der Lehrer hockte abseits und zog sich, mit seinem Geschick hadernd, bald in das Steerage zurück. Der Junge schlüpfte zu dem Segelmacher in die Kammer. Der saß im Schein einer Petroleumlampe, hatte die Nickelbrille auf der Nase und war in ein Buch versunken. Schließlich schaute er über den Brillenrand hinweg und sagte: „Wann, Luke, glaubst du, kommt Jesus wieder zurück?"

Der Junge zuckte die Achseln und fragte: „Glaubst du, dass er wirklich kommen wird?"

„Das glaube ich sicher. Er hat es versprochen. Mit großer Macht und Herrlichkeit, heißt es. Weißt du, ich glaube, er wird mit der Morgenröte kommen. Manchmal, wenn mir danach ist, stehe ich in der Frühe auf, ziehe meinen guten Anzug an, rasiere und kämme mich sorgfältig und säubere mir die Nägel. Dann stelle ich mich an den Bug des Schiffes ganz nach vorn. Ich schaue nach Osten, sehe das erste Licht, das die Finsternis der Nacht in nichts auflöst; der Bote der Sonne, ein feuerfarbener Schein, flammt auf, färbt den Horizont, die Sonnenscheibe schiebt sich groß und glühend aus dem Meer. Ich schaue so lange in die Sonne, bis es mir in den Augen flimmert. Ich hoffe, ich werde es nicht verschlafen, wenn er eines Tages mit dem Morgenlicht auf die Erde zurückkommt."

Der Segelmacher sprach lebhaft und der Junge nahm an Jonas habe ihm bereits aus dem Fässchen des Kapitäns einen gehörigen Schluck zukommen lassen. Er zog die Whiskyflasche unter dem Hemd hervor und stellte sie vor Hendrik auf den Boden. Der nahm sie und wog sie in der Hand.

„Woher hast du denn den Schatz, Junge?"

„Ich habe mir diese Flasche verdient. Der Kapitän hat sie mir gegeben."

„Phantastischer Whisky", lobte Hendrik und ließ die Flasche am Kopfende seines Lagers unter einem Kissen verschwinden.

„Er ist also dein Vater", seufzte er. Der Junge nickte.

„Ich muss es zugeben", fuhr der Segelmacher fort, „die Mosaiksteine passen gut zueinander und ergeben ein klares Bild. Aber da ist noch etwas, was du nicht begreifst." Er zog die Flasche wieder hervor und trommelte mit den Fingern gegen das Glas. „Dabei ist es ganz einfach zu verstehen. Charly war hier an Bord zum ersten Male in seinem Leben ganz auf sich allein gestellt. War zum ersten Mal ganz er selbst. Er entdeckte sich neu, kam dahinter, dass er den wirklichen Charly in seinem Dorf hinter hundert Masken versteckt hatte. Und der Charly, den er gespielt hatte, der war eine taube Nuss. Er hat es gewusst, dass ihn alle für einen Versager gehalten haben. Er hat es gespürt in den Blicken der Nachbarn, in der Angst des Vaters, vielleicht sogar in den Armen seiner Frau, als er aus dem Polnischen mit dem zerrissenen Ohr zu ihr zurückgekrochen kam. Wundert's dich, dass er dann bei der Flasche Trost suchte? Dass er die leichten, schnellen Siege im wilden Spiel zu finden hoffte? Und mit einem Male war er ganz unten. Ohne Haus, ohne Frau, ohne dich. Ganz allein. Und das war, glaube ich, der Augenblick, in dem er erkannte, dass nur er allein sich selbst helfen konnte. Einmal hat er genau an der Stelle gehockt, an der du jetzt sitzt, und hat gesagt: ‚Beweisen werde ich es allen. Dem Baron zahl' ich's mit Zins und Zinseszins zurück. Nach Berlin werd' ich ziehen oder in den Süden. Und Maler werde ich sein, nichts als Maler.'"

„Hat er nie genauer darüber gesprochen, wie er es in den Staaten schaffen wollte?"

„Er war ja vorher nicht dort, Luke. Wie sollte er wissen, was kommt. Ich habe ihm hie und da einen Rat gegeben. Aber ob er sich daran gehalten hat, was weiß ich."

„Was waren das für Ratschläge, Hendrik?"

„Junge, du verlangst von einem alten Segelmacher viel." Er zog den Korken aus der Flasche, verrieb einen Tropfen Whisky auf dem Handrücken und sog den Duft ein.

„Ein köstlicher alter Whisky." Er nahm einen Schluck.

„Du musst dich erinnern, Hendrik", drängte der Junge.

„Also, was hab' ich ihm gesagt? Geh in den Osten, hab' ich

ihm gesagt. Der Süden hat den Krieg verloren und Besiegte können keine Bilder bezahlen. Kauf für all das Geld, das du hier an Bord verdient hast, in Texas Longhorn-Rinder und schließe dich als Koch einem Trail nach Norden an. In Texas kriegst du ein Rind für'n Dollar nachgejagt und die Menschen im Osten sind scharf auf das Fleisch und zahlen dir 'nen anständigen Preis. Du vervielfachst dein Geld, wenn du Glück hast und der Trail das Ende der Eisenbahnlinie erreicht, die in die großen Städte im Osten führt. Und wenn du Pech hast und der Trail in der Wüste stecken bleibt, wenn die Rinder vor Durst in die Knie sinken oder die Indianer die Herde überfallen oder eine Horde Gangster die Rinder wegtreibt, dann bekommst du den Lohn als Koch dennoch ausbezahlt. Du bist nicht viel ärmer als zuvor und gelangst in den Norden. Das hab' ich ihm geraten. Aber was er daraus gemacht hat, das weiß ich nicht."

„Es hört sich an, als ob du selbst schon lange in den Staaten gelebt hast, Hendrik. Woher weißt du das alles?"

„Unser Schiff wurde damals nach Charleston getrieben, das hab' ich dir schon erzählt. War 'ne schlimme Reise. Nun, da haben wir ein paar Yankees als Passagiere mitgenommen, die auf bequeme Weise in die Südstaaten wollten und denen der Weg über Land so kurz nach dem Krieg zu gefährlich erschien. Einer von denen wollte genau das machen, was ich Charly später riet. Er hat's mir haarklein auseinander gelegt. Klang alles sehr plausibel. Später hat er oft mit Charly zusammengehockt, aber ob sie gemeinsam Pläne schmiedeten, das weiß ich nicht."

Sie schwiegen eine Weile. Wortfetzen drangen in die Segelkammer.

„Jonas hat Besuch", sagte der Junge.

Bald darauf näherten sich Schritte. Der Lehrer und der Smutje traten ein.

„Stören wir?", fragte der Lehrer. Er hatte ein gerötetes Gesicht und seine Augen glitzerten vom Rum.

„Nur herein“, lud der Segelmacher sie ein. „Ihr habt wohl des Käpten besten Whisky gerochen, ihr Feinschmecker, wie?“

„Tu mir einen Gefallen und erwähne heute Abend den Kapitän nicht mehr“, bat der Lehrer und zog ein saures Gesicht.

„Der Käpten ist dabei, ihm das Mädchen auszuspannen“, kicherte Jonas.

Der Lehrer ließ sich auf eine Segeltuchrolle fallen und maulte leise vor sich hin, was nach „verdammtem Kahn“ klang und nach „eingebildetem Fatzken“.

„Rede nicht so von unserem Kapitän, Mann“, sagte Hendrik ungewohnt energisch. „Er ist 34 Jahre alt und es wird Zeit für ihn, eine Frau zu heiraten.“

„Viel zu alt für Mathilde“, sagte der Lehrer. „Und außerdem hat sie versprochen, dass sie keinen anderen nehmen will als mich. Bevor sie auf seine Schmeicheleien und auf sein Schöntun hereingefallen ist, war alles einfach und klar für uns.“

„Wenn ich die Wahl hätte, ich wüsste, was ich täte“, sagte Jonas. „Wenn sie dich heiratet, was hat sie dann? Sie führt mit dir ein unstetes Leben, zieht mit einem Einwanderer durch die Staaten und wartet auf besseres Wetter in Preußen. Du kannst euren Kindern bestenfalls Flöhe ins Ohr setzen von Freiheit und Gleichheit, die du und deine Freunde bis jetzt in eurem Land nicht geschafft haben. Wo ist das Erbe, das du ihnen hinterlässt? Der Kapitän aber, der ist reich. Er wird in Dänemark ein schönes Haus kaufen, seine Kinder werden kluge Lehrer haben, werden Kaufleute sein und Schiffsoffiziere; einmal wird ihnen vielleicht ein Schiff gehören. Die Frau des Kapitäns wird in Sicherheit leben, in einer großen Familie zu Hause sein, Freunde werden aus- und eingehen. Was, Lehrer, hast du ihr zu bieten?“

„Ich liebe sie“, sagte der Lehrer leise. „Ich habe mich selbst zu bieten. Und wenn euer Kapitän für Monate über die Weltmeere schippert und sie sich nach ihm sehnt und bei jedem Sturm vor Angst vergeht, ist das etwa ein Leben für eine Frau? Ich liebe sie und würde nicht weggehen von ihr.“

„Nun, der Kapitän wird auch sagen ‚ich liebe sie'", sagte der Segelmacher ruhig. Er schaute über seine Brille hinweg auf den Lehrer und es lag etwas wie Mitgefühl in seinem wässrigen Whiskyblick.

„Hast du ihr das gesagt, dass du sie liebst?", fragte er.

„Sie weiß es."

„So etwas kann man nicht oft genug sagen und nie sicher genug wissen. Du solltest es ihr sagen."

„Soll ich hingehen und soll ihr sagen: ‚Mathilde, ich liebe dich. Lass also den Kapitän mit seiner ‚Neptun' allein segeln und komm mit mir?' Soll ich ihr das sagen?"

„Nicht schlecht. Jedenfalls viel besser, als wenn du den Brummbären spielst oder die gekränkte Leberwurst hervorkehrst. Du zeigst dich dann so, dass wenig an dir zu sehen ist, was ein Mädchen lieben kann. Sag ihr, dass du sie liebst. Oder besinn dich auf die zarten Zeichen der Liebe."

„Eine Blume", rief Jonas. „Schenke ihr eine Blume."

Der Junge lachte. Der Lehrer nickte ihm zu und spottete: „Man braucht euch hier an Bord nur mit ein paar Spritzern Whisky zu begießen, dann springen für euch selbst aus diesen Holzbalken die Knospen auf."

„Wart es ab, Mann", rief Jonas, begeistert von seinem Einfall, und lief hinaus. Man hörte ihn in der Kombüse kramen. Er kehrte bald darauf zurück und hielt zwei dünne Holzstäbchen in der Hand, an denen oben ein braunes Stück Papier in der Größe eines Fünfmarkstücks befestigt war.

„Schöne Blumen", sagte der Lehrer und lachte.

Der Koch hielt die Stäbchen ins helle Licht, zog die unteren Enden auseinander, wie man einen Zirkel öffnet, und klappte sie dann ganz herum. Aus den unscheinbaren Papierscheiben entfaltete sich ein herrliches Blütengebilde aus hauchdünnen Seidenpapieren in den verschiedensten Rotfarben.

„Zauberei", sagte der Junge.

„Chinesische Zauberei", bestätigte Jonas. „Ich habe mal auf einem Teeklipper in Hongkong einem Kuli geholfen, dem sein Lastbündel, das er schleppte, aufgeplatzt war. Er bedankte sich mit vielen Worten, von denen ich jedoch kein einziges verstand. Am nächsten Tag kam er noch einmal zu mir, verbeugte sich mehrmals und schenkte mir dieses kleine Wunder. Da verstand ich seine Sprache genau. Ich gebe dir diese Blume, Mann. Vielleicht spricht sie eine deutlichere Sprache als das, was dir über die Zunge kommt."

Der Lehrer drehte die Stäbchen unschlüssig in der Hand. Ein wenig verlegen, aber schon halb überzeugt, sagte er: „Meint ihr wirklich?"

Die alten Männer redeten auf ihn ein. Endlich verließ er die Segelkammer. Als später der Junge ins Steerage kam, lagen auf Mathildes Schlafplatz die Stäbchen.

Es war schon alles still auf dem Schiff, als sie die Stiegen ins Steerage herunterschlich. Auf der Kiste brannte noch trüb die Lampe, die stets der Letzte ausblies, der in die Koje schlüpfte. Fast alle schliefen bereits. Der Junge schloss die Augen, als Mathilde an die Koje trat. Papier raschelte. Er blinzelte und sah, wie Mathilde die Wunderblume ins Licht hielt, zusammenklappte und wieder entfaltete. Sie schaute unsicher dorthin, wo Piet hinter Gerhard Warich seinen Schlafplatz hatte. Sie blies das Licht aus und schlüpfte vorsichtig unter die Decke. Durch die Luke fiel silbrig der Mondschein.

Der Junge sah in dem Schimmer der Nachtlichter, dass Mathilde auf dem Rücken lag, die entfaltete Blüte mit beiden Händen festhielt, und er glaubte ein Lächeln und ein Glitzern auf ihrem Gesicht zu erkennen. Aber er rührte sich nicht. Die zarten Zeichen der Liebe, dachte er. Ich werde auch ein Geschenk haben, wenn ich nach Liebenberg zurückkomme. Ein herrliches Geschenk. Ein zartes Zeichen ..., dachte er und hatte Mühe das Lachen zu unterdrücken.

Ungewohnte Geräusche an Deck weckten den Jungen aus dem leichten Schlaf, in den er in dieser letzten Nacht auf dem Meer endlich gesunken war. Das konnte nicht die Mannschaft sein, die um vier Uhr die Segel hisste. Es war noch dunkel. Der Junge ließ sich aus der Koje gleiten und schlich sich aus dem Steerage. Er hörte vorn auf dem Schiff die Stimmen einiger Seeleute und ging zu ihnen. Sie standen am Bug und spähten in die Dunkelheit. Der Bootsmaat malte mit einer Laterne Feuerkreise in die Finsternis. Der Junge sah das Dampfboot erst, als es in der Nähe einen lang gezogenen Heulton erklingen ließ. Schon schob sich das Schiff längsseits an die „Neptun" heran. Große Schaufelräder drehten sich langsam und trieben das Schiff nur gemächlich vorwärts. Einige Passagiere, von der Sirene geweckt, tappten schlaftrunken an Deck und fragten, was los sei.

Die Matrosen warfen Trossen von Bord zu Bord. Halblaute Rufe schallten hinüber und herüber. Der Schlepper presste aus einem dünnen Rohr Dampfwölkchen heraus. Nach einem scharfen Zischen tutete es zweimal kurz. Dick quoll schwarzer Rauch aus dem Schornstein. Klingelzeichen schepperten. Die Räder begannen sich schneller und mit größerer Kraft zu drehen und die Schaufeln quirlten helle Schaumschienen in das Wasser. Der Schlepper glitt in der Dunkelheit davon. Straff spannten sich die Trossen. Das dumpfe Stampfen der Maschine entfernte sich nicht weiter. Die „Neptun" nahm Fahrt auf und wurde in Richtung auf die südliche Passage zugeschleppt, die ein breiter Strom im vielarmigen Delta des Mississippi ist.

Die Passagiere begannen zu frösteln und kehrten in ihre Kojen zurück.

Der Junge hörte das unterdrückte Husten des Segelmachers, der in Höhe des Focksegels an der Reling stand. Er ging zu ihm.

„Schon auf den Beinen, Hendrik?"

„Ich will die Schöpfungstage nicht verschlafen", antwortete der Segelmacher.

„Schöpfungstage?“, fragte der Junge verwundert.

„Wart es ab und sperr die Sinne auf!“, beschied ihn der Segelmacher, kurz angebunden.

„Vor dem ersten Licht ist die Nacht besonders schwarz“, sagte der Junge nach einer Weile in die Stille hinein.

„Finsternis lag über dem Abgrund und Gottes Geist brütete über dem Chaos“, sprach der Segelmacher zu sich selbst.

Als die erste Ahnung des Morgengrauens die tiefe Dunkelheit aufzubrechen begann, redete er weiter: „Es werde Licht! Und Gott schied das Licht von der Finsternis. Abend und Morgen. Erster Tag.“ Wenig später fuhr er fort: „Es fahre ein Schnitt zwischen Wasser und Wasser! Und Gott nannte, was über dem Schnitt war, Himmel. Abend und Morgen. Zweiter Tag.“

So ähnlich hatte der Junge diese Worte von der Mutter gehört, vom Pfarrer, vom Lehrer. Aber sein Herz war taub dabei geblieben. Er starrte betroffen in das sich allmählich lösende Dunkel. Der Schlepper war, noch von dünnen Nebelbänken halb verhangen, in seinen ersten grauen Umrissen zu erkennen. Steuerbords hoben sich sanft und breit wie Walrücken flache Schatten aus dem Meer.

„Es sammle sich das Wasser! Es erscheine das trockene Land! Und Gott nannte das Trockene Erde und das Wasser nannte er Meer.“ Ein nur eben wahrnehmbarer, süßlich fauliger Geruch stieg dem Jungen in die Nase. Inzwischen waren mehr Passagiere an Deck gekommen. Der Lehrer und Mathilde gesellten sich zu dem Segelmacher und dem Jungen.

Es lag eine stumme Ergriffenheit über den Menschen. Zum ersten Mal seit acht langen, gefährlichen Wochen auf schwankendem Grund rochen sie wieder das Land in der Nähe, sahen in der blauen Dämmerung das fahle Grün von Rohr und Ried, Büsche und Bäume tauchten schemenhaft auf, Weiden und Sumpfzypressen, an deren Zweigen sich das Spanische Moos im Morgenhauch in langen Schlieren wiegte.

„Es lasse aus der Erde aufsprießen Gras und Kraut und Baum!“, flüsterte der Segelmacher dicht am Ohr des Jungen.

„Und die Erde brachte das Grün hervor. Abend und Morgen. Dritter Tag.“ Und dann fuhr er ohne Pause fort: „Und Leuchten sollen sein am Himmel! Das Großlicht beherrsche den Tag!“

Während sich rot und riesig die Sonnenscheibe über den Horizont hob, ihr Glanz gedämpft von dünnen Dunstschleiern, vollendete er: „Abend und Morgen. Vierter Tag.“

Weiße Reiher hoben sich mit gemessenem Schwingenschlag in die Luft und glitten fernen, ruhigeren Wasserflächen zu. An ihren Platz flatterten Blesshühner, die sich, obwohl sie heftig die Flügel schlugen, nicht in die Luft schwangen, sondern mit schnellen Schrittbewegungen die Oberfläche des Wassers ritzten und gerade, sich allmählich verlaufende Spuren zurückließen. Ein Fischadler rief seinen Jungen mit wildem Schrei die Botschaft von Beute zu, einen großen Fisch in den Fängen.

„Weiter, Hendrik“, drängte der Junge.

„Es wimmle das Wasser vom Gewimmel der lebenden Tiere. Und Vögel sollen fliegen am Himmel.“

„Und die Erde bringe hervor lebendige Wesen, das Vieh, die kriechenden Tiere, das Wild“, ergänzte der Junge laut. „Abend und Morgen. Fünfter Tag.“

„Was spinnst du?“, fragte Mathilde ihn.

„Er spinnt nicht. Er sieht die Zeichen hinter den Dingen“, antwortete der Segelmacher und starrte Mathilde an. „Die Zeichen, verstehen Sie?“

Mathilde zuckte die Achseln.

Der Morgenzauber zerstob.

Würdig und bewegungslos standen drei Reihervögel im grauweißen Gefieder dicht vor einer Sandbank. Sie ließen das Schiff nahe an sich herankommen, ehe sie mit staksigen Schritten hinter einem Schilfgürtel verschwanden.

„Sie haben grüne Beine“, sagte der Junge.

„Grüne Jungen sehen grüne Beine“, neckte Mathilde ihn.

„Besser grün als rot“, entgegnete der Junge grob.

Mathilde ließ sich jedoch an diesem Morgen nicht ärgern. Sie hatte die Wunderblume in ihren Gürtel gesteckt. Der Lehrer stand neben ihr, die Hände auf der Reling. Wie zufällig legte Mathilde ihre Hand auf die seine. Die Sonne stieg höher, Schiffe begegneten ihnen. Rufe schallten hin und zurück. Aber Einwandererschiffe schienen nichts Außergewöhnliches zu sein. Jedenfalls löste die Ankunft der „Neptun“ keinerlei Jubel aus.

In weiten Schleifen strömte das braune Wasser des Mississippi gemächlich dem Meere zu. Die Passagiere flohen bald vor der aufkommenden Schwüle von der Reling und suchten sich schattige Plätze an Deck. Der Junge hielt Ausschau nach den ersten Häusern. Aber erst am späten Nachmittag erblickte er die Dächer der Stadt hinter einem hohen Damm. Der Schlepper zog die „Neptun“ weit an New Orleans vorbei. Der alte Mann, der Lehrer, Mathilde und der Junge standen dicht beieinander. Der Kapitän kam von achtern und blieb bei ihnen stehen.

„Wird spät heute, bis wir in Lafayette vor Anker gehen“, sagte er. „Alle Schiffe aus Deutschland laufen den Hafen am Ende der Stadt an.“

Der Lehrer legte seinen Arm um Mathildes Schulter.

„Mathilde“, redete der Kapitän das Mädchen an und seine Stimme klang ein wenig rau, „morgen gibt es für mich tausend Dinge zu erledigen, die Ladung muss gelöscht werden, das Gepäck der Passagiere, der Zoll.“ Er zog ein schmales Päckchen aus der Tasche. „Ich möchte dir danken“, sagte er und achtete nicht darauf, dass sie sich enger an den Lehrer schmiegte. „Es waren für mich Tage voller Hoffnung. Vorher habe ich manchmal gedacht, ich sei zum Heiraten zu alt. Aber jetzt weiß ich durch dich, dass das nicht stimmt. Ich möchte dir“, er schaute kurz und ein wenig spöttisch den Lehrer an: „... wenn Sie erlauben? – Ich möchte dir etwas schenken.“ Er reichte ihr das Päckchen.

Mathilde nahm es. Sie war unsicher und schaute vor sich auf den Boden.

„Öffne es nur“, forderte der Kapitän sie auf.

Sie löste die dünne Schnur. Das Papier zerriss. Sie hielt eine Kette aus blutroten Korallen in ihren Händen.

„Es ist eine alte Kette", sagte der Kapitän eifrig. „Mein Vater hat sie von einer Australienfahrt mitgebracht."

Mathilde antwortete nicht, legte aber die Kette um ihren Hals und nestelte an dem Verschluss.

Der Kapitän trat nahe an sie heran und sagte zu dem Lehrer: „Sehen Sie, man drückt die kleine Feder zurück und lässt die Öse einschnappen. Sie werden ihr helfen müssen, wenn sie die Kette tragen will."

„Wir danken Ihnen, Sir", antwortete der Lehrer steif.

Der Kapitän sprach lauter und sagte: „Glück wünsche ich Ihnen. Sie werden Glück brauchen." Er legte die Hand an die Mütze und kehrte auf das Achterdeck zurück.

„Er ist ein guter Mann", sagte Mathilde leise. Sie spürte, wie die alte Eifersucht in Piet aufflammte.

„Er ist ein guter Mann", wiederholte sie bestimmt und schaute Piet in die Augen. „Ich weiß nicht genau, warum es mich zu dir zieht, warum ich mit dir gehe, Piet van Heiden. Aber dass ich mit dir gehe und nur mit dir, das weiß ich jetzt sicher."

„Das machen die kleinen Zeichen der Liebe", kicherte der Junge und tippte mit dem Finger gegen die Papierblume.

„Verschwinde, Grünschnabel", fuhr Mathilde den Jungen an; über ihre Schulter hinweg zwinkerte der Lehrer ihm zu.

Große und kleine Überseesegler, Flachboote, die vom oberen Mississippi gekommen waren, Raddampfer, Jollen und Barkassen füllten den Hafen von Lafayette mit pulsierendem Leben. Die Behörden kontrollierten die Papiere nur flüchtig. Der Hafenarzt stellte seine Fragen nach ansteckenden Krankheiten, nach Fiebernden, Verletzten, Toten. Und jede der beruhigenden Antworten des Kapitäns wurde mit einer Flasche Whisky bekräftigt. In der Tasche des Arztes befand sich genügend Platz das halbe Dutzend Flaschen zu verstauen. Als er nach einer Viertelstunde von Bord ging, hatte er keinen einzigen Passagier angesehen und die Totenscheine für die drei Verstorbenen ohne weitere Rückfragen ausgestellt. Die Zollkontrolle des Gepäcks wurde auf den nächsten Morgen verschoben, wenn die Habe der Passagiere ausgeladen und die Ladung der „Neptun“ gelöscht werden sollte.

Fast alle Passagiere drängten sich über die Pier an Land.

„Komisches Gefühl in den Beinen“, lachte der Junge. Er war längst nicht der Einzige, der sich breitbeinig und mit wiegenden Schritten erst wieder an den festen Boden unter den Füßen gewöhnen musste.

Zum ersten Male sah der Junge Neger: Männer, Frauen, Kinder, starke und zierliche, tiefschwarze oder milchkaffeebraune, zerlumpte und elegante, solche, die unter schweren Lasten schwitzten, und andere, die träge umherstanden.

„Gestern noch Sklaven, heute freie Menschen“, sagte der Lehrer und schwärmte: „Sieht man es ihnen nicht an? Sieh, Luke, wie stolz sie über die Straße schreiten.“

Doch der Junge konnte nichts von dem erkennen, was der Lehrer offenbar sah. Im Gegenteil, er stellte sogar mit Verwunderung fest, dass selbst jene Schwarzen, die Lasten schleppten, für die Weißen, die ihnen begegneten, den Weg freimachten und dass diese das für selbstverständlich hielten.

Der alte Mann wurde von einem stutzerhaft gekleideten Herrn, der einen hohen Seidenzylinder und einen schwarzen Gehrock trug, angesprochen: „Sie sind Deutscher, nicht wahr?“

„Ja“, antwortete der alte Mann.

„Ich bin Agent. Ich könnte Ihnen Land beschaffen, herrliches Weideland in Oregon zum Beispiel.“

„Wir wollen kein Land. Wir sind Zimmerleute. Wir suchen Arbeit.“

„Oh, dann pardon, bitte. Ich bin in erster Linie Agent für Grund und Boden.“

Er wandte sich anderen Aussiedlergruppen zu. Doch während die Bienmanns noch dem geschäftigen Leben zuschauten und sich nicht aus der Sichtweite der Masten wegtrauten, kam er verdrossen zurück.

„Kein Geschäft zu machen heute“, sagte er. „Die jungen

Männer ziehen in die Kneipen und die besonnenen sind in festen Händen, haben alles weitsichtig geregelt."

„Schon lange in den Staaten?", fragte Piet, weil er aus dem Deutsch des Agenten deutlich den amerikanischen Akzent heraushörte.

„Ein paar Jahre nach der Revolution 48 bin ich rübergekommen. Ich stamme aus dem Badischen."

Er schaute noch einmal enttäuscht zur „Neptun" hinüber, sagte aber dann: „Schon Pläne, Gentlemen?"

„Am liebsten würde ich mich jetzt rundum satt essen, ein großes Glas frisches Wasser trinken, einen Apfel schälen und ...", sagte Mathilde.

„Kommen Sie mit mir", bot der Agent an. „Ich heiße Johnny Schillinger. Ich habe auch Hunger. Lassen Sie uns in das französische Viertel gehen. Dort versteht man etwas von der Küche." Unter seiner Führung gelangten sie in enge Straßen. Schöne Steinhäuser standen zu beiden Seiten. Ihre Fronten waren mit schmiedeeisernen, kunstvollen Balkongittern geschmückt. Gelegentlich konnte man durch eine Einfahrt in einen mit Palmen und Blumen bewachsenen Innenhof schauen.

An diesem Abend speisten sie fürstlich, tranken einen süßen Wein und lachten laut, als Mathilde dem Agenten beschämt gestand, dass sie kein Wort von dem Englisch verstand, das die Kellnerin sprach, obwohl sie doch so fleißig die neue Sprache gelernt habe.

Dem Agenten blitzten die Augen. Er rief die fette, schwarzhaarige Kellnerin zu sich an den Tisch. „Ich sage ihr jetzt, sie soll ganz langsam und deutlich sprechen", erklärte er und redete auf die Kellnerin ein. Die lachte, zeigte auf sich und sprach langsam: „Je suis Claire-Marie."

„Ich habe nicht verstanden, was Sie zu ihr gesagt haben, Herr Schillinger, und auch von ihr verstehe ich kein einziges Wort", rief Mathilde in komischer Verzweiflung.

„Fragen Sie sie selber etwas", forderte der Agent sie auf.

Mathilde wollte sichergehen und sprach einen Satz, den sie

bei dem Pfarrer in Liebenberg wohl hundertmal hatte sagen müssen: „Gute Frau, Gott segne Sie, wissen Sie, warum Moses aus Ägypten fortzog?"

Sie war ganz sicher, dass sie diese Lieblingsfrage des Pfarrers korrekt ausgesprochen hatte.

Die Kellnerin jedoch lachte, zeigte mit dem Finger auf ihr Ohr und schüttelte den Kopf.

„Je n'ai pas compris", sagte sie.

Inzwischen war man bereits an den Nebentischen aufmerksam geworden und die Heiterkeit breitete sich in dem Lokal aus.

Mathilde, vom Wein mutig geworden, setzte sich aufrecht und versuchte es noch einmal in ihrem besten Pastorenenglisch: „Oder kann mir jemand sagen, womit der Herr sein Volk in der Wüste speiste?"

Nun lachten viele laut und aus einer Ecke tönte eine Stimme: „Mylady, you are here near Babylon. In the French Quarter they don't speak English, but French, perhaps Spanish, but never English."

Erleichtert lehnte sich Mathilde zurück und drohte dem Agenten im Scherz mit der Faust.

„Bis 1803 war dies eine französische Stadt", erklärte der Agent. „Dann erst ist der Staat Louisiana an die Staaten verkauft worden. Die Leute hier sind nicht um ihre Meinung gefragt worden. Sie waren mit dem Handel nicht einverstanden und haben das bis heute nicht vergessen. Sie sprechen nach wie vor Französisch."

„Aber im Hafen habe ich nur englische Laute gehört", widersprach der Junge.

„Lafayette ist nicht New Orleans", sagte der Agent. „Ist ja deshalb von den Yankees gebaut worden, weil die eingesessenen Bürger sie nicht in ihren Vierteln dulden wollten. Und jetzt, nachdem die Südstaatler den Krieg verloren haben, da sprechen sie noch viel bewusster ihre Sprache. Das ist der Stolz der Besiegten."

„Wie's mit ihrem Stolz ist, das wissen wir nun, aber was uns noch mehr interessiert, das ist, wie es mit dem Holz ist", versuchte der alte Mann ein Wortspiel.

Der Agent trank ihm zu. „Bis hierher war es Gastfreundschaft, Mister Bienmann. Aber wenn ich Sie beraten soll, dann ist das mein Geschäft."

„Guter Rat ist bei Ihnen hoffentlich nicht zu teuer", flachste der Lehrer.

„Ich mache Ihnen einen Vorschlag", sagte der Agent. „Sie zahlen für mich heute Abend die Zeche. Wenn ich auch kein Fachberater für das Zimmerwesen bin, so kenne ich doch Land und Leute."

„Gut", stimmte der alte Mann zu.

Der Agent rief nach der Kellnerin und die kam kurze Zeit später mit einer Flasche Champagner gelaufen. Der alte Mann nickte zustimmend.

„Also, wenn ich Ihnen raten darf", begann der Agent, „dann verlassen Sie diese Stadt möglichst schnell. Sie frisst Ihr Startkapital weg. Das Geld der Konföderierten ist nichts wert. Harte US-Dollars für den Häuserbau sind hier rar. Ziehen Sie den Strom aufwärts. Da ist es leichter, Arbeit zu finden."

Das klang nicht unvernünftig und schien dem alten Mann die zweite Flasche wert, die der Agent bestellte. Als auch die dritte und vierte getrunken war und der Agent das *S* nicht mehr ganz lautrein zwischen den Zähnen hervorbrachte, da wusste der alte Mann, dass sie mit einem Mississippidampfer wenigstens bis Baton Rouge, besser noch bis Natchez oder Vicksburg stromauf fahren sollten, dass sie dort viel billiger als in New Orleans Pferdegespanne erstehen konnten, dass in den Kampfgebieten viele Häuser niedergebrannt seien und dass es dort viel aussichtsreicher sei, nach Arbeit zu fragen. Holz sei in den waldreichen Gebieten das kleinste Problem. Vor allem aber sollten sie sich vor Gangstern hüten, die durch den Krieg und die Sklavenbefreiung jedes Gefühl für Moral verloren hätten. Und der alte Mann dürfe Herrn Schillinger nun Johnny nennen und als seinen Freund betrachten.

Die Rechnung war nicht klein, als die Kellnerin schließlich kassierte. Aber der alte Mann hatte den Eindruck, dass er die ersten Dollars gut investiert hatte.

„Ich werde morgen um acht Uhr am Kai sein", versprach der Agent. „Ich helfe Ihnen beim Zoll und begleite Sie zu den Riverboats. Dort können Sie wegen der Passage verhandeln."

Es wurde auf der „Neptun" eine wüste Nacht. An Schlaf war nicht zu denken. Die Zimmerleute hatten zwar auch gegessen, getrunken und die Ankunft gefeiert und lärmten fröhlich, aber aus dem Zwischendeck drang ein fürchterliches Grölen und Toben, Geschrei und Gestampfe, sodass der erste Steuermann mit acht Matrosen hinunterstieg und drohte, er wolle jeden in den Hafen werfen lassen, der jetzt nicht endlich Ruhe gebe. Der alte Mann schrieb einen langen Brief nach Liebenberg. Post werde mit den Dampfschiffen befördert und komme schon in wenigen Wochen in Europa an, hatte man ihm gesagt. Seine Frau solle dann nach St. Louis zu Warich schreiben. Irgendwann würden sie mit Bruno Warich in Verbindung treten.

Der Agent hielt Wort. Pünktlich um acht Uhr kam er an Bord. Die Zimmerleute brauchten für den Zoll nur wenige Kisten zu öffnen.

Die Zöllner merkten bald, dass Liebenberg wohl kaum Schätze besaß, die in den Staaten der Zollpflicht unterlagen.

Während die Kisten mit einem Kran an Land gehievt wurden, schlenderte der Junge durch den Hafen. Er suchte die Anlegeplätze der Schaufelraddampfer und fand sie bald. Auf flachen, breiten, meist weiß gestrichenen Schiffsrümpfen erhoben sich ein- oder zweigeschossige Aufbauten und darüber hinaus ragten dünne Schornsteine. An schwarzen Anschlagtafeln waren die Ziele und die Fahrpreise notiert. Außerdem wurde mit den Rekordfahrzeiten der Schiffe bis St. Louis geworben. So hatte das Schiff „Natchez" bis zu der Stadt, in der Bruno Warich lebte, nur wenig mehr als vier Tage gebraucht. Die Dampfer trugen klangvolle Namen, breit auf die Bordwand gepinselt. „Princess“, „Southern Belle“, „Magnolia“ oder „Sultana“ stand da zu lesen. Während bei den meisten Schiffen der Fahrpreis bis St. Louis angegeben war und für das Zwischendeck drei und für die Kajüte zehn Dollar betrug, war auf der Tafel der „Duke of Orleans“ auch der Preis für die Zwischenstationen in Kreide notiert.

Der Junge kam gerade zur „Neptun“ zurück, als der Name „Duke of Orleans“ fiel. Der Agent pries dem alten Mann das Schiff an. Es gebe für die Kajütengäste eine hervorragende Verpflegung und allerlei Bequemlichkeiten. Und zehn Dollar pro Person sei gewiss kein hoher Preis. Außerdem fahre das Schiff heute genau um 16.00 Uhr ab. Ja, da die Gruppe fast zwanzig Personen zähle, wolle der Kapitän, der ein alter Bekannter von ihm sei, sogar längs der „Neptun“ kommen und Passagiere und Gepäck von Bord zu Bord übernehmen.

„Das erspart Ihren Leuten die Schlepperei“, schloss der Agent.

„Fahren wir denn bis St. Louis mit dem Schiff?“, fragte der Junge.

„Nein. Wir fahren bis Vicksburg und kaufen uns dort Wagen und Pferde“, antwortete der Lehrer.

Der Junge wusste genau, dass er sich nicht verlesen hatte und dass auf den Tafeln der Fahrpreis bis St. Louis mit zehn Dollar angegeben war. Vicksburg hatte er sich gemerkt, weil die „Duke of Orleans“ angegeben hatte, dass sie die Fahrt in eineinhalb Tagen schaffte. Er wusste zwar nicht mehr genau, wie teuer diese Fahrt war, aber zehn Dollar, das war ein Preis für vier Reisetage und nicht für knapp zwei. Er flüsterte das dem Lehrer und Mathilde zu. Die Nachricht kam gerade noch zur rechten Zeit, denn eben streckte der Agent dem alten Mann die Hand entgegen und rief: „Also, schlage ein, Frederick Bienmann, 150 Dollar für 17 Personen.“

„Einen Augenblick“, fuhr der Lehrer dazwischen.

„Was gibt’s?“, fragte der alte Mann unwillig. Er war stolz

darauf, dass er Johnny Schillinger zwanzig Dollar abgehandelt hatte.

„Sollten wir nicht zuvor zum Dampferhafen laufen und uns das Schiff einmal ansehen?", schlug der Lehrer vor.

Der Agent versuchte ihm das auszureden. Die „Duke" sei ein erstklassiges Schiff. Er kenne den Kapitän seit Jahren. Sicher gebe es bis zur Abfahrt noch eine Menge zu tun.

„Allerdings", bestätigte der alte Mann.

Der Junge gab hinter dem Rücken des Agenten dem alten Mann Zeichen und wollte ihm andeuten, dass dieser Mann ein Betrüger sei, doch der alte Mann verstand den Jungen nicht und sagte ärgerlich: „Lass die Faxen, Luke."

Da rief der Junge: „Er will dich übers Ohr hauen, Großvater. Für zehn Dollar kannst du dreimal so weit fahren. Im Hafen steht es auf den Tafeln angeschrieben. Zehn Dollar bis St. Louis."

Der alte Mann schaute den Agenten misstrauisch an. Der zeigte sich empört und erbot sich gleich mit seinem Freund Frederick zum Hafen zu gehen und den Irrtum an Ort und Stelle aufzuklären. Der Junge könne wohl nicht richtig lesen und hätte eine bessere Schule besuchen sollen, rief er ärgerlich.

Piet sagte scharf: „Ich bin sein Lehrer und der Junge kann hervorragend lesen."

„Was streiten wir uns, Freund Frederick", sagte der Agent. „Komm mit mir. Ich werde dir alles zeigen."

Die beiden zogen los.

Zurück kehrte nach einer Stunde allerdings nur der alte Mann. „Ich habe Johnny im Gewühl verloren", sagte er verwirrt.

„Ich bin mit Luke an den Anlegeplatz gegangen, Vater. Der Junge hat uns fast 75 Dollar erspart. Die Fahrt bis Vicksburg kostet pro Person viereinhalb Dollar für den Kajütenplatz", sagte Mathilde.

„Der Schuft", schimpfte der alte Mann empört. „Pschakrew, wenn er mir noch mal unter die Augen tritt, schlage ich ihm aus seinem Zylinderhut eine Ziehharmonika.“ Dann nahm er den Jungen und stemmte ihn hoch in die Luft, wie er es oft getan hatte, als sein Enkel noch ein kleines Kind gewesen war. Er rief: „Luke, wenn wir dich nicht hätten, dann wären wir jetzt viel ärmer und uns ging’s längst nicht so gut.“

Sie buchten die Fahrt auf der „Duke of Orleans“. Das war ein Schiff, breiter und länger als die „Neptun von Danzig“. Der Junge musste 130 lange Schritte gehen, um vom Bug zum Heck zu gelangen, und fast siebzig Schritte in die Breite. Sie wurden vom Steuermann darauf aufmerksam gemacht, dass sie pünktlich um drei Uhr am Nachmittag mitsamt dem Gepäck an Bord sein müssten, wenn es ginge, sogar früher. Denn Pünktlichkeit sei auf dem Mississippi oberstes Gebot.

Zum Transport der Kisten hatten sich genügend Männer angeboten, Schwarze, Weiße, zerlumpt gekleidet und Hunger in den Augen. Sie wollten auf flachen Handkarren das Gepäck zum Dampferhafen schaffen. Es gab einen hastigen Abschied von der „Neptun“. Der Junge schlüpfte für ein paar Minuten zu dem Segelmacher hinunter. Aber der hustete so stark, dass er kaum ein Wort mit dem Jungen wechseln konnte.

„Wenn du Charly findest, Luke“, presste er hervor, „dann bestelle ihm einen Gruß von mir und sage ihm, er soll werden, was er ist.“ Der Junge nickte, ohne zu verstehen. Auch dem Koch sagte der Junge Lebewohl. Jonas schenkte ihm zum Abschied ein schweres, längliches Päckchen. „Das ist für deine Hilfe in der Kombüse“, sagte er. „Aber öffne es erst, wenn du in Vicksburg bist. Ich wünsche dir, dass du nie gebrauchen wirst, was darin ist.“

„Alle reden in Rätseln“, lachte der Junge, aber er versprach dem Koch seine Neugier zu zähmen.

Die Zimmerleute liefen neben den Handkarren her, die laut über das Pflaster ratterten. Der alte Mann hatte ihnen eingeschärft, es gebe überall Betrüger und sie sollten die Kisten nicht einen Augenblick aus den Augen lassen.

Lange vor drei Uhr waren sie schon auf dem Hafenplatz. Es herrschte dort ein wilder Betrieb. Eine Band spielte. Für preußische Ohren war ihre Musik ein einziges Durcheinander. Aber sie fuhr in die Glieder. Lastträger schrien sich den Weg zu den Schiffen frei. Passagiere suchten den richtigen Dampfer. Mütter riefen nach ihren Kindern. Vom Deck der Schiffe schallten Kommandos. Signalpfeifen schrillten. Fässer, von flinken Händen gerollt, rappelten über das Pflaster. Kutschen brachten Kajütenpassagiere und die Hufe ihrer Pferde schlugen Funken aus den Steinen. Kurz nach drei Uhr stiegen aus den Schornsteinen von fünf Passagierdampfern schwarze Wolkenfahnen und wurden vom Wind wie ein Rauchdach über den Platz getrieben.

Einige Bootsleute halfen den Zimmerleuten, die vier Kajüten gebucht hatten. Mathilde wurde mit zwei fremden Frauen eine andere Kajüte zugewiesen. Zwischen vier und halb fünf Uhr legten die Raddampfer ab. Die „Duke" war der letzte. Rückwärts schoben sie sich von der Hafenmole weg in die Fahrrinne. Jubel und noch größerer Lärm brausten über den Hafenplatz. „Ist das jeden Tag so?", fragte der Junge.

„Die Frauen in meiner Kabine haben gesagt, heute ist ein ganz besonderer Tag. Wenn ich sie richtig verstanden habe, dann gibt es zwischen den beiden Schiffen, die als erste ablegten, eine Wettfahrt bis St. Louis. Sie wollen die Strecke in weniger als vier Tagen schaffen."

„Hat dein Englisch gereicht sie zu verstehen?", neckte Piet sie.

„Ich hoffe es beim Herrn", lachte Mathilde und der Junge rief: „Halleluja!"

Bald nachdem sie die Stadt verlassen hatten, glitten hinter der von alten Eichen gesäumten Dammstraße flache, gleichförmige Baumwollplantagen und Zuckerrohrfelder vorbei. Gelegentlich reichten Wälder bis in die Ufernähe. Sie entdeckten so viele Stämme, dass den Zimmerleuten das Holz für den Bau ganzer Dörfer zu reichen schien. Das monotone Gestampfe der Maschinen, die letzten kurzen Nächte, die Aufregungen der Einschiffung, die tausend neuen Eindrücke, das alles hatte den Jungen so ermüdet, dass er das Abendessen verschlief und nicht einmal wach wurde, als der alte Mann, Döblin und Warich in die Kajüte kamen und sich in ihre Kojen legten. Zwölf Stunden schlief er wie ein Stein. Selbst am nächsten Morgen noch musste der alte Mann ihn rütteln, damit er aufwachte.

„Um acht Uhr gibt's Frühstück", sagte er. „Wasche dich gut und kämme dich. Es geht hier an Bord sehr vornehm zu."

Tatsächlich gab es wenig Vergleichbares zwischen dem Frühstück auf der „Neptun von Danzig" und der „Duke of Orleans". Die Tische des großen Speisesaals waren mit weißem Leinen gedeckt, frisch gebackenes Brot duftete, starker, heißer Kaffee wurde ausgeschenkt, gebratenes Fleisch, verschiedene Fischsorten, Schinken, Butter, Apfelkuchen und Früchte standen bereit, als die Glocke pünktlich die Passagiere zum Frühstück rief. Ein Heer von Stewards in weißen Leinenjacken, meist Neger, bediente die Passagiere. Darunter waren sehr junge Männer, fast noch Kinder. Den Jungen, der noch niemals im Leben so bedient worden war, machte das befangen. Als der Schiffsoffizier sich von seinem Platz erhob und damit die Frühstückszeit beendete, war er noch keineswegs satt.

An diesem Morgen war es auf dem Strom angenehm kühl. Die „Duke" steuerte gegen zehn Uhr einen Landeplatz an. Ein großer Berg von Holzscheiten wurde an Bord genommen.

„Ein kleiner Wald wird von den Heizern verfeuert, bis das Schiff in St. Louis ankommt", sagte der alte Mann. „Allein hier haben sie an die fünfzehn Fuder Holz geladen."

Am späten Nachmittag legte das Schiff in Natchez, einer kleinen Stadt auf der linken Stromseite an. Nur wenige Passagiere gingen an Land. Es war schon lange nach Mitternacht, als der Kabinensteward die Zimmerleute weckte und ankündigte, dass das Schiff in einer Stunde Vicksburg erreiche. Ärger gab es und einen kleinen Aufenthalt, weil in der Aufregung des Aufbruchs niemand daran gedacht hatte, Mathilde zu wecken. Erst als sie die „Duke“ verließen, fiel es Piet auf, dass sie nicht unter denen war, die von Bord gingen.

Das Leben, das im Hafen kurz aufgewacht war, als das Dampfschiff einlief, schlief schnell wieder ein. Die Zimmerleute hockten auf ihren Kisten auf dem Hafenplatz. Die Nacht war empfindlich kühl. Schließlich streiften Franek Priskoweit und Andreas Schicks durch die Gassen rund um den Hafen. Sie entdeckten zwei Gasthäuser, aber alle hatten längst die Lichter gelöscht. Die ganze Stadt lag in tiefem Schlaf.

Nur die Hunde kläfften aufgeregt, wenn die beiden Männer näher kamen.

Als sie zurückkehrten, sagte Franek: „Hier sieht man, dass Krieg war. Viele Häuser brauchen dringend den Zimmermann.“

Es begann endlich zu dämmern. Platz und Gassen belebten sich allmählich. An einem Gasthaus wurden die Blendläden geöffnet. Es hieß „Tobys Restaurant“. Sie fanden Platz in der Gaststube. Der Wirt war ein schmächtiger, älterer Mann. Er schrie mit einer näselnden, hohen Stimme Satzfetzen und kurze Anweisungen in einen Raum hinter der Gaststube. Bald drangen verlockende Düfte von gebratenem Speck heraus. Eine dicke Negerin in einem frischen blauen Kleid mit weißem, gestärktem Kragen brachte auf einem Tablett Brot und Butter, Honig und Schinken und später eine große Pfanne voll gebratener Eier. Kaffee wurde von zwei Mädchen, den Töchtern des Wirts, in Blechkannen aufgetragen. Die Kälte der Nacht war bald vergessen. Der Wirt versuchte ein Gespräch anzuknüpfen.

„Aha, Zimmerleute sind Sie?“

„Ja, wir wollen Fuhrwerke kaufen und suchen Arbeit“, erklärte der Lehrer.

„Fuhrwerke gibt es bei Ben Norton. Der Krieg hat genug davon zurückgelassen. Aber Arbeit werden Sie in unserer Stadt wohl kaum finden.“

„Es sind viele Häuser zerstört worden“, sagte der alte Mann. „Der Krieg ist wohl an Ihrer Stadt nicht vorübergegangen.“

„Da haben Sie Recht, Mann. Die Yankees haben die Stadt lange belagert und ganz schön zugerichtet. Aber was noch schlimmer ist, sie knebeln uns, legen uns hohe Steuern auf, ihre Militärs behandeln uns wie kleine Kinder. Den Soldaten ist ein Schwarm von Nichtstuern gefolgt, Blutsauger aus dem Osten. Die machen die Schwarzen verrückt und versuchen hier die Herren zu spielen. Auf unsere Kosten. Kein Mensch weiß, wie das weitergehen soll. Also wenig Aussichten für Leute, die hier auf ehrliche Weise Geld verdienen wollen.“

„Ich meine, der Krieg ist vorbei. Die Sklaven sind befreit. Und darum ging es doch, nicht wahr?“, fragte der alte Mann. „So jedenfalls hat man es bei uns in Preußen erzählt.“

„Erzählt hat man das auch hier“, näselte der Wirt. „Der gute Abraham Lincoln, der hat es deutlicher ausgedrückt. Er hat gesagt, die Sklaven seien ihm gleichgültig. Ihm gehe es um den Erhalt der Union. Und so hat er’s auch gemeint. Da haben sie ihn umgebracht im April 65. Ermordet haben sie ihn. Erschossen während einer Theateraufführung. Nach seinem Tod hat es sich dann gezeigt, wie das wahre Gesicht dieses Bruderkrieges aussieht. Geschäfte wollen die Brüder aus dem Osten machen. Nichts als Geschäfte auf unsere Kosten.“

„Aber die Sklaverei, die ist doch abgeschafft worden“, wandte der Lehrer ein.

„Sicher. Aber niemand hat danach gefragt, wie es in den Plantagen weitergehen soll. Wie sollen die Menschen hier überleben? Wie die Weißen, wie die Schwarzen? Ich sage Ihnen, das Elend nach diesem verdammten Krieg ist groß in den Südstaaten. Die Brüder, die uns besiegt haben, die verhalten sich wenig brüderlich.“

„Das goldene Land der Staaten“, sagte der alte Mann enttäuscht. „Wir müssen also weiter nach Norden ziehen oder nach Osten. Dorthin, wo die Dollars wachsen.“

„Es gibt vielleicht eine kleine Chance für eine gute Arbeit

in unserer Stadt“, sagte der Wirt leise. „Aber sagen Sie es niemand, dass der Hinweis von mir kommt. Es gibt hier Leute, die sehen es gar nicht gern, wenn Fremde herkommen und ihnen den Verdienst wegschnappen.“

„Wir wollen für unser Geld gute Arbeit leisten“, sagte der alte Mann. „Wir wollen nichts geschenkt.“

„Das ist es ja gerade. Hier gibt es zu viele Banditen, die mit schlechter Arbeit gutes Geld machen wollen.“ Er beriet sich mit seiner Tochter und sprach schnell und leise, sodass die Zimmerleute kein Wort verstanden. Er entschloss sich und sagte: „Ich gebe Ihnen eine Adresse. Zufällig habe ich gehört, dass der jüngere Sohn vom alten Villeroy eine Frau aus dem Osten geheiratet hat. Villeroy hat seine Pflanzungen auf der anderen Seite des Stroms. Der Sohn ist etwas aus der Art geschlagen. Heiratet doch tatsächlich eine Yankee. Der Alte hat sich schwarz geärgert. Erst wollte der Sohn nicht Pflanzer werden, dann heiratet er eine Yankee. Arzt ist er geworden. Er wollte mit seiner jungen Frau in den Osten ziehen. Der alte Villeroy hat gesagt, das ist Verrat. Er hat die junge Frau überredet hier zu bleiben. Er sucht für seinen Sohn in unserer Stadt ein schönes Haus. Angebote hat er viele, denn es scheint genug Menschen zu geben, die in dieser schlechten Zeit ein Haus verkaufen wollen. Aber er hat noch keins gefunden, das den jungen Leuten zugesagt hat. Vielleicht lässt er sich ein neues Haus bauen? Seine Schwiegertochter jedenfalls soll genug harte Dollars mit in die Ehe gebracht haben.“

„Wo ist er zu treffen?“

„Er ist bei Freunden zu Gast, die hier ein Stadthaus besitzen. Gehen Sie nur die Hauptstraße bis zum Ende durch. Sie mündet auf einen kleinen Platz. Das schöne weiße Haus mit den sechs Holzsäulen davor, das ist es. Fragen Sie nach Mister Villeroy. Gute Zimmerleute sind hier dünn gesät.“

„Wieso?“, fragte der Lehrer. „Ich habe hier herrliche Holzhäuser gesehen.“

„Schon, schon“, gab der Wirt zu. „Bis vor ein paar Jahren gab es geschickte Neger hier. Aber die besten haben ihr Glück bei den Yankees im Osten gesucht. Das Gesindel und die Stümper unter den Handwerkern sind geblieben und die, die von den Plantagen weggegangen sind. Ist nicht mehr so einfach, hier im Süden."

Der Wirt hatte sich die ganze Zeit über Mühe gegeben und langsam und deutlich gesprochen. Sie hatten ihn ganz gut verstehen können. Dennoch wollte der alte Mann Mathilde als Dolmetscherin mit zu Villeroy nehmen.

„Kann ich nicht auch mitgehen?", bettelte der Junge und der alte Mann erlaubte es.

Sie fanden das Haus leicht. „Gute Arbeit", lobte der alte Mann und zeigte auf die schöne Giebelfront des Hauses. Es war etwas vernachlässigt und die Farbe begann bereits abzublättern.

Er zog vor dem Eisentor an einer Glocke. Ein alter, gebrechlich wirkender Neger in einem eleganten braunen Anzug öffnete ihnen das Tor. „Wir möchten Mister Villeroy sprechen", sagte Mathilde. „Es geht um das Haus, das er sucht."

Der Diener verschloss das Tor und verschwand. Doch dann kam er zurück und winkte die Besucher herein.

Von einer geräumigen Halle aus führte eine Treppe ins Obergeschoss. „Einen Augenblick bitte", sagte der Neger. Nach einigen Minuten öffnete er weit eine Zimmertür und ließ sie eintreten.

Wie beim Baron von Knabig, dachte der Junge.

Villeroy, wohl knapp über fünfzig Jahre, war ein sehr großer, stiernackiger Mann. Er stand nicht aus seinem Sessel auf, sondern musterte die drei eingehend eine ganze Weile. Sein blasses, kantig geschnittenes Gesicht zeigte keinerlei Regung, als er fragte: „Nun, was gibt's?"

Der alte Mann ließ Mathilde vortragen, was der Wirt ihnen erzählt hatte.

„Wer weiß, was Sie können?", zweifelte der Pflanzer.

„Wir bauen Ihnen ein Haus, wie es schöner keins in dieser Stadt gibt", sagte der alte Mann eifrig.

„Etwas können Sie sicher“, lachte Villeroy. „Sie können prahlen.“

Er stand auf und rief nach dem Diener. Der brachte ihm das Jackett. „Kommen Sie mit. Ich zeige Ihnen einen Platz, auf dem man vielleicht ein Haus bauen sollte.“

Obwohl der Weg nicht weit war, fuhren sie mit einer bequem gefederten Kutsche. Ein wenig auf den Rand der Stadt zu lag ein flacher, mit lockerem Baumbestand bewachsener Hügel, der rings von einem hohen Zaun umgeben war. Sie stiegen aus und gingen durch das Tor. „Das Holz liegt bereit“, sagte Villeroy und deutete auf einen Berg aufgeschichteter Stämme. „Ich wollte mir eigentlich ein Stadthaus bauen lassen. Aber die Zeiten haben sich gewandelt.“

Der alte Mann zog sein Beil aus dem Gürtel und hieb von einigen Stämmen Späne ab.

„Gutes, abgelagertes Eichenholz“, lobte er.

„Stimmt“, sagte der Pflanzer. „Schon vor dem Kriege geschlagen. Aber was weiß ich, was Sie wirklich können. Wo stehen die Häuser, die Sie gebaut haben? Ich glaube, ich halte mich lieber an die Zimmerleute, die hier leben. Ist zwar auch nicht weit her damit, aber ich weiß, was ich an ihnen habe.“

„Wir könnten Ihnen zeigen, was wir schaffen können“, bot der alte Mann an.

„Und wie sieht eine solche Probe aus?“

„Das möchte ich noch nicht verraten. Aber erlauben Sie uns hier auf dem Grundstück etwa zehn Tage zu arbeiten, ohne dass uns jemand belästigt. Dann mögen Sie kommen und sehen, mit wem Sie es zu tun haben, Mister Villeroy.“

„Ich muss sowieso dringend nach ‚Yellow Rose‘, zu meiner Plantage, zurück. Ich gebe Ihnen die Chance. In zehn Tagen bin ich wieder hier. Ich werde meinen Sohn und meine Schwiegertochter mitbringen. Schließlich geht es ja um das Haus, in dem sie leben sollen.“

Die Zimmerleute berieten hin und her, was sie bauen sollten, um einen überzeugenden Beweis ihres Könnens zu liefern.

Sie schlugen einen hohen Aussichtsturm vor oder ein schönes Portal. Der alte Mann aber schüttelte zu allen Vorschlägen den Kopf. Dann sagte er: „Piet, Sie können sich als Quartiermeister nützlich machen. Mieten Sie für zunächst neun Nächte einen Schlafplatz für uns." Dann setzte er sich mit Stift und Papier in eine Nische der Gaststube an einen Tisch und ließ sich weder durch das Mittagessen noch durch den Lehrer stören, der ihm berichten wollte, was er erreicht hatte.

Erst gegen sechs Uhr, als der Wirt das Abendessen von der Negerin Rosalie und seinen Töchtern aus der Küche heraustragen ließ, kam er aus seiner Nische hervor. „Nach dem Essen zeige ich euch den Plan", sagte er und ließ es sich gut schmecken. Dann heftete er mit seinem Messer eine Zeichnung an die Holzwand der Gaststube.

Die Zimmerleute drängten sich, um zu sehen, was der alte Mann ausgebrütet hatte. „Das ist ja ein ganzes Haus", rief Döblin erstaunt. „Wir schaffen doch nicht ein ganzes Haus in zehn Tagen."

„Schau genauer hin", lachte der alte Mann.

„Soll ja nur ein Meter und dreißig hoch sein", sagte Franek.

Nun sahen es alle. Es war ein doppelstöckiges Haus mit allen Einzelheiten, aber es war auf kleine Maße gebracht worden.

„Wir werden es auf einer Holzsäule aufpflocken", erklärte der alte Mann.

„Ein Taubenhaus!", schrie der Junge begeistert. „Das ist ja ein richtiges Taubenhaus."

„So ist es", bestätigte der alte Mann. „Morgen fangen wir an."

Dann wandte er sich an Piet: „Und wo, Quartiermeister, verbringen wir die Nacht?"

„In diesem Haus", antwortete der Lehrer. „Es gibt hier einen geräumigen Dachboden. Unsere Kisten stehen dort oben sicher und trocken. Für Strohsäcke wird gesorgt. Der Preis für die Übernachtungen, das Frühstück und das Abendessen ist nicht hoch."

„Aber der da“, keifte der Wirt und zeigte auf Franek, „der soll meine Tochter Judith in Ruhe lassen.“

Der alte Mann beruhigte ihn und sagte: „Der Franek hat in den kommenden Tagen so viel Arbeit, dass keine Zeit und keine Lust mehr übrig bleibt einem Mädchen nachzusteigen.“ Dann fragte er den Lehrer: „Und wo werden wir mittags essen?“

„Es ist alles klar, Meister. Wir haben eiserne Dreibeine gekauft und unsere Töpfe ausgepackt. Holz liegt genug auf dem Grundstück herum. Jetzt kann Mathilde zeigen, ob sie eine gute Köchin ist.“

Als sie am Abend ihr Gepäck auf den Dachboden getragen hatten und ihre Decken ausbreiteten, fiel dem Jungen das Geschenk des Kochs wieder ein. Er öffnete das Päckchen und hielt eine doppelläufige Pistole in der Hand. Der alte Mann sah das Schießeisen genau an und sagte: „Hoffentlich wirst du nie in eine Lage kommen, in der du eine Pistole gebrauchen musst.“

„Hat Jonas auch so ähnlich gesagt“, antwortete der Junge.

Schon in aller Frühe trieb der alte Mann seine Leute aus den Federn. Der Wirt war mürrisch und verschlafen, aber das Frühstück ließ nichts zu wünschen übrig.

Der alte Mann hatte in knapp einer Stunde die Arbeit auf dem Hügel so eingeteilt, dass niemand mehr herumstand und jeder wusste, was er zu tun hatte. Der Lehrer zeigte einiges Geschick und ging dem alten Mann zur Hand, spannte Schnüre und bestrich sie mit Ruß. Der alte Mann hob die Schnüre an. Sie strafften sich wie Bogensehnen. Er ließ sie auf die Bohlen schnellen, sodass sich durch den Ruß über viele Meter hin eine schnurgerade Linie abzeichnete.

Der Junge lernte inzwischen die unangenehmste Seite des Zimmerhandwerks kennen, das Brettersägen. Ein Baumstamm war ungefähr zwei Meter hoch aufgebockt worden. Obendrauf stand Franek und riss die große Säge gleichmäßig empor. Das machte er über Stunden hin und niemand konnte ihm eine Ermüdung ansehen. Genau über den aufgeschlagenen Strich führte er den Schnitt. Unter dem Stamm war der Platz des Lehrlings. Er musste die Säge herabziehen. Das erforderte zwar weniger Kraft, aber das Sägemehl rieselte auf ihn herab, juckte auf der schweißigen Haut, verklebte die Nase, geriet in Ohren und Mund und drang gelegentlich auch in die Augen. Der Junge biss die Zähne zusammen. Alle, die hier auf dem Bau arbeiteten, hatten unter dem Bock angefangen. Er wollte es schaffen wie sie.

Vier Tage lang beilten sie Balken und sägten Bretter. Jeden Morgen kamen mehr Neugierige, die sehen wollten, was die verrückten Deutschen auf Villeroys Hügel machten. Manche blieben stundenlang und schauten durch Tor und Zaun. Am Samstag begannen einige Männer zu schimpfen, dass die Fremden ihnen die Arbeit wegstehlen wollten. Sie würden sich das nicht gefallen lassen.

Der alte Mann fragte den Wirt um Rat.

„Nehmen Sie sich vor dem Gesindel in Acht“, antwortete der Wirt düster.

„Ich würde an Ihrer Stelle die Gewehre griffbereit halten, die schrecken vor nichts zurück.“

Am Sonntag arbeiteten sie nicht. Sie fragten nach einer Kirche. Der Wirt beschrieb den Weg. Sie fanden das Gotteshaus und betraten einen großen, hellen Saal. Längst saßen sie in langen Bänken zwischen Menschen eingekeilt, als sie merkten, dass sie in einen protestantischen Gottesdienst geraten waren. Sie hatten aber nicht den Mut die Feier durch ihr Hinausgehen zu stören. So blieben sie brav bis zum Schluss.

„Eine Predigt am Sonntag, von der ich kaum was verstehe, ist mehr als genug“, sagte Gustav Bandilla, und Hugo Labus, Otto Sahm und Grumbach beschlossen einen Frühschoppen zu sich zu nehmen und auf die Messe zu pfeifen. „Gottesdienst ist Gottesdienst“, sagte der dicke Grumbach.

Der alte Mann bestand aber darauf, eine katholische Kirche zu suchen. Die fanden sie auch. Bis zum Beginn der letzten Messe blieb ihnen noch eine Weile Zeit. Der Pfarrer stand vor der Kirchentür und begrüßte die sich allmählich einfindende Gemeinde. Er sprach auch die Zimmerleute an.

„Ach, Sie sind Villeroys Arbeiter“, sagte er. „Ich dachte, Sie kommen aus Preußen?“

„Wir sind Preußen“, bestätigte der alte Mann.

„Kein Wunder, dass Sie der Wirt in die evangelische Kirche geschickt hat. Jedermann hier glaubt, dass alle Deutschen evangelisch sind.“

Bald kam der Wirt. Einen Schritt hinter ihm gingen seine Töchter und die schwarze Mamsell Rosalia. Die balancierte mit Geschick einen riesigen, mit Straußenfedern besteckten Hut auf dem Kopf.

„Haben Sie Ihre Kirche nicht gefunden?“, näselte der Wirt.

„Doch“, sagte Mathilde. „Aber zuerst sind wir in einen evangelischen Gottesdienst geraten.“

„Sie sind doch nicht etwa römisch-katholisch?“, fragte der Wirt ungläubig.

„Genau das sind wir.“

Zum ersten Male sahen sie den Wirt freundlich lachen. Wortreich erklärte er dem Pfarrer, dass sich ein waschechter Ire wie er gar nicht vorstellen könne, dass in Deutschland auch anständige Gläubige lebten. Er schien auch nichts mehr dagegen zu haben, dass Franek sich vor und nach der Messe mit Sprachbrocken, Gesten und Gebärden mit seiner Tochter Judith unterhielt.

Der Wirt fragte später den alten Mann, ob es ihm drei Dollar pro Tag wert sei, wenn er nicht mehr bei seiner Arbeit durch Missgünstige und Neugierige gestört werde. Der alte Mann zahlte das Geld. Als sie am Montag mit dem Zuschneiden des Holzes begannen, gelangte niemand mehr in ihre Nähe. Das Tor war hinter ihnen fest verriegelt worden. Drei Männer mit großen Hunden bewachten den Hügel und verjagten jeden, der sich zu nähern versuchte. Am achten Tag teilte sich die Gruppe. Der alte Mann begann mit fünf Leuten und dem Jungen das Taubenhaus zu errichten, während die andere Gruppe unter der Aufsicht von Döblin die restlichen Stücke zuschnitt. Als am neunten Tage die Sonne unterging, hoben sie alle gemeinsam das schwere Taubenhaus auf eine Holzsäule aus einem gewaltigen Stamm, der etwa eineinhalb Meter aus dem Boden ragte und den sie tief eingegraben hatten. Das Werkstück glich einem Spielzeughaus. Es war eine doppelgeschossige Villa mit einem sanft geneigten Satteldach. Rundum lief eine lichte Veranda, die nur an der Vorderfront durch eine geschwungene, u-förmige Doppeltreppe unterbrochen war. Die führte in das erste Geschoss und umschloss ein Bogenportal, durch das man in das Erdgeschoss des Hauses gelangen konnte.

In den Bogen hatte der Junge, nachdem er sich mit dem Lehrer beraten hatte, das Zeichen der Heilkunst, einen schlangenumwundenen Äskulapstab, geschnitzt.

Am frühen Morgen des zehnten Tages räumten die Zimmerleute alle Holzreste aus den Augen und schmückten den Platz rund um das Taubenhaus mit frischen, grünen Zweigen.

Gegen Mittag kamen drei Kutschwagen vorgefahren. Schwarze Diener klappten Treppenstufen herunter und öffneten die Schläge.

Die ganze Familie Villeroy hatte sich aufgemacht, um das Grundstück und die Probe der Zimmerleute zu besichtigen. Die Männer stellten sich mit ihren Handwerkszeugen auf.

Der alte Villeroy schritt zweimal rund um das Taubenhaus und sagte: „Ganz ordentliche Arbeit."

„Herrlich! Wunderbar!", schwärmten die Villeroy-Frauen. „Sieh doch, die zierliche Veranda, die kunstvolle Treppe!"

„Typisch weibliche Art etwas zu beurteilen", tadelte Villeroy. „Außen hui! Aber wie sieht das Haus innen aus? Schließlich muss man in einem Haus wohnen und wird es schnell verwünschen, wenn man es nur von außen schön findet."

Der alte Mann hatte nicht alles verstehen können, was Villeroy gesagt hatte. Mathilde erklärte ihm den Sinn seiner Worte. Mit einer Handbewegung gab er den Zimmerleuten ein

Zeichen. Jeweils zwei Männer traten an die vier Seiten des Hauses, lösten einige Knebel und Keile und schoben auf einen Zuruf des alten Mannes die Fassaden, die wie auf Schienen glitten, nach unten. Die Innenstruktur wurde sichtbar. Jeder Balken, jede Wand, jeder Boden war mit größter Sorgfalt gearbeitet. Die Damen fuhren mit dem Finger über das geglättete Holz und brauchten nicht zu befürchten sich einen Splitter unter die Haut zu reißen.

Villeroy betrachtete das Haus lange und genau. Er zählte in jedem Geschoss acht Zimmer, die große Eingangshalle, die sich durch beide Geschosse zog, nicht mitgerechnet. Er ging zu seiner Schwiegertochter und zu seinem Sohn und redete leise mit ihnen. Die jungen Leute kamen zu dem alten Mann und streckten ihm die Hände entgegen. Der alte Mann schlug ein.

„Sie und kein anderer soll unser Haus errichten“, sagte die junge Frau Villeroy.

„Damit es schneller geht, stellen wir Ihnen einige Arbeiter von der Plantage zur Verfügung“, sagte der alte Villeroy. „Mein Sohn und seine Frau wollen so schnell wie möglich einziehen. Fahren Sie mit uns auf die Plantage. Dort bereden wir alles Weitere.“

Er wies einen schwarzen Kutscher an eine weitere Kutsche in der Stadt zu mieten.

„Ich möchte meine Familie mitnehmen“, radebrechte der alte Mann. „Meine Tochter versteht Ihre Sprache besser. Wenn es ums Geschäft geht, muss alles klar sein.“

„Das ist auch meine Meinung. Für Ihre Männer soll es ein Fässchen Bier und ein paar kräftige Steaks geben, damit sie genügend Kräfte für die schwere Arbeit sammeln.“

Als die Bienmanns und der Lehrer spät in der Nacht nach Vicksburg zurückgebracht wurden, hatte der alte Mann auf seine Arbeit einen Vorschuss in harten Dollars erhalten und er wusste, dass er den 2000 Talern mit diesem Bau ein beträchtliches Stück näher kommen würde.

Während der Junge und Mathilde von dem schönen Anwesen der Villeroys schwärmten und sich über die vielen Diener im Hause wunderten, schien der Lehrer während der ganzen Rückfahrt bedrückt. Er sagte: „Wenn ich sehe, wie hier die Schwarzen zwar freie Leute sind, aber doch mit tausend Fesseln an die weißen Herren gebunden bleiben, dann scheint es mir mit der gepriesenen amerikanischen Freiheit nicht weit her zu sein."

„Du misst die Wirklichkeit immer an irgendwelchen Wunschvorstellungen von Freiheit", antwortete der alte Mann. „Schau dir die ‚weißen Herren' im Hafenviertel doch einmal an. Wenn mich nicht alles täuscht, dann leben die Schwarzen bei den Villeroys freier und besser als die Weißen, die dort in den Hütten am Fluss hausen. Nicht alle Weißen wohnen in einem Paradiesgarten und nicht alle Schwarzen schmoren auf den Plantagen in der Hölle."

„Jedenfalls schaffen Verfassung und Gesetze allein auch kein Paradies der Gleichheit", sagte der Lehrer. „Übrigens", fuhr er nach einer Weile fort. „Mathilde und ich wollen in diesem Herbst noch heiraten."

„Was hat das mit dem Paradies zu tun?", fragte der Junge scheinheilig.

„So eilig auf einmal?" Der alte Mann brummelte etwas Unverständliches in den Bart und sagte dann laut: „Na, von mir aus. Meinen Segen habt ihr."

Mathilde schrieb einen Brief nach Liebenberg und berichtete von der bevorstehenden Hochzeit und von ihrem Leben in Vicksburg.

Der Junge fügte für seine Mutter ein paar Sätze hinzu und schloss mit der Bitte: „Und wenn es dir nichts ausmacht, liebe Mutter, dann bestelle der Lisa Warich einen Gruß von mir."

In der Nacht kurz vor dem Morgen schepperte die Feuerglocke und Lärm von Pferdehufen und Wagenrädern schallte von der Straße herauf. Die Zimmerleute schreckten aus dem Schlaf. In der Ferne flammte der Himmel vom Widerschein eines Brandes rot auf. Der Junge konnte nicht wieder einschlafen. Er beobachtete durch die Dachluke, wie die Rotfärbung des Himmels allmählich abebbte und dann ganz verschwand. Es dämmerte.

In der Gaststube von Tobys Restaurant klangen Stimmen auf. Kurz darauf hörte er Schlurfschritte auf der Dachstiege. Die Holzluke wurde hochgestemmt und Rosalia, die Negerkönigin, schob ihren Kopf nur gerade so hoch über den Dachboden, dass sie den Raum überblicken konnte. Sie sah den Schattenriss des Jungen im Lichtviereck der Luke und sagte: „Junger Massa, böse Menschen haben das Taubenhaus angesteckt. Der alte Massa hat es so schön gebaut. Jetzt ist alles Asche."

Sie zog den Kopf zurück und ließ die Luke zufallen. Von dem dumpfen Geräusch wurden die Zimmerleute ein zweites Mal in dieser Nacht vor der Zeit geweckt. Noch ehe der Junge die Nachricht weitergeben konnte, begann der alte Döblin zu schimpfen, er brauche seine Ruhe und das junge Volk solle sich gefälligst, Pschakrew, ruhiger verhalten.

„Sie haben unser Taubenhaus niedergebrannt“, wiederholte der Junge laut Rosalias Nachricht.

Eine Viertelstunde später standen die Zimmerleute vor einem qualmenden Scheiterhaufen, aus dessen Mitte der Baumpfahl verkohlt herausragte, der das Taubenhaus getragen hatte.

„Banditen!“, schimpfte der Lehrer erbittert.

„Immerhin hat das Haus seine Pflicht getan“, erinnerte Mathilde ihn. „Wir haben den Auftrag bekommen und können zu bauen beginnen.“

„Wenn der alte Villeroy das hört, überlegt er bestimmt, ob er sich ein Haus von uns bauen lässt“, argwöhnte Warich.

„Auftrag ist Auftrag“, sagte der alte Mann zuversichtlich.

Doch Warich blieb anderer Ansicht und entgegnete: „Was hat er von dem schönsten Haus im ganzen Staate Mississippi, wenn es ihm über dem Kopfe angezündet wird?“

Das Frühstück schmeckte ihnen nicht recht. Franek allein

ließ nichts von dem übrig, was Judith ihm aus der Küche hereintrug.

„Was sollen wir tun?“, fragte Warich.

„Wir werden selber schützen, was wir bauen“, sagte der alte Mann. „Wir errichten ein Blockhaus auf dem Hügel, nahe bei dem Bauplatz. Dort können wir wohnen. Niemand wird sich auf ein Grundstück wagen, auf dem es von Männern nur so wimmelt.“

„Ich wäre da nicht so sicher“, sagte der Wirt.

„Was können wir mehr tun?“, fragte der alte Mann.

„Man könnte den Bock zum Gärtner machen“, schlug der Wirt vor.

„Wie meinen Sie das?“

„Als das kleine Haus gebaut wurde, haben Ihnen die Wächter mit den Hunden die Neugierigen vom Halse gehalten. Suchen Sie sich Wächter. Aber nehmen Sie genau die, die Ihnen das Taubenhaus angezündet haben.“

„Ich lasse mich doch nicht erpressen!“, rief der alte Mann empört.

Der Wirt antwortete verdrossen: „Sie werden es schon lernen, Mister, wenn Sie in dieser Stadt bleiben wollen. Ich selber bezahle den Gangstern jede Woche zwei Dollar und brauche nicht zu befürchten, dass mir die Scheiben eingeworfen oder die Möbel zerschlagen werden. Sie werden es lernen müssen.“

„Und warum gehen Sie nicht zur Polizei?“

„Au, Mann, sind das nicht Gangster aus derselben Himmelsrichtung? Beides stinkt nach Osten. Früher, vor dem Krieg, da sorgte der Sheriff für Ordnung und Recht.“

„Recht?“, fragte der Lehrer ironisch. „Recht ja, aber vor allem für eine Hautfarbe.“

„Ja, Sie Schlaukopf. Hätte geändert werden müssen. Aber behutsamer und sicher nicht auf diese Weise.“

„Ich werde keine Erpresser bezahlen“, beharrte der alte Mann auf seiner Meinung. „Wir werden heute eine Stunde eher Feierabend machen und auf dem Hügel das Schießen üben. Wollen doch mal sehen, ob unsere Gewehre und Pistolen es noch tun. Und das sage ich euch, Männer, tragt die Waffen immer bei euch, wenn ihr mit heiler Haut nach Liebenberg zurückkommen wollt."

Villeroy, der im Laufe des Morgens von der Brandstiftung gehört hatte, besichtigte am Nachmittag das schnell zusammengefügte Blockhaus und war sehr damit einverstanden, dass die Zimmerleute auf die Baustelle ziehen wollten.

„Aber stopfen Sie die Ritzen Ihrer Hütte mit Moos dicht zu", sagte er. „Ich schicke Ihnen einen Ofen. Es wird nachts hier manchmal sehr kalt."

Die Männer hatten kurz vor dem Abend gerade die ersten Schüsse auf einen Baumstumpf abgegeben, der als Ziel diente, und der Lehrer brachte dem Jungen bei, wie seine Pistole zu laden war, da erschien Villeroy noch einmal auf der Baustelle. Er brachte einen schmächtigen, etwa dreißigjährigen Neger mit und einen langen Weißen, der kaum älter sein mochte. Beide waren in blaue Hosen und in ein buntes Baumwollhemd gekleidet und trugen mächtige Lederhüte, deren Krempe vorn aufgeschlagen und festgeknöpft war.

Sie waren mit Pistolen bewaffnet.

„Ich habe hier zwei Männer in Dienst genommen", erklärte Villeroy und seine herabgezogenen Mundwinkel deuteten an, wie wenig Vergnügen ihm diese Verpflichtung machte, „Männer, die die Baustelle während der Nächte bewachen werden."

„Wir lassen uns nicht erpressen und zahlen denen keinen Penny", knurrte der alte Mann.

„Es handelt sich nicht um Ihr Geld, Mr. Bienmann", erwiderte Villeroy von oben herab. „Ich bin es, der sich hier auskennt, vergessen Sie das nicht."

Die Zimmerleute zogen in das Blockhaus ein. Der Wirt war traurig, dass er die Gäste verlor. Aber sie versprachen an den Sonntagen bei ihm einzukehren. Franek ließ es nicht bei den Sonntagen bewenden, sondern lief an allen Abenden in Tobys Restaurant, um sich von Judith ein Bier bringen zu lassen.

Vom ersten Licht bis zur Abenddämmerung hallten die Beilhiebe und sangen die Sägen weit über den Hügel und es dauerte nur wenig über drei Wochen, bis sie das Richtfest feiern konnten. Alles war ruhig geblieben, seit Villeroy die Nachtwachen eingestellt hatte. Nachlässig saßen sie ihren Dienst ab und schienen sehr sicher zu sein, dass niemand versuchen würde in der Nacht auf dem Grundstück etwas anzustellen.

„Wir sollten beizeiten einen Wagen kaufen", erinnerte Mathilde eines Tages den alten Mann.

„Es gibt hier Gespanne, die sind wie eine Küche auf Rädern gebaut. So einen Küchenwagen könnten wir gut gebrauchen."

An dem folgenden Sonntag machten sie sich auf den Weg zu dem Wagenhändler Ben Norton. Mathilde und der Junge begleiteten den alten Mann. Auch Franek sollte mitgehen, weil er ein Jahr bei einem Stellmacher gearbeitet hatte und etwas von Wagen verstand. Es war nicht der Handel, der ihn mitlockte, aber der Wirt hatte angeboten, dass seine Tochter Judith ihnen den Weg zu Ben Nortons Wagenlager zeigen könne.

Ben Norton war ein wortkarger Mann, dem es schon fast zu viel zu sein schien, den Mund aufzumachen, um die Preise für die verschiedenen Wagen zu nennen, die auf einem Platz hinter seinem Holzhaus in langen Reihen standen. Es stellte sich heraus, dass er nicht nur mit alten Wagen handelte, sondern in seiner Werkstatt auch neue Wagen baute, breite, robuste Gefährte mit starken Rädern und hohen Aufbauten.

Als er erfuhr, dass Franek auch schon im Wagenbau gearbeitet hatte, wurde er ein wenig aufgeschlossener und sagte: „Ich suche tüchtige Leute. Wenn Sie eine Arbeitsstelle brauchen, kommen Sie zu mir."

Franek lachte und sagte: „Wir Zimmerleute aus Liebenberg bleiben beieinander."

„Wir suchen vor allem einen gebrauchten Küchenwagen", sagte der alte Mann.

„Hab' nur einen einzigen", antwortete Ben. „Drüben in Texas, da finden Sie mehr."

„Einer genügt uns“, antwortete der alte Mann.

Der Händler zeigte mit dem Mundstück seiner Pfeife die Richtung an, in der der Wagen zu suchen war, und schritt mit schweren Schritten voran bis in die äußerste Ecke des Platzes. Da stand ein mächtiger Wagen mit einem hohen Kastenaufbau. Hinten war eine große Kiste fest verankert, die in ihrer Breite an beiden Seiten über die Planken des Wagens hinausragte. Der alte Mann ging rund um den Wagen herum und sah, dass dieser Karren seine besten Jahre wohl hinter sich hatte. Die Eisenfelgen saßen locker auf den Rädern, die Deichsel war angebrochen und das Kastenverdeck hatte breite Risse.

„Gestell und Achsen sind in Ordnung“, sagte Franek. „Den kann ich hinkriegen.“

Der alte Mann wollte die Besichtigung im Inneren des Wagens fortsetzen, da wurde hinter dem Kutschbock der Vorhang zur Seite geschoben und ein zerfurchtes Gesicht schaute aus dem Wagen hervor.

Ein grauhaariger Neger fragte Ben Norton, was denn los sei. Der antwortete nicht, sondern wandte sich an den alten Mann und sagte: „Den Wagen verkaufe ich allerdings nur, wenn Sie Jeremy als Kutscher einstellen.“ Er zeigte auf den Neger, der jetzt etwas schwerfällig von dem Wagen herunterkletterte.

„Aber wir fahren erst in ein paar Wochen los“, protestierte der alte Mann. „Außerdem kann ich mit Pferd und Wagen seit meiner Jugend ganz gut umgehen.“

„Sie zahlen ihm erst den Lohn, wenn es wirklich losgeht. Ich sage Ihnen, Jeremy kennt jeden Weg und Steg in den Staaten Mississippi, Alabama und Tennessee.“

Ben wurde zum ersten Male richtig gesprächig und pries den Neger mit hundert Worten. „Ich habe Jeremy versprochen, dass er nicht runtermuss von diesem Kutschbock“, sagte der Händler schließlich und zuckte die Achseln. Der alte Mann verstand, dass er entweder den Wagen mit Jeremy als Kutscher bekommen konnte oder überhaupt nicht.

„Was soll die Karre denn kosten?“, fragte der alte Mann.

„Reden wir noch nicht vom Preis", wehrte Ben Norton ab. Er schob sich seinen Hut in den Nacken.

„Zeige Massa Bienmann den Wagen, Jeremy", sagte er.

Der Neger klappte die Seitenbretter herunter. Tatsächlich sah der Wagen innen bedeutend besser aus, als zu vermuten gewesen war, wenn man nur sein Äußeres betrachtete. Es gab drei mit Blech beschlagene Vorratskisten, sauber zusammengelegt lagen einige Felldecken darauf. Mit aufgeschüttelten Kissen war ein Liegeplatz ausgepolstert und hinter einem Vorhang am Ende des Wageninneren schienen an einer Querstange einige Kleidungsstücke zu hängen.

Außerdem schaukelten unter dem Wagen drei Eisentöpfe verschiedener Größe, das Dreibein war zusammengelegt und zeigte keinen Rostansatz. Auch die beiden hölzernen Wasserfässer an den Seiten des Wagens waren dicht und mit frischem Wasser gefüllt.

„Doch besser, als ich zuerst dachte", sagte der alte Mann leise zu Mathilde.

„Was ist mit der Kiste dahinten auf dem Wagen?", fragte Mathilde.

Statt einer Antwort klappte der Neger das Rückseitenbrett der Kiste auf und stellte zwei hölzerne Stäbe so darunter, dass das Brett ohne große Mühe zu einer festen Tischfläche wurde. Was diese Platte bisher verdeckt hatte, war eine Art Schrank, in dem etwa zwanzig größere und kleinere Schubladen untergebracht waren.

„Für Vorräte und Gewürze", erklärte Ben Norton. „Gut, nicht wahr?" Aber er bekam keine Antwort. Die Bienmanns starrten sprachlos auf die Vorderflächen der Schubladen. Auf jeder war mit großer Sorgfalt ein Bild gemalt: eine herandonnernde Bisonherde, ein Cowboy auf einem kleinen Brasadapferd, der Kopf eines Indianers in vollem Federschmuck; zwanzig Bilder, die den tiefen Süden und den Westen in Szenen festgehalten hatten.

„Jeremy kann zu jedem Bild eine Geschichte erzählen", sagte Ben Norton. „Soll ein Koch gemalt haben, ein Deutscher, der vor zwei Jahren mit einem Trail von Texas nach Abilene gezogen ist.“

Der Junge hatte die Art zu malen sofort erkannt und auf den ersten Blick das Zeichen seines Vaters gesehen, das Sechseck mit den beiden Keilen.

„Den Wagen müssen wir haben, Großvater“, sagte er. Der alte Mann, der bis dahin den Wagen wegen des Negers eigentlich nicht kaufen wollte, sagte: „Jetzt kennen wir den Wagen innen und außen, Ben Norton. Sagen Sie den Preis.“

Gemessen an den Preisen, die der Händler vorher für andere Wagen genannt hatte, war der für den Küchenwagen überraschend niedrig. „Wissen Sie“, sagte Ben Norton, als der alte Mann noch zögerte, „ich habe keine Ahnung, was Sie vorhaben. Aber wenn Sie am Ziel Ihrer Reise angekommen sind, was machen Sie dann eigentlich mit dem Wagen?“

„Nun, wir werden sehen, ob wir ihn dann weiterverkaufen können.“

„Tun Sie das nicht“, riet der Händler. „Überlassen Sie ihn Jeremy. Der bringt ihn zu mir nach Vicksburg zurück. Wenn Sie zustimmen, kann ich Ihnen zehn Dollar nachlassen.“

Da schlug der alte Mann ein. Etwas voreilig. Denn kaum war der Kauf durch den Handschlag besiegelt, da schlenderte quer über den Platz ein schlankes Mädchen. Sie mochte vielleicht vierzehn Jahre alt sein. Ihr Gesicht war schmal, ihre Nase gerade und ihre Haut für eine Negerin sehr hell. Sie zog die Augenbrauen im Sonnenlicht ein wenig zusammen und fragte: „Was wollen die Männer, Daddy?“

Der Neger stellte den Weißen das Mädchen vor und sagte: „Das ist Georgia, meine Tochter.“

„Haben wir die etwa auch gemietet?“, fragte der alte Mann und lachte ärgerlich.

„Selbstverständlich“, bestätigte Ben Norton ernst. Der alte Mann drehte sich unwillig weg. Da fügte Ben Norton beschwichtigend hinzu: „Jeremy hat sonst niemand auf der Welt.

Jeremy und Georgia. Sie werden mir noch dankbar sein, dass Sie diese beiden eingestellt haben."

„Ich wäre jedenfalls froh, Vater, wenn ich beim Kochen eine Hilfe bekäme", sagte Mathilde. Ihr gefiel das Mädchen, das jetzt ohne Scheu auf den alten Mann zutrat und ihn ansprach: „Ich kann gut kochen, Massa. Und ich bleibe bei meinem Daddy."

„Na, einverstanden", gab der alte Mann nach. „Ich hole den Wagen, sobald wir Pferde haben."

„Aber Massa, zwei Maultiere und das Geschirr sind selbstverständlich im Preis inbegriffen", rief der Neger.

Der Händler drohte ihm mit der Faust, aber er lachte dabei.

Da vergaß der alte Mann seinen Unmut.

„Spann ein, Jeremy", sagte Ben. „Warum wollen Sie zu Fuß nach Hause gehen, Mister Bienmann, wenn Sie schon Besitzer eines Küchenwagens sind?"

Jeremy führte aus dem Stall neben dem Holzhaus zwei Maultiere herbei und spannte sie ins Geschirr. Georgia half ihm dabei. Es waren zwei gut gefütterte, gesunde Mulis.

„Nun zeigen Sie mal, Mister Bienmann, ob Sie wirklich mit so einem Fuhrwerk umgehen können", forderte Ben Norton den alten Mann auf. Der lachte selbstbewusst, schwang sich auf den Bock und nahm die Zügel in die Hände. Er versuchte es mit „Hüha" und „Hüho" und mit „Los, ihr alten Klepper" und schnackte die Lederzügel auf die Maultierrücken. Aber die Tiere pressten die Ohren an den Kopf, reckten die Hälse empor und rührten sie nicht vom Fleck. Schon wollte der alte Mann zur Peitsche greifen, da setzte sich Jeremy neben ihn, nahm ihm die Zügel aus der Hand und sagte: „Du musst das mit Liebe machen, Massa, verstehst du? Mit Gewalt geht gar nichts bei den Mulis." Er schnalzte mit den Lippen und redete den Maultieren zu: „Jupiter, Herkules, geht vorwärts, meine Lieblinge."

Und tatsächlich legten sich die Tiere ins Zeug und zogen den Wagen an.

„Na, ist Jeremy nicht einen Kutscherlohn wert?“, feixte Ben Norton. Der alte Mann schwieg verblüfft.

Ohne Zwischenfälle lenkte Jeremy den schweren Wagen durch die engen Straßen der Stadt bis zu dem Hügel.

Die Zimmerleute staunten nicht schlecht, als sie neben dem alten Mann und dem Jungen den Neger auf dem Bock sitzen sahen und erfuhren, auf welche Weise die Kolonne um zwei Personen, zwei Maultiere und einen Wagen angewachsen war.

Der Bau schritt rüstig voran. Ein über den anderen Tag kam der junge Villeroy mit seiner Frau und beide waren ganz vergnügt, weil sie sahen, wie schnell das Haus wuchs. Gelegentlich machte auch der alte Villeroy einen Besuch. Dabei zeigte es sich, dass er mit den Wächtern von Mal zu Mal heftiger in Streit geriet.

„Sie werden immer unverschämter“, sagte er erbost.

„Wenn man solchen Kerlen erst einmal den kleinen Finger reicht ...“, antwortete der alte Mann schadenfroh.

„Was sollen wir denn machen?“, erwiderte Villeroy gereizt. „Wir haben den Krieg verloren. 260 000 Männer hat dieser Krieg umgebracht. An beinahe keinem Haus ist der Todesengel vorübergegangen. Und alle Opfer waren umsonst. Möglicherweise hätte Abraham Lincoln erreicht, dass die Konföderierten wieder vollwertige Staaten in der Union geworden wären. Als ihn die Kugel traf, haben wir vielleicht die größte Schlacht verloren. Aber sein Nachfolger, dieser Ulysses S. Grant, der jetzt der Präsident ist, der lässt es zu, dass sie uns schikanieren und ausbeuten. Als General der Unionstruppen war er ein tüchtiger Mann. Als Sieger hat er am Ende des Krieges jedem unserer Soldaten großzügig erlaubt ein Pferd oder ein Maultier mit nach Hause zu nehmen, damit die Männer in der Lage waren ein Stück Land zu bestellen. Die Soldaten konnten aufrecht nach Hause gehen. Aber als Präsident ist er eine Null. Schickt uns eine Militärregierung aus dem Norden! Demütigt uns, als ob wir eine Kolonie der reichen Goldsäcke aus dem Osten wären! Und die Burschen, die er uns geschickt hat, haben nichts Besseres gewusst, als sich mit aufsässigen Niggern und weißem Pack zu verbünden. Der Krieg hat nichts Gutes in den Süden gebracht."

„Wir werden uns von diesen Tagedieben nichts gefallen lassen", sagte der alte Mann fest. Er schärfte seinen Männern noch einmal ein, dass sie stets ihre Waffen griffbereit bei sich haben sollten, ob bei der Arbeit oder am Sonntag in der Kirche. „Ich rieche die dicke Luft, die es hier geben wird", sagte er.

„Sie schätzen die Banditen richtig ein", sagte Villeroy. „Sie warten möglicherweise nur auf den günstigen Augenblick."

„Ich habe übrigens noch eine Bitte an Sie, Mister Villeroy", sagte der alte Mann etwas verlegen.

„Ja?"

„Meine Tochter Mathilde will den Lehrer heiraten. Nun möchte ich nicht gern, dass das wie bei den Zigeunern auf dem Wagen geschieht. Würden Sie erlauben, dass wir den Hochzeitstag hier halten, wenn Ihr Haus fertig ist?"

„Ich denke, dass das weder meinem Sohn noch meiner Schwiegertochter etwas ausmacht", antwortete der alte Villeroy. „Mit einem solchen Fest das Haus einzuweihen, das ist eine gute Sache."

„Ich dachte gar nicht daran, das Haus zu benützen. Wir wollten nur Ihr Grundstück und unsere Hütte ...", stotterte der alte Mann.

„Aber wieso denn? Ich finde, dass die Halle gerade gut genug für eine Hochzeit ist."

Der alte Mann lud die Villeroys ein als Gäste mit dabei zu sein. Villeroy schien sich darüber zu freuen und versprach auch zu kommen.

Als der letzte Holznagel endlich eingeschlagen war und Luke dem Schnitzbild über dem Portal den endgültigen Schliff gegeben hatte, schickte Villeroy zum bevorstehenden Hochzeitsschmaus mit einem überdeckten Kastenwagen große Körbe voll Mais, Fleisch, Brot und Früchten. Jeremy und Georgia begannen den Wagen abzuladen. „Wir beeilen uns", sagte Jeremy zu dem Kutscher. „Dann könnt ihr den Wagen wieder mit zur Plantage nehmen."

Der Kutscher antwortete: „Brauchst dich nicht beeilen, Nigger. Der Wagen und die Klepper davor sind das Hochzeitsgeschenk unseres Masters. Er hat gesagt, ihr wolltet weiter nach Norden. Hat ein festes Verdeck, der Wagen. Der Norden ist kalt. Ihr werdet ihn gut gebrauchen können."

Der alte Mann freute sich sehr über das Gespann.

Weil sie am Tag nach der Hochzeit losfahren wollten, ordnete der alte Mann an, dass die Zimmerleute ihre Bündel und ihr Werkzeug bereits am Abend vorher aufpacken sollten. Für Mathilde und Georgia wurde der hintere Teil des Küchenwagens eingerichtet.

„Wir wollen keinen Tag verlieren", sagte der alte Mann. „Ihr könnt euren Rausch nach der Feier auch auf dem Wagen ausschlafen."

Der Wirt ließ anfragen, ob es ihnen recht sei, wenn seine Töchter und Rosalia bei den Vorbereitungen für die Hochzeit helfen würden. Mathilde und Georgia war das sehr recht. Die fünf Frauen brieten, buken und kochten, dass ein köstlicher Duft über den Hügel zog. Den Zimmerleuten lief das Wasser im Munde zusammen. Es wurde ein herrliches Fest. Der Pfarrer und der alte Mann führten nach der Trauung den Hochzeitszug an. Das Brautpaar saß in der eleganten villeroyschen Kutsche. Jeremy hatte von Ben Norton einen Flachwagen ausgeliehen, auf dem eine Band saß und laut und fröhlich musizierte. Der Tag verging wie im Fluge mit Reden, Essen, Trinken und Tanzen. Schließlich wollte der Lehrer auch die beiden Wächter zu einem versöhnlichen Abschiedstrunk einladen und suchte sie auf dem ganzen Hügel. Aber sie waren nirgendwo zu finden. „Das sind mir schöne Wächter", murmelte er und ging ins Haus zurück.

„Die haben sich seit gestern Morgen nicht mehr blicken lassen“, sagte Warich.

„Haben den alten Villeroy genug zur Ader gelassen. Jetzt, wo nichts mehr zu holen ist, haben sie sich ohne Abschied davongemacht.“

Am Abend war die ganze Festgesellschaft nach einem Rundgang über das Grundstück in das hell erleuchtete Haus zurückgekehrt. Erneut waren Gläser auf das Wohl des Brautpaares geleert worden. Lenski hielt eine Rede zum Lob der Braut und schilderte lebendig, auf welch abenteuerliche Weise sie als einzige Frau aus dem fernen Ostpreußen mit den Zimmerleuten in die Staaten gelangt sei. Dann forderte er alle auf an die Frauen in Liebenberg zu denken und ihr Glas bis zur Neige auszutrinken.

Die Männer dachten an ihre Frauen, ihre Töchter, ihre Bräute, ihre Mütter, die so viele tausend Meilen weit entfernt waren und von denen sie seit ihrer Abreise nichts gehört hatten.

„Zogen einst fünf wilde Schwäne ...“, stimmte Andreas Schicks mit seiner klaren Tenorstimme an, aber ehe die anderen einfallen konnten, riss Georgia das Portal auf und schrie voller Angst: „Das Blockhaus! Das Blockhaus brennt! Viele böse Männer ...“

Der alte Villeroy erkannte als Erster die Gefahr, in der sie schwebten. Er befahl: „Nehmt eure Waffen, Männer! Sie wollen uns an den Kragen.“

„Lichter aus!“, schrie der alte Mann.

Sie postierten sich an Fenstern und Türen. Allmählich gewöhnten sich ihre Augen an die vom Mondlicht und vom Brand erhellte Nacht.

„Da!“, sagte der Junge. „An unserem Wagen machen sie sich zu schaffen.“ Die Pistole in seiner Hand zitterte.

„Den villeroyschen Wagen ziehen sie fort“, rief Lenski vom Fenster her.

„Ohne den Wagen, ohne unser Werkzeug sind wir verlorene Leute in diesem Land", sagte der alte Mann. Dann rief er durch das dunkle Haus: „Wenn ich einen Schuss abgebe, dann stürmen wir alle aus dem Haus auf den Wagen zu. Dort sammeln wir uns. Nehmt die Bäume als Deckung. Seid vorsichtig und spielt nicht den Helden."

Bevor er seine Pistole zog, bekreuzigte er sich. Der Junge sah das und tat es ihm nach. Sein Herz klopfte wild. Georgia hatte sich neben ihn gehockt und ihre Hand auf seinen Arm gelegt.

„Wir stürmen den Wagen", erklärte er ihr. Aber in der Aufregung sprach er deutsch und sie konnte ihn nicht verstehen. Da schoss der alte Mann. Ohne einen Laut schwangen sich die Männer durch die Fenster. Der Junge lief mit und Georgia folgte ihm dicht auf den Fersen. Die Villeroys und der Wirt, auch Judith und ihre Schwester, selbst Rosalia schossen von der Veranda der oberen Etage aus und versuchten die Aufmerksamkeit der Eindringlinge auf sich zu lenken. Von den Wagen her wurde das Feuer heftig erwidert, doch ehe die Gangster überhaupt begriffen hatten, dass die Zimmerleute längst aus dem Hause heraus waren, hatten diese die Wagen erreicht. Befehle klangen auf, Schüsse knallten. Überrumpelt zogen sich die Störenfriede in die Schatten zurück und flohen über den Zaun. Die Zimmerleute schossen hinterdrein. Der Spuk war vorüber. Das Blockhaus brannte nieder. Im Scheine der Flammen sammelten sich die Zimmerleute und die Gäste. Alle fanden sich ein. Franek Priskoweit hielt sich den rechten Arm. Zwischen den Fingern quoll dunkel das Blut hervor.

„Er ist getroffen", kreischte Judith, „Franek ist verwundet."

Der junge Villeroy schnitt mit dem Messer den Ärmel der Jacke auf und schaute sich die Wunde an. „Es ist ein glatter Durchschuss", sagte er. Der alte Mann brachte Verbandszeug herbei. Villeroy legte einen festen Verband an. „Sie müssen für ein paar Tage ins Bett. Wenn Sie kein Wundfieber bekommen wollen, müssen Sie sich schonen."

„Wir werden mit der Abfahrt warten", entschied der alte Mann. „Wir lassen keinen Mann zurück. Vielleicht finden wir hier in Vicksburg oder in der Umgebung noch ein paar kleinere Arbeiten und können die Zeit überbrücken."

„Sie können uns helfen die Möbel ins Haus zu schaffen", bot die junge Frau Villeroy an.

Franek hatte den Schreck überwunden, aber er duldete offenbar sehr gern, dass Judith ihn stützte, als sie alle wieder ins Haus zurückkehrten. „Meister", rief er laut, „ich möchte etwas sagen." Es wurde still. Alle wollten den „Helden von Vicksburg", wie Mathilde ihn spöttisch nannte, reden hören. „Ich hätte es schon vor Tagen sagen sollen", begann Franek zaghaft. „Aber ich habe mich, ehrlich gesagt, nicht getraut. Ich weiß nicht, ob es jemand bemerkt hat. Ich habe mein Werkzeug weder auf dem einen noch auf dem anderen Wagen verstaut. Ich habe alles in Tobys Restaurant geschafft. Ich will hier bleiben und ich werde Judith heiraten."

„Nicht mit uns weiterziehen, wie wir es uns versprochen haben? Nicht zurück nach Liebenberg?", fragte der alte Mann.

„Nein. Ich werde in der Neuen Welt bleiben und hier mein Glück versuchen", antwortete Franek.

„Aber wir haben uns geschworen, dass wir zusammenbleiben wollen auf Biegen und Brechen", rief Lenski empört.

„Ist er nicht ein freier Mann in einem freien Land?" Der Wirt sprach noch mehr als sonst durch die Nase. „Ist er ein Sklave und muss tun, was sein Massa befiehlt?"

„Soll er bleiben", sagte der alte Mann.

„Und nicht einmal seine Hochzeit können wir mitfeiern", beschwerte sich Andreas Schicks.

„Warum eigentlich nicht?", fragte die junge Frau Villeroy übermütig. „Der Pfarrer ist noch im Haus und eine Doppelhochzeit soll Glück bringen."

„Aber Franek ist verwundet und viel zu schlapp", widersprach Judith.

„Für eine Hochzeit wird's noch reichen", schrie Andreas Schicks begeistert.

„Und ich habe nicht einmal einen Schleier", wehrte Judith sich. „Ohne Schleier heirate ich nicht."

Da nahm Mathilde ihren Schleier ab und steckte ihn der jungen Braut ins Haar. Der Lehrer heftete sein Myrtensträußchen dem Franek an den zerschnittenen Rock.

Der Pfarrer zierte sich zuerst, aber als Villeroy ihm zuredete, da vollzog er zum zweiten Mal an diesem Tag die feierliche Zeremonie. Ganz deutlich klangen durch die große Halle in dem neuen Haus die Worte „Bis dass der Tod euch scheidet."

Wachen wurden aufgestellt. Sie feierten bis in den Morgen hinein. Bevor jedoch das Fest zu Ende war, bat der alte Villeroy ums Wort. Er sagte, dass jede Arbeit ihres Lohnes wert sei. Es falle niemand in dieser unsicheren Zeit leicht, den Preis für ein neues Haus aufzubringen, aber er habe nicht einen Augenblick bereut den Fremden den Auftrag gegeben zu haben.

Er ließ einen großen Lederbeutel durch seinen Diener bringen und schichtete goldene Zwanzigdollarstücke zu kleinen Säulen auf der Tischplatte aufeinander und zählte die vereinbarte Summe bis auf den letzten Penny aus. Der alte Mann bedankte sich und gab jedem seinen Anteil, angefangen von dem Geld, das Lenski, der Altgeselle, verdient hatte, bis hin zu dem einen goldenen Zwanzigdollarstück, das der Junge erhielt.

„Dein erstes selbst verdientes Geld, Luke", sagte der alte Mann. „Hast redlich dafür gearbeitet."

Frau Villeroy rief den Jungen zu sich und sagte: „Den Lohn für deine Arbeit hast du von deinem Großvater erhalten. Eine Belohnung für deine Kunst bekommst du von mir. Du hast einen schönen Äskulapstab in die Oberschwelle der Tür geschnitzt. Ich möchte dir dafür ein Geschenk machen." Sie nestelte aus ihrem Täschchen ein Zehndollarstück.

Der Junge bedankte sich verlegen.

„Ist ja nicht richtig", maulte Andreas Schicks neidisch, „dass du Dämlack jetzt genauso viel verdient hast wie ich, und bist doch erst im ersten Lehrjahr."

„Hast du zu wenig bekommen?“, fragte Georgia spitz.

„Halt's Maul, wenn Männer reden“, schnauzte Andreas sie an. Sie aber lachte ihn aus.

Es wurde schon hell, aber die Sonne war noch nicht aufgegangen, da mahnte der alte Mann zum Aufbruch. Sie gingen zu den Wagen hinüber.

„Da liegt einer“, sagte Warich zu dem alten Mann. Sie fanden den langen, schmalen Wächter halb unter dem Gebüsch verborgen. Grumbach zog ihn hervor. Er hatte ein fürchterliches Loch mitten in der Brust und war schon steif.

„Er war noch so jung“, sagte Frau Villeroy, nahm ihr Schultertuch und deckte es über die Brust und das Gesicht des Toten.

„Wir werden ihn begraben“, versprach der Pfarrer. „Gleich morgen werden wir ihn begraben.“

Der Junge saß neben Jeremy auf dem Bock. „Wohin fahren wir, Jeremy?“

„Richtung Jackson, Massa Luke. Habe gehört, dass es dort vielleicht neue Arbeit gibt.“

Sie saßen lange schweigend nebeneinander. Nach einer Weile fragte der Junge: „Warst du auch Soldat, Jeremy?“

„Ja, Junge. Als Mr. President uns Schwarze 1861 rief, da habe ich meine Frau verlassen und bin zu den Unionstruppen gegangen.“

„Hast du auch geschossen?“

„Ja, Junge. Ich war Soldat.“

„Hat deine Hand gezittert, Jeremy, als du das erste Mal auf Menschen gezielt hast?“

„Ja, Massa Luke, das hat sie.“

„Nur beim ersten Mal?“

„Man gewöhnt sich an das Schießen, Massa Luke, auch an das Schießen auf Menschen. Aber ich will dir etwas sagen, ich schäme mich, dass meine Hand später nicht mehr gezittert hat, wenn ich über Kimme und Korn einen Menschen im Visier hatte. Ich schäme mich dafür, Massa Luke.“

„Du meinst, es ist keine Schande, wenn man dabei Angst hat?"

„Es ist eine Schande, Massa Luke, wenn Menschen auf Menschen schießen müssen. Das ist eine Schande."

„Aber heute hast du doch auch geschossen, Jeremy."

„Ja, Massa Luke, heute habe ich auch geschossen. Manchmal bleibt einem keine andere Wahl."

„Warst du auch ein Sklave, Jeremy?"

„War ich, Massa Luke. Ich bin im alten Süden in Virginia als Sklave geboren worden. Meine Mama war Haussklavin bei einer reichen Familie mit vielen, vielen Sklaven. Gab nur 65 Familien im Süden, die mehr als hundert Sklaven hatten. Mein Massa und meine Missus gehörten dazu. Meine Mama war eine hervorragende Köchin."

„Und dein Vater?"

„Habe ich nie gekannt, Massa Luke. Er wurde verkauft, als ich noch kein Jahr alt war. Wie das damals zuging, das hat Charly the Cook auf die große Schublade gemalt, Massa Luke. Der schwarze Mann kam auf den Klotz, wurde begafft, betastet, musste die Zähne zeigen und den Rücken. Hatte er Narben von der Peitsche, dann war er schlecht zu verkaufen. Aber mein Daddy hat Old Massa 1 500 Dollar eingebracht. Damals wurde in Louisiana noch viel Indigo angebaut. Mein Daddy war, hat jedenfalls meine Mama immer erzählt, ein Spezialist für den Anbau dieser Farbpflanzen."

„Und deine Mutter?"

„Die hat in ihrem ganzen Leben nicht einmal das Gebiet der Plantage verlassen. Von ihrem ersten Mann hat sie nie mehr etwas gehört. War 'ne gute Frau, meine Mama. Unsere Missus wusste, was sie an ihr hatte, und sie hat sie immer gut behandelt. Wenn es nach unserer Missus gegangen wäre, dann hätten sie meinen Daddy nicht verkauft."

„Hat deine Mutter sich denn nie danach gesehnt, frei zu sein und ihren Mann zu suchen?"

„Wenn unter uns Haussklaven das Wort ‚Freiheit' geflüstert

wurde, dann hat sie gesagt: ‚Wenn dieser Massa Freiheit doch endlich käme', und hat die Freiheit wohl für eine Art Engel gehalten, der ein Stück vom Himmel auf die Erde bringen sollte. Später hat der Massa sie dann mit einem anderen Mann verheiratet. Sie legten einen Besen auf den Boden. Da mussten mein zweiter Vater und meine Mama drüberspringen. ‚Jetzt seid ihr Mann und Frau', hat der Massa gesagt. ‚Und kriegt viele stramme Kinder; denn die billigsten Nigger sind die eigenen Nigger.'"

„Wie ist es dir denn ergangen, Jeremy?"

„Bis 1852 ging es mir gut. Ich konnte schon als Junge mit Pferden umgehen. Das hat Old Massa schnell gesehen. Ich durfte später sogar die Reitpferde vom Massa versorgen. Aber dann kam das Unglück über uns. Mein Bruder Anthony floh. Ich wurde dafür in die Tabakfelder geschickt. Schau auf die Schubladenbilder, Massa, dann weißt du, dass die Arbeit in den Feldern hart ist. Auf der zweiten Schublade kannst du sehen, wie der Aufseher seine Peitsche schwingt, wenn einer das Tempo nicht mithalten kann."

„Haben sie deinen Bruder erwischt?"

„Hast du nie von Anthony Burns gehört, Massa Luke?"

„Nein, Jeremy. Bei uns hat man selten etwas von Amerika erzählt und von Sklaven nie."

„Nun, mein Bruder hat den ganzen Osten in Aufregung versetzt. Er hat die Suchtrupps abgeschüttelt, die Bluthunde in den Sümpfen irregeführt, hat das freie Land erreicht und ist immer weiter nach Norden gezogen, bis er schließlich in Boston war und sich dort sicher glaubte. Er hatte im Herrenhaus oft bei den Mahlzeiten bedient und die Missus hatte ihm genau gezeigt, wie man das macht, weißt du, Getränke von rechts eingießen, leere Teller von links wegnehmen und all den Kram. Er ist in Boston als Kellner eingestellt worden und hat gutes Geld verdient.

Am 2. Mai 1854 kamen zwei Gäste in das Lokal. Dem Anthony kamen sie bekannt vor. Zu spät hat er gemerkt, dass es zwei Männer aus dem Süden waren, die bei unserem Massa häufiger zu Gast gewesen sind. Sie haben Anthony auch erkannt und sind gleich zum Gericht gelaufen. Anthony ist eingesperrt worden. Zehn Tage lang hat das Gericht seine Sache verhandelt. Bostoner Bürger haben Protestmärsche veranstaltet, wollten Anthony sogar mit Gewalt aus dem Gefängnis herausholen, aber die Soldaten haben Schüsse in die Luft abgegeben und sie zurückgetrieben. Anthony hat später erzählt, als das Urteil gefällt worden ist, da haben sie den ganzen Gerichtssaal mit schwarzen Trauerfloren ausgeschmückt. Der Richter hat gesagt, es tut ihm persönlich sehr Leid, dass er Anthony zurückschicken muss. Aber Gesetz ist Gesetz, hat er gesagt. Es fällt ihm verdammt schwer, hat er gesagt, aber er sei ein Diener des Gesetzes. Und das Gesetz in Boston und im ganzen Staate bestimmt, dass geflohene Sklaven zu ihren Herren in den Süden zurückgeführt werden müssten.

Die Soldaten haben Anthony wie einen Schwerverbrecher in Ketten auf ein Schiff geschafft. Ein dichtes Spalier von Bostoner Bürgern hat in Trauerkleidung an den Straßenrändern vom Gefängnis bis zum Hafen gestanden und viele Frauen haben geweint und ihm Blumen zugeworfen. Fahnen mit schwarzen Tüchern haben sie aus den Fenstern rausgehängt. Und als sie meinen Bruder an Bord des Kutters ‚Morris' geschleppt haben, da hat sogar ein Pastor laut mit der Menge für Anthony gebetet. Wir haben Anthony erst nicht alles glauben wollen und meine Mama hat gesagt, er hätte diese Geschichte aus dem Himmel herabgeholt. Aber später haben mir die Weißen in der Unionsarmee erzählt, das sei alles ganz genau so gewesen und im ganzen Norden und Osten hätten die Zeitungen voll gestanden von Anthony Burns."

„Und was ist aus Anthony geworden?"

„Der Massa hat ihn gefragt: ‚Anthony, habe ich dich jemals schlecht behandelt?'

‚Nein, Massa', hat mein Bruder gesagt.

‚Hast du nicht gut und reichlich in meinem Hause zu essen gehabt?'

‚Ja, Massa, das Essen war immer reichlich und gut.'

‚Hast du gefroren, Anthony, oder habe ich dir die Frau verweigert, die du heiraten wolltest, Anthony?'

‚Nein, Massa', antwortete mein Bruder und die Tränen standen ihm in den Augen.

‚Warum, Anthony, bist du dann fortgelaufen?'

‚Sie waren wie ein Vater zu seinen Kindern zu uns, Massa', sagte Anthony. ‚Aber mit dreißig Jahren, Massa, ist auch ein Neger kein Kind mehr, sondern ein Mann. Und hier in der Brust, Massa, da ist etwas, das mir sagt, Anthony, ein Mann ist nur ein Mann, wenn er frei ist.'

Da ist der Massa ganz traurig geworden und hat zu ihm gesagt: ‚Anthony, du wirst in Zukunft in den Feldern arbeiten. Aber vorher muss ich dir mit der Peitsche die Teufelsstimme aus deiner Brust herausschlagen.'"

„Und?", fragte der Junge.

„Vierzig Schläge hat der Massa ihm selbst über den Rücken gezogen. Anthony hat geschrien, dass sich meine Mama die Ohren zuhielt und sich in eine Ecke verkrochen hat. Später hat sie ein Betttuch mit Schweineschmalz getränkt. Das hat sich Anthony tagelang auf den Rücken binden lassen und das hat ihm vielleicht das Leben gerettet."

„Was ist aus ihm geworden?"

„1861 wollte er mit mir zu General Grant. Ich bin durchgekommen. Er nicht."

„Und was ist aus deiner Mama, deiner Familie geworden, als du in den Norden gegangen bist?"

„Ich habe keine Familie mehr, Massa Luke."

„Aber Georgia?"

„Sie ist die Tochter von Anthony Burns' Frau", sagte Jeremy.

„Warum drückst du das so komisch aus, Jeremy?"

„Als Anthony in Boston gewesen ist, hat der Sohn vom weißen Massa Anthonys Frau in sein Bett geschleift. Deshalb hat Georgia so eine helle Haut, Massa Luke. Aber Anthony ist gut zu ihr gewesen wie ein Vater. Und ich will jetzt meine Hand über sie halten wie ein Vater, Massa Luke."

„Gut, dass die Sklaverei vorbei ist, Jeremy."

„Ja, Massa Luke. Aber es ist noch ein langer Weg für den schwarzen Mann, bis er ein wirklich freier Mann sein wird. Die Rechte stehen auf dem Papier, junger Massa. Sie müssen manchmal einen weiten Weg gehen, bis sie in die Herzen geschrieben sind", sagte Jeremy.

Aber der Junge hörte ihn nicht mehr. Sein Kopf war dem Neger an die Schulter gesunken.

„Bist ein guter Junge, Massa Luke", summte Jeremy vor sich hin und legte seinen Arm um den Jungen.

Der Dezembermorgen war ungewöhnlich kalt. Der Winter schien in diesem Jahr früh zu kommen.

In Jackson war keine Arbeit zu finden. Es war in dieser Stadt genauso wie in Vicksburg und wohl im ganzen Süden in diesen späten sechziger Jahren. Weiße und schwarze Arbeiter lungerten herum und suchten nach einem Job. An den Straßenrändern bettelten Männer um ein paar Münzen, ehemalige Soldaten, die Arm oder Bein im Krieg verloren hatten und nicht wussten, wie sie die Woche überleben sollten.

„Wir müssen sehen, dass wir weiter nach Norden kommen", sagte der alte Mann.

„Warte bis zum Frühjahr, Massa Bienmann", riet Jeremy. „Es ist Winter und da ist es im Norden verdammt kalt. Mit unseren Wagen kommen wir gar nicht erst durch den Schnee."

Aber der alte Mann wollte keine Zeit vertrödeln. Da gab ihm ein Deutscher, der schon seit ein paar Jahren in Jackson lebte und eine kleine Druckerei betrieb, einen Ratschlag. Er sagte, der alte Mann solle doch mal zum Sägewerk von Caleb Miller fahren und dort nach Arbeit fragen. Wo Holz zu kaufen sei, da wisse man vermutlich auch, wo Häuser gebaut werden sollten. Der alte Mann konnte sich unter einem Sägewerk wenig vorstellen, denn er hatte noch niemals eins gesehen, ja, nicht einmal vorher davon gehört, dass es so etwas gab. Aber er wäre in diesen Tagen jedem Hinweis nachgegangen.

Mit beiden Gespannen fuhren sie los, Jeremy mit dem Küchenwagen vornweg. Er fragte sich zu Caleb Miller durch. Das war nicht schwer, denn Caleb Miller war in Jackson allen bekannt. Als sie später vor seinem riesigen Holzlager standen, wussten sie, warum das so war. Caleb Miller war ein reicher Mann. Stämme vieler Holzsorten lagen zu hohen Wällen aufgeschichtet, Balken in den verschiedensten Längen und Stärken türmten sich zu Bergen, Bretterstapel, hoch wie Häuser, schienen mit der Wasserwaage ausgerichtet zu sein. Aus einem endlos langen Holzschuppen drang ein höllischer Lärm, ein Stampfen, das man in den Fußsohlen spürte, ein Kreischen, Schrillen, Quietschen. Pferdegespanne zogen auf niedrigen Wagen Bäume hinter sich her, Männer hasteten offenbar zielbewusst in diesem verwirrenden Getriebe hin und her, beluden Fuhrwerke, rollten Stämme herbei und trugen Bohlen auf den Schultern.

Die Zimmerleute waren aus den Wagen gestiegen, standen am Rande des Holzplatzes und staunten. Der alte Mann bückte sich und hob ein frisch gesägtes Brettstück vom Boden auf. Es war gleichmäßig dick und völlig eben geschnitten. „Caleb Miller ist ein Meister“, sagte er. „Solch ein Brett, das muss ihm erst einmal einer nachschneiden.“

„Und die Balken“, rief Lenski, „schaut euch die Balken an! Gesägt sind die, nicht gebeilt.“

Ein stämmiger Mann mit einem roten, kurz geschorenen Bart, etwa vierzig Jahre alt, schritt mit kurzen, festen Schritten auf die Zimmerleute zu.

„Keine Arbeit, Gentlemen. Die halbe Welt will in Calebs Sägewerk arbeiten. Ich habe schon Leute zu viel.“

Er winkte mit der Hand ab und schien sich zu wundern, dass die Männer sein Gelände nicht gleich verließen.

„Wir wollen Häuser bauen“, sagte der alte Mann. „Wir sind Zimmerleute. Vielleicht wissen Sie, wer sich ein Haus bauen lassen will.“

„Wer seid ihr?“, fragte Caleb. „Wo kommt ihr her?“

„Ich bin der Zimmermeister Friedrich Bienmann und dies sind meine Leute. Wir haben in Vicksburg dem jungen Villeroy ein neues Haus gebaut.“

„Davon habe ich gehört. Ihr seid die Leute, die noch mit Handsäge und Beil arbeiten.“ Er lächelte spöttisch. „Haben Sie schon einmal ein Sägewerk gesehen, Mister Bienmann?“

„Nein, wir sind unser eigenes Sägewerk.“

„Kommen Sie mit. Ich zeige Ihnen mal etwas. Da werden Ihnen die Augen übergehen. Ihre Sägen werden Sie wegwerfen, wenn Sie das sehen. Aber passen Sie auf und laufen Sie meinen Arbeitern nicht unter die Füße.“

Caleb schritt schnell aus und ging auf den Lärmschuppen zu. Auf zwei niedrigen Wagen, deren vier Räder auf Eisenschienen liefen, rollte gerade ein gewaltiger Zypressenstamm in den Schuppen. Es wurde still in dem Gebäude.

„Das ist ein Stämmchen, wie?“, rief Caleb und tätschelte das Holz.

Die Zimmerleute sahen, wie der Stamm auf einen Bock vor ein mächtiges Sägeblatt geschoben wurde, ein Sägeblatt, wie es bislang noch keiner von ihnen gesehen hatte.

„Wer kann eine solche Säge bewegen?“, fragte der Junge. „Das ist ja etwas für Riesen.“

Caleb Miller drehte sich halb um und sagte: „Dazu ist kein Riese nötig, Junge. Für Caleb Millers Dampfmaschine ist das eine Kleinigkeit.“

Der Stamm lag mit seiner stärkeren Seite jetzt dicht vor dem Sägeblatt. Caleb Miller gab ein Zeichen. Ein doppelter, breiter Lederriemen, der aus einem Schlitz in der Wand herauskam, begann sich über einem großen Holzrad zu drehen. Ein anderes, kleineres, war auf derselben Achse befestigt. Auch darüber lief ein lederner Treibriemen. Es begann in dem Schuppen zu rasseln, zu pfeifen, zu knirschen. Das Sägeblatt wurde mit großer Gewalt hin- und hergerissen und fraß sich in den Stamm, der von vier Männern vorwärts geschoben wurde. Kaum ragten die Schnittenden des Baumstammes an der anderen Seite des Sägeblatts heraus, wurde auch dort ein Wagen untergeschoben. Davor war ein Pferd gespannt, das den Stamm gegen das Sägeblatt zog. Die Arbeiter achteten darauf, dass die Zypresse gleichmäßig über den Bock gegen das Sägeblatt gepresst wurde.

„Und wer treibt die Säge?“, fragte der alte Mann.

„Calebs Köpfchen treibt die Säge“, prahlte der Rotbart und führte sie durch eine Brettertür in den Nebenraum. Dort zeigte er voll Stolz eine blinkende Dampfmaschine mit einem mannshohen, eisernen Schwungrad, das die Riemen antrieb. Ein Kolben wuchtete hin und her und ließ den ganzen Schuppen erzittern. Der Lärm war in diesem Raum so groß, dass Caleb sich nur mit Zeichen verständlich machen konnte. Ein fettverschmierter, kleiner Mann lief mit einer Ölkanne umher und pflegte das glänzende Ungetüm. Er schrie Caleb Miller etwas zu, doch der verstand ihn nicht und zuckte mit den Achseln.

Es dröhnten ihnen noch die Ohren, als sie in dem ruhigeren Kesselhaus standen und sahen, dass dort zwei schwarze Heizer unentwegt Holz und Kohlen in ein Feuerloch schaufelten. Die Heizer waren nur mit einer Hose und festen Schuhen bekleidet. Der Schweiß lief ihnen in glitzrigen Rinnsalen über den Körper. „Hier wird der Wasserdampf gemacht“, erklärte Caleb. „Im Kessel erzeugt er genug Druck und Kraft für drei Sägen. Ich habe mir diesen Herkules aus dem Osten geholt. Er ist der beste Zimmermann im ganzen Süden.“

„Ich möchte noch einmal in die Sägehalle“, bat der alte Mann. Der Stamm war schon zur Hälfte der Länge nach aufgetrennt. Der alte Mann stand und staunte.

„Wunderbar, nicht wahr?“, rief Caleb. „Die Menschenkraft, Gentlemen, ist überholt. Meine Maschine schlägt von Ihrer Ausgabe spielend ein Dutzend. Ihr seid gegen meinen Herkules wie ein Rülpser gegen einen Sturmwind. Kein Zimmermann der Welt sägt so einwandfreie Bretter wie Calebs Maschine.“

Bisher hatte der alte Mann über Calebs Aufschneiderei nur geschmunzelt. Aber als er von der Qualität seiner Bretter sprach und so tat, als sei Bienmanns Zimmerkolonne ein Haufen Männer aus der Eiszeit, der mit Steinbeilen verzweifelt auf Holzstämme eindrosch, da sagte er: „Mr. Miller, Bretter, die wir schneiden, die messen sich mit jedem Brett auf der Welt.“

„Und so schnell wie Ihr Brüllaffe von Maschine, Pschakrew, sind wir schon lange“, rief Warich wütend.

„Meinen Sie das im Ernst, Gentlemen?“, fragte Caleb und schaute die Zimmerleute zweifelnd an.

„Ja“, bestätigte der alte Mann. „Zwölf von uns lassen sich von keiner Maschine besiegen.“

„Wirklich?“, fragte Caleb.

Der alte Mann nickte.

Caleb rannte aus dem Schuppen auf den Platz. „Die Sirene“, schrie er. „Säge abstellen. Lasst die Sirene heulen.“ Das Sägeblatt ruckte und stand. Dumpf tutete die Dampfsirene. Die Arbeiter liefen zusammen.

„Brennt's?“, rief einer.

„Nirgendwo brennt's“, antwortete Caleb. Er bestieg einen Bretterstapel. Etwa dreißig Arbeiter waren herbeigeeilt. Die Heizer hatten sich wattierte Jacken übergezogen und Schirmmützen auf das Kraushaar gedrückt.

„Wenn etwas verbrannt ist, dann ist es das Hirn dieser Fremden da“, begann Caleb. „Sie behaupten, sie könnten genauso gute Bretter sägen wie unser Herkules. Und zu zwölfen schafften sie es schneller als die Dampfsäge.“

Gelächter erschallte.

„Mit'm Maul, da können sie's vielleicht, aber nur mit 'm Maul.“

Die Zimmerleute standen Schulter an Schulter den Arbeitern gegenüber.

„Wir können es ja probieren“, rief Warich.

„Gemacht“, sagte Caleb. „Die Stämme müssen gleich dick und gleich lang sein.“

„Einverstanden“, sagte der alte Mann.

„Ich wähle diesen Eichenstamm hier.“ Caleb zeigte auf einen gewaltigen, knorrigen Baum von etwa zwölf Metern Länge. „Sie können sich hier auf dem Platz irgendein Holz aussuchen. Ganz gleich, welches. Nur, es muss so lang und so dick wie diese Eiche hier sein.“

„Ganz gleich, welches Holz?“, vergewisserte sich der alte Mann.

„Ja, völlig gleichgültig. Mein Herkules sägt Sie in Grund und Boden, selbst wenn Sie eine Pappel finden.“

„Abgemacht.“

„Morgen ist Sonntag“, sagte Caleb Miller. „Nach dem Gottesdienst kann es losgehen.“

„Ja, nach der Messe“, bestätigte der alte Mann.

„Was, Katholiken sind Sie auch noch? Da wird Ihr Papst weinen, wenn er hört, was Sie vorhaben.“

Schon am Nachmittag hatte es sich in der ganzen Stadt herumgesprochen, dass ein Wettkampf stattfinden sollte. Wetten wurden abgeschlossen, aber kaum einer wollte einen Dollar auf die Zimmerleute setzen, obwohl die Wetthalter im Falle ihres Sieges das Zwanzigfache für den Einsatz boten.

Der alte Mann hatte zu seinen Männern gesagt: „Ihr wisst, was ihr zu tun habt“, und war auf den Holzplatz gegangen. Er hatte bald einen Stamm gefunden, der den Ausmaßen der Eiche entsprach. Aber kein einziger Ast war zu sehen, keine Nuss. Es war ein makelloser, rötlicher Fichtenstamm, in einem guten, feuchten Boden gewachsen, mit breiten Jahresringen. Er zeigte Caleb, was er sich ausgesucht hatte.

„Sie verstehen etwas vom Holz, Mister Bienmann. Und Mut haben Ihre Männer auch. Aber ich hoffe, Sie sind sich darüber klar, dass morgen der ganze Mississippi zwischen New Orleans und St. Louis über die Männer lachen wird, die eine Maschine besiegen wollten?"

„Warten wir's ab", antwortete der alte Mann.

Caleb Miller schüttelte den Kopf, lachte und ging davon. Er ließ von den Arbeitern die Längswand des Schuppens abnehmen, damit am Sonntag alle den Triumph seines Herkules in jeder Phase des Kampfes miterleben konnten. Er wusste, dass die halbe Stadt sich dieses Spektakel nicht entgehen lassen würde.

„Das ist eine Werbung für mein Dampfsägewerk, wie ich sie mir schon immer gewünscht habe", schmunzelte er zufrieden.

Die Zimmerleute feilten die Sägezähne ihrer Sägen scharf, schränkten die Sägeblätter und überprüften die Eschengriffe. Sie bockten den Fichtenstamm auf, verkeilten ihn, rußten die Schnur ein und schnürten mit einem deutlichen schwarzen Strich das Brett ab.

„Geh und kauf Speckschwarten, so viel du bekommen kannst", sagte Döblin zu Mathilde. „Unsere Sägen sollen glänzen vor Fett."

„Drei von uns können nicht mitsägen", sagte der alte Mann, als sie am Abend um ein Feuer saßen. Ohne eine lange Diskussion aufkommen zu lassen, bestimmte er: „Döblin, Piet und Luke werden nicht mitsägen."

Döblin protestierte und wandte ein: „Ich bin zwar, Friedrich Bienmann, über 70 Jahre alt, aber ich nehme es mit jedem jungen Burschen auf."

„Wir brauchen dich für eine ganz andere Sache", sagte der alte Mann. „Du gibst die Wechselkommandos für unsere Leute. Außerdem bist du dafür verantwortlich, dass die Sägen eingefettet und zur rechten Zeit ausgewechselt werden. Sie dürfen nicht zu heiß werden. Dabei hilft dir der Junge. Der Lehrer hat ein gutes Auge. Er verfolgt genau den Wettkampf und wird uns immer den neuesten Stand mitteilen. Keiner soll sich unterstehen herumzulaufen, wenn er gerade nicht an der Säge ist. Ihr legt euch dann in den Wagen und ruht euch aus."

„Ich werde euch die Muskeln massieren", rief Jeremy begeistert.

„Das habe ich früher oft bei den Rennpferden vom Massa gemacht. Ich presse alle Müdigkeit heraus."

Dann entwickelte der alte Mann seinen Plan in allen Einzelheiten und weihte jeden genau ein in das, was er zu tun hatte. Er teilte die Mannschaften ein und achtete darauf, dass die Männer, die zu einer Gruppe gehörten, ungefähr gleich stark waren.

„Ihr, Mathilde und Georgia, ihr sorgt dafür, dass es zwischendurch immer etwas Erfrischendes zu trinken gibt. Aber lasst mir das Bier weg und schlagt euch den Bauch nicht zu voll, Männer. Sonst kriegt ihr Seitenstiche und macht schlapp."

Die Zimmerleute waren von dem schlau ausgeklügelten Plan des alten Mannes begeistert. Sie zeigten wenig Lust vom Feuer wegzugehen, aber der alte Mann meinte, dass ein langer Schlaf auch Kräfte bringe, und scheuchte sie früh in die Wagen.

Die Kirchen waren am nächsten Morgen brechend voll. Abkömmlinge der Franzosen, der Spanier, Kreolen, eingewanderte Iren und Polen, dazu ein paar Neger, begleiteten nach der Messe die Zimmerleute. Um Caleb Miller scharten sich die, die aus den protestantischen Kirchen kamen, Nachkommen der Engländer und skandinavischen Einwanderer zumeist. Dazu die Leute aus dem Osten der Staaten.

Kurz nach elf Uhr trafen die beiden Gruppen auf Calebs Holzplatz ein. Die Fichte lag auf den Böcken, die Eiche vor dem Sägeblatt. Caleb erläuterte die Regeln. Es sei aus der Mitte der Stämme jeweils ein Brett von zwei Zoll Stärke zu sägen. Seine Dampfsäge wolle es gegen die Menschenkraft von zwölf Zimmerleuten aufnehmen. Wie es im Einzelnen zugehen solle, das sei jeder Partei überlassen. Es gehe um nichts anderes als um die Ehre. Drei ehrenwerte Bürger aus der Stadt hätten sich bereit erklärt die Schiedsrichter zu sein. Er deutete auf ein Podium, das er am Samstag aus Bohlen hatte errichten lassen. Vor der aufgespannten Flagge der Union hatten drei ältere Männer in eigens herbeigeschafften Sesseln Platz genommen. Sie sahen in ihren hohen Seidenzylindern, den schwarzen Gehröcken und den weißen Seidentüchern um den Hals vertrauenswürdig aus.

„Alles bereit?", rief einer der Männer.

„Alles klar", schrien die Heizer.

„Alles klar", nickte der kleine Maschinist und schwenkte die Ölkanne.

„Alles klar", sagten die Arbeiter.

„Springt hoch", befahl Döblin. An jedem Ende der Fichte kletterten zwei Zimmerleute auf den Bock und setzten die Sägen an. Unter dem Stamm fasste jeweils ein Zimmermann den unteren Griff an den Sägen.

„Wir sind bereit", rief der alte Mann.

Der Schiedsrichter, der auf dem mittleren Sessel saß, stand auf, hob eine Pistole und zählte langsam: „Eins, zwei und los!", und bei los schoss er in die Luft.

Die Zimmerleute rissen die Sägen herunter und herauf und die Sägeblätter waren schon im Holz verschwunden, als die Dampfmaschine zu stampfen begann und die mächtige Säge hin- und herriss.

Jeder konnte es bereits nach wenigen Minuten sehen, die Dampfsäge begann den Vorsprung aufzuholen, ehe die Zimmerleute an jeder Seite einen Meter weit in das Holz hineingesägt hatten. Einmal hatte Döblin schon „Wechsel" gerufen. Einen Augenblick standen dann an jeder Seite des Stammes vier Männer oben und zwei unten. Döblin zählte laut und bei „fünf" ließen die ersten Mannschaften die beiden Sägen los und sprangen weg. Die anderen fassten die Griffe. Die Sägeblätter blieben bei diesem fliegenden Wechsel keinen Augenblick stehen. Die Zuschauer, die sich, genau wie Caleb vermutet hatte, zu Hunderten eingefunden hatten, klatschten zum ersten Mal Beifall. Doch es mischte sich Mitleid und Spott in die Zurufe.

Die Dampfsäge war schneller, das konnte jedermann sehen.

Die Zimmerleute hatten erst an jeder Seite des Stammes etwa eineinhalb Meter eingesägt, da lief die Maschine bereits auf die Fünfmetermarke zu.

„Aufgepasst!“, schrie Döblin. „Jetzt kommt der große Wechsel.“ Wieder zählte er laut bis fünf. Der Junge und der Lehrer hielten an jeder Seite weitere zwei Sägen bereit und die Zuschauer fragten sich, was das bedeuten sollte. Bei „fünf“ zogen die beiden Dreiermannschaften die Sägen aus dem Spalt. Zunächst wurde an jeder Seite eine neue eingeführt. Etwas Zeit ging dabei verloren. Zudem wurde jetzt jede Säge oben auf dem Bock nur von einem Zimmermann gefasst, statt von zweien wie bisher.

„Sie werden schon müde“, schrie ein Mann und freute sich. Er hatte sein ganzes Geld auf den Sieg der Maschine gesetzt. Aber da sprangen zwei weitere Zimmerleute auf den Bock, setzten an jedem Stammende eine neue Säge an und begannen hinter den anderen her zu gleicher Zeit den zweiten Schnitt zu sägen.

Vier Leute oben an den Sägen und vier unter dem Stamm streckten und beugten sich und die vier Sägen fraßen sich unaufhörlich weiter in den Stamm hinein. Für die restlichen vier Männer gab es dann stets eine kleine Pause. Sie krochen in den Wagen und legten sich lang hin. Jeremy rieb sich die Hände mit Olivenöl ein und lockerte ihre Muskeln durch eine kräftige Massage. Er war der Einzige, der den ganzen Wettkampf über ohne Pause arbeitete. Auf Döblins Kommando vollzogen sich regelmäßig die Wechsel im Abstand weniger Minuten.

Es war jetzt für die Zuschauer unübersichtlicher geworden, welche Partei eigentlich im Vorteil war. Vier Sägeblätter, von Menschen hin- und hergerissen, gegen das mächtige Maschinensägeblatt! Bei der Maschinensäge war der Überblick einfach. Die hatte fast drei Viertel des ersten Schnittes geschafft.

Aber war das mehr als die Länge der vier Schnitte der Zimmerleute zusammen? Der Lehrer hatte sich Halbmetermarken in den Stamm geritzt. Er war der Einzige auf dem Platz, der jederzeit genau wusste, wie es um den Wettbewerb stand. Noch war die Maschine gleichauf. Aber würden die Männer nicht doch schließlich ermüden?

In kurzen Abständen gab er Döblin Bescheid, wie die Lage war. Der richtete nach diesen Meldungen seine Kommandos. Ein Jubelschrei schallte über den Platz. Die Maschine hatte ihren Stamm in zwei Hälften getrennt. Calebs Arbeiter schafften die eine Hälfte wieder vor das Sägeblatt. Die Dampfsäge wurde für diese Zeit abgestellt. Währenddessen schnitten sich die vier Sägen der Zimmerleute gleichmäßig weiter durch das Holz. Ein Stöhnen ging durch die Menge. Es dauerte den meisten viel zu lange, bis der Eichenstamm endlich vor dem Sägeblatt lag und Caleb das Zeichen gab, damit mit dem zweiten Schnitt begonnen werden konnte. Es war offensichtlich, dass die Zimmerleute in dieser Zwangspause einen deutlichen Vorsprung herausgearbeitet hatten. Letzte Wetten wurden angeboten. Aber diesmal konnten die Wetter nur noch das Doppelte gewinnen, wenn sie auf den Sieg der Zimmerleute setzten.

Caleb lachte zuversichtlich. Er wusste, was seine Maschine zu leisten im Stande war, und zweifelte keinen Augenblick am Sieg der Dampfkraft. Er schien Recht zu behalten. Die Männer mussten einmal mehr die heißen Sägen auswechseln. Die Schnittfugen waren länger geworden und entsprechend länger dauerte es, bis die kalten, frisch gefetteten Sägen eingeführt waren. Auch sah es so aus, als ob die schweißnassen Körper der Sägegruppen allmählich an Kraft verloren. Noch hatte die Maschine ungefähr sechs Meter zu sägen, da meldete der Lehrer den Gleichstand. Die wenigen Bürger aus Jackson, die auf die Zimmerleute gewettet hatten, machten enttäuschte Gesichter. Döblin feuerte seine Leute an und rief: „Männer, jetzt geht es ums Ganze. Sägt! Sägt! Sägt!"

Da sprangen die vier Männer, die gerade eine Pause hatten, aus dem Wagen. Ohne auf Döblin zu achten, bestiegen sie den Bock. Keine Mannschaft schied aus. Vielmehr fassten sie jetzt die vier Sägegriffe mit je zwei Mann und alle holten die letzten Kräfte aus sich heraus. Das Tempo wurde höher und kürzer das Aufkreischen der Sägen, wenn sie durchs Holz gerissen wurden. Die Zuschauer fieberten dem Ende des Kampfes entgegen und verstärkten mit rhythmischen Schreien den Klang der Sägen. Dabei gingen die wenigen Zurufe für die Zimmermannssägen in dem brausenden Geschrei für die Maschinensäge fast unter. Vier Meter des Eichenstammes hatte das Sägewerk noch zu schaffen, als der erste Schnitt die Fichte endlich teilte. Nun konnten die Zimmerleute nur noch mit zwei Sägen arbeiten. Aber unter dem Stamm fassten jetzt auch jeweils zwei Zimmerleute die Sägen. Zudem konnten sich die Mannschaften auf die Zurufe Döblins hin in immer kürzeren Abständen ablösen, weil ja an jeder Säge höchstens vier Leute arbeiten konnten und stets eine Mannschaft pausieren musste.

Caleb rannte nervös zwischen dem Sägebock und seiner Maschinensäge hin und her. „Mehr Dampf, Jungs!“, schrie er und lief in das Kesselhaus. „Mehr Schmieröl, Joel“, flehte er seinen Maschinisten an. Er ließ sich vor dem Sägeblatt auf die Knie nieder und schrie: „Schneller! Schneller! Schneller!“

Es entschied sich auf dem letzten halben Meter. Die Menge war inzwischen verstummt. Völlig ausgepumpt ließen sich die Männer von dem Sägebock fallen. Döblin und der Junge lösten die Verkeilung des Fichtenstammes. Die Resthälften des Baumes rollten zur Seite. Das frische Brett blieb aufrecht stehen. Noch drei-, viermal kreischte die Dampfsäge. Dann schwieg auch sie. Die Glocken vom Kirchturm schlugen ein Uhr. Ihr Klang war in der tiefen Stille deutlich zu hören. Da lief Caleb über den Platz auf den alten Mann zu und schüttelte ihm die Hand. „Sie sind ein Meister, Sie sind wirklich ein Meister“, rief er laut. „Und Ihre Kolonne, die ist aus Eisen.“

Alle in der Runde klatschten in die Hände. Ein paar Menschen jubelten laut. Sie hatten richtig gewettet und eine Menge Dollars gewonnen.

Der alte Mann kletterte auf den Bock und hob seine Hand.

Es wurde still. Sein Englisch war immer noch miserabel, aber jeder konnte verstehen, was er meinte: „Heute hat die Menschenkraft noch einmal die Maschine besiegt. Aber es war vielleicht das letzte Mal. Eine neue Zeit zieht herauf, die Zeit der Maschinen. Lasst uns diese Zeit begrüßen." Er wischte sich mit dem Handrücken den Schweiß von der Stirn und schloss: „Lasst uns die neue Zeit begrüßen, denn die Maschinen müssen nicht schwitzen."

Viele drängten sich nun heran und wollten dem alten Mann und den Zimmerleuten die Hände schütteln.

Der Junge und Georgia standen ein wenig abseits. Plötzlich kam ein jüngerer Herr in einem karierten Gehrock und einem grauen Zylinderhut auf sie zu und sagte: „Darf ich mir ein bisschen von dem Sägemehl da unter eurem Stamm wegnehmen? Das ist ein denkwürdiger Tag heute. Ich möchte eine sichtbare Erinnerung daran haben."

Der Junge lachte über diesen Einfall und sagte aus Scherz: „Kostet 'nen halben Dollar, Mister."

Zu seiner Verwunderung zog der Mann einen halben Silberdollar aus der Westentasche und reichte ihm den. Georgia füllte unterdessen eine Hand voll Sägemehl in das Taschentuch des Mannes. Mehr Menschen kamen heran und wollten von dem Sägemehl kaufen, das Geschichte gemacht hatte, wie einer sagte. Der Junge und Georgia ergriffen die Gelegenheit beim Schopf. Sie begannen zu schwitzen, so viele Halbdollars und Taschentücher wurden ihnen entgegengestreckt. Einer ließ sich sogar für zwei Dollar seinen ganzen Zylinderhut mit Sägemehl füllen.

Als sie endlich auch das letzte Häufchen zusammengekratzt und verkauft hatten, waren die Hosentaschen des Jungen voll gestopft mit Silbermünzen. Später teilte er den Schatz mit Georgia. Es waren für jeden 32 Dollar.

„So viel Geld habe ich noch niemals besessen", sagte Georgia und strahlte.

Als der alte Mann von diesem Geschäft hörte, schüttelte er den Kopf und sagte: „In diesem Land ist doch alles möglich."

„Er hat ’ne Nase fürs Geschäftemachen, der Luke“, meinte Grumbach.

In einem sollte Caleb Miller Recht behalten, die Geschichte vom Kampf der Muskeln gegen die Maschine wurde im ganzen Süden erzählt, ausgesponnen, übertrieben. Wohin die Zimmerleute auch kamen, die Geschichte war schon vor ihnen da.

Caleb Miller hatte die beiden Bretter nebeneinander auf Böcke legen lassen. Sein Wagen fuhr heran und brachte herrliche Speisen. Eigentlich sollten sie für Calebs Siegesmahl sein, aber er war großmütig genug sie auch nach seiner Niederlage auftragen zu lassen.

Ein Läuferschwein war ganz gebraten worden, mehrere Hirschkeulen wurden aufgetischt, dazu gekochte Fische, Früchte, Bier und Brot. Die Arbeiter, die Zimmerleute, die Schiedsrichter, Caleb und der alte Mann ließen es sich gut schmecken.

Die Zuschauer redeten noch lange miteinander und es klang manches Wenn und Aber auf, ehe sie sich endlich zerstreuten. Caleb kam mit einem Herrn zu dem alten Mann.

„Ich bin James Turber. Ich hätte eine Arbeit für euch“, sagte er. „Ich lebe in der Nähe von Canton. Das ist auf Tupelo zu. Ziemlich sumpfige Gegend im Frühjahr. Aber jetzt im Winter geht es. Ich will Anfang des Jahres ein großes Lagerhaus und einen Schuppen bauen für meine Zuckerrohrernte. Ich will versuchen, ob so weit im Landesinnern noch Zuckerrohr wächst. Wollt ihr die Arbeit haben?“

„Aber nur unter einer Bedingung“, lachte Caleb, „die Balken und Bretter, die liefere ich.“

„Wenn der Lohn stimmt, dann nehmen wir jede Zimmerarbeit an“, sagte der alte Mann.

Sie wurden sich einig, dass sie am Tage nach Neujahr auf der Plantage „Sugar Hills“ nahe Canton beginnen sollten den Bau aufzurichten.

„Setzen Sie sich zu uns, Mr. Turber“, lud Caleb Miller den Plantagenbesitzer ein. „Greifen Sie zu. Einen Tag wie den heutigen, den vergisst man nicht so schnell. Der muss gefeiert werden." Mr. Turber trat an den Tisch und der alte Mann rückte auf der Bank zur Seite. Da fiel Mr. Turbers Blick auf Jeremy.

„Verschwinde, Nigger!", befahl Caleb.

Jeremy erhob sich.

„Nein, bleib wo du bist", sagte der alte Mann. Er wandte sich an Mr. Turber und erklärte: „Jeremy ist einer von meinen Leuten. Ich sitze stets mit allen Leuten am gleichen Tisch."

„Er kann sich ja Brot und Fleisch mit in den Wagen nehmen", versuchte Caleb zu vermitteln.

„Es ist in meiner Heimat üblich, nur dem Vieh das Futter vorzuwerfen", sagte der alte Mann. „Menschen essen bei uns am gleichen Tisch."

„Sie haben in Ihrem Land auch keine Nigger, Mister", sagte Mr. Turber scharf.

Der alte Mann erhob sich. Mr. Turber reichte ihm gerade bis an die Schulter. „Entweder wir essen gemeinsam oder wir gehen gemeinsam", sagte er fest.

„Lassen Sie's gut sein, Mister", lenkte Mr. Turber ein. „Ich habe sowieso keinen Hunger. Sie sind eben nicht von hier. Wie können Sie das verstehen? Aber das will ich Ihnen sagen, ich besitze einen Windhund. Wenn ich dem das Fressen zusammen mit einem Köter geben würde, er würde lieber verhungern, als mit dem Bastard aus einem Napf fressen."

„Der Unterschied ist der, Mr. Turber, dass alle Menschen denken können und wissen sollten, dass sie alle aus Gottes gleichem Hauch lebendig geworden sind."

„Reden Sie, was Sie wollen. Ich behandle meine Nigger gut. Zahle ihnen den richtigen Lohn. Wollen sie gehen, dann gehen sie, wollen sie bleiben, dann bleiben sie. Aber es ist am besten, wenn Weiße und Schwarze hübsch getrennt leben. Jeder auf seine Weise, Mister."

Er winkte Caleb Miller zu und ging davon.

In Jackson gab es noch ein paar kleinere Aufträge, allerdings nur Reparaturen. Am 20. Dezember war alles geschafft.

Es fegte ein eisiger Regen über Stadt und Land, als sie sich verabschiedeten. Caleb Miller schenkte dem alten Mann einen schönen halblangen Biberpelz. Trotz der Niederlage war sein Sägewerk landauf, landab bekannt geworden. Die anderen Zimmerleute hatten in Jackson immerhin so viel verdient, dass sie sich ebenfalls Pelze kaufen konnten.

„Es ist früh kalt in diesem Jahr", sagte Jeremy.

„In Liebenberg liegt um diese Zeit schon meterhoch der Schnee und die Kälte lässt die Dachsparren knarren", sagte der Junge. Was er nicht sagte, das war, dass er oft daran denken musste, wie er mit Lisa Warich übers Eis geglitten war und wie er ihre Schulter berührt hatte.

Vier Tage und Nächte goss es ohne Unterlass. Der Eiswind aus dem Norden mischte immer häufiger Schneewolken unter den Regen. Die Wege verloren sich im Morast und die Fahrspuren waren kaum noch auszumachen. Tief sanken die Räder ein. Die Tiere, von Jeremy unablässig angefeuert, quälten sich und legten sich mächtig ins Zeug. Oft genug mussten die Männer vom Wagen steigen und in die Speichen greifen.

Die Vorräte, die jeder für sich mitgenommen hatte und die für die Zweitagesfahrt bis Canton berechnet gewesen waren, schmolzen zusammen. Am 24. Dezember schafften sie nur wenige Meilen. Die Maultiere und die Pferde waren völlig erschöpft und blieben nach immer kürzeren Wegstrecken verschwitzt und mit hängenden Köpfen stehen.

In einer Verschnaufpause sagte der alte Mann: „Wir legen am besten zusammen, was wir noch an Nahrungsmitteln haben. Wenn wir nicht sparsam damit umgehen und einteilen, dann lernen wir im reichsten Land der Welt den Hunger kennen."

„Ich kenne ihn bereits", klagte Hugo Labus. „Mein Magen knurrt und mein Beutel ist schon seit heute Morgen leer."

„Das wäre ja noch schöner!", protestierte der dicke Grumbach. „Ich habe in Jackson mein Geld für Speck und Brot hergegeben. Jetzt soll ich mit denen teilen, die zu geizig gewesen sind, um genügend vorzusorgen? Sollen sie doch ihre Dollars fressen. Ich jedenfalls gebe nichts her."

„Recht hat er", stimmte Gerhard Warich zu. Otto Sahm sagte: „Jeder ist sich selbst der Nächste."

Lenski und der Lehrer nickten.

„Macht doch, was ihr wollt!", grollte der alte Mann erbost.

Meinen Apfel kriegt keiner, dachte der Junge. Den spare ich mir für morgen auf. Morgen ist Weihnachten.

„Wir müssen weiter", mahnte Jeremy. „Es muss hier in der Gegend eine Pflanzung geben mit einem Herrenhaus und an die zwanzig Negerhütten. Bis dahin werden wir es schaffen. Dort können wir genug zu essen bekommen und uns endlich wieder an einem Feuer aufwärmen."

„Wir laufen hinter den Wagen her und halten uns in ihrem Windschatten", sagte der alte Mann.

„Ist auch nötig, Massa", stimmte Jeremy zu. „Die Tiere sind ziemlich am Ende."

Der Junge spürte den Regen durch die Jacke dringen. Zuerst wurde die Haut an den Schultern nass, dann klebte das durchnässte Hemd auf seinem Rücken. Es war beschwerlich, durch den Matsch zu gehen. Die Sohlen saugten sich fest. Mathildes Schuh war einmal im Schlamm stecken geblieben und sie hatte Mühe gehabt ihn wieder zu finden.

„Meine Hände und meine Füße sind eiskalt", sagte der Junge zu Andreas Schicks, der neben ihm ging. „Aber mein Körper, der schwitzt."

„Halt die Schnauze", schnaufte Andreas.

Jeremy führte die Maultiere am Halfter und redete ihnen gut zu.

„Findest du den Weg, Jeremy?", fragte der alte Mann ihn, als es Nachmittag wurde und die Dunkelheit aus den Wäldern kroch.

„Ja, Massa. Ich kenne den Weg. In einer Stunde etwa müssen wir das Haus sehen."

Diese Auskunft belebte die Kräfte der Männer. Sie stapften jetzt neben den Wagen her, legten ihre Hände gegen die Holme und schoben ein wenig. Es ging schneller vorwärts. Die Stunde war längst vorüber und es war fast dunkel geworden, da hörten sie Jeremy rufen: „Da ist das Tor! Wir haben es geschafft!"

Das Gittertor hing schief zwischen den mächtigen Mauerpfeilern. Der befestigte Weg führte genau auf den düsteren Schatten eines Hauses zu. Aber kein Fenster war erleuchtet, kein Hund schlug an. Nichts regte sich. Jeremy hielt die Tiere an. Die Männer liefen zu ihm nach vorn. Er stand neben dem Muli, hatte den Kopf in das schweißnasse Fell des Tieres gedrückt und schluchzte verzweifelt.

Alle sahen es. Hochauf ragte der Kamin. Die Mauern waren zerborsten und vom Brande geschwärzt. Buschwerk wuchs aus den Fensterhöhlen. Der Wind pfiff um die Ecken der Ruine.

Der Junge hockte sich erschöpft nieder, ohne auf den Straßendreck zu achten, und lehnte sich mit dem Rücken gegen ein Rad des Wagens. Georgia beugte sich zu ihm hinunter und flüsterte, als ob sie sich davor fürchtete, mit lauten Worten eine neue Hoffnung zu verscheuchen: „An jedem Platz, an dem ein Herrenhaus steht, gibt es auch Hütten für Neger. Dort, weiter hinten vielleicht."

Der Junge raffte sich auf und rief: „Die Hütten! Die Schwarzen, die hier wohnen, haben doch Hütten. Sie müssten dort hinter dem Herrenhaus zu finden sein."

„Lauf zu und schau nach, ob die verschont geblieben sind", sagte der alte Mann müde.

Georgia lief dem Jungen voran, um das niedergebrannte Haus herum. Die befestigte Straße führte an den Trümmern der Wirtschaftsgebäude vorbei. Etwas abseits sahen sie die Mauerreste eines großen Schuppens.

Zögernd folgte der Junge dem Mädchen. Es war ihm unheimlich und es kam ihm vor, als ob sich hinter jedem Steinhaufen etwas bewegte. Er zeigte auf den Schuppen und sagte: „Alles ist zerstört. Lass uns umkehren."

„Nein, da haben sie früher das Zuckerrohr gelagert und die Melasse gekocht“, antwortete Georgia. „Das sind nicht die Hütten.“ Das überkrautete Steinpflaster endete in einem versumpften Weg. „Hier könnte der Platz für die Sklaven gewesen sein“, vermutete sie.

Sie fasste den Jungen bei der Hand und zog ihn mit sich. Ihre Hand ist warm, dachte der Junge. Zwei Schattenreihen von Schornsteinen stachen in den Himmel. Die Holzhütten, die einst den Weg gesäumt hatten, waren verbrannt, zerfallen.

„Dort“, sagte Georgia und deutete nach vorn.

Die dunklen Umrisse eines kleinen Hauses zeichneten sich am Ende des zerstörten Anwesens ab. Sie näherten sich vorsichtig. Die Fensterlöcher waren mit Brettern vernagelt und die Tür fest geschlossen. „Ich glaube, es kommt Rauch aus dem Kamin“, sagte Georgia ängstlich.

„Komm, wir holen die anderen“, flüsterte der Junge.

Sie begannen zu rennen und berichteten, was sie entdeckt hatten. „Wenigstens ein Dach über dem Kopf“, sagte Mathilde erleichtert.

Sie zogen bis vor die Hütte.

„Ist hier jemand?“, rief Jeremy und klopfte gegen die Tür. Er bekam keine Antwort.

Der alte Mann stieß die Tür auf. Alle drängten ihm nach. Die Feuerstelle verriet, die Hütte war bewohnt. Die niedergebrannte Glut zeigte, dass die Menschen nicht weit sein konnten.

„Ist hier jemand?“, fragte Jeremy noch einmal in die Dunkelheit hinein. Er ergriff einige von den dürren Ästen, die an der Wand aufgestapelt waren, legte sie auf die Glut und entfachte mit seinem Atem vorsichtig das Feuer. Die Flammen züngelten empor, schlugen hoch und leuchteten den Raum aus.

In der Ecke hockten sie. Eine sehr junge, magere Negerin hielt ihren Säugling gegen die Brust gepresst und starrte die Eindringlinge aus großen Angstaugen an. Der Mann, ein breitschultriger Hüne, stand seitlich hinter ihr, leicht vorgebeugt, hatte die eine Hand auf die Schulter der Frau gelegt und in der anderen hielt er drohend erhoben ein Beil.

„Leg das Beil zur Seite, Bruder", sprach Jeremy ihn an. „Wir wollen nichts von dir. Wir suchen ein Dach und ein wenig Wärme am Feuer."

Einen Augenblick noch blinkte die Beilschneide schlagbereit über dem Kopf des Negers, dann aber ließ er den Arm sinken und fragte: „Wer seid ihr? Was wollt ihr hier?"

„Dies sind Zimmerleute. Wollen nach Canton. Aber es ist kaum ein Durchkommen auf den Wegen. Gleich morgen ziehen wir weiter."

Lenski legte Feuerholz nach.

„Ist gut", sagte der Neger. „Ist ja genug Platz in der Hütte."

„Wir müssen die Tiere hereinholen", sagte Jeremy, als sie die Pelze zum Trocknen an den Holzwänden aufgehängt hatten und die Männer sich rund um die Feuerstelle zu lagern begannen.

Die Pferde schritten vorsichtig durch das Türloch. Die Mulis brauchten Jeremys Zuspruch, bevor sie die Hufe über die Schwelle setzten.

Jetzt wurde es eng in dem einen Raum.

„Was ist mit euch?", fragte Jeremy den Neger. „Was sucht ihr hier an diesem öden Platz?"

„War nicht immer öde", antwortete der Neger. „Ich war früher hier Sklave bei Old Massa Hero. Bin hier geboren. Old Massa hat mich im Krieg nach Texas verkauft. Ich dachte, ich finde meine Mama noch hier. Wollte vielleicht farmen. Wir sind gestern hier angekommen. Aber ist niemand mehr hier. Alles zerstört."

Er schwieg eine Weile.

Der dicke Grumbach wickelte Speck und Brot aus der Zeitung und begann zu kauen.

Alle spürten, wie hungrig sie waren, und die noch etwas zu essen hatten, suchten die Reste ihrer Vorräte zusammen. Mathilde hängte einen Topf mit Wasser über das Feuer. „Der Kaffee wenigstens reicht für alle“, sagte sie.

„Habt ihr für meine Frau einen Bissen Brot übrig?“, fragte der Neger. „Wir dachten, wir treffen auf unsere Leute. Früher gab es hier für uns zu Weihnachten genug zu essen. Old Massa Hero schenkte uns ein fettes Schwein, genug Bohnen und frisches Brot und Buttermilch. Weihnachten war der einzige Festtag im Jahr, an dem wir nicht zu arbeiten brauchten.“

„Wir haben selber nicht genug“, antwortete Grumbach verdrießlich und Otto Sahm deckte seinen Hut über sein Brot. Sie saßen mit finsteren, verschlossenen Gesichtern, schwiegen und schienen bereit das Messer zu ziehen, wenn jemand nach ihrem Brot greifen würde.

„Mir wird warm“, sagte die junge Negerin leise zu ihrem Mann. Behutsam nahm er die Decke von ihren Schultern. Sie trug ein blassblaues Kleid. Das Kind auf ihrem Arm, ein dicker glatthäutiger Säugling, schlief ruhig und zufrieden.

„Sie hat ihn vor ein paar Stunden erst geboren“, sagte der Neger. „Es ist ein Junge.“ Sie lächelte zaghaft.

Niemand sagte mehr etwas. Die Wärme breitete sich wohlig aus. Die Tiere schnoberten ab und zu und wendeten ihre Köpfe den Fremden zu. Zum Schlafen legte sich keiner. Alle schauten auf die Negerin und ihren Säugling. Der Mann hatte sich neben sie gehockt. Sie lehnte ihren Kopf an seine Schulter.

Es war, als ob von der jungen Familie, von dem Kind in den weißen Tüchern, irgendetwas ausstrahlte, was in ihre Herzen traf.

Auf einmal stand Lenski auf, brummelte sich etwas in den Bart und kramte in seinem Beutel. Er ging die zwei Schritte zu der Frau und dem Kind hinüber und legte einen Kanten weißes Brot und ein Stück Käse vor sie auf den Boden. „Ist Weihnachten heute“, sagte er verlegen.

Und Jeremy gab einen Maiskolben und der Junge den Apfel. Und mit einem Male nahm einer nach dem anderen alles, was er noch zu essen hatte, und legte es in die Mitte der Hütte auf den Boden. Als Letzter erhob sich der dicke Grumbach. Er hatte sich ein viel zu großes Stück Speck in den Mund geschoben und würgte daran. Er sah ein wenig wild aus, als er seinen Sack mit Brot und Fleisch und Obst an den Zipfeln packte und ausschüttete. „Ist ja Weihnachten heute", sagte er mit vollem Munde. Aber alle verstanden ihn.

Die Härte war aus den Gesichtern verschwunden. Sie waren fröhlich und begannen miteinander zu reden und erzählten vom Weihnachtsfest bei ihnen daheim, dem fetten Gänsebraten, dem frischen Bier und den Nüssen und dem Backwerk, und ihre Augen begannen zu leuchten. Lenski ging noch ein paar Schritte vor die Hütte.

Ganz aufgeregt kehrte er nach einer Weile zurück und sagte feierlich: „Der Regen hat aufgehört, ihr Männer. Der Himmel ist klar und ein Stern funkelt hell."

„Wie damals", sagte der alte Döblin.

Wer eigentlich als Erster in dieser Nacht den Neger Josef und seine Frau Mirjam genannt hatte, wusste später niemand mehr zu sagen. Aber die beiden lachten nur glücklich und widersprachen nicht.

Bratgeruch hing in der Luft und mischte sich mit dem Duft von starkem Kaffee.

Jeremy begann zu singen:

> „Go, tell it on the mountain,
> Over the hills and everywhere.
> Go, tell it on the mountain,
> that Jesus Christ is born."

Die anderen fielen ein, wenn sich dieser Kehrreim wiederholte, und bald wiegten sich alle im Rhythmus der Melodie.

„Mehr", forderte der Lehrer, als Jeremy verstummte. Und

sie sangen, was die Schwarzen seit langem bei der Arbeit auf den Feldern gesungen hatten:

„The Virgin Mary had a baby boy,
and they said, his name was Jesus."

oder:

„Wasn't that a mighty day,
when Jesus Christ was born?"

und schließlich:

„There's a star in the East
on Christmas morning."

Als es still wurde, fing Andreas Schicks an zu singen. „Es ist ein Ros entsprungen ..." Sie lauschten seiner ruhigen, hellen Stimme und fielen erst bei der zweiten Strophe ein.

Die Gedanken des Jungen flogen weit davon. Er dachte an seine Mutter, an die kleinen Geschenke, die sie jedes Jahr für ihn hatte. Sie würde jetzt den Braten in den Ofen schieben, damit er am ersten Feiertag knusprig und braun auf den Tisch kam.

Auf der Schwelle zum Schlaf zogen Gesichter an ihm vorbei, wurden ganz klar und zerflossen wieder.

Warichs Lisa mit aufgeflochtenem Haar sah er und Katinka und Anna. Die Großmutter winkte ihm zu. Seinen Vater erkannte er nur undeutlich.

Blank gefegt, zeigte sich der Himmel am nächsten Morgen. Kein Wölkchen war zu sehen. Die Luft roch frisch und rein gewaschen. Dennoch dachten die Zimmerleute zunächst nicht daran aufzubrechen. Die Reste der Nahrungsmittel reichten für ein gutes Frühstück. Jeremy hatte dem Neger eindringlich zugeredet, jedes Kind müsse nach seiner Geburt schnell getauft werden, damit die bösen Geister ihm nichts anhaben könnten. Josef war damit einverstanden. Allerdings bestand er darauf, dass alle Zimmerleute und auch die Frauen die Taufpaten sein sollten. Denn schließlich seien sie die Ersten gewesen, die nach der Geburt des Jungen als Gäste ins Haus gekommen seien und ihr Brot mit ihnen geteilt hätten.

„Aber das ist unmöglich“, widersprach Mathilde, als sie von dieser Sache hörte.

„Warum ist es unmöglich, Missus Mathilde?“, fragte der Neger.

„Josef, bei uns bekommt jedes Kind den Vornamen des Taufpaten oder sein Name wird wenigstens an den Vornamen des Kindes angehängt.“

„Warum macht ihr das?“

„Damit der heilige Namenspatron des Taufpaten im Himmel die Hand über das Kind hält.“

„Und ein dritter oder ein vierter Name, das geht nicht?“

„Doch, das wird auch gelegentlich gemacht“, musste Mathilde zugeben. „Ich glaube, unser König hat sogar fünf Vornamen.“

„Na, siehst du. Der Junge wird eben die Namen aller seiner Taufpaten bekommen.“

„Auf all unsere Namen willst du ihn taufen lassen, Josef?“

„Bei so vielen Namenspatronen wird ihm das Leben sicher gut gelingen. Und stell dir vor, Missus Mathilde, wenn er dann alt ist und stirbt, wie die Heiligen ihn empfangen werden!“

„Aber, Josef, wie willst du ihn rufen? Stell dir vor, er soll des Mittags an den Tisch kommen. Bis du all seine Namen genannt hast, bist du heiser und das Essen ist angebrannt.“

„Mathew soll sein erster Name sein. So werden wir ihn nennen.“

„Mathew? Aber wir haben doch gar keinen Mathew in unserer Kolonne.“

„Du, Missus Mathilde, du sollst den kleinen Mathew auf dem Arm zur Taufe tragen. Mathilde und Mathew, das klingt doch ähnlich, oder?“

„Na ja“, sagte Mathilde, freute sich aber sehr darüber, dass auch sie Patin werden sollte.

Die Taufe verlief sehr feierlich. Mathilde steckte aus ihrem Brautkleid ein langes Taufgewand zusammen. Das Taufbecken war ein mit grünen Kiefernzweigen geschmückter Zuber. Sogar eine Kerze hatte Gustav Krohl aus seinem Gepäck ausgegraben.

Sie bauten alles draußen vor der Hütte auf und bildeten einen Kreis. Lenski sollte das Kind taufen. Er machte das mit großem Ernst. „Empfange das weiße Kleid“, sagte er. „Bewahre es ohne Makel. Und wenn du einst mit allen Heiligen zu Tische sitzt, dann wird die Freude groß sein.“

Er zündete die Kerze an und sprach: „Empfange das warme Licht. Es leuchte dir auf deinen Wegen. Und du wirst selbst leuchten und anderen Licht sein.“

Dann schöpfte er aus dem Zuber mit der hohlen Hand Wasser und goss es über den schwarzen Krausflaum des Kinderkopfes, zeichnete mit dem Daumen langsam und groß ein Kreuz auf die Stirn des Täuflings und rief laut: „Ich taufe dich im Namen des Vaters und des Sohnes und des Heiligen Geistes. Dein Name soll sein: Mathew-Friedrich-Lukas-Gerhard-Otto-Hugo-Gustav-Wilhelm ...“, und ohne zu stocken, brachte er die lange Namensreihe zu Ende bis hin zu Georgia und Jeremy.

„So, das war es“, sagte Lenski und blickte unsicher in die Runde. „Ich habe nie zuvor ein Kind getauft. War es richtig?“

Alle klatschten Beifall. Sie wussten nicht, ob der Pfarrer in Liebenberg es genauso machte, aber dass es keiner von ihnen besser konnte, das wussten sie gut.

„Wir haben ein Taufgeschenk“, sagte der alte Mann. „Jeder von uns hat einige Dollars gegeben. Ich habe eine runde Summe daraus gemacht. Es sind dreißig Dollar geworden.“

„Dreißig Dollar?“ Josef war verwirrt. „Massa Bienmann, ich habe in meinem ganzen Leben noch keine dreißig Dollar besessen." Er staunte die Münzen an und jubelte: „Sagte ich es nicht? Mathew wird es gut gehen mit all seinen Heiligen."

Der alte Mann drängte zum Aufbruch.

Das Wasser in den Wegen hatte sich verlaufen. Sie kamen gut voran. Kurz nach Mittag begegneten ihnen zwei Reiter. Jeremy fragte nach der Plantage von James Turber. Die Reiter gaben bereitwillig Auskunft: „‚Sugar Hills', das liegt genau an diesem Weg. Fahre gut zwei Stunden weiter, Nigger. Du kannst das Haus gar nicht verfehlen."

Jeremy bedankte sich. Die Reiter schauten über den Neger hinweg. „Grüßen Sie James Turber von mir", sagte einer zu dem alten Mann. „Grüßen Sie ihn von Major Krick." Er trieb sein Pferd an. „Und sagen Sie ihm, ich brächte ihm bald den Zettel."

„Den Zettel?", fragte der alte Mann.

„Na ja, James weiß schon Bescheid, welchen Zettel ich meine. So einen Zettel vergisst man nicht", rief der Major über die Schulter zurück und lachte.

Jeremy trieb die Mulis zu schnellerer Gangart an und summte vergnügt vor sich hin.

„Du, Jeremy", sagte der Junge, „darf ich dich etwas fragen?"

„Tust du ja schon, Massa Luke", antwortete Jeremy. „Frage nur weiter."

„Was ist mit unserem Küchenwagen?"

„Was soll damit sein. Ist ein guter, alter Küchenwagen aus eisenhartem Hickory-Holz."

„Ich möchte wissen, woher er stammt. Die Bilder auf den Schubladen, Jeremy, die hat nämlich einer gemalt, den ich unbedingt finden muss."

„Schöne Bilder, Massa Luke. Habe den Wagen allen anderen vorgezogen. Es gibt im Westen keinen, der so schön bemalt ist."

„Die Bilder hat mein Vater gemalt."

„Sagst du, Massa Luke. Du weißt also mehr als ich. Ich habe den Wagen erst später bekommen. Da waren die Bilder schon drauf. Habe den Mann nicht persönlich kennen gelernt, der sie gemalt hat."

„Und der, von dem du den Wagen gekauft hast, hat der auch nichts gewusst? Hat der nichts erzählt von den Bildern?"

„Der hat 'ne Menge gewusst. Ist doch mit Charly the Cook auf dem Trail gewesen."

„Wem hat der Wagen gehört, Jeremy?"

„Ach, Massa, das war ein schlimmer Mann. Hieß Don Jones. Hatte später nicht mehr viel Gelegenheit Geschichten zu erzählen. Diesen Wagen habe ich für Ben Norton von ihm gekauft. Harte Dollars habe ich dafür bezahlt. War drüben auf der anderen Seite noch weit hinter Tulsa. Abilene heißt der Ort. Damals ein Nest. Heute treffen sich da die Rindertrails und die Eisenbahn. Damals fing das Treiben von Texas herauf erst an. Da hab' ich den Wagen gekauft."

„Und was hat Don Jones dir erzählt?"

„Na ja, er hat erzählt von seinem Pech. Er und seine Männer hatten riesiges Pech. Mit über vierhundert Longhorn-Rindern sind sie in Texas aufgebrochen. Ganze drei Ochsen, drei, stell dir das vor, ganze drei haben sie bis Abilene durchgebracht."

„Und wo sind die anderen Tiere geblieben?"

„Verdurstet, ausgebrochen, von Banditen gestohlen, von Indianern weggetrieben, was weiß ich. Gibt viele Arten Rinder auf dem Trail zu verlieren. Ich habe ihm eine ganze Menge Dollars für den Küchenwagen gegeben. Hat sie versoffen. Hat seinen Kummer ersäuft. Aber das Saufen ist seiner Gesundheit schlecht bekommen. Hat Streit angefangen, seinen Remington-Revolver gezogen."

„Und?"

„Der Whisky hatte seine Hand schon zu langsam gemacht. Er hat nicht mal mehr abdrücken können. Es stirbt sich schnell drüben in Abilene."

„Du meinst, sie haben ihn erschossen?"

„Das meine ich. Soll dort häufiger vorkommen. Du siehst, er konnte mir gar nicht alles erzählen, was er wusste."

„Aber er hat dir etwas erzählt, Jeremy. Hat er dir etwas von den Bildern erzählt?"

„Charly the Cook hat sie gemalt. Muss 'ne tolle Nummer gewesen sein. Hatte selbst Rinder beim Trail. Für sein ganzes Geld hatte er Longhorns gekauft. Kosten 'nen Spottpreis in Texas. Soll geheult haben wie ein Büffelwolf, der Charly, als die Banditen die letzten Tiere wegtrieben. Gekocht hat er ganz gut, hat Jones gesagt. Lauter deutsche Spezialitäten, wenn er mal gute Laune hatte. Aber manchmal hatte er keine Lust, war dann nicht von seinen Pinseln und Farben wegzuschlagen. Das Komische war, sagte Jones, die Boys haben sich das gefallen lassen. Jeden anderen Koch hätten sie durchgewalkt, wenn er nicht zur rechten Zeit das Essen fertig gehabt hätte. Aber wenn Charly the Cook malte, dann hätten sie nicht mal rumgemault, hätten sich vielmehr selbst Eier in die Pfanne gehauen und Steaks gegrillt. Hätten nur gestaunt, wie ihm die Bilder unter seinen Händen hervorwuchsen. Ich kann es zwar selbst kaum glauben, Massa Luke, denn die Texasboys sind raue Burschen. Unter ihren Brasadahüten steckt im Allgemeinen nicht viel Sinn für Bilder. Aber Don Jones hat's gesagt, so wahr mich meine Mama Jeremy gerufen hat. Und schön sind die Bilder ja, wirklich schön. Schau dir die Schubladen an, Massa, entdeckst immer neue Sachen. Die Longhorns auf dem Trail auf der rechten Schublade, schau sie dir an, Massa. Was wirst du sehen? Du siehst, ob du's glaubst oder nicht, du siehst die Fliegen auf dem Fell der Rinder, Massa. Hat mit seiner Malerei die Boys verzaubert, denk' ich."

„Weiter."

„Was weiter, Massa Luke?"

„Wo ist Charly geblieben, Jeremy? Hat Don Jones davon kein Wort gesagt?"

„Doch. Hat er. Für einen Rinderboss aus dem Osten hat Charly the Cook ein großes Bild malen müssen. Lauter Longhorns, eine ganze Herde Longhorns. Dafür soll er 'ne Menge

Dollars gezahlt haben. Charly the Cook hatte jedenfalls genug, um mit der Eisenbahn bis Kansas City oder sogar bis St. Louis zu fahren. Das soll er auch gemacht haben. Sagte jedenfalls Don Jones."

„Hoffentlich hat er noch viele Bilder gemalt, Jeremy."

„Warum hoffst du das, Massa?"

„Wenn du je nach Masuren kommst, Jeremy, dann wird man dir sagen, diese Häuser hat der Friedrich Bienmann gebaut. Man wird dir einen Kirchturm zeigen und sagen: Der ist von Friedrich Bienmann errichtet worden. Und die Schule ist sein Werk und der Dachstuhl auf dem Rathaus von Ortelsburg, der ist auch von ihm. Seine Arbeiten führen dich schließlich nach Liebenberg, genau dorthin, wo die Bienmanns zu Hause sind."

„Ich werde nicht nach Masuren kommen, Massa", neckte Jeremy den Jungen.

„Nein. Aber wie das Zimmerholz dich zu meinem Großvater führen würde, so werden mich die Bilder auf die Spur meines Vaters bringen."

„Ziemlich verweht, diese Spur", sagte Jeremy. „Jedenfalls nicht so deutlich wie die Wagenspuren nach ‚Sugar Hill'. Sieh mal, dort drüben auf der Anhöhe liegt die Plantage."

Die Tiere witterten den Stall und fielen in schnellen Trab. Die beiden Fuhrwerke bogen in die halbkreisförmige sauber gepflasterte Auffahrt ein, die ein gepflegtes Rosenbeet umschloss und an deren Scheitelpunkt eine Freitreppe zum Herrenhaus hinaufführte.

„Da steht Massa James schon", sagte Jeremy. Mr. Turber schritt die Treppe hinab, den Zimmerleuten entgegen. Er war elegant gekleidet, trug einen hellgrauen Tuchanzug und einen passenden Zylinder dazu.

„Sie sind früh da", sagte er. „Aber das ist mir recht. Ich bin froh, wenn wir mit der Arbeit bald beginnen können."

Er ließ den Zimmerleuten ihre Quartiere zeigen, die sich in einem festen, lang gestreckten Steinhaus befanden. Den alten Mann führte er selbst an den etwas abseits gelegenen Bauplatz im Tal.

„Ziemlich sumpfig hier", sagte der alte Mann. „Weshalb bauen Sie nicht weiter oben am Hang?"

„Durch das Tal fließt ein breiter Bach. Die Wasserkraft wollen wir für ein Brechwerk benutzen. Das hilft uns die Zuckerrohrernte zu verarbeiten. Fast alle behaupten ja, hier wachse kein Zuckerrohr, aber ich werde denen beweisen, dass es außer Tabak auch noch andere Möglichkeiten für dieses Land gibt."

„Wir werden Stämme in die Tiefe treiben müssen", sagte der alte Mann. „Das macht den Grund tragfähig. Was meinen Sie?"

„An Holz mangelt es nicht", antwortete Mr. Turber. „Wann werden Sie mit der Arbeit beginnen?"

„Gleich nach Weihnachten, Mr. Turber. Je schneller es losgeht, umso besser für uns."

Sie gingen wieder den Hügel hinauf. Ein Schwarzer kniete sich nieder und putzte Mr. Turber den Schmutz von den Schuhen. Mr. Turber schien ihn gar nicht zu sehen.

„Wir sollen Ihnen übrigens noch Grüße bestellen", sagte der alte Mann. „Ein Major Krick hat uns den Weg gezeigt."

„Danke", antwortete Mr. Turber, kurz angebunden und schien wenig erfreut.

„Den Zettel, Sie wüssten schon, würde er Ihnen bald bringen."

Mr. Turber knurrte etwas, was wie „Schmeißfliegen" klang, aber er sagte nichts weiter dazu.

Vierzehn Tage lang spitzten die Männer Eichenpfähle an, drehten sie in Feuern, bis sie rundum eine Brandkruste hatten. Die sollte sie vor der Fäulnis schützen. Mit mächtigen Schlägen wurden die Pfähle tief in das Erdreich gerammt. Mr. Turber hatte dem Bauplan des alten Mannes zugestimmt, etwas flüchtig, fand er, als ob der Pflanzer mit seinen Gedanken gar nicht bei der Sache sei. Dabei hatte allein der Lagerschuppen schon gewaltige Ausmaße. Die Brechanlage und das Haus, in dem die Melasse gekocht werden sollte, kamen noch dazu.

„Weiß der Kuckuck“, sagte Jeremy, „ich wundere mich, dass hier oben noch Zuckerrohr wachsen soll. Mr. Turber hat bisher immer Baumwolle angebaut.“

Mr. Caleb Miller lieferte viele Fuhrwerke erstklassiger Balken, Bohlen und Bretter. Der Zuschnitt ging rasch vonstatten. Jedenfalls war Mitte Februar alles Holz für den Bau fertig, gemessen, abgeschnürt, gesägt, gebeilt und gebohrt.

„Morgen beginnen wir das Gebäude aufzurichten“, sagte der alte Mann.

„Bisher ist nicht viel zu sehen“, sagte Georgia zu dem Jungen. „Nur ein wüster Haufen Holz. Meinst du, ihr kriegt das jemals zu einem Haus zusammen?“

„Die meiste Arbeit ist getan“, sagte der Junge. „Jetzt fängt das Haus an zu wachsen. In vierzehn Tagen ist das Richtfest und eine Woche später gibt es den Lohn und die Dollars klimpern in unserer Tasche.“

„Hoffentlich“, sagte Georgia.

„Es geht jetzt wirklich schnell, Georgia. Wenn wir das Holz erst zugeschnitten haben ...“

„Hoffentlich kriegt ihr die Dollars, meine ich.“

„Wieso? Mr. Turber hat doch alles mit Großvater abgesprochen. Wir bekommen einen guten Lohn.“

„Heute Morgen war Major Krick im Haus. Weißt du, der Reiter, den wir auf dem Wege hierher gesehen haben.“

„Na und? Er hat sicher den Zettel gebracht, von dem er geredet hat.“

„Muss ein glimmender Zettel in einem Pulverfass gewesen sein. Hat nämlich einen fürchterlichen Streit gegeben im Herrenhaus da oben. Massa Turber ist ein Schuft. Hat der Major ganz laut geschrien. Er will zum Richter nach Canton gehen. Braucht das Geld, sagte er, ganz weiß vor Wut. Massa Turber soll seine Schulden bezahlen.“

„Und was hat Mr. Turber gesagt?“

„Nichts hat er gesagt. Hat nur die Schultern gezuckt. Hat Massa Major nicht einmal bis zu seinem Pferd begleitet. Der ist die Treppe runtergerannt und hat immerzu geschimpft."

„Wer weiß, was du zusammenspinnst", sagte der Junge.

„Hab's gesehen, hab's gehört! Mit diesen Augen hier, mit diesen Ohren, Massa Luke." Sie zeigte mit dem ausgestreckten Zeigefinger auf ihre Augen und ihre Ohren und das sah so komisch aus, dass der Junge lachte. „Wirst du schon bald merken, was hier los ist", zischte Georgia wütend und ging beleidigt davon.

Am Nachmittag schenkte Mr. Turber den Zimmerleuten ein junges Rind.

„Wir braten es am Spieß", schlug der dicke Grumbach vor. „Ich hab' mal ein Schweinchen am Spieß gebraten."

Alle waren begeistert. Aus dicken Holzkloben wurde schon früh ein riesiges Feuer angezündet. Es musste zu einem Berg roter Glut niedergebrannt sein, bevor sie das Rind auf einem Eisenspieß in zwei mächtigen Astgabeln darüber drehen wollten. Keine Flamme durfte dann mehr emporschlagen. Nur kleine blaue Zungen sollten über der Glut schweben.

„Andreas! Luke! Kommt, helft mir beim Schlachten", rief der dicke Grumbach. In Liebenberg war der Junge immer aus dem Stall weggeschickt worden, wenn Schlachttag war. „Ist nichts für Kinder", hatte der alte Mann gesagt. Auf anderen Höfen war man allerdings weniger empfindlich gewesen und Luke hatte in der Schule gelegentlich blutrünstige Beschreibungen vom Schlachten gehört. Auch erinnerte er sich an das schrille Quieken der fetten Schweine, das dann ganz plötzlich mit einem dumpfen Schlag abbrach.

Grumbach befahl den Jungen ein Hanfseil und den dicken Holzhammer mitzunehmen, mit dem sie die Pfähle in den Grund getrieben hatten. Er wetzte eine lange Klinge auf einem Stein und gab ihr die letzte Schärfe. Andreas und Jeremy schleppten einen hölzernen Zuber herbei.

Sie führten das Rind ein wenig abseits hinter das Haus. Mit dem Kentucky-Seil banden sie das Tier so an einen Baumstamm, dass es den Kopf gesenkt hielt und ihn nicht bewegen konnte.

„Los", sagte Grumbach zu dem Jungen.

„Was, los?"

„Na, schlag zu! Genau vor die Hörner mitten auf die Stirn. Aber mit aller Kraft, hörst du?"

„Ich soll mit dem Hammer ...?" Der Junge zauderte.

„Geh zur Seite, du Schwächling", sagte Andreas, spuckte in die Hände, fasste den schweren Hammer ganz am Ende des Stiels, schwang ihn in weitem Bogen und donnerte den Rundschlag genau vor die Hörner. Dem Rind knickten zunächst die Vorderbeine weg. Grumbach sprang hinzu und stach dem Tier in den Hals. Hell spritzte das Blut heraus.

„Den Bottich her!", schrie Grumbach. Der Junge stand starr. Jeremy rollte den Bottich hinzu, fing das Blut auf und rührte es mit seinem Arm.

„Es darf nicht gerinnen, Massa, wenn wir es noch gebrauchen wollen", erklärte er und es klang, als ob er sich entschuldigen wollte. Der Junge lief davon. Es wurde ihm schlecht, fast so schlecht wie auf der „Neptun". Erst als das Rind, gehäutet und ausgeschlachtet, breitbeinig an den Hinterbeinen an einem starken Baumast aufgehängt war, kam er zurück.

„Na, geht es dir besser?", fragte ihn Georgia.

„Es kam so unerwartet, weißt du", sagte er leise. „Ich hab's gewusst, wie's gemacht wird. Aber mit eigenen Augen ..."

„Ich kann das auch nicht gut sehen", gestand sie.

Andreas Schicks grinste nur, als er den Jungen sah. Aber er sagte nichts.

Sie steckten den Spieß durch das Rind und drehten es über der Glut. Fett tropfte in das Feuer, zischte und verbrannte. Ein herrlicher Bratenduft ließ den Männern das Wasser im Munde zusammenlaufen. Der Junge aß an diesem Abend nichts von dem Rind. Erst am nächsten Morgen, als die anderen noch schliefen, probierte er ein Stückchen Fleisch, das auf dem Knochen saß. Es schmeckte ihm gut.

Er sah als Erster die Wagenkolonne kommen. So viele Gespanne hatte er nicht einmal beim Ostergottesdienst auf dem Kirchplatz in Ortelsburg gesehen. Vorn auf dem Bock des ersten Wagens saß neben dem Kutscher Mr. Caleb Miller. Mit dem Wagenzug ritten ungefähr zehn oder zwölf Männer. Jeder von ihnen hatte ein Gewehr im Halfter.

Caleb lenkte die Gespanne bis an die Holzstapel. Inzwischen waren die Zimmerleute in ihre Kleider gestiegen und rannten ebenfalls zum Holzplatz.

„Was wollen Sie mit den Fuhrwerken hier, Mr. Miller?“, fragte der alte Mann.

„Wir retten von unserem Holz, was zu retten ist.“

„Retten unser Holz? Welches Holz?“ Der alte Mann war verwirrt und verstand gar nichts.

„Mr. Turber ist pleite. Sein verrückter Plan, auf seiner Plantage Zuckerrohr pflanzen zu wollen, hat ihm den Rest gegeben. Er kann nicht zahlen. Was bleibt mir anderes übrig als mein Holz zurückzuholen?“

„Aber in dem Holz steckt unsere Arbeit. Sechs Wochen Arbeit stecken darin“, rief der alte Mann.

„Holen Sie die Arbeit wieder heraus, Mr. Bienmann“, lachte Caleb Miller bitter. „Oder versuchen Sie von Mr. Turber den Lohn zu bekommen. Aber melken Sie mal ’ne trockene Kuh. Ich jedenfalls habe von ihm keinen Cent bekommen können.“

Der alte Mann rannte zum Herrenhaus hinauf. Wenig später kam er niedergeschlagen zurück und sagte: „Turber ist in den Osten gereist. Seine Familie hat er mitgenommen.“

„Sie sind nicht der Einzige, der betrogen worden ist“, versuchte Caleb den alten Mann zu trösten. „Major Krick hatte einen Schuldschein über 4 000 Dollar von ihm. Damit kann er sich jetzt die Pfeife anzünden.“

Der alte Mann setzte sich auf einen Baumstamm und legte den Kopf auf die Knie. Caleb Miller aber rief den Zimmerleuten zu: „Wer mir beim Aufladen hilft, der kann an diesem Tag drei Dollar verdienen.“ Und zum Beweis dafür, dass er es nicht nötig hatte, plötzlich und vor dem Zahlen des Lohns in den Osten zu entweichen, hob er einen prall gefüllten Geldbeutel in die Höhe. Alle nahmen das Angebot an und fassten zu. Nur der alte Mann ging über den Hügel und ließ sich den ganzen Tag über nicht sehen.

Die Zimmerleute schimpften auf Mr. Turber und ließen auch an dem alten Mann kein gutes Haar.

„Hätte eben einen anständigen Vorschuss verlangen müssen", maulte der lange Wilhelm Slawik. „Ist doch nicht schlau genug für so etwas", giftete Otto Sahm. Otto und Gustav Krohl steckten den ganzen Tag über die Köpfe zusammen und hatten viel miteinander zu bereden. Wenn jedoch ein anderer dazukam, sprachen sie nur vom Wetter.

Gegen Abend, Caleb hatte den vereinbarten Lohn ausgezahlt und war mit dem Holztreck davongefahren, kam der alte Mann zurück. Die Zimmerleute hatten sich schon Sorgen gemacht und gingen ihm entgegen.

„Morgen brechen wir auf", sagte er. „Wir ziehen in das Bergland hinein in nordöstliche Richtung. Mit Rückschlägen mussten wir rechnen. Dass wir gerade hier aufs Kreuz gelegt wurden, habe ich nicht erwartet. Ich zahle jedem von euch 25 Dollar. Das ist zwar nicht genug für eure Arbeit, aber mehr habe ich nicht."

„Ich will kein Geld", sagte der Lehrer. „Mitgefangen, mitgehangen." Er blieb der Einzige, der auf den Lohn verzichtete. Den Jungen hatte der alte Mann von vornherein nicht mitgerechnet. An diesem Abend malten sie sich in den schwärzesten Farben aus, was sie mit Mr. Turber anstellen würden, wenn er ihnen je wieder über den Weg laufen sollte. Keiner aber übertraf die Strafen, die Jeremy vorschlug, obwohl er lediglich erzählte, was er von den Grausamkeiten wusste, die manche Sklaven vor der Befreiung wirklich erduldet hatten.

„Ihr glaubt mir nicht?", schrie er böse, als die Zimmerleute über ihn zu lachen begannen, weil seine Phantastereien, wie sie meinten, erstunken und erlogen seien.

„Glaubt ihr denn, dass ein Massa 1852 seiner Haussklavin mit dem Brotmesser ein Ohr abschnitt?"

„Warum sollte er das getan haben?", fragte Gustav Bandilla und lachte so, dass ihm die Tränen kamen.

„Es war das Ohr meiner kleinen Kusine Jessy Baker", sagte Jeremy. „Sie hatte nichts verbrochen. Aber ihr Massa brauchte das Ohr eines Schwarzen. Er hat es in Ölpapier einwickeln lassen und es mit einer Extrapost der Missus Harriet Beecher-Stowe zugeschickt."

Die Zimmerleute waren stiller geworden. Sie spürten, dass Jeremy keine grausamen Späße machte.

„Beecher-Stowe?", fragte Lenski. „Wer ist Beecher-Stowe?"

„Sie hat ein berühmtes Buch geschrieben", antwortete der Lehrer. „Die Leiden der Sklaven hat sie darin geschildert."

„Onkel Toms Hütte", ergänzte Mathilde.

„Was ist mit der Hütte?", fragte Grumbach blöd.

„Ihr Buch heißt ‚Onkel Toms Hütte.'"

„Ach so", sagte Grumbach. „Ich bin müde. Und Bücher lese ich sowieso nicht. Ich will schlafen."

Den Tag über hatte der Junge versucht den alten Mann zu verteidigen und hatte die Männer daran erinnert, dass sie in Vicksburg an dem villeroyschen Haus alle gut verdient hatten. Aber insgeheim hatte er sich eingestehen müssen, dass der alte Mann leichtgläubig gewesen war.

Er ist auf einen grauen Zylinder und einen feinen Anzug hereingefallen, dachte er.

Otto Sahm hat gesagt, der alte Mann tut immer so, als ob er Gottvater stets neben sich sitzen hätte.

Der Junge grübelte lange darüber nach und der Gedanke, das genau könne auch seinem Vater nicht gefallen haben, schien ihm zum ersten Male nicht völlig verrückt zu sein.

Als sie die Wagen beluden, stellte sich heraus, dass Gustav Krohl und Otto Sahm ihre Bündel auf die Seite stellten. Sie wollten nicht weiter mitziehen. Der alte Mann schwieg, als sie es ihm sagten.

„Was wollt ihr denn, verdammt noch mal, allein in diesem Land anfangen?“, fragte Lenski erbittert.

„Was geht das dich an?“, schrie Otto. „Eine Stelle, in der wir für gute Arbeit schlecht bezahlt werden, die kriegen wir überall. Wir wollen auf eigene Faust unser Glück suchen.“

„Du gehst auch, Gustav?“, fragte der alte Mann. „Du hast doch schon länger als zwanzig Jahre mit mir zusammen gearbeitet und bist mit mir durch Russland gezogen. Du hast immer dein Brot verdient. Als die Tagelöhner auf dem Gut achtzehn Silbergroschen für zwölf Stunden Arbeit verdienten, Gustav, da hab' ich dir schon jeden Abend einen Taler bar auf die Hand gezahlt. Hast du das alles vergessen, Gustav?“

Gustav Krohl antwortete: „Es ist nicht die Arbeit bei dir, Friedrich Bienmann. Auch dass wir hier aufs Kreuz gelegt worden sind, das ist es nicht. Vergessen hab' ich gar nichts.“

„Dann versteh dich, wer will“, sagte der alte Mann.

„Hast du schon mal was vom Heimstattgesetz gehört?“, fragte Gustav ihn.

„Irgendwas für Farmer?“

„Ja. Hat die Regierung von Washington vor sechs oder sieben Jahren gemacht.“

„Und was geht euch Preußen ein Gesetz der Regierung von Washington an?“

„Wir wollen nach Colorado, Friedrich Bienmann. Ehemaliges Indianerland wird dort an Siedler abgegeben.“

„Mit 25 Dollar in der Tasche könnt ihr nicht viel Land kaufen“, spottete der Lehrer.

„Vierzig Morgen musst du als Siedler fünf Jahre lang bebauen, dann ist das Land dein Eigentum. Keinen Pfennig brauchst du dafür zu bezahlen und bekommst noch 120 Morgen dazu.

Ohne einen einzigen Pfennig, sag' ich dir." Gustav Krohl wurde ganz eifrig.

„Ich habe davon gehört", bestätigte der alte Mann.

„Wir könnten doch alle nach Colorado ziehen", schlug Otto Sahm vor.

„Wir gehen unseren Weg, geht ihr euren", sagte der alte Mann.

Als die Wagen anruckten, blieben die beiden zurück. Der Junge sah sie noch lange auf dem Hügel stehen.

„Stimmt das, Jeremy, das mit dem Heimstattgesetz und dass das Land verschenkt wird?", fragte er.

„Stimmt. Aber es ist ein hartes Leben dort, Massa Luke. Bauen sich Hütten aus Grasplacken, halb in der Erde. Hast es sicher schon gesehen, Massa. Charly the Cook hat's auf eine Schublade gemalt, wie sie dort hausen. Die Schublade mit den Bitterkräutern hat er sich ausgesucht für das Bild. Hat sich was dabei gedacht, der Charly. Die Viehzüchter freuen sich, wenn ihre Rinder die Saaten der Einwanderer zertrampeln. Lassen sie nicht an das Wasser ran. Wollen ihr Weideland nicht verlieren. Die ersten fünf Jahre, sagt man, ist Colorado die Hölle für die Siedler. Viele werden krank, sterben oder kehren Colorado den Rücken und sind erledigt. Nur wer jahrelang durchhält und Glück hat, dem geht's allmählich vielleicht besser. So hab' ich's jedenfalls von Dick Christians gehört. Der ist dort gewesen. Er hat aufgegeben, als ihm seine Frau und alle drei Kinder an Typhus gestorben sind. Das Land war schon auf seinen Namen eingetragen. War gerade über den Berg, sagte er."

Sie fuhren am Pearl River entlang. Immer wieder fanden sie den Sommer über für ein paar Tage Arbeit, aber nie etwas, was sich wirklich lohnte. Im Herbst verließen sie den Staat Mississippi und treckten nach Alabama hinein. Sie waren kaum im Hügelland jenseits der Grenze, da kehrte das Glück zu ihnen zurück. In Alice-Springs war im Krieg die Kirche in Brand geschossen worden. Sie lag immer noch in Trümmern. Die Gemeinde hatte gesammelt und gespart, Dollar auf Dollar gelegt, Stämme waren als Bauholz gestiftet worden und im nächsten Jahr sollte es mit dem Bau einer neuen, kleinen Kirche losgehen.

Da kam ein Mann nach Alice-Springs zurück, der einige Jahre zuvor als 18-Jähriger eines Nachts spurlos verschwunden war. „Das Goldfieber hat ihn gepackt", hieß es im Ort. Er kehrte in einer dreispännigen, eleganten Kutsche heim, trug einen karierten Anzug aus teurem englischem Stoff und einen breitkrempigen feinen Filzhut. Noch bevor er zu seinen Eltern fuhr, stieg er vor dem kleinen, ärmlichen Pfarrhaus aus und ließ den Pfarrer herausrufen. Inzwischen waren Neugierige zusammengelaufen, denn in Alice-Springs gab es im Allgemeinen nicht viele Neuigkeiten.

Der alte Pfarrer trat vor die Tür, blinzelte, vom Sonnenlicht geblendet, den Besucher an und zog seine rötliche Whiskynase kraus.

„Was wollen Sie von mir?", fragte er mit einer überraschend kräftigen Bassstimme.

„Kennen Sie mich nicht mehr, Pfarrer McGree?", sagte der Mann und nahm seinen Hut vom Kopf.

„Das blonde Niggerhaar!", rief der Pfarrer, als er die winzigen strohigen Locken des jungen Mannes sah. „Du kannst nur einer von Samuel Simmons sein. Der hat lauter Söhne mit solchen Krausköpfen."

„Stimmt, Pfarrer McGree. Ich bin Andrew Simmons. Und als mich vor fünf Jahren das Gold aus Alice-Springs wegzog, da hab' ich's geschworen. Wenn ich's packe, hab' ich gesagt und dabei die Finger hochgestreckt, wenn ich's packe, dann will ich jedes Nugget, das so groß wie 'ne Erbse ist, aufbewahren und nach Alice-Springs zurücktragen. Für die Kirche." Er deutete auf den Trümmerplatz. „Ich komme nicht zu spät, denke ich."

Er reichte dem Pfarrer ein Büffelhorn, das mit einem ziselierten silbernen Deckel verschlossen war. Das Horn war schwer und der Pfarrer hatte Mühe es mit einer Hand zu halten und mit der anderen den Deckel abzuziehen. Er steckte den silbernen Verschluss in die Tasche seiner Soutane und schüttete von dem in die hohle Hand, was das Horn bis obenhin füllte. Völlig gleiche Nuggets, erbsengroß, strahlten in der Sonne auf.

„Junge!“, rief der Pfarrer aufgeregt. „Andrew Simmons! Das ist ja ein Schatz. Wir werden die schönste Kirche in ganz Alabama bauen.“

Er versuchte den jungen Simmons in die Arme zu schließen, aber das gelang nicht, weil er das Horn und die Nuggets nicht aus den Händen legen wollte.

Als der Lehrer diese Geschichte gehört hatte, sagte er: „So ist das eben. Wenn die Kirche Gold in den Händen trägt, bleibt kein Platz mehr die Menschen ans Herz zu ziehen.“

Jedenfalls war die Nachricht von dem Büffelhorn und seinem gewichtigen Inhalt mit dem Herbstwind weit im Lande herumgeweht worden. Der alte Mann hörte sie noch am selben Tag, obwohl er mit seinen Wagen fast zwanzig Meilen von Alice-Springs entfernt war. Er spürte seine Chance und steckte mit seiner Hoffnung auf eine gute Arbeit alle an. Jeremy trieb die Tiere wie nie zuvor.

Am Nachmittag sahen sie die gut dreihundert Häuser des Ortes, sanft an einen Hügel geschmiegt, in der Sonne liegen. Der alte Mann ließ an einem Bachufer halten.

„Diesen Auftrag müssen wir bekommen“, sagte er. „Wascht euch gründlich, Leute. Wasser gibt es im Bach genug. Kämmt eure Haare und stutzt euch den Bart. Zieht eure beste Zimmermannskluft an. Fettet die Äxte und Sägen und schultert sie. Wir müssen uns von der besten Seite zeigen.“

Kaum eine Stunde später war der Staub abgewaschen, die Tiere standen gestriegelt im Geschirr, die Wagen zeigten nicht eine Spur von Straßendreck. Der alte Mann ließ seinen Blick voll Zuversicht auf seinen Männern ruhen.

„Mit euch, Leute, reiße ich Bäume aus“, sagte er. „Los, erobern wir Alice-Springs.“

Zum zweiten Mal an diesem Tag hielten Pferde vor dem Pfarrhaus. Die Menschen, die in der warmen Abendsonne vor ihren Häusern gesessen hatten, witterten Ungewöhnliches. Der Pfarrer saß mit einigen Frauen im Garten neben seinem Haus. Als die Wagen nicht weiterfuhren, trat er an den Zaun. Die Zimmerleute hatten sich mit ihrem Werkzeug nebeneinander aufgestellt.

„Guten Abend", sagte der alte Mann.

„Guten Abend", antwortete der Pfarrer und wartete.

„Ich hörte, Sie wollen eine neue Kirche bauen?", begann der alte Mann das Gespräch.

„Kann sein", antwortete der Pfarrer vorsichtig.

„Wir sind Ihre Leute. Wir haben das villeroysche Haus in Vicksburg gebaut und seit fast einem Jahr an vielen Orten in Mississippi und Alabama gute Arbeit geleistet."

„Wo haben Sie denn Kirchen gebaut?", fragte der Pfarrer.

„In Leschinen und Lindenort", antwortete der alte Mann. „26 Meter hoch war der Turm in Leschinen."

„Die Namen dieser Orte habe ich noch nie gehört. Wo liegen sie?"

„In Deutschland, in Ostpreußen, im Kreise Ortelsburg."

„Ziemlich weit weg", spottete der Pfarrer. „Hier leben auch Holzarbeiter. Deren Arbeit kennen wir, eure nicht."

„Man sieht es an Ihrer Hütte", sagte der alte Mann spöttisch und zeigte auf das Pfarrhaus.

„Könnt Ihr es besser?"

„Bis morgen, wenn die Sonne aufgeht, hätten wir Ihr Haus zum Beispiel wieder in Schuss."

„Bis morgen, wenn die Sonne aufgeht?", rief der Pfarrer ungläubig. „Habt ihr das gehört, Leute?"

Da trat aus der Menge ein breitschultriger, junger Mann hervor. Er hatte hellblonde Haare, die in winzigen Kräuseln dicht um seinen Schädel lagen.

„Ich bin Andrew Simmons", sagte er. „Was heißt das, Ihr habt das Haus in wenigen Stunden wieder in Schuss?"

„Nun, die schadhaften Bretter werden ausgewechselt, die wackeligen Balken sind dann neu verstrebt und das Dach ist dicht“, sagte der alte Mann.

„Wenn Ihr das schafft, dann wette ich mein größtes Nugget hier gegen eine Hühnerfeder.“

Er hielt ein taubeneigroßes Nugget empor, das an seiner Uhrkette befestigt war.

„Die Wette gilt“, stimmte der alte Mann zu. Sie schlugen die Hände ineinander.

Was sich jetzt ereignete, hätten die Bewohner von Alice-Springs nicht für möglich gehalten. Wie wild geworden stürzten sich die Zimmerleute auf das Pfarrhaus, rissen die Bretterverkleidung herunter, richteten die Balken ins Lot, schlugen Holznägel nach, bohrten Löcher und trieben Nägel ein, verstrebten die Eckpfosten mit neuen Balken und wechselten die Oberschwelle der windschiefen Tür aus. Selbst Mathilde und Georgia griffen zur Säge. Ihr Schnitt hielt dem kritischen Blick des alten Mannes stand. Alle arbeiteten, als ob es um ihr Leben ginge. Allmählich wurde es dunkel. Die Bewohner von Alice-Springs standen wie eine Mauer rundum und wichen nicht vom Fleck. Sie entzündeten Fackeln und der Feuerschein erleuchtete die Nacht.

Gegen zwölf Uhr sagte der alte Mann zu dem Jungen: „Kurz vor fünf wird es hell. Traust du dir zu bis dahin einen lebensgroßen Hahn zu schnitzen?“

„Wenn ich einen Lindenkloben finde, Großvater, oder ein anderes weiches Holz, dann schaffe ich das bestimmt.“

„Gut, dann setzen wir dem Pfarrer einen Dachreiter auf das Haus und obendrauf deinen Hahn. Den Dachreiter mache ich selbst.“ Er war ganz sicher, dass sie rechtzeitig fertig würden. Der Junge sägte mit Georgia ein Stück von einer mannsdicken Linde ab und bockte den Klotz auf einen Baumstumpf auf. Er begann seine Arbeit zunächst mit dem Beil, später nahm er Stemmeisen und Klöpfel.

Bald hatten die Zuschauer bemerkt, dass er etwas Besonderes machte, und viele drängten sich um seinen Platz. Er schnitzte schließlich mit dem Messer dem Hahn einen langen Hals und einen Kopf, hoch in die Luft gereckt, als ob er gerade zum Krähen ansetzte.

Der Morgen zog herauf. Die Fackeln verlöschten eine nach der anderen. Die Bretterwände waren längst wieder auf den Bohlen genagelt worden, das Dach zeigte keine Löcher und Risse mehr. Über eine Rolle am Giebel zogen die Männer ein schlankes, etwa mannshohes Türmchen auf das Dach hinauf. Der Dachreiter ließ sich leicht mit seinem Schwalbenschwanz auf den First aufsetzen. Mathilde durfte die Bolzen eintreiben. Sie traf den Bolzen genau und schlug nicht ein einziges Mal daneben.

„Der erste weibliche Zimmermann bist du“, sagte der alte Mann. „Den Hahn herauf!“, rief er.

Der Junge lud sich die Figur auf den Rücken und kletterte über eine Leiter auf das Dach, hoch bis auf den First. Georgia stieg hinter ihm her. Der alte Mann hatte in der Spitze des Türmchens ein Loch gelassen, in das der Zapfen am Fuße des Hahns genau hineinpasste. Durch Zapfen und Türmchenspitze bohrte er ein Loch und setzte einen großen Holznagel an. „Treib ihn hinein, Luke“, sagte er. „Die Sonne wird gleich aufgehen.“

Der Junge aber reichte Georgia den Holzhammer. „Sie ist auch ein neuer Zimmermann“, sagte er. Georgia schaute auf den alten Mann. Der nickte.

Sie schlug den Holznagel ein und auch sie verfehlte mit keinem Schlag ihr Ziel.

„Fertig“, rief sie.

Die Sonne stieß wenige Augenblicke später ihre ersten Strahlen über den Horizont und der Hahn leuchtete in hellem Licht auf. Die Leute johlten begeistert. Frauen schleppten heißen, schwarzen Kaffee herbei und brieten in großen Pfannen Speck und Eier. Die Arme der Zimmerleute waren schwer wie Blei und ihre Rücken schmerzten. Andrew Simmons reichte dem alten Mann das Goldei mitsamt der Uhrkette.

„Ihr seid die richtigen Leute im richtigen Land“, sagte er und es schien ihm nicht Leid zu tun, dass er das schwerste Stück Gold, das er je ausgewaschen hatte, hingeben musste. Der Pfarrer, der trotz seines Alters die ganze Nacht über in einem harten Holzsessel ausgeharrt und dem Schauspiel zugesehen hatte, rappelte sich auf und hob die Hand. „Ihr versteht Euer Handwerk“, sagte er. „Wenn Ihr einen Bauplan macht, der uns zusagt, dann seid Ihr die Männer, die unsere neue Kirche bauen.“

Er wandte sich an die Menge: „Geht jetzt nach Haus, Leute. Stehen und Zuschauen macht müde.“

Die Zimmerleute legten sich in den Garten des Pfarrers unter einen Magnolienbaum. Sie schliefen bis in den Mittag hinein. Während die Männer am Nachmittag den Holzplatz besichtigten und die Stämme begutachteten, redete der alte Mann mit dem Pfarrer. Sie wurden sich einig.

„Schaffen Sie denn eine solche Spannweite der Halle ohne jede Säule?“, fragte der Pfarrer und machte ein bedenkliches Gesicht.

„Ja, Herr Pfarrer. Es ist schließlich nicht das erste Mal, dass wir so etwas bauen.“

„Ja, ja, ich weiß es“, lachte der Pfarrer. „Ihre Kirchen in Preußen.“

„Wir haben dort wirklich sehr schöne Kirchen gebaut“, beteuerte der alte Mann.

„Werden sicher in diesen Tagen voller Menschen sein“, sagte der Pfarrer.

„Der Krieg erinnert die Menschen ans Beten. Haben wir hier im Süden auch erlebt.“

„Krieg? Wie meinen Sie das?“

„Na, ’s ist doch wieder Krieg in Europa. Sagen Sie nur, Sie hätten davon nichts gehört, dass die Franzosen und die Deutschen sich schlagen? Seit Juli schon. Mitten im Juli haben sie damit angefangen.“

„Das ist für uns neu“, sagte der alte Mann erregt. „Seit über zwei Monaten ist Krieg in unserem Land und wir haben nichts davon erfahren."

„Dieser Tage kam die Nachricht, dass die Deutschen eine große Schlacht gewonnen haben. Der Kaiser der Franzosen ist dabei sogar in Gefangenschaft geraten."

„Und wir wissen nichts." Der alte Mann erhob sich. „Das muss ich sofort meinen Leuten erzählen."

Er ging hinaus, aber er kam mit seiner Neuigkeit zu spät. Mathilde hatte es schon im Ort gehört. Sie wusste auch Genaueres über die große Schlacht, die bei Sedan stattgefunden hatte und bei der viele, viele Soldaten auf beiden Seiten ihr Leben gelassen hatten.

„Jetzt wird Bismarck, der Eiserne Kanzler, völlig überschnappen", sagte der Lehrer. Aber damit kam er bei den Männern schlecht an. Sie redeten vom Vaterland in Not, von Franzmännern und dass es höchste Zeit wäre, ihnen zu zeigen, was die deutsche Manneskraft bedeute.

Der lange Slawik und Grumbach überlegten, wie sie am schnellsten zurückfahren könnten, damit der König genug Soldaten habe. „Was gehen uns die Kriege der Großen an?", fragte der Lehrer. „Seid froh, dass ihr weit weg seid. Ihr seht doch hier im tiefen Süden, wer am meisten unter dem Krieg leidet."

„Halten Sie den Mund!", rief Slawik erbittert. „Sie sind überhaupt kein Kerl, haben kein bisschen Mumm in den Knochen."

„Haben Sie nicht unter des Königs Fahne gedient?", fragte Grumbach. „Sie sind mir vielleicht ein vaterlandsloser Geselle."

„Das Vaterland darf man in der Stunde der Gefahr nicht im Stich lassen", meinte selbst Lenski.

Und Slawik prahlte siegesgewiss: „Den Mistfranzosen, denen werden wir eines aufs Haupt geben."

„Wen meinst du, Wilhelm, wen meinst du eigentlich genau mit den Mistfranzosen?", fragte der Lehrer. Slawik schaute verbiestert und sagte: „Na, all die Franzmänner eben."

„Genauso wie ‚die Nigger', ‚die Indianer', ‚die Konföderierten', ‚die Blaujacken'. Müsstest doch längst gemerkt haben, dass das alles höchst unterschiedliche Leute sind, wenn du ihnen wirklich begegnest. Ich kenne einige Franzosen aus meiner Zeit in Xanten. Ich sage dir, es sind Menschen wie wir, 's mag einige ganz böse darunter geben und vielleicht ebenso viele ganz gute. Aber die meisten sind ein bisschen gut und ein bisschen bös, eben genau wie wir."

„Wenn sie Napoleons Uniform anziehen, dann sind sie für mich alle gleich. Feinde eben."

„Und allein weil sie in eine rote Hose und einen blauen Rock gesteckt worden sind, würdest du auf sie schießen? Auf junge Burschen wie Andreas? Auf Männer, die zu Hause Frau und Kinder haben? Warum, sag mir, warum willst du auf sie schießen?"

„Weil sie ...", der dicke Grumbach stotterte herum, „eben weil sie Franzmänner sind und unsere Feinde dazu."

Sie stritten bis in die Nacht. Schließlich packte Wilhelm Slawik sein Bündel. Eine Postkutsche sollte ihn bis zur nächsten Bahnstation bringen. Von dort aus wollte er auf dem schnellsten Wege zu den „preußischen Fahnen", wie er es ausdrückte.

Grumbach blieb. Aber nicht deshalb, weil er weniger kriegsbegeistert war, sondern weil er kaum einen Cent in der Tasche hatte. „Ist doch gut, wenn man die Dollars zusammenhält und nicht alles verfrisst", sagte Wilhelm Slawik ihm zum Abschied.

„Hast ja selbst nicht genug Geld zusammengespart", entgegnete Grumbach.

Das stimmte. Aber die Zimmerleute hatten eine stattliche Summe zusammengeworfen, damit Wilhelm schnell über den Teich kommen konnte.

„Habt euch losgekauft, wie im Bürgerkrieg die Reichen bei uns", sagte Jeremy.

„Quatsch", sagte Lenski. „Das ist so eine Art Kriegsanleihe für den König."

„Der hat's nötig", spottete der Lehrer. Aber sie schauten ihn nur böse an.

Sie hatten das Kirchenschiff gerichtet, bevor der Winter kam. Am Allerseelentag, Anfang November, erhielten sie Besuch. Franek aus Vicksburg war herübergekommen. Er hatte eine Menge zu erzählen. Seine Frau hatte einen Sohn geboren. Das war nicht ganz ohne Probleme abgegangen und sie hatten den jungen Villeroy holen müssen, der sich in Vicksburg den Ruf eines tüchtigen Arztes erwarb. Tobys Restaurant war erweitert worden und Franek hatte den Plan dazu gemacht und selbst ausgeführt.

„Ich habe übrigens an Bruno Warich geschrieben und die Antwort kam drei Wochen später mit dem Mississippidampfer", sagte Franek.

„Wie geht es meinem Bruder? Hast du ihm geschrieben, dass wir vielleicht im Frühjahr bis St. Louis hinaufziehen und ihn besuchen?"

„Ja, ich habe ihm geschrieben, dass ihr vielleicht kommt. Ihr seid ihm alle willkommen, hat er geantwortet. Er freut sich auf das Wiedersehen. Aber dann schreibt er etwas, was ich dem Luke sagen soll."

Er zog einen Brief aus der Innentasche und las stockend vor: „Dem Luke, dem Sohn von Karl Bienmann, soll ich einen besonderen Gruß schreiben von einem sehr guten Bekannten, was ich hiermit erledige. Du kannst dir schon denken, wer es ist. Er wohnt zwar nicht weit von hier, aber wir haben wenig Verkehr mit ihm. Ist auch nicht sicher, ob er sich hier auf die Dauer festsetzt."

Er ließ das Blatt sinken.

„Was hast du für einen sehr guten Bekannten in St. Louis, Luke?", fragte er.

Der Junge zuckte die Achseln. Wenn es sein Vater war, der ihn grüßen ließ, warum schrieb er nicht selbst? Warum verschwieg er seinen Namen? Die anderen vergaßen bald den Gruß an den Jungen, denn Franek hatte Briefe mitgebracht, die aus Liebenberg nach Vicksburg gekommen waren. Nur Döblin bekam keine Post. Er hatte niemanden mehr, der ihm schrieb. Der Junge hatte einen Brief von seiner Mutter. Sie schrieb davon, dass die Ernte wahrscheinlich ganz ordentlich ausfallen werde und obwohl die Männer in den Krieg gezogen seien, hofften sie alles gut in die Scheunen zu bringen. Ihr jüngster Bruder habe auch nach Frankreich ziehen müssen. Sie schrieb auch, dass in ihrem Laden ein schlechter Pächter säße, der alles herunterwirtschaftete. Es gehe schon das Gerücht um, Haus und Laden stünden bald wieder zum Verkauf an.

„Wenn du eine Goldader entdeckst, Junge", schrieb die Mutter im Scherz, „dann könnte ich mir den Laden wieder zurückkaufen."

Auch Katinka und Anna hatten einen langen Brief geschrieben. Es sei nichts mehr los im Dorf. Es werde Zeit, dass die Männer aus Amerika und aus dem Krieg bald wieder zurückkämen.

Dann war da noch ein kleiner Umschlag ohne Absender. Ein winziges Zettelchen lag darin. Oben in der Ecke des Papiers war ein gepresstes Gänseblümchen aufgeklebt. „Denkst du noch daran, was du mir versprochen hast? Ich denke oft daran. Deine Lisa W." Und obwohl dies der kürzeste Brief war, den der Junge bekommen hatte, freute er sich doch ganz toll darüber.

An diesem Abend sagte Mathilde dem Lehrer, dass sie auch ein Kind erwarte und dass es ihrer Rechnung nach im Mai zur Welt kommen müsse. Als der alte Mann es erfuhr, freute er sich sehr, lief in den Laden des Ortes und kaufte für Mathilde ein Halstuch aus roter Seide.

„Wer ist eigentlich der Vater des Kindes?", scherzte der Lehrer.

Franek blieb ein paar Tage, arbeitete aus Spaß am Bau mit und nahm ein ganzes Bündel Briefe mit zurück, weil alle annahmen, dass die Post mit dem Dampfer von Vicksburg aus schneller den Weg nach Europa laufe. Der Junge hatte einen

Umschlag an Bruno Warich adressiert und sich für die Grüße bedankt. Für den, der ihm die Grüße geschickt hatte, hatte er ein Blatt dazugelegt.

„Wenn du der bist, den ich suche, dann komm nach Alice-Springs und male hier die Kirche aus. Sie wird im Januar fertig sein. Dein Luke."

Später hatte er dann noch daruntergesetzt: „P.S.: Ich glaube, Großvater hätte das auch sehr gern."

Es kamen in den folgenden Wochen noch Briefe aus Liebenberg und einer von Franek, der wieder gut in Vicksburg angekommen war. Aber aus St. Louis hörten sie nichts mehr.

Wieder hatte die Mutter dem Jungen geschrieben. Fast jeder Mann sei im Kriege gewesen, schrieb sie. Oft hätten sie Siege feiern können. Aber sie selbst hätte bei den Feiern immer an ihren jüngsten Bruder denken müssen, der am 2. September 1870 bei Sedan gefallen sei. Sicher, die deutschen Truppen hätten an diesem Tage eine große Schlacht gewonnen und sogar den Franzosenkaiser gefangen genommen. Aber sie kenne den Franzosenkaiser nicht, während sie ihren Lieblingsbruder besser gekannt habe als jeden anderen Menschen, ihren Jungen ausgenommen. Auch schrieb sie, dass Laden und Haus in Leschinen, wie sie schon vorausgesehen habe, tatsächlich zu einem Spottpreis zum Verkauf anstünden. Aber weil unter dem Pächter alles jämmerlich verkommen sei, finde sich kein Käufer.

Der Junge sah das lang gestreckte, niedrige Haus genau vor sich, die gestutzten Linden vor den Fenstern, die grünen Läden, den Lagerschuppen, den weitläufigen Stall, in dem seines Wissens in den letzten Jahren nie ein Stück Vieh gestanden hatte.

Man könnte ein Fuhrgeschäft aufmachen und einen Viehhandel dazu. Platz ist jedenfalls genug, dachte der Junge.

Am Dreikönigstag war Kirchweih in Alice-Springs. Zum ersten Male läuteten die beiden kleinen Glocken wieder. Sie hatten sie unzerstört aus dem Schutt ausgegraben. Die Zimmerleute erhielten einen guten Lohn. Der alte Mann begann an die Rückreise zu denken. Er hatte gehört, dass man mit der Eisenbahn in wenigen Tagen von Memphis bis New York fahren konnte und dass von dort aus eine regelmäßig verkehrende Dampfschifflinie nach Hamburg und Bremerhaven eingerichtet worden war. Einen Auftrag wie die Kirche in Alice-Springs, dachte er oft, den würde ich vielleicht noch annehmen. Dann hätte ich erreicht, was ich wollte. Obwohl der alte Mann noch einige kleinere Reparaturarbeiten an Häusern angeboten bekam, drängte es ihn weiterzuziehen.

„Die kleinen Arbeiten halten uns zwar über Wasser", sagte er, „aber sie bringen uns nicht recht weiter. Wir brauchten einen großen Auftrag oder gar keinen mehr."

Darüber kam es zum Streit zwischen ihm und den Zimmerleuten. Hugo Labus machte dem alten Mann Vorwürfe und sprach aus, was viele dachten, nämlich, dass es keiner verstehen könnte, warum er vor der Arbeit ausreiße und aufs Geratewohl in den Winter ziehen wolle. „Kleinvieh macht auch Mist", sagte Lenski. Aber der alte Mann blieb starrköpfig.

„Ich will in Richtung Memphis", beharrte er. Keiner wusste, dass in dem letzten Brief seiner Frau etwas gestanden hatte, was ihm keine Zeit für die Kleckerarbeiten in Alice-Springs ließ. Er wurde jedes Mal unruhig, wenn ihm einfiel, was seine Frau über den Altgesellen Zattric berichtet hatte, der damals in Liebenberg zurückgeblieben war. In ihrer winzig kleinen Schrift hatte Hedwig Bienmann geschrieben: „Und alles deutet darauf hin, dass der Krieg bald zu Ende ist. Er hat seiner Frau geschrieben, wenn er erst aus dem Feindesland zurückkehrt, will er in unserem Dorf eine eigene Zimmerei aufmachen. Und die alte Zattric streut herum, dass er sich sogar eine Dampfsäge zulegen will. Aber Genaueres weiß niemand."

„Ich gehe nach Memphis", das war die einzige Antwort, die der alte Mann auf alle Vorhaltungen gab. Schließlich beschlossen der Zimmergeselle Hugo Labus und der Holzarbeiter Pilar zunächst in Alice-Springs zu bleiben.

„Arbeit für mindestens ein Jahr", sagte Hugo Labus.

Am Tage vor der Abreise bat der Pfarrer den alten Mann in sein Haus, bewirtete ihn mit einem guten Whisky aus seinem eigenen Keller und mit einer dicken Virginia-Zigarre. „Ich wollte Ihnen, bevor Sie gehen, noch etwas sagen“, druckste er herum. „Dass Ihre Tochter bald ein Kind bekommt, kann selbst ein Pfarrer sehen. Das Gerumpel auf einem Pferdekarren ist Gift für eine schwangere Frau.“

Er schwieg und paffte und der alte Mann wunderte sich über seine Fürsorge.

„Aber es geht nicht um Ihre Tochter Mathilde allein“, rückte schließlich der Pfarrer mit der ganzen Wahrheit heraus. „Wir brauchen in Alice-Springs einen tüchtigen Lehrer. Ihr Schwiegersohn ist Lehrer. Ich habe mit der Gemeinde gesprochen. Er passt hier hin.“

„Er wird nicht bleiben“, antwortete der alte Mann. „In seiner Post steht zu lesen, dass in Preußen die Arbeitervereine jetzt endlich nicht mehr verboten sind. Er hat sich für die Arbeiter eingesetzt. Er wird zurückwollen.“

„Ich habe von ihm eine andere Auskunft“, schmunzelte der Pfarrer. „Er will für ein Jahr einen Vertrag unterschreiben.“

„Wie haben Sie ihn denn dazu gekriegt?“, staunte der alte Mann.

„Ich glaube, er bleibt vor allem, weil er neben seiner Kinderschule abends einen Lese- und Schreibunterricht für die erwachsenen Neger einrichten kann.“

„Die hätten's besser als Kinder lernen sollen. Was Hänschen nicht lernt ...“

„Oh, Mann“, rief der Pfarrer und wunderte sich über den alten Mann. „Wie lange sind Sie schon in diesem Land und haben keine Ahnung! Die Pflanzer waren der Überzeugung, dass es eine Todsünde war, wenn einer ihrer Sklaven ein Buch in die Hand bekam. Die Peitsche war den meisten Negern sicher, wenn man sie lesend erwischte.“

„Aber Georgia kann lesen und Jeremy auch.“

„Das haben sie mit Sicherheit erst nach dem Krieg gelernt.

Außerdem will der Lehrer die Neger ermuntern von ihren Rechten Gebrauch zu machen. Vor allem sollen sie sich von den Weißen nicht einschüchtern lassen und zur Wahl gehen."

„Jetzt erkenne ich ihn wieder", sagte der alte Mann.

Der Pfarrer erhob sich.

„Na, was sagen Sie zu diesen Plänen?"

„Was soll ich sagen? Was Sie von der bevorstehenden Geburt sagen, das stimmt ja wohl. Nur, meine Kolonne schmilzt zusammen. Und wir wollten doch alle gemeinsam wieder nach Liebenberg zurück."

Als sie aus Alice-Springs fortzogen, war genügend Platz auf den beiden Wagen.

Es dauerte noch genau sieben Wochen, bis der alte Mann seine wirklich große Chance bekam. Die Zimmerleute hatten sich entschlossen zunächst nach Nordosten weiter in das Hügelland hineinzuziehen. In Tuscaloosa hatten sie für ein warmes Essen einen Schweinestall ausgebessert. Mit kleineren Alltagsarbeiten schlugen sie sich in Richtung auf die Grenze von Tennessee durch. Je weiter sie nach Norden kamen, umso ruppiger wurde das Wetter. Sie suchten vor Regen und Kälte Zuflucht in einem verlassenen Blockhaus. Andreas Schicks, Gustav Bandilla und der Junge bekamen einen fürchterlichen Durchfall mit Schüttelfrösten und Fieber. An eine Weiterfahrt war nicht zu denken. Jeremy ritt auf dem besten Pferd, das sie besaßen, los und wollte Hilfe holen. Nach zwei Tagen kam er, vor Erschöpfung ganz grau im Gesicht, mit einem Mann zurück, der sich Doc nannte. Der schaute sich die Kranken an und sagte: „Möglicherweise ist es die Ruhr. Aber wer weiß das schon genau?"

Er packte seine Tasche aus und zog ein schwarzes Pulver hervor. Das sah wie zerstoßene Holzkohle aus und der Junge behauptete später, es habe wie Holzkohle zwischen den Zähnen geknirscht und auch wie Holzkohle geschmeckt.

Der Arzt wies Jeremy an jedem Kranken täglich vier Teelöffel von dem Pulver zu geben und dazu drei Liter Wasser. „Aber koche das Wasser gut ab, Nigger, klar?"

Zu dem alten Mann sagte er: „Wenn das nicht binnen drei Tagen hilft, dann ist es die Ruhr. Dann gnade Ihnen Gott."

„Wir wollen so schnell wie möglich weiter", sagte der alte Mann. „Was meinen Sie, wann wird das gehen?"

„Bei diesem Wetter kommen Sie doch nicht vorwärts", antwortete Doc. „Regen, Schnee, Hochwasser. Drüben hinter Haleyville soll der Fluss eine Eisenbahnbrücke weggerissen haben. Jedenfalls gibt es seit gestern keine Verbindung mehr zwischen Memphis und Chattanooga. Warten Sie ruhiges Wetter ab. Wenn es nicht die Ruhr ist, dann werden die Männer in ein paar Tagen wieder munter sein."

An diesem Abend stritten Lenski und Warich mit dem alten Mann und behaupteten, er habe sie aus Liebenberg weggelockt und fast alle Strapazen seien für die Katz gewesen. Jetzt sehe es so aus, als müssten sie hier, weit weg von ihren Familien, ins Gras beißen. Der alte Mann schwieg dazu.

„Denkt ihr noch daran", erinnerte Döblin sie, „dass ihr selbst es wart, die unbedingt über den großen Teich wollten?" Die beiden starrten wütend vor sich hin, fluchten und drehten sich auf die Seite, um im Schlaf ihr Elend zu vergessen.

Am nächsten Morgen waren die Kranken fieberfrei. Das Wetter besserte sich. Drei Tage später spannte Jeremy die Tiere wieder vor die Wagen. Es ging weiter.

In Haleyville kehrten sie in einer Kneipe ein. Sie fragten nach einer anständigen Arbeit für anständige Zimmerleute aus Deutschland. Die Männer, die an den Tischen saßen, waren Einwanderer aus Frankreich. Sie blickten die Deutschen feindselig an. „Haut ab", sagte einer. „Hier treibt sich fremdes Pack genug herum. Stiehlt uns die Arbeit. Zieht weiter, wenn ihr keinen Ärger wollt."

Der alte Mann wollte keinen Ärger. Auch hatte er nicht die Absicht, den deutsch-französischen Krieg in Alabama weiterzuführen. Aber der Ärger kam noch am selben Tag, obwohl sie Haleyville hinter sich ließen.

Es war nicht nur, wie Doc gesagt hatte, die Eisenbahnbrücke eingestürzt, sondern jeder Übergang über den Fluss war unmöglich. Dabei war die Schlucht, die das Wasser in den Berg gefressen hatte, keine 20 Meter tief und höchstens 25 Meter trennten die beiden Steilufer voneinander. Aber zwischen diesen Ufern tobte ein wild gewordenes Gewässer, schmutzig gelb, eine reißende Strömung, aufsprühende Gischt, immer wieder mitschießende Baumstämme, die gelegentlich gegen die Felsen geschmettert wurden, splitterten, und die die Gewalt des Wassers dann weiterriss. Die Brücke war nicht gänzlich zerstört. An jedem Ufer stand noch ein etwa sieben Meter langes Brückenteil. Das Mittelstück, dem der Fluss die Stützpfeiler weggerissen hatte, war mitsamt den Gleisen in die Tiefe gestürzt und weggeschwemmt worden. Vom Ufer drüben ragte über den Brückenstumpf hinaus ein einziger Balken wie ein Rammbock weit über das Wasser. Am diesseitigen Ufer stand eine Lokomotive unter Dampf. Sie hatte drei Personenwagen und zwei Güterwaggons hergeschleppt. Die Zimmerleute hatten Eisenbahnen noch nie aus der Nähe gesehen. Sie gingen dicht an die verhalten zischende Lokomotive heran und bestaunten sie. Der alte Mann schritt auf eine Gruppe städtisch gekleideter Herren zu, die vor der Brücke standen und nicht darauf achteten, dass ihre feinen Schuhe tief in den aufgeweichten Boden einsanken. Sie redeten sehr laut miteinander. Was den alten Mann anlockte, das waren die fachmännischen Ausdrücke von Streben und Stützen, die sie im Munde führten.

„Was heißt hier, das geht nicht?“, schrie einer mit zornesrotem Gesicht. „Warum bezahle ich meine Ingenieure. Wollen Sie mich und meine Gesellschaft in die Pleite treiben?“

„Keineswegs, Mr. Cole“, entgegnete ein großer, schmaler Mann und rückte seine Brille nervös zurecht, „aber kein Mensch kann bei diesem hohen Wasser die notwendigen

Stützpfeiler setzen, selbst wenn wir die Facharbeiter herbeischaffen könnten."

„Und die, Mr. Cole, haben Sie weit weggeschickt. Die arbeiten an der neuen Strecke in den Rocky Mountains", fügte ein älterer Herr hinzu, der offenbar der Vorgesetzte der Gruppe war.

„Halten Sie sich aus der Sache heraus, Mannerd", schrie der, auf den die anderen mit offensichtlichem Respekt einredeten. „Halten Sie sich heraus. Sie sind verantwortlich dafür, dass die Züge laufen. Fünf Tage liegt die Strecke schon tot. Und das ist schon der dritte Ausfall in einem einzigen Jahr."

Er stapfte aufgeregt hin und her. Der Dreck spritzte. Dann blieb er wieder bei den Herren stehen und sagte etwas leiser: „Die Brücke muss in kürzester Frist wieder befahrbar sein. Wenn Sie das in drei Wochen schaffen, setze ich eine Prämie von 2 500 Dollar aus. Und für jeden Tag, den der Zug früher wieder nach Memphis rollt, lege ich 100 Dollar dazu. Jeder Tag länger allerdings wird mit 200 Dollar in Abzug gebracht."

„Man kann auch für einen Sack voller Dollars keine Wunder vollbringen, Mr. Cole", erwiderte einer der Ingenieure. „Wir müssen uns gedulden, bis das Wasser wieder gesunken ist. Dann wird aus dem zornigen Strom ein harmloses Wässerchen. Wir werden stärkere Pfeiler bauen, die dem nächsten Hochwasser besser standhalten."

Der alte Mann trat in den Kreis der Männer. Er sah in seiner Zimmermannskluft zwischen den gut gekleideten Herren wie ein Rebhuhn aus, das versehentlich unter die Fasanenhähne geraten ist.

„Gilt das Angebot für jeden, Mister?", fragte er.

„Gilt für jeden", antwortete Mr. Cole.

„Preise für Holz, Eisen und Löhne sind inbegriffen in den 2 500 Dollar?"

„Ich sagte Prämie, Mann! Das Material schaffe ich mit dem Arbeitszug heran. Den Lohn zahle ich selbstverständlich. Und zwanzig oder dreißig chinesische Arbeiter, die allerdings vom

Brückenbau keine Ahnung haben, die schicke ich auch noch mit. Alles, was Sie nur wollen. Nur muss die Brücke schnell wieder fertig werden."

„Wer sind Sie? Was wollen Sie hier?", fuhr einer aus dem Kreis den alten Mann an. „Warum mischen Sie sich ein?"

„Weil ich eine Idee habe, wie die Brücke wieder aufgebaut werden kann."

„Sie sind doch ein Aufschneider", sagte einer der Ingenieure verächtlich.

„Lassen Sie ihn", wies Mr. Cole ihn zurecht. „Also, was ist? Können Sie so was?"

Der alte Mann antwortete: „Lassen Sie mir eine Stunde Zeit. Ich muss mir alles genau ansehen. Erst dann kann ich Ihnen sagen, ob es wirklich möglich ist."

„Gerede!", sagte einer der Herren.

„Sie können sich inzwischen in Alice-Springs oder in Vicksburg nach Bienmanns Zimmerleuten erkundigen", antwortete der alte Mann. „Dort haben wir gearbeitet."

Vom Zug her schrie ein fetter Koch, der eine riesige, weiße Mütze auf dem Kopf trug, das Essen sei so weit.

„Na, gut", sagte Mr. Cole. „In einer Stunde also. Wir sind dort im Salonwagen zu finden."

Der alte Mann rief Lenski und Döblin zu sich und erklärte ihnen kurz, worum es ging.

Der Junge kletterte mit ihnen im Stützwerk des Brückenrestes herum. Er war noch nicht wieder ganz sicher auf den Beinen und band sich mit einem starken Kentucky-Seil fest.

„Der Stützpfeiler für das Mittelstück stand tief in der Schlucht", rief Lenski. „Der musste ja vom Hochwasser weggerissen werden."

„Da hinunter kann bei diesem Wetter kein Mensch." Döblin musste laut schreien, denn er war am tiefsten hinuntergestiegen und das Wasser tobte laut.

„Sind sicher acht bis zehn Meter, die wir einbauen müssen", sagte Lenski. „Seht mal den Balken, der da drüben über die Schlucht hinausragt. Der ist wenigstens vier Meter lang. Und von dort bis zu uns sind's noch mal gut sechs Meter. Ich sage euch, zehn Meter zu überspannen, das ist kein Pappenstiel."

Döblin arbeitete sich nahe an die felsigen Steilufer heran.

„Fest genug", sagte er. „Wir müssten Widerlager hineinschlagen."

„Genau das denke ich auch", stimmte der alte Mann zu. „Wir zimmern für das Mittelteil einen flachen Bogen und brauchen dann gar nicht tief in die Schlucht hinunter. Ich werde es berechnen. Wir haben schon größere Spannweiten überbrückt."

„Aber nicht über einem verrückt gewordenen Fluss", wandte Lenski ein.

„Angst?", fragte Döblin.

„Einfach wird's nicht", erwiderte Lenski.

„Hast du schon einmal gehört, dass einer für eine einfache Arbeit eine riesengroße Prämie aussetzt?", fragte ihn der alte Mann.

Sie kletterten wieder ans Ufer zurück. „Rufe unsere Männer zusammen, Luke", sagte der alte Mann.

Sie hockten sich zu ihm auf den Wagen. Der alte Mann schilderte ihnen genau, was auf sie zukam, wies auf das Problem hin, das er im Augenblick noch nicht lösen konnte und das darin bestand, dass eine Gruppe auch auf das andere Ufer hinübermusste, damit sie zugleich von zwei Seiten aus arbeiten konnten, und verschwieg auch die Gefahren nicht, die eine solche halsbrecherische Arbeit mit sich bringen konnte.

„Ich will es euch sagen, Leute, ich habe so etwas auch noch nie zuvor gemacht. Aber ich bin sicher, dass wir es schaffen können."

„In drei Wochen?", fragte Gustav Bandilla skeptisch.

„Wir bekommen das Material vorbereitet geliefert. Außerdem schickt uns der Boss Chinesen, die uns zuarbeiten. Ich glaube, wir können es schaffen."

Die Männer schwiegen nachdenklich.

„Und was ist mit der Prämie?“ Lenski schaute den alten Mann misstrauisch an.

„Gut, dass du darauf zu sprechen kommst, damit alles vorher klargemacht werden kann“, antwortete der alte Mann. Er schrieb mit einem Holznagel Ziffern in den feuchten Boden und fuhr fort: „Mit Jeremy sind wir neun. Lenski und Döblin erhalten je 350 Dollar, Warich, Bandilla und Grumbach je 250 Dollar und Jeremy und die Jungen jeder 100 Dollar.“

„Für die Jungen so viel?“, protestierte Grumbach.

„Wenn ein Junge in die Schlucht stürzt, ist sie für ihn genauso tief wie für dich“, antwortete der alte Mann. „Und zurück kommt dann keiner mehr.“

Er ließ den Männern Zeit zu überlegen. Dann fragte er jeden Einzelnen: „Was sagst du dazu, Lenski?“

„Ich sage Ja.“

Alle stimmten zu bis hin zu den Jungen und der alte Mann schüttelte jedem die Hand.

Die Stunde war noch nicht ganz herum, als er den Salonwagen betrat. Der war innen mit giftgrünen Polstern und rötlichem Mahagoniholz prächtig ausgestattet. Auf kleinen Tischen standen in silbernen Schalen die Reste des Mahls. Der alte Mann konnte Mr. Cole nicht gleich finden. Aber der sah ihn und rief durch den Wagen: „Aha, der mutige Mann! Kommen Sie näher und lassen Sie uns wissen, ob Sie es machen wollen.“

„Ich mache es.“

Die Herren standen von ihren Plätzen auf. Mr. Cole lief dem alten Mann entgegen und streckte seine Hand aus. Aber der alte Mann schlug nicht ein.

„Erst muss alles klar sein“, sagte er. „Der Lohn für meine Männer, die chinesischen Arbeiter, das Material. Auch brauche ich eine Feldschmiede und Handwerker, die mit Eisen umgehen können.“

„Nur zu“, antwortete Mr. Cole, dem es offensichtlich gefiel, dass es ein besonnener Mann war, der den Auftrag übernehmen wollte. Die Ingenieure hatten viele Fragen an den alten Mann. Er erklärte ihnen seinen Plan in groben Zügen und zeichnete mit seinem dicken Zimmermannsstift auf, wie er sich den Bogen vorstellte und auf welche Weise er den Druck abfangen konnte, ohne dass er einen Stützpfeiler bauen musste.

„Kann gehen", musste der ältere Ingenieur zugeben.

Nach einem lebhaften Hin und Her von über drei Stunden lag ein Schriftstück in zweifacher Ausfertigung vor, in dem alle Einzelheiten festgehalten waren und das sie unterschrieben. Mr. Friedrich Bienmann, 695 Dollar in der Tasche, und Mr. Warren Spencer Cole, einige Millionen auf Banken, in Aktien und in Eisenbahnen, waren Partner.

Die Lokomotive schob die Waggons mit den Lasten auf ein Nebengleis und stampfte mit den Personenwagen davon. Ein dreifacher Heulton war ihr Abschiedsgruß. Am selben Tag noch sattelten Jeremy und Georgia die beiden Pferde und ritten stromaufwärts, um einen Übergang über den Fluss zu finden.

„Reitet, was die Tiere hergeben", sagte der alte Mann. „Wir müssen eine Seilbrücke hinüberbringen. Wenn wir nicht auch von dort drüben herarbeiten können, dann geht gar nichts."

Döblin, Grumbach und Lenski kletterten in die Steilwand und untersuchten die noch brauchbaren Brückenteile. Sie brachten dem alten Mann alle von ihm gewünschten Maße. Andreas und Gustav Bandilla hatten sich von ihrer Krankheit noch nicht wieder erholt. Sie knüpften aus langen Hanfseilen eine Art Strickleiter und knoteten alle 50 cm einen starken Ast als Sprosse ein.

„Gut", sagte der alte Mann. „Hoffentlich schaffen es Georgia und Jeremy, nach drüben zu kommen. Nur von einer Seite ist die Brücke nicht wieder fertig zu kriegen."

„Die schaffen es bestimmt", sagte der Junge.

„Vielleicht können wir versuchen die Leiter mit einem Anker hinüberzuwerfen. Sie hakt sich dann fest und einer kann hinüberklettern", schlug Grumbach vor.

„Würdest du klettern?", fragte der alte Mann spöttisch.

Dem Jungen waren am ersten Tag die Knie noch weich gewesen, wenn er über die Schwellen lief oder im Strebwerk herumkletterte und in das tosende Wasser hinunterblickte. Am zweiten Tag fühlte er sich schon viel sicherer. Er hatte die Krankheit schnell überwunden. Das war bei Andreas Schicks anders. Der musste immer wieder Ruhepausen einlegen und bereits nach kurzer Arbeit stand ihm der Schweiß kalt auf der Stirn.

„Wenn ich nur einen Schritt auf die Brücke gehe, wird es mir schwindelig und ganz schwarz vor den Augen", klagte er.

„Alles Gewohnheit", sagte Grumbach ein wenig großspurig. Aber dann wurde er doch kleinlaut, als er drüben auf der anderen Seite einen Mann über den Brückenrest gehen sah. Mit ruhigem Schritt gelangte er bis an das ausgerissene Geleise, machte aber dort nicht halt, sondern balancierte sicher und ohne zu zögern über den frei schwebenden Balken, als ob er sich auf festem Boden befände. Das Holz bog sich leicht nach unten und wippte ein wenig.

Den Männern stockte der Atem.

„Ein Indianer", sagte der Junge. Der Mann hatte das Balkenende erreicht, hob grüßend den Arm und drehte die geöffnete Hand den Zimmerleuten zu. Er trug eine blaue Hose und ein Wildlederhemd. Sein dichtes, schwarzes Haar war halblang geschnitten und wurde von einem bunt gestickten Stirnband zusammengehalten. Sein Gesichtsausdruck war völlig ruhig, fast gleichgültig. An seinem Gürtel hatte er ein Lederlasso befestigt.

„Los, wirf ihm ein Seil zu", sagte Lenski zu Grumbach. „Vielleicht schafft der uns die Verbindung nach drüben."

„Ja, versuch's", stimmte der alte Mann eifrig zu. „Wer weiß, ob Jeremy und Georgia überhaupt über den Fluss kommen."

Grumbach hatte ein Seil in großen Schlingen aufgerollt, band ein Ende an der letzten Schwelle fest, schwang es ein paar Mal hin und her und schleuderte es auf den Indianer zu. Aber das Seil verfehlte die Richtung um fast zwei Meter. Der Indianer rührte keine Hand. Grumbach versuchte es ein zweites Mal, aber diesmal schoss das Seilende weit an der anderen Seite vorbei.

„Alles Übung“, hänselte der Junge ihn.

„Ist gar nicht so leicht“, schimpfte Grumbach. „Ich fange schon an zu schwitzen.“

Der Indianer griff nach seinem Lasso, deutete auf Grumbach, der das Seil über seinem linken Arm erneut zusammenlegte, machte eine kurze, schwungvolle Bewegung über dem Kopf, das Lasso surrte durch die Luft und die Schlinge sank genau über Grumbachs Arm. Der zuckte zusammen, ging in die Hocke und musste sich an der Schwelle festhalten.

„Binde ihm das Seil an sein Lasso“, sagte Lenski. Genau das schien der Indianer erwartet zu haben. Er zog das Seilende zu sich herüber, drehte sich geschickt und lief mit dem Seil über den Balken zurück. Drüben band er es dann an einer Schwelle fest. „Momento!“, schrie Lenski. „Wart' mal!“

Er schleppte mit dem Jungen die Seilbrücke herbei, band sie an das Hanfseil und gab dem Indianer ein Zeichen. Der war auf dem sicheren Teil der Brücke stehen geblieben, zog vorsichtig die schwere Strickleiter hinüber und verknotete sie geschickt mit dem Seil an dem Brückenteil. Der alte Mann wies die Männer an die Seilbrücke straff zu ziehen. Sie verankerten das Ende am diesseitigen Teil der Brücke.

„Jetzt noch ein Halteseil darüber spannen, dann können wir uns auf die andere Seite wagen“, sagte der alte Mann.

Aber darauf schien der Indianer nicht warten zu wollen. Er überschritt, vorsichtig und die Arme ausbreitend, die Schlucht auf dem schwankenden Steg und schien weniger Angst vor einem Absturz zu haben als die Männer, die ihm gespannt zuschauten.

„Bravo“, rief der Junge, als der Indianer den Fuß auf die erste Schwelle setzte. „Sie könnten bei uns im Zirkus auftreten.“

Der Indianer sagte nur: „Tabak? Whisky?“

Der alte Mann lief zu dem Wagen und holte für den Indianer ein halbes Pfund Virginia-Tabak aus der Kiste.

„Mein Name ist ‚Heißer Wind, der aus dem Süden weht'", sagte der Indianer.

„Ich bin der Zimmermeister Friedrich Bienmann", antwortete der alte Mann. Der Indianer nickte. Grumbach versuchte ihm durch Zeichen klarzumachen, dass er noch ein Seil hinübertragen und an dem Geländer der Brücke festbinden sollte. Er fasste sich an die Stirn und wackelte mit dem Kopf, wohl um auszudrücken, dass er schwindelig werde, wenn er ohne Halteseil über die Brücke gehe.

Der Indianer lachte über Grumbachs Vorstellung und fragte: „Du bist nicht schwindelfrei? Komm, gib mir das Seil. Ich knote es drüben fest."

Grumbach brachte vor Verblüffung über die fehlerfreie Sprache des Indianers kein Wort heraus.

„Bist du stumm?", fragte der Indianer ernsthaft.

„Nein, nein", antwortete Grumbach und schleppte das Seil heran. Das hatte der Indianer bald straff gespannt. Döblin ging als Erster auf die andere Seite, vorsichtig und gebückt, hangelte er sich an dem Seil entlang über den Steg, der unter seinen Bewegungen beträchtlich schwankte. Auch Lenski und Grumbach stiegen hinüber. Der Indianer hob die Hand und rief: „Danke für den Tabak." Dann verschwand er im dichten Unterholz.

Die Männer hatten bereits die Seilbrücke durch weitere Haltetaue festgezurrt, das andere Ufer untersucht und den Teil der Brücke vermessen, da kamen Georgia und Jeremy drüben an. Sie staunten nicht schlecht, als sie sahen, dass die Arbeit schon getan war. Luke berichtete ihnen, wie sie es geschafft hatten.

„Es gibt einen Indianerstamm", sagte Jeremy, „der kennt keinerlei Schwindelgefühl. Ich habe gehört, dass sie diese Indianer holen, wenn sie in den großen Städten ein hohes Bauwerk errichten wollen und Gerüstbauer brauchen."

Der alte Mann rechnete und zeichnete bis spät in die Nacht. Jeremy erzählte dem Jungen den ganzen Abend von Indianern.

„Drüben im Westen sagen sie, toter Indianer, guter Indianer", sagte er.

„Die Indianer sollen sehr grausam mit den Siedlern umgehen", erwiderte der Junge.

„Darüber habe ich manche Geschichte gehört", gab Jeremy zu.

„Aber was bleibt ihnen anderes übrig? Die Weißen schließen Verträge, weisen den Indianern Land zu und halten sich an nichts. Sie treiben die Stämme von Land zu Land. Weg aus dem Süden nach Arkansas. Weg aus Arkansas nach Oklahoma. Schließlich jagen sie sie in die Wüste oder in das kahle Gebirge im Westen. Wie lange werden sie noch bleiben dürfen? Wovon sollen sie leben? Jetzt ist es Mode bei den weißen Jägern, Büffel abzuknallen. Sie sind nach dem Krieg ganz verrückt geworden. Schießen aus Vergnügen. Haben sie hundert oder mehr von diesen dummen Viechern an einem Tag erlegt, dann kommen sie sich wie Helden vor."

„Hundert Büffel an einem Tag? Wozu sollten sie so viele Tiere schießen?"

„Zu nichts, Massa Luke. Nicht einmal die Haut nehmen sie. Sie töten, um zu töten. Manchmal schießen sie sogar von der Eisenbahn aus. Die Indianer verlieren die Herden, von denen sie leben."

„Aber die Indianer sind grausam. Warum bringen sie die Siedler so erbarmungslos um?"

„Und die Siedler töten die Indianer, Massa Luke. Sagen, es sind gar keine Menschen, die Rothäute."

„So fängt es immer an, wenn Menschen Menschen töten. Zuallererst sprechen sie den anderen ab überhaupt Menschen zu sein", warf der alte Mann ein und schaute einen Augenblick von seinen Zeichnungen auf. „Aber redet nicht so laut. Ich habe noch zu rechnen."

Am nächsten Morgen in aller Frühe brachte die Eisenbahn 24 chinesische Arbeiter, einen Dolmetscher, drei Iren, die etwas vom Schmiedehandwerk verstanden, eine komplette Feldschmiede, Eisen, Balken und Baumstämme. Der Platz vor der Brücke verwandelte sich innerhalb weniger Stunden in eine große Baustelle.

Gleich gab es Schwierigkeiten. Die Arbeiter ließen durch ihren Dolmetscher sagen, sie wollten sich zunächst Hütten bauen; denn es sei noch früh im Jahr und viel zu kalt, um draußen zu schlafen. Und eine vernünftige Küche brauchten sie auch. Der alte Mann sah ein, dass diese Wünsche berechtigt waren, und stimmte zu. Aber bevor sie noch richtig anfangen konnten Unterkünfte zu errichten, hörten sie einen zweiten Zug heranrollen. Der zog vier Personenwagen auf das Nebengleis. In dreien waren Feldbetten aufgestellt. Der vierte war zur Hälfte eine vollständig eingerichtete Küche mit vielerlei Vorräten. Die andere Hälfte war ein Büro mit Zeichenbrettern und Papier, Bandmaßen und Wasserwaagen, Lot und Messlatten.

Der alte Mann ließ einen riesigen Schnürboden aufschlagen. Bereits an diesem Tag hatte er mehr als vierzig Balken ausgezeichnet und zurechtschneiden lassen. Für das Schlagen der Widerlager in den felsigen Steilwänden, in denen die stärksten Stützbalken ruhen sollten, setzte er eine 10-Dollar-Prämie aus. Es meldeten sich mehr Chinesen, als er für diese Arbeit gebrauchen konnte. Doch trotz des unermüdlichen Fleißes der Arbeiter dauerte diese Arbeit länger als eine Woche. Denn der Stein war hart und der alte Mann bestand darauf, dass die Lager tief in den Felsen hineingetrieben wurden.

Das Schmiedefeuer brannte von morgens bis abends. Breite Anker wurden aus dem glühenden Eisen geschmiedet. Auch lange Eisennägel verlangte der alte Mann. Als einer der Iren ihn fragte, wie viele er denn benötige, da antwortete der alte Mann: „Genau 474 Stück." Die Schmiede lachten und dachten, der alte Mann sei ein Witzbold. Aber der hatte keine Zeit für Scherze und die Zahl der bestellten Nägel stimmte genau.

Jeden Tag fuhr von Chattanooga her ein Zug und brachte Mr. Coles feine Herren. Die liefen auf der Baustelle herum und standen überall im Weg.

Nach zehn Tagen kam Mr. Cole. Er sah sich alles ganz genau an. Dann ging er in den Bürowagen und wollte den alten Mann sprechen. Aber der Wagen war leer und, was Mr. Cole noch mehr verwunderte, er war auch offensichtlich noch gar nicht benützt worden. Mr. Cole fragte den chinesischen Dolmetscher, wo er den alten Mann finden könne.

„Er ist an der Brücke oder auf dem Schnürboden oder auf einem Pferdewagen. Ich weiß nicht, wo er steckt. Er ist überall zugleich."

Mr. Cole ging auf die Brücke, spähte durch die Konstruktion und sah, wie Lenski und der alte Mann in einen Balken des noch stehenden Teils eine Auflage sägten. Lenski machte den alten Mann auf Mr. Cole aufmerksam. Da kletterte er hinauf. Seine weißen Haare flatterten im Wind. Schwarze Bartstoppeln wucherten. Zum Rasieren war keine Zeit geblieben.

„Tag, Mr. Cole", begrüßte er kurz den Gast und zog ihn vom Ufer weg auf den Bauplatz zu, wo der Lärm des Wassers nicht zu hören war. Doch die Axthiebe und das Kreischen der Sägen waren auch nicht viel leiser.

„Was gibt es, Mr. Cole?"

„Wollte mich überzeugen, ob die Arbeit vorangeht."

„Haben Sie sich überzeugt?"

„Ja. Sie tun alles, was man in dieser Lage tun kann."

„So ist es, Mr. Cole."

„Wird Ihre Konstruktion die schweren Eisenbahnen tragen?"

„Ja."

„Wie sind Sie mit den Chinesen zufrieden?"

„Gut. Sind sehr fleißige Menschen."

„Und die Iren?"

„Saufen zu viel, aber sind tüchtige Schmiede."

„Werden Sie es in drei Wochen schaffen?"

„Das kommt darauf an. Aber einen Gefallen könnten Sie mir tun, Mr. Cole."

„Jeden Gefallen, der vernünftig ist", versprach Mr. Cole.

„Sagen Sie Ihren neunmalschlauen Herren aus Chattanooga, sie sollen uns nicht durch tausend Fragen von der Arbeit abhalten.“

„Gilt das auch für mich?“

„Ja, Mr. Cole.“

Cole lachte und sagte: „Also dann, Mr. Bienmann. Das klingt nicht unvernünftig. Sie werden in den nächsten Tagen Ihre Ruhe haben.“

Der Junge hatte die ganzen Tage oben auf dem Bock an der Säge gestanden. Döblin sägte nicht weit neben ihm und Grumbach hatte seinen Bock ein wenig weiter weg aufgeschlagen. Chinesen, die von der Zimmerei wenig Ahnung hatten, sich aber geschickt anstellten, zogen die Sägeblätter unter den Böcken herunter. Früh beim ersten Licht ging es los. Die Pausen zum Frühstück, zur Mittagszeit und zum Abendessen dauerten je eine halbe Stunde. Dann schlug der alte Mann mit einem Eisenbolzen gegen ein Schienenstück, das an einem Ast aufgehängt war. Der Anfang nach den Pausen war am schlimmsten. Den Jungen schmerzte der Rücken, er spürte jeden einzelnen Knochen im Schultergürtel, die Arme kamen ihm geschwollen vor, die Handflächen brannten. Vierzehn Stunden am Tag nichts anderes als das Emporreißen der Säge, das machte die Arbeit zur Qual. Es half ihm wenig, dass er aus der Zeichnung lesen konnte, an welchem Balken des Stützgerüstes er jeweils sägte. Die Chinesen wussten nicht einmal das. Sie verrichteten stumpf die Arbeit, die ihnen angewiesen wurde. Es gab keinen Grund zur Klage über sie. Nie war ihnen etwas zu viel, nie sah der Junge sie untätig herumstehen. Nur der Dolmetscher tat nichts. Er saß faul in der Mittagssonne oder spazierte umher, die Hände auf dem Rücken verschränkt. Als der alte Mann ihn einmal anrief und ihn aufforderte an einem Balkenende anzupacken, da stieß er lediglich einen Pfiff aus. Sogleich sprangen zwei andere Chinesen beflissen hinzu. Er selbst rührte keinen Finger.

Die unablässige, eintönige Arbeit ließ gar nicht zu, dass der

Junge sich mit den beiden Chinesen unter seinem Bock unterhielt. Ein paar Zurufe, ein paar Zeichen, das war alles. Sie blieben ihm fremd, obwohl er zehn Tage nur knapp zwei Meter von ihnen entfernt stand und durch die Säge mit ihnen verbunden war. Über dem Abendessen schlief der Junge zweimal vor Erschöpfung ein. Seine Angstträume blieben in diesen Nächten aus. Nur einmal sah er sich selbst in die Schlucht stürzen, tiefer, immer tiefer. Aber bevor das Wasser ihn wegriss, wurde er mit einem Schrei wach. Er zwang sich an Lisa Warich zu denken. Dass Lisa eine hellbraune Haut wie Georgia hatte, störte seinen Halbschlaf nicht.

Mit der Montage des Bogens begannen sie am zwölften Tag von beiden Seiten zugleich. Der alte Mann trieb die Leute zu äußersten Leistungen an und schonte sich selbst auch nicht.

„Jeder Tag, den wir später fertig werden, sind runde 200 Dollar Verlust", rief er wild. „Zeit ist Geld. Werft es nicht in das Wasser." Oder ein anderes Mal: „Sputet euch, ihr müden Kerls. Schlafen könnt ihr lange genug, wenn die Brücke fertig ist."

Er hatte die Kolonne in Zweiergruppen eingeteilt und jedem Zimmermann einen Chinesen an die Seite gestellt. Diese Mannschaften spielte er gegeneinander aus. Der Junge, der mit einem breitschultrigen, älteren Mann mit Namen Hua Wing arbeitete, wollte den anderen Gruppen nicht nachstehen, lief über schmale Balkenstege über den Abgrund, schleppte schwere Stämme, sodass seine Schultern bald durchgescheuert waren, riss sich an dem rauen Holz Splitter in die Hände, ohne darauf zu achten, trieb mit harten Schlägen Vierkantnägel ein, schwitzte in der Mittagssonne und zitterte in der Abendkühle. Hua Wing lernte schnell und bald bedurfte es nur noch weniger Zeichen zur Verständigung.

Andreas wagte sich gelegentlich auch auf die Brücke, reichte Nägel an oder brachte ein vergessenes Lot. Meist aber ging er dem alten Mann auf dem Schnürboden zur Hand, trug ihm den Winkel, rußte die Schnur ein oder holte die Messlatte herbei. Er kam und kam nicht wieder zu Kräften.

„Der Andreas verdient seine Prämie nicht“, maulte Grumbach. Aber Döblin ergriff für Andreas Partei und erwiderte: „Jeder kann krank werden. Andreas gehört doch auch zu unserer Kolonne.“

„Wer weiß, vielleicht wackeln ihm nur die Knie, weil das Wasser da unten so lärmt? Vielleicht ist er nur ein Feigling?“

„Halt endlich dein Maul, Grumbach“, fuhr Döblin ihn an.

Erst im Laufe der dritten Woche wich allmählich die Blässe aus Andreas’ Gesicht und er begann sich stärker zu fühlen. Die Brückenenden wuchsen planmäßig aufeinander zu und trafen sich am Abend des 20. Tages.

Spätestens zu diesem Zeitpunkt wurde es allen klar, dass sie es nicht schaffen würden, die Dreiwochenfrist einzuhalten. Grumbach schimpfte auf Andreas, Gustav Bandilla gab dem alten Mann die Schuld, der es hätte wissen müssen, dass die zusammengeschrumpfte Kolonne keine Wunder vollbringen konnte.

„Redet nicht, arbeitet“, brüllte der alte Mann.

„Es wird dunkel“, antwortete Gustav. „Ich mache Schluss für heute. Feierabend.“ Er ging von der Baustelle und zögernd folgten ihm Warich, Grumbach und schließlich auch Lenski.

„Ich bin fix und fertig, Friedrich, ich kann nicht mehr“, sagte er.

„Bringt Fackeln“, befahl der alte Mann zwei Chinesen. Es war schon lange nach Mitternacht, als Döblin sagte: „Es ist genug, Friedrich. Der Junge schläft schon im Stehen.“

Ohne ein Wort steckte der alte Mann sein Beil in den Gürtel und ging zu dem Wagen. Als der Junge am frühen Morgen von Andreas wachgerüttelt wurde, tönten seine Beilhiebe bereits wieder aus dem Strebwerk.

Mr. Cole kam, sah die Männer schuften, sagte nur: „Bald haben Sie es geschafft“, und fuhr wieder davon. Bis zum 24. Tag zimmerten sie Verstrebungen ein. Die Schmiede legten mit einer Kolonne von Chinesen die Gleise. Ein Ire schlug vor den letzten Bolzen von Mr. Cole selbst einschlagen zu lassen.

„So ist das auch Mai 69 gewesen“, sagte er. „Genau am Zehnten trafen die Union-Pacific-Bahn und die Central-Pacific-Bahn zusammen. Die beiden letzten Bolzen waren aus purem Gold. Die Präsidenten der Bahn haben sie eingetrieben.“

„War das ’ne besondere Bahn?“, fragte der Junge.

„Oh, Mann“, rief der Ire aus, „was bist du für ’n Schlaukopf. Man kann von diesem Tage an, ohne auf die Postkutsche umzusteigen, vom Atlantik zum Pazifik fahren.“

Als der Versorgungszug gegen Mittag nach Chattanooga zurückfuhr, gab der alte Mann einen Brief für Mr. Cole mit. „Wir werden heute, am 24. Tage, mit dem Brückenbau fertig. Ab morgen können Ihre Züge Memphis wieder erreichen.“

Noch in dieser Nacht kam ein festlich erleuchteter Zug aus Chattanooga angefahren. In vierzehn Personenwagen hatte Mr. Cole über 200 Gäste aus der Stadt mitgebracht. Der Schnürboden wurde zur Tanzfläche. Sie feierten die ganze Nacht. Die Chinesen kochten in fünfzig Töpfen und ein herrlicher Duft lag über dem Festplatz. Überall flackerten die Feuer.

Der Junge vergaß seinen schmerzenden Rücken, seine blauen Flecken und die zerschundenen Hände. Georgia drehte ihn im Kreise und versuchte ihm ein paar Tanzschritte beizubringen.

„Das ist ja schwerer als im Brückengestänge herumzuklettern“, keuchte er nach einer Reihe von wilden Hopsern. Schließlich gab er auf und wollte sich im Wagen ein wenig ausruhen. Georgia setzte sich neben ihn, nahm seine Hand und streichelte zart die rissigen Innenflächen.

Er griff nach ihr, zeichnete mit dem Finger ihre Lippen nach, ihr Kinn, ihren Hals. Sein Herz klopfte hart, als er ihre Brüste spürte, das Mädchen ganz behutsam an sich zog und sie schnell und unbeholfen mehrmals küsste.

„Mit einem Niggerweib! So ist’s richtig, du Ferkel.“

An der Stimme erkannte er Grumbach. Der lachte auf und sprang aus dem Wagen. Der Junge stürzte sich auf ihn.

Der unerwartete Angriff und die Wucht des Sprunges rissen Grumbach zu Boden. Aber der Zimmergeselle war stark und hatte den Jungen schnell auf dem Rücken liegen. Er setzte sich mit dem Gewicht seines schweren Körpers rittlings auf ihn und drückte die Arme des Jungen mit den Knien gegen die Erde.

„War's schön, du Niggerbock?", spottete er.

Der Junge spie ihm ins Gesicht. Da schlug Grumbach ihn hart mit dem Handrücken gegen den Mund. Der süßliche Geschmack des Blutes ekelte den Jungen. Er gab es auf, sich zu wehren. Grumbach ließ ihn liegen. Der Junge kroch in den Wagen zurück und weinte sich vor Wut und Schmerz und Scham in den Schlaf. Erst das laute Pfeifen der Lokomotive weckte ihn am nächsten Morgen. Die Eisenbahn war mit grünen Zweigen und bunten Bändern geschmückt. Der Junge schaute sich um. Georgia stand dicht neben dem Zug in der Sonne. Übermütig riss sie ein rotes Seidenband von der Lok und legte es um ihre Stirn.

Der Junge lief zu ihr und fragte: „Soll ich's dir festbinden, Georgia?" Beim Sprechen merkte er, dass seine Lippe geschwollen war.

„Ja, junger Massa", sagte Georgia und sie tat, als ob nichts gewesen wäre.

„Tut mir Leid, das mit heute Nacht", sagte er leise.

„Braucht dir nicht Leid zu tun, Massa Luke. Ist vorbei. Ist ganz vorbei." Sie schaute ihn an.

Das rote Band stand ihr gut. Aber mit einem Male wusste der Junge, dass er auch in dieser Nacht eigentlich ein ganz anderes Mädchen gemeint hatte.

Mr. Cole schickte zunächst die Lok ohne die Wagen über die Brücke. Dem Mann, der sie fuhr, versprach er einen doppelten Tagelohn für das Wagnis über eine Brücke ohne Stützen zu fahren. Der alte Mann lachte über Coles Misstrauen. Die Lok setzte sich in Bewegung und rollte langsam über die Brücke. Der alte Mann hatte sich ein wenig seitwärts dicht an die Schlucht gestellt und beobachtete das Strebwerk. Die Brücke bebte leicht unter dem Gewicht, aber sie trug die Last ohne Schwierigkeiten. Der alte Mann sah als Einziger, dass sich einer der Strebbalken an einer Seite löste und mit seinem Ende etwa 60 cm unter der Brückenkonstruktion frei in der Luft hing. Die Maschine rollte zurück, diesmal in schnellem Tempo.

Der Balken wippte ein wenig.

Mr. Cole rief: „Auf, Ladies and Gentlemen, jetzt lassen Sie uns keine Minute Zeit mehr verlieren. Steigen Sie ein. Wir fahren nach Memphis. Die Brücke ist ein hervorragendes Bauwerk. Sie können später sagen: ‚Ich bin dabei gewesen.'"

„Halt!", schrie der alte Mann. „Ein Bolzen ist nicht eingeschlagen worden. Irgendein Schweinekerl hat an dem Balken da unten einen Bolzen vergessen. Eine Kleinigkeit. Sie müssen sich noch ein paar Minuten gedulden."

Er begann in das Stützwerk zu klettern.

„Wer steigt mit mir hinunter und hebt den Balken an? Ich brauche zwei Männer."

Keiner hatte rechte Lust dazu, jetzt noch eine riskante Kletterpartie zu machen.

„Los, komm Andreas", rief der alte Mann. „Hast sowieso nicht viel an der Brücke getan."

„Stark genug bist du ja wieder", hänselte der Junge ihn schadenfroh. Andreas warf ihm einen wütenden Blick zu und stieg dem alten Mann nach.

Auch Döblin erklärte sich bereit noch einmal in die Streben zu steigen.

„Du hast gestern ganz schön getrunken, Andreas", sagte Döblin. „Hast du einen klaren Kopf?"

„Immer", prahlte Andreas. „Und ein Feigling bin ich nicht."

Alle sahen zu, wie die drei Männer geschickt in der Verstrebung abwärts kletterten. Döblin und Andreas legten eine Schlinge um das lockere Balkenende und zogen das Seil straff. Der Balken hob sich in die ursprüngliche Lage.

„Möchte wissen, wer hier so schlampig gearbeitet hat“, knurrte der alte Mann. Er schlug die Holznägel in die Bohrlöcher. Der Balken saß fest.

„So“, sagte der alte Mann. „Der trägt jetzt seine Last.“ Er begann zurückzuklettern. Die Zuschauer klatschten Beifall. Andreas winkte ihnen zu. Er wollte sich ein Stück Kletterei ersparen und pfiff auf einen sicher zu gehenden Umweg. Vielleicht wollte er die Zuschauer zu weiterem Beifall herausfordern. Vielleicht wollte er aber auch nur zeigen, dass er kein Feigling war. Frei über den Abgrund führte ein starker Balken. Zwei Meter musste Andreas gehen, ohne sich irgendwo festhalten zu können. Das war der kürzeste Weg bis zur nächsten Strebe. Andreas setzte seinen Fuß auf das Holz und balancierte Schritt für Schritt vorwärts.

„Hundesohn“, zischelte der alte Mann leise, als er sich umschaute und sah, dass Andreas in der Mitte auf dem Balken Faxen machte. Der junge Zimmermann warf Kusshändchen zu den Damen, die sich über das Brückengeländer lehnten. Plötzlich stand er ganz steif, reckte sich, versuchte verzweifelt das Gleichgewicht zu halten, riss seine Arme empor und stürzte rücklings von dem Balken hinab in die Schlucht. Kein Schrei ertönte, kein Ruf. Das reißende Wasser schluckte ihn. Nicht ein einziges Mal tauchte er auf.

Alle standen starr vor Entsetzen. Lenski und Warich kletterten hinunter und halfen Döblin herauf, der sich fest an eine Bohle geklammert hatte und heftig zitterte. „Die Brust“, keuchte er. „Der Atem bleibt mir stehen.“

Das Gesicht des alten Mannes war wie versteinert. Mr. Cole drückte ihm die Hand und murmelte etwas von Beileid. Er zahlte dem alten Mann den Lohn und den Rest der Prämie, die immerhin noch 1 900 Dollar betrug. Dann aber drängte er darauf, dass der Zug bald abfuhr.

„Wir wollen ihn suchen“, sagte der alte Mann. Der Dolmetscher drängte die Chinesen in den Arbeitszug einzusteigen und zurück nach Chattanooga zu fahren. Aber sie weigerten sich.

Hua Wing trat auf den alten Mann zu und sagte in gebrochenem Englisch: „Wir wollen helfen, wir suchen."

Der Dolmetscher schimpfte und drohte. Aber alle Arbeiter stiegen mit den Zimmerleuten in die Schlucht und suchten die felsigen Ufer ab. Über die verschiedensten Stellen kletterten sie hinab bis ans Wasser. Sie suchten den ganzen Tag. Von Andreas fand sich keine Spur.

Der alte Mann ließ am Abend zwei mächtige Balken schneiden und fügte sie zu einem Kreuz zusammen. Der Junge schnitzte auf sein Geheiß hinein:

„Hier verunglückte der Zimmermann Andreas Schicks,
18 Jahre alt.
Gott sei ihm gnädig."

Als es dunkel wurde, fuhren die Chinesen davon. Der alte Mann drückte jedem die Hand. Sie verbeugten sich nicht nur vor ihm, sondern immer wieder vor allen Zimmerleuten. Später zahlte der alte Mann jedem seine volle Prämie aus.

„Du hast dich verrechnet, Friedrich", sagte Lenski verwundert, „wir haben doch für die drei Tage, die wir die Frist überschritten haben, 600 Dollar eingebüßt."

„Du sagst es", antwortete der alte Mann. „Ich habe mich verrechnet. Ich habe gedacht, wir könnten es in drei Wochen schaffen."

„Das wollen wir nicht, dass du allein den Schaden trägst", protestierte Döblin. Der alte Mann aber sagte scharf: „Seit wann rechnen die Gesellen die Löhne aus und nicht der Meister? Mischt euch nicht in meine Angelegenheiten, klar?"

Sie kamen sich ungeheuer reich vor. Döblin trank mehr als gewöhnlich und brabbelte, als er völlig betrunken war, immer wieder: „Warum der junge Kerl? Warum nicht ich?"

Endlich schwieg er, aber er richtete sich auf und rang nach Luft. Die Augen sprangen hervor und er wurde ganz rot im Gesicht.

„Lass das Saufen, Döblin", sagte Warich. „Gehst sonst auch noch kaputt."

„Zu Hause haben wir den Rosenkranz gebetet, wenn einer gestorben ist“, erinnerte der Junge sich.

„Hast Recht“, sagte der alte Mann und begann zu beten und an seinen Fingern die Ave Maria abzuzählen.

Bei all der Arbeit Tag für Tag hatte niemand von der Kolonne bemerkt, dass es Frühling geworden war. Auf ihrer Fahrt entlang der Grenze von Tennessee und nach Mississippi hinein spürten sie die Kraft der Mittagssonne. Die Bäume hatten ihre hellgrünen Kleider übergestreift und in den Tälern warf der März die Blumenteppiche aus gelbem Lattich über die Wiesen. Das Wetter blieb anhaltend sonnig und trocken. Sie fuhren an jedem Tag über zwanzig Meilen. Es kam den Männern so vor, als ob der alte Mann nicht nur die kleinen Angebote ausschlug, sondern auch größeren Arbeiten aus dem Wege ging. In Corinth hatte er einen Hausbau abgelehnt, angeblich, weil der Preis nicht stimmte. Den Männern jedoch fiel auf, dass er gar nicht mit vollem Ernst verhandelt hatte. Sie tuschelten hinter seinem Rücken und wurden immer unzufriedener. Als er in der Gegend des Hatchie Rivers wieder nicht auf ein Angebot eingehen wollte, redete Lenski mit ihm. Widerwillig sagte der alte Mann danach zu eine größere Scheune zu reparieren und zu erweitern. Der Lohn, den sie für die vierzehn Tage Arbeit erhielten, war gut. Aber das schien den alten Mann nur wenig zu freuen. Er war voller Unrast und drängte darauf, nach Memphis zu kommen.

„Es ist bestimmt, weil er weiter nach St. Louis zu seinem Sohn Karl will“, mutmaßte Lenski.

„Er grübelt über den Unfall nach“, sagte Warich.

„Ich nehme an, er will nach Liebenberg zurück“, meinte der dicke Grumbach. „Hat wohl Angst, dass ihm seine Alte untreu geworden ist.“

Sie lachten darüber. Und doch lag Grumbachs Scherz gar

nicht so weit von den wirklichen Gründen entfernt, die den alten Mann nach Memphis trieben. Er wollte schnell nach Hause. Baron von Knabig hatte ihm eine Zweijahresfrist eingeräumt. Es wurde Zeit für den alten Mann, an die Rückfahrt zu denken, wenn er sich daran halten wollte. Er wollte sich daran halten. Denn es steckte bei aller Gutmütigkeit in dem Baron ein Rest jener Härte, mit der die von Knabigs ihr riesiges Gut zusammengebracht und stets vergrößert hatten, wenn sich eine Gelegenheit dazu bot. Der Baron würde, falls der alte Mann sich nicht an die Absprache hielt nach längstens zwei Jahren die Schulden zu bezahlen das Bienmannsche Haus und den Wald und das Stückchen Acker unter den Hammer bringen und alles selbst zu einem Spottpreis ersteigern. Was ihm aber mindestens ebenso viel Kopfzerbrechen bereitete, das waren Zattrics Pläne.

Zattric würde den Soldatenrock längst ausgezogen haben. In Tuscaloosa hatten sie gehört, dass der Krieg mit Frankreich zu Ende war. „Unser König ist Kaiser von Deutschland“, hatte Grumbach geschrien, als die Nachricht in den Zeitungen verbreitet wurde.

An diesem Abend hatten sie gefeiert und fast alle waren betrunken gewesen.

„Verrückte Germans“, sagte ein Amerikaner und schüttelte den Kopf. „Was habt ihr denn davon, wenn euch ein Kaiser regiert? Ein deutscher Kaiser kostet euch bestimmt mehr Steuern als ein preußischer König.“

„Ein Kaiser“, schrie Grumbach wütend, „das hat nichts mit Geld zu tun. Das ist was, was dir ein starkes Gefühl in die Brust gibt.“ Und er begann voller Begeisterung zu singen:

„Der Gott, der Eisen wachsen ließ,
der wollte keine Knechte,
drum gab er Säbel, Schwert und Spieß
dem Mann in seine Rechte,
drum gab er ihm den kühnen Mut,

den Zorn der freien Rede,
dass er bestände bis aufs Blut,
bis in den Tod die Fehde."

Der alte Mann spürte das „starke Gefühl" weniger. Er konnte sich ausmalen, was auf ihn zukam, wenn es Zattric wirklich gelang, eine Zimmerei aufzumachen. Ein Teil seiner besten Leute hatte sich entschieden in Amerika zu bleiben und wohl kaum einer von ihnen würde je nach Ostpreußen zurückkehren. Zattric hatte die Handwerker, die zu Hause geblieben waren, sicher längst eingestellt. Wenn er dann endlich wieder in Liebenberg war, hatte er weder Leute noch Arbeit.

„Ich kann vielleicht noch froh sein, wenn Zattric mich als Zimmerpolier einstellt", lachte er grimmig.

Er hatte seiner Tochter Mathilde nach Alice-Springs geschrieben, dass er erwäge, so schnell wie möglich nach Deutschland zurückzukehren. Er wolle vielleicht mit dem Schiff von Memphis aus nach New Orleans und dann mit dem Dampfer zurück. Aber genau wisse er es noch nicht.

Im Laufe der folgenden Tage reifte dieser Gedanke zum festen Entschluss. Eine Tagereise vor Memphis holte ein Reiter den Wagen ein. „Es ist ein Mädchen!", schrie er schon von weitem. Es war der Lehrer, der steif aus dem Sattel kletterte. „Mathilde hat ein gesundes Mädchen geboren." Er stand breitbeinig. „Ich habe mir den Hintern wund geritten. Bis man euch aber auch gefunden hat!"

Alle beglückwünschten ihn. Er band eine bauchige Blechflasche vom Sattelknauf, drehte den Schraubverschluss auf und sagte: „Bester Whisky aus Pfarrer McGrees Keller. Trinkt mit mir auf das Wohl der kleinen Johanna."

Die Flasche kreiste. Als sie endlich bei Jeremy ankam, nahm der nur einen kleinen Schluck und fragte: „Wirklich die Haut durchgeritten, Massa Piet?"

„Ja", gestand der. „Die Hose klebt mir an den Wundstellen, als ob ich ein Pfund Honig darin hätte."

„Dann brauchen wir den Whisky", sagte Jeremy. Der Lehrer sollte bald spüren, dass alter Whisky nicht nur zum Trinken geeignet ist. Jeremy pappte mit lauwarmem Wasser die Hose ein, sodass sie sich von den Beinen ziehen ließ. Dann wusch er die Stellen, an denen das rohe Fleisch sich zeigte, mit Whisky aus. Lenski und Grumbach mussten den Lehrer mit aller Kraft halten, weil er im Schmerz wüst um sich schlug. Jeremy holte aus seinem Gepäck eine Salbendose und strich die Wunden dick ein.

„Du wirst sehen, Massa Piet, morgen ist alles wieder gut."

Der Lehrer hatte Briefe mitgebracht. Von Bruno Warich aus St. Louis. Dass er die Ankunft seines Bruders erwarte. Dass der Karl Bienmann drauf und dran sei, mit Goldgräbern in den Westen zu ziehen. Dass es für die ganze Kolonne in St. Louis Arbeit genug gebe.

Auch von der Großmutter war Post gekommen. Dass der Krieg seit dem 28. Januar 1871 aus sei. Dass das gegenseitige Abschlachten endlich ein Ende habe. Dass Zattric viel Holz gekauft habe. Dass der Baron sich nach den Amerikafahrern erkundigt habe und sie grüßen lasse. Dass die schwarzbunte Kuh Isabella genau an Kaisers Geburtstag zwei Kälber geworfen habe. Dass der Pfarrer den ganzen Winter über krank gewesen und immer noch so schwach auf den Beinen sei, dass er die Messe, auf einem Stuhl sitzend, feiern müsse. Dass das ganze Dorf auf die Rückkehr der Männer warte.

An diesem Abend sagte der alte Mann zu seinen Leuten: „Ich werde auf dem schnellsten Wege von Memphis aus nach Liebenberg zurückfahren. Es soll von New York eine Dampferlinie nach Hamburg geben. Aber ich nehme wohl doch besser ein Schiff bis New Orleans und buche dort einen Platz auf einem Dampfschiff."

„Der schnellste Weg ist das nicht, Vater", sagte der Lehrer.

„So?"

„Die Eisenbahn fährt von Memphis nach New York, das ist sicher. Von dort aus verkehren regelmäßig Dampfschiffe nach

Deutschland. Die brauchen nur sechs bis sieben Tage für die Überfahrt."

„Nur sechs, sieben Tage? Piet, ist das dein Ernst?"

„Ja, Vater. Ich habe noch vor vierzehn Tagen jemanden gesprochen, der die Reise von Bremerhaven bis Alice-Springs in ganzen zehn Tagen geschafft hat."

„Ich werde mit dem Zug zur Ostküste und dann mit dem Dampfer fahren", sagte der alte Mann. „Ich muss nach Hause."

„Und was ist mit deinem Sohn Karl?", fragte Döblin.

„Ich kann die Summe zurückzahlen, für die ich gebürgt habe", antwortete der alte Mann und machte eine Handbewegung, die andeutete, dass er dieses Thema nicht weiter erörtern wollte.

„Ich möchte zu meinem Vater nach St. Louis", sagte der Junge.

Der alte Mann schaute ihn ungläubig an.

„Du meinst, ich lasse dich laufen?", fragte er und seine Stimme klang hart.

„Ich möchte gern nach St. Louis", wiederholte der Junge.

„An den Ohren werde ich dich nach Hause schleppen, wenn es sein muss. Ich habe deiner Mutter in die Hand versprochen, dass ich dich zurückbringe. Und wenn ich dich hinter mir herschleifen müsste, ich bringe dich nach Liebenberg zurück."

Er starrte den Jungen wütend an.

„Ich werde auf jeden Fall nach St. Louis gehen", beharrte der Junge und hielt den Blick des alten Mannes aus. Der stand auf, und ehe es jemand verhindern konnte, schlug er den Jungen, dass er zur Seite taumelte.

„Ich werde dich lehren ...", keuchte er und hob wieder den Arm. Der Lehrer trat hinzu und packte den alten Mann, wurde aber zur Seite geschleudert.

„Kommt mir nicht zu nahe", drohte er, als Gustav Bandilla und Lenski auf ihn zusprangen. Er setzte sich wieder auf den Wagen.

„Der Junge geht mit zurück. Basta.“

Die fröhliche Stimmung war verdorben. Sie legten sich früh zum Schlafen nieder. Am nächsten Morgen musste Georgia schon gegen fünf den Kaffee kochen. Der Lehrer trank ihn im Stehen. Jeremys Salbe hatte gut gewirkt. Piet spürte nur noch einen leichten Schmerz. Bevor er wegritt, umarmte er den Jungen und den alten Mann.

„Ich komme bestimmt bald nach Deutschland zurück. Ich will helfen ...“

„Ich weiß“, lachte der alte Mann, „die Arbeiter.“

„Genau“, antwortete der Lehrer ernst.

Sie erreichten Memphis am frühen Nachmittag. In einem Gasthaus fanden sie bei einer schmuddeligen Wirtin Quartier. Der alte Mann hielt sich nicht lange auf, ging zum Bahnhof und erkundigte sich gleich nach einem Zug. Als er gegen sechs Uhr zurückkam, gab Georgia ihm einen Zettel. Darauf stand in der steilen Schrift des Jungen: „Ich bin nach St. Louis zu meinem Vater. Mach dir keine Sorgen. Dein Lukas.“ Dem alten Mann wich die Farbe aus dem Gesicht. Er stand eine ganze Zeit lang unbeweglich. Dann las er laut vor: „Ich bin nach St. Louis zu meinem Vater.“

„Das da hat er auch für den alten Massa zurückgelassen“, sagte Georgia und zeigte auf die kleine Arche, die der Junge auf der „Neptun von Danzig“ zu schnitzen begonnen hatte. Der alte Mann nahm sie in die Hand, betrachtete die Tierbilder in den schmalen Balken und sagte: „Hat er sie doch fertig gemacht!“ Dann prüfte er die Holzverbindungen und seufzte: „Hat das Zeug zu einem tüchtigen Zimmermeister, der Bursche, und rennt ganz einfach davon.“

Er schaute die Männer unsicher an. „Was werdet ihr tun? Wollt ihr auch fort?“

Warich fiel die Antwort nicht schwer. „Ich fahre zunächst nach St. Louis zu meinem Bruder. Lenski geht mit mir. Dort werden wir weitersehen. Ich kann mich ja um den Jungen kümmern“, fügte er hinzu.

Der alte Mann ging nicht darauf ein.

„Und ihr?“, fragte er Gustav Bandilla und Grumbach.

„Wir haben gedacht“, antwortete Grumbach ein wenig verlegen, „wir hängen den Zimmermannshut für ein paar Jahre an den Nagel. Wir wollen unser Glück versuchen und Gold schürfen. Vielleicht fällt's uns in den Schoß wie dem Andrew aus Alice-Springs.“

„Und du, Döblin, bleibst du auch in diesem Land?“

„Nein, Friedrich. Ich fahre mit dir zurück. Mit 73 Jahren bin ich zu alt für Abenteuer. Ich will in meinem Bett sterben. Und außerdem fühle ich mich nicht ganz wohl. Irgendetwas liegt mir wie ein Zentnerstein auf der Brust. Ich will nach Haus.“

Er hatte bisher verschwiegen, dass er schon dreimal einen furchtbaren Schmerz um das Herz herum gespürt hatte, der ihn fast das Atmen vergessen ließ. „Was von selbst gekommen ist, das wird auch wieder von selbst vergehen“, redete er sich ein.

Der alte Mann schlief in dieser Nacht nicht. Am nächsten Morgen streifte er schon in aller Frühe durch das Hafenviertel, suchte auf dem Bahnhof herum, lief durch die Straßen und kehrte erst gegen Mittag in das Quartier zurück.

„Ich konnte ihn nicht finden“, sagte er niedergeschlagen.

Gustav Bandilla und Grumbach hatten ihr Bündel schon seit Stunden geschnürt und auf seine Rückkehr gewartet.

„Macht's gut“, sagte der alte Mann und klopfte den Burschen auf die Schulter.

„Unser Zug fährt in zwei Stunden“, sagte Warich. Der alte Mann setzte sich auf die Bank hinter den Tisch und legte seine Hände vor das Gesicht. Lange saß er so da. Dann sagte er, ohne die Hände sinken zu lassen: „Wie soll ich der Marie unter die Augen treten ohne den Jungen? Erst der Mann, dann der Sohn.“

Wieder schwieg er lange. Dann hob er den Kopf und sagte entschlossen: „Ihr müsst aufbrechen, Warich, Lenski. Ich bleibe noch zwei Tage hier in Memphis. Wenn Luke in dieser Zeit nicht auftaucht, weiß ich noch nicht, was ich mache. Vielleicht komme ich doch noch nach St. Louis und suche ihn dort."

„Du solltest wirklich nach St. Louis fahren, Friedrich. Das solltest du wirklich tun", redete Döblin ihm zu.

Der alte Mann brachte Lenski und Warich zum Bahnhof.

Er hoffte den Jungen vielleicht dort doch noch zu entdecken. Aber es war nichts von ihm zu sehen.

Noch vor dem Abendessen spielte sich ein seltsamer Handel ab.

„Ich zahle Ihnen für die Gespanne dreißig Dollar, Massa Bienmann", sagte Jeremy.

„Willst du damit zu Ben Norton nach Jackson zurück?"

„Vielleicht, Massa Bienmann. Vielleicht aber mache ich ein Fuhrgeschäft auf. Mit Georgia zusammen müsste es gehen."

„Eine Frau auf dem Kutschbock?", fragte der alte Mann verwundert.

„Georgia schafft das. Außerdem hat sie von Massa Luke ein Abschiedsgeschenk bekommen. Das wird sie schützen."

„Das wird sie schützen?"

„Ja, Massa Luke hat ihr seine Pistole geschenkt."

„Hoffentlich hat er sie nicht zu früh weggegeben", sorgte sich der alte Mann und starrte ins Leere. Jeremy wartete geduldig. Nach einer Weile sagte der alte Mann: „Gut, Jeremy. Ich verkaufe dir die Gespanne für dreißig Dollar. Aber du musst mir auch etwas verkaufen."

„Ich? Was habe ich schon, was ich einem Massa verkaufen kann?"

„Ich will die Vorderseiten der Schubladen kaufen, Jeremy, die Bilder von dem Küchenwagen. Ich zahle dir dreißig Dollar."

Jeremy war überrascht und suchte nach Worten.

„Du und Georgia, ihr habt gute Arbeit geleistet. Ohne euch wäre es nicht so glatt gegangen."

Jeremy hatte sich gefasst und sagte: „Darf ich dir zum Schluss noch einen Rat geben, Massa Bienmann?"

„Ja, Jeremy. Ich glaube, ich kann einen guten Rat gebrauchen."

„Ist eine Geschichte, Massa."

„Na, dann los."

„Es gibt einen Kaktus in der Wüste, dort vor den Rocky Mountains, weit im Westen. Der ist über und über gespickt mit spitzen, scharfen Stacheln. Wenn du dich dran verletzt, beginnt die Wunde ein paar Tage später zu eitern und macht dich marode. Aber wenn du den Kaktus mit 'ner Axt aufschlägst, findest du darin einen ganzen Eimer voll Saft. Der schmeckt dir wie frisches, herrliches Wasser. Hat mir ein Indianer gezeigt. Ein Chawnee. Hat er mir gezeigt, als ich vor Durst schon die verdorrten Kakteen blühen sah. Hat mir das Leben gerettet."

„Na und?", fragte der alte Mann und verstand nichts.

„Schlag dir die Stacheln ab, Massa, schlag sie dir ab."

Jeremy duckte sich, als ob er Prügel erwarte, und er schaute den alten Mann furchtsam an.

„Jeremy", sagte der alte Mann leise, „Jeremy, tust du mir einen Gefallen?"

„Ja, Massa, wenn ich das kann?"

„Sag nie mehr ‚Massa' zu mir, Jeremy. Sag einfach Friedrich Bienmann zu mir."

Georgia, die die ganze Zeit über an dem Herd in der Gaststube gestanden hatte und mit Töpfen hantierte, fasste all ihren Mut zusammen und sagte keck: „Friedrich Bienmann, das Essen ist fertig."

Döblin und der alte Mann saßen in der Gaststube. Die Wirtin war über einem Wasserglas, das zur Hälfte mit Gin gefüllt war, eingeschlafen. Den Jungen hatte der alte Mann nicht finden können. Er fühlte sich wie zerschlagen. Vom vielen Herumlaufen in den Straßen der Stadt schmerzten ihm die Beine. Er hatte das Abendessen kaum angerührt.

„Ich habe ja selbst keine Kinder gehabt", versuchte Döblin den alten Mann in ein Gespräch zu ziehen. „Jetzt habe ich überhaupt keinen Menschen mehr. Ich denke manchmal, der Bienmann, das ist ein harter Mann."

Der alte Mann schaute ihn aufmerksam an, antwortete aber nicht.

„Der Bienmann weiß, dass sein Sohn Karl nicht weit von hier in St. Louis ist, und er will doch nicht hin; will ihm nicht die Hand zum Frieden entgegenstrecken; will seinem Enkel verbieten zu seinem Vater zu gehen; schlägt ihn sogar, weil es den Sohn zu seinem Vater treibt. Ich kann dich wirklich nicht verstehen, Friedrich."

„Vielleicht ist der Bienmann zu verstehen, wenn man weiß, dass er sich fürchtet", sagte der alte Mann leise.

„Fürchtest du dich vor deinem eigenen Sohn? Glaubst du, er wird dir Vorwürfe machen?"

„Ich weiß nur, Döblin, er war in all den Jahren hier in den Staaten nicht im Stande das Geld zusammenzukratzen, das er dem Baron schuldet. Nun stell dir vor, es kommt sein Vater zu ihm, an die sechzig Jahre alt, die Knochen voller Rheuma, und sagt zu ihm, einem Mann in den besten Jahren, ‚Junge', sagt er, ‚ich bin zwar erst knapp zwei Jahre in diesem Land, aber ich hab' das Geld für dich verdient, kann deine Schulden bezahlen. Komm mit nach Hause.'"

„Und wovor, Friedrich, musst du dich dabei fürchten?"

„Davor, dass er es annimmt, Döblin. Dass er den Rest von Stolz und Ehre verkauft, den Rest, den einer braucht, wenn er ein Mensch sein will."

„Stolz und Ehre! Das hätte ich mir denken können, Friedrich Bienmann. Du steckst so voller Stolz und Ehre, dass nichts mehr anderes in deiner Brust Platz hat. Ich sag' dir, ich würde an deiner Stelle nicht eine Sekunde zögern, wenn mein Sohn in St. Louis lebte. Ich würde heute Abend noch zum Bahnhof rennen und nichts wie rein in den nächsten Zug."

„Ich hör' den Blinden von den Blumen reden, Döblin", fiel der alte Mann ihm scharf ins Wort. „So redet einer, der, wie er selbst sagt, keine Kinder in die Welt gesetzt hat."

Döblin fühlte sich getroffen und schwieg. Er wollte sich nicht aufregen. Mehrmals hatte er in den letzten Tagen ein Gefühl gehabt, als packe eine Faust ihn an der Kehle, und wild hatte er nach Luft geschnappt. Er wollte sich nicht aufregen.

Der alte Mann suchte noch zwei Tage lang nach dem Jungen. „Der wird bereits in St. Louis sein, Friedrich", sagte Döblin. „Er ist doch sechzehn Jahre alt und längst kein Kind mehr." Der alte Mann bestellte zwei Krüge Bier.

„Ich schulde dir ein Bier", sagte er zu Döblin. „Stoß mit mir an. Ich habe die ganzen Nächte gegrübelt. So völlig Unrecht hattest du nicht. Wie soll ich meiner Hedwig entgegentreten, was soll ich der Marie sagen, wenn sie mich fragen, warum ich Karl nicht aufgesucht habe?"

„Was willst du also tun?"

„Ich will nach St. Louis. Von dort aus fahren auch Züge an die Ostküste."

„Willst du von dort allein nach Hause fahren?"

„Na, ich denke, du willst mitkommen."

„Ich meine, was ist mit dem Jungen, was ist mit Karl?"

„Döblin, du hast mir gesagt, dass der Luke kein Kind mehr ist. Er muss sich selbst entscheiden. Und der Karl auch."

„Ja, Friedrich, das müssen sie wohl. Aber eins frage ich mich doch."

Er schaute den alten Mann an und schmunzelte.

„Immer noch nicht mit mir zufrieden?", lachte der alte Mann.

„Ich frage mich, Friedrich, warum wir eigentlich noch zwölf Stunden in Memphis vergeuden sollen. Eisenbahnen fahren auch in der Nacht."

Sie tranken ihre Krüge in einem Zuge leer, packten ihre Kiste und ließen das Gepäck mit einer Handkarre zum Bahnhof fahren. Am schwierigsten war es, die Schubladenbretter des Küchenwagens zu transportieren. Aber der alte Mann schüttelte entschieden den Kopf, als Döblin ihm vorschlug einen Teil davon mit der Post loszuschicken.

Übermütig lösten sie Karten für den Salonwagen. Kurz vor Mitternacht lief der Zug von New Orleans ein und fuhr bald darauf nach St. Louis weiter. An Schlafen war trotz der weichen Sessel nicht zu denken, denn eine Traube von Männern ballte sich um einen Tisch, an dem mit hohem Einsatz gespielt wurde. Gewinne und Verluste wurden heiß diskutiert.

„Ich verstehe das nicht", sagte der alte Mann missbilligend. „Das Geld musste sicher sauer verdient werden. Und hier wirft so mancher den Lohn eines Monats in einer Nacht fort."

„Du siehst nur die eine Seite", grinste Döblin. „Wenn man Glück hat, dann wird man in einer einzigen Nacht zum reichen Mann."

„Auf Spielerglück hat noch keiner ein Haus gebaut", ereiferte sich der alte Mann. „Ich würde mich niemals einem Zufall ausliefern."

„Schon gut, Friedrich. Jeder ist eben, wie er ist. Was du nicht schwarz auf weiß berechnen kannst, das ist dir nicht geheuer. Aber muss alles, was dir nicht in die Zahlen passt, deshalb auch schon schlecht sein?"

Er holte zwei Zehndollarscheine aus seinem Brustbeutel und sagte: „Schau her. Ich werde mit diesen zwanzig Dollar spielen. Wenn ich gewinne, dann ist das herrlich und ich fahre in einer Luxuskabine über den Teich und trinke Champagner. Verliere ich die lumpigen Dollars, dann habe ich für einen Traum und ein paar Stunden Spannung bezahlt, Spannung, die mir das Blut schneller durch die Adern jagt."

„Zwanzig Dollar, Döblin, daran kleben viele Stunden harter Arbeit. Und bleibt es bei den zwanzig Dollar? Wirst du nicht mehr einsetzen, wenn du verlierst und den Verlust ausgleichen willst? Bei allen Spielern ist's mit einer kleinen Münze losgegangen."

„Bei mir bleibt es bei zwanzig Dollar, Friedrich."

Er ging zu den Spielern hinüber, sah eine Weile zu und begann dann mit kleinen Einsätzen mitzuspielen.

Nach drei Stunden kehrte er an seinen Platz zurück. Er wollte dem alten Mann erzählen, dass er vor einer Stunde noch achtzig Dollar Gewinn gezählt habe. Aber der alte Mann hatte die Augen geschlossen. Nun, auch wenn er ihn nicht schlafend angetroffen hätte, Döblin hätte ihm ganz gewiss verschwiegen, dass er weitere dreißig Dollar verloren hatte und drauf und dran gewesen war, noch einmal in die Tasche zu greifen. Nur ein eiserner Ring um seine Brust, der sich plötzlich verengte und ihm den Atem nahm, hatte ihn am weiteren Spiel gehindert. Als der Anfall vorüber war, war der Spielrausch verflogen. Döblin lachte über sich selbst. „Packst du den Teufel am Schwanz", murmelte er, „dann musst du dich nicht wundern, wenn du daran festklebst."

Gegen Morgen hielt die Eisenbahn an einer kleinen Station. Es waren im Freien Tische und Bänke aufgestellt. Während die Lokomotive Wasser und Kohlen fasste, wurde den Reisenden heißer Kaffee, ofenwarmes Brot und Eier mit Speck angeboten. Der alte Mann hörte an der Sprache, dass der Wirt ein Deutscher war, und begrüßte ihn.

„Mensch, bist du auch aus Ostpreußen?", fragte der Wirt. Er hatte Zeit sich mit dem alten Mann und Döblin zu unterhalten, denn an die zehn Frauen rannten und bedienten die Gäste.

Die beiden Männer erfuhren, dass dieses Frühstücksangebot für die Reisenden seinen Mann besser ernährte als eine Goldmine.

„So lange es gut geht", sagte der Wirt zum Schluss.

„Wieso? Gefrühstückt wird immer."

„Schon, Landsmann, aber wenn ein Konkurrent dem Lokführer mit ein paar größeren Dollarscheinchen winkt, dann lädt er eben zwanzig Kilometer weiter auf der nächsten Station sein Wasser und seine Kohlen und macht dort eine Pause."

„Du meinst, du bezahlst ihm Bestechungsgelder?", fragte der alte Mann verblüfft.

„Wenn du es so nennen willst, Landsmann", antwortete der Wirt freimütig. „Ich habe dafür einen hübscheren Namen. Ich bezahle mit den Dollars meine Konzession, meine Ausschankerlaubnis. Die kriegst du in Ostpreußen doch auch nicht für'n Appel und 'n Ei."

Der alte Mann schüttelte den Kopf und sagte: „So was."

„Bist du denn noch ganz frisch in diesem Land, Mann?", fragte der Wirt, wartete aber gar nicht erst auf die Antwort. „Ich will dir sagen, wie ich diesen Laden hier zu dem gemacht habe, was er ist. Vierzig Kilometer von hier hatte Bill Gathaway sein Eisenbahnrestaurant. Wir konnten beide ganz gut leben. Er allerdings besser als ich. Doch es stach ihn, dass da noch ein anderer war, der Dollars von ‚seinen Reisenden' erhielt. Er wollte mich kaputtmachen. Er begann seine Preise zu senken. Erst nahm er für'n Frühstück einen viertel Dollar. Ich zog mit, damit die Gäste mir nicht wegliefen. Bei zwanzig Cents ging's so grade noch. Aber als er dann sage und schreibe zwei Cents für 'n Frühstück nahm, da stand ich vor der Pleite."

„Ja, konnte er denn das Essen so billig verkaufen?"

„Er musste kräftig zuschießen. An jedem Morgen hatte er mehr als fünfzig Dollar Verlust. Aber er schaffte es wohl. Jedenfalls hatte er sich ausgerechnet, dass es reichte, um mich in die Knie zu zwingen. Wenn er dann erst das einzige Lokal an der Strecke hatte, dann würde er die ganzen Einbußen wieder doppelt und dreifach wettmachen."

„Na, du bist ja noch hier. Ist ihm doch die Puste ausgegangen?", fragte Döblin.

„Ja, so war's. Aber ich habe mitgeholfen ihm die Luft abzudrücken."

„Ich meine, du warst am Ende?"

„Nur, bis ich den rettenden Einfall hatte. Ich trommelte meine ganze Familie zusammen, dazu die Freunde und Bekannten. Alles in allem waren wir an die hundert Leute. Ich kratzte mein letztes Geld zusammen und erläuterte ihnen meinen Plan. Sie waren so begeistert, dass sie mir ein Darlehen gaben. Ich schickte sie mit dem Vieruhrzug zu Billy Gathaways Station. Sie warteten dort, bis er um halb sechs für den Zug aus St. Louis sein Lokal aufmachte. Sie bestellten jeder drei Frühstücke und knallten ihm sechs Cents dafür auf den Tisch. Er ließ sie bedienen. Aber sie aßen nur ein Frühstück. Die anderen beiden packten sie in Körbe, fuhren mit dem Zug um sechs Uhr die eine Station bis zu mir. Wir hatten gerade Zeit alles auszupacken, bis der Zug aus Memphis einlief. Ich bot Billys Luxusfrühstück für genau zwei Cents an. Ich machte keinen Gewinn, machte keinen Verlust, wenn man vom Fahrgeld mal absieht, das ich später zurückzahlen musste. Drei volle Wochen hielt Billy das durch. Dann strich er die Segel. Im Augenblick bin ich der einzige Frühstückswirt hier an der Strecke und das anständige Frühstück kostet einen halben Dollar pro Nase, wenn ich bitten darf." Er begann zu kassieren.

„Und so was muss man in diesem Land ausbrüten, wenn man hochkommen will?"

„Geschäft ist alles", lachte der Wirt und klimperte mit den Halbdollarmünzen. „Und keiner in den Staaten soll sagen, dass der Viktor Koslowski aus Insterburg ein Dämlack ist."

St. Louis lag auf der anderen Stromseite. Der Zug donnerte über eine feste Brücke.

„Ziemlich große Stadt", sagte der alte Mann.

„Anders als New Orleans, wie?" Döblin schaute lange aus dem Fenster.

„Sieht eher aus wie 'ne Stadt in Deutschland, was meinst du?"

„Ja. Sollen auch viele Deutsche hier leben."

Sie mieteten vor dem Bahnhof einen zweispännigen Kutschwagen, luden ihr Gepäck auf und gaben Warichs Adresse an. Der Wagen rasselte los. Der alte Mann war aufgeregt und fragte den Kutscher viermal, ob es noch weit sei. Der antwortete jedes Mal einsilbig: „No.“

Dann hielt er in einer schönen Straße vor einem steinernen, zweistöckigen Gebäude. Der alte Mann zahlte. Sie luden die Kisten gerade ab, da wurde die Haustür aufgerissen und der Junge stürzte aus dem Haus.

„Großvater!“, rief er, packte den alten Mann an den Schultern und sagte: „Wie gut, dass du gekommen bist.“

Gerhard Warich und Lenski kamen hinzu und auch Bruno Warich, den der alte Mann aber nur an seinen schwarzen, welligen Haaren erkannte.

„Hast dir allerhand Speck für den Winter zugelegt, Bruno“, frotzelte er und stieß mit der Faust leicht gegen Brunos massigen Leib.

„Hab ’ne Frau gefunden, die gut kocht“, sagte Bruno und stellte den alten Mann und Döblin seiner Familie vor. Seine Frau Mareike war aus Holland eingewandert. Sie stand Bruno an Leibesfülle nicht nach. Die vier Kinder waren schmal und drahtig und schienen gar nicht zu diesen Eltern zu gehören. Sie sprachen zwar Deutsch, aber das war so fehlerhaft und mit holländischen Wortbrocken durchsetzt, dass der alte Mann ihr Amerikanisch besser verstehen konnte. Sie gingen ins Haus.

Erst als sie rund um den Tisch saßen und Mareike einen frischen Kuchen aufsetzte, wagte der alte Mann zu fragen: „Und Karl? Wisst ihr was von meinem Sohn Karl?“

Der Junge schaute vor sich auf den Tisch. Schließlich antwortete Lenski: „Er ist weg, Friedrich Bienmann. Er wollte schon lange rauf nach Oregon. Hatte zwei Kumpel, die was vom Goldwaschen verstehen.“

„Seit wann ist er weg?“, fragte der alte Mann mit leiser Stimme, „sagt mir, seit wann?“

„Wir kamen am Dienstag gegen Mittag an. Am selben Abend ist er noch losgezogen“, antwortete Gerhard Warich.

„Er hätte doch die paar Tage noch warten können!“, brach es aus dem alten Mann heraus. „Oder habt ihr ihm nicht gesagt, dass ich höchstwahrscheinlich herkommen wollte?“

„Das haben wir ihm gesagt, Friedrich. Und es schien uns, als ob er es danach ganz besonders eilig hatte.“

„Und du, Luke, hast du denn deinen Vater noch angetroffen?“

„Nein, Großvater. Ich bin erst gestern hier angekommen. Ich bin mit einem Mississippidampfer heraufgefahren. Ich bin gleich in seine Wohnung gerannt, aber er war nicht mehr da.“

„Und er hat nichts gesagt, nichts hinterlassen?“, fragte der alte Mann und seine Worte klangen rau.

„Für dich nicht, Friedrich. Nur dem Luke hat er einen Brief dagelassen. Für den Fall, dass er kommt.“

„Einen Brief?“

„Ja“, antwortete der Junge. „Es ist kein Geheimnis, was darin steht. Er schreibt: ‚Lieber Junge, es gibt Entscheidungen, die jeder ganz allein für sich fällen muss. Niemand kann einem diese Entscheidungen abnehmen. Das ist es, was ich habe lernen müssen. Dein Vater.‘ Und darunter: ‚Wenn dir die Bilder in der Wohnung gefallen, dann kannst du sie haben.‘“

Der Junge ließ den Brief sinken.

„Und das hier hat er mir als Geschenk zurückgelassen“, fuhr er fort, zog eine kleine goldene Uhr aus der Tasche und legte sie auf den Tisch.

Der alte Mann nahm sie in die Hand, betrachtete sie genau und sagte: „Hat sich nicht getrennt von seinem Erbstück, der Karl.“ Er hielt die Uhr ans Ohr und nickte. „Sie geht noch.“ Er schaute sie noch einmal nachdenklich an, gab sie dann aber dem Jungen zurück. „Ich möchte sehen, wo er gelebt hat“, fuhr er schroff fort und stand so hastig auf, dass sein Stuhl umstürzte.

„Da gibt’s nicht viel zu sehen, Friedrich“, sagte Bruno. „Hatte ein paar Straßen weiter zwei Zimmer im Dachgeschoss. Die Leute nannten ihn den ‚verrückten Charly‘. Hat gemalt und gemalt und wenn er mal ein Bild für ’n paar Dollar verkauft hat, dann ist er gleich in den Laden gerannt, hat’s für neue Farben, neue Leinwand ausgegeben.“

„Ich will hin“, sagte der alte Mann.

„Geh mit ihm, Luke“, sagte Lenski. „Zeig’s ihm.“

Ohne ein Wort zu wechseln, liefen sie etwa eine Viertelstunde. Die Straßen waren enger geworden. Die Häuser machten einen verkommenen Eindruck, Ölfarbe blätterte von den Fassaden, die kleinen Vorgärten waren ungepflegt.

„Hier ist es“, sagte der Junge schließlich und blieb vor einer schmalen Haustür stehen.

„Wir müssen uns den Schlüssel geben lassen.“

Die Hauswirtin begrüßte den Jungen freundlich. „Die restliche Miete hast du ja berappt, Junge. Hol mir nur bald die Klecksereien ab, damit ich die Wohnung wieder vermieten kann.“

„Ja“, sagte der Junge. Sie stiegen die steile Treppe hinauf. Der alte Mann musste seinen Kopf einziehen, damit er sich nicht stieß. Der Junge öffnete eine Speichertür. Von dort aus führte ein dunkler Gang bis zu der Wohnung.

Als der Junge die Tür aufgeschlossen hatte, tat sich ein überraschend helles Zimmer auf. Ein großes, der Schräge des Daches nach verlaufendes Fenster in einem eisernen Gitterrahmen nahm fast die ganze Länge des Zimmers ein. Überall lag bemalte Leinwand herum, aufgerollt, auf Keilrahmen gezogen, auf Gestellen postiert. Der alte Mann rollte die Leinwände vorsichtig auseinander. Mit einer trat er dicht an das Fenster und sagte: „Schau her, Luke, ein wunderbares Bild. Ein Truthahn, der um seine Hennen wirbt. Dein Vater war ein wirklicher Maler.“

Sie standen nebeneinander und schauten sich das Bild lange an. „Ich habe übrigens die Bilder vom Küchenwagen auch mitgebracht“, sagte der alte Mann.

„Ich weiß, Großvater, das Paket ist ja nicht zu übersehen.“

Sie saßen bis in die Nacht hinein mit den Warichs zusammen. Es gab tausend Dinge zu erzählen. Dann sagte der alte Mann: „Ich bin müde. Ich will jetzt schlafen. Morgen werde ich mich nach der Rückreise erkundigen. Wenn Döblin nicht krank wird, fahren wir übermorgen los."

Der Junge stand auf und sagte: „Komm, Großvater, ich zeige dir deinen Schlafplatz."

Als sie allein in der Kammer waren, fragte der alte Mann: „Und was wirst du tun, Luke? Wirst du deinem Vater nach Oregon nachfahren?"

„Nein, Großvater."

„Sicher findest du auch in dieser großen Stadt Arbeit und Brot. Du hast dein Handwerk in den zwei Jahren gut gelernt."

„Ich bleibe nicht in Amerika, Großvater. Ich werde eine Schiffskarte buchen. Ich fahre zu Mutter zurück."

„Ist das dein Ernst, Junge?"

„Ja, Großvater, ich habe es mir gut überlegt."

„Die Marie wird sich freuen, Luke."

Der Junge dachte: Warichs Lisa hoffentlich auch. Als er sich zum Schlafen niederlegte, schaute er in seiner Kiste nach, ob die kleinen Geschenke noch darin lagen. Für Lisa hatte er auf dem Mississippidampfer einem Indianer einen Gürtel abgekauft, einen Gürtel aus echter Klapperschlangenhaut.

Die Abfahrt verzögerte sich um einen weiteren Tag. Der Junge wollte auf jeden Fall alle Bilder des Vaters mitnehmen. Er zimmerte zwei schmale, hohe Kisten und legte die mehr als sechzig Gemälde behutsam hinein. Der alte Mann stand neben ihm und konnte sich nicht satt sehen an dem, was sein Sohn gemalt hatte. Besonders ein Bild hatte es ihm angetan. Es stellte die Ernte auf einer Baumwollplantage dar.

„Könnte Jeremy sein", sagte er. „Sieh mal, wie er mit seinen großen Händen die Baumwollflocken fasst. Du glaubst, er wird sie gleich in den Sack stecken. Wenn du dicht an das Bild rangehst, dann meinst du, du kannst die Haare auf dem Kopf des Negers zählen. Und wie die Luft über den Baumwollpflanzen flimmert! Du kannst die Hitze spüren."

Die Schubladenbretter des Küchenwagens wickelten sie in Ölpapier ein und verschnürten sie fest.

Warich und Lenski gaben Briefe mit und Geld und versprachen, sie würden innerhalb weniger Wochen schreiben, ob sie sich entschieden hätten in den Staaten zu bleiben oder ob sie auch nach Liebenberg zurückkehren wollten.

Die drei Männer winkten lange aus dem langsam anrollenden Zug. Schließlich konnten sie den Bahnsteig nicht mehr sehen. Sie wollten so bequem wie möglich reisen und hatten drei Betten in einem Schlafwagen gebucht. Döblin musste sich schonen. Er fühlte sich schlecht und hatte schon nach einer Fahrstunde einen schlimmen Anfall.

„Irgendetwas ist in meiner Brust nicht in Ordnung", sagte er. Aber gleich darauf lachte er: „Macht euch keine Sorgen. Unkraut vergeht nicht. Wenn ich mir mal die Graswurzeln von unten ansehen muss, dann soll das hinter der Kirche auf dem Friedhof in Liebenberg sein."

Stunde um Stunde ratterte der Zug ostwärts. Cincinnati, Pittsburgh, Harrisburg, Philadelphia und endlich nach drei Tagen kaum unterbrochener Fahrt New York. Döblin ging es schlecht. In immer kürzeren Abständen überfiel ihn die Atemnot. Wenn ein Anfall vorüber war, stand ihm der Schweiß in Perlen auf der Stirn. In New York suchten sie sich ein Zimmer und packten Döblin ins Bett. Am selben Tag noch holte der alte Mann einen Arzt, obwohl sich Döblin heftig dagegen wehrte. Der Arzt untersuchte ihn lange und gründlich. Er ging wortlos aus dem Zimmer und winkte dem alten Mann, ihm zu folgen.

„Dieser Mann lebt nicht mehr lange", sagte er leise, als sie im Treppenhaus waren. „Er stirbt möglicherweise schon beim nächsten Anfall. Ist der Mann ein Verwandter von Ihnen? Oder ist er ein Freund, der mit Ihnen sein Glück gesucht hat?"

„Schafft er die Überfahrt?“, fragte der alte Mann. „Er möchte so gern zu Hause sterben.“

„Wenn keine Anfälle mehr kommen“, antwortete der Arzt und zuckte die Achseln. „Ich würde an Ihrer Stelle die Passagegebühren allerdings nicht zum Fenster hinauswerfen.“

Der alte Mann bezahlte den Arzt.

„Wir werden hier in New York warten, bis es dir etwas besser geht“, sagte der Junge zu Döblin. Der alte Mann war nicht mit diesem Angebot einverstanden und erwiderte: „Lange Zeit, Junge, haben wir nicht mehr. Ich muss nach Liebenberg, wenn ich nicht Haus und Hof verlieren will.“

„Ich werde bleiben, Großvater, solange es Döblin nicht besser geht“, beharrte der Junge.

Döblin selbst verlangte: „Ich will nach Liebenberg zurück, Friedrich. Ich will nach Hause. Auf dem Meer ist die Luft rein und gut. Die wird mir nicht schaden. Geh los, Friedrich, und such ein Schiff, damit wir endlich hier wegkommen.“

„Du kannst in diesem Zustand nicht auf ein Schiff, Döblin“, sagte der Junge. „Das würde dich umbringen.“

„Das Warten bringt mich um, Luke. Ich werde es schon durchstehen. Und wenn mir doch etwas passiert, bevor ich zu Hause ankomme, dann gebt meinen ganzen Lohn den Eltern von Andreas. Ich hab' ja niemand mehr.“

„Wirst dein vieles Geld noch selbst verjubeln“, sagte der alte Mann, aber es klang wenig Zuversicht aus seiner Stimme. Unentschlossen schauten der alte Mann und der Junge sich an. Döblin schien die Hoffnung, sich bald einschiffen zu können, neu zu beleben. Er versuchte einen Spaß und sagte: „Aber wenn ich mal sterbe, Luke, dann pass auf, dass mir keiner den goldenen Ring aus dem Ohr stiehlt. Alles können sie haben. Aber den Zimmermannsring, den will ich mit ins Grab nehmen. In Liebenberg selbstverständlich“, fügte er hinzu.

„Na, dann komm, Großvater, suchen wir ein Schiff“, sagte der Junge.

„Wir kommen bald zurück“, versprach der alte Mann.

Sie fragten im Hafen nach einem deutschen Schifffahrtskontor. Das große Büro war bald gefunden.

„Nach Danzig wollen Sie?“ Der Mann, der an einem hohen Schreibpult stand, lachte laut. „Oh Mann, nach Danzig! Nach Danzig gibt's keine Linie, kein einziges Schiff.“

„Aber wir sind doch vor zwei Jahren in Danzig abgesegelt und gut in New Orleans angekommen“, protestierte der alte Mann.

„Mag sein, dass da noch ein Einzelgänger gefahren ist. Aber wenn Sie schnell nach Deutschland wollen, Mr. Bienmann, dann schiffen Sie sich nach Bremerhaven ein. Die ‚Donau‘ ist ein hervorragendes Dampfschiff des Norddeutschen Lloyd. Sticht übermorgen in See. In sechs bis acht Tagen ist sie in Bremerhaven.“

„Und nach Hamburg? Fährt kein Schiff nach Hamburg?“

„Doch. Hamburg wird von der Hapag angefahren. Aber das nächste Schiff geht erst in etwa zwei Wochen.“

„Was meinst du?“, fragte der alte Mann den Jungen.

„Ich denke“, antwortete der Junge, „wenn wir Döblin hinüberschaffen wollen, sollten wir keine Zeit verlieren.“

„Von Bremerhaven aus können Sie leicht mit der Eisenbahn weiterreisen. Der Zug hält genau dort, wo das Schiff vor Anker geht“, erklärte der Kontorist eifrig.

„Gut.“ Der alte Mann holte seine Geldtasche heraus. „Wir buchen drei Plätze auf dem Zwischendeck.“

„Das geht nicht“, lächelte der Mann im Kontor und blinzelte über seine Brille hinweg die beiden Deutschen an. „Sie reisen wohl zum ersten Mal in dieser Richtung über den Teich, wie? Auf der Rückreise nimmt die ‚Donau‘ Ladung ins Zwischendeck. Machen alle Schiffe so. Zurück nach Europa fahren nur wenige Menschen. Aber wir haben sechzig Kajütenplätze auf der ‚Donau‘. Zehn davon sind noch frei. Sie können wählen. Entweder Sie nehmen eine Kajüte oder Sie schwimmen nach Bremerhaven.“

Sie erkundigten sich nach dem Preis und buchten schließlich eine Kajüte mit drei Kojen.

Knapp drei Stunden waren sie unterwegs gewesen. Als sie in ihr Quartier zurückkehrten, drängten sich stumm und neugierig die Bewohner des Hauses vor ihrer geöffneten Zimmertür.

„Geht zur Seite“, sagte der alte Mann. „Wir gehören dazu.“ Er schob sich ins Zimmer. Der Junge folgte ihm. Neben Döblins Bett saß ein junger Priester. Er hatte die Stola über die schwarze Soutane gelegt. Auf dem Boden brannte, auf einem Porzellanteller festgepappt, eine dünne Stearinkerze. Döblin lag flach auf dem Rücken. Er atmete nicht mehr.

„Sind Sie Deutsche? Sind Sie Verwandte?“, fragte der Priester.

„Verwandt sind wir nicht. Aber er ist aus unserem Dorf“, antwortete der alte Mann.

„Ich habe ihn nicht mehr verstehen können“, sagte der Priester. „Er sprach, glaube ich, deutsch. Ich komme aus Italien. Er ist ruhig gestorben, als ich ihm die Krankensalbung gab.“

Der alte Mann und der Junge standen am Fuß des Bettes und schauten Döblin an. Nach einer Weile sagte der Junge: „Und er wollte so gern in die Heimat zurück.“

„Genau da ist er angekommen“, sagte der Priester. Er stand auf und drängte die Gaffer hinaus. Nur die Vermieterin durfte bleiben. Mit ihr regelte er, was für die Beerdigung zu tun war. Es gab eine Menge Laufereien, weil der alte Mann darauf bestand, dass Döblin schon am nächsten Tag beerdigt werden sollte. Es wurde eine armselige Beerdigung. Außer dem Pfarrer und einem gähnenden Messdiener waren nur der Junge, der alte Mann und die Vermieterin gekommen. Die Frau weinte, als ob mit Döblin ein naher Angehöriger von ihr gestorben sei. Irgendwie musste sie der Tod des Zimmermanns wirklich berührt haben, denn als der Junge die Rechnung für Quartier und Kost begleichen wollte, weigerte sie sich für Döblin auch nur einen Cent anzunehmen.

„Er hat nicht übernachtet, er hat nichts gegessen“, sagte sie bestimmt. „Wofür soll er bezahlen?“

Der Mann auf dem Kontor zeigte sich weniger verständnisvoll. Er wollte die Summe für die Überfahrt keineswegs ganz zurückzahlen und erklärte sich erst nach langen Verhandlungen bereit sich mit der Hälfte der Gebühr zufrieden zu geben, wenn er die dritte Koje in der Kajüte zur freien Verfügung hätte. Sollte sich ein männlicher Passagier finden, dann wollte er ein weiteres Viertel zurückzahlen. Dagegen hatte weder der alte Mann noch der Junge etwas einzuwenden.

Rechtzeitig gingen sie an Bord des Schiffes. Die „Donau" war ein langes, schlankes Eisenschiff mit einem Schornstein und der Besegelung einer kleinen Bark. Die Kajütenpassagiere bekamen achtern ihre Kojen zugewiesen.

Als die „Donau" aus dem Hafen geschleppt wurde, brachte der Steward einen bescheiden grüßenden Mann in die Kajüte. Er mochte etwa fünfzig Jahre alt sein, trug einen schwarzen Gehrock und stellte sich mit einer knappen Verbeugung vor: „William Paßlinger, wenn Sie gestatten."

Auch der alte Mann und der Junge nannten ihre Namen. Doch dann kümmerten sie sich nicht mehr um ihren neuen Kabinengenossen. Der Steward entdeckte die Bilderkisten, die noch in dem engen Gang zur Kajüte hin abgestellt waren.

„Wir schaffen diese Kisten zu uns in die Kajüte", beteuerte der alte Mann. Aber der Steward war damit nicht einverstanden und holte den Deckoffizier herbei.

„Es ist ein Geschenk von meinem Vater", sagte der Junge. „Ich will es nicht aus den Augen lassen."

„Wir haben unsere Vorschriften", entgegnete der Deckoffizier und klopfte auf ein schmales, grünes Buch, das er in seinem Ärmelaufschlag stecken hatte. „Nur Handgepäck in die Kajüten."

„Was versteht man unter Handgepäck?", fragte der Junge.

„Dumme Frage, Gepäck selbstverständlich, das man mit sich tragen kann."

„Zeigen wir's ihm, Großvater", sagte der Junge. Der alte Mann begriff, was der Junge wollte, zögerte aber noch. Da trat Herr Paßlinger hinzu und wandte sich an den Deckoffizier: „Mich stört das nicht, wenn die Kisten in unserer Kajüte stehen.“

Sie legten die flachen Kisten aufeinander, das Ölpapierpaket und ihre Taschen oben darauf und hoben das Gepäck ohne großen Kraftaufwand an.

„Handgepäck“, sagte der Junge, „Handgepäck ist das, was man mit sich tragen kann.“

Der Deckoffizier wollte einschreiten, aber Herr Paßlinger redete leise auf ihn ein und es schien, als ob er irgendetwas hinter das grüne Heft in den Ärmelaufschlag des Offiziers steckte. „Für die Hinterbliebenen der Seefahrt“, murmelte er. Es ist nicht zu sagen, ob nun Herrn Paßlingers Worte oder die von ihm gewählten wortlosen Argumente mehr bewirkten, jedenfalls zeigte sich der Deckoffizier großzügig und ließ die Männer gewähren.

Die Gepäckstücke machten die Kajüte allerdings eng und unwohnlich. Herrn Paßlinger schien das jedoch nicht zu stören. Er war gleichbleibend freundlich und zurückhaltend.

„Hoffentlich haben wir nicht zu schwere See“, sagte der alte Mann. Zur Sicherheit vertäute er die Kisten gut.

„Das hoffe ich auch, Herr Bienmann. Die vielen Seekranken machen sonst die Überfahrt unangenehm.“

„Werden Sie nicht seekrank?“, fragte der Junge.

„Nein. Jedenfalls habe ich, als ich 1849 mit einem Seelenverkäufer von Segelschiff mehr als zehn Wochen unterwegs war, nichts von Seekrankheit gespürt.“

„Mich erwischt es bestimmt wieder“, seufzte der alte Mann.

„Sie bekommen dann als Kajütenpassagier eine Medizin, Seewasser mit Moselwein gemischt“, lachte Herr Paßlinger.

„Hilft das denn?“, zweifelte der alte Mann.

„Ich nehme an, dass weder das Salzwasser noch der Wein etwas nützen. Aber der Glaube daran, der hilft vielleicht.“

Sie wurden zum Essen in die Messe gebeten. Ein flacher Deckaufbau war sehr bequem mit langen, gepolsterten Bänken ausgestattet, die vor schmalen Tischen standen. Die Passagiere blieben stehen. Der Kapitän trat mit seinen Offizieren herein, begrüßte die Damen und Herren und stellte seine Leute vor. Dann wünschte er eine angenehme Überfahrt, sprach laut ein Tischgebet und sagte: „Guten Appetit bei der ersten Mahlzeit an Bord der ‚Donau'."

Stewards klappten an den Polsterbänken Rücklehnen heraus. Die Passagiere nahmen Platz.

„Man sitzt so herrlich wie in Abrahams Schoß", sagte der Junge und wippte mit dem Polster.

„Und ein Essen wird aufgetragen wie beim reichen Prasser", lobte Herr Paßlinger.

Als das Mahl beendet war, gab der Kapitän noch einige Verhaltensmaßregeln und schloss: „Im Übrigen hängt innen in jeder Kajüte an der Tür eine Schiffsordnung für Passagiere. Ich bitte Sie diese sorgfältig zu studieren und sich daran zu halten."

„Können Sie lesen?", fragte Herr Paßlinger den Jungen. Der war es nicht gewohnt, mit Sie angeredet zu werden, und stotterte: „Sicher. Ich kann gut lesen."

„Dann bitte ich Sie, dass Sie mir später die Ordnung vorlesen."

„Sind Ihre Augen schlecht?", erkundigte sich der alte Mann.

„Nein. Ich kann sehen wie ein Falke. Aber ich hatte nie Zeit mir das Lesen beizubringen."

„Wir kommen aus einem Dorf an der Grenze", wunderte sich der Junge. „Da können alle lesen und schreiben. Sie sehen nicht aus, als ob Sie in der Wildnis groß geworden wären."

„Ich habe schon als Kind in einem Betrieb hart arbeiten müssen. Ich war der älteste Sohn bei sieben Geschwistern. Mein Vater hatte ein Lungenleiden. Für die Schule blieb wenig Zeit. Später in den Staaten hatte ich bald Leute, die mir das Lesen abnahmen. Da hatte ich noch weniger Zeit."

„Haben Sie gute Arbeit gefunden?“, fragte der alte Mann.

„Das kann man sagen“, antwortete Herr Paßlinger und lächelte. „In Baden, da wo ich herkomme, da habe ich schwere Bündel mit Hopfen und Säcke voll Gerste in die Brauerei gefahren. Aber hier hab’ ich mit meinem Bruder selbst eine Brauerei aufgebaut. 29 Jahre haben wir geschuftet. Jetzt fahre ich für drei Monate in meine Heimat zurück.“

Sie verließen die Messe. Der alte Mann blieb an Deck. Der Junge wollte noch mehr von Herrn Paßlinger erfahren, aber der wehrte ab und fragte: „Erzählen wir nicht immer nur von mir. Wie ist es Ihnen ergangen? Vor allem aber, was haben Sie für einen Schatz dort in den Kisten verborgen?“

„Bilder“, antwortete der Junge, und als er Herrn Paßlingers erstaunten Blick sah, fuhr er fort: „Lauter Gemälde. Die hat mein Vater gemalt. Er ist nämlich ein Maler.“ Er zog das Medaillon an der Lederschnur hervor und reichte es Herrn Paßlinger.

Der trat an das Bullauge und schaute die Bilder genau an. „Gute Arbeit. Vorzügliche Arbeit“, lobte er. „Erinnert mich irgendwie an die ersten Maler in den Staaten. Haben Sie schon Bilder von Hicks gesehen oder von Catlin?“

Der Junge schüttelte den Kopf. Er hatte noch nicht einmal die Namen dieser Maler gehört.

„Na ja“, sagte Herr Paßlinger. „Irgendwie erinnern mich diese Bilder daran.“ Aber diese hier sind zu klein. Um genau beurteilen zu können, ob Ihr Vater wirklich etwas kann, müsste ich größere Bilder von ihm sehen.“

„Sie können nicht lesen, verstehen aber etwas von Bildern?“, fragte der Junge.

„Ach, wissen Sie“, antwortete Herr Paßlinger, „die Buchstabenschrift ist nicht die einzige Schrift. Es gibt die Schrift der Bildhauer, der Baumeister, der Goldschmiede und auch die der Maler. Hinter jedem Kunstwerk steckt eine Botschaft. Nur sind die Menschen für diese Botschaften blind geworden, seit sie die Buchstabenschrift gelernt haben. Die meisten jedenfalls.“

„Und Zeit, diese Schriften lesen zu lernen, haben Sie gefunden?" fragte der Junge ein wenig spöttisch.

„Für das, was man liebt, findet man auch Zeit", antwortete Herr Paßlinger. „Ich glaube, ich besitze in Indianapolis die bedeutendste Gemäldesammlung. Besonders interessierte ich mich für Bilder, die die Menschen und das Leben in den Staaten zum Thema haben."

„Neger und Indianer und so?"

„Ja, auch Neger und Indianer. Indianer vor allem."

„Hier in diesem Ölpapierpaket sind solche Bilder", sagte der Junge eifrig.

Herr Paßlinger drängte darauf, sie auszupacken und einen Blick darauf zu werfen. Er glich einem Angler, an dessen Köder ein Fisch schnuppert. Als der alte Mann zwei Stunden später die Kajüte betrat, da hatten der Junge und Herr Paßlinger bereits alle Bilder ausgepackt. Auf Kojen und Schrank, Tischchen und Waschbecken, an den Wänden und auf dem Boden standen und lagen die Bilder. Und mitten darunter saß Herr Paßlinger mit gerötetem Gesicht und glänzenden Augen. Laut rief er dem alten Mann entgegen: „Herr Bienmann, Sie haben einen Maler zum Sohn. Diese Bilder sind herrlich!"

„Schön sind sie", sagte der alte Mann unsicher. „Aber was hat er davon? Nicht einmal anständig leben kann er von dem, was ihm die Kunst einbringt."

„Herr Bienmann", sagte der Brauereibesitzer feierlich, „Herr Bienmann, das wird sich ändern. William Paßlinger entdeckt keinen Maler, der am Hungertuch nagen muss. Verkaufen Sie mir ein halbes Dutzend von diesen Gemälden." Er deutete dabei auf einige Bilder. „Ich gebe Ihnen für das Stück zwanzig Dollar auf die Hand. Aber, ich sage es Ihnen gleich, die Bilder sind erheblich mehr wert. Als Ausgleich arrangiere ich auf diesem Schiff eine Gemäldeausstellung. Dort werden wir für die Bilder verlangen, was sie wirklich wert sind. Und wir werden es bekommen, so wahr ich William Paßlinger heiße. Hier auf der ‚Donau' reist allerhand Geld."

„Sie müssen den Luke fragen, Herr Paßlinger", sagte der alte Mann. „Dem gehören die Bilder."

„Na, Junge, was sagen Sie?", drängte Herr Paßlinger.

„Ich weiß nicht", zögerte der Junge. „Vielleicht lachen die Passagiere."

„Ganz sicher lacht niemand, wenn William Paßlinger eine Ausstellung gut findet. Aber Sie haben Recht. Überschlafen Sie die Sache bis morgen. Dann werden wir weitersehen."

Der Junge räumte die Bilder weg. Dann ging er an Deck. Die See lag ruhig. Der Dampfer hatte den Schlepper längst zurückgeschickt. Die Ufer waren nicht mehr zu sehen. Ruhig stampfte die Maschine. Unter ihrer Gewalt zitterte das Schiff leise. Kein Segel war aufgezogen. Eine weiße Schaumspur zeigte, dass die Kraft der Schraube das Schiff vorwärts trieb. Die Rauchfahne aus dem Schornstein wurde nach Backbord hin abgetrieben. Der alte Mann stellte sich neben den Jungen.

„Na, wie wirst du dich entscheiden, Luke?"

„Ich könnte die Bilder verkaufen."

„Ja, das könntest du."

„Ich könnte für 2000 Taler Bilder verkaufen."

„Ja, Junge. Aber 2000 Taler, das ist viel, viel Geld."

„Damit könnte Vater seine Schulden bezahlen."

„Das wäre gut, Junge."

Der alte Mann starrte auf das Meer.

„Das wäre gut", wiederholte er. „Aber vielleicht ist unser Kajütengefährte ein Aufschneider oder ein Spinner. Wer kauft schon Bilder, die fünfzig Dollar oder mehr kosten?"

„Ich weiß nicht, Großvater. Aber vielleicht finden die Passagiere die Bilder wirklich schön. Und Geld scheinen die meisten genug zu haben."

„Wir werden sehen, Luke."

Die Messe sah aus wie eine übervolle Gemäldegalerie.

Herr Passlinger war schon vor der Eröffnung der Ausstellung von Bild zu Bild gegangen und hatte bereits neben fünf Gemälden mit weißer Kreide ein deutlich sichtbares Kreuz gemalt.

„Es ist wichtig, dass schon Bilder verkauft sind“, sagte er. Schließlich wollte er das sechste Kreuz neben das Bild von der Baumwollernte machen. Aber da erhob der alte Mann Einspruch: „Das Bild ist verkauft“, sagte er.

„Wieso?“, protestierte Herr Paßlinger. „Die Ausstellung wird doch erst in zehn Minuten eröffnet.“

„Mag sein“, erwiderte der alte Mann. „Aber dieses Bild habe ich gekauft. Für fünfzig Dollar.“

Er zog einen Fünfzigdollarschein aus seiner Geldtasche und reichte ihn dem Jungen. Mit seinem Zimmermannsstift malte er neben das Bild ein deutlich sichtbares Kreuz.

„Schade“, bedauerte Herr Paßlinger. „Wie dieser Nigger da die Baumwolle fasst! Exzellent!“ Er wählte dann ein anderes Bild.

„Die Bilder auf den Schubladenbrettern sollen auch nicht verkauft werden“, entschied der Junge.

„Sie haben den richtigen Verkäuferinstinkt“, lobte ihn Herr Paßlinger. „Schreiben Sie schnell kleine Schilder mit dem Wort ‚unverkäuflich‘ und heften Sie sie neben die Bilder. Das erhöht den Reiz für die Käufer.“

Die Passagiere fanden die Bilder schön.

„Hinreißend“, sagten die Frauen.

„Respektabel, respektabel“, sagten die Männer. Und alle schauten sie aus den Augenwinkeln auf William Paßlinger und horchten auf sein Urteil. Sie waren etwas unsicher, ob die klaren, sehr genau gemalten Bilder wirkliche Kunst waren. Aber der Kapitän hatte die Passagiere wissen lassen, dass die „Donau“ die Ehre habe einen großen Kunstkenner, Herrn Brauereibesitzer Paßlinger, an Bord zu haben. Und der musste es doch wissen. Bereits am ersten Abend waren sechzehn Bilder so gut wie verkauft. Nach drei Tagen stieß beim Abendessen der alte Mann den Jungen in die Seite und drängte ihn: „Los, Luke, red’ schon.“ Dann schlug er mit der Gabel an sein Glas.

Es wurde still. Der Junge stand auf und sagte laut: „Meine Damen und Herren. Ich möchte Ihnen danken. Sie haben die

Bilder meines Vaters gelobt und schön gefunden. Dafür möchte ich Ihnen danken. Ich muss Ihnen mitteilen, dass inzwischen genau zwanzig Bilder verkauft worden sind. Ich möchte die anderen mit nach Hause nehmen. Sie sind ein Geschenk meines Vaters." Enttäuschung malte sich auf einigen Gesichtern. Aber der Junge blieb bei seinem Wort, selbst als eine große, in kostbare gelbe Seide gehüllte Dame ihm sechzig Dollar für ein Bild bot, auf dem die feurigen Ahornwälder des Indianersommers zu sehen waren. Der Kapitän bedankte sich im Namen der Passagiere und Offiziere bei den Bienmanns und bei Herrn Paßlinger für die gelungene Ausstellung, die das sonst etwas triste Leben an Bord abwechslungsreich gemacht habe. Am vorletzten Tag der Reise packte der Junge den Rest der Bilder in eine Kiste und schnürte die Schubladenbilder wieder in das Ölpapier ein. Herr Paßlinger blieb während der ganzen Zeit bei ihm und schaute sich jedes einzelne Bild so an, als müsse er von guten Bekannten Abschied nehmen. Bei jedem Bild murmelte es leise vor sich hin. Es war, als ob er mit ihnen redete.

„Wirklich eine Entdeckung", sagte er immer wieder.

Dann sprach er den Jungen an: „Wenn ich, Luke, in ein paar Monaten wieder in den Staaten bin, dann werde ich mich mit Ihrem Vater in Verbindung setzen. Mir sind die meisten Kunsthändler im Osten bekannt. Die werden sich die Finger nach einem solchen Maler lecken."

Er zog aus seiner Brieftasche eine kleine, weiße Karte hervor. „Lesen Sie, was darauf steht", bat er den Jungen. In zierlichen, verschnörkelten Buchstaben waren Name und Anschrift von Herrn Paßlinger auf der Karte gedruckt. Außerdem stand quer darüber: *Trinken Sie das gute Bier der Brüder Paßlinger.* „Solche Sprüche denkt sich mein Bruder aus. Er behauptet: ‚Wer nicht wirbt, der stirbt'", sagte Herr Paßlinger.

„Ich gebe Ihnen diese Karte, Luke. Wenn Sie etwas von Ihrem Vater hören, dann schreiben Sie mir bitte."

„Aber Sie können doch gar nicht lesen", neckte der Junge ihn.

„In meinem Büro habe ich mehr als zwanzig Männer angestellt, die ausgezeichnet lesen können“, antwortete Herr Paßlinger ernst.

„Sie können sich auch bei Bruno Warich erkundigen“, sagte der Junge. „Ich werde ihm nach St. Louis schreiben, dass mein Vater sich mit Ihnen in Verbindung setzen soll. Ich nehme an, dass Vater mit ihm in Kontakt bleibt.“

„Das ist gut“, sagte Herr Paßlinger.

Der Junge stellte das Ölpapierpaket neben die Kajütentür.

„Ich wollte Ihnen noch etwas sagen, Luke, bevor wir morgen auseinander gehen. Ich bin nicht sicher, ob Sie es selber wissen, aber Sie haben ein bemerkenswertes kaufmännisches Talent. Sie gehen mit den Kunden um, dass es eine Freude ist, Ihnen zuzusehen. Sollten Sie je eine Stelle suchen, in der Brauerei der Paßlinger-Brüder werden Sie eine finden.“

Der Junge dachte in der letzten Nacht an Bord lange über die Worte von Herrn Paßlinger nach. Was ihn schon seit Wochen bewegte, das stellte sich immer schärfer als entscheidende Frage. Sollte er mit dem alten Mann gemeinsam die Zimmerei neu aufbauen? Sollte er versuchen ein Bildschnitzer zu werden? Gab es eine Möglichkeit das Geschäft in Leschinen zu betreiben? Wenn er an das Geschäft dachte, dann erfüllte ihn das mit tausend Plänen. Vielleicht konnte er ein Fuhrgeschäft gründen wie Jeremy. Vielleicht konnte er Vieh aufkaufen und in die Großstädte schaffen. Vielleicht wäre auch ein Holzhandel möglich. Vielleicht, vielleicht. Zu der Zimmerei fiel ihm weniger ein. Aber was würde der alte Mann sagen, wenn er sich für den Handel entschied? Seine Mutter würde sicher damit einverstanden sein. Und ein gewisses blondes Mädchen konnte er sich recht gut hinter dem Ladentisch in Leschinen vorstellen.

Nach genau acht Tagen ruhiger Fahrt fuhr die „Donau“ in die Wesermündung ein. In Bremerhaven musste das Schiff vor der Schleuse zum Neuen Hafen über zwei Stunden warten, bis die Flut das Wasser des Stroms gleichauf mit dem Wasserspiegel des Hafens gehoben hatte. Die Wagen der Eisenbahn standen nur wenige Meter von den Landungsbrücken entfernt. Auf dem Kai lagerten Hunderte von Auswanderern mit Sack und Pack. Sie warteten dort zum Teil schon mehrere Tage auf die Abfahrt ihres Schiffes. Ein Maschinendefekt verzögerte das Auslaufen. An Bord nahm der Kapitän die Auswanderer aber nicht. Die Schifffahrtsgesellschaft hätte die Passagiere dann verpflegen müssen.

Die Passagiere aus Amerika nahmen sich nicht die Zeit, um die unzähligen Fragen der Auswanderer zu beantworten.

Es dauerte nur wenige Stunden, bis das Gepäck ausgeladen und vom Zoll kontrolliert worden war. Die Eisenbahn konnte abdampfen. In Bremen mussten die Reisenden umsteigen. Die Bienmanns bedankten sich bei Herrn Paßlinger und nahmen Abschied.

Je weiter der Zug nach Osten kam, desto eindringlicher begann der alte Mann vom neuen Anfang des Zimmergeschäfts in Liebenberg zu reden. Er wollte es dem Zattric schon zeigen. „Und in ein paar Jahren, Luke, dann wirst du das Geschäft übernehmen."

Der Junge hatte geschwiegen, wenn der alte Mann auf die Zimmerei zu sprechen gekommen war. Aber in seiner Begeisterung hatte der das nicht bemerkt.

„Großvater", sagte der Junge endlich. Es lag eine wilde Entschlossenheit in seinen Augen.

„Wir werden Kirchen bauen und Schulen, Luke. Es wird in ganz Ostpreußen heißen, die Bienmanns sind die besten ..."

„Großvater", unterbrach der Junge ihn. „Ich finde das Zimmerhandwerk nicht schlecht. Du bist der beste Zimmermeister, den ich mir denken kann. Aber ich, ich werde etwas anderes tun."

„Etwas anderes?"

„Ja, Großvater."

„Du meinst, du willst das Handwerk an den Nagel hängen?"

„Ja, Großvater. Wenigstens vorläufig."

Der Eifer des alten Mannes erlosch. Er blickte den Jungen an, als ob er ihn noch nie richtig gesehen hatte. Der Junge wich dem Blick nicht aus. Vielleicht habe ich wirklich in dem Jungen nur mich selbst sehen wollen, dachte der alte Mann.

„Willst du ein Holzschneider werden, Luke?", fragte er leise.

„Vielleicht werde ich gelegentlich schnitzen. Wenn du auf dem Bau mal einen Schnitzer brauchst, Großvater, dann kannst du mich rufen. Aber zuerst werde ich den Laden in Leschinen zurückkaufen. Ich werde ihn mit Mutter gemeinsam betreiben. Und vielleicht gründe ich ein Fuhrgeschäft oder einen Viehhandel."

Der alte Mann sah jetzt wirklich alt aus. Seine Falten um den Mund zogen sich tief hinab. „Muss wohl so sein, Junge", sagte er. „Ich bin müde." Er lehnte sich in die Fensterecke und deckte sich mit seinem Mantel zu, obwohl es ein heißer Sommertag war und die Waggons einem Backofen glichen.

Er kam während der ganzen Fahrt nicht mehr auf dieses Thema zu sprechen und fragte den Jungen nicht danach, wie er sich das mit dem Laden gedacht habe. Er erzählte allerdings auch nichts mehr von seinen Plänen.

Die Bewohner des Dorfes empfingen sie kühl, fast feindselig.

„Der alte Mann hat uns die Männer weggeschleppt", murrten die Frauen und ließen sich weder durch die Briefe noch durch das Geld besänftigen.

Wilhelm Slawik trafen sie vor dem Gasthaus wieder. Er war wirklich noch für einige Wochen Soldat gewesen. „Wir haben auch ohne euch den Franzmännern kräftig eins aufs Haupt geschlagen", sagte er. Er fragte nicht viel nach den „Amerikanern", er hatte seine eigenen Sorgen. „Ich habe mich mit einem Mädchen aus Lothringen verlobt", sagte er.

„Mit einer ‚Mistfranzösin'?", spottete der Junge. Slawik drohte ihm mit der Faust und antwortete: „Erstens gehört Lothringen jetzt zum Reich und zweitens spricht sie schon ganz gut Deutsch."

Warichs Lisa sah der Junge erst am zweiten Tag. Sie lief mit den Eimern zum Brunnen. Er ging zu ihr. Er wusste nicht, was er sagen sollte, und gab ihr stumm das schmale Päckchen. „Ich habe an dich gedacht“, sagte er schließlich. „Es ist ein Gürtel aus Klapperschlangenhaut.“ Sie nahm das Päckchen und steckte es hastig hinter ihren Schürzenlatz.

„Danke, Luke“, flüsterte sie.

„Ist ein schöner Sommer in diesem Jahr“, fuhr er fort.

„Ja.“ Sie griff nach den Wassereimern. Aus dem Mädchen war eine schlanke Frau geworden.

„In Ortelsburg ist am Samstag Kirmes“, sagte er. „Wirst du mit mir gehen?“

„Ich weiß nicht, Luke. Meine Mutter wird's nicht gern sehen.“

„Ich will ja nicht mit deiner Mutter dorthin“, sagte der Junge. Sie antwortete nicht mehr und trug die Eimer davon.

Es hatte lange gedauert, bis der Junge nach seiner Rückkehr wieder sein Angelzeug zusammensuchte. Die Blätter begannen sich schon leicht zu färben. Er machte sich allein auf den Weg durch die Wälder.

Der alte Mann hatte sich zunächst damit abfinden müssen, dass Zattric eine Zimmerei betrieb. Es war ihm auch keine Genugtuung, dass das neue Unternehmen nicht gut angelaufen war und dass es Zattric gelegentlich Schwierigkeiten bereitete, die Löhne pünktlich auszuzahlen. Aber mit Bienmanns Baugeschäft hatte es auch nicht viel auf sich. In den ersten drei Wochen hatte der Junge dem alten Mann geholfen. Vier Leute konnten eingestellt werden. Aber dann war es so weit, dass der Junge mit seiner Mutter den Laden in Leschinen übernehmen konnte. Sie zogen aus dem schönen Haus in Liebenberg aus.

Der Besitzer des Ladens, ein Herr Kobialla aus Allenstein, war froh gewesen, als sich ein ernsthafter Käufer gefunden hatte. Auf siebentausend Goldmark hatten sie sich geeinigt.

Mit einer Anzahlung der Hälfte war Herr Kobialla durchaus einverstanden. Der Rest sollte in gleichen Raten zinsfrei im Laufe von sieben Jahren abgetragen werden. So stand es in dem Vertrag, den sie aufsetzten.

Dieser Kauf hatte wahrscheinlich für den alten Mann den Ausschlag gegeben. Jedenfalls hatte an demselben Abend noch ein langes Gespräch zwischen Zattric und ihm stattgefunden. Das Ergebnis war, dass sie ihre Geschäfte zusammenlegten und als gleichberechtigte Partner zusammenarbeiten wollten.

Der alte Mann schien befreit. Zu Herrn Kobialla sagte er: „Wenn Sie einen Bürgen brauchen, ich habe Übung. Ich kenne den Luke. Ich lege für ihn die Hand ins Feuer."

„Wozu brauchen wir einen Bürgen?", wehrte Kobialla ab. „Es steht ja alles im Vertrag. Wenn nicht pünktlich gezahlt wird, dann fällt mir das Haus ja wieder zu."

„Es wird pünktlich gezahlt", hatten Mutter und Sohn wie aus einem Munde gerufen.

Der Junge erreichte den See. Er war rings vom Walde gesäumt. Die Lärchen schienen mit Goldstaub übersprüht. Er sah sich um. Die Fichtenschonung auf Liebenberg zu war mächtig in die Höhe geschossen. Deutlich hob sich vor dem dunklen Grün das helle Kleid ab.

„Sie ist also gekommen", schrie der Junge. Er warf die Rute ins Gras und rannte um die Bucht.

Sie trug den Gürtel aus Klapperschlangenhaut. Er war viel zu lang für ihre schmale Taille. In ihrer Hand hielt sie einen Eimer. „Ich habe die Elritzen mitgebracht, Luke Bienmann. Du brauchst sicher gute Köderfische."

Sie gingen nebeneinander zum Angelplatz. Sie steckte sich ein Gänseblümchen ins Haar.

Er fing an diesem Tag keinen einzigen Fisch. Die Fische spüren, wenn einer nicht ganz bei der Sache ist.

Reiseroute der Bienmann'schen Zimmermannskolon

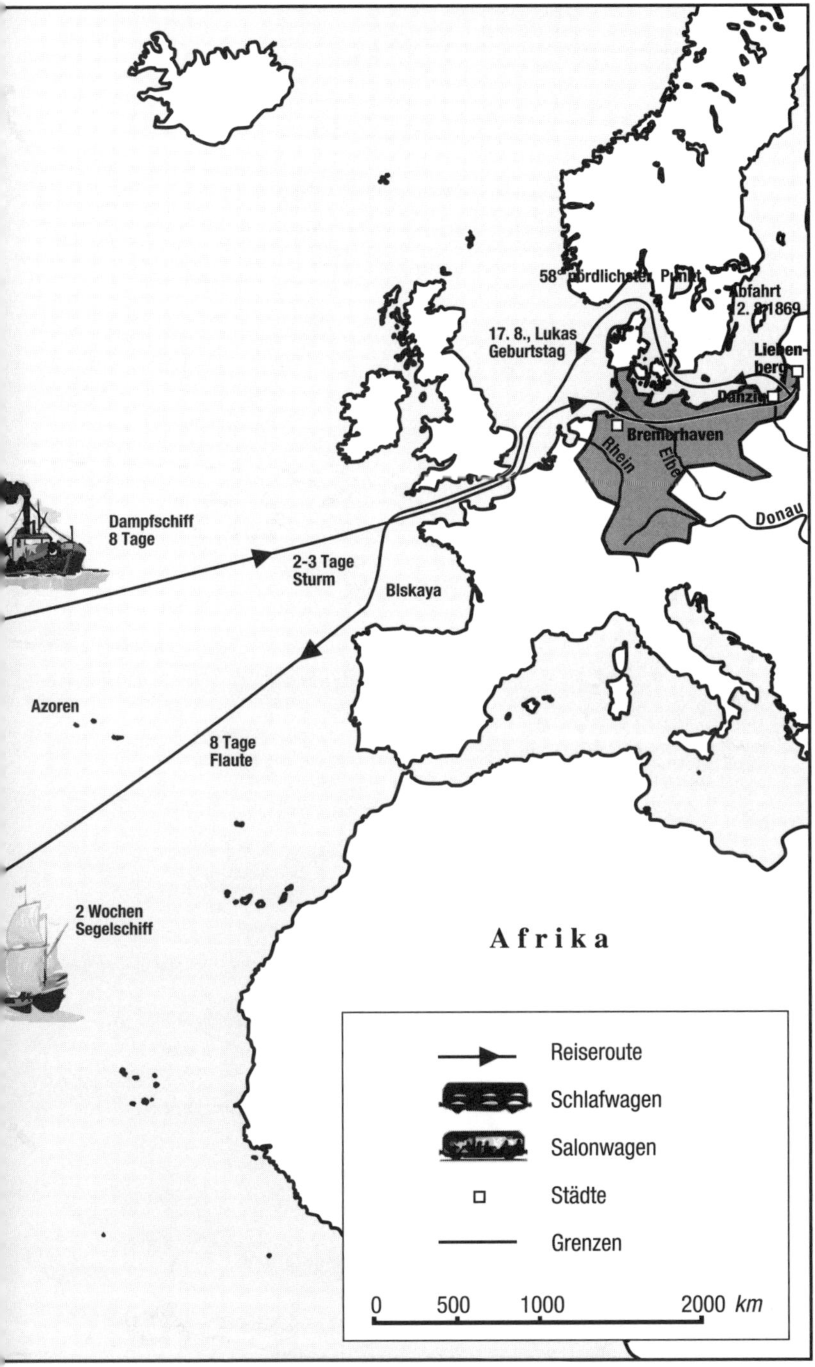

58° nördlichster Punkt
Abfahrt
12. 8. 1869
17. 8., Lukas
Geburtstag
Liebenberg
Danzig
Bremerhaven
Rhein
Elbe
Donau
Dampfschiff
8 Tage
2-3 Tage
Sturm
Biskaya
Azoren
8 Tage
Flaute
2 Wochen
Segelschiff
Afrika
Reiseroute
Schlafwagen
Salonwagen
Städte
Grenzen
0
500
1000
2000 km

Weitere Werke von Willi Fährmann

Die Bienmann-Saga wird fortgesetzt...

Zeit zu lieben, Zeit zu hassen

ISBN 3-401-04625-X, 360 Seiten, Arena Verlag GmbH, Würzburg

Paul Bienmann, der Sohn von Lukas, erkämpft sich in der Zeit nach dem ersten Weltkrieg seinen Platz in einer Gesellschaft, die durch Hunger, Inflation und Arbeitslosigkeit geprägt ist.

Das Jahr der Wölfe

ISBN 3-401-04626-8, 224 Seiten, Arena Verlag GmbH, Würzburg

Winter 1944/45: die Bienmanns fliehen vor der heranrückenden Front. Der 12jährige Konrad erlebt die bittere Wahrheit des Krieges.

Kristina, vergiss nicht...

ISBN 3-401-04627-6, 240 Seiten, Arena Verlag GmbH, Würzburg

Kristina kommt mit ihren Angehörigen als Spätaussiedlerin aus Polen nach Deutschland und muss, fern von ihren Freunden, Ablehnung und Vorurteile erfahren.

Die Fink-Saga

Der Mann im Feuer

ISBN 3-401-02580-5, 360 Seiten, Arena Verlag GmbH, Würzburg

1932 zieht Christian Fink mit lippischen Zieglern ins Ruhrgebiet – vielleicht kann er sich nun an dem Mann rächen, der seiner Mutter so viel Leid zugefügt hat.

Unter der Asche die Glut

ISBN 3-401-04776-0, 632 Seiten, Arena Verlag GmbH, Würzburg

Unter dem Hakenkreuz: wird Christian Fink in Deutschland bleiben, oder wandert er mit Freund Lorenz und dessen Schwester Susanne – seiner großen Liebe – aus?

Sie weckten das Morgenrot

ISBN 3-401-02711-5, 424 Seiten, Arena Verlag GmbH, Würzburg

Christian Fink und Lorenz Mattler wagen einen Neuanfang auf einer kleinen Finca in Kolumbien. Da erscheinen bewaffnete Männer und behaupten, die eigentlichen Besitzer zu sein ...

Die Stunde der Lerche

ISBN 3-401-05720-0, 400 Seiten, Arena Verlag GmbH, Würzburg

Nachkriegszeit 1945 – 1948: Anna Fink, die Schwester von Christian, musste während des Kriegs wegen ihrer Liebe zu einem Russen aus Duisburg fliehen, und kehrt nun zurück – zu einer erneuten Bedrohung durch den unbelehrbaren Nazi Eugen Komann...